LE CHAGRIN ET LA GRÂCE

Né en 1950, Wally Lamb s'est imposé sur la scène littéraire internationale avec ses deux premiers romans : *Le Chant de Dolorès* et *La Puissance des vaincus*. Marié, père de trois fils, Wally Lamb vit dans le Connecticut où il anime bénévolement des ateliers d'écriture dans une prison pour femmes. *Le Chagrin et la Grâce* est son troisième roman.

WALLY LAMB

Le Chagrin et la Grâce

TRADUIT DE L'ANGLAIS (ÉTATS-UNIS) PAR ISABELLE CARON

BELFOND

Titre original :

THE HOUR I FIRST BELIEVED
Publié par HarperCollins Publishers, New York

Ce livre est une œuvre de fiction. Les allusions à des personnes réelles, des événements, des établissements, des organisations, ou des lieux ont seulement pour but de donner à cette fiction un caractère réel et authentique. Les autres noms, personnages, lieux, dialogues, et événements dépeints ici sont le fruit de l'imagination de l'auteur ou utilisés fictivement.

À Anna

Une succession d'attaques débilitantes et le début de la démence ont nécessité la pénible conversation que j'ai eue avec ma mère à l'hiver 1997. Quand je lui ai annoncé qu'elle allait vivre dans une maison de retraite voisine, elle a secoué la tête et s'est mise à pleurer, ce qui ne lui ressemblait pas. Les larmes étaient rares chez ma mère américano-sicilienne au stoïcisme éprouvé. Le lendemain, elle m'a proposé un marché. « D'accord, mais mon réfrigérateur me suit. » Je n'ai pu satisfaire cette exigence, mais je la comprenais.

Le réfrigérateur de ma mère la caractérisait. Le congélateur était bourré de pots de crème glacée de deux litres destinés à ses petits-enfants, et quand je dis bourré, je n'exagère pas : vous ouvriez le compartiment à vos risques et périls, priant qu'une avalanche de pavés congelés en équilibre précaire n'aille pas dévaler sur votre tête et vous infliger une commotion cérébrale. Le bas de son frigo était un hommage au papier alu : il y avait assez de plats italiens pour nourrir sa famille et celles de ses dix frères et sœurs, au cas où nous viendrions tous la voir en même temps à l'improviste. Mais c'était l'extérieur du frigo qui en disait le plus long sur maman. Il disparaissait sous les cartes en tous genres, les images pieuses, les photos vieilles et récentes, cornées, jaunies, de tous ceux qu'elle connaissait et aimait. Les enfants occupaient une place disproportionnée dans cette galerie de photos. Elle les adorait – les siens et ceux des autres. Ma mère était une femme qui avait une foi solide, une calme détermination et le rire facile.

Cette histoire a été difficile à écrire, maman, et c'est devenu encore plus dur après que tu nous as quittés. Mais j'en ai eu le titre dès le début, et quand je suis arrivé à la fin, je me suis aperçu que je l'avais écrite pour toi.

(P-S : Désolé pour tous les gros mots, maman. Ce sont les personnages qui parlent. Pas moi.)

*Elles traversèrent donc les eaux sombres
Et n'avaient pas débarqué sur l'autre rive
Que de nouvelles hordes s'assemblèrent.*

DANTE,
L'Enfer, chant 3, vers 118-120.

PREMIÈRE PARTIE

Le papillon

1

Ce soir-là, ils assuraient tous les deux leur dernier service chez Blackjack Pizza même s'ils étaient les seuls à le savoir. Il faut au moins leur reconnaître ça : c'étaient des dissimulateurs-nés. Des organisateurs patients. Ça faisait un an qu'ils mijotaient leur coup, laissaient des traces de leurs intentions : sur papier, sur vidéo, sur Internet. En fin de première, l'un d'eux avait écrit sous leur photo de classe : « Bon Dieu, j'ai hâte de les voir crever, j'ai déjà le goût du sang dans la bouche. » L'autre avait ajouté : « Tuer des ennemis, faire tout péter, buter des flics ! Ma colère sera divine ! »

Ma colère sera divine : voilà peut-être un indice. Leur capacité à tromper tout le monde était-elle leur justification ? Si nous étions dupes, c'est que nous étions tous des imbéciles ; ils nous étaient donc supérieurs et en droit de déclencher le chaos. Mais je ne suis peut-être qu'un théoricien du chaos de plus, égaré comme les autres dans le labyrinthe.

C'était le vendredi 16 avril 1999, quatre jours avant qu'ils n'ouvrent le feu. J'étais resté au lycée pour une réunion de parents d'élèves et une réunion syndicale, et, entre les deux, j'avais appelé Maureen pour lui dire que je rapporterais quelque chose pour le dîner. Blackjack Pizza se trouve sur le chemin de la maison.

Il était encore tôt. Le rush du vendredi soir n'avait pas commencé. Il se tenait à la caisse, accoudé au comptoir, en train de parler à une fille en blouse de coiffeuse. Enfin, parler est un bien grand mot. Il y avait un portable sur le comptoir et il ne cessait de le faire tourner avec son index – de regarder le téléphone au lieu de regarder la fille. Je me souviens de m'être demandé si je n'avais pas surpris une querelle d'amoureux. « Je ferais mieux d'y retourner, dit la fille. À demain. » Sa blouse portait l'inscription « Hair du temps », ce qui signifiait qu'elle travaillait au salon de coiffure voisin – celui où allait Maureen.

« C'est ta cavalière ? » lui demandai-je. Le bal de promotion avait lieu le lendemain soir au Design Center de Denver. Les élèves retourneraient ensuite au lycée pour une fête qui durerait toute la nuit et que je m'étais laissé convaincre de chaperonner.

« Pas question d'aller à ce bal ringard », dit-il avant de lancer par-dessus son épaule : « Alors, ça vient, cette moitié champignons, moitié boulettes ? » Son équipier ouvrit la porte du four, jeta un coup d'œil à l'intérieur. Leva le pouce.

« Dites-moi, les gars. Vous avez fait une autre bataille de farine Blackjack ? »

Il esquissa un sourire. « Vous vous en souvenez ?

— Bien sûr. C'est ce que tu as écrit de mieux. »

Je l'avais eu comme élève l'année d'avant. Esprit concret, dépourvu d'imagination, il était attentif à ses notes et préférait le par cœur – définitions de mots et vers de Shakespeare – aux exercices faisant appel à la créativité. Pourtant son texte sur les batailles de farine du personnel de Blackjack Pizza, présenté comme une parodie de la guerre, était ce qu'il avait écrit de plus vivant de tout le trimestre. J'avais griffonné en commentaire : « Tu devrais songer à un atelier d'écriture l'an prochain. » C'est ce qu'il avait fait. Il était dans celui de

Rhonda Baxter. Mais cette dernière ne l'aimait pas – elle le trouvait condescendant. Elle détestait la façon dont il levait les yeux au ciel devant les commentaires des autres. Rhonda et moi avions une heure de creux en commun et nous échangions nos points de vue sur les élèves. Moi, je ne peux pas dire que je l'aimais ou le détestais. Il m'avait demandé une fois une lettre de recommandation. Je ne sais plus pour quoi. J'ai en revanche le souvenir de m'être creusé la cervelle pour trouver quoi dire.

Il enregistra mon achat. Je lui tendis un billet de vingt dollars. « Comment ça se présente pour l'année prochaine ? Tu as une réponse des universités où tu as déposé une demande d'inscription ?

— Je m'engage dans les marines.

— Ah oui ? J'ai entendu dire qu'ils cherchaient des gars bien. »

Il hocha la tête sans sourire et me rendit la monnaie.

Son camarade apporta sans se presser le carton de pizza au comptoir. Il avait perdu son air juvénile. Il était devenu un adulte efflanqué, au nez en bec d'oiseau, au menton en galoche, aux cheveux noués en une queue-de-cheval tristounette.

« Et toi, quels sont tes projets ?

— L'université de l'Arizona.

— Prometteur, tout ça. » J'indiquai d'un signe de tête sa casquette des Red Sox. « Tu es supporter ?

— Si on veut. Je viens d'acheter Garciaparra pour ma ligue de base-ball virtuel.

— Super. J'allais tout le temps aux matches des Sox quand j'étais à l'université de Boston. Fenway est à cinq minutes.

— Cool.

— C'est peut-être leur grande année, hein ?

— Peut-être. » Il n'en avait visiblement rien à foutre.

Lui aussi était dans l'atelier d'écriture de Rhonda. Un jour, elle était entrée dans la salle des profs, très remontée. « Lis-moi ça, avait-elle dit. C'est pas de la perversité ? » Il avait écrit une histoire de deux pages sur un mystérieux vengeur en trench-coat noir. Au moment où des sportifs et des étudiants BCBG quittent un bar animé, il sort des pistolets et des explosifs de son sac de sport, les tue et s'éloigne en souriant. « Tu crois que je devrais appeler ses parents ? » avait demandé Rhonda.

J'avais haussé les épaules. « Un tas de gamins écrivent ce genre de connerie. Trop de jeux vidéo, trop de testostérone. À ta place, je ne me mettrais pas martel en tête. Il a juste besoin d'une copine. » Mais elle s'était quand même fait des cheveux, suffisamment pour passer un coup de fil aux parents. Elle avait taxé la rencontre, une semaine plus tard, de « perte de temps ».

La porte s'ouvrit brusquement : cinq ou six gosses chahuteurs entrèrent dans la pizzeria. « Salut, à plus tard, dis-je.

— À plus », lança-t-il. Je me rappelle avoir pensé qu'il ferait un bon marine. Propre sur lui, consciencieux, tee-shirt repassé bien rentré dans son short sans faux pli. Dans quelques années, il aurait probablement l'étoffe d'un officier.

Au dîner, ce soir-là, Maureen a suggéré qu'on aille au cinéma, mais je me suis excusé en invoquant l'épuisement de la fin de semaine. Elle a débarrassé la table, j'ai donné à manger aux chiens et nous nous sommes retirés devant nos télés respectives. À dix heures, j'étais dans mon fauteuil relax en train de regarder *Homicide* avec le sous-titrage, l'estomac plein de pizza. J'avais *Newsweek* ouvert sur les genoux pour les spots de publicité, une bière entre les cuisses et un CD de Van Morrison qui me résonnait dans le crâne : *Astral Weeks*, un disque paru en 1968, l'année de mes dix-sept ans.

J'avais quarante-sept ans à l'époque. Un mois auparavant, un type dans un forum de discussion avait posé la question : « Quels sont les dix chefs-d'œuvre de l'ère du rock ? » Des dizaines d'entre nous avaient commencé à dresser des listes, et à se rentrer dans le lard au sujet de nos sélections respectives. (Je me représentais mes frères cyberrockers sous la forme d'un gros type à la calvitie naissante, boudiné dans un tee-shirt tie-dye XL alors que la taille XXL s'imposait.) Mon choix était aussi sujet à caution que ceux des autres. J'encourus l'ire bon enfant de plusieurs de mes cyberpotes quand j'inclus dans ma liste *Nebraska* de Springsteen, mais exclus *Born to Run* et *Born in the USA.* « Dude, porte-parole des VRAIS fans du Boss », ingénieur en recyclage des déchets dans le Michigan, m'envoya un message : « J'ai le regret de t'informer que tu es encore plus naze qu'un sandwich à la soupe ! » Bien sûr, j'y allai moi aussi de mes critiques, pas toujours avec succès. J'appris ainsi que j'avais gravement offensé un professeur de littérature médiévale en affirmant que les Backstreet Boys étaient les descendants directs d'un *autre* groupe mièvre et surfait d'une ère révolue : les Beach Boys. Le professeur demanda à communiquer en privé et je lui fournis obligeamment mon adresse. Une semaine plus tard, je recevais une enveloppe FedEx, port payé par l'université de Princeton, contenant onze pages d'une défense érudite (à défaut d'être convaincante) de l'album *Pet Sounds.*

Écouter de la musique et dresser des listes m'occupa pendant des semaines : *Sgt. Pepper* ou *Songs in the Key of Life* ? Aretha Franklin ou Etta James ? J'avais gardé ma dixième et dernière place pour Van the Man, le peu orthodoxe mais toujours intéressant Van Morrison, mais je n'arrivais pas à me décider entre l'élégant *Moondance* et son *Astral Weeks* à l'émotion à fleur de peau. D'où les écouteurs, ce vendredi soir.

Mais tout ça, c'était une armure, je le comprends à présent : la télé, le magazine ouvert, le bilan musical de ma vie, le cyberbavardage. Je m'abritais sous une cotte de mailles multimédia pour repousser toute demande affective de la part de Maureen.

Une ombre traversa le tapis et mon regard quitta *Homicide*. « Caelum ? » articulèrent ses lèvres. Elle tenait notre plateau en osier sur lequel se trouvaient deux verres de vin rouge et une bougie allumée. Je regardai le vin osciller dans les verres tandis qu'elle attendait. Un parfum épicé émanait de la bougie. À l'époque, ma femme était fana de la chanteuse Enya et d'aromathérapie.

Je soulevai mon oreillette gauche. « Ouais, donne-moi quelques minutes. Je veux sortir les chiens, regarder un peu les infos. J'arrive. »

Maureen, les épaules vaincues, fit demi-tour avec son plateau et commença à gravir l'escalier. J'étais capable de lire le dos de Mo, comme celui de mes deux précédentes épouses. Mais lire et réagir sont deux choses différentes. « Ne vous contentez pas de regarder les pages, avais-je coutume de dire à mes élèves. *Identifiez-vous* au personnage. Vivez le livre *de l'intérieur*. » Ils restaient assis à me regarder poliment avec de grands yeux, comme si j'étais un extraterrestre venu de la planète N'importe Quoi.

Maureen est mon épouse trois-coups-de-canif-dans-le-contrat-et-je-te-vire et, à ma connaissance, la seule de la trinité qui m'ait trompé. La bougie allumée sur le plateau était un des signaux dont nous étions convenus au Connecticut, en 1994, durant l'humiliante expérience de la thérapie conjugale : sept séances que nous avions suivies après ses parties de jambes en l'air avec Paul Hay au Courtyard Marriott.

« Allô ? » En temps ordinaire, quand je corrige mes copies, je laisse le répondeur prendre les messages. Mais la pluie, ce soir de mars, s'était transformée en cliquetis sur la terrasse en bois et les chiens étaient rentrés avec des cristaux de glace sur le dos. Je m'inquiétais pour Maureen qui devait conduire sur des routes dangereuses après son cours de tai-chi et m'attendais plus ou moins à recevoir un coup de fil de sa part.

« Est-ce que je pourrais parler à Maureen Quirk ? demanda une voix de femme.

— Elle est sortie.

— Vous êtes M. Quirk ?

— Oui, mais écoutez. Pas de télémarketing à ce numéro. Rayez-nous de votre…

— Vous savez *avec qui* Maureen se trouve en ce moment ? »

J'enlevai le chapeau de mon stylo. Déchirai un morceau de papier pour noter son numéro. « Excusez-moi. Vous êtes qui ? »

Elle se présenta sans donner son nom : elle était la meilleure amie de Trina Hay. Trina était assise à côté d'elle, mais elle était trop bouleversée pour parler au téléphone. « Nous voulions juste que vous sachiez, au cas où vous ne seriez pas au courant, que votre femme a une liaison avec Paul. »

Je ne dis rien pendant plusieurs secondes, mais quand je finis par parler, tout ce que je pus trouver, ce fut : « Paul comment ?

— Paul Hay. Le *mari* de Trina. Vous saviez qu'ils ont un petit garçon prénommé Casey ? Que Trina a un lupus ? Et qu'ils construisent une *maison* ? » Putain, elle me donnait toute la biographie familiale et moi j'en étais toujours à Paul Hay. *Paul Hay ? Ce nom me dit quelque chose.* La trahison de Maureen n'avait pas encore crevé la surface. Ou peut-être que si, car mon instinct fut de flinguer le messager.

« Et vous, vous êtes qui ? Une pauvre fille sans vie personnelle qui en est réduite à s'occuper de ce qui ne la regarde pas ?

— Bien sûr que ça me regarde. Je suis la marraine de Casey, OK ?

— Je parie que vous êtes grosse. Vous avez une grosse voix.

— Vous savez qui a acheté le terrain sur lequel Trina et Paul sont en train de construire leur maison ? Le *père* de Trina. Un mois avant sa *mort.*

— Vos options sont limitées, hein ? C'est soit le problème de Tina, soit un grand pot de glace Ben & Jerry entre vos genoux et *Les Anges du bonheur* à la télé.

— Elle s'appelle Trina, d'accord ? Et ma vie personnelle ne vous regarde pas. Contentez-vous de dire à votre petite traînée de femme que si elle s'imagine qu'elle va emménager dans la nouvelle maison de Trina une fois qu'elle sera terminée, elle… elle… »

Il y eut quelques secondes de temps mort, quelques murmures étouffés. Puis la voix de la vengeance revint en chialant comme un veau : « J'essaie juste d'empêcher votre femme de détruire le mariage de mon amie. *OK ?*

— Oui, bien sûr, gros tas, c'est comme si tu l'avais déjà, ton prix Nobel de la paix des ménages. » Je ne me souviens plus qui a raccroché au nez de l'autre.

J'ai fait les cent pas, j'ai marmonné. Balancé aux quatre coins de la pièce les cahiers d'examen de mes élèves, et les chiens ont couru se mettre à l'abri. Quand je me suis aperçu que je serrais toujours le sans-fil dans la main, je l'ai claqué cinq ou six fois contre la porte du frigo. Mes clés de voiture se trouvaient sur le plan de travail. Je les ai fixées du regard pendant plusieurs secondes avant de les attraper.

On n'avait pas encore sablé Bride Lake Road, mais j'oubliais sans cesse que la route était verglacée. En passant devant la prison de femmes, j'ai vu des phares venir dans ma direction. J'ai freiné brutalement, effectué un tête-à-queue et failli percuter la clôture de sécurité. Mon cœur cognait. Je haletais. Je me suis rappelé qui était Paul Hay.

Je l'avais rencontré deux ou trois fois aux fêtes du personnel de Maureen. Cheveux tirant sur le roux, costaud. Nous avions échangé de menus propos. Il avait essayé une fois de fabriquer de la bière, mais le résultat avait été aqueux. Il aimait bien les Mets. Maureen était infirmière en chef à la maison de retraite de Rivercrest et le tombeur faisait partie de ses aides-soignants de jour.

L'école de karaté où avaient lieu les cours de tai-chi se trouvait dans un centre commercial situé près du dépôt de Three Rivers. Il y a une supérette, un magasin de motos, un restaurant chinois Happy Joy et Caputo's Martial Arts. La devanture était embuée. Je suis descendu de voiture, me suis dirigé vers la porte et l'ai entrebâillée. Une vingtaine de mouflets en tenue de karaté se tenaient debout, les mains jointes comme s'ils priaient. « Saluez le maître, saluez le drapeau », ordonnait le professeur. Bon, entendu, elle est coupable, me suis-je dit.

J'ai regagné la maison. Pas de voiture au garage. J'ai donné à manger aux chiens, ramassé les cahiers d'examen, pris le sans-fil. Plus de tonalité : je l'avais fusillé. Deux Johnny Walker plus tard, Maureen a fait son entrée avec des plats chinois tout préparés. « Salut, ai-je dit. La route était comment ?

— Pas géniale, mais j'ai eu du bol. J'ai suivi la sableuse tout le long de Bride Lake Road. Tu as mangé ?

— Non. »

Elle a écouté ses messages sur le répondeur. Sa commande de chez J. C. Penney était arrivée ; une infirmière de la première équipe prenait « un jour de congé pour stress » et avait besoin d'être remplacée. Maureen a sorti la théière, mis la table pour deux et ouvert les cartons. « Regarde-moi ça, a-t-elle dit, la main pleine de sachets de sauce soja et moutarde. Il y a de quoi faire une attaque.

— Pourquoi traverser toute la ville pour aller à l'autre chinois alors que tu étais juste à côté de Happy Joy ?

— Parce que la dernière fois tu as décrété que Happy Joy était trop gras. »

C'était vrai – j'avais dit ça et c'était bel et bien trop gras.

Nous avons attaqué nos plats. La bouilloire a sifflé. Maureen s'est levée pour préparer le thé. « Qu'est-ce qui s'est passé ? a-t-elle demandé en passant les doigts sur la porte du frigo.

— Hein ?

— Ces rayures ?

— Dis-moi. C'est toi ou lui qui est au-dessus ? À moins que vous alterniez ? »

Je reconnais que la suite n'est pas jolie-jolie. Je ne suis pas fier des éclaboussures de poulet à l'orange sur le mur. Ni du fait que lorsqu'elle a essayé de quitter la pièce, je l'ai attrapée si brutalement que je lui ai foulé le poignet. Ni du fait qu'elle a bousillé sa bagnole en se rendant à l'appartement de sa copine Jackie.

Elle a refusé de revenir. Refusé de prendre mes appels. Chaque jour, j'allais au lycée, faisais cours, endurais les réunions de profs, rentrais à la maison et promenais les chiens. Je passais mes soirées à appeler le numéro de Jackie sur notre téléphone flambant neuf. Bis, bis, bis, bis. Quand le petit ami de Jackie m'a intimé d'arrêter mon cirque si je ne voulais pas qu'il y mette bon ordre, j'ai dit OK, parfait, je ne veux pas d'ennuis. J'ai juste besoin de parler à ma femme.

Le lendemain après mes cours, je suis allé à la mairie et j'ai découvert où Hay construisait sa fichue maisonnette. C'était en pleine cambrousse, au-delà du vieux moulin. J'y suis allé vers le crépuscule. Le gros œuvre était terminé, la cheminée montée. Une lune grêlée brillait au-dessus.

J'y suis retourné le lendemain, un samedi matin. Son camion était là. Hay était sur son toit. Il m'a regardé d'un air abasourdi. J'ai coupé mon moteur. C'est alors que j'ai aperçu, dans le vide-poches, côté passager, la clé anglaise que j'avais empruntée à Chuck Wagner pour resserrer une valve de radiateur qui fuyait dans notre vestibule. Ce n'était pas prémédité. Ça faisait une semaine ou plus que j'avais l'intention de la rendre. Mais soudain sa présence m'a paru juste et appropriée. J'avais le cerveau en ébullition.

Six semaines plus tard, dans une salle de classe aux stores baissés d'Oceanside Community College, je découvrirais, via une cassette vidéo de gestion de la colère, la cardiologie, la neurologie et l'endocrinologie de la fureur – j'apprendrais qu'au moment où j'avais attrapé la clé mon hypothalamus avait donné à mes glandes surrénales l'ordre immédiat de sécréter du cortisol et de l'adrénaline. Que des réserves de graisse s'étaient déversées dans mon système sanguin avec pour résultat une turbodécharge d'énergie. Que mon cœur pompant comme un fou avait envoyé un flot de sang dans mes muscles et mes poumons en prévision de ce que cette vidéo éducative appelait « le miracle évolutionniste du coup de poing ou de la fuite ». Ce matin-là, j'avais vu Hay et choisi la première option.

J'ai cassé son pare-brise. Joué de la clé anglaise sur la pile de fenêtres Andersen pas encore installées. Quand il a déboulé furieux, je lui ai balancé à la tête ma clé qui, Dieu merci, a raté son objectif. Il m'a donné un coup de boule, et fait tomber à la renverse. Résultat : une côte cassée, une lèvre fendue et des bleus aux fesses.

Ils m'ont arrêté dans l'après-midi. Hay a obtenu une injonction contre moi. Maureen m'a viré de la maison et a refusé de me laisser les chiens. On s'est tous trouvé des avocats. Le mien, Lena LoVecchio, était une amie de ma tante Lolly. Elle avait des manières brusques et des cheveux laqués coupés à la David Bowie. Deux posters encadrés étaient accrochés derrière son bureau : l'équipe féminine de basket d'UConn avec sa coupe de championnat et Kramer de *Seinfeld*.

« Comment ça se fait qu'il baise ma femme et que c'est lui la victime ? lui ai-je demandé.

— À cause de la clé anglaise. »

J'ai tenté d'expliquer à Lena que j'avais atteint un stade où je n'arrivais pas à me distancer de la souffrance que me causait la trahison de ma femme. Elle n'a pas cessé de hocher la tête, le regard triste, et de jouer avec un élastique. Quand je me suis tu, elle a dit : « Je suis votre avocate, Caelum, pas votre psy. »

En attendant le règlement de l'affaire, j'ai été obligé de prendre un congé sans solde. J'ai accepté l'offre de tante Lolly, qui me proposait de m'installer chez elle dans la ferme familiale qu'elle partageait avec sa compagne Hennie – circulez, y a rien à voir. (C'était le mois d'avril et ma tante fit preuve d'un esprit aussi pratique que compatissant : j'étais logé, nourri, blanchi, et en contrepartie je labourais et répandais de l'engrais.) J'ai accepté le marché que les avocats avaient fini par conclure. En échange de deux cents heures de travail d'intérêt général, d'une assistance assidue aux séances de gestion de la colère et de la restitution de tout le verre que j'avais cassé à l'hacienda des Hay, j'obtins que les accusations de voies de fait et dégâts matériels soient réduites à de simples infractions. Ce qui signifiait un sursis avec une mise à l'épreuve au lieu de la prison, et la possibilité de me qualifier pour une « réinsertion accélérée ». Ce serait au juge de prendre la décision. Si j'obtenais gain de cause et me tenais à carreau pendant un an, mon casier judiciaire redeviendrait vierge et je pourrais de nouveau enseigner. L'affaire devait se décider le 1er août.

L'enseignement me manquait – les gamins, le train-train quotidien. Melanie DeCarlo avait-elle été admise dans l'école de ses rêves ? Mike Jacaruso avait-il obtenu sa bourse de football ? Quand les Wildcats parvinrent en demi-finale de basket, j'allai à leur grand match contre Wethersfield. Je commis l'erreur de m'asseoir dans la partie réservée à Three Rivers. Je partis à la mi-temps. Impossible de supporter les places vides à côté de moi alors que tout le monde était serré comme des sardines sur les gradins. Impossible de supporter les murmures, les têtes qui se retournaient : *C'est le prof qui...*

Le travail d'intérêt général était une punition d'un ennui mortel. Une soupe populaire ou un centre d'hébergement m'auraient convenu, mais on me fit entrer des données au Service des immatriculations et des permis de conduire – six heures abrutissantes, tous les samedis, pendant trente-trois semaines.

Si vous trouvez les employés de ce service charmants quand vous faites la queue, vous devriez les voir quand on a le malheur d'effectuer des travaux d'intérêt général chez eux. Prenez par exemple cette bonne femme qui avait les murs de son box tapissés de saloperies de Disney : elle va voir le chef et m'accuse de piquer des M&Ms dans le bocal en verre qui trône sur son bureau. N'importe quoi ! Elle se mouche toutes les deux minutes, elle laisse traîner ses Kleenex sales partout, et elle s'imagine que j'ai envie de m'approcher de ce nid à microbes ?

Et puis il y avait la gestion de la colère : douze séances de trois heures animées par Beth « Tu nous les brises » et Dredlock Darnell qui, vu son embonpoint, avait dû au minimum parvenir en demi-finale de L'Acheteur de Beignets Dunkin' de la décennie. Ils nous faisaient le numéro du bon flic/méchant flic. Lui pérorait sur nos « sentiments en tant que messagers » et nous passait des vidéos ringardissimes : *Le Jeu du blâme, Tuer le dragon tapi à l'intérieur de nous*. Elle s'ingéniait à nous provoquer, dans un style sergent instructeur, en cassant le premier qui était assez naïf pour affirmer qu'il ne voyait pas ce qu'il fichait là ou que, en un sens, sa femme ou sa petite amie l'avait bien cherché. « *Foutaises !* » hurlait Beth pour interrompre les jérémiades d'un pauvre abruti qui expliquait que s'il avait planté une fourchette à barbecue dans la jambe de sa femme qui le harcelait, c'était parce que sa mère le ridiculisait quand il était petit. « Arrêtez d'utiliser votre enfance pourrie comme excuse et arrêtez de l'appeler bobonne. Elle a un prénom, non ? Alors employez-le. Affrontez le fait que vous êtes un tyran domestique, un terroriste. » Lors de notre deuxième séance, à la pause, j'ai levé les yeux au ciel et soufflé à Beth que certaines têtes-de-nœud de notre classe avaient sans doute davantage besoin d'un cours de gestion de la stupidité que de la colère. « Monsieur Quirk, vous ne vous imaginez tout de même pas que vos animateurs sont vos pairs ? Parce que ce n'est

pas le cas. Vous faites partie des auteurs de sévices. »
Après cette douche froide, je me suis joint aux fumeurs
et rouspéteurs dehors, sans approuver ni contester leurs
bougonnements au sujet du temps perdu, des gros lards
et des kapos féministes.

J'ai appris des trucs, pourtant. Le programme était
peut-être dépassé, Darnell, boulimique, et Beth avait
enfoncé nos résistances au bulldozer au lieu de les
démanteler une par une comme l'aurait fait une prof plus
habile. (« Bon, vous ne *voulez* pas vous sortir d'affaire ?
Parfait. Laissez tomber. Ce n'est pas moi qui ai besoin
d'un certificat signé. ») N'empêche que j'y ai gagné une
meilleure compréhension de la biologie de la colère, de
ce qui la déclenche, et de ce que je pouvais faire pour la
désamorcer. Mieux encore, pendant douze semaines, j'ai
bu une grande rasade d'humilité. Bon sang, je détestais
la nausée qui m'envahissait chaque fois que j'allais à ce
cours. Je détestais le sentiment de passage à tabac, de
rage folle que j'avais toujours après. Je détestais devoir
affronter le fait qu'infidèle ou pas, si Maureen s'était
tuée lors de cette nuit glaciale où elle avait bousillé sa
Toyota, ç'aurait été ma faute parce qu'elle était partie
sous le coup de la peur. Si j'avais frappé Hay au crâne à
coups de clé anglaise, j'aurais sa mort sur la conscience.
J'étais bel et bien dans le groupe des auteurs de sévices,
pas dans celui des victimes. Mes rancunes enfantines,
ma colère indignée et ma maîtrise de lettres comptaient
pour que dalle. J'étais la somme de mes défauts et de
mes actes, point. Comme je l'ai dit, ce fut une expérience
qui me rendit plus humble.

Au tribunal, l'avocat de Hay s'est levé pour demander
au juge si son client pouvait prendre la parole.
Me LoVecchio et moi avons échangé des regards inquiets.
Changement de scénario. Ça n'augurait rien de bon.

Au cours des mois qui avaient suivi l'incident, expliqua Hay, il avait redécouvert son Seigneur et Sauveur Jésus-Christ. Il avait enfreint le neuvième commandement et avait compris qu'il était responsable des conséquences de ses offenses. Il n'était pas vindicatif. Il était désolé du mal qu'il avait fait. Il espérait que je pourrais lui pardonner comme lui m'avait pardonné. Il me fixa droit dans les yeux en prononçant ces derniers mots. Je détournai le regard. Le reportai sur lui et hochai la tête. Le juge m'accorda ma « réinsertion accélérée »,

Maureen avait à cette date entamé une procédure de divorce. Cet automne-là, j'ai aidé Lolly et Hennie à la traite des vaches et à la vente des pommes et des citrouilles. J'ai également remis en état le labyrinthe de maïs de Bride Lake Farm. Durant les années 50 et au début des années 60, ce labyrinthe était une tradition de Three Rivers : nous vendions deux mille tickets en saison. « Les gens aiment bien se perdre un peu », avait coutume de dire mon grand-père. Mais la popularité du labyrinthe avait décliné à la fin des années 60, parce que, pour la plupart, les gens se trouvaient peut-être déjà assez paumés comme ça. Sur le vieux bureau dans l'étable, j'ai trouvé, daté du 12/5/1956, le croquis du labyrinthe dessiné par mon père. Il avait une surface d'un hectare et demi à l'origine et je l'ai recréé à l'identique. J'ai fait un assez bon boulot et je suis donc allé à la gazette locale pour essayer d'obtenir un papier nostalgique du genre « Le labyrinthe de maïs de Bride Lake Farm est de retour ». Mais ça ne les intéressait pas et nous ne pouvions pas payer une publicité, alors le projet a tourné court. Je veux dire par là que nous avons bien eu quelques familles, les rares week-ends où il n'a pas plu, et quelques groupes scolaires en semaine, mais rien à voir avec la grande époque où il y avait des voitures garées sur quatre cents mètres le long de Bride Lake Road.

J'ai pris un deuxième petit boulot : commis boulanger chez Mamma Mia, l'endroit où j'avais travaillé pour subventionner mes études supérieures dans les années 70. M. et Mme Buzzi étaient tous les deux à la retraite et c'était leur fils, Alphonse, qui dirigeait l'affaire. J'avais été le copain de Rocco, le fils aîné des Buzzi, au lycée, son compagnon de chambre à l'université de Boston, et nous avions assisté côte à côte aux matches des Red Sox. Je vivais ce retour à la boulangerie comme une régression, d'autant plus qu'Alphonse Buzzi était désormais mon patron. Rocco et moi taquinions impitoyablement Al quand il était gosse. Il faut dire qu'il ne l'avait pas volé : il mouchardait, nous tendait des embuscades pour nous arroser avec des bombes à eau. On l'appelait « Fifi Duck » et il allait pleurer dans les jupes de sa mère. Après la mort de Rocco, on pourrait sans doute dire qu'Alphonse était devenu un ami par défaut. Mais il était toujours agaçant. Toujours bébé. Ma première épouse, Patti, essayait tout le temps de lui arranger un coup avec des collègues de sa banque, mais ça n'a jamais marché. Je veux dire par là : aujourd'hui encore, le gars a plus de quarante-cinq ans – il est chef d'entreprise, bon sang – et vous savez ce qu'il aime ? Le paintball. Et ce qui trône sur son classeur de bureau ? Son fichu pistolet à peinture.

Quoi qu'il en soit, travailler la nuit me convenait bien : impossible de fermer l'œil de toute façon. Je ne cessais de me dire que mon congé de l'enseignement me fournissait l'occasion rêvée de me remettre à écrire – de me répéter des conneries du genre : « La vie te donne des citrons, fais-en de la limonade. » Je me suis acheté un classeur et un paquet de trois cents feuilles. J'ai inséré le papier dans les anneaux et j'ai posé le classeur sur ma table de chevet avec un stylo. Mais je ne me suis pas remis à écrire pour autant. Pas une seule fois je n'ai ouvert ce foutu classeur.

Puis Maureen m'a appelé. À l'improviste, la nuit de Halloween. Enfin, il était une heure du matin, donc on était déjà le 1er novembre. Le jour de la Toussaint, si mes souvenirs d'enfance catholique étaient bons. Mo pleurait. Elle avait peur. Sophie, la plus âgée et la plus en manque d'affection de nos deux chiens, était malade. En train de mourir, peut-être même bien. Les chiens pouvaient mourir d'un excès de chocolat, non ? Maureen avait vu trop grand pour la soirée de Halloween : elle était allée se coucher en laissant le tas de friandises non distribuées aux gosses dans une coupe près de la porte. Sophie avait boulotté trente à quarante barres de chocolat Hershey, emballage compris. Ça faisait deux heures qu'elle vomissait chocolat, papier d'emballage et feuille d'argent. Le vétérinaire était aux abonnés absents. Est-ce que je pouvais venir ?

Je me suis arrêté à la supérette ouverte toute la nuit et j'ai acheté du Pepto-Bismol. J'ai envoyé Maureen se coucher et j'ai veillé Soph le restant de la nuit. Elle a cessé d'avoir des haut-le-cœur vers trois heures du matin. Je suis resté à la regarder dormir et panteler. À l'aube, sa respiration était redevenue normale. À sept heures, elle était sur pied, avait meilleure mine et réclamait son petit déjeuner.

Entre Mo et moi, la réconciliation s'est faite de fil en aiguille. Elle m'a d'abord dit que je pouvais venir prendre le café. « Pas plus d'une heure », a-t-elle précisé. La première fois, elle a même mis le minuteur. Elle s'est ensuite laissé inviter à dîner. Puis on a commencé à promener les chiens près du réservoir. À regarder les matches de basket d'UConn à la télé. Un soir, j'ai apporté une bouteille de vin, nous l'avons bue et nous nous sommes pelotés sur le canapé. Nous sommes montés dans la chambre. Au début, nous étions maladroits, pas synchro. J'ai joui bien avant qu'elle ne soit prête. Elle n'arrêtait pas de dire : « C'est rien, je t'assure. »

Plus tard, alors que je m'étais assoupi, elle a lancé : « Caelum ?

— On-hon ?

— Confie-moi un secret. »

Au début, je n'ai rien dit. Puis j'ai demandé : « Quel genre de secret ?

— Quelque chose que tu n'as encore jamais raconté à personne. »

M. Zadzilko, ai-je pensé. J'ai revu sa grosse figure, l'ampoule nue pendue au plafond. « Je ne peux… Je ne trouve rien.

— Parle-moi de ton ex-femme.

— Patti ?

— Francesca. Tu n'en parles jamais. »

Je me suis tourné vers elle. Parce que je voulais revenir chez moi, je me suis exécuté. « Eh bien, quand j'ai commencé à écrire mon livre, elle m'a acheté un ordinateur. Mon premier. »

Mo a dit que ce n'était pas un secret. Que ça ne comptait pas.

« Ouais, mais attends. Le jour où elle m'a quitté ? Elle a pris la clé de la maison – celle qu'elle a laissée – et a gravé quelque chose sur l'écran.

— Quoi ?

— Deux mots : castration affective… Comme si tout ce qui n'allait pas dans notre mariage était de ma faute. Comme si le fait qu'elle vivait à New York en semaine et ne revenait que le week-end – enfin, *certains* week-ends, de moins en moins souvent, en fait –, comme si tout ça comptait pour du beurre. La suite montre que j'étais sacrément maso : figure-toi que j'ai vécu avec ce graffiti. Je n'ai pas arrêté de taper, de contourner ces deux mots. Il m'a bien fallu quatre ou cinq mois avant de débrancher ce putain d'ordi et de le balancer dans la rue. Je l'ai levé au-dessus de ma tête et je l'ai laissé choir, côté écran, sur le trottoir, pour le simple plaisir de l'entendre se fracasser. Grand ménage de printemps, on peut dire. Le lendemain matin, j'ai entendu le camion qui ramassait les encombrants et je suis allé à la fenêtre. J'ai eu le plaisir de voir les types l'embarquer… Tu l'as, ton secret.

— Qui d'autre est au courant ?

— Personne. Juste toi. »

Elle m'a caressé les cheveux, la joue. « Après la séparation de mes parents, quand je passais mes week-ends avec mon père, il venait dans ma chambre certaines nuits, s'asseyait sur une chaise devant mon lit et…

— Quoi ?

— Il se masturbait. » Cette révélation m'a retourné. Elle a anticipé la question qui me brûlait les lèvres mais que je ne voulais pas lui poser. « Ça s'arrêtait là. Il n'a jamais… tu sais.

— Il croyait que tu étais endormie ?

— Non. Il me regardait le regarder. Aucun de nous n'a jamais rien dit. Quand il avait fini, il partait. Et le matin, il redevenait mon papa. Il me sortait et m'achetait des pancakes aux pépites de chocolat pour le petit déjeuner.

— C'est pervers. Ça s'est reproduit souvent ?

— Deux ou trois fois, peut-être. Puis il s'est mis à sortir avec le Barracuda et ça s'est arrêté. » Le Barracuda, c'était Evelyn, sa belle-mère, une agente immobilière de haute volée. Dès le début, Evelyn et Mo avaient gardé leurs distances.

« Tu l'as raconté à ta mère ?

— Non. Tu es la première personne à qui j'en parle… C'était plutôt perturbant. Je n'avais que onze ans. La plupart du temps, il était tellement distant. Si peu disponible. Puis il a… Je savais que ce n'était pas bien de le regarder. Que c'était sale, tout ce que tu veux, mais…

— Mais quoi ?

— C'était une chose que nous partagions. Un secret. Ça m'a déboussolée, pourtant. J'ai couché à droite et à gauche au lycée. »

J'ai passé mon bras autour d'elle. L'ai serrée de plus en plus fort.

« Caelum ? Tu crois que tu pourrais de nouveau avoir confiance en moi ? Je sais que je t'ai donné de bonnes raisons de ne pas le faire mais… si tu joues les Sherlock Holmes chaque fois que je mets les pieds dehors… »

Je lui ai répondu que lui faire confiance était mon vœu le plus cher – que je ne pouvais rien lui promettre de mieux que d'essayer.

« D'accord, a-t-elle dit. C'est mérité. »

Au rendez-vous suivant, elle a déclaré que je pouvais revenir à la maison si j'en avais envie. Mais à la condition que nous suivions une thérapie conjugale.

Le Dr Beena Patel, notre conseillère, était vêtue d'un sari et le genre à aller droit au but. Le sosie de Ruth Bader Ginsburg, juge à la Cour suprême. J'avais supposé que ce serait Mo qui s'en prendrait plein la figure puisque c'était elle qui était en tort, mais dès le premier quart d'heure je me suis rendu compte que Dr Patel se montrerait une briseuse de couilles impartiale. Elle pensait en outre que nous concentrer sur l'avenir serait plus payant. Payant, c'était le mot : ses honoraires étaient de cent quinze dollars la séance.

Le Dr Patel nous donna des devoirs. Elle nous fit mettre au point une série de requêtes non verbales à utiliser chaque fois que nous aurions envie de demander quelque chose qui nous donnait un sentiment de trop grande vulnérabilité. Les signaux universellement reconnaissables n'étaient pas permis. Pas de doigt d'honneur en réponse à une remarque cinglante, par exemple ; pas de main aux fesses si, entrant dans la cuisine et voyant Mo dans son jean raccourci en short, je me sentais soudain émoustillé. « La création de signes exclusifs pour votre couple est une partie aussi importante de la thérapie que leur utilisation, expliqua le Dr Patel. Et, bien sûr, le fait d'honorer soigneusement vos requêtes mutuelles dans la mesure où elles restent raisonnables. » Ainsi, tirer sur le lobe de l'oreille signifiait : *S'il te plaît, écoute-moi.* Une main sur le cœur : *Ce que tu viens de dire me blesse.* Une bougie allumée : *Viens en haut. Sois avec moi. Aime-moi.* J'aimais vraiment Maureen. Je l'aime toujours. J'ai beau avoir l'air d'un salaud cynique, demandez-moi de relever ma chemise et je vous montrerai la flèche que j'ai dans le cœur.

« Vous ne pouvez pas vous contenter de dire que vous lui pardonnez, monsieur Quirk, affirmait le Dr Patel lors des séances supplémentaires en solo qu'elle m'avait imposées parce qu'à nos rendez-vous en couple c'était Maureen qui tenait le crachoir les trois quarts du temps. Si vous voulez vraiment vivre à l'intérieur de ce mariage, vous devez vous débarrasser de votre carapace d'amertume et *embrasser* le pardon.

— Ma carapace ? Qu'est-ce que je suis ? Un insecte ? »

Le Dr Patel ne sourit pas. « Ou alors, partez, mon ami. »

En fait de partir, on a déménagé. La mère de Maureen était morte ; son père et le Barracuda avaient une fille et une petite-fille. Ils se contentaient d'envoyer des cartes aux anniversaires et à Noël – et encore, c'était toujours

Evelyn qui les rédigeait. Mais Mo avait ce fantasme d'une possibilité de rapprochement avec son père si elle retournait au Colorado. Franchement, je ne voyais pas pourquoi elle le souhaitait. En ce qui me concernait, le gars aurait dû être fiché comme délinquant sexuel. Mais je n'ai jamais formulé cet avis, et Maureen n'a jamais voulu parler de papa avec le Dr Patel. Quant à moi, l'idée de me trouver face à des classes de lycéens qui ignoraient tout de mon arrestation – au lieu de gamins qui étaient au courant du moindre détail – ne manquait pas de charme. Nous avons donc passé des tas de coups de fil. Mes diplômes du Connecticut étaient reconnus au Colorado et Maureen avait obtenu son diplôme d'infirmière là-bas. Nous nous sommes envolés pour le Colorado fin juin, avons passé des entretiens d'embauche, trouvé une maison qui nous plaisait à Cherry Knolls. À la mi-juillet, on avait chacun un boulot dans le même lycée – moi comme prof d'anglais et Maureen comme infirmière scolaire. Nous avons donc pris des déménageurs, fermé nos comptes en banque, donné des calmants aux chiens pour le voyage vers l'ouest et nous sommes partis.

Si pour Maureen le Colorado était un retour au pays, moi, j'étais un étranger sur une terre étrangère. « Bienvenue au pays de Dieu, ne cessaient de répéter les gens du cru en indiquant d'un signe de tête ces fichues montagnes qu'on voyait partout. Buvez de l'eau ou l'altitude va vous jouer des tours. » Ce fut le cas. Les premières semaines, j'avais des saignements de nez pour un oui pour un non.

C'étaient les petites choses qui me manquaient : la ferme familiale en octobre, le petit rire de tante Lolly, mon vieil itinéraire de jogging, les matches des Red Sox à Fenway Park. Je prenais les mêmes places depuis que j'étais étudiant (section 18, rangée NN, sièges 5 et 6). Je les avais occupées avec Rocco les premières années, et plus tard avec son frère, Alphonse. J'allais bien sûr aux matches des Rockies, mais ce n'était pas pareil. D'abord ils ont le *home run* facile ici : quelqu'un frappe la balle et l'altitude prend soin du reste. Au début, Maureen m'accompagnait parfois à Coors Field, mais elle emportait généralement un livre ou me traînait dans une galerie d'art après. « On a combien de buts maintenant ? » demandait-elle, et je devais lui rappeler qu'on parlait de *home runs* ou de points, pas de buts. Je sais pas, moi. C'est différent ici. Vous avez une idée de ce que vous pouvez commander comme garniture de pizza à Denver ? Un filet de tilapia grillé au mesquite, avec ou sans fromage de chèvre. Je vous jure !

Qu'est-ce que je peux dire pour ma défense ? J'ai respecté nos signaux pendant un certain temps. Je voyais sa main sur son cœur et la réconfortais. Je passais à l'acte, devant une bougie allumée. En allumai moi-même une de temps à autre. Et ça marchait : c'était mieux. Il faut reconnaître ça à la thérapie. Mais avec le temps, je suis devenu négligent. Je suis redevenu amer. Je n'arrivais pas à me dépêtrer du passé que j'étais censé avoir laissé derrière moi : à oublier le fait que le lundi et le jeudi soir, quand Maureen était supposée suivre des cours de tai-chi, elle écartait les jambes et s'envoyait en l'air avec Paul Hay. Je ne sais vraiment pas. Peut-être que cette histoire avec son père l'avait bel et bien perturbée. Comment pouvait-il en être autrement ? Mais après la fameuse nuit dis-moi-un-secret, nous n'avons plus jamais abordé la question – pas même avec le Dr Patel.

Je vais vous dire un truc, pourtant : le retour de Maureen au Colorado ne lui a pas apporté ce qu'elle attendait de son père. Elle est allée chez eux trois ou quatre fois au début. Elle se mettait sur son trente et un, leur achetait des cadeaux. J'ai choisi de ne pas l'accompagner. Je m'imaginais que la vue du cher papa déclencherait quelque chose en moi et que je ne pourrais pas résister à l'envie de lui voler dans les plumes. De l'estourbir ou que sais-je. C'est que j'avais des antécédents. Maureen rentrait toujours de ces visites en disant qu'elle avait passé un bon moment, ou que leur maison était belle, ou que leur petite-fille Amber était absolument adorable. Mais elle était déprimée, abattue les jours suivants. Quelquefois, j'espionnais quand elle leur téléphonait. Maureen papotait avec Evelyn pendant un moment, puis elle demandait à parler à son père. Il se pliait à ses désirs – venait au téléphone une fois sur deux. Et ça m'attristait d'entendre Maureen faire quasiment toute la conversation. Il ne l'appelait jamais. Evelyn non plus. Pas plus que Cheryl, sa demi-sœur. À un moment donné, au cours de notre deuxième année, Maureen a cessé de leur téléphoner. Ce fut dur pour elle comme ça l'avait été pour moi. Je connaissais une ou deux petites choses sur les pères qui abdiquent.

Mais revenons-en à la soirée de vendredi. *Homicide* s'est terminé comme d'habitude sur une note ambiguë, *Slim Slow Slider* de Van Morrison s'est achevé et le journal télévisé a commencé. Le monde était relativement calme ce soir-là. Rien qui vous cloue à votre fauteuil. Aucun signe de l'horreur concoctée par ces deux petits salopards enragés. Channel Nine a montré un braquage dans une supérette de Lakewood et une manifestation pour la défense de l'environnement à Fort Collins. Il y avait les habituelles nouvelles consternantes en provenance du Kosovo. Je n'arrêtais pas de me dire : Lève-toi. Va vers elle. Au lieu de ça, je suis resté pour les résultats des Sox et des Celtics, j'ai vérifié les températures sur la chaîne météo. Nous étions au Colorado depuis quatre ans, mais je continuais à m'intéresser au temps qu'il faisait dans le Connecticut.

Pourtant, j'avais l'intention de monter la rejoindre. J'allais y aller. Mais le journal télévisé fit place à « Letterman » et comme le musicien invité était James Brown, j'ai décidé d'ouvrir une bière et de regarder aussi ce vieux brigand. Devrais-je ajouter le parrain de la soul à ma liste de chefs-d'œuvre, m'interrogeai-je. Et si oui, qui rayer ?

Mes yeux se sont entrouverts peu après trois heures. J'ai regardé autour de moi pour reconnaître la pièce. Je me suis levé, occupé des chiens et j'ai verrouillé la porte. Je suis monté.

Notre chambre était éclairée par un restant de bougie et sentait le gingembre à plein nez. De la cire avait dégouliné sur le devant de la commode et refroidi. S'était incrustée dans la moquette. Maureen dormait d'un air renfrogné. Elle avait bu les deux verres de vin.

J'ai laissé tomber mes vêtements par terre et je me suis allongé près d'elle. Elle s'est retournée pour regagner son côté du lit. *Moondance*, ai-je pensé. Non, *Astral Weeks*. Au milieu de mon indécision, j'ai soudain vu ma vie insignifiante en raccourci : Club Mickey Mouse, élevé dans une ferme, mauvais mari, prof médiocre. Quarante-sept balais, et qu'est-ce que j'avais accompli ? Qu'est-ce que je savais ?

J'apprendrais par la suite qu'il m'avait menti sur deux points à Blackjack Pizza. Premièrement, il n'était pas aussi anti-bal qu'il le prétendait : il avait demandé à deux ou trois filles d'être sa cavalière et elles avaient refusé. Comme c'était son habitude chaque fois qu'un de ses pairs lui déplaisait ou le froissait, il était rentré chez lui, avait pris un stylo rouge et gribouillé leurs visages sur la photo de classe. Deuxièmement, il n'allait pas s'engager dans les marines. Le *Rocky Mountain News* signalerait que l'antidépresseur qu'il prenait pour ses troubles obsessionnels compulsifs l'avait rendu inapte. Le recruteur était passé chez lui pour lui annoncer la nouvelle jeudi, la veille du jour où j'avais acheté ma pizza. Mais son copain avait bien envisagé d'aller à l'université de l'Arizona : son père et lui s'étaient rendus là-bas quelques semaines auparavant et avaient choisi sa chambre à la résidence universitaire. Est-ce que ça faisait partie de la supercherie ? Avait-il joué au base-ball virtuel mais aussi à l'avenir virtuel ? Berné ses parents comme tous les autres ? Son ordinateur n'offrait aucun indice : on l'avait saisi dans les heures qui avaient suivi, mais il avait effacé le disque dur la veille au soir.

Je ne cesse de revenir sur cette soirée de vendredi depuis des années : quand je ne parviens pas à dormir ; dans mes rêves ; chaque fois que la porte d'acier s'ouvre et que je me dirige vers Maureen avec son regard triste, ses cheveux fins et ternes, son tee-shirt bordeaux et son jean sans poches. Mo est une victime du massacre de Columbine dont vous n'avez jamais entendu parler, que vous n'avez pas vue interviewée à la télé. Un dommage collatéral.

Je regrette tellement de ne pas être monté ce soir-là. De ne pas lui avoir fait l'amour. De ne pas l'avoir tenue dans mes bras et rassurée… Parce que le compte à rebours était presque terminé. Ils avaient acheté leurs armes, enregistré leurs vidéos d'adieu, mis la dernière main à leur plan. Effectué leur dernier service à Blackjack. Le chaos était imminent et nous allions nous retrouver égarés dans le labyrinthe, errer parmi les cadavres et nous perdre l'un l'autre pendant des années. Pourtant Maureen m'attendait en haut dans notre lit, ce soir-là.

Monte ces marches ! ai-je envie de crier à mon moi du 17 avril 1999 qui ne se doutait de rien. *Prends-la dans tes bras ! Rassure-la !* Parce que le temps était compté. Les premiers coups de feu éclateraient quatre-vingts heures plus tard.

2

Le samedi matin, je fus réveillé par des cris plaintifs. Yeux clos, je tâtai de chaque côté. À gauche, je sentis la hanche de Maureen. À droite, des poils. J'avais émergé du sommeil couché sur le dos, le drap enroulé autour des chevilles, avec une érection qui faisait une tente dans mon boxer. J'ouvris les yeux et me trouvai face à face avec la coupable : Sophie. Son museau reposait sur le matelas. Sa tête était à trente centimètres de la mienne. Je battis des paupières, elle fit de même. Je soupirai, elle soupira. Ses yeux me suppliaient : *Lève-toi. Donne-moi à manger. Aime-moi plus qu'elle.*

De nos deux golden retrievers – la mère et le fils –, c'était Sophie qui avait le plus besoin d'affection. Avec l'âge, elle était devenue névrosée : gémissante, obsédée par la nourriture, et soudainement possessive. Il suffisait que j'attrape Maureen près de l'évier de la cuisine ou dans la salle de bains et que je l'embrasse amoureusement pour que Sophie apparaisse et la repousse à coups de tête. C'était drôle, mais ça donnait aussi la chair de poule, c'était comme vivre avec la version canine de – comment elle s'appelle, déjà, dans *Liaison fatale*? Pas Meryl Streep. L'autre. Cruella D'Enfer.

Maureen balança un bras. Ses doigts glissèrent sur mon cou. Je roulai vers elle et calai mon menton sur son épaule. Lui fis sentir que je bandais. « Salut, ma belle, murmurai-je.

— Mauvaise haleine », marmonna-t-elle en fourrant son oreiller entre nous. Le gémissement de Sophie devint un grognement guttural. *Hou ! hou ! Tu te souviens de moi ?*

Le radio-réveil indiquait sept heures six. Les verres à vin sur le plateau en osier près de la fenêtre indiquaient que j'avais déçu Maureen, la veille au soir. Sophie me donnait des petits coups de truffe humide dans le poignet. « Ouais, ouais, attends une minute », bougonnai-je. Je posai les pieds par terre et me dirigeai vers la salle de bains, Sophie sur les talons. Chet grogna et s'étira, agita la queue et se joignit à nous. Ce chien arborait presque toujours un grand sourire.

Je n'avais pas fini de pisser que Maureen entra, un verre dans chaque main. Elle vida les fonds de vin avec une telle détermination que le mur en fut éclaboussé.

« Hé, ça te dirait que j'emmène les chiens courir un peu et qu'on aille ensuite déjeuner quelque part ? »

Elle rinça les verres, me fit attendre. « Je peux pas, finit-elle par dire.

— Tu ne peux pas ou tu préfères te passer de la compagnie du sagouin que je suis ? »

Pas de sourire indulgent. Pas de regard dans ma direction. Elle attrapa un gant qu'elle passa sur les verres avec une telle force qu'ils couinèrent. « Je petit-déjeune avec Velvet. »

Je restai planté à hocher la tête. *Touché*[*].

Dans le système de signaux mis au point avec le Dr Patel, il n'y avait pas de raccourci pour « Je suis

---

[*] Tous les mots en italique suivis d'un astérisque sont en français dans le texte. (*Toutes les notes sont de la traductrice.*)

désolé ». On était obligé de prononcer les trois mots. Mais la mention de celle qui petit-déjeunait avec Maureen court-circuita toute la contrition que j'avais pu générer.

La spécialité de Mo était la gérontologie, mais depuis qu'elle avait pris un poste d'infirmière scolaire elle avait découvert qu'elle aimait bien travailler avec des lycéens. Particulièrement ceux en manque d'affection. Je n'arrêtais pas de lui répéter : « Contente-toi de leur filer une aspirine et renvoie-les en cours. » Au lieu de ça, elle les aidait à faire leurs maths, les conseillait dans leur vie amoureuse, les transbahutait dans sa voiture et leur filait de l'argent pour s'acheter à manger le midi. J'avais prévenu Mo de garder une certaine distance, surtout avec Velvet Hoon. Comme les courants sous-marins de Cape Cod, elle pouvait vous entraîner beaucoup plus profond que prévu. Je parlais d'expérience.

J'enfilai mon survêtement, laçai mes baskets. Si elle préférait passer sa matinée de samedi avec une gamine de seize ans à problèmes plutôt qu'avec son mari, parfait. Merde à la fin. Peut-être que j'allais laisser les clebs à la maison et faire un long circuit – treize kilomètres jusqu'à Bear Creek Lake et retour. Je sortais quand j'entendis les mots « partie remise ».

Je m'arrêtai. L'espace d'une nanoseconde, nos regards se croisèrent. « Ouais, c'est ça », dis-je. Les chiens me dépassèrent en bondissant et je faillis me casser la figure en descendant les marches.

Dehors, il faisait si froid qu'on expirait des nuages de buée. Possibilité de rafales demain, avait dit la météo. Maudit air raréfié du Colorado. C'était différent dans le Connecticut. À la mi-avril, il commençait à faire plus doux. Tante Lolly avait probablement déjà fait labourer son jardin au motoculteur. Elle avait peut-être même semé ses petits pois. Quand elle appelait le dimanche, j'étais certain d'entendre le bulletin agricole et météo de la semaine, une ou deux récriminations au sujet de son ouvrier, Ulysse Pappanikou – qu'elle avait surnommé « Pas de panique » parce qu'avec lui c'était tout doucement le matin et pas trop vite le soir –, et un topo sur les dernières manigances concoctées par « ces maudits soldats de plomb du bout de la rue ». Lolly avait une dent contre le régime paramilitaire qui régnait désormais sur la version « sécurité maximale » de ce qu'elle s'obstinait à appeler « la prison de grand-mère ». Comme sa grand-mère paternelle qui avait dirigé la Bride Lake State Farm for Women de 1903 à 1943, tante Lolly, aujourd'hui âgée de soixante-huit ans, avait servi longtemps à Bride Lake bien qu'en qualité de sous-fifre. Pendant quarante ans, elle avait été surveillante dans la deuxième équipe. « Bien sûr, c'était l'époque où on traitait les filles comme des êtres humains et non comme de la vermine, disait-elle. À présent, ils ont tous ces capitaines, ces majors et ces lieutenants qui paradent comme le jour du 1er Mai à Moscou et qui connaissent que dalle à la façon de gérer une prison de femmes. »

Je faisais des étirements dans le jardin et me tâtais pour savoir si j'allais retourner me chercher un bonnet et des gants quand j'entendis craquer des feuilles dans les bois situés derrière la maison. Les chiens aussi avaient entendu. Ils se raidirent en fixant la clairière ; Chet émit un grognement sourd, guttural. Des chevreuils, supposai-je. Les pas étaient trop lourds pour des écureuils. « Doucement, mon vieux », dis-je à Chet, et nous restâmes tous les trois à écouter le silence. Quelques secondes plus tard, les craquements reprirent et Velvet Hoon émergea du bois dans toute sa gloire dépenaillée.

Me rappelant que nos chiens la terrifiaient, je les attrapai par le collier. « Je les tiens ! » criai-je. L'expression

« Il aboie beaucoup, mais il n'est pas méchant » aurait pu être inventée pour eux : ce sont de vraies mauviettes. Mais franchement, c'était un soulagement de voir Velvet avoir peur de quelque chose. Tout en nous surveillant du regard, elle entra dans le jardin en grande tenue de phénomène de foire : haut dos nu, bourrelets à l'air, pantalon de smoking coupé aux genoux, et énormes brodequins argent peints à la bombe. Ses cheveux avaient repoussé depuis la dernière fois que je l'avais vue. Elle arborait à présent une coupe en brosse qui avait la couleur du pain moisi. Je ne pus m'empêcher de sourire en la voyant foncer sur la table de pique-nique : petite et trapue, elle se déplaçait comme un robot de *La Guerre des étoiles*. Du banc, elle grimpa sur la table et farfouilla pour trouver une cigarette. Après s'être assuré une position dominante et avoir aspiré un peu de nicotine, elle retrouva sa morgue.

« Maureen est là ? cria-t-elle.

— Mme Quirk, tu veux dire ? » Je hochai la tête. Je vis un frisson la parcourir. Qu'est-ce qu'elle espérait en se baladant dans cette tenue par un froid pareil ? « Je vais lui dire que tu es là. » Pas question de la laisser remettre les pieds chez moi. « Tu veux une veste ? »

Au lieu de me répondre, elle hurla après les chiens qui aboyaient. « Faites chier ! Fermez-la, merde ! » Ses cris les rendirent dingues.

De retour dans la maison, je lançai du bas de l'escalier : « Cendrillon est arrivée !

— Déjà ? Je lui avais dit neuf heures.

— Elle a dû prendre un sacré raccourci. Elle est arrivée par les bois. »

Pas de réponse.

« J'y vais maintenant. Je jogge jusqu'à Bear Creek et je reviens. »

Rien.

« Ne la laisse pas entrer ici sans surveillance, OK ? »
Je me mis à compter comme j'avais appris à le faire
pour maîtriser ma colère : mille un, mille deux, mille…
« Mau*reen* !

— OK ! OK ! »

Dans la penderie du vestibule, j'attrapai ma veste doublée de laine et ressortis. Velvet était toujours juchée sur
la table de pique-nique, assise à présent.

« Elle s'appelle reviens », criai-je. Je roulai la veste en
boule et la lui lançai. Elle tomba dans l'herbe couverte
de givre à cinquante centimètres de la table. Velvet la
regarda mais ne leva pas le petit doigt. « Prends soin de
bien écraser ta cigarette quand tu auras fini », dis-je. Elle
aspira une bouffée et souffla sa fumée vers le ciel.

« Tu as retrouvé mon livre ? demandai-je.

— Je l'ai pas pris, votre putain de bouquin. »

Elle détourna le regard avant moi. Je tournai les talons
et descendis l'allée à petites foulées. Si elle préférait se
geler dehors plutôt que de ramasser ma veste, grand bien
lui fasse.

Le jogging fut dur. Les poumons me brûlaient, j'avais
la gorge en feu : je couvais sans doute un rhume. Même
au mieux de ma forme, je ne m'étais jamais complètement habitué à courir à ces altitudes. « Tes globules
rouges s'adaptent en quelques jours, Caelum, m'avait
assuré Andy Kirby. Le problème est dans ta tête. »
Andy est marathonien et prof de maths. Andy, Dave
Sanders et moi avions l'habitude de déjeuner ensemble
lors de ma première année à Columbine. Dave était le
coach de l'équipe féminine de basket et il suivait les
femmes de l'UConn d'assez près – de plus près que
moi. C'étaient des types chouettes, Dave et Andy, mais
au cours de ma deuxième année j'ai commencé à appor-

ter des sandwiches et à les manger dans ma classe. Je ne sais pas bien pourquoi, c'est comme ça. Pendant un temps, les gamins – ceux qui étaient en manque d'affection – ont jeté un œil par la porte vitrée et sont venus me voir durant ma pause déjeuner. Au bout d'un moment, pourtant, je me suis montré plus malin. J'ai découpé un morceau de papier noir et l'ai collé sur la vitre. Avec la lumière éteinte, la porte fermée à clé et la vitre obturée, j'ai pu déjeuner en paix.

C'est ce que Maureen n'a pas compris, voyez-vous : parfois on doit jouer la défense face à l'avalanche de la demande adolescente. Son travail d'infirmière scolaire était un mi-temps, ce qui signifiait qu'elle pouvait partir à midi. Mais le plus souvent, elle était encore là à la fin des cours. « Admets tes limites, je disais. Un tas de ces gamins sont bousillés et irrécupérables. » Vous savez ce qu'elle me répondait ? Que j'étais cynique. Ça me piquait au vif, je dois reconnaître. Je n'avais rien d'un cynique : j'étais on ne peut plus réaliste. Arrivé à un certain âge, on se met à prendre en compte les limites de la vie. On lace ses baskets et on court pour oublier.

De West Belleview, j'ai tourné à gauche en direction de South Kipling. Ma destination – l'entrée du parc de Bear Creek Lake – n'était pas la porte à côté : treize bornes à l'aller et autant pour revenir. J'avais oublié de prendre mes gants et mes mains étaient irritées par le froid. J'étais aussi irrité par la question Velvet Hoon.

Velvet avait été mon projet personnel avant de devenir celui de Maureen. Elle avait débarqué l'année précédente avec ses gros godillots argentés en deuxième heure de mon atelier d'écriture, agitant un papier d'admission comme une provocation. Aux abris, m'étais-je dit tandis que mon regard passait de son piercing nasal à son cou tatoué puis à la cicatrice horizontale visible sous le duvet qui repoussait sur son crâne rasé. Les élèves étaient assis en rond en train d'écrire leur journal intime. Ils devaient être vingt-deux, vingt-trois, et je ne crois pas qu'il y ait eu un seul stylo qui ne se soit pas arrêté net.

« On est en train de finir un exercice d'écriture, ai-je chuchoté. Assieds-toi. » Elle ignora délibérément la chaise vide que j'indiquais dans le cercle et s'exila au fond de la classe. Quelqu'un risqua une plaisanterie sur *Star Trek : Voyager*, mais parce que la vanne était quasiment inaudible et la réaction des autres minime, je décidai de ne pas relever. Ce ne fut pas le cas de Velvet. Elle leva immédiatement le bras et fit un doigt d'honneur adressé à personne en particulier. La plupart des gamins ne remarquèrent rien, mais ceux qui le virent – Becca, Jason, Nate – me regardèrent. Je leur fis baisser les yeux, l'un après l'autre. « Encore cinq minutes, annonçai-je. Continuez à écrire. »

Quand la sonnerie retentit et que les autres sortirent, Velvet resta assise. Elle tira de sa poche un inhalateur et s'envoya quelques giclées. Son regard faisait la navette entre son emploi du temps et la photocopie du plan de l'établissement.

« C'est un grand lycée. Un vrai labyrinthe quand on est nouvelle, hein ? Je peux t'aider ? »

Elle secoua la tête et se leva pour partir. Lorsqu'elle s'approcha de moi, j'examinai la gamine qui se dissimulait sous l'accoutrement « allez vous faire foutre » : nez large, taches de rousseur, peau de la couleur du thé Earl Grey additionné d'un doigt de lait. Je me demandai pourquoi quelqu'un qui arborait une cicatrice de quinze centimètres sur le côté de la tête avait choisi de se raser le crâne.

« Tu viens d'où ? demandai-je.

— Du Vermont.

— Ah bon ? Moi aussi je suis de la Nouvelle-Angleterre. Où ça dans le Vermont ?

— Barre.

— C'est là où il y a de grandes carrières de granit, hein ? » Hochement de tête presque imperceptible. « Oh, à propos, ton inhalateur… Tu es censée le laisser à l'infirmerie. Ça fait partie du règlement intérieur : contrôle de tous les médicaments. Ma femme est une des infirmières, elle pourra donc t'aider. Mme Quirk. »

Sans répondre, elle passa devant moi en traînant ses grosses chaussures et sortit dans le couloir bondé. « Merde alors ! cria quelqu'un. Abattez-la avant qu'elle fasse des petits ! »

Pour les jeunes qui ne sont pas sportifs, pour ceux qui aiment la lecture, ceux qui sont gays, ceux qui commencent à être révoltés par les injustices sociales, « afficher sa différence » est à la fois une découverte de soi et de l'autodéfense. Lors des grands rassemblements avant une compétition sportive, ils vous crèvent le cœur. Blottis les uns contre les autres, tout en haut des gradins, dans leurs impers trop grands et leurs vêtements de l'Armée du Salut, ils contemplent d'un air malheureux la consécration des élèves les plus populaires, approuvée par l'institution scolaire. Ils subissent des brimades, ces gosses – surtout ceux qui refusent de raser les murs. On leur fait des croche-pieds dans les couloirs, on les pousse contre les casiers aux vestiaires, on les bombarde de mie de pain au réfectoire. Leurs bourreaux sont pour la plupart extrêmement malins. Un prof accaparé, sortant des bureaux de l'administration ou se hâtant vers le photocopieur entre deux cours lancera peut-être un regard noir ou laissera tomber sèchement un « Ça suffit ! », mais il ne s'arrêtera sans doute pas pour autant. Et si une petite brute sans finesse dépasse les bornes et se fait pincer, il y a de fortes probabilités pour que le CPE soit un ex-sportif et un ex-bourreau – quelqu'un qui comprend ce mode de fonctionnement, réprimande la petite brute et la renvoie en cours. Les marginaux savent où se réfugier : à la bibliothèque, au club de théâtre, au cours d'arts plastiques et dans les ateliers d'écriture. Alors, peut-être que si Velvet avait baissé les hostilités d'un ou deux crans, fait profil bas pendant une semaine, ou porté une tenue un peu moins agressive, mes gamins de l'atelier d'écriture l'auraient acceptée. Mais ce ne fut pas le cas.

Quelques semaines après son arrivée, Ivy Shapiro, sa conseillère, vint me voir en plein cours. New-Yorkaise minuscule, la soixantaine, Ivy avait des manières très directes que beaucoup de profs trouvaient caustiques. Quel que soit le problème, elle prenait le parti des élèves, ronchonnaient-ils. J'aimais bien Ivy, même si c'était une ignoble supportrice des Yankees. « Excusez-moi une minute, dis-je aux élèves.

— Velvet Hoon, fit Ivy. Assiduité ?

— Elle vient de temps en temps.

— Elle travaille ?

— Parfois. Elle m'a remis une histoire, aujourd'hui, ça m'a plutôt surpris.

— Pourquoi ça ? »

Je lui expliquai que nous faisions dix minutes d'échauffement au début de chaque atelier. Je ramasse les feuilles et je les garde dans des dossiers pour que les gamins puissent s'y référer et voir s'ils ont envie de développer un truc particulier. « Velvet fait les exercices, mais elle refuse de remettre ses feuilles. La fois où j'ai insisté pour les avoir, elle les a roulées en boule et fourrées dans sa poche.

— Elle se méfie des hommes. Son histoire parle de quoi ? »

Je haussai les épaules. « Je viens de la ramasser. »

Elle hocha la tête et m'interrogea sur ses relations avec les autres élèves.

« Inexistantes. À moins de prendre en compte les ricanements.

— De sa part ou de leur part ?

— Des deux. »

Ivy me demanda si je pouvais venir à une réunion au sujet de Velvet, le lendemain après mes cours. « Ça dépend. Y aura à boire ?

— Bien sûr. Et des mouchoirs pour les supporteurs des Red Sox. »

Ce soir-là, après le dîner, je lus l'histoire de Velvet. Elle l'avait intitulée « Gorilla Grrrrl », je m'attendais donc à un truc du genre Jane Goodall-vivant-avec-les-grands-singes. Au lieu de ça, j'avais douze pages manuscrites sur une super hors-la-loi qui s'était donné pour mission de détruire toutes les boutiques Gap du pays. Explosion de bombes. La marchandise part en flammes. Les gamins BCBG et les gérants des boutiques périssent. À la fin, l'héroïne anonyme se tue plutôt que de se faire embarquer par une unité d'élite de la police. Mais elle meurt victorieuse : tout le monde en Amérique est terrifié à l'idée de faire des courses chez Gap et la chaîne de magasins sombre comme le *Titanic*.

C'était en général les garçons qui gravitaient autour des fantasmes de revanche violente. Les filles donnaient plutôt dans la poésie du genre Je-suis-un-oiseau-en-cage-parce-que-tu-es-mon-petit-ami. L'histoire de Velvet attira donc mon attention parce qu'elle sortait des stéréotypes. J'écrivis les commentaires suivants à la fin de sa copie :

POINTS POSITIFS	POINTS À TRAVAILLER
1. *L'histoire est bien construite.*	1. *Le ton n'est pas clair. Parodie ?*
2. *Les aspects politiques sont intéressants.*	2. *Personnages. Qui est-elle ? Pourquoi est-elle si en colère ?*
3. *Original !*	3. *Grammaire, orthographe.*

*Discutons-en. Pour un premier jet, tu t'en es bien tirée.
Note : A–.*

P-S : Je crois que tu veux dire <u>Guérilla</u> Grrrrl. Vérifie.

Plus tard, au lit, je pointai ma télécommande sur *New York District* et éteignis la lumière. Les chiens étaient déjà endormis et je croyais que Maureen l'était aussi. Mais elle se mit à me parler de Velvet dans l'obscurité. À cause de son traitement anti-asthmatique biquotidien, elle était devenue une habituée de l'infirmerie. « Elle fait peur aux autres. Quand elle entre, mes hypocondriaques se sentent soudain mieux et veulent retourner en cours.

— Ça pourrait être sa boule à zéro. Son look Oncle Fétide[1] est un peu exagéré, tu ne trouves pas ? »

Mo remua. S'enroula dans la couverture. « Son dossier médical est arrivé aujourd'hui. La vie de cette pauvre gamine est un film d'horreur. »

Je m'assoupissais quand Mo fit quelque chose qui lui arrivait rarement : elle prit l'initiative. Elle se montra insistante en plus, me caressa, me chevaucha, frotta le bout de ma queue en érection contre son ventre, sa cuisse. À côté du lit, Sophie commença à gémir.

« Eh, doucement, murmurai-je, ou je vais… » Je jouis dès que je la pénétrai. Elle aussi, à plusieurs reprises.

---

1. Personnage lugubre de la série télévisée *La Famille Addams*.

Ça n'arrêtait pas. Je croyais que c'était fini et elle remettait ça.

Pendant qu'elle était dans la salle de bains, je me demandai qui elle venait de baiser. Moi ? Paul Hay ? Un autre type dont je n'avais jamais entendu parler ? J'entendis la chasse d'eau. L'ombre de Mo bougea sur le mur. Elle se recoucha et se blottit contre moi. « Qu'est-ce que tout ça signifiait au juste ? fis-je.

— Rien, finit-elle par dire. J'ai eu peur.

— De quoi ?

— Je ne sais pas. De rien. Serre-moi dans tes bras. »

À la réunion du lendemain après-midi, nous fûmes six à attendre dix minutes que le psychologue scolaire daigne se pointer. Beaucoup l'avaient rebaptisé Sa Suffisance. « Merde, lâcha finalement Ivy. On a tous notre vie. Commençons sans lui. »

Ivy expliqua que le contexte pourrait nous aider à mieux comprendre, et donc tolérer, quelqu'un qui, de l'aveu de tous, était une jeune femme très compliquée. « Pour commencer, c'est une mineure émancipée. Une situation toujours délicate, mais dans le cas de Velvet ça pourrait être un avantage. Son expérience des adultes…

« OK, stop, dit Henry Blakely. Je m'excuse de vouloir enseigner l'histoire américaine à vingt-cinq gamins, mais, franchement, je me fiche de savoir qui lui a donné la fessée ou l'a regardée d'un drôle d'air quand elle était petite. » J'occupais la place voisine de celle d'Henry sur le parking. Son pare-chocs arrière arborait deux autocollants : « Je préférerais jouer au golf » et « Celui qui meurt avec le plus de joujoux GAGNE ! »

« Crois-moi, Henry, répondit Ivy. Ça va bien au-delà de la fessée.

— Et ça lui donne tous les droits ?

— Bien sûr que non. Ce que j'essaie de dire, c'est…

— Non, voici ce que *moi* j'ai à dire. Elle est belliqueuse, elle refuse de travailler, et si elle se représente à mon cours avec ses boucles d'oreilles en forme de pénis elle sera renvoyée comme ça a été le cas aujourd'hui. Maintenant, si vous voulez bien m'excuser, j'ai deux gosses *normaux* qui attendent de passer leur examen de rattrapage dans ma classe. »

Ivy resta un moment à rassembler ses pensées. « Normaux, anormaux, dit-elle. Je suppose que ça facilite la vie quand on peut mettre les gosses dans deux catégories et faire une croix sur la moitié d'entre eux. » Elle fouilla dans son grand sac en toile. « J'ai failli oublier : M. Quirk voulait des rafraîchissements. » Nous avons fait circuler les cookies à la menthe autour de la table de conférences et raconté nos malheurs.

Audrey Gardner avait du mal à passer outre au svastika tatoué sur le mollet de Velvet. « Ça bouleverse aussi certains élèves. La pauvre Dena Gobel est venue me voir en larmes. »

Ivy déclara avoir « solutionné » le problème : Velvet et elle venaient d'avoir une discussion à cœur ouvert au sujet de la Shoah.

« C'était une stupidité et une erreur de jugement de sa part, pas de l'antisémitisme. Quand elle vivait à Fort Collins, elle s'est mise à fréquenter un skinhead qui était directeur adjoint du Taco Bell dont elle était une habituée. La croix gammée était apparemment une sorte de gage d'amour. Ça ne devrait plus être un problème, Audrey : je lui ai acheté plus de sparadraps qu'il ne reste de jours dans l'année scolaire et elle va la faire disparaître. Quoi d'autre ? »

Bill Gustafson déclara que le plus souvent Velvet « planait » après le déjeuner. Andy Kirby dit que la jeune fille avait décidé dès le deuxième jour qu'elle ne se sentait pas concernée par l'algèbre et avait quitté la classe. « Je ne l'ai plus revue depuis », ajouta-t-il. Gerri Jones affirma que Velvet ne s'était jamais présentée au cours de gym.

« Et vous, monsieur Quirk ? » demanda Ivy.

Je signalai que les mauvais jours Velvet était ouvertement hostile et que les bons elle se contentait d'être passive-agressive.

« Mais elle vient en cours, non ?

— Ouais.

— Vous avez eu le temps de lire son récit ? »

Je fis signe que oui et résumai l'intrigue du fantasme revanchard.

« Waouh ! dit Audrey. Elle ne manque pas d'imagination. » Personne d'autre ne commenta.

Sa Suffisance se pointa avec une heure de retard et entérina la décision d'exclure Velvet des cours. Elle étudierait désormais dans un box de la salle des exclusions temporaires. Les profs donneraient des devoirs à Ivy qui veillerait à ce qu'ils soient faits et rendus. Un genre d'assignation à résidence.

D'après Ivy, ce qu'il fallait à Velvet, c'était un prof « pote », qui soit prêt à aller la voir chaque jour – mettons à l'heure du déjeuner – afin qu'elle ait un contact avec un adulte autre que sa conseillère ou Mme Jett, alias « Face en lame de couteau », la surveillante de la salle des exclusions temporaires. « Ça vous dirait, Caelum ? demanda Ivy. Elle semble vous avoir entrebâillé sa porte. Vous voulez essayer ?

— Impossible. Je suis de service à la cafétéria.

— Je vais en parler à Frank. Voir si on peut arranger ça. »

Je commis l'erreur fatale de hausser les épaules au lieu de secouer la tête.

Une fois la réunion terminée, Ivy me dit qu'elle voulait me confier quelques détails confidentiels de la vie de Velvet, si je pensais pouvoir les encaisser.

Papa et maman, tous deux toxicomanes, avaient été déchus de leurs droits parentaux quand Velvet avait sept ans. Pour se marrer, ils l'avaient saoulée avec des copains, emmenée à une fête foraine et fait monter toute seule sur les Chaises volantes. Velvet avait essayé de descendre avant la fin du tour. Résultat, une commotion cérébrale et une estafilade sur le côté du crâne.

« J'ai vu la cicatrice, dis-je.

— Il y avait une grand-mère dans le Vermont. Elle l'a prise un certain temps. C'était quelqu'un de bien, je suppose, mais Velvet lui donnait trop de fil à retordre. Elle fuguait sans cesse pour aller retrouver sa mère. La famille l'a expédiée dans le Colorado, il y a cinq ou six ans. Un oncle à Fort Collins a accepté de tenter l'expérience avec elle. Ce qu'il a fait, à de nombreuses reprises. À douze ans, elle est retournée chez sa grand-mère. Puis celle-ci est morte et elle est revenue dans le Colorado. Elle a atterri aux urgences avant de se retrouver en famille d'accueil. À quatorze ans, elle s'est fait avorter.

— Le skinhead ?

— Non, il est entré en scène plus tard. C'était un des fils de sa famille d'accueil ou un de leurs copains – elle ne sait pas. Tout ce qu'elle sait, c'est que ce n'est pas le père, qui ne l'a jamais touchée, ni l'oncle qui habitait au-dessus, parce que lui ne la pénétrait jamais : son truc, c'était d'uriner sur elle.

— Mon Dieu ! Et nous sommes censés la sauver grâce aux études ? »

Vu le passé chargé de Velvet avec les hommes, c'était bon signe qu'elle ait jeté son dévolu sur moi, souligna Ivy. J'étais quelqu'un de l'établissement en qui elle pouvait peut-être avoir confiance.

« Elle n'a pas du tout confiance en moi. Elle n'est même pas polie.

— Mais l'histoire qu'elle a écrite. Le personnage est en colère, aliéné, plein de haine de soi. C'est une forme de mise à nu, non ? Peut-être qu'elle tâte le terrain avec vous, Caelum. Est-ce que ce ne serait pas génial si elle pouvait établir des relations de confiance avec un homme ? Commencer à construire là-dessus ?

— Elle et moi avons une chose en commun.

— Quoi donc ?

— Un père ivrogne. »

Ivy sourit. « Le vôtre aussi, hein ? Écoutez, je suis dans un groupe EAA super, si jamais ça vous dit de venir à une réunion. »

Je haussai les épaules. Lui dis que les sigles n'étaient pas mon fort.

« Enfants adultes d'alcooliques, expliqua-t-elle.

— Ah, c'est ça ? Non, merci.

— Ça aide.

— Probablement. Mais mon père est mort quand j'étais gosse. Tout ça est enterré depuis belle lurette.

— Ah, fit-elle. C'est donc moi qui ai abordé le sujet la première ? »

Velvet et moi commençâmes nos séances par un examen de « Guérilla Grrrl ». Elle affirma que ce n'était ni une parodie ni un reflet d'elle-même : c'était juste une histoire stupide qu'elle avait inventée parce qu'il le fallait. Non, elle ne voulait pas la revoir. Avec de profonds soupirs dégoûtés, elle corrigea l'orthographe et la ponctuation, et déclara qu'elle en avait terminé. Les semaines suivantes, je lui donnai deux autres exercices d'écriture. Elle se contenta de me rendre des variantes de la première histoire.

Elle aimait la lecture, on pouvait donc partir de là. Pendant un de nos premiers rounds, je lui demandai quel genre de livres elle aimait. « Je ne sais pas, dit-elle. Différentes sortes. Mais pas cette merde de Shakespeare.

— Quel est ton livre préféré ? » Franchement, je ramais. Un dialogue entre « potes » est difficile quand on est le seul pote à causer. Velvet répondit à ma question par un haussement d'épaules. Je fus donc agréablement surpris quand, le lendemain, elle sortit de sa poche arrière un minuscule bout de papier, le déplia plusieurs fois et me le tendit. « Ce sont mes quatre bouquins préférés, dit-elle. Je les aime tous autant. » Elle avait gribouillé quinze ou seize titres et les avait tous rayés à l'exception de *Dune, Entretien avec un vampire, Guide du voyageur galactique* et *Ne tirez pas sur l'oiseau moqueur.* Je lui dis que *Ne tirez pas sur l'oiseau moqueur* était aussi un de mes livres préférés. Elle hocha sobrement la tête. « Boo Radley est supercool. »

Ce week-end-là, à Denver, j'entrai dans une librairie. Je voulais fouiner pour le plaisir. Au lieu de ça, je ressortis avec une brassée de livres pour Velvet.

Elle les lut tous : Tolkien, Ursula K. Le Guin, H. G. Wells. Elle rechigna d'abord devant Dickens, mais après avoir dévoré tout le reste, elle s'attaqua à *De grandes espérances.* « Je croyais que ça serait nul, mais non, me dit-elle à mi-lecture. Ce mec a tout pigé.

— Pigé quoi ?

— Comment les adultes foutent la merde dans la tête des gosses. »

C'était une remarque d'une grande finesse, mais sa geôlière, Mme Jett, entendit « foutre » et s'approcha en indiquant une liste manuscrite, « Les dix commandements de l'exclusion temporaire », accrochée au mur. Elle était allée jusqu'à découper le carton pour lui donner la forme des Tables de la Loi de Moïse. Elle foudroya du regard Velvet et son crayon tapota le cinquième commandement : « Tu ne proféreras point de grossièretés ».

Bon sang, me dis-je. Lâche-lui les baskets. Laisse cette gamine respirer.

« Je peux vous poser une question ? fis-je. Vous avez escaladé les Rocheuses pour aller les chercher vous-même ou c'est Dieu le Père qui vous les a expédiées via FedEx ?

— Waouh, mec ! Il te l'a sacrément refroidie ! » s'exclama un gamin dans un box voisin. Le menton de Mme Jett trembla. Elle demanda à me parler dans le couloir.

« Je n'apprécie pas vos sarcasmes », me dit-elle. Je lui répondis que je n'appréciais pas qu'elle nous espionne. « Je n'ai pas besoin d'espionner, monsieur Quick. Quand Mlle Hoon et vous avez vos tête-à-tête à l'heure du déjeuner, on vous entend tous parfaitement.

— Ouais, d'abord, c'est Quirk et non Quick. Et il ne s'agit pas de tête-à-tête. Il s'agit de discussions littéraires. » Si elle voulait monter sur ses grands chevaux, je pouvais en faire autant.

« Je ne trouve pas que le mot qu'elle a employé soit "littéraire". Je n'apprécie pas non plus votre attitude désinvolte vis-à-vis de mes critères. J'aimerais que vous preniez en considération le fait que vous êtes un invité dans ma salle.

— C'est donc une question de territoire ?

— Non, monsieur, c'est une question d'éducation. Je travaille avec des enfants qui ignorent en grande partie les règles du savoir-vivre en société. Je ne suis peut-être pas aussi versée que vous en littérature, mais je peux certainement les guider dans le domaine des *convenances*.

— Madame, lâchez-vous un peu. »

Quand je revins, Velvet me glissa un petit papier. « C'était supercool. C'est une putain de garce. » Plus que les livres, ce fut cet incident qui débloqua la situation.

Je me mis à sortir la jeune fille de sa prison à l'heure du déjeuner. Nous passions d'abord à l'infirmerie pour qu'elle prenne son traitement contre l'asthme et les sandwiches que Maureen lui apportait désormais pour le déjeuner. Puis nous nous dirigions vers les salles d'anglais.

Je commençai à lui prêter mes livres personnels : Vonnegut, Kesey, Pirsig, Plath. Un matin, je sortis de ma bibliothèque mon trésor le plus précieux, le fourrai dans un sac à fermeture étanche et l'apportai au lycée.

« C'est une édition originale. Regarde. Elle l'a signée. »

Velvet fit courir son doigt sur la signature de Harper Lee.

« C'est un faux, mec.

— Pas du tout. Je l'ai achetée chez un marchand de livres anciens réputé. La signature a été authentifiée.

— Je sais pas ce que ça veut dire, mais on s'en branle.

— Surveille ton langage, merde. » Elle ne cessait de toucher la signature d'un air incrédule.

Ivy se pointa un jour après mes cours. « On dirait que les choses se passent bien avec Velvet. Je suis venue aujourd'hui à l'heure du déjeuner et je vous ai vus tous les deux en grande conversation. J'ai failli ne pas la reconnaître, sans son air renfrogné.

— Ouais, la glace est en train de fondre. Elle est intelligente. »

Ivy sourit. « Une suggestion pourtant, Red Sox : laissez votre porte de classe ouverte.

« — Parce que ?

— Parce que les gamines comme Velvet peuvent manipuler les situations. Et les gens. C'est une de leurs techniques de survie.

— Écoutez, ça fait vingt ans que j'enseigne. J'ai vu un tas d'élèves manœuvrer un tas de profs, mais je n'ai jamais fait partie du lot, compris ? Alors, à moins que vous ne m'expliquiez comment elle me manipule...

— C'est pas ce que je dis, Caelum. Je trouve que vous faites un excellent travail avec elle. Je me contente de vous suggérer de laisser votre porte ouverte. »

Notre conversation me laissa un goût amer. Est-ce que ce n'était pas elle qui avait instauré ce truc du « prof pote » ? Elle qui s'était emballée à l'idée que Velvet pouvait faire confiance à un prof masculin ? Maintenant que la gamine s'orientait dans cette direction, ça devenait un problème ? Les séances suivantes, j'ai bel et bien laissé ma porte ouverte, mais on a eu droit au vacarme du couloir et à des interruptions incessantes : « Salut, monsieur Quirk, vous êtes occupé ? » « Yo, monsieur Quirk, qu'est-ce qui se passe ? » Je me suis donc remis à fermer ma porte à clé. J'ai suggéré qu'on s'assoie au fond de la classe pour ne pas être dérangés.

Je voulais sevrer Velvet des intrigues de BD qu'elle ne cessait d'inventer et je lui achetai donc un exemplaire de *Quelques instructions sur l'écriture et la vie* d'Anne Lamott. « Vachement barge, mais vachement cool » fut le verdict de Velvet. Elle relut le livre, souligna ses passages préférés, inséra des Post-it. « C'est pas pour vous vexer, dit-elle, mais c'est dommage qu'elle soit pas ma prof. » Au bout de trois semaines, son exemplaire tenait avec des élastiques et Velvet s'était mise à écrire sur sa vie.

Elle évita les trucs vraiment hard – ses parents, l'horreur des familles d'accueil –, mais ce qu'elle écrivit était quand même drôlement fascinant. Elle avait cette voix à la fois dure et vulnérable, si vous voyez ce que je veux dire. Et l'instinct du détail. Elle racontait une fugue, et on avait l'impression de monter dans les voitures qui s'arrêtaient pour la prendre en stop. D'être assis dans des snack-bars de supermarché à attendre que les gens se lèvent en laissant la moitié de leurs plats. Je ne voudrais pas exagérer. Elle n'avait rien d'un génie. Pour le meilleur et pour le pire, elle avait plus vécu – plus souffert – que la plupart des gamins, et elle avait donc plus à raconter. Plus matière à réfléchir. Elle tenait compte des commentaires et revenait avec un texte deux fois meilleur que le premier jet. Bon sang, pour moi, c'était vraiment le pied.

Un jour, je lui demandai d'écrire sur son endroit préféré.

« En ce moment ou celui que j'ai préféré jusqu'à aujourd'hui ?

— Jusqu'à aujourd'hui. »

Le lundi suivant, elle me remit un devoir intitulé « Hope Cemetery[1] ». Je lui demandai où ça se trouvait. « Près de chez ma grand-mère, dans le Vermont. J'allais là-bas pour réfléchir, ce genre de connerie. J'ai pas réussi à lui donner la forme que je voulais. Si ça vous plaît pas, déchirez-le. »

Je lui avais dit d'empoigner le lecteur dès le début, et Hope Cemetery ne manquait pas de le faire. Le texte s'ouvrait sur Velvet glissant un préservatif sur la queue d'un gamin. Durant son second séjour chez sa grand-mère, elle s'était mise à tailler des pipes pour dix dollars derrière un mausolée au fond du cimetière. J'interrompis ma lecture. Reposai le texte et fis quelques pas. Est-ce

---

1. Littéralement, « le Cimetière de l'espoir ».

qu'elle ne commençait pas à me faire trop confiance? Jouait-elle à choquer le prof?

Je me rassis, repris ma lecture. Après ce début obscène, Hope Cemetery prenait une tournure inattendue. Devenait une méditation sur le grand-père de Velvet, un tailleur de pierre qu'elle ne connaissait que par ses pierres tombales. (Plus tard, j'ai googlelisé son nom et j'ai trouvé qu'Angelo Colonni avait plus été un artiste qu'un artisan, un des meilleurs dans sa partie.) Puis Velvet décrit les changements que Hope Cemetery opère en elle. Elle arrête de tapiner et examine les œuvres de son grand-père : bouquets de fleurs, anges affligés, têtes d'enfants, tous sculptés dans le granit. Le texte se termine dans le garage de la grand-mère, où Velvet manie les gouges, les masses et les râpes de Colonni. Dans la dernière phrase, elle glisse une main dans le gant de travail en cuir usé de son grand-père. Ce simple geste lui fait ressentir un lien à travers le temps, à la fois tactile et spirituel. C'était un texte poignant, meilleur que ce qu'elle croyait. Je le lui dis.

Elle répondit qu'elle le trouvait complètement nul.

« Je ne suis pas d'accord avec toi. Écoute, le Colorado Council of the Arts parraine un concours d'écriture pour lycéens. Les lauréats reçoivent une somme d'argent. Tu devrais retravailler ton texte et le présenter. Je crois que tu aurais une chance. »

Elle grogna. Ça allait être un gosse de riches snobinard qui gagnerait. Du temps et des timbres gâchés pour rien...

« Je suppose que ça te tire une épine du pied. Vachement pratique.

— Est-ce que je devrai supprimer le début, si je me présente à ce concours ou je ne sais quoi ? »

Je lui dis que je n'en étais pas certain. « C'est plutôt brut de décoffrage. Ça pourrait indisposer un juge collet monté. Mais il y a une étrange résonance entre le début et la fin. Le truc du gant, tu vois ?

— C'est quoi une résonance ?

— C'est lorsque quelque chose fait écho à autre chose et… lui apporte une *profondeur*. Lui donne une signification plus ample. Il y a l'effet initial : tu mets un préservatif au garçon anonyme et il s'agit d'un échange strictement commercial, n'est-ce pas ?

— Ces types étaient des pauvres taches.

— Oui, bon… mais à la fin, quand tu glisses ta main dans le gant de ton grand-père, il s'agit d'un acte d'*amour*. Donc entre le début et la fin du texte, tu as changé. Et c'est la sculpture qui t'a conduite à ça. Tu comprends ? »

Elle opina.

« Pour répondre à ta question, c'est à *toi* de voir si tu veux garder l'image du début ou la supprimer.

— Ouais, mais à *votre* avis ?

— Je pense que c'est à toi de trouver la réponse. Fie-toi à ton instinct. Il est bon. »

À la fin de cette séance, elle me remercia de mon aide. Pour la première fois. « Vous en connaissez un rayon sur l'écriture. Vous devriez écrire un bouquin. »

Je lui dis que c'était fait – un roman.

« Sans déconner ? Il a été publié ?

— C'était prévu, mais le projet a capoté.

— Pourquoi ?

— C'est une longue histoire.

— Ça parle de quoi ?

— De la disparition d'un petit garçon.

— Cool. Je pourrai le lire un jour ?

— Non.

— Maureen l'a lu ?

— Mme Quirk, tu veux dire ? La réponse est non.

— Pourquoi ? »

Parce qu'il me rendait trop vulnérable.

« Parce qu'il dort dans un classeur au Connecticut. Je ne veux pas le réveiller. »

Elle sourit d'un air narquois. « Comme ça vous n'avez plus à travailler dessus, hein ? » Je lui dis que je commençais à avoir l'impression d'avoir créé un monstre.

« C'est quoi le titre ?

— Eh, retournons à ton texte à toi. » Elle insista. Me tanna jusqu'à ce que je cède. *Le Garçon absent*, dis-je.

Elle répéta le titre, hocha la tête. « Cool. »

En retournant à la salle des exclusions temporaires, je revins sur la question des pipes au cimetière. « Tu as arrêté, j'espère ? » Elle détourna le regard. Secoua la tête. « Parce que c'est une conduite à hauts risques, tu sais ? Tu mérites mieux.

— Je les obligeais à mettre un préservatif.

— Tant mieux. Mais quand même…

— Sauf ce type plus vieux. Il refusait d'en utiliser, alors je lui faisais payer un supplément. En plus il travaillait à Radio Shack, alors il piquait des trucs cool pour moi. Des jeux vidéo et des conneries de ce genre. »

Quelques jours plus tard, Velvet me remit une version revue et corrigée de « Hope Cemetery ». L'acte sexuel subsistait, mais elle avait poncé les côtés rugueux et accentué le lien entre l'image du début et celle de la fin. Elle avait compris le concept de résonance, aucun doute là-dessus. À la fin de son texte, j'écrivis : « Ce texte est aussi poli que les sculptures de ton grand-père. » À l'heure du déjeuner, le lendemain, je la regardai lire mon commentaire. Quand elle eut terminé, elle releva la tête et me fixa d'un air inexpressif. Quelques secondes de trop qui me mirent mal à l'aise.

Ce soir-là, je fis lire le texte de Velvet à Maureen. « C'est incroyable, hein ? Je veux dire, à moins que ce soit Jerry Falwell[1] qui juge, comment est-ce qu'elle pourrait ne pas gagner ?... Quoi ? Pourquoi ce sourire ironique ?

— On dirait que M. Impartialité a perdu son objectivité.

— Ouais, bon... si quelqu'un présente un texte meilleur, je serais vraiment curieux de le lire. »

Velvet allait avoir seize ans, nous l'invitâmes donc à dîner chez nous. C'était une idée de Maureen. J'avais des doutes sur le mélange vie professionnelle-vie privée, mais qui d'autre allait faire quelque chose pour cette gamine ? Mo commanda un gâteau et un bouquet de ballons. Elle prépara des lasagnes aux légumes. Nous lui achetâmes ensemble des cadeaux : des pendants d'oreilles, des chaussettes bariolées, un journal intime relié en cuir.

Velvet voulait qu'on passe la prendre devant Wok Express, le traiteur. L'État du Colorado lui louait une chambre pas loin. Mo s'y rendit, attendit une demi-heure puis m'appela. « Tu crois que je devrais rentrer ? Ah, attends, la voici. »

La soirée ne commença pas très bien. À la vue de Sophie et Chet, Velvet se réfugia sur le canapé – colla ses fesses au dossier, et ses gros godillots argent sur les coussins. Elle s'était fait mordre un jour par un rottweiler : elle n'avait plus confiance en *aucun* chien. Nous avons bien tenté de la convaincre que les nôtres étaient gentils, mais rien à faire. J'ai dû les mettre au garage et les laisser aboyer.

---

1. Télévangéliste fondamentaliste et ultraconservateur (1933-2007).

Ensuite, il y avait la tenue d'anniversaire de Velvet : short d'homme, bas résille révélant son svastika tatoué, et un tee-shirt taché arborant une caricature du Père Noël faisant un doigt d'honneur. « Va te faire foutre avec ton traîneau », disait l'inscription. Maureen négocia la situation avec finesse. Elle demanda à Velvet si elle voulait visiter la maison. Alors qu'elles montaient au premier, j'entendis Mo déclarer qu'il faisait un froid de canard chez nous. Quand elles redescendirent, Velvet portait le pull bleu de Mo.

Nous avions prévu de lui donner ses cadeaux après le gâteau, mais dès qu'elle les aperçut, elle déchira les emballages. Elle mit ses nouvelles boucles d'oreilles, enleva ses godillots pour enfiler ses chaussettes. Elle ne cessait de prendre le journal intime et de frotter son cuir doux contre sa joue.

« C'est bon, maman », déclara-t-elle à Maureen, tout en pratiquant une autopsie sur son carré de lasagnes et en empilant tout ce qui ressemblait à des légumes sur la nappe, à côté de son assiette. À deux ou trois reprises, elle se leva de table pour aller taper dans son bouquet de ballons. Quand nous avons allumé les bougies et chanté *Joyeux anniversaire*, elle a refusé de regarder son gâteau. Elle a soufflé ses bougies avec une telle férocité que j'ai cru que le glaçage allait s'envoler.

Lorsqu'elle est sortie pour fumer, Maureen et moi avons débarrassé la table. « Ça se passe bien, tu ne trouves pas ? a dit Maureen.

— Ouais, ouais. Elle t'appelle maman ?

— Elle vient juste de commencer. Je ne crois pas que quelqu'un ait jamais organisé une fête pour elle. À ton avis ?

— À voir sa réaction, je dirais que non. Tu penses qu'on peut faire rentrer les chiens ? Ils deviennent fous dans le garage. »

Mo a secoué la tête. « Elle en a vraiment peur. »

La fête s'est terminée peu après neuf heures. Mo est restée pour finir de ranger et j'ai raccompagné Velvet en voiture, les ballons obstruant la vue de la lunette arrière. En chemin, je lui ai demandé si elle s'était bien amusée.

« Ouais. Maman et vous, vous êtes vraiment super.

— Pourquoi tu l'appelles maman ?

— J'sais pas. Pasque c'est ma maman.

— Ah ouais ? Comment ça ? »

Elle n'a rien répondu pendant plusieurs secondes. Puis elle a dit : « Je vous taille une pipe si vous voulez. Je sais y faire. » Je suis resté sans voix. Je ne trouvais rien à dire. « Vous connaissez le magasin de l'Armée du Salut ? Allons derrière, là où se trouvent les bennes pour la collecte des vieux vêtements.

— Velvet, c'est si déplacé, c'est un tel manque de respect envers... Comment peux-tu passer la soirée avec nous, appeler Maureen *maman*, enfin merde, et puis...

— OK, OK, a-t-elle dit d'un ton sec. Gardez vos leçons de morale. »

À un feu rouge, elle a ouvert brusquement sa portière et est descendue de voiture. « Hé, reviens ! » ai-je crié.

C'est ce qu'elle a fait, mais seulement pour attraper ses cadeaux, sauf les ballons. Je l'ai suivie un certain temps en essayant de la convaincre de remonter. La nuit était tombée. Il était tard. Nous étions à presque deux kilomètres de l'endroit où elle habitait. « Fichez-moi la paix, espèce de pervers ! » a-t-elle hurlé. Putain, je n'avais pas besoin de ce genre de conneries. J'ai fait demi-tour et foncé dans la direction opposée.

Je ne comprenais pas. La soirée lui avait plu. Pourquoi fallait-il qu'elle la sabote ? J'étais sûr que Maureen serait aussi fumasse que moi quand elle apprendrait ça.

Sauf que de retour à la maison je ne lui en parlai pas.
« Tu as fait vite, dit-elle.

— Ouais. Il n'y avait pas de circulation. Il faut que je
sorte les chiens ?

— Ils viennent de rentrer. Je vois qu'elle a oublié ses
ballons.

— C'est un peu bizarre, non, cette façon qu'elle a de
t'appeler maman ?

— Je ne vais pas en faire une histoire, Caelum. Si elle
veut m'appeler maman, où est le problème ? »

Je lâchai le bouquet de Velvet. Il se colla au plafond.

Le lendemain matin, les ballons flottaient à mi-hauteur.
Lorsque tante Lolly appela pour son topo dominical, ils
rasaient la moquette. Ils bougeaient au moindre de nos
mouvements : on aurait dit des spectres. Je n'arrêtais
pas de perdre le fil de la conversation. Ne cessais de me
demander pourquoi j'avais laissé s'écouler une journée
entière sans parler à Mo des avances de Velvet. Lequel
de nous deux essayais-je de protéger ? Moi, qui avais
besoin de me cuirasser contre son offre sordide ?… « Tu
sais ce que Shirley Pingalore m'a dit l'autre jour ? poursuivait Lolly. Qu'ils avaient dû annuler le programme
sportif à cause de la surpopulation. Ils utilisent le gymnase comme dortoir. Soixante-quinze lits et deux W-C.
C'est lamentable. » J'ouvris le tiroir à couverts et attrapai
un couteau à viande.

« Qu'est-ce que c'est ? s'enquit Lolly.

— Quoi ?

— On aurait dit un coup de feu. »

Le lundi, au lycée, pas de Velvet. On ne la revit pas
de la semaine. J'avais toujours l'intention de parler à
Maureen, mais j'oubliais sans cesse. Je ne tenais pas à
informer Ivy Shapiro – à la voir se mettre à poser trente-

six mille questions. Inattendue, la proposition de Velvet avait été incroyablement gênante. Je décidai d'enterrer le problème.

Velvet réapparut la semaine suivante, mais lorsque je passai la chercher pour notre discussion de midi, elle me dit qu'elle ne voulait plus me voir – qu'elle en avait ras le bol. Mme Jett était sortie pour aller se chercher du thé et les autres gamins étaient partis déjeuner.

« Tu en as ras le bol ou tu as honte de ce que tu m'as dit quand je t'ai raccompagnée chez toi ? Parce que si c'est le cas, alors…

— Qu'est-ce que j'ai dit ? Je m'en souviens même plus.

— Si, tu le sais très bien. »

Elle avait envie de lire ce qui lui plaisait et non les trucs chiants que je lui donnais. Écrire était chiant. Moi-même, j'étais chiant. Elle avait écrit toutes ces conneries ringardes parce qu'elle savait que c'était ce que je voulais. Elle plaignait Maureen d'être mariée à un pauvre type comme moi.

« Dans ce cas, je suppose que nous perdons tous les deux notre temps. Bonne chance.

— Attendez, écoutez-moi. » Je poursuivis mon chemin.

Avant de quitter le lycée cet après-midi-là, j'écrivis un mot à Ivy pour lui présenter ma démission de « prof pote » de Velvet. Je fus vague sur les raisons – parlai en termes généraux : ça avait marché au début puis elle avait fermé les écoutilles. Je ne cessais de repenser à ce qu'Ivy m'avait dit : les gamines comme Velvet sont manipulatrices. Il ne me manquerait plus qu'elle aille prétendre que c'était moi qui lui avais suggéré des rapports sexuels.

À la maison, j'expliquai à Mo que je n'étais plus le tuteur de Velvet.

« Pourquoi ?

— Parce que c'est une petite ingrate. J'en ai marre de son impolitesse et j'en ai marre de me taper tout le sale boulot avec cette histoire de "pote".

— Tu sais, depuis le jour de son anniversaire, elle se montre distante envers moi. Je ne comprends pas. »

Je haussai les épaules. Dis que nous n'aurions jamais dû l'inviter.

Cette nuit-là, j'eus du mal à dormir, mais ne voulus pas réveiller Maureen. Je descendis lire. En passant devant ma bibliothèque, je remarquai un espace vide là où aurait dû se trouver mon exemplaire signé de *Ne tirez pas sur l'oiseau moqueur*.

Le Colorado Arts Council avisa le lycée que Velvet Hoon avait remporté le concours d'écriture. « Je me suis dit que vous aimeriez peut-être lui annoncer la nouvelle personnellement », déclara Ivy. Je suggérai que nous le fassions ensemble.

Velvet était endormie dans son box, la joue sur la table. Lorsqu'elle apprit la nouvelle, elle eut l'air plus secouée qu'heureuse. « Qu'est-ce que je dois faire ? » demanda-t-elle à Ivy. Elle refusa de me regarder.

« Il y a une cérémonie à Denver, dit Ivy. Au Capitole. Les autres lauréats et toi aurez chacun cinq minutes pour lire un extrait de votre texte. Puis vous recevrez votre récompense, on vous prendra en photo et on sera aux petits soins pour vous.

— Pas question qu'on me prenne en photo, décréta Velvet.

— Tu reçois un chèque de deux cents dollars, dis-je. Ce n'est pas si mal, non ? » Velvet ignora délibérément ma remarque. Quand je mentionnai que nous devrions sélectionner un passage approprié pour la lecture, elle finit par me regarder. « Il vaudrait mieux par exemple oublier le paragraphe d'ouverture. Il y aura des gosses plus jeunes.

— Et des sales cons », ajouta-t-elle.

Le regard d'Ivy fit un aller-retour entre Velvet et moi. « J'ai pensé que M. Quirk, toi et moi pourrions aller à Denver ensemble. La cérémonie est à cinq heures. Et qu'après on pourrait peut-être t'inviter à dîner pour fêter ça. Il y a des restaus sympa au centre commercial de la 16e Rue. Ou alors, que dirais-tu du Hard Rock Café aux Denver Pavilions ? »

Velvet fit un signe de tête dans ma direction. « Sa femme peut venir ?

— Oui. Bien sûr. »

À l'autre extrémité de la pièce, Mme Jett demanda la raison de toute cette agitation. Quand Ivy lui expliqua ce qu'il en était, elle voulut savoir si elle pouvait photocopier la lettre de félicitations pour son panneau d'affichage.

« Non ! » s'écria Velvet.

Dans le couloir, je fis remarquer à Ivy que Velvet était la lauréate la plus malheureuse que j'aie jamais vue.

« Ce n'est pas rare chez les gamines qui ont ce genre de passé. Il leur est arrivé tellement de galères qu'elles sont incapables de croire aux bonnes choses. Il faut qu'elles les mettent de côté de peur qu'on leur reprenne. »

En fin de journée, je passai voir Maureen à l'infirmerie. Elle était en compagnie de Velvet. « Je viens d'apprendre la bonne nouvelle. Félicitations à tous les deux.

— C'est elle qui a écrit le texte. »

Un élève se présenta pour un formulaire de dispense d'éducation physique. Mo sortit le chercher et je restai avec Velvet.

« Je te l'avais dit que tu remporterais ce concours, non ? » fis-je. Elle haussa les épaules. « À propos, quand tu es venue à la maison, le soir de ton anniversaire, tu ne m'aurais pas par hasard emprunté un livre ?

— Quel livre ?

— *Ne tirez pas sur l'oiseau moqueur.* »

Elle secoua la tête.

« Parce qu'il a disparu et que je sais que tu aimes beaucoup…

— Je l'ai pas volé votre putain de bouquin ! » hurla-t-elle. Elle faillit renverser Maureen en sortant de l'infirmerie.

Le jour de la remise des prix, Velvet ne vint pas au lycée. Ivy réussit à la joindre par téléphone dans l'après-midi. Velvet savait où se trouvait le Capitole : elle nous rejoindrait sur place. Des amis à elle allaient venir et l'amener. Ivy lui rappela de bien préparer le passage qu'elle avait l'intention de lire, de porter une tenue adaptée à l'occasion et de veiller à cacher son tatouage.

Le Capitole était imposant et magnifique : cuivres bien astiqués, vitraux, sols en marbre, piliers. Les sculptures en granit représentant l'histoire du Colorado me firent penser au grand-père de Velvet. Ils avaient installé des rangées de chaises pliantes avec des coussins, une estrade, des rafraîchissements près de l'entrée ouest. Les autres lauréats, des bêtes à concours sur leur trente et un, étaient assis avec leurs parents. « Tu crois qu'elle va venir ? » demanda Maureen. Je répondis que ça n'allait pas m'empêcher de respirer. Apercevant Mme Jett dans la foule, je me dirigeai vers elle. « Merci d'être là. Elle en sera très touchée. Si jamais elle vient. »

Mme Jett dit qu'elle soutenait aussi Velvet – qu'elle encourageait tous ses exclus temporaires. « Asseyez-vous avec nous », lui proposai-je.

Une femme vêtue d'un caftan rouge et violet monta sur l'estrade, tapota le micro et nous demanda de bien vouloir nous asseoir pour que la cérémonie puisse commencer. Toujours aucun signe de Velvet.

Elle fit une entrée tapageuse pendant qu'une fille de cinquième jouait une pièce pour violoncelle. Elle était accompagnée d'une trentenaire émaciée en pantalon de cuir noir et d'un jeune homme râblé vêtu d'une toge. Les lauréats et leurs parents tendirent le cou pour voir la raison du vacarme. Velvet arborait un collant zébré, un bustier noir, une veste de camouflage et ses godillots argentés. Un voile de mariée déchiré pendait de sa tiare en strass : elle y avait accroché des araignées en plastique. Il était évident qu'ils étaient tous les trois défoncés.

La femme au caftan se leva à deux reprises pour leur demander de bien vouloir respecter les autres lecteurs. Quand ce fut au tour de Velvet, elle n'arrêta pas de lancer des regards à ses amis, d'échanger des apartés avec eux, de piquer des fous rires. Maureen me serra la main.

Au lieu de lire « Hope Cemetery », Velvet tint des propos décousus et ineptes sur la liberté de parole, Kurt Cobain et ces « sales cons » de profs qui essaient de bourrer le crâne de leurs élèves. Je restai assis, raide comme un piquet, paralysé par sa trahison. Elle perdit l'équilibre en quittant la tribune, dégringola de l'estrade et atterrit sur les genoux d'un jeune lauréat effrayé.

Je me levai et partis attendre les autres dans la voiture. Dis à Ivy et à Mo quand elles sortirent que je préférerais rentrer à la maison plutôt que d'aller au restaurant. On ne m'y reprendrait plus, me promis-je. Plus jamais.

Velvet ne remit plus les pieds au lycée cette année-là. Maureen avait entendu dire qu'elle avait quitté la ville. Mais l'année suivante, elle se réinscrivit après les examens de la mi-trimestre et renoua avec Maureen. Je repérai très souvent son nom sur la liste des absents. Je ne la voyais quasiment jamais, et quand c'était le cas nous ne nous adressions pas la parole. De sorte que lorsqu'elle avait émergé des bois ce matin-là et qu'elle avait grimpé sur la table de pique-nique pour échapper aux chiens parfaitement inoffensifs, c'était notre premier échange depuis plus d'un an.

Je courus d'une traite jusqu'à Bear Creek, mangeai une barre énergisante, urinai, et rentrai au petit trot. L'Outback de Maureen se trouvait dans l'allée. Elle était assise à la table de la cuisine, en train de faire les comptes.

« Comment s'est passé ton jogging ? demanda-t-elle.

— Dur. Comment s'est passé ton petit déjeuner ?

— Dur. Pourtant elle essaie. Elle vient de trouver un boulot dans une entreprise de nettoyage industriel. Mais dans l'équipe de nuit, alors…

— Ouais, bon, souviens-toi, Maureen : tu n'es pas sa marraine, la bonne fée. Tu ne peux pas agiter ta baguette magique et arranger sa vie de merde. Si tu t'imagines que tu peux la sauver, ton ego va en prendre un sacré coup comme le mien.

— C'est terrible, la façon dont elle t'a traité. Mais elle me tend la main, Cae. Je ne peux pas faire une croix sur elle. La dernière chose dont cette gamine a besoin, c'est d'être rejetée une fois de plus.

— Je vais me doucher. » Il fallait que je quitte la pièce sur-le-champ ou je risquais de lui parler des avances de Velvet uniquement parce que j'en avais ras le bol que ma femme ignore ce dont je voulais la protéger.

J'étais en train de m'essuyer quand Mo est entrée dans la salle de bains. Elle a passé ses bras autour de moi et appuyé sa tête contre ma poitrine. « J'ai besoin d'un ami », a-t-elle dit. J'ai levé son visage vers moi. Je l'ai embrassée. Ai récidivé avec plus d'ardeur.

Nous sommes allés jusqu'au lit. Je l'ai regardée se déshabiller. Elle s'est couchée et a remonté les couvertures. S'est blottie contre moi. M'a embrassé l'épaule, la bouche. A fait courir ses doigts sur ma poitrine, mon ventre.

« Suce-moi. »

Elle m'a regardé d'un air perplexe avant de s'exécuter.

Je me suis impatienté de ses préliminaires trop doux. « Allez, vas-y ! » Elle s'est arrêtée. S'est levée. A attrapé ses vêtements et s'est dirigée vers la porte. « Eh, tu vas où ? »

Sans se retourner, elle m'a lancé par-dessus son épaule : « Je suis ta femme, Caelum, pas ta pute.

— Bordel de merde. » Sur ce, j'ai commencé à me branler. Il fallait bien que je me soulage, non ? Sophie, à côté du lit, m'observait. « Fous le camp d'ici ! j'ai hurlé. Putain… » Je l'ai frappée avec un oreiller et elle a filé.

Après avoir éjaculé ma colère, je suis resté avec ma flaque de regrets. Je m'excuserais plus tard, mais pour l'instant… J'ai attrapé un magazine, parcouru un ou deux paragraphes d'un article sans intérêt, et la fatigue est venue à mon secours…

Mo m'a tiré d'un sommeil de plomb. Elle s'était assise sur le lit, à côté de moi. « Je suis vraiment désolée, Caelum.

— Non, c'est moi qui suis désolé. Je me suis conduit comme un vrai saligaud. Tu étais tout à fait en droit de… » Elle a secoué la tête.

« Ulysse vient d'appeler. Il est passé se faire payer ce matin et a trouvé Lolly dans le jardin près de la corde à linge. Elle tenait des propos incohérents. Elle essayait d'enfiler ses chaussettes sur ses mains.

— Hein ?

— Il l'a fait rentrer et a appelé les urgences. Il pense qu'elle a eu une attaque. »

3

Je demandai à Maureen qui maîtrisait mieux le jargon médical que moi de téléphoner à l'hôpital pour prendre des nouvelles de Lolly. Elle essaya à deux reprises mais n'obtint que : « Louella est en train de se reposer », « Un membre de l'équipe médicale va vous rappeler » et « Pouvez-vous vérifier que son assurance médicale est bien Blue Cross/Blue Shield ? » Comme de bien entendu, lorsque l'équipe médicale finit par rappeler, Mo était sortie.

« Monsieur Quirk ? Je suis Dan, un infirmier de Shanley Memorial, votre hôpital de proximité. »

Proximité ? Three Rivers se trouvait à deux fuseaux horaires.

« Je me suis occupé de votre mère aujourd'hui et…

— C'est ma tante. »

Instant de silence, froissement de papiers. « Mais vous êtes bien son parent le plus proche ?

— Oui. Pourquoi ? Elle n'est pas …

— Oh, non, non. Elle tient le coup, monsieur Quirk. Le Dr Salazar va vous commenter ses résultats d'examens dans quelques minutes. Mais d'abord, je pense que vous pourriez répondre à quelques questions concernant le dossier médical de Louella.

— C'est-à-dire que ma femme est infirmière, elle est plus au courant que moi. Je pourrais lui demander de vous rappeler. »

Dan répondit qu'il finissait son service bientôt. Pouvais-je lui dire tout ce que je savais ? « D'accord », fis-je.

Non, je ne savais pas trop quels médicaments Lolly prenait. Non, j'ignorais le nom de son nouveau généraliste depuis le décès du Dr Oliver. (Je ne savais même pas qu'il était mort.) Des opérations ? Je n'en avais pas le souvenir. Oui, elle fumait, une Marlboro par jour, après le dîner, et ce, depuis des années. Non, elle ne buvait guère. Une bière de temps en temps. De l'eau-de-vie dans les grandes occasions. Du diabète ? Pas à ma connaissance.

Dan me demanda si je voyais autre chose à mentionner.

« Elle est un peu sourde. La télé est toujours à fond quand je l'appelle. Elle prétend que je parle dans ma barbe. » Dire que je l'appelais était un mensonge pour sauver la face.

« C'est un renseignement utile, fit Dan. Nous avons cru que l'incompréhension de Louella était liée à son attaque, mais peut-être qu'elle a du mal à nous entendre.

— Elle s'appelle Lolly en fait, pas Louella.

— Je vais le noter. Et maintenant, parlons de ses antécédents familiaux. Je suppose que ses parents sont décédés. Pouvez-vous me dire de quoi ?

— Voyons voir. Son père – mon grand-père – est mort de la maladie d'Alzheimer.

— À quel âge ?

— Je ne suis pas sûr. Il approchait des quatre-vingts ans.

— Et sa mère ?

— Elle est morte en couches.

— De quoi ?

— Je ne sais pas. De l'accouchement, j'imagine. Lolly et mon père ont été élevés par leur grand-mère.

— Elle a donc un frère. D'autres frères et sœurs ?

— Non. Mon père était son jumeau.

— Était ? Il est mort ?

— Ouais… Oui.

— La cause de son décès ? »

La question me fit agripper le combiné téléphonique. « Officiellement ? De lésions internes et d'une hémorragie. Il a eu les jambes sectionnées.

— Une blessure de guerre ?

— Non, il était ivre mort. Il pêchait sur un pont de chemin de fer et on pense qu'il a dû tomber sur la voie. Un train est arrivé.

— Waouh. C'est dur. Il avait quel âge…

— Trente-trois ans. Écoutez, ma femme pourra vous renseigner beaucoup mieux que moi sur les antécédents médicaux de Lolly. Pour ce qui est de ses remèdes, je peux demander à son homme à tout faire de passer chez elle. D'en dresser la liste ou de vous les apporter. »

Dan dit que ce serait formidable. Encore un détail : est-ce que je pensais pouvoir venir voir ma tante ?

« Euh… ce sera difficile… mais si ça devient nécessaire… »

Dan dit qu'il comprenait. Y avait-il des amis ou de la famille qui pourraient se déplacer ? Une attaque était un tel bouleversement. C'était si effrayant. Des visages familiers était rassurant dans de telles circonstances. « Euh… je sais qu'elle voit certaines ex-collègues pour jouer aux cartes. Elles vont au casino une ou deux fois par mois. Elles mangent au buffet, ce genre de chose.

— On dirait ma mère. Est-ce que Kay est une de ses amies ? Votre tante n'arrête pas de la réclamer.

— Je ne sais pas. Il y a une Hilda, une Marie, une Shirley. »

Dan me remercia. Je fis de même. « Le Dr Salazar ne va pas tarder. Pouvez-vous patienter ? »

Le rock allégé que Dan m'imposa en attendant était peut-être une pénitence pour mes défaillances en tant que parent le plus proche. Je mordillai une peau morte sur mon pouce. Sortis une bière du frigo. Le DJ réalisait une émission thématique : *Le Vent sous mes ailes, Les Couleurs du vent, Venteux*. Depuis quand la FM était-elle aussi naze ? Depuis les années 80, non ? L'ère Reagan ?

Le journal du matin traînait sur le plan de travail. « Les frappes aériennes de l'OTAN s'intensifient »… « Le grand Gretzky se retire du hockey »… « Le virus informatique Love Bug délivre un message "fatalement attractif" »… Avant de déménager à l'ouest, j'avais promis à Lolly de lui rendre visite deux fois par an – en été et à Noël –, mais j'avais manqué à ma parole. Je ne m'étais même pas déplacé pour les obsèques de Hennie. En quoi le fait que mon père avait foutu sa vie en l'air avait-il un rapport avec l'attaque de Lolly ? Aucun. Putain, j'aurais dû fermer ma grande gueule…

C'est Lolly que j'avais aperçue à la porte de mon cours d'algèbre, quand j'étais en troisième. Pas maman ni grand-père. J'avais tout de suite compris que papa était mort.

Je coinçai le sans-fil au creux de mon épaule. Remplis l'écuelle des chiens au robinet. Finis ma bière… *Une attaque est un tel bouleversement, c'est si effrayant*… On pouvait dire que le Dr Salazar prenait son temps. On devait leur enseigner cette tactique en fac de médecine : faites poireauter les proches, comme ça le temps que vous arriviez au téléphone, on vous prendra pour Dieu le Père.

« Vos chansons préférées s'enchaînent, disait l'animateur. *Si vous aimez les piña coladas, être surpris par la pluie*… » Pitié, non, pas cette chanson débile ! Un type décide d'être infidèle et répond à une petite annonce. Et devinez sur qui il tombe ? Sa femme. Dans le genre plausible, il y a mieux. Dans la vraie vie, une détraquée l'attendrait dans un bar, ils iraient dans un motel et il aurait des problèmes d'érection. Il serait obligé d'appeler Bob Dole[1] pour avoir du Viagra. Merde, le gars se présente aux élections présidentielles, et après ça il fait de la pub pour la trique cent pour cent américaine ! Il a touché combien pour ce coup-là... ?

« *Si vous aimez faire l'amour à minuit, dans les dunes du cap...* » Non, merci, y a trop de puces de mer. Cette chanson à la con allait me trotter dans la tête toute la journée. Si ce Dan me croyait sans cœur parce que je ne pouvais pas aller dans le Connecticut, qu'il aille se faire voir. J'aimais vraiment Lolly. Elle en avait fait plus pour moi que mon propre père. Elle m'avait emmené à la pêche et à mon premier match de base-ball à Fenway. Je m'en souvenais quasiment comme si c'était hier. Boston contre Milwaukee, un match-exhibition. Lolly avait gagné les billets à la radio et on était partis dans sa vieille Hudson verte. C'était en 1961. Yastrzemski et Chuck Schilling débutaient, Monbouquette lançait. Sur le chemin du retour, un pneu avait éclaté et Lolly m'avait appris à changer une roue... Merde, c'était la période la plus chargée de l'année scolaire. Réunions au sujet des programmes, pour le placement des élèves handicapés, examens de fin de trimestre à noter, sujets d'examens à pondre. Je pourrais me rendre là-bas au début des vacances, mais...

« Bonjour, fit une voix de femme. Vous êtes son neveu ? »

Le Dr Salazar parlait à toute vitesse, sans aucune chaleur. L'état de Lolly était stable. Son attaque était

---

1. Candidat républicain en 1996.

ischémique, due à un caillot plutôt qu'à une déchirure de vaisseau sanguin. Elle présentait les symptômes classiques : perte de sensibilité du côté gauche, vision double, aphasie.

« Qu'est-ce que c'est ?

— Une déconnexion entre ce que le patient essaie d'exprimer et ce qu'il communique. Par exemple, Louella se dit : J'ai soif, j'aimerais bien un peu de glace pilée, mais quand elle essaie de verbaliser, c'est du charabia.

— Vous voulez dire qu'elle tient des propos incohérents ?

— Moins qu'à son arrivée. »

Les ambulanciers lui avaient donné du magnésium sur le chemin de l'hôpital, expliqua le Dr Salazar, ce qui avait ralenti le processus. Lors d'un accident vasculaire cérébral, le timing est essentiel : plus vite on traite le malade, meilleures sont les chances d'éviter des lésions permanentes. « Dès qu'elle a été là, nous lui avons administré des anticoagulants tPA. Un médicament formidable s'il est pris à temps – il agit comme le Drano sur les artères bouchées – mais le mot clé, c'est *si*. Le créneau d'intervention est très limité. Quand l'approvisionnement en sang est coupé, le tissu cérébral commence à se nécroser. Je crois que vous feriez mieux de vous préparer à l'idée que votre tante sera très certainement diminuée.

— Diminuée comment ?

— Il est trop tôt pour le dire. Nous le saurons dans deux ou trois jours. Vous allez venir la voir ?

— Je ne… Nous habitons dans le Colorado. Ça tombe vraiment mal.

— C'est toujours comme ça. »

Après avoir raccroché, je marchai de long en large. Je fis sortir les chiens. Les rentrai. Je devais chaperonner la fête du lycée le soir même. Deux de mes classes me remettaient leurs compositions trimestrielles lundi. J'avais des réunions toute la semaine…

Quand Maureen rentra, je lui montrai ce que j'avais griffonné dans les marges du journal : « Salazar, ischémique, magnésium, Drano. » Mo récita la liste des médicaments de Lolly : Lipitor pour le cholestérol, Triamterene pour sa tension et un antidépresseur du nom de Trazodone.

« Elle prend un antidépresseur ?

— Depuis la mort de Hennie. Tu le savais, non ? »

Euh…

« Ils insistent pour que j'aille la voir.

— Tu vas le faire ?

— Je ne peux pas. Pas avant la fin de l'année scolaire. »

Maureen ne dit rien pendant quelques secondes. Puis elle offrit d'y aller à ma place. Je soupirai. Tambourinai sur le plan de travail. « Qui c'est, Kay ? Une de ses copines de bridge ?

— Kay ?

— Ils disent qu'elle n'arrête pas de réclamer Kay. »

Mo me regarda avec un sourire compatissant. « Elle veut dire Caelum. C'est toi que Lolly réclame. »

Je préparai une semaine de plans de cours pour mon remplaçant. Mo me trouva un vol à prix cassé : décollage de Denver à cinq heures quarante-cinq du matin, escale de trois heures à O'Hare. J'atterrirais à Hartford en fin d'après-midi, prendrais une voiture de location pour me rendre à Three Rivers. Je passerais peut-être d'abord à la ferme récupérer les médicaments de Lolly, voir s'il y avait quelque chose d'autre à faire. Sauf imprévu, je serais à l'hôpital vers dix-huit heures.

Mo essaya de me convaincre de renoncer à jouer les chaperons.

« Ça ira. Je boirai beaucoup de café, j'irai directement du lycée à l'aéroport. Je roupillerai dans l'avion. »

J'ouvris la porte de la penderie. Devrais-je emporter mon beau costume et mes mocassins noirs ? Non. Voyage léger. Sois positif. Va là-bas, fais le nécessaire, et reviens. J'aimais bien Lolly, mais ma vie ne pouvait pas s'arrêter sous prétexte qu'elle avait eu une attaque. Combien de types en feraient autant pour leur tante ?... Je nous revis tous les deux échoués sur une route de campagne entre Boston et la ferme avec un pneu éclaté. Il faisait noir comme dans un four en dehors du faisceau lumineux de sa torche. Elle la braquait sur le boulon et la clé en croix que je tenais.

« Allez, mon grand, m'encourageait-elle. Encore un peu d'huile de coude. Tu peux y arriver.

— Non, j'peux pas ! » protestais-je. J'étais Caelum Quirk, le gosse nul en sport qui restait tout seul dans son coin à la récré. Le gosse au père poivrot.

« Bien sûr que si. Je sais que tu peux. » Je m'étais donc arc-bouté. J'avais gémi. Et le boulon avait cédé.

La fiesta qui suit le bal de fin d'année est, si on y réfléchit bien, un marchandage : les parents et les profs poussent les gamins à faire la fête toute la nuit dans le gymnase pour être sûrs qu'ils ne vont pas prendre le volant en état d'ivresse. Qu'ils ne vont pas se tuer, tuer leurs amis, bousiller leur avenir. Les attractions, ce soir-là, comprenaient une tombola, un DJ, un hypnotiseur, et de la bouffe à gogo : burgers, pizzas et sandwiches. J'étais chargé de patrouiller au hasard, de traquer l'alcool et plus tard de servir les glaces.

Ils faisaient la queue ensemble, je me souviens. Je les ai servis tous les deux. « Une boule ? Deux ? » Dylan en avait commandé trois, mais Eric n'en voulait qu'une, à la vanille. Je lui ai demandé s'il croyait qu'on ferait la queue comme ça pour des glaces dans son camp d'entraînement. Il a secoué la tête. Esquissé un sourire.

« Tu pars quand ?

— Le 1er juillet. » Dans soixante heures, il serait mort au milieu du chaos, la moitié du visage emportée par un tir à bout portant. Il le savait. C'était dans la vidéo qu'ils avaient laissée à la postérité. Leurs suicides faisaient partie du plan.

Il y eut un autre détail ce soir-là. Il se produisit pendant la tombola. Le gagnant obtenait des entrées gratuites au bowling ou un truc dans ce goût-là, et on tira le numéro de Dylan. Je me tenais contre un mur. J'ai tout vu. Au lieu de dire : « C'est moi », ou d'aller chercher son lot, il a montré son billet à Eric et ils se sont tapé dans la main en criant : « *Sieg Heil !* » Quelques gamins ont ri ; la plupart se sont contentés de regarder. « Pauvres cons », a murmuré quelqu'un près de moi. J'ai envisagé de les prendre à part et de leur dire ma façon de penser, mais il était tard, c'était la fin de l'année. Je décollais dans quelques heures. J'ai laissé passer.

C'est l'éternel problème avec les lycéens : quand faut-il monter au créneau, quand vaut-il mieux ne pas relever ? Par la suite, au cours de toutes les nuits blanches, je me suis posé beaucoup de questions. Je suppose que nous l'avons tous fait. Aurions-nous pu prévenir la catastrophe ? Sauver tous ces gamins ?

Je quittai le lycée peu après quatre heures du matin. Sortis mon bagage à main du coffre et le jetai sur le siège passager. Je me dirigeai vers le nord-est et un ciel plus lumineux. Mes yeux me brûlaient, j'avais l'impression d'avoir avalé des hameçons. Comme d'habitude, Maureen avait raison. J'aurais dû renoncer à jouer les chaperons et dormir un peu.

Pourquoi ne l'avais-je pas fait ?

Pour me punir, peut-être ? Pour me flageller ?

De quoi ?

D'avoir manqué à mes engagements. D'avoir envoyé Maureen aux obsèques de Hennie au lieu d'y aller moi-même. Henny et Lolly avaient vécu ensemble pendant plus de quarante ans. Lolly était déprimée. Elle m'appelait tous les dimanches soir. C'était la culpabilité qui me poussait… Une fois sur place, que se passerait-il ? Dans quel état allais-je la trouver ? Quel pourcentage de mes vacances d'été une Lolly « diminuée » allait-elle me bouffer ?

À Denver International, je choisis de mettre ma voiture au parking couvert même si ça me coûterait les yeux de la tête. La machine me cracha un ticket. La barrière se releva. À cette heure, il y avait toute la place qu'on voulait. L'éclairage jaunâtre du parking fit place à la lumière aveuglante du passage pour piétons. Je passai devant deux porteurs affalés sur des sièges en plastique. Ils soulevèrent une paupière, avisèrent mon bagage à main, et refermèrent l'œil avec l'indifférence de lézards paressant au soleil. À peine entré dans le terminal, devinez qui j'aperçois ? Velvet Hoon ! Difficile de ne pas remarquer une fille aux cheveux bleus coiffés en brosse.

Elle portait l'uniforme gris de l'équipe de nettoyage. Un type aux airs de hippie et à la barbe grise faisait briller le sol. Une Noire décharnée passait l'aspirateur. Velvet nettoyait les sièges en plastique avec un chiffon et un vaporisateur. Je pensai aux gamins que je venais de quitter – s'éclatant, gavés de glaces, prêts à entrer à l'université. Mais Velvet était sa pire ennemie. J'accélérai le pas, soulagé qu'elle ne m'ait pas vu. Ça valait mieux pour nous deux. Il fallait que je mette de nouveau Maureen en garde : Velvet allait la dévorer toute crue. Elle ne ferait qu'user et abuser d'elle. On ne peut pas réparer ce genre de dégâts. C'est tout simplement impossible.

Pas de file d'attente à l'enregistrement. Juste deux hôtesses d'accueil qui se tenaient compagnie. Belles toutes les deux. La rousse bien en chair avait la quarantaine et la petite blonde n'avait dû quitter le lycée que deux ou trois ans auparavant. Une expression de ma vie d'étudiant me revint en mémoire. Rocco Buzzi et moi l'utilisions pour les jolies filles : *Je la virerais pas de mon plumard.* En première année de fac, nous classions les étudiantes, reluquées de loin à la cafète de l'université de Boston, dans quatre catégories : Je la baiserais pas, même les yeux bandés ; Je la baiserais les yeux bandés ; Je la virerais pas de mon plumard ; et pour celles vraiment classe : Je serais prêt à baiser sa grand-mère pour pouvoir la baiser. Rocco et moi étions encore puceaux, naturellement – serrés l'un contre l'autre, mangeant notre dinde à la king et notre jelly tiédasse, évaluant des filles qu'on pétait de trouille d'aborder.

À la porte 36, je rejoignis mes compagnons de voyage : des types avec des ordinateurs portables, des types avec des mobiles, des retraités bronzés en tenue de jogging et bijoux en or. Deux jeunes gens en âge d'aller à l'université sommeillaient appuyés l'un contre l'autre. Un papa mexicain distribuait des churros à ses gosses. L'odeur de friture me rappela la boulangerie Mamma Mia. J'y passerais peut-être pour prendre des nouvelles d'Alphonse pendant que j'étais sur place. Ou peut-être pas. Les e-mails d'Alphonse étaient déprimants : toutes ses plaisanteries politiquement incorrectes, la dernière vendeuse qu'il venait d'engager et sur laquelle il salivait… Il allait sur ses cinquante ans, avait toujours peur d'aborder les femmes. Était toujours en quête de son Saint-Graal : une

Mustang hard-top jaune de 1965 avec une cylindrée de 4727 centimètres cubes, un carburateur quatre valves et seize soupapes. Il s'était inscrit à un truc qui s'appelait le Yellow Mustang Registry. Il vérifiait cinq ou six fois par jour sur eBay. Jaune *phénicien*, qu'elle devait être la bagnole de ses rêves, pas jaune printanier – une nuance plus pâle également disponible en 1965.

Ma rangée fut une des dernières à être appelée. J'attrapai mon plateau de petit déjeuner sur le chariot en self-service, empruntai le sas et m'installai à ma place près du hublot : la 10A. Le vol était complet, annonça une voix au haut-parleur.

« Veuillez vous asseoir et attacher vos ceintures de sécurité. »

Pendant la distribution des magazines et des couvertures, la vente des écouteurs et la valse des bagages au-dessus de nos têtes, la place à côté de moi resta vide. Avec un peu de chance, je pourrais relever l'accoudoir, prendre mes aises et dormir jusqu'à Chicago.

Je l'entendis avant de le voir : « Scusez-moi, scusez-moi, s'il vous plaît. Oups, désolé. Scusez-moi. » Il parcourait le couloir avec la grâce d'un buffle et s'arrêta net à la rangée 10. « Salut, poilu, dit-il. Vous pouvez me tenir ça une seconde ? »

Je pris son café dans une main et sa viennoiserie dans l'autre – un pain à la cannelle de la taille d'un gant de base-ball. Sa valise tenait avec des courroies en cuir. Alors qu'il tapait dessus pour la caser dans le compartiment à bagages, sa chemise sortit de son pantalon, révélant un ventre tremblotant, couleur tofu. Mission accomplie, il atterrit en catastrophe sur le siège 10B.

« Waouh, dit-il en ajustant la ceinture de sécurité. C'est un anorexique qui a dû occuper cette place avant moi. » Il abaissa la tablette, récupéra son café et sa viennoiserie.

« Oh, merde. J'ai oublié d'enlever ma veste. Ça ne vous dérange pas de recommencer l'opération ? » Il releva la tablette, déboucla sa ceinture. Se tortillant pour retirer ses manches, il me donna un coup à l'avant-bras et ma chemise fut éclaboussée de café. « Oups, dit-il. Quel grand maladroit je suis. » Il émit un gloussement efféminé.

Il s'appelait Mickey Schmidt. Je me présentai à mon tour. Nous échangeâmes une poignée de main. La sienne était collante. « Et qu'est-ce que Caleb Quirk fait dans la vie ? »

C'est Caelum, espèce de tantouze.

« J'enseigne.

— À Colorado State ? Moi aussi ! »

Je secouai la tête. « Je suis prof dans un lycée.

— Un lycée ! » Il gémit. « J'ai failli ne pas survivre à l'expérience. » J'esquissai un sourire. Lui dis qu'il n'était pas le seul.

« Non, je ne blague pas. En première année, j'ai essayé de me tuer. À deux reprises. »

Que répondre à ça ?

« Eh ben ! fis-je.

— La première fois, j'ai rempli la baignoire et me suis plongé dedans avec le rasoir électrique de mon père. Il n'arrêtait pas de s'éteindre. J'ai cru que c'était Dieu qui voulait que je vive. Mais j'ai fini par découvrir qu'il était équipé d'un dispositif de sécurité. » Nouveau gloussement. Il avala une autre rasade de café, une autre bouchée de pain à la cannelle. Il continua la bouche pleine : « La seconde fois, j'ai tenté une overdose de laxatifs. Ma mère les achetait par caisses entières. J'ai vidé cinq flacons. J'avais l'intention d'en prendre un sixième, mais je n'ai pas pu. On vous a déjà fait un lavage d'estomac ? Si possible, évitez. »

Je me mis à feuilleter le magazine de la compagnie aérienne pour le réduire au silence. Il sortit de sa poche de poitrine une petite fiole de comprimés. « J'ai des angoisses en avion, expliqua-t-il. Surtout au décollage et à l'atterrissage. Une fois dans les airs, je suis plus calme. Vous en voulez un ? » Il agita la fiole sous mon nez. Je secouai la tête. « Et toi, Mickey ? En voudrais-tu un autre pour t'aider à voler un peu plus haut dans les cieux amicaux ? Oui, volontiers. C'est pas de refus. » Il avala un second comprimé et une gorgée de café avec un bruit d'aspirateur. « Que savez-vous de la théorie du chaos ?

— Pardon ?

— La théorie du chaos.

— Euh… c'est l'histoire du simple battement d'ailes de papillon en Afrique…

— Qui peut déclencher une tornade au Texas ? Ouais, c'est ça. Sensibilité aux conditions initiales. Bien sûr, c'est une simplification excessive. C'est une question de bifurcation, au fond. Trois types : subtile, catastrophique et explosive. Vous voyez, quand la bifurcation se produit, un système dynamique se déstabilise. Est *perturbé*, d'accord ? Vous me suivez ? »

Un vol *complet* signifiait qu'il me serait sans doute impossible de changer de siège.

Dieu merci, les écrans clignotèrent et nous eûmes droit aux consignes de sécurité en cas d'atterrissage forcé. À l'avant de l'avion, une hôtesse mimait les instructions. On aurait pu penser que quelqu'un qui avait des « angoisses en avion » l'aurait bouclée et aurait été attentif, mais la voix de Mickey couvrit celle du haut-parleur. « Bien sûr, la chose fascinante, c'est qu'il y a un principe autorégulateur à la *frontière* du chaos. L'ordre engendre l'habitude, d'accord ? Mais le chaos engendre la vie.

— Ouais, attendez, je voudrais écouter. »

Il remit ça dès la fin des consignes. « Voyez-vous, c'est mon domaine d'expertise. Je suis vacataire à l'université du Colorado. Je fais un cours de maths et un autre de philo – ce qui se comprend parfaitement, hein, parce que la théorie du chaos est interdisciplinaire. En fait, je pourrais aussi enseigner en fac de théologie, car la théorie du chaos est entièrement applicable aux religions. Ce n'est pas un concept que Pat Robertson[1] et le pape épouseraient, mais bon. Ne vous en prenez pas au messager ! » Un gloussement. « Bien sûr, trois cours, c'est un temps complet, ils seraient obligés de me donner les avantages qui vont avec, et ça, ça les tuerait. Les vacataires peuvent aller se faire foutre. Nous sommes les soutiers de l'enseignement supérieur. Vous gagnez combien ? »

Je tressaillis. « Je préfère ne pas le dire. »

Il hocha la tête. « Dieu merci, j'ai une autre source de revenus. Oups, voilà que je recommence. Je suis le seul athée de ma connaissance qui ne cesse de remercier le Seigneur. Remarquez, avec la mère que j'ai eue, ça n'a rien d'étonnant. Figurez-vous qu'elle a fait installer un *autel* à la Sainte Vierge par mon père dans notre jardin. Immaculée Conception ? Ouais, maman, c'est ça. Vous enseignez quoi ?

— La littérature américaine et les techniques d'écriture.

— Ah oui ? Vous êtes écrivain, alors ?

— Euh, ouais. Oui. » Ma réponse me surprit.

« C'est mon projet pour cet été : écrire un bouquin.

— Publier ou périr, hein ?

— Oh non, non-non. Ce n'est pas dans le cadre de mes travaux universitaires. C'est un manuel destiné aux

---

1. Télévangéliste qui a brigué la nomination républicaine aux élections présidentielles de 1988.

joueurs de casino. Je vais démontrer comment les principes de la théorie du chaos peuvent être utilisés pour gagner. Le jeu est mon autre source de revenus, voyez-vous ? Vous savez combien je me fais par an ? Allez, dites un chiffre. »

Je haussai les épaules. « Cinq mille dollars ?

— *Cinquante* mille. »

J'avais vu sa valise. À d'autres ! « Si vous pouvez apprendre aux gens à gagner le jackpot, ce sera un best-seller.

— Oh, je peux leur apprendre, là n'est pas la question. Mais je ne vais pas révéler la *totalité* de mes secrets. À Las Vegas, je suis interdit de casino au Harrah's, au Golden Nugget et au Circus Circus. » Je hochai la tête, fermai les yeux et me tournai vers le hublot. Mickey ne saisit pas le message. « Déguisé ou pas, je ne suis pas plus tôt entré que j'ai la sécurité sur le dos. On me raccompagne à la sortie. Ça se passe de manière cordiale, très courtoise. Ils ne font pas d'esclandre et moi non plus. Je pourrais, pourtant, parce que c'est une entrave à mes travaux. Une atteinte à mes droits inaliénables. C'est pourquoi je vais dans le Connecticut. Effectuer des recherches pour mon livre. Les Indiens ont un casino là-bas qui s'appelle…

Je rouvris les yeux. « Le Wequonnoc Moon.

— Exact. Vous y êtes allé ? »

J'opinai. « C'est à une dizaine de minutes de là où j'ai grandi.

— C'est la plus grande salle de jeux du pays. C'est du moins ce qu'on m'a dit. Je n'y ai encore jamais mis les pieds. Je suis allé de nombreuses fois à Atlantic City. Mais je ne suis pas le bienvenu chez M. Trump non plus. Je vous pose la question : est-il légal de m'interdire sous le simple prétexte que j'ai appris à les battre à leur propre jeu ? Si financièrement je pouvais me le permettre, je poursuivrais ces salauds en justice. »

L'avion fit une embardée. Le commandant annonça qu'il avait le feu vert pour décoller.

« Oh, merde, c'est parti », dit Mickey. Il sortit le sac en papier de la poche avant de son siège. « Pas de panique. Je ne vais pas gerber. Je m'en sers pour mes exercices de respiration.

— D'accord. ». Je refermai les yeux.

Mickey m'attrapa le bras. « Je me demandais si, au moment du décollage, vous ne pourriez pas me tenir la main ? Ça aide.

— Euh, c'est-à-dire… »

L'avion se mit à rouler. « Oh, merde, marmonna Mickey. Oh merde, merde. » Froissement de papier à mon oreille droite. Ma vision périphérique capta le sac en train de se gonfler et de se contracter comme un poumon. L'avion tourna à droite, emprunta la piste d'envol et accéléra. « S'il vous plaît », implora-t-il en prenant ma main dans la sienne qui tremblait. Je la repoussai et la plaquai sur l'accoudoir entre nous.

La cabine vibra. La main de Mickey s'agrippa à l'accoudoir. Nous décollâmes.

Une fois le train d'atterrissage rentré, mon voisin redevint « normal » – si on peut dire.

« Un truc fascinant, la théorie du chaos, dit-il. L'ordre dans le désordre. Le déséquilibre comme source de vie. Pouvez-vous imaginer ça ?

— Quoi ?

— Dieu en tant que flux ? Dieu en tant que mutabilité ? »

Ses pupilles étaient dilatées. Défoncé aux anxiolytiques, probablement.

Le signal lumineux nous demandant de garder notre ceinture bouclée s'éteignit. L'équipage fit passer le chariot des rafraîchissements. Mickey abaissa sa tablette et se mit à faire des réussites avec un paquet de cartes porno.

Je m'assoupis, me réveillai, repiquai du nez. À un moment, j'entendis Mickey et une hôtesse plaisanter au sujet du marchand de sable…

Il fallut deux hôtesses pour me tirer de mon sommeil. Je regardai autour de moi, l'air perdu. Mickey avait disparu. Les derniers passagers descendaient de l'avion.

Le trajet jusqu'au terminal me réveilla. Arrivé devant les téléphones, je sortis ma carte et composai le numéro. Notre répondeur se mit en branle. « Salut, dis-je, c'est moi. Je suis à O'Hare. Ça va… je suis un peu groggy… mon voisin d'avion était cinglé. Mo ? J'ai un peu peur de retourner là-bas. Lolly est mon dernier lien avec le passé, tu sais… ? Bon, je te rappelle ce soir. Ne laisse pas les chiens te faire tourner en bourrique. » Je me suis demandé si j'allais être coupé avant les mots que j'ai prononcés ensuite :

« Je t'aime, Mo. »

Je t'aime, Lolly : voilà ce que j'aurais dû dire à la fin de chacun de ces maudits coups de fil dominicaux. Et c'est moi qui aurais dû l'appeler. Je t'aime : pourquoi cette simple phrase me restait-elle toujours coincée dans la gorge ? Enfin, j'allais la voir, non ? Elle avait réclamé Caelum et j'étais dans ce putain de O'Hare au lieu de faire la grasse matinée. Le Dr Patel me l'avait dit une fois : « Je t'aime » étaient trois mots dépourvus de signification sans les actes qui allaient avec. Avec sa langue handicapée, Lolly avait prononcé mon nom, ou tenté de le faire, et j'étais à mi-chemin.

J'arpentai le terminal de long en large, entrai dans une dizaine de boutiques remplies de cochonneries dont je n'avais pas besoin. Passai devant les fumeurs, isolés comme des lépreux dans leur enclos en plexiglas, et devant un cireur à bandana qui marmonnait tout seul comme un fou au pied de sa chaise vide juchée sur une plate-forme.

J'achetai un café et *USA Today*. M'assis et lus un article au sujet de Love Bug. Le virus informatique était arrivé via un e-mail intitulé « Je t'aime ». Ouvrir sa pièce jointe, « Lettre d'amour à votre intention », infectait votre ordinateur. Le con diabolique qui l'avait conçu comprenait la technologie *et* la psychologie humaine. Qui n'ouvrirait pas un message pareil ? C'était à la fois un virus et un ver, expliquait le journaliste, qui effaçait vos fichiers, mettait la main sur votre carnet d'adresses et envoyait des copies de la lettre à tous ceux qui y figuraient ; les ravages se propageaient de façon exponentielle. Comme le HIV, songeai-je. Comme les histoires de la théorie du chaos. Petites perturbations, énormes répercussions. Bon Dieu, nous sommes tous si vulnérables !

Sur le chemin du retour, je repassai devant le cireur fou. Pris d'une impulsion soudaine, je fis demi-tour et montai sur sa plate-forme. Je n'étais rien de plus qu'une paire de souliers à ses yeux, et il se mit au travail sans même relever la tête. Il s'avéra qu'il ne marmonnait pas tout seul comme je l'avais cru, il rappait. Il rappait à voix basse tout en maniant la brosse à reluire. Je saisis quelques paroles : « *Calvin Klein, c'est pas mon copain, j'veux pas d'nom sur mon arrière-train…* » Quand il eut terminé, il se leva de son tabouret. « C'est cinq dollars », dit-il en regardant par-dessus mon épaule.

Je lui tendis deux billets de cinq. « Le premier, c'est pour les chaussures, l'autre pour l'interprétation. » Là, il me regarda. Je crus qu'il allait me rendre mon sourire, mais au lieu de ça il hocha la tête, l'air interdit, fourra les billets dans sa poche et me tourna le dos.

J'achetai un sandwich à la dinde et un autre café. Tandis que je mangeais, un groupe attira mon attention : quatre moines bouddhistes installés à une dizaine de mètres. Crânes rasés, robes couleur bordeaux et citrouille. Ils souriaient tous, même celui qui dormait. On s'attend à ce que des moines soient chaussés de sandales, non ? Mais ces types portaient cé que je porte : des Nike, des Timberland. Deux d'entre eux s'amusaient avec une petite balle. Un autre bavardait tranquillement avec une Noire au sweat-shirt des Chicago Bulls.

Je repérai un cinquième moine, assis à l'écart. Il fixait quelque chose sur son doigt, l'examinait, méditait ou que sais-je encore.

La chose bougeait.

Doucement, gentiment, le moine mit ses index bout à bout et la chose traversa le pont improvisé, puis parcourut le dos de sa main et la moitié de son bras. Je me levai. M'approchai. Vis qu'il s'agissait d'une mante religieuse. Je regardai le moine observer l'insecte pendant… j'ignore combien de temps. D'une certaine façon, je me sentis mieux. Moins angoissé. Moins seul.

Le vol jusqu'au Connecticut fut sans histoires et Bradley Airport plus lugubre que jamais. Je louai une Camry et pris l'autoroute 91 en direction du sud. Je sortis à Hartford et me dirigeai avec une hantise croissante vers Three Rivers. Toute ma vie, Lolly avait été une force vitale. Je n'avais aucune envie de la voir diminuée, encore moins de devoir faire quelque chose pour y remédier. Je voulais être de retour au Colorado, devant mon écran d'ordinateur et trois ou quatre bouteilles de bière décapsulées.

En chemin, je passai devant des panneaux publicitaires vantant pêle-mêle le casino Wequonnoc Moon, l'armée américaine, la cuisine maison de Cracker Barrel, Jésus-Christ… Bizarre, la façon dont ils nous promettaient tous le salut. Pour nous sortir d'une vie insatisfaisante. « Entamez la Quête ! » conseillait une affiche. La quête de quoi ? C'était loin d'être clair, mais il n'en restait pas moins que la pub était astucieuse. Un seigneur et sauveur personnel : le jackpot, une Ford Mustang jaune phénicien… Tout le monde était en quête de quelque chose.

Bien vu, Quirk. Veux-tu bien me dire ce que tu cherches ?

Moi ? Je ne sais pas. Éviter le virus Love Bug, peut-être ?

Pas ce que tu cherches à éviter, Quirk. Ce que tu cherches.

Ah, d'accord. Un peu de tranquillité peut-être ? Une nuit de sommeil complète ? Ouais, ce serait chouette : huit heures de repos ininterrompues.

Ne fais pas le mort avant l'heure.

À l'approche de Three Rivers, les choses avaient l'air à la fois semblables (la tête de chien peinte sur la saillie rocheuse, les usines textiles à l'abandon) et différentes (Wal-Mart, Staples, un restaurant Olive Garden). Au pied du pont, en centre-ville, ils avaient installé une sculpture : un guerrier wequonnoc qui avait l'air de s'être lâché sur les anabolisants. Pendant la majeure partie du XXe siècle, Three Rivers avait été étroitement liée à l'industrie de l'armement – la base de sous-marins, Electric Boat. Mais les affaires s'étaient gâtées avec la fin de la Guerre froide et à présent, pour le meilleur et pour le pire, la ville refaisait sa vie avec les Indiens. Ou, comme Lolly aimait à dire en rouspétant : « Ces Indiens bidons qui n'ont qu'un huitième de sang wequonnoc. Ces Blancs qui ont un seizième de sang wequonnoc. »

Mon intention était de passer d'abord à la ferme, mais je changeai d'avis. J'avais fait tout ce chemin pour voir Lolly, non ? J'arrivai à l'hôpital peu après six heures. Il y avait un parking couvert, à présent, et l'entrée avait été rénovée : on avait ajouté un atrium, une boutique de cadeaux, un café. « Offerts par la Nation Wequonnoc », proclamait une banderole. La réceptionniste me dit que Lolly était au troisième étage. Dans l'ascenseur, mon cœur se mit à battre plus vite.

Au bureau des infirmières, deux filles discutaient de leur commande. « Ils appelleraient pas ça thon "épicé" si ça l'était pas, mais tu peux sans doute demander à ce qu'il soit moins relevé », disait celle qui avait les cheveux frisés.

« Je peux vous aider, monsieur ?

— Je viens voir Louella Quirk.

— Ah oui. C'est moi qui suis l'infirmière de garde. Vous êtes son neveu de Californie ?

— Du Colorado. Comment va-t-elle ?

— Un peu agitée en début de journée, mais elle dort paisiblement depuis mon arrivée. Son état est stable. J'ai pris sa température et sa tension, il y a quelques minutes. Vous pouvez aller la voir. Chambre 432, quatrième porte à gauche. Je m'appelle Valerie.

— Moi, c'est Caelum.

— Enchantée. Vous avez faim ? On s'apprêtait à commander des sushis. » Je secouai la tête et me dirigeai vers la chambre de Lolly. Des sushis ? À Three Rivers ?

On l'avait mise dans une chambre à deux lits, près de la fenêtre. J'échangeai des sourires et des petits signes de tête avec la compagne de chambre et son visiteur. Le rideau de Lolly était à moitié tiré, sa lumière tamisée. Sa télé était allumée sans le son.

Elle avait la figure de travers, la bouche ouverte du côté gauche. Sa peau d'ordinaire dorée par le soleil avait la couleur du vieux mastic. Il y avait du sang séché à l'endroit de la perfusion. Une odeur aigre flottait dans l'air. Elle soupira dans son sommeil quand je l'embrassai sur le front.

Valerie entra. « Regardez-moi ça, chuchota-t-elle. Elle dort comme un bébé. » Elle vérifia le goutte-à-goutte, arrangea l'oreiller et repartit.

Un bébé, songeai-je. Des bébés. À peine nés, leur mère était morte et ils avaient été élevés par un père distant et une grand-mère directrice de prison très stricte. Papa – venu au monde après Lolly, et sur qui on avait fait peser le fardeau d'avoir tué leur mère – avait noyé sa vie dans l'alcool. Lolly avait persévéré, travaillé dur, toujours eu du cran et le moral. Elle avait aussi trouvé l'amour – que cela plaise ou non. Elle était désormais veuve, diminuée, et le restant de sa vie serait dominé par un cerveau endommagé.

Je veillai à son chevet, submergé tour à tour par l'émotion et par l'ennui. Dans le tiroir du haut de sa table de nuit, je trouvai les articles habituels : mouchoirs en papier, lotion, peigne enveloppé de cellophane. Les cheveux courts et gris de Lolly, d'ordinaire permanentés et bouffants, étaient sans ressort et gras. Je déballai le peigne. Essayai de lui arranger un peu sa coiffure. Je ne voulais pas la réveiller si elle avait besoin de sommeil, mais j'espérais en même temps qu'elle me verrait et saurait que j'étais venu. Elle ouvrit les yeux quand j'arrêtai de la coiffer. Elle me fixa plusieurs secondes sans me reconnaître, puis referma ses paupières… Venais-je juste de rater une autre occasion de lui dire que je l'aimais ?

Valerie réapparut, un café dans une main et une glace dans l'autre. « J'ai pensé qu'un petit quelque chose vous ferait plaisir, dit-elle. J'ai décidé que vous aimiez le chocolat, mais nous avons aussi vanille et fraise.

— Chocolat, c'est parfait. Merci. Ma tante a ouvert les yeux, il y a quelques minutes. Elle m'a regardé, mais je ne crois pas qu'elle m'ait reconnu. »

Valerie haussa les épaules. « Difficile à dire. »

Je souris, versai une larme. « Je veux juste qu'elle soit bien. »

Valerie me tendit un mouchoir en papier qu'elle avait pioché dans la boîte sur la table. « Bien sûr. »

Je quittai l'hôpital entre huit et neuf heures du soir. Il y avait un Taco Bell sur West Main Street, à présent. Je m'achetai deux *burritos* sans descendre de voiture. Les mangeai en conduisant. Cette interminable journée me revint à l'esprit par fragments : le moine et sa mante religieuse, le laïus du théoricien du chaos. Dieu en tant que mutabilité. Dieu en tant que flux…

Il y avait beaucoup de circulation : la clientèle du casino de Wequonnoc Moon. Le bâtiment était nimbé d'une lumière violette et verte. Je tournai à gauche dans Ice House Road puis à droite dans Bride Lake. Je m'approchai de l'enceinte de la prison. J'appuyai sur le frein. « La prison de grand-mère », disait toujours Lolly.

Je mis mon clignotant. Ralentis, virai à gauche et pris le chemin de terre menant à la ferme. Mes phares surprirent un raton laveur en train de se régaler des croquettes de la chatte dans la véranda. Je coupai le moteur. « Fiche le camp ! » criai-je. Pas du tout intimidé, il s'assit et me regarda comme pour dire : *Et vous êtes qui, sans indiscrétion ?* Il descendit les marches en prenant tout son temps avant de disparaître dans l'obscurité.

Les doubles fenêtres extérieures étaient toujours là, mais le loquet était cassé. Je pourrais m'en occuper pendant mon séjour ici. L'antique cafetière en métal était à sa place habituelle. Je mis la main à l'intérieur et trouvai la clé de la porte d'entrée. Dans le vestibule, je tâtonnai pour trouver la vieille chaîne qui servait à allumer la lumière. Je tirai dessus, clignai des yeux… Les choses n'avaient guère changé – un peu plus miteuses peut-être, un peu plus en pagaille. L'odeur était la même aussi : un mélange de tapis moisi, de graillon, un léger relent de pipi de chat. Je posai mon sac de voyage et allai jusqu'à la grande photo encadrée accrochée au pied de l'escalier. « Bride Lake Farm, vue aérienne, août 1948. »

Bon Dieu, cette maison. Cette vie de Bride Lake à l'abandon.

L'endroit grouillait de souvenirs.

4

Maman dit que je ne dois pas traverser Bride Lake Road sans permission, pas traîner près de la clôture de la prison de femmes, et pas non plus la longer quand je vais dans notre champ sud où se trouve le labyrinthe de maïs. Mais j'ai fait les trois ce matin parce que je suis très fâché contre elle et très, très fâché contre grand-père Quirk. Il a dit que j'étais trop jeune pour tenir la caisse et c'est pas vrai. À l'école, je suis toujours le premier à avoir fini les exercices de calcul. « Désolé, Davy Crockett, mais il s'agit de notre gagne-pain, a dit grand-père. Non, c'est non. »

Maman a promis qu'on irait au cinéma demain si elle a fini le repassage du presbytère à temps, mais qu'on n'irait pas voir *I Was a Teenage Frankenstein*. « Tu es trop jeune pour ce genre de film, Caelum. Ça pourrait te donner des cauchemars. »

Je fais déjà des cauchemars, mais maman ne le sait pas. C'est un secret.

En octobre, on ne chôme pas à la ferme : les promenades en charrette de foin, les citrouilles, le labyrinthe, le pressoir à cidre. Y a tellement de gens qui viennent à la ferme qu'on est obligés d'engager des extra à la prison des femmes – pas seulement Hennie, qui s'occupe de l'arrière-grand-mère Quirk, mais d'autres dames aussi. C'est tante Lolly qui les choisit parce qu'elle travaille à la prison. La plupart des gens ont besoin de huit heures de sommeil, mais tante Lolly se contente de cinq. Elle travaille à la ferme tous les jours, puis elle prend son bain, enfile son uniforme et va à la prison à pied. Je suis déjà au lit quand elle rentre.

Il y a de bonnes et de mauvaises prisonnières, explique tante Lolly, et elle sait faire la différence.

Chicago et Zinnia s'occupent du pressoir à cidre. Chicago a de gros muscles. « Vaudrait mieux éviter de la rencontrer dans une ruelle sombre ! » blague grand-père. Zinnia est grosse, elle respire vraiment fort et elle a des cheveux orange. « C'est l'eau de Javel, a expliqué tante Lolly à maman. Elles la piquent à la blanchisserie. La moitié des filles à l'étage des gens de couleur se pavanent comme Rhonda Fleming[1]. » Maman dit qu'elles le regretteront quand leurs cheveux se mettront à tomber. Grand-père pense que tous les gens de couleur viennent de Hershey[2] en Pennsylvanie, et que c'est pour ça que certains sont chocolat noir, d'autres, chocolat au lait et, une fois de temps en temps, chocolat blanc. Ils ne viennent pas du tout de Pennsylvanie, pourtant. Les gens de couleur viennent d'Afrique. Maman dit que grand-père Quirk n'est pas aussi drôle qu'il le croit.

Dans notre salon, nous avons une photo de notre ferme qu'un type a prise d'avion. Pour nous remercier de la fois où il a dû atterrir en catastrophe dans notre champ de foin. Grand-père l'a fait agrandir et encadrer. En bas, c'est écrit : « Bride Lake Farm, vue aérienne, août 1948. » Sur la photo, on voit que Bride Lake Road traverse notre exploitation. La maison, l'étable et le verger sont d'un côté, les prés et les champs de maïs de l'autre. La ferme-prison et le lac se trouvent de notre côté aussi, en plein

---

1. Actrice à la chevelure rousse flamboyante.
2. Ville célèbre pour son industrie du chocolat.

milieu. Grand-père dit qu'il y a très, très longtemps, Bride Lake faisait partie de nos terres. Mais le père de grand-père Quirk est mort, et sa mère a dû vendre une partie de la propriété à l'État du Connecticut. C'est alors qu'on a construit la prison. Sur la photo aérienne, les vaches ont l'air de coccinelles et les dames de la prison de puces. Il y a plusieurs Alden Quirk : papa est Alden Quirk III ; grand-père, Alden Quirk II, et le père de grand-père était simplement Alden. Si je me prénommais Alden et non Caelum, je serais le quatrième. « Il fallait bien que quelqu'un se décide à briser la malédiction », a dit papa. Puis il m'a demandé de ne pas répéter à grand-père ce qu'il venait de me dire – c'était un secret entre nous deux.

Quand grand-père m'a raconté que le lac nous appartenait avant de faire partie de la prison, j'ai été fou furieux. Tante Lolly dit qu'il y a des grémilles, des perches et des poissons-lunes. Tante Lolly emmène parfois les dames de la prison pêcher. « Des filles de la ville. Des dures à cuire. Mais il suffit qu'elles voient une toute petite tortue de rien du tout ou attrapent un poisson au bout de leur ligne pour paniquer. Je ne compte plus le nombre de cannes à pêche que j'ai dû récupérer dans le lac. » Grand-père dit qu'étant gosse il allait pêcher à Bride Lake tout le temps parce que mon arrière-grand-père était le régisseur de la ferme-prison et mon arrière-grand-mère un genre de directrice. Grand-père essayait toujours d'attraper un black-bass à grande bouche, Big Wilma, mais il n'a jamais réussi. J'aimerais tant pêcher là-bas ! Je ne peux même pas m'approcher de la clôture. Si Big Wilma est toujours là, je parie que c'est un monstre.

Savez-vous pourquoi le lac s'appelle Bride Lake ? Parce qu'au temps jadis – sous la présidence de George Washington ou d'Abraham Lincoln – un monsieur et une dame se sont mariés près du lac et une autre dame a tiré une balle dans la tête de la mariée. Parce qu'elles

aimaient toutes les deux le même homme. Le marié.
Tante Lolly dit que de temps en temps une des dames
de la prison prétend avoir vu le fantôme se promener au
bord du lac en robe blanche. « Rien de tel qu'une appa-
rition de ce fantôme pour compliquer le travail des surveillantes, a dit tante Lolly à maman. Bien sûr, la plupart
des filles sont superstitieuses – question d'éducation. Si
tu perds un de tes cheveux, brûle-le, sinon ton ennemi
va le ramasser et te causer des ennuis. Ne regarde jamais
une pierre tombale en face, tu risquerais de perdre un
être cher. Ne laisse pas un balai passer sur tes pieds si tu
ne veux pas finir en prison.

— Elles ont toutes dû se les faire balayer », a dit
maman.

J'ai demandé à Hennie si elle avait aperçu le fantôme,
et elle a répondu que non. Chicago pareil. Zinnia a dit
qu'elle pourrait bien l'avoir vu une nuit, près de la cave
à légumes, mais qu'elle a peut-être rêvé.

Zinnia veut toujours me serrer dans ses bras et me
tapoter la joue parce qu'elle a un garçon qui a mon âge
et s'appelle Melvin. J'ai dit qu'un jour peut-être, Melvin
pourrait venir jouer à la ferme et que je l'emmènerais au
labyrinthe pour lui montrer les raccourcis. Zinnia s'est
mise à pleurer. C'est alors que j'ai vu qu'elle a des taches
de rousseur. Tous mes cousins du Massachusetts en ont,
mais je ne savais pas que les gens de couleur en avaient
aussi.

Vous savez ce qu'a Zinnia ? Un tatouage qui dit :
« JÉSUS

    A

    U

    V

    E

    U

    R. »

Il commence sur la paume de sa main et monte sur son bras. Elle m'a dit qu'elle s'était servie d'une épingle à nourrice et d'un stylo. Ça lui avait fait mal, mais ça valait le coup. Parfois, lorsqu'elle le fixe très fort, elle sent Jésus qui la prend dans ses bras et la calme. Je ferais mieux de ne pas essayer de me tatouer, dit maman, parce que je pourrais m'empoisonner le sang.

Zinnia ne me prend pas dans ses bras comme maman le fait. Maman reste raide et me donne des petites tapes rapides dans le dos, et je me contente d'attendre qu'elle ait fini. Quand Zinnia me serre contre elle, je la serre, moi aussi. Une fois, elle s'est mise à se balancer d'avant en arrière et à me confondre avec Melvin. « Tu manges comme y faut, Melvin ? Comment va ton asthme ? La croix de ta maman sur cette terre, c'est que tu me manques, mon bébé. » Elle m'a tenu si fort et si long-temps que Chicago a dû arrêter de tourner la manivelle du pressoir et venir à mon secours. « Allons, Zinni, elle a dit. Ce garçon est pas à toi. Lâche-le. »

Ce serait peut-être pas mal d'avoir le sang empoi-sonné, parce qu'alors les méchants vous ficheraient la paix. Il suffirait de leur dire : « Arrière ! Vous avez envie d'être *empoisonnés* ? »

Personne ne se doute que je suis près du labyrinthe de maïs et que j'ai encore pris des trucs à la cuisine. C'est pas du vol, parce que Hennie me laisserait faire de toute façon. J'ai emporté un bout du jambon qu'on a mangé hier soir, quelques cookies et des pommes de terre. Cette fois, je me suis souvenu d'envelopper les patates dans du papier alu. S'il n'est pas là, je suis censé les cacher dans le landau, sous le bébé.

Le labyrinthe n'ouvre pas avant dix heures du matin et il n'est que huit heures, alors la corde est tendue entre les deux chevalets, et le panneau « Entrée interdite » est en place. Une nuit, des adolescents se sont introduits dans le labyrinthe, ils ont enlevé les têtes de la famille Quirk et les ont cassées en mille morceaux. Grand-père et moi, on les a découvertes samedi matin au moment d'installer le chocolat chaud gratuit. « Maudite délinquance juvénile », a ronchonné grand-père. Il a dû ramasser les morceaux de citrouille avec sa pelle, les jeter à l'arrière du camion et se dépêcher d'aller en cueillir cinq autres. Et tante Lolly a dû dessiner les nouveaux visages en vitesse avant l'arrivée des clients.

« Délinquance juvénile », ça veut dire adolescents. L'un d'eux avait mis un soutien-gorge à Mme Quirk par-dessus sa robe, et elle avait l'air bizarre avec ce soutien-gorge et sa tête en moins. L'intérieur des citrouilles ressemblait à de la bouillie de cervelle.

Quand on trouve son chemin dans le labyrinthe et qu'on arrive au centre où est la famille Quirk, on a droit à un chocolat chaud gratuit. Il est installé sur une table dans deux grandes bouteilles thermos ; il y a des tasses et une louche et un panneau qui dit : « Une tasse par client, S'IL VOUS PLAÎT ! » parce que certains sont des goinfres. La Famille Quirk se compose de M. et Mme Quirk, leur fils et leur fille, et du petit dernier qui dort dans le landau qui m'a appartenu. On les bourre de journaux et de feuilles de maïs, et on les habille avec nos vieux vêtements. Cette année, le garçon porte ma salopette de l'an dernier, la chemise que j'ai trouée sur le devant à force de la mordiller quand j'ai essayé de me qualifier pour le championnat de base-ball junior, et mon chapeau de Davy Crockett.

Parfois, si la sieste de mon arrière-grand-mère se prolonge, Hennie me fait du pain d'épice. Elle travaille chez nous depuis si longtemps qu'elle n'a même plus besoin d'être escortée pour venir de la prison. Elle fait juste signe au gardien à la porte et il lui répond de la même façon. Un jour, j'ai vu Hennie et tante Lolly s'embrasser dans la véranda. Sur les lèvres. Elles n'ont pas vu que je les avais vues.

Vous savez quoi ? Les gens qui viennent dans notre labyrinthe sont stupides. D'abord ils prennent tous les culs-de-sac et ils disent : *Hein ? Quoi ?* Puis ils refont la même chose sans s'en rendre compte. Certains se mélangent tellement les pinceaux qu'ils se retrouvent à l'entrée. Je ne suis pas censé indiquer les raccourcis à qui que ce soit. « Les gens aiment bien se perdre un peu, Caelum, dit grand-père Quirk. C'est ce qui est amusant. De toute façon, personne n'aime les messieurs Je-sais-tout. »

Dans le bureau de l'étable, il y a un plan dessiné par papa. Il montre à quoi ressemble le labyrinthe si on est un hélicoptère qui le survole, ou une oie sauvage. Papa a inventé le labyrinthe à l'époque où il se conduisait bien. C'est lui qui a eu l'idée de la Famille Quirk et du chocolat chaud gratuit. Maman le prépare sur le fourneau dans deux grandes marmites, puis elle le transvase dans les deux grandes bouteilles qu'elle a eues quand elle travaillait chez American Thermos. Elle est partie parce que son patron criait toujours après tout le monde et ça lui a donné un ulcère. Maintenant, maman travaille à la banque, elle préfère, sauf qu'elle doit tout le temps se laver les mains parce que l'argent, c'est sale, et on ne sait jamais d'où ça sort. Un jour, j'ai léché un dollar. Maman m'a obligé à mettre de la Listerine dans ma bouche, m'a dit de ne pas la recracher avant un bon moment, et ça m'a vachement piqué.

Des fois, je fais des cauchemars au sujet de papa, et d'autres fois au sujet de M. Zadzilko. L'école avait un autre concierge avant, M. Mpipi, mais il a été renvoyé.

Ça m'a fâché, il était vraiment gentil. Les maîtresses trouvent que M. Zadzilko est gentil aussi parce qu'il leur apporte des gueules-de-loup et ces stupides beignets polonais appelés *poonchkeys* que sa mère fabrique. Mais M. Zadzilko n'est pas du tout gentil. Quand les maîtresses vont aux toilettes, il les zieute par son trou secret.

Avant son renvoi, M. Mpipi est venu un jour dans notre classe et il nous a parlé des Bushmen qui sont ses parents ou ses ancêtres ou je ne sais quoi. Il nous a montré sur la carte du monde où ils vivent – en Afrique, vers le bas. Savez-vous ce que les Bushmen chassent et mangent ? Des *chacals*. Et des *gerboises*. Et quand ils voient une mante religieuse, ils croient que c'est Dieu !

M. Mpipi nous a tous fait asseoir par terre, même Mlle Hogan. Nous, on avait les jambes en tailleur, mais Mlle Hogan était agenouillée et sa jupe dessinait un grand cercle autour d'elle. M. Mpipi nous a raconté comment la Mante a créé la Lune en jetant du feu dans le ciel nocturne et a épousé un serpent. Et vous savez comment la Mante voyage ? Entre les orteils d'une antilope parce que c'est son animal préféré. M. Mpipi a parlé la langue des Bushmen en faisant un tas de petits clics avant les mots. Tout le monde a ri, même Mlle Hogan, et M. Mpipi a ri aussi de son rire aigu et perçant. M. Mpipi est un homme de couleur, je pense, sauf qu'il n'a pas la peau chocolat. Elle a plutôt la couleur des abricots secs que grand-père reçoit à Noël.

Après sa visite, notre classe a écrit une lettre de remerciement à M. Mpipi sur une grande feuille qu'on a tous signée. Ça lui a tellement fait plaisir qu'il nous a offert un cadeau : un œuf de mante religieuse. Il était censé éclore en avril, mais il ne s'est rien passé. Puis, après l'assemblée[1] de l'école, M. Mpipi a été renvoyé. Mlle Hogan s'apprêtait à jeter l'œuf, mais j'ai demandé à l'avoir. Elle a dit oui, et je l'ai rapporté à la maison où je l'ai posé sur l'appui de la fenêtre.

J'ai surpris M. Zadzilko en train d'espionner. C'est comme ça que je suis au courant du trou. Il se trouve dans le grand cagibi du deuxième, là où on range les seaux, les balais à franges et les produits de nettoyage. Mlle Hogan m'avait envoyé aider M. Zadzilko parce que j'étais le premier à avoir fini mon questionnaire de sciences sociales ; j'avais des fourmis dans les jambes et je n'arrêtais pas d'embêter mes voisins. J'ai ouvert la porte du cagibi et M. Zadzilko zieutait par le trou. Il a bondi en me voyant, a rajusté son pantalon et sa ceinture, et il a ri : *hi-hi-hi.* « Regarde-moi ça, un manche à balai a dû faire un trou dans le mur. Faudra que j'arrange ça dès que j'aurai une minute de libre. » Il m'a donné une éponge et m'a dit d'aller la mouiller dans les toilettes des garçons et de descendre la passer sur les tables de la cafétéria.

Après ça, quand la cloche de la récré a sonné, je suis remonté rapporter mon éponge. M. Zadzilko n'était plus là, j'ai retourné un seau, je suis monté dessus et j'ai regardé par le trou. Mlle Anderson, notre directrice, était assise sur le siège des W-C en train de fumer une cigarette. On voyait sa gaine.

Je savais que ce n'était pas bien de regarder, j'ai donc fermé les yeux et je suis descendu du seau. Quand je me suis tourné vers la porte, M. Zadzilko était là.

« Oh, là, là ! Quel vilain garçon tu es ! »

Il a tiré sur la chaîne, et la lumière du cagibi s'est éteinte. Puis il a fermé la porte derrière lui. Il s'est appro-

---

1. Réunion de tous les élèves d'un établissement pour les annonces et les prières.

ché et s'est assis sur le seau : je sentais son souffle sur ma figure. Le trou était un secret entre nous. Si je disais quoi que ce soit, il raconterait aux maîtresses qu'il m'avait surpris en train de les épier. « Tu étais juste curieux. Moi, je comprends ça, mais il en ira autrement des maîtresses. Elles te feront sans doute arrêter. Et tout le monde saura que tu es un Vilain Garçon. »

Il a attrapé un sac en papier graisseux sur une étagère dans son dos. Il l'a ouvert et me l'a tendu. « Tiens, sers-toi. » J'ai sorti un beignet de sa mère.

« Ça s'appelle un *poonchkey*. Goûte. C'est délicieux. »

Je n'avais pas envie, mais j'ai obéi.

« Mais qu'est-ce que tu es donc ? Une petite souris qui grignote ? Avale une *grosse* bouchée. »

C'est ce que j'ai fait. Le truc à l'intérieur ressemblait à un nez qui saigne.

« Tu es tombé sur quoi ? Framboise ou pruneau ? » Je lui ai montré mon beignet entamé. « Oh, à la framboise. C'est aussi mon préféré. Pourquoi tu trembles, Vilain Garçon ? »

J'essayais d'arrêter, mais impossible. Il ne me quittait pas du regard.

« Tu sais ce que *poonchkey* signifie ? En polonais ? »

J'ai fait signe que non.

« Ça signifie "petit service trois pièces".

— Ah bon ? Je peux y aller maintenant ? C'est la récré.

— Tu sais ce que ça veut dire, hein ? »

Je n'en avais pas la moindre idée, mais j'ai hoché la tête.

« Tu n'as pas l'air de comprendre, Vilain Garçon. Si tu piges, montre-moi où se trouve ton *poonchkey*.

— Hein ?

« — Ton petit service trois pièces. Il est où ? Indique-le du doigt. »

J'entendais les autres jouer dans la cour de récréation, mais ils avaient l'air bien plus loin. J'essayais de ne pas pleurer.

M. Zadzilko a formé un O avec son pouce et son index. « C'est le trou de la femme, vois-tu ? Aussi appelé fri-fri, chatte ou moule velue. » Il s'est penché plus près et a baissé la main. « Et ça, mon Vilain Garçon, c'est l'endroit où se trouve ton "petit service trois pièces". » Il m'a donné une méchante pichenette à l'endroit que maman m'a dit de ne pas toucher, et ça m'a fait vachement mal.

« C'est la récré. Faut que j'y aille.

— Vas-y. Mais souviens-toi de ce qui arrive aux vilains garçons qui ne savent pas tenir leur langue. »

Le couloir était vide. On entendait des rires en provenance de la salle des maîtres. Je suis descendu aux W-C des garçons. Je n'avais pas avalé cette bouchée qu'il m'avait obligé à prendre : je l'avais gardée au creux de ma joue. Je l'ai crachée dans la cuvette et j'y ai jeté le reste de mon *poonchkey*. J'ai tiré je ne sais combien de fois la chasse, et il a tourbillonné comme s'il allait disparaître, mais il finissait toujours par revenir. Puis je me suis dit : Et s'il avait aussi un trou pour regarder dans les toilettes des garçons ? Et s'il était en train de me regarder jeter le stupide beignet de sa mère dans la cuvette ? Quand je suis arrivé dans la cour de récréation, j'avais mal au ventre. La cloche a sonné deux secondes plus tard et il a fallu retourner en classe.

Ce soir-là, j'étais dans mon lit en train de penser à M. Zadzilko quand maman est entrée dans ma chambre sans allumer la lumière. « Caelum, tu dors ? »

Je n'ai pas répondu pendant un bon bout de temps. Puis j'ai dit : « Non.

— Je t'ai entendu pleurer. Pourquoi tu pleurais ? »

J'ai failli tout lui raconter mais je ne l'ai pas fait. « Je pensais à Jésus mourant sur la croix. Et ça m'a rendu triste. » Je savais que la réponse lui plairait.

Maman va à la messe tous les matins avant son travail. C'est pour ça qu'elle ne peut pas me préparer pour l'école. C'est tante Lolly qui s'en charge, une fois qu'elle a fini de traire. Sauf que s'il y a un problème, elle me téléphone de l'étable et je dois me préparer tout seul et ne pas lambiner, sinon je rate le bus. Une fois, plusieurs vaches se sont échappées et se sont mises à galoper sur Bride Lake Road. Tante Lolly a dû les rattraper car une voiture aurait pu leur rentrer dedans, et elle a oublié de m'appeler. J'ai commencé à regarder *Captain Kangaroo* alors que je n'ai pas le droit de regarder la télé le matin. Puis le bus est arrivé et j'étais encore en pyjama. Il a fallu que maman quitte son travail et revienne me chercher à la ferme pour me conduire à l'école. Elle pleurait et criait parce que M. McCully ne la choisirait sans doute plus comme caissière-chef, tout ça par ma faute. Aux stops et aux feux rouges, elle n'arrêtait pas de me flanquer des taloches. Le temps d'arriver à l'école, on pleurait tous les deux. J'ai dû baisser la vitre et sécher mes larmes avant d'entrer parce que l'école n'a pas besoin d'être au courant de nos affaires de famille.

Le samedi, maman passe l'aspirateur au presbytère et rapporte à la maison le linge sale du curé dans des taies d'oreiller, tout ça gratuitement parce que Monsignor Guglielmo l'aide à faire annuler son mariage. L'an dernier, Monsignor m'a donné une médaille de saint Christophe pour ma première communion tellement maman est serviable. Tout le monde a eu des scapulaires et des petits missels, il n'y a que moi qui ai eu en plus la médaille de saint Christophe. Après le déjeuner du dimanche, maman repasse le linge propre du curé et le rapporte au presbytère. Si elle a fini à temps, on peut aller au cinéma.

Maman et moi, on est catholiques, grand-père Quirk et tante Lolly sont protestants. Un dimanche que maman faisait chauffer la voiture pour aller à la messe, j'ai entendu grand-père demander à tante Lolly : « Les grenouilles de bénitier sont parties ? » Sur le chemin de la cathédrale Saint-Antoine, j'ai demandé à maman ce que grenouilles de bénitier voulait dire. Ses mains ont serré le volant et elle a tiré une bouffée sur sa cigarette avant de la remettre dans le cendrier. « Des catholiques, elle a répondu. Toi et moi. Si papie Sullivan entendait grand-père Quirk nous traiter comme ça, il serait drôlement furieux. »

Tante Lolly et grand-père Quirk ne vont à l'église que s'ils en ont envie, et ils ne sont pas obligés de manger les stupides bâtonnets de poisson pané de Mme Paul tous les vendredis. Maman se fâche si je me pince le nez pour les avaler. « Tu voudrais un petit peu de poisson avec ton ketchup ? » ne manque jamais de demander grand-père. Quand maman ne regarde pas, il me file des bouchées de viande en douce.

Mon papie et ma mamie Sullivan vivent à Buzzards Bay dans le Massachusetts, ce qui est aussi le cas de tous mes cousins Sullivan au visage plein de taches de rousseur. Quand on va les voir, papie Sullivan refuse de parler à maman. D'abord parce qu'elle n'a pas épousé un catholique et ensuite parce qu'elle a divorcé. Dès que maman entre dans une pièce, papie Sullivan sort. Maman dit qu'il se remettra sans doute à lui parler me fois qu'elle aura eu son annulation. Ma pauvre maman doit attendre, attendre, comme moi j'ai dû poireauter jusqu'à la Saint-Valentin pour avoir le cadeau de Noël de papa.

Quand j'étais petit, je croyais que grand-père Quirk était le père de maman, mais non : il est le père de papa et de tante Lolly. Tante Lolly et papa sont jumeaux, sauf qu'ils ne se ressemblent pas comme les jumeaux Birdsey qui sont dans ma classe. Tante Lolly est plus grande que papa, bien que ce soit une fille. En plus, elle est un peu potelée et papa est maigrichon. Il a des cheveux noirs et une barbe en broussaille, et deux dents en moins sur le devant qui ne repousseront jamais parce que c'étaient pas des dents de lait. La mère de papa et de tante Lolly est morte à la naissance de papa. Résultat, grand-père a dû les élever tout seul, et mon arrière-grand-mère Lydia a été pour ainsi dire leur grand-mère *et* leur mère. Elle n'était pas folle, à l'époque. Lolly dit qu'elle était même très, très intelligente. Quant à papa, il blague : « Ma sœur est sortie la première. À elle toute l'intelligence, à moi toutes les bêtises. » Il dit aussi qu'il est l'avorton d'une portée de deux.

Un tas d'élèves de ma classe ne sont pas fichus de distinguer les jumeaux Birdsey, mais moi si. Thomas a une petite tache près du sourcil et Dominick non. Des fois, Thomas est un vrai pleurnichard. Un jour, ils sont venus à la ferme. Dominick et moi, on a joué à « Whirlybirds », vu que c'est notre émission préférée. J'étais Chuck et Dominick était P.T., et on se jetait du grenier sur les balles de foin, comme si on était obligés de sauter de notre hélicoptère avant qu'il s'écrase. Thomas était trop trouillard pour jouer à « Whirlybirds ». Tout ce qui l'intéressait, c'était de jouer avec les chatons et de jeter un bâton pour que Queenie le rapporte.

Queenie, c'est notre chienne. Elle est marron et blanche, et elle a des petits sourcils qui lui donnent un air triste même quand elle est contente. On l'a eue par Jerry, l'homme de l'insémination artificielle. Lorsqu'il vient chez nous, il apporte ce truc appelé foutre qui vient des meilleurs taureaux du Connecticut. J'ai demandé à grand-père ce que c'était que le foutre et il a répondu : « Le truc du mâle. » Jerry le met dans la zézette des vaches avec son grand instrument qui ressemble à une seringue. Et plus tard, les vaches ont des petits qui deviennent de bonnes laitières. Seulement si c'est des filles. Grand-père fait un signe à la craie sur le mur de l'étable à chaque vêlage : un X quand c'est un mâle, un O quand c'est une femelle. Il dit que s'il pouvait trouver moyen de traire les taureaux, il serait riche.

Lorsque j'étais bébé, ce n'étaient pas grand-père et tante Lolly qui s'occupaient de la traite. C'étaient grand-père et papa. Puis grand-père et papa ont eu une grosse dispute et on a dû déménager. Papa a travaillé dans un endroit où on fabriquait des hélicoptères. Je ne m'en souviens pas du tout. Tout ce que je me rappelle, c'est que maman et moi, on vivait à la ferme sans papa. Je suis le seul de l'école à avoir des parents divorcés.

Quand j'étais au CP et que papa se conduisait bien, grand-père l'a autorisé à dormir sur un lit de camp dans la laiterie. Il a fini par déjeuner aussi avec nous le dimanche. Maman ne voulait pas, mais c'était pas elle qui commandait. C'était grand-père. C'est quand grand-père a eu une infection au pied que papa a commencé à bien se comporter. Grand-père ne pouvait plus traire, alors papa est revenu, et c'étaient lui et Lolly qui trayaient. C'est papa qui m'a appris à tenir une cuiller en équilibre sur le bout de mon nez. J'ai exécuté ce numéro de la cuiller pour le spectacle de l'école, et ils ont tous voulu que je leur apprenne le truc. Ils n'arrêtaient pas de me courir après à la récré et de me supplier : « S'il te plaît, Caelum, *s'il te plaît*. »

Papa a eu l'idée du labyrinthe de maïs pendant son séjour à la laiterie. Grand-père a commencé par dire non : ça ne marcherait pas. Tout ce que les gens voulaient, c'était acheter leurs pommes et leurs citrouilles, et montrer le pressoir à cidre à leurs gosses. De toute façon, il a ajouté, c'était d'ensiler les fourrages qu'il avait besoin à l'automne, certainement pas de voir le ban et l'arrière-ban de Three Rivers piétiner son maïs. Puis il a changé d'avis et a dit à papa qu'il pouvait tenter le coup. Alors papa a dessiné un plan, et quand le maïs a atteint une trentaine de centimètres il a pris le tracteur, m'a juché sur ses genoux et on a tracé les sentiers, les culs-de-sac et les méandres. C'était moi qui tenais le plan.

La première année, c'est papa et moi qui avons rembourré les membres de la Famille Quirk. Et c'est papa, pas tante Lolly, qui a dessiné les visages. « Cacao gratuit ? a dit grand-père. Je croyais qu'on essayait de *gagner* de l'argent, pas d'en perdre. » Mais il a changé d'avis pour ça aussi, et vous savez combien d'argent on s'est fait avec le labyrinthe ? Six cents dollars ! Résultat : papa a déjeuné avec nous le dimanche, que ça plaise ou non à maman.

Une fois, après le repas du dimanche, maman a pleuré à cause de papa. Lolly et grand-père avaient emmené mon arrière-grand-mère faire un tour en voiture, et il ne restait donc plus que nous trois. Maman a dit à papa de partir, mais je voulais qu'il reste jouer avec moi, alors elle a accepté. D'abord, papa a été gentil. Il a essayé d'aider maman à débarrasser, mais elle a dit qu'elle se débrouillerait toute seule. « Si vous avez l'intention de jouer tous les deux, jouez. »

Papa m'a lu le supplément bandes dessinées du journal. Puis on a joué au morpion. Mais il était distrait. Il n'arrêtait pas de taper du pied et de regarder le meuble du tourne-disque. « T'as envie d'écouter un disque ? » il a demandé. J'ai dit que oui : *Bozo le clown sous la mer* ou

Hopalong Cassidy et le hold-up du quadrille. Mais papa préférait écouter de la musique. « Où est ton jeu de dames ? Va le chercher, on va faire une partie. »

J'ai d'abord cru que mon jeu de dames était en haut dans ma chambre. Puis je me suis souvenu qu'il se trouvait dans un tiroir en bas. Arrivé au pied de l'escalier, j'ai vu papa près du meuble à tourne-disque. Sauf que c'était l'autre porte qui était ouverte – là où grand-père garde ses alcools. Papa a bu une grande rasade puis une deuxième, et il m'a aperçu. Il a reposé la bouteille et s'est éclairci la gorge. « Ils rangeaient les disques de ce côté, avant. J'ai dû me tromper. J'ai eu aussi une petite soif, mais ça, ça reste entre nous, mon pote. D'accord ? » Et j'ai dit d'ac.

Papa jouait bien aux dames, mais il empestait. Sans compter qu'il avait mis une musique de Dean Martin si fort que j'étais incapable de me concentrer. Quand maman est entrée dans la salle à manger pour enlever la nappe, il a dit : « Rosemary Kathleen Sullivan, ma rose sauvage d'Irlande. »

Maman n'a rien répondu. Elle a roulé la nappe en boule d'un air furieux et a essayé de regagner la cuisine, mais il a déplacé sa chaise pour lui barrer le chemin. Puis il lui a touché la zézette.

« Bas les pattes ! » elle a dit. Elle est devenue toute rouge, a fait le tour de la table et a claqué la porte de cuisine comme je n'ai pas le droit de le faire.

Papa a ri et a crié en direction de la cuisine : « Attention, tout le monde ! Rosemary est en pétard.

— C'est à toi de jouer », j'ai dit, mais au lieu de déplacer son pion, il a pris un des miens, il a sauté tout un groupe de ses pions à lui et il a déclaré : « T'as gagné. Va t'amuser. » Il s'est dirigé vers le tourne-disque, il a levé l'aiguille et l'a mise sur une chanson qui parle de la lune qui ressemble à une grande pizza. Puis il est entré dans la cuisine en sifflotant.

« Parce que je n'ai pas envie de danser avec toi, voilà pourquoi ! » a crié maman. Puis papa a répondu quelque chose et maman a fait : « Tu crois que je ne sens pas l'odeur, Alden ? Tu crois que je ne sais pas reconnaître une cause perdue ? » J'ai entendu des bruits et un fracas de vaisselle. La porte de la cuisine s'est ouverte à la volée.

« Tu veux jouer à la bataille ? » j'ai dit.

Je l'ai regardé descendre l'allée de plus en plus vite, tourner dans Bride Lake Road en avalant de grandes rasades de l'alcool de grand-père.

Dans la cuisine, maman pleurait. Elle avait une joue normale et l'autre toute rouge. Notre soupière était en mille morceaux sur la table. « Lolly m'a dit que c'était un des cadeaux de mariage de l'arrière-grand-mère Quirk, elle a expliqué.

— Ah bon... tu veux un verre d'eau ?

— Sa rose sauvage d'Irlande. Quelle blague ! J'ai juste été la première fille qu'il a trouvée après sa déception amoureuse. » Elle m'a regardé. « Ne sois jamais, jamais, méchant comme papa.

— Tu veux un peu d'eau ? »

Elle a fait oui avec la tête. Je lui ai apporté un verre et elle en a bu une petite gorgée. Elle n'arrêtait pas de toucher les débris de la soupière. « J'avais les mains humides après la vaisselle. Elle m'a échappé. C'est un accident.

— Ah, mince. Désolé. »

Elle a bu une autre gorgée et m'a proposé : « Un câlin ? »

Elle m'a pris dans ses bras. C'était un de ses câlins raides avec les petites tapes dans le dos.

« Pourquoi tu ne me serres jamais ? elle m'a demandé.

— Si, je te serre.

— Non, c'est pas vrai. »

Une fois, pendant les vacances de mi-trimestre, maman m'a laissé veiller tard pour regarder « J'ai un secret ». Le secret d'un des hommes était qu'il avait été foudroyé mais qu'il n'était pas mort. Un autre homme avait une barbe très, très longue, et son secret était qu'il dormait avec sa barbe sous la couverture, et pas au-dessus. Ils ont deviné pour le barbu, mais pas pour le type foudroyé. L'an passé, une de nos meilleures laitières a été tuée par la foudre. Dolly, qu'elle s'appelait. Vous savez ce que le véto a dit ? Que le cœur de Dolly avait *explosé*. Grand-père a dû la charrier de l'autre côté de la route et la jeter dans la gravière. Les vautours ont tournoyé toute une semaine au-dessus de notre champ sud.

J'ai un secret. Quelqu'un de notre classe n'arrête pas de cracher dans la fontaine du couloir principal et Mlle Hogan, notre maîtresse, croit que c'est Thomas Birdsey, mais c'est pas lui. C'est moi. La semaine dernière, toute la classe a eu interdiction de boire jusqu'à ce que le coupable se dénonce. Tout le monde est devenu de plus en plus furieux contre Thomas parce qu'il refusait d'avouer. Même moi, j'étais furieux contre lui parce que j'avais soif et que j'avais plus ou moins oublié qui était le vrai coupable. Puis Thomas a fait dans sa culotte, comme quand il était au CP, et l'administration a demandé à sa mère de venir le chercher. Toute la classe empestait, et Mlle Hogan a dû envoyer chercher M. Zadzilko, et on est tous sortis jouer au ballon. Mais Dominick Birdsey a dû arrêter de jouer parce qu'il tapait trop fort dans le ballon et nous l'envoyait dans la figure. Après ça, quand on est rentrés, Mlle Hogan nous a tous autorisés à boire. M. Zadzilko me lance toujours des regards dans le couloir et j'ai envie de dire : Qu'est-ce que vous regardez comme ça, Binoclard ? Mais je ne le fais pas. Je me contente de détourner les yeux.

Parfois, quand j'essaie de rendre mes devoirs avant tout le monde, Mlle Hogan dit : « Il ne s'agit pas d'une course, Caelum. Retourne t'asseoir et relis-toi. » Si je me relis et que je suis encore obligé d'attendre je ne sais combien de temps, elle me fait un mot et je dois aller aider M. Zadzilko. Depuis que M. McCully a choisi maman comme caissière-chef à la banque, elle rentre tous les soirs tard à cause de ses responsabilités supplémentaires. Elle refuse de me laisser revenir en bus parce que tante Lolly travaille déjà à la prison à cette heure-là et que grand-père se prépare à traire. Mais elle ne passe me chercher que longtemps après le départ des autres élèves. Elle a dû demander à Mlle Anderson l'autorisation de me laisser l'attendre à l'école, et Mlle Anderson a accepté parce que maman est divorcée. Des fois, j'obtiens de rester dans notre classe avec Mlle Hogan, mais des fois je dois aller aider M. Zadzilko.

Il me fait claquer les brosses à effacer le tableau, vider les corbeilles à papier dans le grand tonneau du couloir, ou passer une grosse éponge sur les tableaux noirs. Une fois, après une assemblée générale, j'ai dû aller l'aider à ranger toutes les chaises pliantes dans l'amphithéâtre. On les a empilées sur des palettes à roulettes. Vous savez où vont toutes les chaises pliantes ? Sous l'estrade. Il y a une petite porte que je n'avais jamais remarquée, et les chaises sont glissées dessous avec leurs palettes et elles restent là jusqu'à la réunion suivante.

C'est après l'assemblée des Nations unies que M. Mpipi a été renvoyé. Après sa danse. Mlle Anderson a d'abord fait un discours sur l'ONU. Ensuite les CM1 ont chanté *Le Tour du monde en quatre-vingts jours*. Puis une dame qui était allée en Chine nous a montré ses diapos. Dominick Birdsey s'est mis à me chatouiller, et Mlle Hogan nous a fait asseoir entre Mlle Anderson et elle. La dame qui était allée en Chine a parlé si long-temps qu'une de ses diapos a fondu dans le projecteur et certains des plus grands ont applaudi.

M. Mpipi est arrivé vers la fin. Au lieu de son uniforme de concierge, il portait une grande cape rouge et il était pieds nus. Il a expliqué que les Bushmen chassaient le cha-cal et priaient leur dieu Mante religieuse, et il a parlé leur langue pleine de clics. Les plus grands ont commencé à le charrier. C'est bien de rire avec quelqu'un, mais c'est pas bien de rire de lui. M. Mpipi a cru que tout le monde riait avec lui, alors il s'est mis à rire aussi – de son rire perçant – et les choses ont empiré. Mlle Anderson a dû se lever et lancer un regard noir aux plus grands.

M. Mpipi a dit qu'il allait nous exécuter deux danses de Bushmen : la Danse de la Grande Faim et la Danse de l'Amour. Mais il ne s'arrêterait pas entre les deux. Les deux danses s'enchaîneraient. « Parce que de quoi avons-nous tous faim ? » il a demandé. Personne dans la salle n'a répondu. M. Mpipi a attendu et fini par donner la réponse lui-même : « D'amour ! »

Il a dénoué sa cape et l'a laissée tomber par terre : il ne portait en tout et pour tout qu'une espèce de couche. J'ai vu Mlle Anderson et Mlle Hogan se regarder, et Mlle Anderson a dit : « Seigneur Dieu ! » M. Mpipi criait, jappait et se trémoussait bizarrement. Il avait un gros bide et un gros derrière, et les plus grands rigolaient tellement qu'ils en dégringolaient de leur chaise. Puis quelqu'un a hurlé : « Secoue-le, Sambo ! » M. Mpipi a continué à danser, je ne crois donc pas qu'il ait entendu, mais Mlle Anderson s'est levée, elle a éteint et rallumé les lumières plusieurs fois. Puis elle est montée sur l'estrade, a tendu sa cape à M. Mpipi et a dit que la séance était levée. « Tout le monde sauf les plus grands est prié de regagner sa classe sans précipitation. »

Plus tard, pendant la lecture silencieuse, Mlle Hogan m'a fait porter un mot au bureau de Mlle Anderson. Sa porte était fermée, mais j'entendais M. Mpipi à l'intérieur. Il disait : « Mais *pourquoi* vous me renvoyez, madame la directrice ? Je vous en supplie, dites-le-moi, *pourquoi* ? »

Quand les maîtresses sont dans les parages, M. Zadzilko est tout sucre tout miel avec moi. Il m'appelle son meilleur aide, son jeune concierge, des trucs dans ce goût-là. Mais quand on n'est que tous les deux, il me traite de « Vilain Garçon » et n'arrête pas de m'envoyer des pichenettes là où je pense. « C'est pour te rappeler que si jamais tu vends la mèche, je raconterai à tout le monde que le Vilain Garçon aime regarder la foufounette de ses maîtresses. » Je crois que ça veut dire leur gaine.

Une fois, j'ai tué. Une de nos poules – celle qui avait des mouchetures marron, le bec cassé et la tête toute mitée. « Nelly la nerveuse », l'appelait grand-père. Il a dit que c'était sans doute un renard qui l'avait emportée, mais non. Les autres poules étaient devant en train de picorer la poussière et elle était toute seule derrière l'étable. Je n'ai jamais pu la souffrir – son bec cassé m'a toujours déplu. Au début, je me suis contenté de lui envoyer des cailloux pour l'embêter. Puis j'ai envoyé une pierre. Puis j'ai *jeté* une pierre, de toutes mes forces, et elle a rebondi sur le mur de l'étable et l'a atteinte à la tête. C'était rigolo au début, la façon dont elle est tombée, puis je me suis rendu compte qu'elle était morte et j'ai été triste. Du sang lui coulait de l'œil. Quand je l'ai ramassée, elle était toute molle, comme la poupée de chiffon que mon arrière-grand-mère Lydia veut toujours m'obliger à embrasser. « Prends mon bébé, qu'elle dit à chaque fois. Embrasse ma Lilian. » Maman dit que mon arrière-grand-mère Lydia a la cervelle fêlée et que c'est ce qui la rend folle. Les fêlures, c'est parce qu'elle est si vieille. Toute la journée, elle rit de rien et veut que j'embrasse sa poupée. Quand Nellie la nerveuse est morte, j'ai récité un « Je vous salue Marie » pour elle et je l'ai enterrée sous des feuilles boueuses près du ruisseau. Maman dit que Dieu a un paradis différent pour les animaux, mais qu'il n'y a pas d'enfer pour eux parce qu'ils ne commettent pas de péchés.

Si papa remet les pieds chez nous, grand-père le fera arrêter pour violation de domicile. Je ne dois en parler à personne à l'école parce que c'est un renseignement confidentiel, m'a dit maman. C'est comme un secret, quoi. Violation de domicile, c'est quand on pénètre dans une propriété privée et qu'on bousille des trucs – comme la fois où des méchants adolescents ont réduit la Famille Quirk en bouillie.

« Dis-lui qu'il peut aller se faire voir », s'est exclamé grand-père, quand le téléphone a sonné pendant le souper. C'était papa.

« Il veut juste s'excuser auprès de toi, p'pa. Pourquoi tu ne lui permets pas de s'excuser ? » a dit tante Lolly. Le combiné tremblait dans sa main. Grand-père a poussé un grand soupir et s'est levé de table.

« S'excuser de quoi ? j'ai demandé à maman mais elle m'a fait taire.

— Allez, passe-moi ce truc », a dit grand-père.

Maman s'est penchée vers moi et m'a chuchoté : « Pour la fois où vous êtes allés tous les deux en ville acheter ton cadeau.

— Qu'est-ce qu'il y a, Alden ? » a dit grand-père. J'entendais la petite voix de papa mais pas ce qu'il racontait. « Ouais, répétait sans cesse grand-père. Ouais... ouais. » Puis il a dit : « Tu sais comment je termine chaque journée, Alden ? Je monte au premier. Je vais embrasser ma bonne vieille maman pour lui souhaiter bonne nuit – je m'assure qu'elle est paisible et bien installée. Puis je prends mon bain. Avant de me coucher, je m'agenouille sur mes vieux genoux malades, et je prie Dieu pour que ma bien-aimée Catherine qui a donné sa vie pour te mettre au monde repose en paix au paradis. Tu veux savoir ce que je demande d'autre dans mes prières, Alden ? Je prie pour que ton fils ne devienne pas un bon à rien de vagabond comme son père. »

Soudain j'ai entendu ce que papa disait : « Mais *écoute-moi*, p'pa. Veux-tu bien *m'écouter* ? »

Grand-père a parlé de disque rayé et lui a raccroché au nez. Il a lancé un regard à tante Lolly. « Voilà. T'es contente maintenant ? » Tante Lolly n'a rien répondu, mais elle avait les larmes aux yeux.

Plus tard, alors que Lolly et moi donnions à manger aux poules, j'ai demandé : « Est-ce que tu aimes papa, bien qu'il soit méchant ?

— Il n'est pas méchant. Il a ses problèmes, c'est tout. Bien sûr que je l'aime. C'est mon frère. Toi aussi, tu l'aimes, non ?

— Je l'aime et en même temps je le déteste. »

Elle a secoué la tête. « L'un annule l'autre. Faut choisir. »

J'ai haussé les épaules. Réfléchi un instant. « Je l'aime, je suppose. »

Lolly a souri. Elle m'a attrapé le bout du nez et me l'a un peu tordu.

Voici ce qui s'est passé la fois où on est allés en ville : d'abord papa s'est saoulé, puis il a cassé le distributeur de cigarettes, et après ça il a obligé une dame à danser avec lui à la station-service. C'est de ma faute, dans un sens, parce que j'ai pas pu faire pipi dans la ruelle.

Grand-père avait permis à papa d'emprunter le camion, mais on était censés aller choisir un cadeau au Tepper's et revenir directement.

À l'aller, il s'est mis à neiger – des petits flocons, pas les gros énormes. Pendant un certain temps, on n'a causé ni l'un ni l'autre. Être en tête à tête avec papa, ce n'était pas comme quand grand-père et tante Lolly étaient là. Papa a dit : « Tu sais ce que j'ai dans l'idée de t'acheter ? Un vrai chapeau de Davy Crockett en raton laveur. Ça te plairait ?

— Oui », j'ai répondu. Je n'avais pas vraiment envie d'en avoir un deuxième, mais je n'ai pas osé le dire. J'avais un *petit peu* peur, mais pas trop.

« Tu veux jouer à l'Antarctique ? » il a proposé.

Je ne lui ai pas répondu parce que je ne savais pas de quoi il voulait parler.

« Alors, c'est oui ou c'est non ? »

J'ai haussé les épaules. « Comment on y joue ? »

Il a baissé sa vitre, puis il a tendu le bras pour baisser la mienne. L'air froid s'est engouffré en même temps que la neige. « Je ne crois pas que ta mère t'ait jamais accordé le plaisir de cracher par la fenêtre. Mais ici, en Antarctique, tu peux y aller, crache. » C'est ce que j'ai fait. Puis on a remonté les vitres et on a mis la radio à fond. L'Antarctique c'était marrant, mais sans plus.

Il y avait une place de parking juste devant Tepper's. La caissière a expliqué qu'ils ne vendaient plus de chapeaux en raton laveur, alors papa a dit : « Laissez-moi parler au directeur. » « Non, monsieur, a confirmé

M. Tepper. La mode de Davy Crockett est en quelque sorte passée. Que diriez-vous d'un Hula-Hoop ? » Ça ne me faisait pas vraiment envie non plus, mais j'ai pris le dernier qui leur restait : un noir. « Ça ne coûte que deux dollars quatre-vingt-dix-neuf, a dit papa. N'hésite pas. Choisis quelque chose d'autre. » Mais il n'avait pas assez d'argent pour m'acheter des patins à glace ni le fusil qui m'avait tapé dans l'œil. Résultat : j'ai eu le Hula-Hoop, des chewing-gums et de la pâte magique Silly Putty. Quand on est sorti du Tepper's, la neige avait commencé à tenir. « Joyeux Noël, a dit papa. On est en février, mais mieux vaut tard que jamais, non ? T'as soif ? »

À la taverne Cheery-O, il y avait deux serveuses : Lucille et Fatty. Lucille a demandé à papa avec quoi il voulait se rincer le gosier et il a répondu : « Une boisson gazeuse sans alcool pour mon pote ici présent et la même chose pour moi, mais avec de l'alcool. Tu pourrais peut-être faire préparer deux sandwiches aux œufs frits par ton bon à rien de mari ?

— Ça vient tout de suite, champion », a lancé Fatty. Tout le monde au Cheery-O appelait papa « champion ».

J'ai mangé mon sandwich proprement, mais papa s'est collé plein de jaune d'œuf dans la barbe. Il a commencé à jouer aux cartes et à boire ce truc appelé Dinde Sauvage[1]. Fatty n'arrêtait pas de remplir mon verre sans que je lui demande rien. J'ai dû montrer à un homme aux yeux larmoyants que si on pressait de la pâte magique sur le supplément bandes dessinées du journal et qu'on l'enlevait, on obtenait un double. « C'est les Nippons qu'ont dû inventer ce truc, il a dit. Parce que les mots sont en japonais.

---

1. Le bourbon Wild Turkey.

— Mais non, j'ai fait. Ils sont juste à l'envers. »

L'homme a ri et a crié à papa : « Eh, champion, il est drôlement futé, ton gamin.

— Oui, mais toi t'en tiens une sacrée couche, Ducon ! » a répliqué papa. J'ai cru que l'homme allait se mettre en colère, mais il s'est contenté de rire. Tout le monde s'est fendu la pêche.

Au début, j'ai trouvé le Cheery-O plutôt amusant, mais après c'est devenu barbant. Papa n'en finissait pas de jouer aux cartes, puis Lucille m'a crié après parce que je faisais tourner mon Hula-Hoop sur mon bras de plus en plus vite, et qu'il s'est envolé et a failli culbuter les bouteilles derrière le bar. « Encore une partie, n'arrêtait pas de répéter papa. C'est ma dernière. » Je suis resté longtemps planté à la devanture à regarder les voitures glisser et déraper dans la neige.

« OK, on lève l'ancre, moussaillon », a fini par décider papa. On était pratiquement sortis quand il m'a attrapé par l'épaule. « Eh, ça te dirait de jouer les guetteurs ? » Il s'est mis à quatre pattes et a fourré sa main sous le distributeur de cigarettes. Mon rôle était de le prévenir si Fatty ou Lucille nous regardait. Puis papa a juré, et quand il s'est relevé il avait la main qui saignait. Il a commencé à flanquer des coups de pied dans la machine, et le verre s'est cassé. « Elles regardent ! » j'ai crié. On a pris nos jambes à notre cou.

Le problème, c'est que toutes ces boissons gazeuses m'avaient donné envie de faire pipi. Papa m'a emmené dans la ruelle qui se trouve entre Loew's Poli et la banque de maman. « Pisse ici, il a dit. Allez. Grouille. » Son sang gouttait dans la neige.

« J'peux pas !

— Mais si. Personne te verra. C'est ce que font les hommes quand ils sont pris de court. C'est ce que je fais, moi. »

Je me suis mis à pleurer. « Je voudrais bien, papa, mais j'peux pas. »

Il a eu l'air déboussolé, pas en colère. « D'accord, d'accord. Allez, viens. »

Chaque fois que maman et moi allions à la boulangerie Mamma Mia, la dame italienne était gentille. Mais avec papa elle a été méchante. « Saoul comme un cochon, et avec un petit garçon, en plus ! Vous devriez avoir honte !

— Il a juste besoin d'utiliser vos toilettes, a dit papa.

— Foutez-moi le camp d'ici avant que j'appelle les flics ! »

Papa a dit qu'on pourrait utiliser les W-C de la station Esso si son copain Shrimp était de service et si le patron n'était pas là. Shrimp et papa sont devenus copains quand papa a travaillé à la station avant de se faire renvoyer.

« Si jamais Harvey rentre de la banque et t'aperçoit ici, il va me virer », a dit Shrimp. L'autre mécanicien s'est arrêté de travailler et il est venu vers nous.

« Dieu tout-puissant, tu ne vas tout de même pas laisser ce gosse avoir un *accident* ? » a protesté papa. Shrimp a donné la clé à papa qui m'a ouvert la porte. « Je t'attends dehors. Fais vite. »

Je tremblais comme une feuille au début, et j'en ai mis sur le siège et par terre. Je n'en finissais pas de pisser. La chasse ne fonctionnait pas. Il y avait des gros mots gribouillés sur les murs et quelqu'un avait dessiné un zizi. Il y avait aussi une araignée dans le lavabo. J'ai ouvert les robinets en grand et je l'ai regardée disparaître dans le raz de marée. C'était sale à l'intérieur, mais il faisait bien chaud à cause du radiateur. Je voulais sortir et en même temps j'en avais pas envie. J'aime pas quand papa est ivre.

Il ne m'attendait même pas dehors ! Il était à l'endroit où Shrimp et l'autre type réparaient les voitures. Il parlait plus fort que tout le monde. « Qu'est-ce que tu me chantes là, chérie ? Tu ne veux pas danser avec moi ? qu'il disait à une dame en étole de vison. Bien sûr que si ! » Il essayait de l'entraîner dans une valse et la femme se défendait, et quand Shrimp a tenté de s'interposer, papa l'a écarté. C'est alors que le dénommé Harvey est revenu de la banque.

Ç'a pas été beau à voir. Trois contre un, sans compter que Harvey n'arrêtait pas de frapper papa à la figure avec un sac de pièces de monnaie. L'étole de la dame s'est déchirée, et elle s'est retrouvée avec des collants troués et un genou écorché. Papa avait la bouche en sang et une dent de devant qui pendait. *Arrête de pleurer, môme*, ils me répétaient. *C'est rien. Arrête de pleurer.* Je pleurais même pas. Je suffoquais.

Au poste de police, on a dû attendre un temps fou. Le sang sur la main et la bouche de papa avait pris une couleur rouille. Il avait toujours du jaune d'œuf dans la barbe. Quand il s'est mis à triturer sa dent, j'ai regardé ailleurs. Il disait sans cesse : « Je suis une brebis galeuse. Alden George Quirk III, la *brebis galeuse.*

— Ouais, mais n'oublie pas que c'est toi qui as inventé le labyrinthe. »

Il a ri et dit que non, même pas. Il s'était contenté de copier l'idée dans une ferme qu'il avait vue quand il faisait du stop dans le New Jersey. Puis il m'a effleuré la joue avec sa main râpeuse comme du papier de verre et m'a dit que j'étais son gosse de Californie. « Comment ça ? » j'ai demandé, mais il n'a pas répondu.

Plus tard, un des policiers qui nous avaient arrêtés à la station Esso est arrivé et il a expliqué qu'ils avaient enfin réussi à joindre grand-père.

« Qu'est-ce qu'il a dit ? a demandé papa.

— Qu'il ne peut pas venir chercher le gamin parce que c'est vous qui avez son camion. Mais ça ne fait rien. On peut le ramener là-bas.

— Qu'est-ce qu'il a dit à mon sujet ?

— Qu'on devrait vous mettre sous les verrous et vous laisser dessaouler, comme on le fait avec les autres vagabonds. »

La voiture de police avait une radio, une sirène et des chaînes sur les pneus à cause de la neige. Le policier m'a dit de m'asseoir à l'arrière. « Est-ce que j'ai été arrêté ? » j'ai demandé. Il m'a dit que non parce que je n'avais rien fait de mal. « Tu sais ce qu'il te faut pour le voyage de retour ? » il a dit, et il s'est arrêté devant la boulangerie Mamma Mia.

Je ne crois pas que la dame italienne m'ait reconnu, elle était redevenue gentille. « Lequel tu voudrais, mon chou ? Un cookie au sucre ou aux pépites de chocolat ? » J'ai choisi les pépites de chocolat et je l'ai eu gratis. Le policier a eu un beignet gratuit. Il s'apprêtait à payer mais la boulangère a dit : « Allons, voyons, sauvez-vous. Je ne veux pas de votre argent. » Mais c'était dit gentiment, pas méchamment.

Sur le chemin du retour, je me suis souvenu du Hula-Hoop et de ma pâte magique : je les avais oubliés au Cheery-O. Je n'ai pas mangé mon cookie. Je l'ai gardé à la main pendant toute la durée du trajet. Même avec les chaînes, la voiture de police dérapait sans arrêt sur la route enneigée. Les vaches étaient encore dans les pâtures, pas à l'étable. Leur respiration faisait des petits nuages et elles avaient de la neige sur le dos. Quand je les ai vues, je me suis mis à pleurer.

Une fois, j'ai fait un cauchemar : papa m'emmenait faire un tour en hélicoptère. On survolait notre ferme et il disait : « Accroche-toi. Y a un problème. On va s'écraser ! » Et je me suis réveillé.

Dans un autre cauchemar, M. Zadzilko m'attrapait et me fourrait dans l'espace sombre où on range les chaises pliantes sous l'estrade. Il fermait la petite porte à clé et personne ne savait que j'étais là. Quand j'essayais de crier, aucun son ne sortait de ma bouche.

M. Zadzilko m'a dit qu'il avait tué un chien : il lui avait passé un nœud coulant autour du cou, il avait jeté l'autre bout de la corde sur une branche d'arbre et il avait tiré dessus. « Si tu l'avais vu danser, il a ajouté. Tu as un chien, n'est-ce pas, Vilain Garçon ? »

J'ai prétendu que non.

« Si, si, t'en as un. Il est marron et blanc. Je l'ai vu la fois où ma mère et moi, on est allés acheter du cidre chez toi. Peut-être que si Vilain Garçon raconte certains secrets, son chien tâtera de la corde de Stan Zadzilko.

— Comment ça se fait que vous ayez une mère et pas de femme ? » j'ai demandé, et il est devenu tout rouge et m'a dit que ça ne regardait que lui.

Je passe sous la corde qui barre l'entrée et je prends le raccourci pour arriver au centre du labyrinthe. C'est là que papa me donne rendez-vous. Sa tente se trouve dans les bois, au-delà de la gravière. Des fois, il est tout seul ; des fois, il est accompagné d'une dame qui a un fichu sur la tête et n'arrête pas de me dévisager et de me sourire. C'est une violation de propriété, ce qu'ils font.

Je cache le jambon, les cookies et les pommes de terre dans le landau sous le bébé Quirk, comme il m'a dit de le faire quand il n'est pas là. Je suis drôlement content de ne pas les voir ce matin – la dame au fichu et lui avec ses stupides dents en moins comme une lanterne de Halloween.

Quand je rentre à la ferme, ça barde : c'est la bagarre entre Hennie et tante Lolly d'un côté, Zinnia et Chicago de l'autre. « Un p'tit pichet d'cidre d'rien du tout – c'est la seule chose que j'ai jamais volée, je l'jure devant Jésus ! dit Zinnia. Pour pouvoir m'siroter un peu d'eau-de-vie d'pommes plus tard.

— Alors, pourquoi il manque une moitié de jambon ? demande Hennie. Comment se fait-il que ce matin le paquet de cookies n'était pas entamé et que maintenant la moitié a disparu ?

— Ch'sais rien de ces cookies ! s'exclame Zinnia. C'est à lui qu'y faut poser la question, dit-elle en me désignant du doigt.

— Caelum ? fait tante Lolly. Tu as mangé une partie des cookies qui étaient dans l'arrière-cuisine ? » Je secoue la tête. Je mens pas : je les ai pris, mais je les ai pas mangés.

« Allons, Zinnia, dit tante Lolly. Je vous raccompagne à la prison. Vous avez trahi ma confiance, vous ne pouvez plus travailler ici.

— Dans ce cas, raccompagnez-moi aussi ! lance Chicago. Vous pouvez presser vos maudites pommes vous-même. Faire votre sale boulot vous-même.

— Est-ce que vous vous rendez compte que c'est un privilège de travailler ici ? dit Hennie.

— Privilège ? Mon cul, oui. Drôle de privilège : s'éreinter toute la sainte journée pour des prunes. »

Impossible d'expliquer à Lolly et à Hennie que c'est moi qui ai pris la nourriture, car grand-père sera alors au courant pour la violation de propriété et il fera arrêter papa. C'est un secret. Je lui ai promis de ne pas caf-ter. Vous savez quoi ? Je pense que Lolly a tort : je crois que je suis capable d'aimer et de détester papa en même temps. Parce que maintenant Zinnia et Chicago ont des ennuis, tout comme Thomas Birdsey en a eu, la fois où c'était moi qui crachais dans la fontaine. Ce soir, si je meurs dans mon sommeil, j'irai sans doute en enfer comme le dit la prière, parce que laisser accuser un autre d'un truc qu'on a fait, c'est, je crois, un péché *mortel*, pas *véniel*, et l'enfer sera probablement rempli de millions de M. Zadzilko cornus comme des diables.

Mais cette nuit-là, alors que je suis dans mon lit en train de penser à M. Zadzilko et d'avoir peur une fois de plus, j'allume, je prends mon stylo et je fais comme Zinnia : j'écris « JÉSUS » sur la paume de ma main et le S du milieu devient le S de « SAUVEUR ». C'est pas un tatouage, mais peut-être que ça marchera quand même. Je n'arrête pas de fixer les lettres et de dire : « Jésus… Jésus. » Mais je ne sens pas ses bras autour de moi : je ne sens rien. C'est peut-être parce que je ne me suis pas piqué avec une épingle, ou parce que chaque fois que je dis « Jésus », tout ce que je vois, c'est M. Mpipi dansant comme un fou sur l'estrade.

Lundi matin, Mlle Hogan nous annonce : « Nous allons devoir être très soigneux pendant les jours à venir. La mère du pauvre M. Zadzilko est morte ce week-end. Il sera absent toute la semaine. »

Elle nous montre la carte de condoléances qu'elle va faire circuler parmi nous et nous dit de la signer au stylo, pas au crayon, en nous appliquant. Quand la carte me parvient, j'écris « Caelum Quirk », mais Binoclard ne connaît sans doute même pas mon nom. Il ne m'appelle jamais que « Vilain Garçon ».

Toute la journée, je ne peux m'empêcher de penser à l'absence de M. Zadzilko. Après la classe, je vide notre corbeille à papier, j'essuie le tableau et, comme maman n'est toujours pas venue me chercher, je vais voir Mlle Hogan à son bureau.

« Qu'est-ce qu'il y a, Caelum ? elle demande.

— J'ai un secret.

— Ah oui, vraiment ? Tu aimerais me le confier ?

— Mlle Anderson fume. Quand elle est aux W-C. Je l'ai vue par le trou de M. Zadzilko. »

Pendant un long moment, elle se contente de me regarder avec des grands yeux – comme si j'avais parlé en japonais ou je ne sais quoi. Puis elle se lève, me prend par la main et me demande de lui montrer.

Et vous savez quoi ? Le lendemain matin quand je me réveille, l'œuf a éclos sur l'appui de fenêtre. Il y a de minuscules mantes religieuses qui crapahutent partout dans l'évier, par terre et jusque dans mon lit.

Des centaines.

Des milliers.

Des millions, peut-être.

5

La chatte de Lolly fut méfiante au début : elle m'observait de loin, se sauvait dès que j'entrais dans une pièce. Mais au bout d'une demi-heure, elle se glissa près de moi, se frotta contre mon mollet. Ma tante lui avait donné un nom un peu dingue dont je n'arrivais pas à me souvenir. « Où est-elle passée ? C'est ce que tu te demandes, hein ? » fis-je.

Dans l'arrière-cuisine, je trouvai une litière qui avait besoin d'être vidée, un sac de Meow Mix vide et un mot écrit de la main de Lolly : « Acheter croquettes. » Il y avait deux boîtes de thon dans le placard. « Eh bien, ma vieille, t'as de la chance. » Dès le premier coup d'ouvre-boîtes, la chatte se mit à pousser des miaulements déchirants. Nous allions probablement être amis pour la vie.

Tout en me disant que je devrais appeler Maureen, je m'effondrai sur le canapé et attrapai la télécommande. Je tombai sur *The Practice*. Ce n'était pas ce que je préférais, mais c'était regardable. Je me relevai pour nettoyer les saletés qui traînaient sur le canapé et fis voler une myriade de poils de chat. Ma tante avait beaucoup de talents, mais le ménage n'en faisait pas partie : ç'avait toujours été le domaine de Hennie. J'enlevai mes souliers et allongeai les jambes. La chatte bondit, chemina le long de ma jambe et se lova contre ma hanche. Il faut que j'appelle Maureen, me répétai-je. Dès la page de publicité…

Qu'est-ce que ? Où suis-je ? Je me dirigeai en chancelant vers la sonnerie du téléphone et compris que j'étais de retour à Three Rivers, à la ferme.

« Salut, fis-je. J'allais t'appeler. J'ai dû piquer du nez. »

Sauf que ce n'était pas Maureen. C'était un médecin qui me parlait de l'attaque de ma tante. Je me rappelle avoir pensé : Oui, je suis au courant, c'est pourquoi je suis là. Mais à un moment donné de son long monologue, je me rendis compte qu'il parlait d'une seconde attaque. Lolly n'y avait pas survécu. Elle était morte, dix minutes plus tôt.

Je sortis. M'assis sur une marche de pierre froide de la véranda. Un soleil corail se levait au-dessus de la cime des arbres. Plus haut dans le ciel, la lune s'estompait.

Je rentrai. Appelai Maureen et la tirai d'un profond sommeil.

« Caelum ? Quelle heure il est ?

— Je ne sais pas trop. C'est le lever du soleil ici… Elle est morte, Mo. »

J'attendis la fin du silence, du soupir. « Comment ?

— D'une seconde attaque.

— Oh, Cae. Je suis vraiment désolée. Tu es à l'hôpital ?

— Non, à la ferme. J'ai passé deux heures avec elle, hier soir, et je suis revenu ici. Lorsqu'ils ont vérifié à quatre heures, son état était stable. Mais vingt minutes plus tard… Maureen, je ne me sens pas triste. Je ne sens rien. Qu'est-ce qui cloche chez moi ?

— Rien, Cae. Tu n'as pas encore assimilé la nouvelle, absorbé le choc. » Elle avait parlé au médecin de Lolly, la veille, pendant que je me rendais dans le Connecticut.

Les examens montraient que les dégâts étaient énormes. « Elle n'aurait peut-être pas été capable de marcher, de parler, ni même d'avaler sa nourriture. Lolly aurait détesté vivre comme ça.

— On m'a demandé si je voulais venir voir le corps. J'ai dit que non. Est-ce que j'étais censé le faire ?

— C'est une décision personnelle, Cae. Il n'y a pas de "censé" qui tienne.

— J'aurais dû rester à son chevet hier soir. Dormir sur la chaise. Bon Dieu, je hais l'idée qu'elle soit morte seule ! »

Mo dit que les regrets ne feraient de bien ni à Lolly ni à moi.

« Hier soir, je me suis mis à la peigner. Plus par désœuvrement qu'autre chose. Je l'ai regardée dormir. Ses cheveux étaient tout raplapla, j'ai trouvé un peigne dans le tiroir et… quand j'ai arrêté de la coiffer, elle a ouvert les yeux. Elle m'a fixé du regard pendant quelques secondes.

— Elle a su que tu étais venu.

— Euh… non. Elle n'a pas semblé me reconnaître.

— Peut-être que si, Cae. Peut-être que le fait de te savoir là l'a autorisée à mourir. L'équipe de l'hospice de Rivercrest disait toujours que les mourants…

— Ouais, d'accord. Stop. J'en doute, mais merci.

— Qu'est-ce que tu as ressenti ?

— Hein ?

— En la touchant. En la coiffant ?

— J'ai senti… j'ai senti… » Les yeux me piquèrent et ma gorge se serra. Tentant de ravaler mes larmes, j'émis un étrange bruit guttural qui attira l'attention de la chatte.

« C'est permis d'avoir des émotions, Caelum. Laisse-toi aller…

— Quel est le nom de sa chatte, à propos ? l'interrompis-je. Je lui ai donné du thon hier soir et maintenant elle me suit comme son ombre.

— La blanche et noire ? Nancy Tucker.

— Ah oui, Nancy Tucker. D'où vient ce nom ?

— D'une chanteuse folk que Lolly aime bien.

— *Aimait* bien », corrigeai-je.

Maureen voulut savoir si j'avais réfléchi aux décisions à prendre dans l'immédiat. Fallait-il que nous passions les détails en revue ? Dressions une liste ? L'hôpital m'avait demandé le nom de l'entreprise de pompes funèbres à contacter pour le transfert du corps. « Je suppose que je vais leur dire McKenna's. Ce sont eux qui se sont occupés des obsèques de ma mère et de mon grand-père. De mon père aussi, je pense. À moins que… Bon sang, c'est bizarre.

— Quoi ?

— Impossible de me souvenir de l'enterrement de mon père.

— Tu étais si jeune.

— Pas du tout. J'avais quatorze ans. » L'espace d'une seconde, je me surpris à penser que j'allais devoir poser la question à Lolly.

« Dis-leur de contacter Gamboa et Fils, fit Maureen

— Les pompes funèbres mexicaines ? Je ne crois pas, Mo. Je doute que Lolly aurait eu envie de funérailles "grenouilles de bénitier".

— Hein ?

— Rien. Peu importe. »

Mo dit que Lolly avait fait appel à Gamboa et Fils pour Hennie, que l'amitié de Lolly et Victor Gamboa remontait à l'époque où ils travaillaient ensemble à la prison. « Lolly a tout prévu et elle a déjà payé ses obsèques, Cae. Elle a pris cette décision après l'enterrement de

Hennie. Ce qui facilite les choses, hein ? Comme ça, tu n'auras pas à deviner ce qu'elle aurait souhaité.

— C'est bien de Lolly, ça. Mlle Pragmatique. Qu'est-ce que tu penses faire ? Tu vas essayer de venir ? Parce que je comprendrais que tu ne… »

Bien sûr qu'elle allait venir. Elle appellerait Galaxy Travel dès l'ouverture des bureaux et me tiendrait au courant. Maintenant qu'elle y pensait, elle ferait bien de téléphoner aussi au chenil. « Sophie les a rendus dingues, la dernière fois, et ils ont laissé entendre qu'ils ne la reprendraient plus. Mais vu les circonstances… Peut-être que tu devrais essayer de prévoir la veillée funèbre pour le mercredi et les obsèques pour le jeudi. Comme ça, si je n'arrive pas à tout organiser avant…

— On est quel jour ?

— Lundi, Caelum. Lundi 19.

— Lundi. Oui, c'est ça. Je suis un peu déboussolé.

— Ça se comprend. Tu as voyagé toute la journée d'hier. Sans compter le décalage horaire. Et en plus tu dois être épuisé. »

Mais ce n'était pas ça du tout. Comment pouvais-je avoir oublié les obsèques de mon père ?

« Je suppose que tu ferais bien de m'apporter mon costume. Et les mocassins brillants que tu m'as fait acheter.

— Bien sûr. On passe en revue ce que tu dois faire aujourd'hui ? On dresse une liste ? »

J'attrapai un stylo, un bout de papier. « D'accord. Je t'écoute. »

D'abord appeler l'hôpital et leur communiquer le nom de l'entreprise de pompes funèbres. Puis prendre rendez-vous avec Gamboa pour régler les détails. « Il va aussi falloir que tu donnes quelques coups de fil. Pour annoncer la nouvelle à ses amis.

— Comment ? Lolly n'était pas vraiment le genre à avoir un fichier Rolodex.

— Regarde sur la petite table du téléphone, près de l'escalier. Je suis sûr qu'il y a un carnet d'adresses, ou des numéros griffonnés dans l'annuaire. Appelle les gens dont tu reconnais le nom et demande-leur d'appeler tous ceux qui, selon eux, aimeraient être informés. Et téléphone à Ulysse… Qu'est-ce que tu vas lui proposer? De le garder un certain temps pour veiller sur la propriété? Tu es l'exécuteur testamentaire de Lolly, n'est-ce pas?

— C'est ce qu'elle m'a dit.

— Alors tu peux sans doute faire des chèques avec l'argent de la succession – payer Ulysse de cette façon, mais je n'en suis pas certaine. Il vaudrait mieux prendre aussi rendez-vous avec son avocate. » Ça, c'était le bouquet: l'avocate de Lolly était Lena LoVecchio, celle qui m'avait représenté quand j'avais été accusé de voies de fait sur la personne de Paul Hay. Me remémorer ce maudit fiasco était la dernière chose dont j'avais envie. « Je suis sûre que la majeure partie des trucs légaux peut attendre, dit Maureen. Mais il y aura peut-être des décisions à prendre à court terme, et pendant que tu es sur place autant en…

— Oh, là, là!

— Quoi?

— Je suis nul pour ce genre de truc. Je vais sans doute merder.

— Mais non, Cae. Les gens vont t'aider. Ils ne demanderont pas mieux.

— Tu arrives quand?

— Demain, j'espère. Mardi, donc. Mercredi matin au plus tard.

— Oh, là, là!

— Tu sais quoi? Après ton coup de fil à l'hôpital, pourquoi ne pas aller courir? Ça te rafraîchira les idées et ça te soulagera de toute cette tension. Au retour, tu prends une bonne douche bien chaude et…

— Il n'y a pas de douche ici. Tu ne t'en souviens pas ?

— Ah, oui. Un bon bain bien chaud alors. Encore mieux. Et petit-déjeune, Caelum. Il ne faut pas oublier de manger.

— Quoi d'autre ? Pour cette liste ? »

Elle me dit qu'elle me rappellerait si elle pensait à autre chose, mais qu'elle ferait mieux d'y aller. Les chiens étaient impatients de sortir.

Je ne voulais pas qu'elle raccroche. « Oh, j'ai oublié de te dire. J'ai vu Velvet avant le décollage. Elle travaillait dans une équipe de nettoyage.

— C'est terminé. Elle m'a appelé hier soir pour me dire qu'elle quittait ce boulot. Elle t'a vu aussi. Ça me fait penser qu'il faut que je la prévienne. Elle devait venir me voir demain au lycée pour parler de sa réinscription, mais si je trouve un vol… Du calme, les chiens ! Je te communique mon heure d'arrivée. Appelle-moi si nécessaire. Je t'aime, Caelum. J'arrive dès que possible. »

Je ne partis pas courir comme Mo me l'avait suggéré. J'errai de pièce en pièce au rez-de-chaussée puis montai à l'étage. Du haut de l'escalier, je regardai le vestibule. Restai là à me balancer sur la pointe des pieds. Je n'étais pas en état de faire un jogging.

J'empruntai le chemin gravillonné qui mène à l'étable. J'ouvris la porte, allumai. Avec son sol de ciment fissuré lavé au jet, ce n'était plus à présent qu'un garage amélioré – un parking pour le tracteur et le camion de Lolly. « Viens, Pâquerette ! criai-je en appelant les vaches fantômes pour la traite du matin. Ici, Pâquerette ! » Ma voix résonna et monta vers le fenil vide.

Je repérai la pelle à bouse de grand-père. Elle était toujours accrochée à son clou et reconnaissable à son manche rouge très écaillé. C'était Lolly qui l'avait peinte de cette couleur dans l'idée de faire une surprise à son père pour son anniversaire quand elle était gamine, mais elle avait renversé le pot de peinture et eu droit, elle aussi, à une surprise : une bonne fessée. Je décrochai la pelle et cognai la partie métallique sur le sol en ciment. Mes doigts s'adaptaient parfaitement aux marques d'usure laissées par les mains de grand-père. Ou de son père. Qui connaissait l'âge de cette maudite pelle ? Quatre générations de Quirk avaient travaillé dans cette ferme, si mes souvenirs étaient bons. Je ne me comptais pas. J'avais effectué ma part de travaux de la ferme dans ma jeunesse – à partir du collège jusqu'en troisième cycle et au-delà –, mais je n'avais guère aimé ça et reprendre l'exploitation ne m'avait jamais intéressé. Ces dernières années, chaque fois que Lolly disait que j'allais hériter de la ferme, je l'interrompais. « Arrête, vieille bêtasse. C'est toi qui m'enterreras. » Mais elle ne l'avait pas fait. À présent, que ça me plaise ou non, cet endroit m'appartenait – avec son histoire et le fardeau que cela représentait.

Au moment de quitter l'étable, je remarquai la veste écossaise de Lolly accrochée à une patère – celle qu'elle portait le jour où nous étions partis nous installer au Colorado. J'attrapai une manche et la serrai quelques secondes entre mes doigts.

La plupart des pommiers avaient l'air malades. Peu de temps avant notre déménagement, j'avais aidé Lolly à abattre trois ou quatre arbres morts. Je la revoyais avec ses lunettes de protection et sa tronçonneuse. « T'es dangereuse avec ce truc, ma vieille ! » avais-je crié pour couvrir le grondement de la lame, et elle avait ri et hoché la tête comme si je la couvrais d'éloges. La cidrerie était également dans un triste état – vitres cassées, toit à demi effondré. Quelle importance ? Le pressoir avait disparu – vendu à Olde Mystick Village, il y a des années. Il ne restait rien qui puisse souffrir de la pluie. Que les chauves-souris et les rats s'emparent des lieux.

Je traversai Bride Lake Road et pris la direction des champs de maïs de l'autre côté de la prison. Tout en marchant, je me fis la réflexion que la disposition des lieux était vraiment naze : une prison de femmes d'une vingtaine d'hectares posée au milieu d'une exploitation familiale de quatre-vingts hectares. Lolly m'avait raconté l'histoire de la ferme, quelques années plus tôt. C'était le jour de Noël – la première fois que Maureen et moi revenions depuis notre emménagement dans le Colorado. Mo et Hennie étaient dans la cuisine en train de ranger, et Lolly et moi nous étions attardés à la table de la salle à manger à boire de l'eau-de-vie et à regarder des vieilles photos de famille. Lolly m'avait déjà raconté beaucoup d'histoires sur les Quirk, mais ce jour-là, pour je ne sais quelle raison, elles m'intéressèrent plus que d'habitude. Pourquoi ? Parce que j'avais enfin échappé à Three Rivers ? Parce que j'allais sur mes quarante-cinq ans ? Quelle que soit la raison, une partie du plaisir, ce jour-là, fut de voir celui que Lolly prenait à me les raconter.

La vente du terrain à l'État avait été une mesure désespérée. Le Caelum d'origine était un *Mac*Quirk, natif de Glasgow en Écosse. Il avait épousé une fille d'industriel et était arrivé en Amérique pour superviser la dernière acquisition de son beau-père, une usine textile de Three Rivers. Mais Caelum MacQuirk avait échoué dans sa gestion de l'entreprise et de son mariage : l'usine avait accumulé les pertes et il avait eu un enfant naturel. Son beau-père l'avait soudoyé pour se débarrasser de lui. Avec cet argent, MacQuirk avait acquis une centaine d'hectares le long de la limite méridionale de Three Rivers. Après avoir épousé la mère de son enfant, il s'était lancé dans l'agriculture mais s'était planté, là aussi. « Il s'est pendu, avait dit Lolly d'un air détaché, en laissant sa veuve et son fils riches en terres mais à court d'argent. »

Il eût été plus logique pour la veuve de vendre des terres à l'est ou à l'ouest, mais, d'après Lolly, l'État du Connecticut lui avait forcé la main et acheté ses meilleures terres, lac inclus. Pourtant, tout s'était arrangé à sa façon : le marché conclu prévoyait que le fils de la veuve, Alden, frais émoulu d'une école supérieure d'agronomie, soit nommé régisseur de la nouvelle ferme-prison.

« Tu te souviens de ma grand-mère Lydia ? me demanda Lolly. Ton arrière-grand-mère ?

— La vieille dame toc-toc avec la poupée de chiffon.

— Oh, elle était beaucoup plus que ça. Dans sa prime jeunesse, Lydia Popper était une force avec laquelle il fallait compter. Elle avait coutume de dire que son cran lui venait de sa propre grand-mère. Elle a bataillé pendant des années avec l'État du Connecticut jusqu'à ce que, de guerre lasse, il achète le terrain et lui construise sa prison de femmes. Elle appelait ça le projet cottage-et-ferme. Elle l'a conçu et dirigé pendant quarante ans. Tout en élevant seule son fils.

— Son fils, c'était grand-père Quirk, c'est bien ça ?

— Oui. Puis quand notre mère est morte en nous mettant au monde, ton père et moi, elle a dû retrousser ses manches pour nous élever aussi. À plus de soixante ans, voilà deux bébés à s'occuper. Elle a été maligne : elle s'est fait aider par ses filles de la prison. Deux d'entre elles nous ont même servi de nourrices, m'a dit mon père.

— Allaité par des criminelles... C'est peut-être pour ça que papa s'est si souvent retrouvé au violon ! »

Je m'attendais à ce que ma remarque la fasse rire, mais elle tomba à plat.

« Au début, Lydia a renâclé à l'idée qu'un homme aussi jeune et aussi inexpérimenté dirige la ferme uniquement parce que sa mère lui avait obtenu le poste par subterfuge avec la vente du terrain. Vois-tu, Lydia avait promis aux politiciens de Hartford que les frais de fonctionnement de la prison seraient amortis par les revenus de la ferme. Et ce qui intéressait le plus ces baratineurs, c'était l'aspect financier du projet. Quel serait l'impact sur le budget de l'État ? Pas de savoir si oui ou non une bande de filles à problèmes allaient s'amender, reprendre une vie normale. Alors, l'État a donné cinq ans à Lydia : si la prison ne rentrait pas dans ses frais d'ici là, ils la fermeraient. Grand-mère savait que tout dépendait de l'exploitation agricole. Elle savait aussi que plusieurs politiciens qui s'étaient opposés à elle mouraient d'envie de la voir se casser le nez. Ils n'aimaient pas l'idée d'une femme à un poste de direction, vois-tu. Ils s'étaient figuré qu'elle creuserait sa propre tombe. Et Lydia les soupçonnait de lui avoir mis le jeune Quirk sur les bras pour être sûrs de son échec. Cependant, elle ne pouvait rien changer : il faisait partie du marché conclu avec la veuve.

« Mais Alden a bien surpris grand-mère. Tout jeune qu'il était, il s'est montré un régisseur sacrément compétent. Malin, pragmatique, il travaillait comme un forçat et se débrouillait bien aussi avec les détenues. Elles l'avaient à la bonne et se remuaient vraiment le popotin pour lui. Faut dire qu'il était beau garçon. Ça ne gâtait rien, j'en suis certaine... Tiens, le voici. » Elle me passa la photo d'un grand gaillard en salopette derrière un attelage de chevaux de labour. « Tu ne trouves pas que tu lui ressembles ? »

Je haussai les épaules.

« Tu ne le vois peut-être pas, mais pour moi ça crève les yeux. Ton père lui ressemblait aussi. Je tiens des Popper, mais ton papa était un Quirk tout craché, comme toi. »

Le robuste fermier de la photo ne ressemblait en rien à mon père – un maigrichon aux cheveux en broussaille – et je le lui dis.

« Oui, mais tu dois te souvenir d'une chose, mon grand : tu n'as pas connu ton père avant qu'il se mette à picoler. C'est cette maudite guerre qui l'a rendu alcoolique. Lui et Ulysse. C'étaient des copains de lycée. Ton père, Ulysse et moi étions tous les trois dans la même classe. »

Je lui dis que je l'ignorais. Ou que si je l'avais su, je l'avais oublié.

« Oui. Ils sont allés tous les deux au bureau de recrutement et se sont engagés juste après notre diplôme de fin d'études. Personnellement, je voulais aller à l'université. Étudier l'anthropologie – aller dans l'Ouest peut-être pour travailler avec les Indiens. Je trouvais de temps à autre des pointes de flèche dans les champs – remontant à l'époque où les Wequonnocs chassaient dans le coin, je suppose –, et c'est ce qui avait éveillé mon intérêt. Grand-mère Lydia était très favorable à cette idée : elle avait fait des études supérieures. De sociologie. Elle et moi avons travaillé mon père au corps. Mais une fois mon frère engagé, le problème a été réglé : si Alden ne restait pas à la ferme pour aider papa, c'est moi qui allais le faire. Il fallait bien que quelqu'un se dévoue. Je suis donc restée, et Alden est parti explorer le vaste monde et se battre contre les Coréens.

— Je n'ai jamais beaucoup entendu parler de sa campagne de Corée.

— Oh, moi non plus. À son retour, il a refusé d'en discuter, même avec moi. Chaque fois que je le questionnais, il se refermait comme une huître. Me faisait la tête si j'insistais, alors au bout d'un moment je l'ai bouclé. » Je vis les larmes lui monter aux yeux à ce souvenir. « Il a dû lui arriver un truc là-bas, parce qu'il était différent à son retour. Il était amoché, tu sais. C'est à ce moment-là qu'il s'est mis à picoler sec.

— Je suppose qu'à l'époque il n'y avait pas d'aide psychologique.

— Je ne sais pas. Même s'il y en avait eu, Alden n'aurait pas voulu en entendre parler. Le premier mois, il a passé le plus clair de son temps enfermé dans sa chambre. Et quand il s'est enfin décidé à sortir, ç'a été surtout pour aller dans les bars. »

J'ouvris la bouche pour lui poser d'autres questions, mais Lolly secoua la tête et me passa une autre photo : sa grand-mère bien-aimée assise à son bureau à la prison et son jeune régisseur debout à sa gauche comme un sergent d'armes. « Regarde-moi ces deux-là avec leur sourire jusqu'aux oreilles », dis-je. Lolly me reprit la photo, l'examina et sourit aussi.

« Petit à petit, il a gagné son cœur, vois-tu. Elle s'est mise à lui faire confiance. À se reposer sur lui. Ils échangeaient des idées, résolvaient des problèmes ensemble. Ils sont presque devenus des associés, je suppose. Et puis, bien sûr, c'est devenu un autre genre de partenariat. Ce qui est une chance pour nous. Car autrement ni toi ni moi ne serions là. » Cette remarque la fit glousser et ses yeux bleus retrouvèrent leur éclat. « À en croire grand-mère, la veuve Quirk était furax. D'abord l'État du Connecticut lui vole sa terre pour y construire une prison. Puis la directrice de la prison lui prend son fils au berceau. Bien sûr, personne n'avait rien volé : l'État avait obtenu le terrain par des moyens honnêtes, et grand-père et grand-mère étaient tout bonnement tombés amoureux. Mais je ne te dis pas combien cette histoire d'amour a dû faire jaser. Grand-mère était une vieille fille endurcie, ou c'est du moins ce que tout le monde croyait jusqu'à ce qu'il lui passe la bague au doigt. Ils se sont mariés ici même, près du lac, en présence de toutes les filles de la prison. On était en 1918. Grand-mère avait quarante-six ans et grand-père trente-trois. Ç'a été triste, pourtant. Nous étions entrés en guerre à ce moment-là, mais grand-père a évité le pire – il a été exempté pour travailler à la ferme ; et voilà qu'il meurt soudainement de la grippe. Ils n'étaient mariés que depuis un an environ. Quand grand-mère l'a enterré, elle était enceinte de mon père.

— Alden Quirk II.

— C'est ça, Alden junior. Tiens, quand on parle du loup... » Elle me passa une autre photo : grand-père Quirk en knickerbockers, assis sur les genoux d'une Lydia au visage sérieux.

« On dirait plus sa grand-mère que sa mère.

— Elle l'a eu sur le tard puis elle a dû l'élever toute seule. Ensuite, comme je te l'ai dit, après la mort de notre mère, c'est Lydia qui nous a pratiquement élevés, ton père et moi. C'est drôle pourtant : je l'ai plus d'une fois entendue dire que se faire obéir des prisonnières et de ses petits-enfants, c'était du gâteau à côté de ses relations avec sa belle-mère – Adelheid Quirk, Addie pour les intimes. Une Allemande têtue. Un caractère de cochon, je suppose.

— Addie était donc ton arrière-grand-mère ?

— Oui. Du côté paternel. Elle s'est éteinte en accusant grand-mère d'être responsable de la mort de son fils. Des milliers et des milliers de gens avaient péri pendant l'épidémie de grippe, mais elle s'obstinait à tenir Lydia P. Quirk pour personnellement responsable. »

Tout en marchant le long de Bride Lake Road, je souris en me rappelant la visite que Mo et moi avions faite à Noël, trois ans plus tôt : tante Lolly et moi réchauffés par l'eau-de-vie et les photos, par son envie de me raconter des histoires de famille et mon envie de les écouter. « Tu vas te rappeler tout ça ? m'avait-elle demandé. Tu veux un bout de papier pour prendre des notes ?

— Nan, répondis-je en me tapotant la tempe. Tout est là-dedans. »

Elle hocha la tête, puis appela en direction de la cuisine. « Hé, Hennie Penny. On pourrait avoir un autre morceau de ton crumble aux pommes ?

— Je croyais que tu n'avais plus de place ! cria Hennie.

— Oui, mais toutes ces réminiscences m'ont rouvert l'appétit. » Se tournant vers moi, elle me demanda si j'en voulais moi aussi et je dis oui. « Ce sera deux morceaux. Et deux tasses de jus s'il en reste.

— Vous voulez une boule de glace avec votre crumble ?

— Si tu insistes », fit Lolly.

Quelques minutes plus tard, nos femmes étaient entrées dans la salle à manger, une assiette de crumble dans une main, une tasse de café dans l'autre. « Ces deux gros rustres n'ont jamais dû entendre parler du mouvement de libération des femmes, avait feint de ronchonner Hennie. La prochaine fois, on devrait brûler nos soutifs sur la cuisinière et les obliger à aller chercher leur foutu crumble eux-mêmes. »

Mo avait acquiescé de la tête avec bonhomie.

Je me surpris à donner des coups de pied dans un caillou tout le long du chemin jusqu'aux champs de maïs, un truc que je faisais souvent étant gosse. Mais je tapai de travers et un peu trop fort, et il atterrit dans le sumac vénéneux qui pousse au bord de la route.

Sur la photo aérienne de la ferme, on voyait que la prison avait la forme d'un triangle comme si l'État du Connecticut s'était coupé une grosse tranche dans la tarte de la famille Quirk. La pointe se trouvait près de la route, et l'enceinte de la prison s'élargissait en éventail pour englober le lac et les six dortoirs de brique à un étage, disposés en demi-cercle le long de la rive. On les appelait les « cottages » et ils hébergeaient les détenues. Sur l'ordre de mon arrière-grand-mère, on ne les fermait jamais à clé et, parce que les « filles » avaient la possibilité de quitter l'enceinte, peu d'entre elles le faisaient. Derrière les cottages se trouvaient les étables, les poulaillers, les prés et les champs qui rendaient la prison autosuffisante et fournissaient leur surplus de produits laitiers et de légumes à l'hospice et à l'orphelinat. À l'arrière de la propriété, il y avait des bois, et au-delà un à-pic. Une pierre lancée du sommet atterrissait dans la ville de New London.

Une prisonnière s'était jetée du haut de cet à-pic. J'étais en fac à l'époque et maman m'avait envoyé une coupure de journal relatant ce suicide, car la victime était quelqu'un que j'avais connu étant petit. Prénommée Zinnia, elle travaillait pour nous à la saison du cidre. Zinnia et moi avions été en quelque sorte amis : elle avait un fils de mon âge et elle me serrait toujours dans ses bras. Elle m'empruntait, je m'en rends compte aujourd'hui – elle empruntait mon corps de huit ans. Mais à l'époque de la mort de Zinnia, j'en avais dix-neuf ou vingt, j'étais accaparé par mes études, la vie sur le campus, et reconnaissant du sursis et de l'anonymat que m'offrait Boston. Je fus momentanément triste d'apprendre la nouvelle, je me souviens, mais l'instant d'après j'avais surmonté ma peine… Ça faisait des années que je n'avais pas repensé à Zinnia. Une éternité. Mais le jour d'avril où Lolly est morte, j'ai senti à nouveau les bras grassouillets et chauffés par le soleil de Zinnia autour de moi, et j'ai été rongé de honte à l'idée de l'avoir trahie : c'était elle qui avait écopé quand j'avais volé de la nourriture.

Juste après le virage, on apercevait le nouveau complexe high-tech : une horreur de forme cubique, entourée de chaînes et couronnée de rouleaux de fil barbelé. « J'ai envie de vomir chaque fois que je vois ce maudit truc planté là où il y avait jadis des pâtures, avait maugréé Lolly, un dimanche soir au téléphone. C'est comme s'ils faisaient un doigt d'honneur à tout ce que grand-mère défendait. »

« Ils », c'était le régime du gouverneur Roland T. Johnston, un conservateur de Waterford qui s'était présenté comme le candidat de l'ordre, et contre lequel j'avais eu le plaisir de voter avant notre emménagement dans le Colorado. Johnston était arrivé au pouvoir sur la base de ses promesses de campagne : abolition de l'impôt sur le revenu et halte au dorlotement des criminels du Connecticut. « Que tous les Willie[1] et Wilma Horton de notre État prennent note, avait-il déclaré à la télé, le soir de sa victoire. La mascarade est finie. » Peu après son investiture, les gardiens des sept prisons de l'État reçurent une formation paramilitaire : ils furent entraînés dans des écoles de police et armés de gaz lacrymogènes et de matraques. Pour la première fois dans l'histoire de Bride Lake, des gardiens patrouillaient

---

1. William Horton, assassin qui, à l'occasion d'une permission en 1986, se rendit coupable d'un viol et d'un cambriolage à main armée. George Bush utilisa cette affaire contre Dukakis lors de sa campagne présidentielle de 1988.

dans l'enceinte et maintenaient l'ordre essentiellement par l'intimidation. On creusa les fondations du bâtiment dernier cri destiné à héberger la nouvelle population de détenues difficiles qui, soutenait le gouverneur, étaient la conséquence indirecte et malheureuse de la libération des femmes.

« C'est de la foutaise ! avait déclaré Lolly. Il y a quelques pommes pourries dans le tas – il y en a toujours eu. Mais ce n'est pas juste, la façon dont il met tout le monde dans le même panier. La plupart des filles arrivent si amochées par la vie qu'elles sont plus un danger pour elles-mêmes que pour les autres. »

Lorsque la nouvelle prison « à sécurité maximale » ouvrit ses portes, Maureen et moi vivions à Littleton, coupés de la vie politique du Connecticut, mais nous étions à l'ère d'Internet. « J'ai demandé à mon amie Hilda de m'écrire l'adresse pour que tu puisses y jeter un coup d'œil, me dit Lolly au téléphone. C'est devenu Mlle Ordinateur, à présent – et que je te consulte Internet et que je t'envoie des e-mails. T'as un crayon ? Ça s'écrit w-w-w, point, p-o, point, s-t-a-t-e, point, c-t, point, g-o-v. Je n'ai pas la moindre idée de ce que ce charabia veut dire. Hilda m'a dit de te l'épeler et que tu comprendrais. »

Sur le site de la direction de l'administration pénitentiaire, je fis un « tour virtuel » du nouveau bâtiment. Pendant les quarante ans où elle avait été directrice de Bride Lake, Lydia Quirk avait fait de l'air frais et du soleil des éléments thérapeutiques pour les criminelles. Mais comme la promenade virtuelle le montrait, les cellules de deux mètres cinquante sur trois de la nouvelle prison dernier cri avaient en guise de fenêtre une meurtrière de moins de huit centimètres de large hermétiquement close et qui ne laissait pas entrer la lumière. L'air était recyclé, et les portes des cellules s'ouvraient électroniquement pendant cinq minutes toutes les heures pour que les détenues puissent prendre un break à l'étage. « Récréation ? Quelle plaisanterie ! avait dit Lolly. Maintenant ça signifie faire la queue au distributeur d'eau chaude avec un gobelet en polystyrène expansé et des nouilles précuites. À force de bouffer toutes ces cochonneries et de rester le cul sur une chaise toute la sainte journée, elles font du lard. La moitié prend de l'insuline ou du Prozac ou un traitement pour la tension. Pourquoi se casser la tête pour les réinsérer quand on peut se contenter de les droguer et de les engraisser comme des porcs ? Grand-mère doit se retourner dans sa tombe. »

Les coups du fil du dimanche soir de Lolly n'en finissaient plus. « Honhon, disais-je, impatienté. Ah bon ?... Pas possible ! » Quand je vivais à Three Rivers, je m'investissais dans l'indignation de ma tante – j'en ressentais moi-même une partie parce que je savais combien elle se souciait de ses prisonnières et à quel point elle était découragée. Mais à présent, j'étais à des centaines de kilomètres et je ne l'écoutais plus que d'une oreille. Le problème avec Lolly, me disais-je, c'est qu'elle n'a jamais quitté son port d'attache. Dommage qu'elle ne soit pas allée à l'université. Qu'elle n'ait pas voyagé dans l'Ouest et travaillé dans des réserves. Parce qu'elle ne l'avait pas fait, elle était terriblement provinciale et, disons le mot, enquiquinante. Elle se rendait au travail *à pied*, bon sang de bonsoir. « Maureen est à côté de moi, elle voudrait te parler, disais-je en faisant signe à Mo de venir. Je te la passe. » Je conversais avec Lolly pendant cinq minutes et Maureen pendant les vingt suivantes. Ça expliquait, je suppose, pourquoi Mo savait que la chatte s'appelait Nancy Tucker, que Lolly prenait des antidépresseurs depuis la mort de Hennie et qu'elle avait payé d'avance ses propres obsèques chez Gamboa.

Était-ce l'indifférence qui m'avait éloigné de ma tante ? Pas du tout. C'était la souffrance. Notre déménagement du Connecticut m'avait séparé de la seule personne que j'avais aimée toute ma vie. De la seule parente qui m'était restée, après la mort ou l'abandon des autres. Mais moi aussi, j'étais parti – j'avais mis les Rocheuses entre ma tante et moi pour sauver la face après mon arrestation ainsi que mon troisième mariage qui battait de l'aile. Et plutôt que de reconnaître la douleur que cette séparation m'avait causée, je l'avais déguisée. Cachée derrière une attitude virile. Ne pleure pas, nous dit-on. Les grands garçons ne pleurent pas. Et donc quand j'entendais de la peine dans sa voix, le dimanche soir, ou son vieux gloussement familier, je me protégeais. « Sans blague, disais-je. Waouh. Tiens, je te passe Maureen. » Oh oui, j'étais un salaud fini, blindé et vacciné contre les sentiments. Merde, quand la compagne de Lolly était morte – la femme qu'elle avait aimée et avec laquelle elle avait vécu pendant plus d'une trentaine d'années –, je ne m'étais même pas déplacé pour aller aux obsèques. Comme disent les gens, avec le recul on a une vision parfaite. La veille, quand elle avait ouvert les yeux et m'avait regardé sans comprendre qui j'étais, c'était peut-être une revanche karmique sur le type qui n'avait jamais dit franchement à quel point elle lui manquait. Combien il l'avait aimée toute sa vie. C'est maintenant que j'affrontais la douleur. Le long de cette route où je marchais en ravalant mes sanglots, tournant la tête vers les arbres pour que les gens qui passaient en voiture ne voient pas un grand garçon pleurer.

En approchant de l'entrée principale de la prison, je fis une pause pour regarder la nouveauté : un bloc de granit au sommet de deux piliers de brique dans lequel était gravé le nom de mon arrière-grand-mère. Quand on avait ouvert le nouveau bâtiment en 1996, on l'avait rebaptisé Centre pénitentiaire Lydia P. Quirk. Lolly avait été invitée à la cérémonie d'inauguration en sa qualité de petite-fille de la première directrice. Elle avait décliné l'invitation par le biais d'une lettre cinglante envoyée au rédacteur en chef du *Three Rivers Daily Record*, dans laquelle elle qualifiait le gouverneur d'« hypocrite et de bête à manger du foin ». Protestant contre l'abandon des idéaux de sa grand-mère, elle écrivit : « Lydia Quirk aidait les femmes à retrouver leur dignité. Associer son nom à un endroit qui les opprime revient à cracher sur son héritage. »

« Aïe ! avais-je dit quand elle m'avait lu sa lettre au téléphone. Tu es sûre de vouloir brûler tes vaisseaux alors que tu travailles toujours pour l'État ?

— Passe-moi le chalumeau », avait-elle répondu.

Mes yeux abandonnèrent le bloc de granit pour se poser sur le portail d'entrée. Un garde en uniforme me regardait en fumant une cigarette. Je lui fis un signe de la main. Il m'ignora délibérément et continua à tirer sur sa clope et à me dévisager. Lolly surnommait le nouveau personnel « la milice patronale ».

Quelques détenues étaient déjà dehors dans le jardin ouest. Une équipe d'entretien, apparemment – neuf ou dix femmes armées de pelles, de binettes et de cisailles à haies. Des détenues « à risques », supposai-je, car elles portaient des combinaisons d'un orange criard. Elles débroussaillaient et avaient l'air de creuser le sol. « J'en ai trouvé une autre ! » s'écria l'une d'elles, et certaines s'arrêtèrent de travailler pour aller jeter un coup d'œil.

Deux gardes les surveillaient en sirotant un café. « Morales ! cria l'un. Bouge ton gros cul ! Immédiatement ! Toi aussi, Delmore ! » Delmore dut lui dire quelque chose qui lui déplut car il hurla : « Ah ouais ?

Continue, pauvre connasse, parce que je préfère t'expédier au mitard plutôt que de continuer à regarder ta sale gueule. »

Je secouai la tête. S'ils les traitaient ainsi à l'extérieur où tout le monde pouvait les entendre, qu'est-ce que ça devait être à l'intérieur ! Cette attitude avait, selon Lolly, poussé la plupart des anciens de Bride Lake à prendre leur retraite anticipée. Mais pas Lolly. Elle était restée et s'était battue, portant plainte contre les gardiens plus jeunes qui harcelaient certaines détenues et flirtaient ouvertement avec d'autres. Elle avait balancé un maton qui, durant ses huit heures de service, avait obstinément refusé de donner du papier hygiénique à une femme souffrant de grippe intestinale. Elle en avait dénoncé un autre qui mimait une pendaison chaque fois qu'une détenue ayant fait une tentative de suicide le mois précédent passait devant lui pour aller au réfectoire.

Mais Lolly avait dépassé les bornes en se plaignant auprès du directeur adjoint des combines d'un jeune gardien du nom de McManus qui avait de l'entregent. « Il se pavane comme un coq dans une basse-cour, disait-elle. Et cette délinquante juvénile qui travaille sous ses ordres, elle fait plus que laver et cirer les sols, tout le monde est au courant. » Résultat, McManus se vit assigner une autre assistante – une condamnée à perpète qui avait tué son mari et avait l'âge d'être sa mère. C'est vers cette époque que la guerre anonyme contre Lolly commença.

Elle trouva un godemiché en caoutchouc dans son tiroir de bureau. De la pornographie lesbienne scotchée dans son casier de vestiaire. Lors d'un stage de formation à Wethersfield, quelqu'un écrivit « gouine » à la bombe sur sa portière de voiture. Mais le pire, c'étaient les coups de fil en pleine nuit – des horreurs chuchotées qui laissaient Lolly et Hennie épuisées et les nerfs à vif. Pourtant, ma tante ne perdit rien de sa détermination – ou de son entêtement, selon le point de vue. Elle avait un but en tête : égaler le record de sa grand-mère qui avait passé quarante ans à Bride Lake. Lolly avait commencé à travailler à la prison le 25 septembre 1957. Elle avait décidé de partir le 25 septembre 1997, pas un jour plus tôt. « Si ces enfants de salaud croient m'avoir à l'usure, ils se fourrent le doigt dans l'œil jusqu'au coude », me dit-elle. Elle débrancha son téléphone. Avala des somnifères. Et du Maalox pour l'ulcère qu'elle avait attrapé. Mais elle ne prit jamais de congés maladie. Ne versa aucune larme en public. Ne montra aucun signe de faiblesse.

C'est durant ce siège que les reins de Hennie commencèrent à la lâcher. Trois matins par semaine, Lolly la conduisait à l'hôpital pour une dialyse, faisait un somme ou les cent pas dans la salle d'attente pendant les trois heures que durait l'intervention. Les bons jours, Hennie n'avait pas d'hémorragie sur le chemin du retour. Lolly lui préparait à déjeuner, la mettait au lit puis enfilait son uniforme et allait batailler contre ses collègues devenus ses ennemis. Elle rentrait du travail peu après onze heures du soir et les coups de fil débutaient. « Je suis plus cuite qu'un hamburger, m'avoua-t-elle un dimanche soir. Mais ils feraient mieux de se mettre une bonne fois pour toutes dans leur sale caboche qu'ils devront me supporter jusqu'en septembre. »

Mais en février, le directeur la convoqua dans son bureau et lui présenta deux inspecteurs de police venus lui poser quelques questions. Une détenue de Bride Lake prétendait qu'à l'occasion d'une fouille au corps Lolly avait inséré les doigts dans son vagin et lui avait frotté le clitoris avec le pouce. Une seconde détenue corrobora les faits et dit que Lolly l'avait aussi agressée sexuellement, ajoutant que pour ma tante le pelotage était monnaie courante. « Ces deux filles sont des toxicos ! hurla Lolly dans le téléphone. Quelqu'un leur a graissé la patte pour raconter ces conneries ! Les droguées feraient affaire avec le diable !

— Il faut que tu demandes conseil à un avocat. Pourquoi ne pas appeler Lena LoVecchio pour voir ce qu'elle dit ?

— Trop tard », répondit-elle sèchement.

Pendant trois heures, les inspecteurs l'avaient cuisinée au sujet des fausses accusations puis sur l'histoire et la nature de ses longues relations avec l'ex-détenue de Bride Lake, Hennie Moskowitz. « Je leur ai répondu que ma vie privée ne les regardait pas, dit-elle. Mais ils n'ont pas arrêté de gratter, gratter, et bordel, ils ont m'eue à l'usure. » On lui avait donné le choix entre une démission discrète à signer avant de quitter le bureau du directeur ou une enquête en règle suivie d'une éventuelle arrestation. Lolly était épuisée. Effrayée. Hennie était si malade. Elle avait pleuré devant eux. Donné sa démission qui prendrait effet à partir du 1er mars, six mois et vingt-cinq jours avant le but qu'elle s'était fixé : quarante ans de travail à la prison.

Lolly s'opposa à l'idée d'un dîner d'adieu où les « faux-culs de l'administration » pourraient monter à la tribune faire son éloge. Elle refusa aussi qu'on organise un pot de départ où les gardiens contre lesquels elle avait déposé plainte pourraient manger des gâteaux et boire du café en souriant de sa défaite avec un air narquois. Tout ce qu'elle voulait le dernier jour, c'était l'autorisation d'emporter le panneau de sa grand-mère.

Le panneau était une planche en pin rustique qui avait été présentée à Lydia lors de la cérémonie d'inauguration de la prison en 1903. Il était resté accroché derrière son bureau durant les quatre décennies où elle avait été directrice de Bride Lake. Sur cette planche d'un mètre vingt, le régisseur et futur époux de Lydia avait gravé la philosophie qui était à la base de son travail et tenait en une seule phrase : « Une femme qui abdique sa liberté n'est pas tenue d'abdiquer sa dignité. » « C'était un cadeau personnel de mon grand-père à ma grand-mère, écrivit Lolly au directeur. De toute façon, vous avez rejeté ses valeurs et son taux de réussite. Qu'en feriez-vous ? »

Lorsque le directeur refusa d'accéder à sa demande au motif que le panneau appartenait à l'État, elle envoya une requête à l'administration centrale. Le refus fut confirmé. Lolly prit contact avec le bureau du gouverneur. Trois lettres sans réponse plus tard, un sous-fifre de Johnston la contacta. Le gouverneur faisait une confiance implicite aux gens qu'il avait placés à des postes d'autorité et avait pour politique de ne pas saper cette autorité.

« Foutaises ! » rétorqua Lolly et, à la fin de son dernier service, elle dévissa le panneau d'un mur du couloir et l'emporta quand même, croisant et défiant le regard de plusieurs officiers subalternes qui n'essayèrent pas de l'arrêter. « Ce n'est pas plus mal, me dit-elle plus tard. S'ils avaient levé le petit doigt, ils se seraient pris la planche en pleine tronche. J'aurais cassé des nez si nécessaire. »

Lolly accrocha le panneau dans la chambre qu'elle partageait avec Hennie.

Hennie mourut en mai.

J'envoyai Maureen aux obsèques au lieu d'y aller moi-même.

Les deux années suivantes, tous les dimanches soir, le téléphone sonnait et je me cuirassais contre la frustration et la solitude de Lolly. Je l'écoutais d'une oreille me raconter la dernière mascarade dont la « prison de grand-mère » avait été le théâtre, puis je passais le combiné à Maureen.

À l'extrémité ouest de la propriété, j'arpentai nos anciens champs de maïs. Ils étaient à présent en friche, étouffés sous une épaisse couche de feuilles mortes, de mauvaises herbes et de papiers gras. Je rebroussai chemin en direction de la gravière, essayant de déterminer l'emplacement exact du labyrinthe. C'est alors que ce qui m'avait échappé plus tôt m'assaillit soudain : la veillée mortuaire de mon père…

Ça s'était bien passé dans les locaux de l'entreprise de pompes funèbres McKenna's : cercueil fermé, très peu de monde, et moi engoncé dans un costume en laine acheté pour l'occasion, qui grattait. Je retenais mon souffle chaque fois que M. McKenna ouvrait la porte du vestibule : je craignais que le prochain arrivant ne soit quelqu'un de mon lycée – quelqu'un qui avait fait le lien entre moi et l'ivrogne dont parlait le journal, un putain de raté aux dents en moins qui n'avait même pas été fichu d'éviter un train.

Puis quelqu'un de mon établissement était, hélas, venu : M. Cyr, mon entraîneur de cross. Il présenta ses condoléances à ma mère, à ma tante et à mon grand-père. Ensuite, il mit une main sur mon épaule et dit qu'il était navré, qu'il savait ce que c'était, car lui aussi avait perdu son père quand il était lycéen. Je hochai la tête, marmonnai des oui oui et des mercis sans le regarder. Sa gentillesse me remplit de mépris : pour lui, pour mon père, pour moi-même. Je laissai tomber le cross la semaine suivante. Discrètement : je cessai simplement d'aller à l'entraînement. Quand M. Cyr m'arrêta dans un couloir pour me demander pourquoi, je mentis. Je lui dis que mon grand-père était à court de personnel et qu'il avait besoin de moi pour les travaux de la ferme.

Je me rappelle un autre détail de cette veillée funèbre : un incident bizarre vers la fin. J'étais allé aux toilettes et quand j'avais ouvert la porte pour retourner dans la salle où se trouvait le cercueil, j'étais tombé nez à nez avec la femme au fichu. Elle tremblait comme une feuille, je me souviens. Elle prononça mon prénom et tendit la main à la façon dont on tâtonne dans le noir. Alors ma mère explosa comme je ne l'avais encore jamais vue le faire en public : « Dieu tout-puissant ! Ce n'est pas assez dur, il faut encore qu'elle vienne s'afficher ici ? » Elle se précipita sur nous en criant : « Laissez mon fils tranquille ! Je vous interdis de le toucher ! Fichez le camp d'ici ! Immédiatement ! »

Lolly et Hennie se dépêchèrent d'emmener maman tandis que grand-père et M. McKenna abordaient la femme au fichu et la persuadaient de vider les lieux. J'étais resté tout seul : mon regard avait fait plusieurs fois la navette entre le cercueil de mon père et la porte, et je m'étais posé des questions.

Qu'était devenue la femme au fichu ? m'interrogeais-je à présent.

Qui était-elle ?

6

Compatissant sans être mielleux, Victor Gamboa me plut. Il me dit Combien il avait apprécié de travailler avec Lolly quand ils étaient tous les deux surveillants de la deuxième équipe. « Elle était toujours juste envers les femmes, mais elle ne leur passait rien. Comment on appelle ça, déjà ? L'amour vache ? Je crois que votre tante l'a inventé.

— Ou en a hérité. D'après ce que j'ai entendu dire, c'était aussi le style de sa grand-mère.

— Ah, la vieille dame ? Elle est légendaire là-bas. Enfin, je devrais dire *était*. Aujourd'hui, c'est une autre histoire.

— L'amour vache sans l'amour, c'est ça ? »

Il hocha la tête. « On écope d'un tas de suicidées. »

Victor avait photocopié le formulaire rempli par Lolly et nous le regardâmes ensemble. Elle voulait un service non confessionnel, un cercueil à prix réduit, et être incinérée. Que ses cendres soient mélangées à celles de Hennie (« le pot bleu dans notre chambre ») et dispersées sur les terres de la ferme. Pas de notice nécrologique. (« Il faut payer le journal, à présent. Qu'ils aillent se faire voir ! ») Ni fleurs ni couronnes. Si les gens le souhaitaient, ils pouvaient acheter un livre et en faire don à la bibliothèque de la prison. Elle avait écrit dans la marge : « Les filles aiment les polars, les biographies de vedettes de cinéma et les romans à l'eau de rose. » À la rubrique « Musique », elle avait mis : « *Amazing Grace* (le cantique préféré de ma grand-mère). » Nous décidâmes que la veillée funèbre aurait lieu mercredi soir et les obsèques jeudi matin.

Le formulaire comportait six cases pour les porteurs de cercueil. Lolly avait écrit :

Caelum Quirk (neveu)   *Ulysse Pappanikou (employé)*
Grace Fletcher (amie)   *Hilda Malinowski (amie)*
Lena LoVecchio (avocate) *Carl Yastrzemski (ha ha ha)*

« Des femmes pour porter le cercueil ? fis-je. C'est possible ?

— Pourquoi pas, si c'est ce qu'elle souhaitait ? dit Gamboa. Vous allez peut-être quand même devoir trouver un remplaçant pour Yaz. » Pour ce qui était d'*Amazing Grace*, il avait un enregistrement, ou il pourrait faire appel à un soliste qu'il utilisait parfois. Ou alors…

— Ou alors ?

— La direction de l'administration pénitentiaire a des joueurs de cornemuse. Ils louent leurs services, mais ils jouent d'habitude gratuitement s'il s'agit d'un des leurs. Bien sûr, il faudrait l'approbation des supérieurs, ce qui pourrait poser un problème. Je sais que vers la fin votre tante était à couteaux tirés avec eux.

— Elle avait de bonnes raisons d'être amère. » Il opina du bonnet. Je dis que l'enregistrement ferait l'affaire.

Il me demanda de lui apporter une tenue de Lolly pour la veillée – aujourd'hui même si possible, ou demain matin. Je pouvais aussi apporter des photos si je voulais. Certaines familles aimaient exposer des photos encadrées ou faire un collage d'instantanés. « Célébrer la vie du défunt », dit-il.

Je hochai la tête en pensant à autre chose. « Vous savez quoi ? Elle leur a donné presque quarante ans de sa vie. Va pour les cornemuses. »

Ça ne répondait jamais chez Ulysse.

Hilda Malinowski pleura quand je lui annonçai la nouvelle. Lolly et elle étaient amies depuis 1964. Elle n'avait jamais porté de cercueil de sa vie, mais s'il y avait bien quelqu'un pour lequel elle était prête à le faire, c'était Lolly. Elle espérait juste être assez costaude. Elle préviendrait Grace Fletcher pour moi. Gracie était baraquée et fréquentait un club de fitness : elle devrait donc être à la hauteur de la tâche.

Alice Levesque me confia qu'elle avait compris que quelque chose clochait : Lolly n'avait pas l'air dans son assiette, la dernière fois au club de bridge. « Elle jouait comme un pied. C'était ma partenaire et je lui ai passé un de ces savons ! Maintenant je regrette de ne pas avoir fermé ma grande gueule. »

Millie Monk offrit de faire du flan au citron si nous nous retrouvions à la ferme après les obsèques : les gens s'attendent en général à une collation. Lolly avait toujours adoré son flan au citron. « Elle m'a un jour demandé la recette et je lui ai répondu : "Tu te fous de moi ? Tu ne serais même pas fichue d'allumer le four." Elle et moi, on se taquinait toujours. Oh, là, là, je n'arrive pas à croire qu'elle est partie. »

Maintenant qu'elle y pensait, elle viendrait peut-être à la ferme mardi pour ranger un peu. Passer l'aspirateur. « Lolly était adorable, mais ça n'a jamais été une fée du logis. »

« Caelum Quirk ! Ça fait un bail, s'exclama Lena LoVecchio. Vous ne vous êtes pas remis à jouer de la clé anglaise, j'espère ? » À l'annonce du décès de ma tante, son rire tonitruant mourut sur ses lèvres. « Mon Dieu ! Ce n'est pas possible », fit-elle. Elle ajouta que ce serait un grand honneur pour elle de porter le cercueil de Lolly, et qu'elle ne demandait pas mieux que de me rencontrer en ville pour qu'on parle de la succession. Avais-je lu le testament ? Je lui dis que Lolly m'en avait envoyé un exemplaire mais que je ne l'avais jamais regardé.

« Alors, prenons-en connaissance ensemble. Cinq heures demain après-midi, ça vous va ? » J'acquiesçai.

« La dernière fois que j'ai vu Lolly, c'est quand je l'ai emmenée à un match de basket, poursuivit-elle. Les Lady Huskies affrontaient les Lady Vols. Lolly portait son survêtement de l'UConn, et elle a tellement hué Pat Summit qu'elle a réussi à couvrir ma voix, ce qui n'est pas un mince exploit. C'est comme ça que je veux me souvenir d'elle : s'époumonant contre l'équipe du Tennessee. Bon, entendu, on se voit demain.

— Demain, on est bien mardi ? » demandai-je.

Momentanément prise au dépourvu, elle marqua un temps d'arrêt. « Mardi 20, oui. »

J'essayai encore d'appeler Ulysse à plusieurs reprises. Pas de réponse. Je ferais mieux d'en finir, me dis-je, et je montai au premier.

La chambre de Lolly – qui avait été à l'origine celle de sa grand-mère puis celle où elle avait dormi avec Hennie – se trouvait au bout du couloir et donnait sur une véranda. Le lit était défait, les draps et les couvertures entassés au pied du lit. Nancy Tucker était roulée en boule sur l'oreiller de Lolly. Quand j'entrai, une lame de parquet craqua et elle ouvrit les yeux, releva la tête. Puis elle sauta du lit et sortit dans le couloir avec des miaulements déchirants. « Elle me manque à moi aussi », lui dis-je.

Le désordre régnait : sur la table de chevet, la chaise, la commode. Le panier à linge sale était béant et la plus grande partie du linge traînait par terre. Des photos encadrées étaient accrochées au mur au-dessus de la commode : Lolly et Hennie bras dessus bras dessous sur une plage quand elles étaient plus jeunes ; un portrait d'elles à l'âge mûr. Elles m'en avaient donné un double, mais je ne l'avais jamais fait encadrer ni exposé. Une photo noir et blanc de grand-père, cheveux bruns, en veste et cravate, brandissant une médaille agricole. Lolly avait accroché un portrait officiel de mon arrière-grand-mère Lydia dans un cadre ovale ancien et un autre qui la montrait à son bureau dans la prison. Il y avait plusieurs photos de moi – au cours élémentaire avec une dent en moins, au lycée, à l'université ; en marié, à l'air ridiculement jeune, lors de mon mariage numéro un.

Les deux photos qui m'émurent le plus – j'eus une boule dans la gorge et fus obligé de m'asseoir sur le lit – étaient celles qu'elle avait placées au centre : un portrait d'elle et de son frère en bacheliers. Entre vingt et trente ans, l'alcoolisme de papa avait commencé à creuser le fossé entre eux et, l'année de leurs trente-cinq ans, un train qui fonçait vers Boston avait officialisé la séparation. Mais sur le mur de Lolly, ils étaient de nouveau ensemble – deux jeunes gens de dix-sept ans souriants, réunis dans des cadres dorés jumeaux.

Surmontant cette galerie de portraits, accroché de guingois quinze centimètres en dessous de la moulure, il y avait le panneau de pin de mon arrière-grand-mère Lydia : « Une femme qui abdique sa liberté n'est pas tenue d'abdiquer sa dignité. » Je le remis d'aplomb.

J'ouvris la porte de la penderie de Lolly, regardai dans les tiroirs de sa commode. Celui du haut à droite était rempli de bric-à-brac : photos, vieux bulletins scolaires de l'école primaire, une médaille d'éclaireuse, une image du joueur de base-ball Ted Williams datant de 1946. Je trouvai un écrin blanc – « Bill Savitt Joailliers, Paix de l'esprit garantie ». Il contenait deux enveloppes sur lesquelles était écrit à l'encre bleue : « Première coupe de cheveux de Louella, 1er juin 1933 » et « Première coupe de cheveux d'Alden, 1er juin 1933 ». J'ouvris l'enveloppe de Lolly. La douce touffe de boucles dorées me donna la chair de poule. Comme c'est curieux que les familles gardent ce genre de truc. Comme c'est étrange que les enfants grandissent, vieillissent et meurent, mais que leurs cheveux – des cellules mortes, si mes souvenirs de cours de biologie étaient bons – ne se transforment pas. Je rangeai soigneusement la mèche de Lolly dans son enveloppe et dans l'écrin. Refermai le tiroir. Je n'ouvris pas l'enveloppe de mon père. C'était au-dessus de mes forces.

Question garde-robe, une fois éliminés tee-shirts, chemises de flanelle, jeans et bleus de travail, il ne restait pas grand-chose. Je choisis le seul vêtement que Lolly avait pris la peine d'accrocher sur un cintre : le tailleur-pantalon en velours marron qu'elle avait porté à mon mariage avec Maureen. Si je ne me trompais pas, elle le portait aussi l'après-midi de Noël où nous avions regardé des vieilles photos. Il avait une tache de gras sur le devant – personne n'avait jamais accusé Lolly de manger délicatement. Je devrais peut-être le porter chez le teinturier, à moins que Gamboa n'arrive à la camoufler. C'était ça ou son survêtement des Huskies de l'UConn, et j'étais convaincu que cette tenue n'aurait pas l'agrément de Hilda, Millie et des autres filles.

De la chambre de Lolly, je m'aventurai dans la véranda vitrée. Des cartons et des cageots de pommes jonchaient le sol. Les ressorts du canapé-lit ployaient sous des piles de livres de comptabilité, de rapports officiels, d'albums reliés cuir et de classeurs remplis de coupures de journaux. Deux meubles-classeurs métalliques vert kaki remplis jusqu'à la gueule occupaient le mur ouest. Il devait s'agir pour l'essentiel des archives de la prison de mon arrière-grand-mère Lydia. Lolly avait essayé plusieurs fois de m'y faire jeter un coup d'œil avec elle. Il faudrait une éternité pour trier et voir ce que je devrais garder. Ou vingt minutes pour tout bazarder par la fenêtre dans une benne.

Je pris un des journaux intimes de Lydia. Il sentait le moisi, et la reliure de toile pourrie révélait le cartonnage : ses pages jaunies en lambeaux étaient entourées de ce qui ressemblait à des lacets de souliers noirs. Je l'ouvris à la page du 17 septembre 1886 – un brouillon de lettre, supposai-je, adressée à une sœur prénommée Lillian. « Comme toujours, sœurette, je suis partagée au sujet de Grand-mère. Assise à mon côté se trouve l'estimable Elizabeth Hutchinson Popper, courageuse abolitionniste, vaillante infirmière sur le champ de bataille, championne infatigable des orphelins et des filles perdues. Mais aussi la femme froide qui a totalement oublié le quinzième anniversaire de sa petite-fille, passé maintenant depuis onze jours… Si Lizzy Popper avait été responsable des opérations à l'époque du Déluge, elle aurait rassemblé toutes les créatures de Dieu deux par deux dans l'arche, puis fermé la porte pour échapper aux flots en abandonnant sa pauvre petite-fille sur le quai ! »

C'était intéressant, d'une certaine manière, sauf que ça ne m'intéressait pas tant que ça. Peut-être qu'une société historique en voudrait. Quand Maureen et moi reviendrions cet été, il faudrait que je m'en occupe. Une chose était sûre : je n'allais pas expédier tout ça dans le Colorado. Ça coûterait les yeux de la tête, et où diable mettrais-je ce fatras ?

Je sortis dans le couloir pour me diriger vers la chambre de grand-père. Rien ne semblait avoir changé, à l'exception de son chiffonnier en acajou qui avait deux tiroirs en moins.

Au début, la maladie d'Alzheimer s'était contentée de lui jouer des tours. Il y avait eu un incident à la supérette : la caissière avait signalé que son bon de réduction était périmé, et refusé de lui faire le rabais sur du Metamucil. Grand-père l'avait traitée de « sale négresse » et était sorti en trombe du magasin, la boîte de laxatifs à la main, sans ticket de caisse. Par bonheur, le flic chargé de l'enquête avait été dans sa jeunesse un de nos ouvriers agricoles. Le patron du magasin et lui persuadèrent la caissière de renoncer à faire arrêter mon grand-père pour avoir tenu des propos racistes. Peu de temps après, nous découvrîmes que grand-père – un homme d'une extrême frugalité – avait envoyé deux mille dollars à un « consortium astronomique » dans le but de donner à une étoile le nom de sa femme décédée depuis longtemps. La documentation pour l'« étoile Catherine » sortait d'une imprimante, et le BBB[1] avait déclaré ne pas pouvoir faire grand-chose en l'absence d'adresse et de numéro de téléphone. En septembre de la même année, grand-père se rendit en voiture à une foire aux bestiaux pour le concours des Holstein – ce qu'il faisait chaque année depuis des décennies. Il partit de la ferme à sept heures du matin. Un des vigiles finit par le découvrir à dix heures du soir, endormi dans un W-C. Il avait erré dans le labyrinthe du parking pendant des heures, à la recherche d'une voiture qu'il avait vendue des années plus tôt, incapable ensuite de se rappeler ce qu'il cherchait ni où il était.

_____

1. Organisme chargé de faire respecter la déontologie commerciale.

Le chiffonnier d'acajou avait perdu deux tiroirs un après-midi où grand-père avait eu froid. Armé d'un marteau, il en avait fait du petit bois, avait ajouté du papier journal et s'était allumé une bonne petite flambée sur sa carpette. Pour Hennie, ce fut la goutte d'eau qui fit déborder le vase. Elle posa un ultimatum – soit Lolly prenait la situation en main, soit elle déménageait. Ça valait mieux que de périr dans un incendie ! C'était donc ainsi que Lolly avait mis son père à la maison de retraite de Rivercrest.

Le changement l'avait d'abord rendu plus agité : il ne comprenait pas ce qu'il fabriquait là, il était fumasse que ça bipe chaque fois qu'il enfilait son manteau et essayait de sortir du bâtiment. Il était à cent lieues de se douter que l'alarme était déclenchée par le bracelet électronique qu'il avait à la cheville ni même qu'il en portait un. Lolly rendait visite à grand-père deux fois par jour, d'ordinaire à l'heure du déjeuner et du dîner : elle se disait qu'en lui mettant un bavoir et en le nourrissant elle-même elle n'aurait pas à se faire de mauvais sang à l'idée qu'il ne mangeait pas assez. Je me traînai là-bas une ou deux fois par semaine au début, moins souvent à mesure que le temps passait. Entrant dans sa chambre à l'odeur aigre, je le découvrais souvent en train de fourrager dans ses tiroirs, cherchant furieusement il ne savait trop quoi. Son agitation finit par diminuer, il devint maussade et renfermé, se martelant parfois le crâne avec les poings de frustration. Vers la fin, il restait assis d'un air absent sans reconnaître personne.

C'est durant cette dernière période de la vie de grand-père Quirk que je rencontrai Maureen. Récemment divorcée, elle était la nouvelle infirmière en chef de l'équipe de l'après-midi. Notre première conversation tourna autour de mon grand-père. Qui était-il avant que la maladie se déclare ? Quelle était sa profession ? Quelles étaient les personnes et les choses qu'il aimait ? Je fus ému quand elle me dit que mes réponses l'aideraient à mieux s'occuper de lui. J'étais divorcé de Francesca depuis trois ans. Je n'avais pas eu de petites amies depuis, ni envie d'en avoir. Mais Maureen était aussi jolie que compétente, et mes visites à grand-père Quirk se multiplièrent. Le soir où je finis par trouver le courage de l'inviter, je sentis le sang me monter au visage quand elle me répondit non. C'était encore trop tôt après son divorce, expliqua-t-elle ; elle espérait que je comprendrais. « Bien sûr, tout à fait », lui assurai-je en hochant frénétiquement la tête comme une foutue marionnette. Néanmoins, une semaine plus tard, Mo m'arrêta dans le couloir pour me demander si mon invitation tenait toujours.

Je passai la prendre à la fin de son service et l'emmenai dans le seul endroit de Three Rivers ouvert après onze heures du soir – en dehors des bouges hantés par mon père. Devant une tasse de café, dans un box de la boulangerie Mamma Mia, nous avons parlé de nos vies – famille, mariages et divorces, du fossé entre la réalité et nos aspirations. Et surtout nous avons ri : de mes aventures lorsque je travaillais pour la famille Buzzi, propriétaire de Mamma Mia ; des choses drôles que ses patients racontaient ou faisaient parfois. Bon Dieu, ça faisait du bien. Quand Alphonse sortit de son fournil avec deux beignets à la cannelle tout frais, l'affaire fut pour ainsi dire conclue, pour moi du moins. Mordre dans la pâte frite odorante, voir le sucre adhérer à ses lèvres pendant qu'elle mangeait : les délices de ce moment éveillèrent en moi un appétit que j'avais perdu depuis des années. Deux rendez-vous plus tard, nous avons fait l'amour chez elle. Après, alors qu'épuisé je piquais du nez, elle m'avait dit dans l'obscurité que si je souhaitais avoir des enfants, je devrais aller voir ailleurs parce qu'elle ne pouvait pas en avoir. Ce n'était pas un problème, avais-je affirmé, avec la belle certitude d'un type qui n'avait pas encore quarante ans, avait vécu une enfance malheureuse, et n'était pas particulièrement désireux d'être responsable du bonheur d'un enfant hypothétique.

Nous nous sommes mariés sept mois après notre premier rendez-vous – un mois environ après le décès de grand-père. Le 8 novembre 1988. Mo avait vingt-neuf ans, moi trente-sept. Costume gris anthracite et œillet rouge à la boutonnière, je jouais les jeunes mariés pour la troisième fois. Lolly et Hennie étaient nos témoins. Après la cérémonie, nous sommes allés tous les quatre dans un bon restaurant, puis sommes retournés à la ferme. Hennie avait fait de la pâtisserie : un gâteau de mariage pour Mo et moi, et un d'anniversaire pour Lolly. « Bon sang, Lolly. Avec tout ce remue-ménage, j'ai oublié ton anniversaire ! ai-je dit.

— L'anniversaire de ton père aussi », m'a-t-elle rappelé.

« Meilleurs vœux de bonheur, monsieur et madame Quirk », disait notre gâteau. Sur celui de Lolly, Hennie avait piqué des bougies et une carte : « Vous m'en direz tant ! Lolly a 57 ans ! » Je me souviens d'avoir pensé : Il aurait eu cinquante-sept ans aujourd'hui. Tout en enfournant ma génoise recouverte de glaçage, j'ai calculé : mon père n'avait que trente-trois ans à sa mort. Je lui avais survécu de quatre ans…

Je me dirigeai d'un pas hésitant vers l'escalier et m'arrêtai devant la porte de la chambre où j'avais dormi enfant, et où je revenais quand j'avais eu de gros ennuis. Avec mon épouse et avec la justice, la dernière fois. Je n'avais pas particulièrement envie de me l'avouer, mais de ce point de vue je ressemblais à mon père : je merdais, je rentrais au bercail pour me ressaisir, je me conduisais bien pendant un temps… Mon ancienne chambre était un véritable musée. Trophées de championnat des Red Sox et des Harlem Globetrotters au mur, piles de bandes dessinées sur l'étagère en pin que j'avais fabriquée en cinquième. La pièce était un débarras à l'origine, m'avait-on dit, ce qui expliquait qu'elle était dépourvue de fenêtres. J'allumai le plafonnier. Le petit lit poussé contre le mur avait toujours le dessus-de-lit à motif de cow-boys et d'Indiens que ma mère m'avait acheté à l'époque où je ne ratais jamais un seul épisode de *La Grande Caravane* ni de *Bonanza*. Entrer dans ce placard à balais, c'était redevenir le garçon dont le père était une calamité ambulante, dont la mère lavait le linge sale du presbytère et réagissait aux impertinences en flanquant des gifles qui brûlaient la joue. Je battis en retraite. Dévalai l'escalier et sortis dans le soleil matinal.

Après avoir déposé le tailleur-pantalon de Lolly chez Victor Gamboa, je passai voir Alphonse à la boulangerie. « Il est dans son bureau, dit la vendeuse. Soi-disant pour faire les bulletins de paie, mais il est sans doute en train de regarder de la pornographie sur Internet. » Elle avait des cheveux roux en pétard, un piercing au sourcil. Ses mamelons pointaient joliment sous son tee-shirt. Ça devait être elle qui faisait tirer la langue à Alphonse dans ses derniers e-mails. « Surtout frappez avant d'entrer, sinon il va vous enguirlander, dit-elle.

— Ou me bombarder avec son lanceur de billes de peinture. »

Je devins immédiatement son allié. « Je sais ! C'est complètement idiot, non ? Il a l'âge de mon père et il joue toujours au petit soldat dans cet endroit à la con. »

Quand j'ouvris sa porte *sans* frapper, Alphonse éteignit son ordinateur en appuyant sur le bouton et jaillit de sa chaise comme un diable de sa boîte. « Quirky[1] ! s'exclama-t-il. Qu'est-ce que tu fous là ?

— Si t'éteins pas ce truc correctement, tu vas finir par bousiller ton disque dur, tu sais.

— Ah ouais ? Ne me dénonce pas à Bill Gates. Alors qu'est-ce qui se passe, mon pote ? T'es nostalgique ou quoi ? »

Il parut sincèrement navré d'apprendre la mort de Lolly. « Elle venait ici de temps en temps. Avec sa copine. Elle s'appelait comment, déjà ?

— Hennie.

— Oui, c'est ça. Elles étaient bien assorties ces deux-là, hein ? Elles prenaient toujours la même chose : des muffins aux myrtilles, grillés, avec du beurre – surtout pas de margarine. »

Je souris. « Faut bien soutenir l'industrie laitière.

— Eh, tu te rappelles l'été où ta tante a trouvé l'herbe qu'on faisait pousser derrière votre verger, toi, moi et mon frangin ? »

Je roulai les yeux au souvenir de l'incident. « Les trois comparses.

— Tu te souviens ? Elle nous a obligés à l'arracher et à la brûler sous ses yeux. On était tous défoncés à cause de la fumée – y compris Lolly.

— Elle n'était pas défoncée.

— Putain, si ! Je la revois comme si c'était hier, en colère au début et avec ce sourire idiot ensuite. Elle était raide, *man*.

— Ce que je me rappelle moi, c'est qu'elle ne nous a pas balancés à mon grand-père. Ce qui explique sans doute qu'on soit toujours en vie. »

---

1. Littéralement, bizarre, original.

Mon commentaire jeta un froid. Un de nous trois n'était plus en vie : Rocco était mort d'une leucémie en 1981.

— Tante Lolly, *man*, c'était une *buon anima* », dit Alphonse.

Je lui demandai s'il acceptait d'être un des porteurs du cercueil.

« Bien sûr. Absolument. Tout ce que tu veux. Eh, tu vas offrir une collation après ? Parce que si tu veux on peut préparer des sandwiches et des assiettes de pâtisseries. Du café aussi. Je demanderai à une de mes filles de donner un coup de main. Tu comptes sur combien – entre trente et quarante personnes ? »

Je haussai les épaules. « Qu'est-ce que je fais, je te paie par tête de pipe ?

— Tu me paies rien du tout. C'est un cadeau de la maison.

— Non, non. Je ne veux pas que tu…

— La ferme, Quirky. Fiche-moi la paix. Eh, t'as déjà pris ton petit déj ? Laisse-moi te préparer quelque chose. » Il disparut et revint avec des bagels, du fromage frais et des cafés.

Nous nous assîmes pour manger ensemble et discuter. Des Red Sox. De basket : à quel point ç'avait été chouette quand UConn avait battu Duke en match de championnat. « Jim Calhoun, c'est le bon Dieu en personne ! déclara Alphonse. Il prend des gosses des rues et en fait des joueurs de la NBA.

— Avec des revenus à sept chiffres. Toi et moi, on peut toujours courir.

— Ouais, bon, on peut toujours rêver, Quirky. T'as jamais été fichu de jouer au basket.

— J'avoue, Votre Honneur, dis-je en souriant. Quoique, si je me souviens bien, t'étais plus un champion de la brique que du tir en suspension. »

Je lui demandai où il en était dans sa quête du Saint-Graal – s'il avait repéré des offres alléchantes sur eBay ou dans le Yellow Mustang Registry.

« Nan, rien dernièrement. Mais elle est là quelque part. Un de ces jours, tu verras : un pauvre diable va casser sa pipe, on organisera une vente de ses biens et bingo, elle sera là mon amoureuse de 1965 – dans toute la splendeur de son jaune phénicien, avec ses 4 727 centimètres cubes de cylindrée. »

Je bus une gorgée de café. « C'est ça, dis-je, quand les ânes voleront.

— Et que toi, tu seras chef d'escadrille », répliqua-t-il en hochant la tête. J'avais oublié combien Alphonse pouvait être drôle, combien il avait le sens de la répartie. Avant que son père ne lui mette le boulet de la boulangerie au pied, il parlait de faire une carrière d'humoriste.

Je lui demandai comment allaient ses parents. Les Buzzi avaient toujours été bons envers moi et m'avaient toujours traité comme un membre de la famille. Chaque fois qu'ils venaient voir Rocco à la fac, Mme Buzzi apportait deux colis : un pour lui, un pour moi. Des gros sandwiches avec beaucoup de viande et de fromage enveloppés dans du papier alu, des cookies italiens, des paquets de chewing-gum, des sous-vêtements et des chaussettes de sport par trois. Ma mère m'envoyait des articles du *Daily Record*, surtout des mauvaises nouvelles concernant des camarades de classe. Elle était trop nerveuse, prétendait-elle, pour affronter la circulation de Boston. « Tiens », disait Mme Buzzi en me tendant un billet de dix dollars à la fin de sa visite. Quand je faisais mine de résister, elle s'exclamait : « Allons ! Prends ! Ne m'énerve pas ! » et elle le fourrait dans ma poche de chemise.

La mort de Rocco avait anéanti M. et Mme Buzzi. Il était leur fils préféré, la superstar : le licencié en droit avec une fiancée en fac de médecine. Le fait que la promise de Rocco était italienne avait été la cerise sur le gâteau. Alphonse était depuis toujours destiné à reprendre la boulangerie, le crabe que ses parents n'avaient jamais laissé crapahuter hors du seau. J'étais resté en contact avec les Buzzi – je les appelais de temps en temps, leur envoyais des cartes, passais les voir avec un petit quelque chose au moment des vacances. Mais depuis qu'ils avaient pris leur retraite et déménagé en Floride, je les avais plus ou moins perdus de vue.

« Je leur téléphone trois, quatre fois par semaine, dit Alphonse. Ils sont toujours comme chien et chat, j'en conclus donc qu'ils vont bien. La semaine dernière, c'est maman qui a décroché : elle était furax contre papa. Elle ne lui adressait plus la parole depuis deux jours parce qu'il avait refusé de regarder ailleurs quand une pub pour Victoria's Secret était passée à la télé. » Il se lança dans une imitation parfaite de sa mère. « Tu sais ce qu'il a eu le culot de me dire, Alfonso ? Que j'étais juste *jalouse* ! Ha ha, quelle rigolade ! Moi, jalouse d'une bande de *puttane* squelettiques qui se pavanent en sous-vêtements ? »

J'éclatai de rire. « Ils ont quel âge maintenant ?

— Maman a soixante-dix-huit ans, papa, quatre-vingt-cinq. Bien sûr, chaque fois que c'est lui qui décroche, j'ai droit à un interrogatoire sur la boulangerie. Il faut qu'il relève tout ce que je fais de travers. Par exemple, on vend des bagels depuis deux ans. Dunkin' Donuts en vend, Stop & Shop en vend, on ne peut donc pas faire autrement que d'en vendre aussi. Mon père ne me l'a toujours pas pardonné. « Tu diriges une boulangerie *italienne*, Alfonso. Depuis quand les boulangeries italiennes vendent-elles des petits pains juifs ? — Depuis qu'ils partent tous avant midi, je lui réponds. — Ah ouais ? qu'il me fait. Alors, écoute-moi bien, monsieur Je-sais-tout. Quand les gens entrent dans une boulangerie italienne, ils veulent des babas au rhum, *il pastaciotto, Napoleani.* » Ouais, sa génération, peut-être. Mais tous ces vieux mangeurs de spaghettis sont ou bien morts, ou en Floride comme lui.

— Ce qu'il faudrait à cet endroit, c'est un nouveau miracle », dis-je en indiquant la statue de la Sainte Vierge trônant sur le frigo. À l'époque où cette statue occupait la place d'honneur en vitrine, un liquide rouille d'une composition indéterminée s'était mis à couler inexplicablement des yeux peints de Marie. La guerre du Vietnam avait déjà fait beaucoup de morts alors, et quand Mme Buzzi avait placé un torchon blanc sous la statue, la tache de « sang » avait pris la forme de ce pays ravagé. C'est ainsi que pour un temps Mamma Mia était devenue une attraction touristique, visitée par les fidèles et les médias. Les affaires étaient naturellement montées en flèche, surtout après la visite des caméras de l'émission « Good Morning America ». Une photo de journal jaunie montrant le présentateur de l'époque, David Hartman, un bras passé autour de M. et Mme Buzzi, était toujours scotchée à l'avant de la caisse. Je l'avais aperçue en entrant.

« Un miracle ? Tu l'as dit, bouffi, répondit Alphonse en soupirant. Tu sais combien les grossistes demandent pour la pâte d'amandes aujourd'hui ?

— Je mentirais si je disais que je suis la question de près.

— Ouais, et t'as pas envie de savoir non plus. Mais c'est croucial. Les seuls produits italiens qui se vendent aujourd'hui, c'est les cannoli et la pizza en tranches.

— Crucial.

— Hein ?

— C'est *crucial*. T'as dit croucial.

— Va te faire foutre, Quirky. J'ai réussi mon épreuve d'anglais, OK ?

— De justesse, lui rappelai-je. À la session de rattrapage.

— Et seulement parce que j'apportais des beignets en classe et que je faisais rigoler Mlle Mish. Tu te souviens d'elle ? Elle était vachement sexy pour une prof, à part ses jambes en tronc de séquoia. À propos, qu'est-ce que tu penses des bagels ?

— Ils sont bons. »

Il haussa les épaules. « Ils sont mangeables. Rien d'exceptionnel. On les achète congelés à US Foods et on les passe au four. Ça prend dix minutes, mais ça se vend vraiment comme des petits pains, tu sais ? Le truc que mon vieux n'arrive pas à comprendre, c'est qu'il faut nager avec les requins aujourd'hui. Il n'a jamais eu à lutter contre la concurrence des chaînes et de Dunkin' Donuts comme moi. Si Krispy Kreme s'installe ici, laisse béton : je me contenterai de hisser le drapeau blanc et de mettre la clé sous la porte.

— Laisse béton ?

— Ouais ? Quoi ?

— T'as quarante-six balais, Al, laisse tomber le verlan.

— Ta gueule, caillera. »

Je lui demandai s'il voulait sortir ce soir. Manger un morceau, boire quelques bières. « J'peux pas.

— Pourquoi ? Tu te fais astiquer la tonsure ?

— Ha ha. Quel esprit ! N'oublie pas que tu as presque deux ans de plus que moi au compteur. Mais t'es encore bien. Tu cours toujours ? » J'opinai. « La vie n'est pas trop dure ? En dehors de ta tante, je veux dire. Ça te plaît de vivre là-bas ? » J'opinai derechef. Pourquoi entrer dans les détails ?

Sur le chemin de la sortie, il m'arrêta pour reluquer sa vendeuse. « Qu'est-ce que tu dirais de plonger ta jauge là-dedans ? murmura-t-il.

— C'est une femme, Al, pas une Mustang.

— Ouais, mais je ne lui en veux pas. J'aimerais bien, pourtant. »

Je lui demandai ce qui à son avis se produirait en premier : la perte de sa virginité ou l'obtention de sa carte vermeil.

« Ouais, si seulement je te ressemblais davantage. Tu en es à l'épouse numéro combien maintenant – seize ? Dix-sept ? J'ai perdu le compte. » Il me fit un doigt d'honneur puis me martela le sternum. « Je t'ai bien eu, hein ? » dit-il.

N'ayant rien de mieux à faire, j'allai me balader au centre commercial. Ils passaient une chanson de Cher à laquelle il était impossible d'échapper – celle où elle chante avec sa voix électro-techno : « *Do you believe in life after love, after love, after love, after love…* » Cher, tiens, en voilà une qui mérite la palme pour la durée de sa carrière. Elle était déjà au hit-parade sous la présidence de Lyndon Johnson, quand la Mustang jaune phénicien d'Alphonse Buzzi sortait des chaînes de montage. S'il advenait une catastrophe nucléaire, il ne resterait sans doute sur terre que deux formes de vie : les cafards et Cher. « *Do you believe in life after love, after love, after love, after love…* » Bonne continuation ! J'aurais juste bien aimé qu'ils arrêtent de passer cette putain de chanson en boucle.

Je m'achetai un journal et m'assis dans l'aire de restauration pour le lire. La une était consacrée au Kosovo, au casino Wequonnoc Moon, au virus Love Bug. Le deuxième cahier contenait un article sur la prison. Les détenues que j'avais vues creuser ce matin étaient apparemment en train d'exhumer des tombes. De bébés, reconnaissables à leurs stèles plates, gravées d'initiales pour certaines. On avait découvert l'endroit où on enterrait jadis les nouveau-nés des détenues. À l'époque, poursuivait l'article, les femmes allaient en prison parce qu'elles étaient « en danger manifeste de tomber dans le vice ». Autrement dit : elles s'étaient fait mettre en cloque. Violer pour certaines, sans nul doute. Comme souvent, on blâmait les victimes…

Deux pasteurs du coin chapeautaient l'opération, et l'administration coopérait. On ne savait pas encore très bien ce qu'on allait faire une fois toutes les tombes exhumées. Deux idées avaient été avancées : une petite cérémonie ou un jardin de méditation dans lequel les détenues exemplaires seraient autorisées à se rendre. Une des prisonnières interviewées, une certaine Lanisha, disait qu'elle avait senti que les âmes des nouveau-nés savaient qu'elles étaient là, à leur recherche. Une autre, prénommée Sandy, disait qu'être séparée de ses trois enfants pendant qu'elle purgeait sa peine était un véritable enfer. « Ces bébés ont souffert à l'époque, et les miens souffrent en ce moment. Personne au monde ne peut s'occuper de mes gosses aussi bien que moi. » Cet article me frappa en plein cœur. L'espace de quelques secondes, je fus au bord des larmes à l'idée de ces bébés enterrés depuis des lustres. Une fois remis, je jetai un coup d'œil à la ronde pour m'assurer que personne ne m'avait vu. Puis je me levai et jetai dans une poubelle mon journal et mon café à moitié bu.

Sur le chemin du retour, j'achetai un pack de six bières, un sandwich chez Burger King et des croquettes pour Nancy Tucker. Je freinai en passant devant le jardin de la prison. Regardai le champ où j'avais vu les détenues creuser. Il n'y avait plus personne à présent. Je comptai les stèles visibles : onze.

Maureen m'avait laissé un long message décousu. L'agence de voyages avait eu beaucoup de mal à lui trouver un vol. Elle ne quitterait pas Denver avant dix-neuf heures, mardi, ce qui signifiait qu'elle n'arriverait à Hartford qu'à une heure quinze du matin, mercredi. Elle irait sans doute au lycée, vu l'heure tardive de son vol. Je pourrais la joindre là-bas jusqu'à deux heures de l'après-midi, puis elle passerait prendre les chiens à la maison et les emmènerait au chenil. Au moins, comme ça, elle n'aurait pas à annuler Velvet : elle n'avait pas réussi à la joindre pour la prévenir de son absence. Elle avait pensé à moi toute la journée, elle espérait que je n'étais pas trop déboussolé. Elle était désolée d'arriver à une heure aussi indue. Elle m'aimait.

Ce soir-là, assommé par la bière, je m'endormis une fois de plus sur le canapé. Je me levai deux fois pour pisser. À l'aube, je m'éveillai après un rêve. Mon grand-père et moi étions dans une barque sur un lac qui aurait pu être Bride Lake. Il y avait des tombes sur la rive et j'étais gamin, installé près de la proue. Assis au milieu, grand-père donnait de longs coups de rames réguliers. « Ne pleure pas, disait-il, sois courageux. Elle va bien.

— Qui ? Maman ?

— Maureen », répondait-il. Et je voyais à mon reflet dans l'eau que je n'étais pas un gamin, mais un homme mûr.

Ulysse passa à la maison le lendemain matin. Il paraissait plus maigrichon que dans mes souvenirs. Plus crasseux, aussi. Il avait les yeux injectés de sang, les pupilles dilatées. Quand je lui tendis une tasse de café, il la prit avec des mains tremblantes.

Il était au courant pour Lolly. La veille, il était allé à l'hôpital à pied et avait expliqué que c'était lui qui avait appelé les urgences. « La réceptionniste se prenait pour je ne sais qui. Elle a refusé de me donner le numéro de sa chambre, n'a pas arrêté de me faire poireauter, de donner des coups de fil à droite et à gauche. Pour finir, elle m'a annoncé que Lolly était morte. J'ai eu peur de craquer devant elle, alors je suis parti. Je suis allé me cuiter à l'Indian Leap. »

Mais il allait bien, m'assura-t-il. Il sortait d'une réunion d'Alcooliques anonymes. Ça lui arrivait de temps en temps de recommencer à boire, puis il se rendait à une réunion et se remettait au régime sec. « Lolly était toujours compréhensive quand je déconnais. D'abord elle était furieuse – elle disait que ça suffisait comme ça, qu'elle ne voulait plus entendre parler de moi. Mais elle finissait par se calmer. Elle me reprenait toujours. »

Je compris soudain pourquoi : elle avait beau le surnommer « Pas de panique » et se plaindre continuellement de lui, Ulysse était un ivrogne comme mon père et il avait été son ami. Au fil des ans, il était devenu pour Lolly un substitut de son frère Alden.

Ulysse fouilla dans sa poche et en sortit la clé de la ferme. La posa sur la table.

« Pourquoi ne pas la garder ? lui demandai-je. Je ne suis là que pour quelques jours et je dois ensuite rentrer au Colorado. Je ne reviendrai sans doute pas avant le début de l'été. Jusque-là, j'aurai besoin de quelqu'un pour s'occuper de la maison, s'assurer que tout va bien. Le boulot t'intéresserait ? »

Il détourna le regard et fit signe que oui.

« Je vois son avocate pendant que je suis ici. Elle m'aidera à trouver un moyen de te rétribuer. Je te recontacterai donc à ce sujet. Lolly te payait comment ?

— Dix dollars l'heure.

— D'accord. Note tes horaires.

— Et Nancy Tucker ?

— Eh bien, il faudrait la nourrir, vider sa litière. »

Il hocha la tête. « J'ai de l'herbe aux chats qui pousse à l'état sauvage chez moi. Je pourrais lui en apporter. »

Je le remerciai d'avoir aidé Lolly. « C'était une brave femme », dit-il. Il avala le reste de son café, se leva, rinça sa tasse dans l'évier. Sans ajouter un mot, il se dirigea vers la porte de derrière.

« Encore un détail, fis-je. Lolly avait organisé ses obsèques avant de mourir. Elle voulait que tu sois un des porteurs de cercueil. »

Il se retourna vers moi. « Ah bon ? »

Les larmes lui montèrent aux yeux. « J'aimerais beaucoup. Mais j'ai pas de tenue convenable. » J'attrapai mon portefeuille, puis me ravisai. À quoi ça nous avancerait qu'il boive l'argent destiné à l'achat de vêtements ?

« Viens avec moi. »

Au Wal-Mart, je lui achetai un pantalon bleu marine, un ensemble chemise-cravate, des chaussettes, des sous-vêtements et une paire de souliers noirs à lacets bon marché. Et aussi un hot dog au chili et un grand Dr Pepper. « Me v'là fin prêt », dit-il.

La chambre de ma mère était comme dans mes souvenirs : murs jaune pâle, rideaux de dentelle. Son missel couvert de poussière était toujours sur sa table de nuit.

Je me dirigeai vers le crucifix accroché au mur en face du lit. Béni par Paul VI, il lui avait été offert par son père, papie Sullivan, quand il s'était réconcilié sur son lit de mort avec la seule de ses six filles à avoir épousé un protestant et à être divorcée. Fumeuse invétérée, maman était morte d'un cancer du poumon quelques années plus tard – l'année de ses cinquante-cinq ans et celle de mes trente ans. Le matin du dernier jour, elle m'avait demandé d'une voix chevrotante de décrocher le crucifix et de le lui donner. Je m'étais exécuté, et elle l'avait tenu dans ses bras comme s'il s'agissait d'un nouveau-né pendant que je contemplais la scène, jaloux.

Je ne l'avais jamais vraiment aimée comme d'autres fils – les frères Buzzi par exemple – semblaient aimer leur mère. Chaque fois qu'elle me tendait les bras pour un câlin, c'était comme si quelque chose nous séparait. Quelque chose d'intangible et de néanmoins réel. J'ignorais quoi… mais le dernier jour, je l'avais veillée jusque tard dans la nuit. Les gens étaient entrés et sortis toute la journée, chuchotant – Lolly, Hennie, quelques religieuses avec lesquelles maman était devenue amie, le prêtre qui lui avait administré les derniers sacrements en marmonnant les paroles rituelles et en traçant du pouce une croix grasse sur son front. Quand j'allais au catéchisme, on nous avait fait apprendre par cœur la liste des sacrements, et les sept formes de « grâces invisibles » étaient restées gravées dans mon cerveau : baptême, confirmation, pénitence, eucharistie, ordres, mariage et, au baisser de rideau, l'extrême-onction. « Merci beaucoup, mon père, avais-je dit lorsque le prêtre s'était dirigé vers la porte. Voici un petit quelque chose pour le dérangement », avais-je ajouté en lui glissant un billet de vingt dollars dans la main. Pour la supercherie, avais-je pensé sans le dire. C'était bizarre, pourtant. Même avec la lumière tamisée et les stores à demi baissés, la croix sur le front de maman avait brillé étrangement pendant plusieurs heures… Il ne restait plus que nous deux à la fin, et j'avais été témoin avec clarté et sans erreur possible du moment où la vie l'avait quittée. C'était une femme vivante, qui souffrait, et l'instant d'après son corps ne fut plus qu'une enveloppe vide. Plus tard, après que les McKenna eurent récupéré le corps et que Hennie eut enlevé les draps et les couvertures, j'étais retourné dans sa chambre. Son crucifix gisait sur le matelas. Je l'avais ramassé, j'avais embrassé les pieds de Jésus et je l'avais raccroché au mur. J'avais fait ce geste pour elle, pas pour son dieu ni pour moi. J'étais un trentenaire deux fois divorcé qui enseignait Twain et Thoreau à des lycéens indifférents dans la journée, et qui, le soir venu, retrouvait une vie de désespoir tranquille et buvait une ou deux bières de trop. Il y avait belle lurette qu'un Dieu prétendument miséricordieux qui administrait la justice cosmique selon une stratégie mystérieuse et incompréhensible me laissait sceptique.

On sonna à la porte. Je descendis ouvrir. La femme avait un air vaguement familier. « Millie Monk, dit-elle. Voici les flans au citron. »

Je la remerciai. Pris la boîte en carton qu'elle me tendait et attendis qu'elle parte. Elle me rappela qu'elle était venue faire un peu de rangement et de ménage. « Non, franchement, je peux m'en occuper », affirmai-je. Millie insista.

« Rangez ça sur le frigo et allez vous reposer. Détendez-vous, regardez la télé pour que je puisse m'activer. »

Je m'exécutai et zappai pendant qu'elle passait l'aspirateur en bas. Je venais de mettre CNN quand le bruit de l'aspirateur envahit le coin télé. Je me levai, allai dans la cuisine. Une tasse de thé lui ferait peut-être plaisir.

L'aspirateur s'arrêta. Elle m'appela, mais le bruit de l'eau qui chauffait m'empêcha de bien entendre. « Vous disiez ?

— Il se passe quelque chose de grave. Au Colorado. Vous vivez près de Littleton ?

— Littleton ? Oui, c'est là que… » Je me précipitai vers le poste de télé.

Je restai figé. Pourquoi montrait-on le lycée de Columbine ? Pourquoi Pat Ireland rampait-il sur le rebord de fenêtre de la bibliothèque ? Atteint par une balle ? Comment ça, atteint par une balle ?

« Ces images nous parviennent en direct de Littleton, dans le Colorado, où deux tireurs, voire plus, ont pris le lycée d'assaut », dit le présentateur.

Patrick resta un moment accroché dans le vide puis tomba dans les bras d'hommes casqués perchés sur le toit d'un camion.

« Qu'est-ce que… ? » Dans la cuisine, la bouilloire se mit à siffler.

J'irai sans doute au lycée demain vu l'heure tardive de mon vol.

« Oh, non ! Oh, je vous en prie, mon Dieu. Non ! »

7

Je ne cessai d'appeler à la maison, de faire les cent pas, d'essayer les numéros d'amis et de collègues, et de rappeler à la maison. Je me maudis d'avoir décrété quelque temps auparavant que nous n'avions pas besoin de portables. Quand la sonnerie du téléphone retentit, je bondis. « Maureen ? »

C'était Alphonse. Il venait d'apprendre la nouvelle à la radio. « Je n'arrive pas à la joindre ! criai-je. Ça fait plus d'une heure que j'appelle ! Ça sonne tout le temps occupé !

— OK, calme-toi Quirks. Qu'est-ce que tu veux ?

— Entendre sa voix. La voir. »

Dix minutes plus tard, il arriva à la ferme. Il me conduisit à Bradley Airport, m'obtint un billet de dernière minute pour Denver avec escale à Chicago et attendit avec moi l'affichage de ma porte d'embarquement. Il était sept heures du soir – cinq heures dans le Colorado. Ça faisait six heures qu'ils avaient ouvert le feu.

Voici ce que je savais : il y avait des cadavres à l'extérieur et à l'intérieur de l'établissement ; on opérait d'urgence certains blessés ; des bombes avaient explosé ; les tireurs – qu'on supposait être des lycéens – avaient riposté aux policiers de l'intérieur de la bibliothèque. Je ne cessais de revoir ce qu'on nous avait montré aux informations avant notre départ pour l'aéroport : des ribambelles de gamins de Columbine, pour la plupart reconnaissables, sortant du lycée les mains sur la tête comme des criminels capturés. Des lycéens pourraient être responsables de ça ? Je n'arrivais pas à m'habituer à cette idée.

« Toujours pas de réponse ? » demanda Alphonse. Je secouai la tête et lui rendis son portable. « La bibliothèque est à l'étage. Et l'infirmerie où elle travaille est au rez-de-chaussée, dans une autre aile. Elle est donc probablement à l'abri des coups de feu. D'accord ?

— D'accord.

— Je l'ai déjà dit ?

— Ouais. Eh, tu sais quoi, Caelum ? Si j'allais te chercher un sandwich ou quelque chose ? Parce qu'à cette heure-ci tout ce que tu risques d'avoir dans l'avion, c'est de l'eau gazeuse et un petit sachet de cacahuètes.

— De bretzels.

— Quoi ?

— Ils ne donnent plus de cacahuètes. Mais des bretzels. » Je dépliai le bout de papier sur lequel j'avais noté les numéros des hôpitaux : Littleton Adventist, Denver Health, St. Anthony's, Lutheran Medical. Je tendis la main pour avoir son portable.

« C'est sans doute à cause de ces histoires d'allergies aux cacahuètes, ils sont très remontés à ce sujet. À la boulangerie, on a une soixantaine de réglementations différentes concernant les produits contenant des cacahuètes. Si je sors une fournée de cookies au beurre de cacahuètes, faut quasiment que je les *séquestre, man*. »

La plupart des hôpitaux sonnaient toujours occupés, mais quand je composai le numéro du Centre médical suédois, il y eut quelques secondes de silence puis, miracle, une sonnerie normale.

« C'est comme une marque de prestige, tu vois ? Du genre : "Mon gosse est quelqu'un de spécial parce qu'il est allergique aux cacahuètes." Je suis surpris qu'ils aient pas encore imprimé un autocollant…

— Al, stop ! »

La standardiste me passa la cellule de crise où la femme fut d'abord polie puis un peu moins. « D'accord, écoutez. Je peux concevoir que vous ne donniez pas encore de noms. Ça se comprend. Mais c'est moi qui vous donne son nom. Tout ce qui vous reste à faire, c'est vérifier sur votre liste, ou votre écran d'ordinateur, et me dire qu'elle n'y figure pas. » Elle suivait un protocole, insista-t-elle. Nous nous affrontâmes pendant quelques rounds, puis je jetai l'éponge. Je rendis à Alphonse son téléphone.

Il ne cessait de faire craquer ses articulations. « T'es sûr de pas vouloir manger un morceau, Quirky ? Un hot dog ?

— Et ma voiture de location ?

— Hmmm ?

— Je l'ai pas rendue. »

Il me regarda d'un air incrédule, mit la main dans la poche intérieure de sa veste, et en sortit les papiers et la clé que je lui avais remis. « On en a discuté. Tu te souviens pas ? Je la rapporte demain midi ; un de mes employés me suivra en voiture et me ramènera.

— Je perds la boule, hein ? »

Il acquiesça de la tête.

« Qu'est-ce que tu dirais de deux barres chocolatées ? »

— Alphonse, je peux rien avaler, d'accord ? J'ai l'estomac noué, bordel. » Je m'aperçus soudain qu'il était toujours en tenue de travail : pantalon à carreaux noir et blanc, tee-shirt Mamma Mia, tablier taché. Il avait de la farine dans les sourcils et des valises sous les yeux. « Merci, mec, dis-je.

— De quoi ?

— De m'avoir amené ici. De m'empêcher de m'effondrer.

— Hein ? T'as pas fait la même chose pour moi quand mon frère était à Yale-New Haven ? » J'opinai du bonnet. Je revis Rocco sur son lit d'hôpital. Dans son cercueil, insigne des Red Sox à la boutonnière, chapelet enroulé autour d'une main. « Tu crois que j'ai fait ce qu'il fallait ?

— Pour ?

— Les obsèques de ma tante. Ils disaient qu'ils pouvaient garder le corps au frigo. Repousser la cérémonie jusqu'à ce que je puisse revenir ici et… »

Il secoua la tête. « C'est mieux comme ça, Quirky. T'as vraiment pas besoin de te casser la tête pour ça. Pas avec ce qui se passe là-bas. T'inquiète. Les vieilles dames et moi, on va lui faire de belles funérailles.

— Et si elle était morte ? »

Il pencha la tête de côté, esquissa un sourire. « Elle est morte, *man*.

— Je veux parler de Maureen. »

Il fit mine de répondre mais se ravisa. Quand il finit par prendre la parole, ce fut pour me demander mon heure d'atterrissage à Denver.

« Vingt-deux heures cinquante-cinq. À condition que je décolle de ce maudit Hartford.

— Heure d'ici ?

— Heure du Colorado. »

Il hocha la tête. « Des fruits secs, ça te dirait pas ? Qu'est-ce que t'aimes ? Les noix de cajou ? Les cacahuètes ? Les amandes fumées si jamais ils en ont ? »

Je tendis la main. Il me redonna son téléphone. « Je me fiche de savoir si t'en veux ou pas, maugréa-t-il en se levant. Je vais t'en acheter. Contente-toi de la boucler et de les fourrer dans ta poche. »

Je composai le numéro de la maison. Obtins ce que j'obtenais depuis des heures : les quatre sonneries, le bruit du répondeur qui se mettait en branle, ma voix, le bip sonore.

Bien que sans histoires, le vol jusqu'à Chicago fut une torture. La place à côté de moi était vide – quel soulagement ! – mais c'était infernal d'être prisonnier de la ceinture de sécurité et d'attendre que le temps et les kilomètres défilent. Je repensai à une autre soirée – la pire de notre mariage –, celle où je lui avais dit que j'étais au courant pour Paul Hay, lui avais foulé le poignet, et où elle était partie sur une route verglacée et avait bousillé sa voiture. Elle aurait pu mourir… Elle savait qu'il faut toujours accompagner un dérapage, mais elle avait paniqué, donné un coup de volant dans l'autre sens, et elle était rentrée dans un arbre. « Presque au ralenti », avait-elle raconté par la suite. C'était l'impression que me donnait ce vol de retour : d'être au milieu d'un dérapage au ralenti et d'attendre l'accident.

Le capitaine nous annonça que nous avions atteint notre altitude de croisière. Les hôtesses et les stewards firent passer le chariot des boissons. Les petits écrans de télé apparurent. Je laissai mes écouteurs dans la poche avant de mon siège et regardai remuer les lèvres de Kramer et Jerry, des pingouins sauter dans l'eau bleue glacée et en ressortir, un chocolatier belge décorer des petits-fours. « Dites-moi, demandai-je à une hôtesse. Ça marche, ces trucs ?

— Les téléphones ? Oui, monsieur. » Elle appuya sur le bouton et le combiné jaillit de son support. « Suivez les instructions.

— À votre place, je m'abstiendrais, dit une voix. Ils vous font payer les yeux de la tête. » Je regardai de l'autre côté de l'allée. Adressai un petit signe au type qui avait parlé.

« Ouais, bon… », fis-je. Je pianotai le numéro de ma carte de crédit, attendis. Un, deux, trois, quatre sonneries. « Salut, comment ça va ? Vous êtes bien chez les Quirk. Nous ne sommes pas là pour le moment, mais vous pouvez laisser un message après le bip sonore. »

« Mo, t'es où ? Je suis dans l'avion. Je rentre. »

J'ai mangé les amandes d'Al. Regardé par le hublot sans rien voir. Hachuré les visages du magazine gratuit. La situation était complètement dingue : ce sont les jours des gens qui prennent l'avion qui sont censés être en danger, pas ceux de la personne qui est restée sur le plancher des vaches. J'ai écrit son prénom partout, dans les marges : *Maureen, Maureen, Maureen…* Je ne m'étais encore jamais rendu compte à quel point je l'aimais. À quel point j'avais besoin d'elle. Ma vie serait finie si elle était morte.

À O'Hare, je fus dépassé par les événements. Je savais que je devais me rendre dans le hall G, mais comment ? Quand les gens essayaient de m'orienter, je regardais leurs lèvres remuer sans arriver à comprendre ce qu'ils me racontaient. Pour finir, frisant la panique, j'abordai une hôtesse – une Noire aux cheveux cuivrés. « Je suis perdu…, bafouillai-je. Ma femme… une tuerie dans notre lycée.

— Celui dont on parle aux infos, dans le Colorado ? Montrez-moi votre carte d'embarquement. » Elle la prit de ma main tremblante. « OK, ici, c'est le terminal 2. Faut que vous alliez au terminal 3. C'est là que se trouve le hall G. »

Je fondis en larmes.

Elle me regarda pendant un moment, puis cria par-dessus son épaule. « Hé, Reggie ! Je fais ma pause maintenant ! » Elle prit ma main dans la sienne qui était rêche et potelée. « Allez, venez, mon petit. Je vous y emmène. »

La salle d'attente de la porte G-16 avait une télévision. CNN expliquait que la tuerie pouvait être l'œuvre d'élèves appartenant à un réseau appelé la Mafia des trench-coats. Je secouai la tête. La Mafia des trench-coats, ça remontait à l'an dernier. De toute façon, c'étaient des adeptes de l'ironie, pas des tueurs. Putain, qu'est-ce qui se passait ? La photo d'Eric Harris et de Dylan Klebold envahit l'écran. « Une fois de plus, nous tenons à souligner qu'il s'agit de suspects *présumés*, dit la présentatrice. Ce que nous savons en revanche, c'est que des officiers du comté de Jefferson se sont rendus aux domiciles des deux garçons munis d'un mandat de perquisition, et on pense, bien que ça n'ait pas encore été confirmé, que les corps de Klebold et Harris figuraient parmi ceux de la bibliothèque. Ils méritent pour le moins qu'on s'intéresse à eux. »

Mon esprit ricocha. Blackjack Pizza, la fête qui avait suivi le bal, *Sieg Heil* !

Je vis que les gens me regardaient avec de grands yeux, avant de comprendre pourquoi : j'entendis le gémissement qui provenait de ma gorge.

Je ne me souviens pas de grand-chose du vol Chicago-Denver. Nous atterrîmes peu après onze heures du soir et je traversai l'aéroport au pas de course, me précipitai sur ma voiture. Je fis la plus grande partie de la route du retour pied au plancher.

La maison était plongée dans l'obscurité. Quand je coupai le moteur, Sophie et Chet se mirent à aboyer comme des fous. J'ouvris la porte : ils me réservèrent un accueil exubérant avant de bondir dehors. Il y avait des crottes sur le tapis de la salle de séjour, et une mare de pisse sur l'ardoise du vestibule. Ils n'étaient pas sortis depuis le matin.

« Maureen ? criai-je. Mo ? » Je montai l'escalier quatre à quatre. Le lit était fait. Sa petite valise était prête pour me rejoindre dans le Connecticut. Je regardai son jean, plié sur la chaise à côté de notre lit, et je fus parcouru d'un frisson. En bas, Chet et Sophie aboyaient pour que je les laisse rentrer.

Je trouvai dix-huit messages sur le répondeur, la moitié était de moi. Sa belle-mère, Evelyn, avait appelé, et plus tard son père. « On commence à s'inquiéter pour toi, Maureen, disait-il. Passe-nous un coup de fil. » Comme si soudain sa sécurité lui importait. Comme s'il ne l'avait jamais, lui, mise en danger…

Il y avait un message d'Elise, la secrétaire de l'infirmerie. « Puisque tu ne réponds pas, je suppose que tu dois te trouver encore à Leawood. »

L'école primaire ! Le journal télévisé avait montré des élèves évacués retrouvant leur famille là-bas. Je jetai à manger dans l'écuelle des chiens et attrapai mes clés. Le message d'Elise était le huitième ou le neuvième, elle l'avait donc laissé plusieurs heures auparavant. Il était tard. La plupart des gamins, sinon la totalité, devaient être rentrés chez eux. Mais peut-être Maureen était-elle encore là-bas pour une raison quelconque. Et si ce n'était pas le cas, quelqu'un saurait peut-être où elle se trouvait. Je commencerais par Leawood, puis ferais si nécessaire le tour des hôpitaux. Pourvu que tu sois là-bas, répétais-je sans cesse. Pourvu que tu sois là-bas, Mo. Pourvu que tu sois saine et sauve…

Devant l'école, huit ou neuf voitures étaient garées n'importe comment, quelques-unes sur le trottoir, une au beau milieu de la rue. Des parents avaient dû s'arrêter, ouvrir leur portière et se précipiter sur leurs gosses. Un flic était posté à l'entrée. « Je peux vous aider ? »

J'expliquai que j'étais en voyage et que j'essayais de retrouver ma femme.

« Vous êtes un parent d'élève de Columbine, monsieur ?

— J'enseigne là-bas. Ma femme est une des infirmières de l'établissement. Vous savez s'il y a eu des coups de feu du côté de l'infirmerie ? »

Toutes sortes de bruits avaient couru sur les mouvements des garçons à l'intérieur du lycée, me dit-il, mais ce n'étaient que des rumeurs. Il prit mon permis de conduire et nota mes coordonnées. « C'était le cirque ici, un peu plus tôt. Mais maintenant, c'est calme. Trop. Ça ne présage rien de bon pour les familles qui attendent toujours. Onze ou douze élèves manquent encore à l'appel et, comme on le sait, il y a des corps au lycée… Bien sûr, il est possible que certains élèves réapparaissent. Quand on est assis là à attendre, il faut sans doute toujours se raccrocher à quelque chose. Vous avez des gosses ? »

Je secouai la tête.

« Moi non plus. Ma femme et moi, on en voulait, mais ça ne s'est pas fait… Vous pouvez entrer. Ils sont dans le gymnase, tout au bout. Il y a des listes affichées au mur.

— Des listes ?

— De survivants. »

Je marchai d'un pas pesant dans le couloir et ralentis en approchant du gymnase. Pourvu qu'elle soit là, pourvu qu'elle soit là. Pourvu qu'elle figure sur cette liste…

Elle était assise toute seule, en tailleur sur un tapis de gym, une couverture jetée sur les épaules, devant une pile de gobelets en polystyrène expansé. « Maureen »,

dis-je. Elle leva les yeux et me fixa d'un air indiffé-
rent pendant quelques secondes, comme si elle ne me
reconnaissait pas vraiment. Puis son visage se décom-
posa. Je tombai à genoux et la pris dans mes bras. La ber-
çai. Elle était là, elle était en vie, indemne. Ses cheveux
sentaient la fumée, vaguement l'essence aussi. Tout son
corps était secoué de sanglots. Elle pleurait sans pouvoir
s'arrêter.

« Je t'ai écrit un mot. Sur le bois à l'intérieur du placard.

— Quel placard ? Mo ? Je ne…

— Velvet est morte. »

Je ne compris pas tout de suite. « Velvet ? » Puis je
me souvins qu'elle devait la voir, ce matin, pour une
réinscription.

« Je suis allée te téléphoner pour savoir comment ça se
passait, et puis il y a eu cette explosion et toute la bibliothèque…

— Oh mon Dieu ! Tu étais à la bibliothèque ? »

Elle tressaillit. Serra les poings. « La coroner est venue
un peu plus tôt. Elle a distribué des formulaires. Elle
voulait des noms et des adresses, des descriptions de
vêtements, des signes distinctifs, savoir s'ils avaient le
permis de conduire. À cause des empreintes digitales,
je suppose. »

Sa coupe en brosse, songeai-je. Son tatouage.

« Elle a dit qu'il lui faudrait peut-être aussi les dossiers
dentaires. C'est avec ça qu'on saura.

— Qu'on saura quoi ?

— Qu'ils sont morts. Et j'ai même pas pu… j'ai pas
pu… » Elle se remit à pleurer. « Elle m'appelait maman
et j'ai même pas été fichue de donner son adresse.

— Allons, laisse-moi te ramener à la maison.

— J'peux pas ! dit-elle sèchement. J'suis sa maman ! »

J'ouvris la bouche pour récuser ses paroles, mais me ravisai. Je pris ses mains dans les miennes et les serrai. Elle ne répondit pas à mon geste.

Peu de temps après, un homme d'âge mûr à la moustache tombante entra dans le gymnase. « C'est le procureur, dit Maureen. Il est déjà venu quand la coroner était là. » Il monta sur l'estrade et les trente à quarante personnes éparpillées dans le gymnase s'approchèrent.

Il comprenait que l'attente était un véritable enfer – il était de tout cœur avec nous parce qu'il avait lui aussi des enfants adolescents. Mais il voulait nous informer que pour des raisons de sécurité le lycée avait été fermé pour la nuit, et les équipes d'enquêteurs épuisées renvoyées dans leur foyer pour dormir quelques heures. « Nous avons décidé de reprendre à six heures et demie demain matin. Nous recommencerons alors à identifier les…

— On s'en fout de tout ça ! cria quelqu'un. Nos gosses sont à l'intérieur !

— Je sais, monsieur, mais il y a encore des explosifs dans le bâtiment. Nous ne sommes toujours pas en mesure de dire combien ni où. Une bombe a explosé, il y a peu de temps, alors que des techniciens l'enlevaient du lycée. Personne n'a été blessé, mais la journée a été très longue et très difficile pour tous. Les nerfs sont à vif, les gens n'en peuvent plus. Nous ne voulons tout simplement pas que cette fatigue mène à d'autres tragédies.

— Il faut que je voie ma fille, gémit une femme. Morte ou vivante, il faut qu'elle sache qu'elle n'est pas seule dans cet endroit.

— Madame, je comprends bien, mais le lycée dans son ensemble est une scène de crime, expliqua le procureur. Il est nécessaire de recueillir et d'étiqueter les indices, de suivre les procédures. Il faut identifier les victimes, évacuer les corps et les autopsier avant de les remettre aux familles.

— On s'en fiche des indices ! rétorqua un homme. Nous, ce qu'on veut, c'est sortir nos gosses de là, bon sang. Et ne nous faites pas le coup du "J'ai des gosses, moi aussi" parce que c'est des conneries : vos gosses sont en lieu sûr chez vous, ce soir, tandis que les nôtres… » Il interrompit sa diatribe et ses sanglots résonnèrent dans l'immensité du gymnase.

Une femme annonça d'un air farouche qu'elle refusait de perdre espoir tant qu'elle n'aurait pas vu le corps de son fils. Les miracles, ça existait, et nous devions tous y croire, ajouta-t-elle. Personne ne répondit. Quelqu'un demanda quand les noms des morts seraient annoncés.

« Dès que la coroner sera absolument certaine d'avoir bien identifié les douze corps qui se trouvent encore dans la bibliothèque, dit le procureur.

— Est-ce que ce chiffre inclut les deux petits salauds qui ont fait ça ? »

Le procureur acquiesça. « Je pense que nous aurons la liste définitive demain à midi. Nous vous la divulguerons en premier, bien sûr, puis à la presse. À ce propos, je voudrais vous prévenir que parler aux journalistes maintenant risque de ne pas être dans votre intérêt ni dans celui de vos enfants. Vous pouvez passer la nuit ici si vous le souhaitez, et si tel est votre choix, je suis sûr que les bénévoles feront tout pour vous installer confortablement. Mais j'aimerais vous suggérer – étant donné qu'aucun renseignement supplémentaire ne filtrera avant demain en fin de matinée au plus tôt – de rentrer chez vous, de prier si vous avez des convictions religieuses, et d'essayer de dormir un peu. Je vous donne donc rendez-vous demain midi, ici, et je crois pouvoir vous promettre que nous aurons la liste des noms. Je voudrais aussi vous… » Il bredouilla, lutta pour se ressaisir. « Je voudrais vous promettre… vous promettre que… nous traiterons vos enfants comme s'il s'agissait des nôtres. »

Maureen s'affala contre moi. « Ramène-moi à la maison », dit-elle.

La nuit fut rude. Elle erra de pièce en pièce, pleura, maudit les tueurs. Elle ne pouvait pas encore m'en parler, m'expliqua-t-elle, mais elle revoyait sans cesse la scène. Je me demandais de quoi il s'agissait, mais je n'insistai pas. Une fois couchée, il fallut laisser la lumière allumée. Elle se réveillait sans cesse en sursaut. « Qu'est-ce que c'était ? »

Sur les coups de trois heures du matin, je la persuadai de boire un verre de vin et d'avaler deux somnifères. Ils l'assommèrent mais son sommeil fut agité. Elle ne cessait de m'agripper, de geindre. Je finis par m'assoupir et émergeai d'un sommeil de plomb à l'aube. La place de Maureen était vide. Je la découvris couchée par terre entre les chiens. Posée sur le flanc de Sophie, sa main montait et descendait à chaque respiration de la chienne.

Elle réussit à avaler un morceau au petit déjeuner : une moitié de toast, une demi-tasse de café. Je lui fis couler un bain. Elle me demanda de rester dans la salle de bains avec elle, mais quand je savonnai un gant de toilette et essayai de lui laver le dos, elle tressaillit. « Ne me touche pas ! » dit-elle d'un ton sec. Puis elle s'excusa.

« Tu veux que je sorte ?

— Non, reste. Je ne veux pas que tu me touches, c'est tout. »

Je restai donc à la regarder se laver. Revivre le calvaire de la veille. Faire frissonner l'eau de son bain tant elle tremblait.

Les infos annoncèrent que Dave Sanders était mort. Blessé dans un couloir alors qu'il se hâtait de conduire des élèves en lieu sûr, il était entré dans une salle de classe, s'était écroulé tête la première, et avait perdu tout son sang au cours des heures qu'il avait fallu à l'unité d'élite de la police pour prendre le lycée d'assaut et arriver jusqu'à lui. J'étais sous le choc, mais Mo m'observait. Elle en avait suffisamment bavé pour que je ne m'effondre pas devant elle. « Je sors les chiens », dis-je en les tirant de leur somme avec le bout de ma chaussure.

Je tournai en rond dans le jardin en pleurant la mort de Dave – repensai aux déjeuners, aux responsabilités que nous avions partagés. Nous avions sympathisé lors de ma première année à Columbine – c'était un des rares à avoir pris le temps d'accueillir le nouveau venu que j'étais. En échange, j'avais commencé à assister à certains matches de l'équipe de basket féminine, à chronométrer certaines rencontres sur notre terrain. C'était un bon entraîneur – un prof pour qui les erreurs étaient des occasions d'apprendre. Je revis l'horrible cravate orange qu'il arborait les jours de match pour inspirer ses « filles ». Lorsque la tuerie avait débuté, il avait pensé d'abord aux élèves et non à sauver sa peau. C'était tout à fait typique. Comme Maureen me suivait des yeux par la fenêtre de la cuisine, je me mordis les lèvres. Je sifflai les chiens et chahutai avec eux quand ils accoururent. Mais je n'avais pas plus le droit de m'amuser que de pleurer devant Maureen.

Quand je rentrai, elle me demanda si Dave Sanders avait des enfants.

« Des filles. Et des petits-enfants, je crois. Encore bébés. »

Elle hocha la tête. « C'est moi qui aurais dû mourir. Pas lui.

— Ne dis pas ça.

— Pourquoi pas ? Je ne suis la mère de personne. On peut se passer de moi.

— Tu sais quoi ? Jusqu'à hier, je crois que je ne m'étais jamais rendu compte de la vie de con que je mènerais sans toi. J'étais mort de trouille, Mo. On ne peut pas se passer de toi. Pas moi, en tout cas. »

Je lui ouvris les bras, mais au lieu de venir s'y réfugier, elle s'assit sur le tabouret de la cuisine et regarda dans le vide d'un air inexpressif.

« L'été de mes onze ans, après le départ de mon père, ma copine, Franchie Peccini, m'a invitée à aller avec elle dans un couvent où se trouvait son église. Le Divin Sauveur, ça s'appelait. Sa mère était sacristine et Franchie aidait au couvent le matin. Elle faisait la poussière, la vaisselle, pliait le linge. Un jour elle m'a demandé de l'accompagner. Ma propre mère n'a jamais eu beaucoup d'estime pour les catholiques, mais elle était si déboussolée par la séparation d'avec mon père qu'elle a dit d'accord, vas-y… Les religieuses m'ont vraiment plu. Elles étaient gentilles et plutôt mystérieuses. À l'heure du déjeuner, on arrêtait notre travail et on mangeait en leur compagnie. Après le déjeuner, on récitait le rosaire. Au début, je ne connaissais pas le "Je vous salue Marie", mais à force de l'entendre je l'ai su par cœur… L'après-midi, on retournait chez Francine, on montait dans sa chambre et on jouait à la religieuse. Aux sœurs de la Miséricorde. On se mettait des serviettes de bain sur la tête en guise de voile, et on les agrafait à du papier cartonné qu'on avait découpé en forme de… Comment ça s'appelle, déjà, ce machin rigide qu'elles ont autour du visage ?

— Une guimpe. » Pourquoi me racontait-elle tout ça ?

Elle acquiesça de la tête. « Une guimpe. Et le week-end, quand je devais aller chez mon père, je me récitais dans sa voiture : "Je vous salue Marie, pleine de grâce, le Seigneur est avec vous"… La nuit, lorsqu'il venait dans ma chambre et… et…, je le récitais aussi, des dizaines de fois, jusqu'à ce qu'il ait fini et s'en aille… Et hier ? Quand j'ai cru que ces garçons allaient me trouver et me tuer ? J'ai récité je ne sais combien de fois le "Je vous salue Marie". Les mots me sont revenus. "Je vous salue Marie, pleine de grâce. Le Seigneur est avec vous. Vous êtes bénie entre toutes les femmes et Jésus, le fruit de vos entrailles, est béni. Sainte Marie, mère de Dieu, priez pour nous, pauvres pécheurs, maintenant et à l'heure de notre mort…" OK, je me suis dit, l'heure de ma mort est arrivée parce qu'ils vont me trouver et me tuer. C'est alors que j'ai eu l'idée de t'écrire un mot, Caelum. Sur le mur du placard où je m'étais cachée. J'ai réussi à sortir très lentement le stylo de ma poche sans faire de bruit et j'ai écrit dans le noir, ma main serrée entre mes genoux… et je n'arrêtais pas de me répéter : Ils vont me trouver et me tirer dessus, plus tard quelqu'un découvrira mon corps et… et Caelum souffrira, me pleurera, puis il passera à autre chose. Rencontrera quelqu'un d'autre, l'épousera. Et Sophie et Chet vieilliront et mourront. Et Caelum vieillira aussi, et peut-être qu'il mourra sans jamais savoir que je lui ai écrit le mot. »

Devais-je aller vers elle ? La prendre dans mes bras ? Garder mes distances ? Comment savoir ? « Qu'est-ce qu'il disait, Mo ? » demandai-je.

Elle me dévisagea comme si elle avait oublié que je me tenais dans la pièce. « Quoi ?

— Que disait le mot ? Qu'est-ce que tu m'as écrit ?

— Que je t'aimais comme je n'avais encore jamais aimé personne et que j'espérais que tu pourrais me pardonner mes erreurs… et que, si Velvet survivait et moi pas, tu arriverais à lui pardonner ce qu'elle avait fait et à t'occuper d'elle. À t'assurer qu'elle allait bien. »

Avant que j'aie pu répondre, le téléphone se mit à sonner. « Ne décroche pas ! » m'intima-t-elle. Mais je lui dis que je ferais mieux – qu'il s'agissait peut-être des enquêteurs.

C'était son père. « Non, non, elle a été salement secouée, mais elle va bien. » J'indiquai le combiné du doigt et articulai silencieusement avec les lèvres : *Ton père.*

Mo secoua la tête avec véhémence et se dépêcha de quitter la cuisine.

« En fait, elle est en train de dormir. Elle a passé une mauvaise nuit », dis-je.

Quelques heures plus tard, deux policiers vinrent à la maison – le sergent Cox, une petite blonde d'une quarantaine d'années ; et un gars plus jeune à l'air sérieux, un Américain d'origine asiatique, l'inspecteur Chin. Ils déclinèrent le café, mais l'inspecteur Chin accepta un verre d'eau. Nous nous assîmes tous les quatre dans la salle de séjour. Le sergent Cox posa la plupart des questions. Elle était gentille, persuasive. Elle parut avoir un effet apaisant sur Maureen. C'est ainsi que j'appris ce qui s'était passé la veille.

Comme elle attendait la visite de Velvet en fin de matinée, Maureen était allée voir Ivy Shapiro, l'ex-conseillère de Velvet, pour évoquer la possibilité d'un retour de celle-ci au lycée. Ivy y était tout à fait favorable, mais Velvet devrait faire une demande écrite : remplir des formulaires et rédiger un paragraphe sur ses intentions. Columbine encourageait le retour aux études, expliqua Ivy, mais voulait aussi montrer que le lycée n'était pas un moulin. Elle tapa le nom de Velvet sur son clavier d'ordinateur. « Elle n'a apparemment pas rendu ses livres de l'an dernier. Elle devra le faire avant que nous puissions lui donner un emploi du temps. Et également payer les amendes qu'elle doit à la bibliothèque. »

C'était l'heure de pointe à l'infirmerie, raconta Mo : les gamins venaient prendre leurs médicaments, chercher des formulaires, déposer des certificats médicaux. Un élève de troisième mettait de la glace sur la cheville qu'il venait de se fouler au cours de gym. Une élève de première qui avait des frissons et de la température attendait, emmitouflée dans une couverture, que son père passe la prendre. Velvet débarqua au milieu de ce tohu-bohu. Elle était habillée sobrement d'un jean et d'un pull-over. Sa coupe en brosse avait perdu sa couleur bleue. Les autres la regardèrent néanmoins avec de grands yeux. Ricanèrent. Mo avait craint que Velvet ne se mette en colère, ou, pire, perde courage et renonce à se réinscrire.

« Je les ai rapportés », dit-elle quand Mo lui transmit le message d'Ivy Shapiro au sujet des livres. Elle retourna son sac à dos sur le bureau de Mo, et plusieurs gros livres atterrirent en vrac. « Ah ouais, j'ai aussi ça », marmonna-t-elle, en glissant vers Maureen sans la regarder mon exemplaire signé de *Ne tirez pas sur l'oiseau moqueur*.

Mo respira à fond, essaya de faire comme si de rien n'était et dit : « Formidable. M. Quirk sera content de le récupérer. Il a dû partir dans le Connecticut à cause d'un décès dans sa famille, mais je lui dirai que tu l'as retrouvé.

— Ouais, c'est ça », fit Velvet.

Une fille rit aux éclats. « *Le gros boudin,* retrouver quelque chose ? »

La collègue de Maureen, Sandy Hailey, désamorça en douceur la situation. « Pourquoi ne pas faire une pause maintenant, madame Quirk ? Je peux monter la garde et vous me relaierez plus tard. » Maureen n'avait pas l'habitude de prendre sa pause à cette heure-là, mais elle articula un « merci » silencieux à Sandy et attrapa son sac à main. Elle proposa à Velvet de monter avec elle à la bibliothèque, où elle pourrait remplir les formulaires de réinscription et payer ses amendes.

Louise Rogers était préposée au prêt. Elle tapa le nom de Velvet sur son ordinateur. « Waouh, dit-elle. Tu nous dois vingt-neuf dollars soixante. Je crois que tu es la championne toutes catégories, cette année. » Maureen sourit de la plaisanterie ; Velvet fit la grimace. « Tu sais quoi ? dit Louise. Pourquoi ne pas arrondir à vingt dollars et ne plus en parler ? » Maureen la remercia et sortit son porte-monnaie. Velvet fouilla dans sa poche et jeta sur le bureau une poignée de petite monnaie. « Elle a des manières si *agressives* », commenta Mo pour les policiers. Elle s'était promis d'aborder la question avec elle – de s'asseoir en sa compagnie un moment au soleil, une fois les formulaires remplis, peut-être. Elle l'inviterait à déjeuner. Achèterait des yaourts ou des sandwiches à la cafétéria.

Mo demanda à Velvet où elle voulait s'installer. Celle-ci indiqua une table à l'écart derrière les rangées d'étagères, à l'autre bout de la bibliothèque.

« Il faut que je passe un coup de fil, mais je reviens tout de suite, dit Maureen. Pourquoi ne pas commencer à rédiger ton paragraphe ?

— Qu'est-ce qu'il faut que je raconte ? » voulut savoir Velvet. Maureen lui conseilla d'être franche.

Ensuite, elle demanda à Louise si elle pouvait utiliser le téléphone de la bibliothèque en payant avec sa carte de crédit. « Bien sûr, dit Louise. Mais pourquoi ne pas utiliser celui de la pièce d'à côté ? Il y a moins de bruit, c'est plus intime.

— Super », fit Mo. Elle se retourna pour vérifier que Velvet s'était mise au travail, mais les étagères lui bloquaient la vue.

N'ayant pas l'habitude d'appeler avec une carte de crédit, Mo dut s'y reprendre à plusieurs fois. Quand la sonnerie finit par retentir, ce fut une voix inconnue qui lui répondit. « Oh, désolé, fit-elle. J'ai dû me tromper de numéro. » Elle raccrocha et appela la standardiste pour qu'on ne lui facture pas son erreur.

C'était un téléphone mural, expliqua Mo aux policiers. Elle se tenait à côté, les épaules appuyées au mur en parpaing, si bien qu'elle avait entendu et senti la première déflagration. Qu'est-ce que ça pouvait bien être ? Des travaux ? La standardiste lui demanda : « Vous essayez d'appeler quel numéro, madame ? »

Deuxième déflagration. Maureen bredouilla. Se ressaisissant, elle se souvint du numéro de Lolly et le récita. Le laboratoire de chimie se trouvait au bout du couloir : il y avait peut-être eu un accident. Si c'était le cas, il était possible qu'il y ait des blessés. Une autre explosion plus forte ébranla le sol. Louise et une vieille aide-bibliothécaire ouvrirent la porte, passèrent en courant devant Maureen pour se ruer vers le studio de télévision. « Quelqu'un est armé ! cria Louise. Il tire dans le couloir ! Cachez-vous ! »

Non, c'est une explosion chimique, se dit Maureen. Elle ferait mieux d'aller voir au labo si quelqu'un avait besoin d'être secouru. « Voudriez-vous que j'appelle ce numéro pour vous, madame ? » demanda la standardiste. Mo raccrocha.

Elle entra dans la bibliothèque. Il y avait une odeur âcre et une abondante fumée venue du couloir. L'alarme incendie retentit. Des lumières se mirent à clignoter. Une des profs d'arts plastiques – la jolie blonde, Mo n'arrivait pas à se rappeler son nom – se trouvait au bureau de prêt, à deux, trois mètres de là. Essoufflée, elle parlait à toute vitesse au téléphone. « Oui, je suis professeur au lycée de Columbine ! Il y a un élève armé ! Il a tiré dans une fenêtre. C'est la panique et je suis à la bibliothèque. J'ai des élèves blessés... SOUS LA TABLE, TOUT LE MONDE ! LA TÊTE SOUS LA TABLE ! »

Maureen s'immobilisa, stupéfaite. Elle vit un garçon accroupi derrière le photocopieur. Un autre assis, hébété, devant un ordinateur. La plupart firent ce qu'on leur disait et se laissèrent glisser à terre, se blottirent les uns contre les autres sous les tables. Comme dans un rêve, Maureen reconnut, parmi les sacs à dos éparpillés et les fiches renversées, des élèves qu'elle connaissait : Josh, Valeen, Kristin, Kyle. Il fallait qu'elle mette la main sur Velvet et l'emmène en lieu sûr. Mais, comme dans un rêve, impossible d'avancer. Velvet était à l'autre extrémité de la pièce et Mo avait trop peur. Pourvu que ce soit un cauchemar, se dit-elle. Pourvu que ce ne soit pas vrai !

La prof d'arts plastiques, toujours au téléphone, disparut de sa vue. « OK, je suis dans la bibliothèque, entendit Maureen. Il est en haut. Tout près... dans le couloir. OK... Oh, mon Dieu. Oh, mon Dieu. Restez à terre ! » Il y eut de nouvelles explosions dans le couloir. « *Hou, hou !* » cria quelqu'un. « Je suis accroupie... dans la bibliothèque, et tous les élèves sont sous les tables et... RESTEZ TOUS À TERRE ! »

Maureen les vit entrer avec des sacs marins, le grand dans un long manteau noir, le plus petit en tee-shirt blanc et le pantalon rentré dans ses bottes. Il tenait un fusil de chasse. Il lui fit un grand sourire. Il se prénommait Eric. Il prenait 75 milligrammes de Luvox, un antidépresseur, tous les midis. « Levez-vous ! cria-t-il. Tous les sportifs, debout ! On va tous vous tuer sans exception !

— Tous ceux qui ont une casquette blanche, debout ! gueula l'autre. Vous avez la trouille, les gars ? Faut pas, parce que vous allez tous mourir quand même ! »

Maureen battit en retraite, tira la porte derrière elle. Elle avait peur de la fermer complètement – peur que le bruit attire leur attention, les amène à tirer.

Elle entendit des cris, des supplications, un coup de feu, du verre voler en éclats. « Hé, toi, le grand ? Tu veux te faire buter aujourd'hui… Hé, toi ? Coucou ! »

Blam ! Un éclair. *Blam !* Un autre éclair.

Tremblant de tous ses membres, elle réussit néanmoins à ouvrir la porte d'un placard situé sous le comptoir et à en vider le contenu. Des décorations destinées au tableau d'affichage, elle s'en souvenait à présent : des Pères Pèlerins et des dindes en carton pour Thanksgiving, des trèfles pour la Saint-Patrick, des cupidons pour la Saint-Valentin. Elle enleva l'étagère qu'elle avait l'intention de poser sans bruit, mais une extrémité cogna contre la surface du comptoir. Oh, mon Dieu, se dit-elle. Oh, mon Dieu ! Pourvu qu'ils n'aient pas entendu !

Elle se mit à quatre pattes pour entrer dans le placard. Son crâne était comprimé contre le haut du meuble et ses genoux pressés contre le mur. Avec ses ongles, elle tira la porte vers elle. Impossible de la fermer tout à fait, ce qui la terrifia, car elle était persuadée que l'entrebâillement d'un centimètre allait les mener à elle.

Malgré l'alarme incendie, elle les entendait narguer, ridiculiser leurs victimes avant de leur tirer dessus. C'était comme si chaque coup de feu lui traversait le corps. Elle savait qu'ils allaient la trouver. Elle était sûre qu'elle allait mourir, que ce placard serait son cercueil.

L'air empestait la poudre et l'essence. Pleurer nettoierait ses yeux brûlants, mais elle avait peur de pleurer – peur que ça n'attire leur attention. La porte de la pièce où elle était cachée s'ouvrit à la volée et elle se dit : *Ça y est.* Il y eut une série de coups de feu, un bruit d'objets fracassés à l'autre bout de la pièce, puis au-dessus d'elle.

« Descendons à la cafète ! » cria l'un, et l'autre, celui qui était le plus près d'elle, dit qu'il avait encore une chose à faire. Me tuer, songea-t-elle : il va me tuer et ensuite ils partiront. Il y eut un grand fracas, comme si on démolissait un meuble. Après ça, pendant un long moment, elle n'entendit plus que l'alarme incendie.

Avaient-ils tué tous les élèves ? Devrait-elle tenter sa chance – ouvrir la porte du placard et regarder ? Chercher Velvet ? Essayer de sauver sa peau ? Mais si elle essayait de s'enfuir, de quel côté aller alors qu'elle ignorait où ils étaient ? « Descendons à la cafète » : c'était peut-être une ruse pour la faire sortir de sa cachette.

Elle avait mal au dos. Le sang lui battait les tempes. Ses jambes et ses pieds étaient engourdis. Lui obéiraient-ils si elle sortait et s'efforçait de courir ? Elle toucha le cadran lisse de sa montre, mais ne réussit pas à lire l'heure dans le noir. Elle était incapable de dire combien de temps s'était écoulé.

Elle entendit des hélicoptères. Des secours d'urgence pour les blessés ? Une équipe de reporters ? Plus tard, elle perçut des voix dans l'autre pièce. La police était-elle arrivée ? Les garçons étaient-ils de retour ? Elle entendit quelqu'un compter : « Un, deux, trois ! » Puis une détonation, un seul coup de feu. Peut-être deux. Elle attendit. Récita le « Je vous salue Marie », inlassablement, en comptant les dizaines sur ses doigts. Elle m'écrivit un message.

« Qu'est-ce qu'il disait, madame Quirk ? demanda doucement le sergent Cox. En deux mots ? »

La réponse de Mo fut à peine audible, et elle ne me regarda pas lorsqu'elle parla. « En deux mots ? Au revoir. »

Bien plus tard, elle entendit de nouveau du verre voler en éclats dans la bibliothèque.

« Ce pourrait être quand Pat Ireland a cassé la vitre pour ramper sur le rebord de la fenêtre, suggérai-je.

— Vers deux heures et demie », ajouta l'inspecteur Chin.

Je hochai la tête. « Quatre heures et demie dans le Connecticut. C'est alors que j'ai su pour la première fois qu'il se passait quelque chose d'anormal. J'avais mis CNN et ils montraient la scène en direct : Pat cramponné au rebord de la fenêtre, puis tombant dans les bras des secouristes.

— Et ensuite, madame Quirk ? demanda le sergent Cox. Après le bruit de verre cassé ?

— J'ai entendu la voix de Louise.

— La bibliothécaire ? »

Maureen acquiesça de la tête. « Elle parlait à quelqu'un. Un homme. Elle disait que je me trouvais dans la pièce d'à côté quand elle était allée se cacher avec son aide-bibliothécaire. L'homme a crié mon nom. Il a dit que le bâtiment était sécurisé et que je pouvais me montrer. "Tout va bien, madame Quirk", a ajouté Louise. J'ai donc entrouvert la porte et j'ai aperçu un membre d'une unité d'élite de la police. Il portait un casque et de grosses lunettes épaisses – des lunettes de protection, je suppose. Puis j'ai vu Louise et la prof d'arts plastiques qui avait appelé les secours. Alors j'ai ouvert la porte en grand et je me suis extirpée du placard. L'homme nous a fait sortir une par une de la bibliothèque en nous disant de mettre les mains sur ses épaules. De ne pas regarder autour de nous – de nous contenter de fixer l'arrière de son casque –, et c'est plus ou moins ce que j'ai fait. J'ai vu très peu de choses. Le sol était jonché de débris de verre qui crissaient sous les pieds et j'ai remarqué que la moquette était brûlée. Du coin de l'œil, j'ai aperçu un élève assis devant un ordinateur. Il doit être mort, je me suis dit. Qu'est-ce qu'il ferait assis là, sinon ? Son ordinateur était toujours allumé. Je n'ai rien vu d'autre. Une part de moi avait envie de demander à l'homme si on pouvait rejoindre la table de Velvet, mais j'avais trop peur. Je ne voulais pas la voir morte et je ne voulais pas énerver l'homme.

« Puis dans le couloir, un autre type de l'unité d'élite a dû nous fouiller. Il s'est excusé, mais on lui a dit : "Pas de problème ! Pas de problème ! On comprend !" Il a commencé par moi, et pendant qu'il fouillait les autres j'ai remarqué que le mur et les casiers des vestiaires étaient criblés d'impacts de balles. Il y avait des traces noires sur le mur et au plafond, dues aux bombes, je suppose. Et des douilles partout. L'officier nous a fait écrire nos nom, adresse et numéro de téléphone dans un petit carnet. La police nous questionnerait plus tard, mais dans l'immédiat nous allions descendre au rez-de-chaussée et sortir du bâtiment. Dehors, des officiers nous escorteraient pour que nous quittions sans danger l'enceinte du lycée. C'est alors que je me suis souvenue de mon sac à main. Il était resté dans la petite pièce à côté de la bibliothèque. Je ne voulais pas y retourner, mais j'avais besoin de mon sac, j'ai donc demandé à l'homme s'il pouvait aller me le chercher. Il a refusé, mon sac était un indice – la bibliothèque était une scène de crime et tout ce qui s'y trouvait constituait un indice. "D'accord, mais mes clés de voiture sont dans mon sac", j'ai dit. Il m'a répondu que toutes les voitures garées sur le parking faisaient aussi partie de la scène de crime, et que personne ne pourrait récupérer son véhicule avant un certain temps. "Contentez-vous de descendre l'escalier et de sortir", il a dit. Il avait l'air un peu en rogne, un peu impatienté, et ça m'a effrayée. On a donc obéi toutes les quatre – Louise, son aide-bibliothécaire, la prof d'arts plastiques et moi. Arrivée en bas de l'escalier, je me suis arrêtée pour jeter un coup d'œil à la cafétéria. Les extincteurs automatiques étaient branchés et les sacs à dos des gamins nageaient dans l'eau. Une odeur chimique de brûlé flottait dans l'air. Puis l'alarme incendie s'est tue. Ça faisait des heures qu'on l'entendait et, tout à coup, silence. Vous connaissez l'expression "silence assourdissant" ? Eh bien, c'était exactement ça. On n'entendait plus que les extincteurs automatiques. Ça ressemblait à une légère ondée, comme s'il pleuvait dans la cafétéria. Plus… quelque chose qui ressemblait à des gazouillis d'oiseaux.

— D'oiseaux ? demanda le sergent Cox.

— Je sais bien que ce n'étaient pas des oiseaux, fit Maureen. Mais ça y ressemblait.

— Des portables », dit l'inspecteur Chin.

Nous le regardâmes tous les trois. Son verre d'eau était vide. Il avait à peine décroché un mot. « Des portables, répéta-t-il. Qui sonnaient dans les sacs à dos des élèves. Des parents essayant de joindre leurs gosses. »

Le sergent Cox demanda à Maureen si elles avaient été escortées une fois sorties de l'enceinte de l'établissement. Mo hocha la tête. « On est montées toutes les quatre dans une voiture de police et on nous a emmenées à Clement Park. Il y avait des gens partout – parents, enfants. Tout le monde pleurait, s'embrassait. Deux ou trois gosses étaient hystériques. Je n'ai parlé à personne. J'ai marché de long en large dans le parc. Puis j'ai aperçu la bibliothèque à l'autre bout et j'ai décidé d'y aller.

— La bibliothèque municipale ?

— Oui. J'ai été aux toilettes. C'est alors que toute la scène du matin m'est revenue, quand les deux garçons… sont entrés et qu'ils se sont mis à rire, à crier… et je me suis dit que j'allais vomir, mais j'avais trop peur pour fermer la porte des W-C. Je ne voulais pas m'enfermer, même pour vomir. J'ai donc vomi la porte ouverte. Plus tard, j'ai entendu dire que des gens retrouvaient leurs enfants à Leawood, j'ai donc marché jusque-là en me disant : Je vais entrer et Velvet sera là, ou alors c'est moi qui serai là et elle entrera et m'apercevra. Mais… »

Peu avant midi, Maureen et moi sommes allés en voiture à l'école primaire de Leawood. La plupart des parents qui étaient là la veille au soir étaient revenus. Le procureur arriva vers midi et quart. Fidèle à sa parole, il avait une liste. Il déclara qu'il allait donner les noms de *tous* les morts – ceux qui étaient morts à l'intérieur et à l'extérieur du lycée. À mesure qu'il lisait, des pères et des mères fermaient les yeux, hochaient la tête d'un air résigné, mais personne ne cria. Personne ne poussa de gémissements déchirants.

« Lauren Townsend, Rachel Scott, Kyle Velasquez, John Tomlin, Cassie Bernai, Daniel Mauser, Daniel Rohrbaugh, Corey DePooter, Isaiah Shoels, Steven Curnow, Kelly Fleming, Matthew Kechter, William "Dave" Sanders, Dylan Klebold et Eric Harris. »

Maureen et moi, on s'est regardés. On s'est approchés du procureur. On a attendu que des parents aient fini de l'interroger sur la façon dont ils pouvaient récupérer les corps de leurs enfants. Enfin, il s'est tourné vers nous.

« Velvet Hoon ? » a demandé Maureen.

Il a consulté sa liste. Secoué la tête. « C'est votre fille ? »

Je lui ai expliqué qu'il s'agissait d'une mineure émancipée, d'une ex-élève.

« Elle était là, a dit Maureen. À la bibliothèque. »

Il a consulté de nouveau sa liste, a tortillé les poils de sa moustache. « Madame, à l'heure qu'il est, nous avons passé le lycée au peigne fin. Si son nom ne figure pas sur la liste, c'est qu'elle a réussi à sortir. »

8

Extraits du journal intime de Dylan Klebold, 1997 :

« Fait : Les gens sont inconscients… L'ignorance est un bienfait, je suppose… Je jure… comme si j'étais un proscrit & comme si tout le monde conspirait contre moi… L'homme solitaire frappe avec une rage absolue.

Extrait du journal d'Eric Harris, 1998 :

« Je préférerais mourir plutôt que de trahir mes idées, mais avant de quitter cet endroit nul je vais tuer tous ceux que je juge inaptes… je veux foutre le feu au monde, je veux exterminer la race humaine à l'exception de cinq personnes environ… Je déborde de haine et j'adore ça. »

Site Internet AOL d'Eric Harris, 1998 :

« VOUS SAVEZ CE QUE JE DÉTESTE!!!? La musique cooooooooontryyyyyyy!!!

VOUS SAVEZ CE QUE JE DÉTESTE!!!? Les gens qui disent que le catch, c'est pas du chiqué!!

VOUS SAVEZ CE QUE JE DÉTESTE!!!? Les gens qui emploient tout le temps le même mot! Lisez un ou deux bouquins, putain, enrichissez votre vo-ca-bu-laire, bande de connards…

VOUS SAVEZ CE QUE JE DÉTESTE!!!? LES CONS!!! Pourquoi faut-il qu'il y en ait autant!!?…

VOUS SAVEZ CE QUE JE DÉTESTE!!!? Quand les gens prononcent les mots de travers! Ils n'en sont même pas conscients : ils disent enduire au lieu d'induire, rénumération, spychologue, eXpresso à la place d'espresso. Apprenez à parler correctement, bande de crétins...

VOUS SAVEZ CE QUE JE DÉTESTE!!!? LES FANS DE LA GUERRE DES ÉTOILES!!! FAUT VIVRE PUTAIN! VOUS NOUS GONFLEZ, BANDE DE TARÉS!.... Mon credo, c'est que tout ce que je dis s'applique. Je suis la loi; si ça ne vous plaît pas, vous mourez. Si je ne vous aime pas ou n'aime pas ce que vous voulez me faire faire, vous mourez. Si je fais quelque chose d'incorrect, tant pis, putain, vous mourez. Les morts ne peuvent plus discuter, gémir, râler, se plaindre, rouspéter, balancer, moucharder, critiquer ni même parler, bordel. C'est donc le seul moyen de résoudre les conflits avec vous tous, têtes de nœud. Je me contente de tuer!... Je n'éprouve aucun remords, aucun sentiment de honte... Je vais placer des explosifs dans toute une ville et les faire péter un par un à volonté après avoir fauché tout un putain de quartier rempli de foutues putes bêcheuses piquées salopes crispées qui vous la jouent pauvres merdes. Je me fous pas mal de mourir dans la fusillade. Tout ce que je veux, c'est tuer et blesser un maximum d'entre vous, surtout quelques-uns. Comme Brooks Brown[1]... À partir de maintenant, je me fous de ce que la quasi-totalité de la bande d'enculés que vous êtes a à dire – sauf si je vous respecte, ce qui est hautement improbable; mais pour ceux d'entre vous qui me connaissez et savez que je les respecte, que la paix soit avec vous et dégagez de ma ligne de mire. Les autres, vous feriez mieux de vous terrer chez vous parce que je ne vais pas tarder à venir pour TOUT LE MONDE et je VAIS être

---

1. Un camarade avec qui Harris s'était brouillé. (*N.d.A.*)

armé jusqu'aux dents, bordel, et je VAIS tirer pour tuer et je VAIS TOUT BUTER, bordel ! Non je ne suis pas fou ; fou n'est qu'un mot, pour moi il n'a pas de sens, chacun est différent ; mais à la plupart d'entre vous les enculés de la société qui allez tous les jours à votre putain de travail et avez tous les jours le même train-train merdique, je dis : Allez vous faire foutre et mourez. Si vous avez un problème avec ma façon de penser, venez me le dire, et je vous tuerai parce que… nom de Dieu, LES MORTS NE DISCUTENT PAS ! »

Extrait d'une nouvelle de Dylan Klebold écrite en février 1999, dans le cadre d'un atelier d'écriture : un assassin tue des clients qui ne se doutent de rien à la sortie d'un bar.

« Je ne l'ai pas seulement vu sur son visage, mais j'ai senti qu'il émanait de sa personne force, satisfaction, complétude, puissance divine… L'homme a souri, et à cet instant, sans aucun effort de ma part, j'ai compris ses actes. »

Dylan Klebold posant les questions traditionnelles lors du séder de la Pâque juive 1999. La coutume veut que ce soit le plus jeune convive du repas pascal qui s'en charge.

« Pourquoi cette nuit est-elle différente de toutes les autres ? Pourquoi ne mangeons-nous du pain non levé que pour Pessah ? Pourquoi mangeons-nous des herbes amères à notre séder ? Pourquoi trempons-nous nos aliments deux fois ce soir ? Pourquoi sommes-nous accoudés sur un oreiller ce soir ? »

Exclamation de Dylan Klebold et Eric Harris chaque fois qu'ils faisaient un strike au cours de bowling :
« Sieg Heil ! »

Dernière page du journal intime de Dylan Klebold, datée du 18 avril 1999 :

« *Dans environ vingt-six heures et demie, le jugement commencera. Difficile mais pas impossible, nécessaire, angoissant et amusant. Qu'est-ce que la vie a d'amusant sans quelques morts ? C'est intéressant pendant que j'ai encore forme humaine de savoir que je vais mourir. Tout a un côté dérisoire.* »

Extrait du journal d'Eric Harris :

« *C'est ma faute ! Pas celle de mes parents, ni de mon frère, ni de mes amis, ni de mes groupes favoris, ni des jeux vidéo, ni des médias, c'est la mienne.* »

Griffonné sur l'agenda scolaire d'Eric Harris à la page de la fête des Mères 1999 :

« *Des matrices vertueuses ont porté de mauvais fils*[1]. »

20 avril 1999, itinéraire noté dans l'agenda d'Eric Harris :

« *5 : 00 lever*
6 : 00 R-V à KS
7 : 00 aller chez Reb
7 : 15 il part chercher le propane
je pars chercher de l'essence
8 : 30 R-V chez lui
9 : 00 sac s. prêts charger voiture
9 : 30 répéter préparatifs
Décompresser
10 : 30 installer 4 trucs
11 : 00 aller au lycée

---

1. Shakespeare, *La Tempête*, I, 2, traduction de F.-V. Hugo, Classiques Garnier.

11 : 10 installer sacs de sport
11 : 12 attendre près voitures, se préparer
11 : 16 HAHAHA »

Dernière liste dans le cahier de maths de Dylan Klebold :

« Entrer ; à 11 : 09, régler les bombes pour 11 : 17
Partir,
Aller en voiture à Clement Park. Se préparer.
Revenir pour 11 : 15
Garer voitures. Régler bombes voitures pour 11 : 18
Partir, aller sur la colline, attendre.
Quand première bombe explose, attaquer
s'amuser ! »

Conseil d'Eric Harris à son camarade Brooks Brown devant le lycée de Columbine, peu de temps avant le début de la fusillade, le 20 avril 1999 :

« Brooks, je t'aime bien maintenant. Sors d'ici. Rentre chez toi. »

Réponse de Klebold à un élève caché sous une table de la bibliothèque qui lui demandait ce qu'il faisait :

« Oh, je tue juste des gens[1]. »

Voix à l'unisson entendues dans la bibliothèque par un témoin, peu de temps avant le suicide de Harris et Klebold :

« Un ! Deux ! Trois ! »

Extraits de trois vidéos enregistrées par Eric Harris et Dylan Klebold, au cours de plusieurs séances en mars et

---

1. Cet élève, ami de Klebold, demanda ensuite s'il allait être tué. Klebold lui dit de quitter sur-le-champ la bibliothèque, ce qu'il fit. (*N.d.A.*)

avril 1999, essentiellement dans le sous-sol de la famille Harris. Le dernier passage date du 20 avril 1999 au matin, peu de temps avant que le duo ne quitte le domicile de Harris pour tout saccager.

HARRIS : « *Personne n'aurait pu faire quoi que ce soit pour empêcher ça. Les seuls coupables sont moi et VoDKa.* »

KLEBOLD : « *La guerre, c'est la guerre.* »

KLEBOLD : « *J'espère qu'on va tuer deux cent cinquante d'entre vous.* »

KLEBOLD : « *Je crois que ça va être le quart d'heure le plus flippant de ma vie : après avoir placé les bombes et en attendant de foncer dans l'école. Les secondes vont durer des heures. J'ai hâte. Je vais trembler comme une feuille.* »

HARRIS : « *Ça va être comme une putain de partie de Doom[1]. Tic, tic, tic, tic… Blam ! Ce putain de flingue sort tout droit de Doom !* »

KLEBOLD : « *Les gens ne se doutent de rien.* »

HARRIS : « *On va déclencher une révolution.* »

HARRIS : « *On reviendra sous forme de fantômes et on hantera les survivants. Ils auront des flash-backs du massacre et deviendront dingues.* »

---

1. Jeu vidéo dans lequel le gagnant est le joueur qui a le plus de morts à son actif. (*N.d.A.*)

HARRIS : « *J'ai la rage. J'ai la rage. Laisse-la monter.* »

HARRIS : « *Est-ce que ce n'est pas génial d'avoir le respect que nous allons mériter ?* »

KLEBOLD : « *Si vous voyiez toute la colère que j'ai accumulée ces quatre putains de dernières années… Ma timidité n'a rien arrangé. Je vais tous vous tuer. Vous nous avez fait chier pendant des années… Putain, vous allez nous le payer maintenant. On se fout de tout parce qu'on va mourir.* »

HARRIS : « *On est des psychopathes sans en être.* »

KLEBOLD : « *Elle est belle l'humanité. Regardez ce que vous avez fait. Vous êtes des putains de merdes, vous les humains, et vous méritez de mourir.* »

KLEBOLD : « *Va te faire foutre, Walsh[1] !* »

HARRIS : « *Mes parents sont les meilleurs parents du monde, putain. Mon père est génial. Je regrette de ne pas être un putain de sociopathe pour ne pas éprouver de remords, mais ce n'est pas le cas. Ça va les anéantir. Ils ne l'oublieront jamais. J'en suis vraiment désolé… Putain, ça craint de leur faire un coup pareil.*

« *Je voudrais juste m'excuser auprès de vous pour tout. Auprès de tous ceux que j'aime, je suis vraiment désolé. Je sais que ma mère et mon père vont être choqués au-delà de toute idée, bordel.* »

---

1. Officier de police du comté de Jefferson qui, en 1998, avait interpellé Klebold et Harris après leur vol à la roulotte. (*N.d.A.*)

KLEBOLD : « *Eh, m'man. Faut que j'y aille. Il reste environ une demi-heure avant notre petit jour du jugement dernier. Je voulais juste m'excuser auprès de vous tous pour les emmerdes qui risquent d'en résulter... Sachez seulement que je vais dans un endroit meilleur. Je n'aimais pas tellement la vie, et je sais que je serai plus heureux dans le foutu endroit où je vais. Donc, je pars.* »

KLEBOLD : « *On a fait ce qu'on devait faire.* »

HARRIS : « *C'est ça. Au revoir.* »

9

Le mercredi après-midi, Maureen semblait mieux. Encore secouée, mais elle arrivait à mettre un pied devant l'autre. Elle se fit une natte, se maquilla, plia du linge. Les chiens étaient un réconfort. Sophie, en particulier, paraissait sentir qu'on avait besoin d'elle. Elle ne lâchait pas Maureen d'une semelle. Quant à moi, j'observais.

Mo ne cessait de regarder le téléphone, d'aller à la fenêtre. Quand elle me demanda si nous devions signaler la disparition de Velvet, je fis signe que non. « Donne-lui le temps. Elle réapparaîtra dès qu'elle sera prête.

— Elle me croit peut-être morte ? »

J'essayai de réprimer un frisson. « Ce n'est pas le cas, Mo. Tu as survécu. Et Velvet est aussi une survivante. Regarde toutes les galères que cette gamine a déjà connues. Où qu'elle soit, elle va bien. »

Quand elle s'écarta de la fenêtre pour me faire face, son corps était ourlé de lumière et son visage à contre-jour. « Tu n'étais pas là », dit-elle.

Le journal télévisé de dix-huit heures montrait un rassemblement spontané à Clement Park. « Les familles de Columbine éprouvent le besoin de pleurer leurs morts ensemble, de se réconforter les unes les autres, dit le jeune reporter d'un air solennel. Ici, Rob Gagnon d'Eyewitness News. »

Maureen alla à la penderie et sortit nos vestes. « Il faut qu'on aille là-bas.

— Mo, je pense que tu dois rester à la maison. Te reposer. Amortir le choc.

— Et si elle était là-bas ? Et si elle errait à ma recherche ? »

Je secouai la tête. « Elle t'appellerait. Elle ne…

— Elle note les numéros de téléphone sur sa main ! Et quand bien même elle aurait notre numéro, qui te dit qu'elle se trouve près d'un téléphone ? Elle n'est peut-être même pas en état d'avoir les idées claires. » Elle enfila sa veste. « Tu ne veux pas venir ? Parfait, Caelum, n'y va pas. Mais ne me dis pas ce que moi je dois faire. Parce qu'il faut absolument que je retrouve cette gamine et que je m'assure qu'elle va bien. »

Nous sommes donc partis.

Par bonheur, les flics avaient installé une barrière pour contenir les médias. J'empoignai le bras de Maureen et la fis passer devant les camions et les équipes de télé. « Monsieur ! Madame ! cria quelqu'un dans notre dos. On peut vous parler une minute ?

— Non, merci », lançai-je par-dessus mon épaule. S'ils avaient vent du calvaire de Maureen, ils se jetteraient sur elle comme des chiens sur un morceau de viande crue. Je pouvais au moins lui épargner ça. Je lui pris la main et la serrai dans la mienne. « Moins tu en dis sur ce qui s'est passé hier, mieux ce sera », fis-je.

Deux cents personnes étaient venues – des élèves, des profs, des mères et des pères au visage décomposé. Je repérai Jon et Jay, les concierges qui avaient entendu la fusillade dehors et aidé Dave Sanders à faire sortir les élèves de la cafétéria. J'aperçus dans la foule Mme Jett, la surveillante de la salle des exclusions temporaires, et

Henry Blakely qui avait quitté la réunion au sujet de Velvet en claquant la porte. Il avait envisagé de prendre sa retraite dans quelques années, l'entendis-je dire en passant derrière lui, mais après ce drame il allait peut-être « tout laisser tomber maintenant ».

Mo et moi discutâmes avec Jennifer Kirby, la femme d'Andy. Andy était à la maison, nous expliqua-t-elle : il avait la migraine depuis ce matin. « Oh mon Dieu, Maureen, j'ai appris ce qui vous était arrivé. Comment allez-vous ? »

Les yeux de Maureen parcouraient la foule. Elle ne parut pas avoir entendu la question.

« Maureen ? lançai-je.

— Quoi ?

— Jen vient de demander comment tu allais.

— Moi ? » Elle me regarda avant de se tourner vers Jennifer. « Bien. Pourquoi ? »

Quelqu'un avait fabriqué une affiche et l'avait clouée à un arbre – « Columbine Est AMOUR!! » proclamaient les majuscules multicolores. Au pied de l'arbre, les gamins avaient déposé leurs hommages : bouquets de supermarché enveloppés de cellophane, poèmes écrits sur des pages de cahier à spirale, maillots de sport, nounours, photos des morts dans des sacs transparents étanches. Des photocopies d'instantanés punaisées à l'arbre bruissaient dans le vent humide et glacé. La journée précédente avait été qualifiée de printanière. Un temps à sortir sans veste. Mais aujourd'hui, on se serait de nouveau cru en hiver.

Maureen serra très fort dans ses bras plusieurs habitués de l'infirmerie. Ceux qui étaient en mal d'affection allaient l'être plus que jamais – ils oublieraient ce qu'elle-même avait enduré. Ils l'épuiseraient si elle les laissait faire. À ma grande surprise, j'eus droit, moi aussi, à des embrassades – de la part d'élèves qui avaient brillé dans ma classe, d'élèves qui avaient été recalés, de gamins dont je ne me rappelais même pas le nom. C'étaient de *longues* étreintes, un peu trop longues à mon goût. OK, ça suffit comme ça, essayait de leur dire mon corps, mais personne n'avait l'air de vouloir me lâcher.

Alors que le crépuscule faisait place à la nuit, une femme aux cheveux blancs, trop vieille pour être mère de lycéen, circula dans la foule en distribuant des bougies. De fins cierges blancs munis des jupettes en carton pour recueillir les gouttes de cire. « Faites allumer le vôtre, puis allumez celui de quelqu'un d'autre ! cria-t-elle. Notre Seigneur et Sauveur Jésus-Christ veut que nous nous guidions les uns les autres hors des ténèbres ! »

Je vis Maureen et les trois ou quatre gamins agglutinés autour d'elle prendre des cierges. Un grand garçon maigre en jean baggy sortit un briquet, et la flamme passa de mèche en mèche. Il y avait peut-être quelque chose dans ces histoires de « toute-puissance de la prière ». Je n'avais pas la réponse. Mais cette femme aux cheveux blancs qui faisait de la pub pour Dieu parmi les blessés me déplaisait. Quand elle m'aborda, cierge à la main, je secouai la tête.

« Vous êtes sûr ? Mieux vaut allumer un cierge que maudire les ténèbres. » Elle avait des manières de grand-mère, mais son regard me rappela celui de ma mère le dimanche matin où j'avais refusé de l'accompagner à la messe. J'avais quatorze ans et j'en avais marre de son côté punaise de sacristie. « Parce que je suis *athée*, voilà pourquoi », avais-je déclaré bien que ce ne fût pas le cas, et elle avait sursauté et m'avait flanqué une gifle dont je sentais encore la brûlure aujourd'hui. Le cierge fit une valse-hésitation entre la femme et moi. Je soutins son regard.

« Bon, comme vous voudrez », dit-elle, et elle poursuivit son chemin. Je regardai Mo. Entourée de son petit groupe d'élèves, elle avait l'air ailleurs.

Il se mit à tomber de la neige fondue. On ouvrit les parapluies, on releva les capuches. « C'est abominable, n'est-ce pas, monsieur Quirk ? » fit quelqu'un.

Je me retournai et aperçus un type à la barbe grise en haut de survêtement, coiffé d'une casquette des Rockies. Pendant que nous échangions une poignée de main, il me rappela que nous nous étions vus, quelques années plus tôt, à des réunions parents-profs. J'avais eu sa fille Megan comme élève. « Megan Kromie. Une grande rousse. Vous vous souvenez ?

— Ah oui, Megan », dis-je. Il y en avait tellement. « Comment va-t-elle ?

— Bien. Très bien. Elle adore l'UC Santa Cruz. Bien sûr, ce qui s'est passé ici lui a brisé le cœur. Elle a eu Sanders comme entraîneur. » Je hochai la tête et retins les larmes qui me montaient soudain aux yeux.

« Vous étiez sur place, hier ? demanda-t-il.

— Non, mais ma femme était à la bibliothèque en train d'aider une élève quand ça a commencé. » Je me souvins trop tard que j'avais conseillé à Mo de ne pas mentionner son calvaire pour ne pas être harcelée par les médias.

« Elle s'en est sortie indemne ?

— Elle s'est cachée. »

Il fit la grimace, secoua la tête. Quand il me demanda comment elle tenait le coup, je jetai un coup d'œil à Maureen. Penché, son cierge dégoulinait. Pourquoi fixait-elle la cime des arbres ? « Elle s'en tirera », dis-je.

Il acquiesça. « Et vous, comment ça va ?

— Moi ? Bien.

— Vraiment ? »

Je détournai le regard puis le regardai à nouveau. J'étais sur le point d'évoquer la disparition de Velvet, mais me mis à parler d'Eric et de Dylan. « J'attendais ma pizza et on bavardait de tout et de rien : du bal, de leurs projets d'avenir, des sélections de Dylan pour son équipe de baseball virtuel. Je veux dire par là : comment peuvent-ils assurer leur service vendredi soir, venir en cours lundi, et apporter tout un arsenal au lycée et assassiner treize personnes le lendemain ?

— La banalité du mal, dit le père de Megan.

— Quoi ?

— Désolé. Vous m'avez rappelé quelque chose que j'ai lu autrefois concernant les nazis qui géraient les camps de la mort. La façon dont ils cloisonnaient leur vie : ils sirotaient du vin au dîner, riaient en écoutant une comédie à la radio, bordaient leurs enfants et embrassaient leur femme pour lui souhaiter bonne nuit. Puis ils se levaient le lendemain matin et massacraient des milliers de juifs. »

J'eus un flash-back d'Eric et Dylan criant *Sieg Heil !* pour fêter leurs billets de bowling gratuits. S'étaient-ils aperçus qu'ils ne les utiliseraient jamais ?

« Je suppose, poursuivit-il, que le principe de la "banalité du mal" ne s'applique même pas dans le cas présent. Ces garçons étaient à l'évidence des malades – j'irais jusqu'à dire des psychopathes ou des sociopathes –, bien que ce ne soit pas vraiment à moi d'établir un diagnostic. Eichmann et les autres étaient… eh bien, de bons bureaucrates.

— Vous êtes psychiatre ou quelque chose comme ça ?

— Psychologue. Et aussi pasteur.

— Pour vous, c'est donc le mal, ce qu'ils ont fait ?

— Monsieur Quirk, je suis aussi ébranlé et déboussolé que tout un chacun. Je ne sais pas *quoi* penser. » De la neige fondue éclaboussa sa visière et la main qui protégeait la flamme de son cierge. « Toujours est-il que plusieurs d'entre nous ont programmé une séance d'accompagnement thérapeutique du deuil, demain après-midi. Elle aura lieu à la Community Church sur West Bowles, à treize heures. Des conseillers de plusieurs établissements scolaires seront présents ainsi que quelqu'un de l'université qui nous parlera du stress post-traumatique. Mais le but principal, c'est de faire parler les gens de l'épreuve qu'ils ont traversée et de ce qu'ils ressentent. Le pire que nous puissions faire en ce moment, c'est de nous isoler. Pourquoi ne pas venir avec votre femme ? »

Je lui répondis que je verrais si je pouvais l'amener.

« Bien. Parfait. Une accolade vous ferait-elle du bien ? » Il avança d'un pas, bras grands ouverts comme des parenthèses, mais parut percevoir mon hésitation et me serra l'épaule à la place. « Bon. J'espère vous voir demain, monsieur Quirk. Que Dieu vous bénisse.

— Dites bonjour à Megan de ma part.

— Vous lui avez beaucoup appris, vous savez. »

J'en doutais. Bon sang, j'aurais vraiment aimé me rappeler à quoi Megan ressemblait !

Maureen était toute seule à présent, l'air malheureux. Elle regardait un à un les arbres. Qu'est-ce qu'elle croyait ? Que Velvet se cachait dans l'un d'eux ? Je me dirigeai vers elle, et quand je passai mon bras autour de ses épaules, je sentis qu'elle tremblait de tout son corps.

« Nous ne sommes pas en sécurité, chuchota-t-elle.

— Hein ?

— Ils sont là.

— Ils ? Tu veux dire Velvet ? »

Elle fit signe que non. « Leurs complices.

— Chérie, il y a *peut-être* eu des complices, mais probablement pas en fin de compte. La police semble écarter cette hypothèse.

« — Ils sont là, répéta-t-elle. Ils s'apprêtent à terminer le boulot. »

Le temps de retourner à la voiture, la neige fondue s'était transformée en gros flocons.

Les chiens nous accueillirent à la porte en frétillant de la queue et en remuant l'arrière-train. Le voyant de notre répondeur clignotait. Je respirai à fond, appuyai sur le bouton.

« Salut, les mecs, c'est Alphonse. Drôlement soulagé et content de savoir que Maureen est saine et sauve. Je voulais juste que vous sachiez que les obsèques de Lolly se sont passées sans accroc. Avec des cornemuseux et tout et tout. La collation qui a suivi s'est bien déroulée aussi. Tout le monde pense beaucoup à vous. J'ai regardé les infos de Columbine sur CNN. Dieu tout-puissant, ils étaient malades, ces enfoirés, non ? Oups, pardon pour le vocabulaire. Tenez bon, tous les deux. À bientôt. »

« Velvet appellera, Maureen. Je parie qu'on aura de ses nouvelles demain.

— Je vais me coucher. »

Je fis rentrer les chiens, et montai un grand verre de vin rouge à Maureen, lui donnai deux somnifères. Elle les avala avec une gorgée de vin. Elle s'était couchée tout habillée.

« Je ne crois pas que je vais pouvoir dormir.

— Tu veux un autre Tylenol ?

— Je ne devrais pas en prendre trois. » Elle but une autre gorgée de vin. « Ouais, bon, d'accord. Ça ne me fera pas de mal. »

Dix minutes plus tard, elle dormait.

Incapable de fermer l'œil, je retournai en bas. Je me versai un verre de vin et errai de pièce en pièce dans le noir. Arrivé à la porte de mon bureau, j'allumai et contemplai le dessus de la table – un paquet d'interros écrites de mes élèves de terminale sur *Hamlet*, une anthologie de littérature américaine ouverte à la page de Robert Frost, une pile d'exposés écrits à noter que j'avais ramassés dans ma classe de seconde. Tout ce travail intensif effectué au cours des jours précédant le massacre paraissait à présent sans importance et à côté de la plaque.

Je feuilletai les exposés. Certains étaient imprimés avec soin et arboraient une couverture en plastique de couleur vive ; d'autres étaient agrafés, sans plus. Je leur laissais le choix du sujet et il y en avait pour tous les goûts.

« Croyances et pratiques wiccanes », « L'anorexie mentale chez les adolescentes », « Bill Gates », « Les trous noirs ». Je lus la première phrase : « Un trou noir est une région de l'espace-temps dotée d'un champ gravitationnel si intense que rien ne peut lui échapper, pas même la lumière. »

Je finis la bouteille de vin et montai me coucher en titubant, entre deux et trois heures du matin. Les chiens dormaient par terre du côté de Maureen. Je pissai, me glissai entre les draps, et m'aperçus que j'avais oublié d'éteindre dans la salle de bains. Au lieu de me relever, je me mis à penser à la femme de Clement Park avec ses cierges. J'avais déjà oublié son visage – je l'avais transformée en Barbara Bush. Si ma mère était en vie, elle aurait aussi des cheveux blancs à présent.

« Tu n'étais pas là », m'avait dit Maureen, et c'était vrai. Même si je m'étais fait un sang d'encre pour elle – même si l'interminable voyage de retour avait été cauchemardesque –, c'était *elle* qui avait dû se cacher des heures durant dans l'obscurité totale, écouter les cris des mourants, attendre qu'ils la trouvent et la tuent aussi. Je n'avais aucune idée de ce que ça pouvait être. Et je ne voulais pas le savoir. Elle avait récité des dizaines de « Je vous salue Marie » dans le noir – « Priez pour nous pauvres pécheurs, maintenant et à l'heure de notre mort » –, et plus tard elle était sortie du placard et avait émergé comme un nouveau-né dans la lumière et le chaos qu'ils avaient créé. Mais elle avait survécu. Elle respirait à mon côté.

Mes sanglots me prirent au dépourvu et je serrai les dents pour les réprimer. Je ne voulais surtout pas la réveiller, car elle avait avant tout besoin de sommeil. Une fois ressaisi, je me mis sur un coude et me tournai vers elle. Je la regardai dormir à la lumière de la salle de bains.

Elle poussa quelques soupirs, gémit un peu. Je me penchai sur elle et lui effleurai la joue de mes lèvres. Ses yeux remuaient sans cesse sous ses paupières… Lève-toi, me répétais-je. Va éteindre. Elle dormira mieux dans le noir. Mais je continuais à ne pas bouger. À m'assoupir, me réveiller, m'assoupir à nouveau.

Et merde, me dis-je. Que la lumière soit.

10

Jeudi, il neigea. La coroner livra les corps à la morgue. La ministre de la Justice, Janet Reno, s'envola de Washington pour se rendre sur la scène de crime.

Maureen avait accepté que je l'emmène à la séance d'accompagnement du deuil, mais au déjeuner, devant une soupe et des crackers auxquels elle n'avait pas touché, elle se déroba. « Et si Velvet téléphone ?

— Elle laissera un message.

— C'est à moi qu'elle a besoin de parler, Caelum, pas à notre répondeur.

— Et toi, de quoi as-tu besoin ?

— De rester à la maison et de me reposer. Ce n'est pas ce que tu m'as dit hier ? Je ne sais donc pas pourquoi, aujourd'hui, tu me pousses à aller à ce truc. »

Je ne le savais pas trop non plus, mais c'était lié au père de Megan. « Le type avec qui j'ai parlé hier, un des organisateurs, a dit que la chose importante que nous devons faire, c'est…

— Que *nous* devons, Caelum ? me coupa-t-elle. Tu étais dans des aéroports. Dans un avion. Je ne sais pas où se trouvait cet organisateur, mais il n'était pas caché dans un placard en train d'entendre des gosses supplier qu'on leur laisse la vie sauve. Alors ne viens pas me dire ce que *nous* devons faire, d'accord ? Je n'irai pas, arrête de me mettre la pression.

« — Je ne te mets pas la pression. Je me contente de dire…

— Arrête ! Arrête ! » Elle tapa du poing sur la table. La soupe se répandit. Tirés de leur sommeil, les chiens nous regardèrent.

Je cédai donc – remplis la bouilloire pour le thé pendant qu'elle réduisait ses crackers en poudre et imaginait tout haut des scénarios qui lui auraient permis de sauver la vie des élèves. Elle aurait pu essayer de les raisonner. De négocier. De leur rappeler combien leurs parents allaient souffrir.

« Ils t'auraient abattue plutôt que d'entendre ça », fis-je.

Elle me fixa quelques secondes, puis détourna le regard en disant entre ses dents qu'elle aurait peut-être pu les maîtriser.

« Les maîtriser comment ?

— Je ne sais pas. J'aurais pu les assommer avec une chaise, un tiroir ou autre chose.

— Tu mesures combien, Maureen ? Un mètre soixante-deux ? Klebold devait faire un bon mètre quatre-vingt-dix. Il aurait fallu que tu grimpes sur une chaise pour pouvoir l'assommer. Et son copain ? Tu crois qu'il serait resté les bras ballants à attendre que Wonder Woman…

— Ne te moque pas de moi !

— Je ne me moque pas de toi, ma chérie. Je suis désolé. Je veux juste… Écoute, il faut arrêter de te prendre la tête. Tu as fait la seule chose qui était *possible* : tu as survécu. »

Elle se mit à pleurer. « Où peut-elle bien être ? »

Je m'assis à côté d'elle. Pris ses mains dans les miennes.

« Maureen, Velvet fait ça chaque fois que sa vie dérape : elle disparaît. Mais tôt ou tard, elle va sortir de sa cachette et téléphoner. Ou sonner à notre porte. Ou émerger du bois et entrer par le jardin comme samedi dernier. D'ici là… »

Elle dégagea ses mains. « D'accord. J'irai à ta réunion à la con.

— Ce n'est pas ma réunion, Mo.

— Peu importe ! »

Elle se leva si brusquement que sa chaise se renversa et résonna bruyamment sur le carrelage. Maureen se précipita immédiatement sous la table, mains sur le crâne, la tête entre les genoux.

D'abord, je restai planté là sans savoir quoi faire. Puis je m'agenouillai à côté d'elle. Lui parlai le plus calmement possible.

« C'est la chaise qui est tombée, Mo. C'est tout. » Quand je voulus lui mettre la main sur l'épaule, elle la repoussa. Sophie et Chet la flanquaient comme deux sentinelles et émettaient des grondements sourds.

Une ou deux minutes plus tard, Maureen se releva et se dirigea vers l'escalier. Lorsqu'elle redescendit, elle s'était fait une queue-de-cheval et avait changé de chemisier. « Viens, dit-elle. Allons-y. »

Le parking était plein à craquer. Comme nous entrions, j'entendis une femme plus âgée dire à une autre : « Je ne sais même pas pourquoi j'ai voulu venir. Juste pour partager ma tristesse, je suppose. »

Sur les marches menant à la salle en sous-sol, Lindsay Peek, une de mes élèves de seconde renforcée, nous aborda. C'était aussi une des habituées de l'infirmerie. Lindsay était d'une timidité maladive. Elle mâchouillait ses cheveux pendant les interros écrites. Son écriture était si soignée, si régulière qu'on aurait dit des caractères d'imprimerie. Elle s'adressa à Maureen. « Ma mère m'a forcée à venir, mais elle a dû aller à son travail. » La panique se lisait dans ses yeux.

J'avais envie de lui dire : Va-t'en, fiche-lui la paix.

« Tu veux t'asseoir avec M. Quirk et moi ? » demanda Maureen. Lindsay hocha la tête, ouvrit la bouche pour parler, mais se ravisa.

« Qu'est-ce qu'il y a, mon chou ? dit Maureen.

— Je vous ai vue. Entrer avec cette fille. »

Je ne comprenais pas de quoi elle voulait parler, mais Maureen lui toucha le bras. « Tu étais à la bibliothèque, Lindsay ? »

Elle détourna le regard. Ses sourcils complètement épilés par endroits arboraient des croûtes.

« Linds ?

— Ma mère m'a dit qu'il fallait que je travaille cet été. Parce que j'ai seize ans et qu'elle ne veut pas que je traîne à la maison toute la journée. La semaine dernière, elle m'a donc emmenée retirer des formulaires de candidature dans un tas d'endroits. Puis lundi soir, elle est venue dans ma chambre et s'est mise à hurler que je tardais à les remplir parce que j'étais feignante comme une couleuvre. Alors mardi, à l'heure du déjeuner, je suis allée à la bibliothèque… et j'ai commencé à les remplir. C'était bizarre parce qu'il fallait fournir des références. Je venais d'écrire "Maureen Quirk" quand vous êtes entrée, vous et cette drôle de fille… Ils ne vont pas nous faire parler, hein ? Appeler notre nom et tout ça ? Parce que je ne veux rien dire.

— Moi non plus », la rassura Maureen.

Elles se prirent par la main et je les suivis à l'intérieur.

Le pasteur Judy Clukey était grassouillette et réconfortante, un genre de mère Noël. Elle nous accueillit dans son église et nous présenta les représentants des autres confessions : le révérend Sands de la South Fellowship, le rabbin Effron de B'nai Chaim, le pasteur Benson de l'église luthérienne de Castle Rock, le révérend Kromie de l'église unitarienne universaliste. Le père Duplice de Pax Christi avait eu l'intention de venir, annonça-t-elle, mais il s'était fait implanter une prothèse du genou la semaine précédente et n'était pas encore en mesure de monter et descendre des marches. Plusieurs d'entre eux parlèrent brièvement des services et des programmes prévus dans leurs lieux de culte respectifs au cours des jours à venir.

« On m'a demandé d'expliquer la disposition des chaises pour la séance d'aujourd'hui », ajouta le pasteur Clukey. Les chaises pliantes avaient été disposées en trois cercles concentriques. Le cercle central était réservé aux témoins de la tuerie et à ceux qui avaient essuyé des tirs. Le cercle suivant, plus large, était destiné aux élèves et au personnel présents au lycée, mais qui n'avaient pas assisté de visu au carnage. Le dernier cercle était pour le reste d'entre nous. « Nous avons choisi cette disposition parce que nous pensons que ce qui s'est passé à Columbine, il y a deux jours, est l'équivalent émotionnel d'un terrible tremblement de terre. De 9,8 sur l'échelle de Richter de nos cœurs et de nos esprits. Ai-je raison ? »

Tout autour de la salle, adultes et enfants opinèrent d'un air sombre.

« Nous avons été gravement traumatisés par ce… cataclysme. En tant qu'individus, en tant que communauté et en tant que nation. Nous sommes effrayés et perplexes. Comment se fait-il qu'on nous ait pris nos enfants ? Comment se fait-il que les amis avec qui nous sommes allés à l'école primaire, au cours de danse et aux matches de football ne soient plus parmi nous ? La terre semble s'être ouverte sous nos pieds et nous avons l'impression d'être au bord d'un terrible abîme. »

Tout le monde baissait la tête : les gens se tamponnaient les yeux, regardaient dans le vide.

« Certains d'entre nous se sont trouvés, il y a deux jours, à l'épicentre de ce séisme émotionnel. » Je jetai un coup d'œil à Maureen. Elle écoutait très attentivement, avec avidité. À côté d'elle, Lindsay Peek avait l'air hébété. « C'est à ceux-là que nous voulons aujourd'hui témoigner notre affection et notre soutien. Car nous aimer les uns les autres est peut-être la clé qui nous permettra de nous éloigner du bord de l'abîme, quel que soit l'endroit où le destin, le Seigneur notre Dieu ou le hasard nous a placés mardi à onze heures dix-neuf, heure à laquelle deux âmes perdues ont ouvert le feu. Il faut que nous regardions sans flancher la dépravation de ces garçons et que nous nous rendions compte que notre amour est plus fort que leur haine. »

Certains éclatèrent en sanglots. « Amen », dit quelqu'un.

« Nous invitons donc ceux d'entre vous qui ont essuyé des coups de feu à s'avancer et à prendre place au centre de la salle. Parce que nous vous aimons. Et parce que nous voulons écouter votre témoignage. Vous êtes ceux qui ont reçu la croix la plus lourde, et nous voulons vous aider à la porter. Alors, je vous prie de bien vouloir venir vous asseoir. »

Il y eut un mouvement dans la foule. Une douzaine d'élèves et six adultes gagnèrent les chaises du centre, certains sans hésiter, d'autres plus timidement. Maureen enfonça ses ongles dans mon bras. « Pas question d'aller là-bas », murmura-t-elle. Je lus de la peur dans ses yeux ainsi que dans ceux de Lindsay. Je hochai la tête. Les conduisis à contre-courant au fond de la salle. Il restait cinq ou six chaises vides au premier rang.

Le pasteur luthérien prit la parole. « Durant la Première Guerre mondiale, il y avait un proverbe qui disait :

243

"Dans les tranchées, il n'y a pas d'athées." Commençons donc la séance d'aujourd'hui en joignant les mains, en fermant les yeux et en récitant ensemble le "Notre Père". Si vous n'êtes pas croyant, ou si pour le moment vous êtes trop en colère contre Dieu pour prier, nous respectons votre silence. Mais fermez les yeux et prenez la main de votre voisin afin de ressentir, sinon la miséricorde du Seigneur, du moins la solidarité de notre communauté.

« Notre Père qui es aux cieux, que ton nom soit sanctifié »… Il y avait deux cents personnes dans la salle. La plupart, moi inclus, prirent la main de leur voisin comme il le demandait. Remuèrent les lèvres. Mais très peu – ni Maureen, ni Lindsay, ni personne du premier cercle pour ce que j'en voyais – se sentirent enclins à fermer les yeux. « Pardonne-nous nos offenses comme nous pardonnons à ceux qui nous ont offensés »… Les yeux ouverts, je revis ma mère agenouillée à côté de moi dans la cathédrale Saint-Antoine, la tête couverte d'une mantille, les yeux clos de ferveur. Pour quoi ma mère avait-elle prié tous les dimanches ? Afin d'obtenir le pardon de son père ? Pour l'âme de son mari ?… Je revis Eric Harris accoudé au comptoir de Blackjack Pizza, regardant tourbillonner son portable. Les revis tous les deux avec leur tablier, leur tee-shirt et leur short long jouer ceux qui avaient un travail à temps partiel et des projets d'avenir… La voix du pasteur résonna vers la fin – quand il fut question de nous délivrer du mal. Avaient-ils été des monstres, l'incarnation du mal ? Des âmes perdues ? Des psychopathes ? Tout ça à la fois ou rien de tout ça ? Et leurs parents ? Leurs frères aînés ? Comment étaient-ils censés vivre le reste de leur vie ? Dans quel trou noir avaient-ils été aspirés ?

Ma vision périphérique capta un mouvement. Je regardai sur ma gauche et observai Maureen. Elle ne cessait de jouer avec son alliance. Elle n'en était sans doute même pas consciente. Quand je me concentrai à nouveau, c'était Ivy Shapiro qui s'adressait à l'assemblée. Les cours ne reprendraient pas avant une dizaine de jours, annonça-t-elle, mais les autres conseillères et elle assureraient une permanence. Elle donna des numéros de téléphone, des adresses e-mail. Elles s'entretiendraient volontiers avec ceux qui le désiraient, sur ou sans rendez-vous. « Parlons-en donc, dit Ivy. Le plus possible. Inutile de souffrir en silence. »

Trois femmes de St. Frances Cabrini prirent ensuite la parole. Elles s'étaient baptisé le comité de deuil. Elles placèrent des châles de prière en crochet sur les épaules de ceux qui s'étaient assis au premier rang. « Portez-le dès que vous commencerez à vous sentir accablé, conseilla leur porte-parole. Mettez-le et sentez les bras aimants de Dieu autour de vous. » À côté de moi, Maureen émit un petit gloussement déconcertant.

Puis le pasteur Clukey présenta le père de Megan qui s'avança au centre du premier cercle. Il portait un jean et des chaussures de randonnée, son col blanc de pasteur dépassait de son sweat des Columbine Rebels. Il expliqua que certains le connaissaient sous le nom de révérend Kromie, d'autres sous celui de Dr Kromie, mais qu'il nous invitait tous à l'appeler simplement Pete. Il avait un aveu à nous faire : en sa qualité de psychothérapeute et de ministre du culte, il avait apporté un soutien psychologique à de nombreuses familles affligées, mais il n'avait encore jamais eu à affronter une douleur aussi immense et aussi profonde. Il avait donc l'impression de ne pas être à la hauteur. Il se sentait perdu. Il avait besoin de notre aide.

« Nombre d'entre vous sont venus spontanément aujourd'hui – il n'y a pas assez de chaises. Je pense que cela signifie que nous attendons quelque chose des autres. Mais quoi ? Dans les jours à venir, nos attentes seront peut-être différentes de ce qu'elles sont quarante-huit heures après cette terrible tragédie. Le deuil est un processus – une évolution. Mais de quoi avons-nous besoin dans l'immédiat ? » Ses yeux firent le tour de la salle, examinèrent les visages. « De déverser notre colère ? Est-ce de ça que nous avons besoin maintenant ? De pleurer et de nous étreindre ? De demander "Pourquoi ?" "Pourquoi nous ?" "Comment une haine si profonde et si étrangère à tout ce que nous chérissons a-t-elle pu prendre racine ici à Littleton ?" Peut-être pouvons-nous réfléchir ensemble à ce que nous attendons de la réunion d'aujourd'hui. »

Il avait l'air de me regarder en disant ça. J'opinai et jetai un coup d'œil à Mo. Elle s'était remise à jouer avec son alliance.

Le pasteur Pete invita les membres de l'assistance à parler de ce qu'ils éprouvaient ou de ce qu'ils avaient vécu. Peu le firent – en tout cas personne du premier cercle. Une fille du deuxième cercle raconta qu'elle était restée enfermée deux heures dans la salle d'arts plastiques avant de pouvoir quitter le bâtiment.

« J'ai prié sans arrêt. Et mon Seigneur et Sauveur Jésus-Christ m'a sauvé la vie.

— Moi aussi, Jésus m'a sauvé, fit un grand garçon maigre au fond. Je me suis réveillé avec un mal de gorge, et ma mère a appelé pour dire que je n'irais pas au lycée. »

Une fille du cercle intermédiaire jaillit de son siège. « Si Jésus est si génial, pourquoi il a pas sauvé mon amie Kyle ? Ou Cassie ? Ou Rachel Scott qui n'aurait pas fait de mal à une mouche ? » Elle foudroya du regard le garçon au mal de gorge, attendant une réponse.

« Je ne sais pas, répondit-il.

— Aucun de nous ne le sait, renchérit Pete. C'est une question qui nous trouble tous. »

Une fille qui était restée coincée dans le labo de sciences raconta qu'elle avait appelé sa mère sur son portable, et que celle-ci avait gardé le contact avec elle pendant toute la durée du carnage.

« Sans elle, je serais sans doute devenue folle. Je voudrais juste dire que j'aime énormément ma maman. »

Maureen poussa un soupir d'impatience. Elle avait lâché ses cheveux sur ses épaules et jouait avec son élastique violet qu'elle avait passé autour de ses doigts. Elle ne cessait de tirer dessus et de le faire claquer sur ses articulations.

Une main se leva dans le deuxième cercle. Pete hocha la tête, et un jeune homme d'une vingtaine d'années – la boule à zéro, une boucle d'oreille – se leva et s'adressa à la foule d'une voix tremblante. Il expliqua qu'il effectuait un remplacement au lycée et prenait une pause quand il avait eu vent de ce qui se passait. Il s'était enfermé dans les W-C des profs et avait entendu un des tueurs rire dans le couloir, taper dans les portes et crier : « On sait que t'es là-dedans ! » Le soir précédent, sa petite amie lui avait annoncé qu'elle était enceinte et il était loin d'être ravi. Mais maintenant, il était content à l'idée d'avoir un bébé : sa copine et lui avaient décidé de se marier. Il allait essayer d'être le meilleur époux et le meilleur père possible. Je fus déconcerté par le nouveau petit gloussement de Maureen. « Raconte pas n'importe quoi », marmonna-t-elle.

Des gens parlaient, les autres écoutaient. Il n'y avait pas de dialogue, pas de réponse hormis les hochements de tête reconnaissants du pasteur Pete. C'était comme la réunion d'Alcooliques anonymes à laquelle j'avais assisté quand j'habitais encore Three Rivers. J'avais parlé au Dr Patel, notre conseillère conjugale, de l'alcoolisme de mon père, et du fait qu'il m'arrivait de me cuiter le week-end et de boire quand je ne parvenais pas à dormir. Elle m'avait incité à aller à une réunion – essayez donc – et c'est ce que j'avais fait. Une seule fois. Ça m'avait fichu les boules : cette façon de se tenir par la main et d'abdiquer devant une puissance supérieure. Toutes ces confessions venues du cœur et l'absence de réponse. Ce n'était pas pour moi, et de toute façon ces gens étaient des cas beaucoup plus désespérés. Ils étaient davantage dans la catégorie de mon père que dans la mienne. J'avais réduit un peu ma consommation. Moins de bière et d'alcool, plus de jogging. Ça allait, quoi.

« Je n'arrête pas de les revoir, disait Sylvia Ritter. L'un d'eux, en tout cas. » Elle était la première du premier rang à parler – la seule, s'avéra-t-il. Prof de biologie proche de la retraite, Sylvia raconta qu'elle était sortie dans le couloir à la deuxième explosion, et que Dave Sanders était passé devant elle en courant et lui avait crié de rentrer dans sa classe, d'éloigner les gamins de la porte et de s'enfermer à clé. « C'est alors que j'ai regardé au bout du couloir et que j'en ai aperçu un. Près de la bibliothèque. Je ne sais pas lequel c'était. Je n'ai pas vu son visage, juste une carabine ou un fusil ou que sais-je encore : je ne connais rien aux armes. » Elle s'interrompit pour se calmer et, quand elle reprit la parole, ce fut pour dire qu'elle avait vu Dave Sanders la semaine d'avant dans les bureaux de l'administration. Elle l'avait questionné au sujet de sa nouvelle petite-fille, et il avait sorti son portefeuille et lui avait montré une photo du bébé. « C'est à ce moment-là qu'ils ont dû lui tirer dessus. Juste après qu'il m'a dit de rentrer dans ma classe et de fermer la porte à clé. »

Maureen avait l'air de ravaler ses larmes. Je lui frottai le dos pour la réconforter, mais elle me fit signe d'arrêter. Elle s'était recoiffée en queue-de-cheval.

Une grande fille qui était debout au fond déclara qu'elle ne voulait pas parler de son expérience de mardi. Elle voulait juste dire que M. Sanders était un entraîneur génial et qu'elle ne l'oublierait jamais.

Deux élèves de troisième demandèrent si elles pouvaient chanter la chanson de Mariah Carey *Hero*, et la dédier aux élèves qui étaient morts. « Ce serait bien », dit le pasteur Pete, et elles entonnèrent en chantant faux leur hommage venu du cœur. C'est ce qui me toucha le plus dans cette réunion, je crois, ces pauvres filles efflanquées massacrant cette chanson merdique. Elles et le remplaçant – le futur papa. Maureen balança la tête d'avant en arrière pendant la prestation. Elle semblait à la fois ennuyée et nerveuse. Elle ne cessait de consulter l'horloge murale.

Vers la fin de la séance, le pasteur Clukey présenta le Pr Bethany Cake de l'université de Denver, spécialiste des traumatismes. « Le Pr Cake est ici pour nous fournir des renseignements susceptibles de nous aider à comprendre l'épreuve que nous traversons et à affronter les jours et les semaines à venir. Je me permets d'ajouter qu'elle a eu la gentillesse de venir à la dernière minute. C'est un de ses collègues qui devait venir nous parler, mais il a été convoqué subitement au bureau du gouverneur ce matin pour aider aux préparatifs du service commémoratif prévu dimanche. Nous sommes donc reconnaissants au Pr Cake d'avoir accepté de le remplacer au pied levé. Bethany ? »

Une brune menue d'une quarantaine d'années se fraya un chemin au centre du cercle. Elle tenait un projecteur dans une main et un ordinateur portable dans l'autre. Une rallonge était enroulée comme un lasso autour d'une de ses épaules. « Je vais vous faire une présentation à l'aide du PowerPoint, dit-elle tout en installant son matériel. Quelqu'un veut-il bien éteindre les lumières ? »

Les gens grommelèrent, remuèrent avec une certaine inquiétude. « On ne peut pas les laisser allumées ? » cria une voix. Le Pr Cake ne parut pas entendre la requête.

Voyant le malaise de la foule, le pasteur Pete se leva.

« Professeur ? Étant donné que cette salle ne se prête pas vraiment à ce genre de présentation, je me demande si vous ne pourriez pas résumer votre propos et répondre aux questions de l'assistance. »

Elle le fixa pendant quelques secondes embarrassantes. « Je peux faire la projection sur ce mur, et bien sûr je peux répondre aux questions à partir du moment où chacun comprend bien que je suis une chercheuse et non une clinicienne. » On bougea donc les chaises et on se mit d'accord sur un compromis : on tamisa *certaines* lumières.

Le professeur commença par pointer son curseur sur une liste de réactions à ce qu'elle appelait l'« événement traumatisant ». Je sortis le petit bloc-notes et le stylo que j'avais fourrés dans ma poche avant de partir et notai : « Hypervigilance, flash-backs, culpabilité du survivant, engourdissement psychique, palpitations, hypersensibilité au bruit, hypersensibilité à l'injustice. »

« Il s'agit là de réactions *initiales* qui sont toutes normales, expliqua le Pr Cake. Si vous manifestez certains de ces symptômes en ce moment, ça signifie simplement que vous digérez les événements. Que vous assumez votre angoisse. Vous avez tous entendu dire que l'esprit et le corps sont liés, n'est-ce pas ? »

Hochement de tête collectif.

« Chacun de nous a une sorte de thermostat qui coordonne les stimuli environnementaux avec les activités encéphaliques et les activités endogènes. »

Le pasteur Pete intervint : « Autrement dit, la réponse de notre cerveau et de notre corps aux stimuli. »

Un traumatisme pouvait affoler notre thermostat, poursuivit le Pr Cake. Nous étions peut-être très nerveux, ou anormalement en colère ou détachés sur le plan affectif. Nous avions peut-être des trous de mémoire chaque fois que nous tentions de nous rappeler l'épreuve que nous avions traversée. Le point positif, c'était que le thermostat de la plupart des victimes se réglerait de lui-même et que les symptômes diminueraient dans les semaines à venir. « C'est uniquement quand ils persistent ou évoluent qu'il y a lieu d'être inquiet sur le plan clinique.

— Quand ils persistent combien de temps ? demanda quelqu'un.

— En règle générale ? Au-delà de quatre à six semaines. Mais je vous prie de garder vos questions pour la fin. »

« Mlle Pètesec », écrivis-je sur mon bloc-notes. Lorsque je le montrai à Mo, elle me regarda d'un air perplexe comme s'il s'agissait d'un message codé. Lindsay mâchouillait ses cheveux.

Un syndrome de stress post-traumatique se manifesterait si l'événement avait atteint de manière significative le système nerveux central. Et l'impact ne se révélerait qu'avec le temps via les « trois E ».

Les mots *environnemental*, *encéphalique* et *endogène* apparurent sur le mur dans un diagramme hérissé de flèches. Je le recopiai sur mon bloc-notes sans savoir ce qu'il pouvait signifier. Trop technique, songeai-je : elle s'adresse à des gens qui souffrent, pas à des étudiants en psychologie.

Elle parla des éléments – visuels, auditifs, olfactifs, tactiles – susceptibles de déclencher un flash-back. Ou une crise de panique. Ou un engourdissement psychique. « Combien d'entre vous ont entendu des coups de feu mardi ? »

Des mains se levèrent dans la salle.

« D'accord. Disons donc qu'il y a un gros coup de tonnerre pendant un orage. Ou que vous êtes à une soirée et qu'un ballon éclate. Bang ! Rien d'extraordinaire, n'est-ce pas ? Mais ces signaux qui ne dérangeraient personne en temps normal peuvent à présent devenir des éléments déclencheurs. Provoquer un flash-back, par exemple. Ce qui est certainement stressant, mais ne constitue pas à ce stade un problème clinique réel. Mais si dans six mois vous êtes toujours affecté par des stimuli sensoriels, alors votre état est sans doute préoccupant. Chaque fois que vous avez un flash-back, le traumatisme recommence. Nous le voyons bien dans les recherches sur les victimes de viol. Dans leurs flash-backs, elles revivent le viol. Les vétérans aussi, surtout ceux du Vietnam. Ils passent leur temps à revisiter la zone de combats. »

Maureen prit mon bloc-notes et mon stylo. « Cette femme me rend nerveuse », écrivit-elle.

« Tu veux t'en aller ? » écrivis-je à mon tour.

Elle secoua la tête.

Des mains se levèrent, et il faut reconnaître que le professeur assouplit son Pas-de-questions-avant-la-fin. « Oui ? dit-elle à une femme du deuxième cercle.

— Pourquoi certaines personnes s'en sortent et d'autres pas ? »

Nos systèmes nerveux centraux étaient tous différents, expliqua-t-elle. Quelques éléments de preuve suggéraient que certaines personnes étaient plus prédisposées au SSPT que d'autres.

« Les traumatismes de l'enfance peuvent également être un facteur. »

Une fille leva la main. « Est-ce qu'on peut guérir de ce SSTP ou je ne sais quoi ?

— SS*PT*, corrigea le professeur. Oui. Surtout s'il est traité au stade aigu et non pas chronique. Et ce qui ne peut pas être guéri peut souvent être géré de la même manière que les diabétiques surveillent et gèrent leur maladie. » Elle continua à discourir, inconsciente du fait qu'elle semblait avoir mis le premier cercle en transe. Je décrochai et me rendis compte que j'étais lessivé. Inquiet pour Mo, je n'avais pas fermé l'œil de la nuit. J'entrepris de hachurer mes notes. Je ne sais pas de quoi nous avions besoin, mais ce n'était certainement pas d'être bombardés de renseignements cliniques sur ce qui risquait d'arriver dans quatre à six semaines… Vu les circonstances, allait-on obliger les élèves à finir l'année scolaire ? Si ce n'était pas le cas, Maureen et moi pourrions partir un peu plus tôt dans le Connecticut. Nous évader. Commencer à envisager ce que nous allions faire de la ferme. Que nous décidions de la vendre ou de la louer, la vider serait un sacré boulot. Lourd sur le plan affectif. Mais ce ne serait rien comparé à ça. La distraction serait peut-être une bonne chose pour Mo. Nous pourrions mettre les chiens sur la banquette arrière et y aller en voiture au lieu de prendre l'avion. Emprunter le chemin des écoliers. La route panoramique… Quand je me remis à écouter le professeur, elle en était aux problèmes physiques : bourdonnements d'oreille, picotements, incontinence, problèmes sexuels.

« Donc, il s'agirait davantage de maux psychosomatiques que de maux réels ? s'enquit quelqu'un.

— Disons plutôt qu'ils sont tout ce qu'il y a de plus réel pour la personne qui en souffre. Les gens atteints de SSPT font parfois la tournée des médecins pour connaître l'origine exacte de leurs maux physiques. Mais elle se trouve dans leur tête, pas dans leur corps.

« Ne mettons pas la charrue avant les bœufs, fit Pete. Comme Bethany l'a expliqué plus tôt, nombre d'entre vous – la *majorité* – présenteront à court terme certains symptômes qui s'atténueront.

— C'est exact, renchérit le professeur. Mais ceux qui ne veulent pas entendre parler de traitement pourraient le payer très cher. C'est tout. » Bon Dieu, songeai-je, cette bonne femme est abominable. On devrait lui débrancher son projecteur et la foutre dehors.

Un garçon du deuxième cercle leva la main. « Vous avez parlé un peu plus tôt d'"engourdissement psychique". Ça veut dire quand la personne agit comme si elle venait d'une autre planète ? »

La remarque arracha un sourire au professeur – le premier de la séance. « C'est une façon de voir les choses.

— Parce que j'étais en cours de trigonométrie quand ça a commencé. Je m'en suis tiré. Mais mon petit frère était à la cafétéria. Et après qu'ils ont quitté la bibliothèque et sont descendus à la café…

— Qui ça, "ils" ? demanda le professeur.

— Vous savez bien.

— Les tueurs ? »

Le garçon regarda autour de lui d'un air inquiet et hocha la tête.

« Tu connais leurs noms ? »

Il opina de nouveau.

« Alors, pourquoi tu ne les emploies pas ?

— J'ai pas envie.

— Pourquoi ? »

Eh là, songeai-je. Tu es chercheuse, pas psy. Ne l'oublie pas.

« Je veux pas, c'est tout.

— D'accord. Continue alors. Il y a eu des explosions. Des coups de feu. Puis ils sont descendus à la cafétéria où se trouvait ton frère. »

Le garçon acquiesça d'un signe de tête. « Ethan et deux autres avec qui il était caché sous une table ont décidé de se sauver. Mais les autres les ont vus et se sont mis à les courser dans le couloir. À leur tirer dessus. Ethan a entendu des balles siffler autour de lui, au-dessus de sa tête, ricocher sur les murs. Il a cru qu'il allait être touché. Mais il a continué, puis il a coupé à travers l'amphithéâtre et il est sorti... Ensuite, quand nos parents sont venus nous chercher à Leawood, moi, je n'avais qu'une envie : rentrer à la maison. Mais Ethan voulait aller au McDonald's manger un cheeseburger. C'était, genre, un besoin maladif.

— Il avait probablement plus faim de normalité que de hamburgers », fit remarquer le professeur. Sans raison, Maureen laissa échapper un rire.

« C'est donc ce qu'on a fait, poursuivit le garçon. C'était un peu bizarre, vous savez. Après tout ce qui s'était passé, on s'est retrouvés au McDo... mais bon, il avait l'air d'aller bien, ce soir-là. Il a regardé les infos, il a téléphoné à nos grands-parents et à nos cousins. On aurait cru un témoin oculaire ou je ne sais quoi. Mais hier et aujourd'hui, il n'arrête pas de regarder dans le vide et on passe notre temps à dire : "Hou hou ! Reviens sur terre." Il a refusé de venir ici aujourd'hui. Mes parents voulaient pourtant, mais lui c'était style : "Hein ? Nan, je suis trop fatigué. J'ai pas besoin de ça. Je me rappelle pas grand-chose." Alors je me demandais : C'est ça l'engourdissement psychique ? »

Le professeur répondit qu'elle ne pouvait pas commenter spécifiquement les réactions de son frère. Ce qu'elle pouvait dire, c'est qu'à la suite d'un traumatisme le cerveau se protégeait en effaçant de sa mémoire l'événement horrible. « Ce qui n'est pas mal à court terme. Mais si l'engourdissement psychique – on l'appelle aussi "amnésie affective" – persiste, le patient est incapable d'affronter ses sentiments et ses peurs. Et avec le temps cet évitement peut causer des dégâts.

— On pourrait comparer ça au disque dur de votre ordinateur, ajouta le pasteur Pete. Les souvenirs se trouvent dedans. Mais vous n'y avez plus accès.

— Permettez-moi de filer la métaphore, enchaîna Bethany Cake. L'engourdissement psychique peut agir comme un virus informatique. Parce que les souvenirs inaccessibles sont là et font des ravages à votre insu. Puis, un beau jour, plus rien ne marche. »

Je notai « Love Bug » sur mon bloc-notes. Deux jours plus tôt seulement, j'avais lu un article sur ce virus qui se propageait dans tout le pays. Putain, j'avais l'impression que c'était il y a deux ou trois *mois*. Nous ignorions alors ce dont deux lycéens étaient capables – nous pensions qu'un disque dur effacé ou l'attaque cérébrale d'une tante âgée étaient une tragédie. Nos vies à Maureen et à moi allaient-elles désormais être scindées en deux : avant et après la fusillade ?

« Je ne cherche pas à te mettre en difficulté », poursuivit le professeur. Elle s'adressait de nouveau au garçon dont le frère était détaché de tout, et essayait une fois de plus de lui faire dire le nom des tueurs. « Je veux juste bien faire comprendre qu'il est important pour nous...

— Dylan Klebold ! laissa échapper le gamin. Eric Harris ! » Il éclata en sanglots.

« Enfoirés ! Enculés ! » cria quelqu'un. Toute la salle accusa le coup. On entendit des rires nerveux, des grommellements, des gémissements. Mes yeux se posèrent sur un gros garçon rougeaud du deuxième cercle. Steve Quelque. Chose, demi de l'équipe de football. Ses camarades assis à ses côtés – ses coéquipiers en maillots assortis des Rebels – essayèrent de le faire rasseoir, mais il se dégagea et fonça vers la sortie. Au claquement de la porte, Maureen suffoqua et m'attrapa par le bras. Je me rendis compte que c'était comme un coup de feu. Oh mon Dieu, Mo !

Un couple aux cheveux gris se leva et se dirigea aussi vers la porte. « Je voudrais m'excuser au nom de mon fils, dit l'homme. Ils ont tué son copain. Son meilleur ami depuis le cours élémentaire. Ils devaient partir camper ensemble ce week-end. D'habitude, il ne parle pas comme ça. »

Après leur départ, le pasteur Pete se tourna vers les coéquipiers du garçon. « Il s'appelle comment ?

— Steve, dit l'un.

— Bon, quand vous le reverrez, dites bien à Steve de ne pas avoir honte de ce qui s'est passé. Dites-lui que son accès de colère était une réaction *saine*. D'accord ? L'un de vous veut-il m'expliquer pourquoi ? »

Nous attendîmes tous, mais les amis de Steve restèrent silencieux. Ivy Shapiro se leva. « Parce qu'il a vidé son sac, trouvé un exutoire, dit-elle.

— À quoi ? demanda Pete.

— À sa colère.

— Exactement. Non seulement ça, mais il l'a déchargée sur les bonnes personnes. Pas sur ses parents, ni sur ses profs, ni sur lui-même. Il l'a déchargée sur les deux personnes qui ont tué son meilleur ami. Combien parmi vous éprouvent de la colère envers Harris et Klebold ? »

La majorité de l'assistance, élèves et adultes, leva la main. Moi. Maureen. Lindsay, elle, garda les mains sur ses genoux.

« Alors il faut à tout prix l'exprimer. La mettre sur le tapis, ne pas la laisser couver. Il faut passer sa colère sur ceux qui la méritent. »

Un des joueurs de l'équipe de football se leva. « Ça fait vraiment chier qu'ils se soient tués, dit-il. Ils auraient dû être jugés, condamnés, et cramer sur la chaise électrique.

— Affronter un peloton d'exécution, marmonna un autre.

— Être pendus à un arbre, putain. »

Une fille du premier cercle se mit debout et ramassa ses affaires. « Désolée, fit-elle. C'est trop pour moi. » Elle quitta la salle.

Un garçon trapu, musclé – une star de l'équipe de lutte dont j'avais oublié le nom –, se leva. « Vous savez ce que je leur aurais fait ? J'y ai réfléchi la nuit dernière. J'aurais laissé tomber ces histoires de procès et je me serais procuré deux bouts de corde, d'accord ? J'aurais noué une extrémité autour de leurs chevilles et l'autre au pare-chocs de ma camionnette. J'aurais démarré sur les chapeaux de roues et j'aurais conduit pied au plancher, d'accord ? J'aurais roulé plein pot et je me serais éclaté à les entendre hurler. Je leur aurais usé le dos jusqu'à la moelle épinière que je leur aurais arrachée et enfoncée dans la gorge. Voilà ce que je leur aurais fait, moi ! »

Son commentaire suscita de la révulsion et des applaudissements. Il jeta un regard satisfait à la ronde. Le pasteur Pete avait une mine sombre, mais se tint coi. Bethany Cake paraissait perplexe. Elle se dépêcha de terminer sa présentation en indiquant avec son curseur des sites Internet de SSPT à visiter, des articles et des livres à lire, et des numéros de cliniques à appeler.

Passant devant Pete sur le chemin de la sortie, je lui lançai : « Vous avez dit qu'ils pouvaient décharger leur colère. C'est ce qu'ils ont fait. »

Il hocha la tête d'un air triste. S'excusa pour la tournure qu'avait prise la séance et pour l'insensibilité de Bethany Cake. Il dit que le type prévu initialement était formidable. « Comment va votre femme ? » demanda-t-il. Ses yeux suivirent mon regard posé sur Maureen, qui marchait quelques pas devant moi en compagnie de Lindsay Peek. Je le regardai et haussai les épaules.

Nous raccompagnâmes Lindsay chez elle. L'allée était vide, aucune lumière n'était allumée. Sa mère sortait du travail à six heures, expliqua-t-elle. Hésitant à la laisser seule, Maureen suggéra que nous allions tous les trois manger une glace quelque part. Lindsay dit que tout irait bien. Elle allait regarder Oprah[1] à la télé.

« Lindsay ? demandai-je. La fille qui était avec Mme Quirk quand elle est entrée dans la bibliothèque... Velvet. Tu sais ce qui lui est arrivé ? »

Elle fit signe que oui. « Je la voyais de là où j'étais. La plupart étaient sous les tables avec d'autres, mais elle, elle était seule.

— Ils lui ont dit quelque chose ?

— Le grand. Il l'a traitée de... je ne veux pas le répéter. Ce n'était pas très gentil... Il lui a demandé si elle croyait en Dieu. Ils demandaient ça à tout le monde. Puis ils riaient de leurs réponses et leur tiraient dessus. »

Maureen porta son poing à sa bouche. Détourna le regard.

_____

1. L'« Oprah Winfrey Show », talk-show très suivi et dont l'influence est énorme.

« Qu'est-ce que Velvet a répondu quand il lui a posé la question ?

— Je ne sais pas. Je n'entendais pas très bien à cause de l'alarme incendie, des cris et tout. Puis je crois que, juste après ça, le plus petit a sauté sur une bibliothèque.

— Eric ? »

Elle acquiesça d'un signe de tête. « Il hurlait, jurait. Faisait tomber les livres des étagères. Après, ils sont partis... Alors tout le monde a commencé à se relever, à aller dans le petit couloir et à filer par la porte sur le côté. J'avais peur de sortir de ma cachette, au début. Peur de regarder. Mais mes voisins se sont mis debout et je me suis contentée de les suivre.

— Tu l'as revue par la suite ? Dehors ?

— La fille ? » Elle fit signe que non. « Non, attendez. Si. Elle marchait en direction du parc.

— Elle était avec quelqu'un ? demanda Maureen.

— Non, toute seule. Elle pleurait. »

Sur le chemin du retour, j'allumai la radio : la visite de la ministre de la Justice avait été annulée parce qu'on avait découvert une autre bombe non explosée parmi les débris et les cartables qui flottaient dans la cafétéria. Le recteur annonça que le lycée de Columbine demeurerait fermé jusqu'à une date indéterminée. Les dix-huit derniers jours de l'année scolaire se dérouleraient au lycée voisin de Chatfield, par roulement : les élèves de Chatfield le matin, les nôtres l'après-midi, de une à cinq. « Bon, fis-je, je suppose qu'on se débrouillera avec les moyens du bord, pour dix-huit jours. »

Maureen dit que les infirmières de Chatfield assureraient sans doute les deux services, ou partageraient peut-être l'horaire avec Sandy Hailey, l'infirmière à plein temps de Columbine. « Ils n'auront pas besoin de moi.

— Mo, ils ne vont pas supprimer ton poste alors qu'il ne reste que dix-huit jours. Tu continueras à travailler à mi-temps. À y aller deux, trois heures.

— Non, ils n'auront pas besoin de Sandy *et* de moi. »

Je ne comprenais pas bien ce qu'elle voulait dire. « Tu n'as pas *envie* de retourner au travail ? »

Elle regarda au loin.

Les chiens se précipitèrent dehors quand j'ouvris la porte. Le voyant du répondeur clignotait. Nous restâmes à le fixer du regard. J'appuyai sur le bouton.

« Maureen ? Ma chérie ? C'est ton père. On pense bien à toi. On se demande comment tu vas après ce calvaire. Evelyn et moi avons l'intention de venir te voir dans quelques jours. Dimanche, sauf contrordre de ta part. D'ici là, si tu as besoin de quoi que ce soit… » Le message semblait avoir été interrompu : il y eut quatre ou cinq secondes de silence, sans bip. Puis, avec un temps de retard : « Je t'aime, Maureen. Très, très fort. »

Mo éclata en sanglots. Je crois qu'elle attendait ça depuis toujours. Mais à quel prix…

Le deuxième message était à peine audible et je ratai les premiers mots. « C'est Velvet ! » s'exclama Maureen. Nous le réécoutâmes.

« Salut, m'man… C'était l'horreur, hein ? Quels connards… Je t'ai cherchée une fois dehors. Je ne savais pas trop où t'étais et j'avais peur que peut-être… Mais je sais que tu t'en es sortie, parce que j'ai vu la liste et que tu n'étais pas dessus… Moi ça va à peu près. Je me tire d'ici. Je voulais juste dire au revoir à ma maman. Merci de m'avoir soutenue. Je ne sais pas trop où je vais aller. Je veux juste me casser de ce putain d'endroit. J'ai rencontré un type qui m'emmène dans sa voiture. Il va peut-être aller à Las Vegas, ou en Californie, ou peut-être même descendre au Mexique. Ça dépend. Je t'appellerai peut-être une fois sur place. Juste pour voir comment tu vas. Comment ma maman se débrouille… Oh, et dis à M. Quirk… »

Bip. Fin du message.

11

Je me rendis seul aux obsèques.

Celles de John Tomlin eurent lieu en premier, le vendredi. Sa petite amie parla de son sourire contagieux. Le pasteur nous mit en garde contre le diable. « Satan se frotte les mains. Il veut que le mal et la peur 'nous accablent. Il veut que nous rendions le mal par le mal. »

Le samedi, ceux qui comme moi pleuraient la mort de Rachel Scott firent la queue pour écrire et signer sur son cercueil blanc avec des feutres. De ma place dans la file, je lisais les messages. « Ma chérie, tu étais tout ce qu'une mère pouvait demander au Seigneur », « Ma douce Rachel, nous t'aimons », « Je promets de réaliser nos rêves ». Mes mains se mirent à trembler. Comment allais-je faire pour écrire ? Et pour dire quoi ? Je n'avais pas de mots pour Rachel – rien qui puisse contrebalancer le scandale absurde de la mort de cette gamine adorable. Je quittai donc l'église pour rentrer à la maison. J'ai dû le faire, parce qu'une minute après j'étais au volant de ma voiture sur le parking de l'église, et la suivante j'entrais chez moi et me dirigeais vers le téléphone qui sonnait dans la cuisine.

C'était mon beau-père. « Apparemment, la moitié du Colorado va au service commémoratif demain. Evelyn doit faire visiter une maison à neuf heures. Elle pourrait changer son rendez-vous, mais c'est un client VIP –

le nouvel animateur de "Good Morning, Denver". On ne pourra pas prendre le volant avant dix heures, dix heures et demie, et la circulation sera alors un vrai cauchemar. »

OK, eus-je envie de dire. Ta fille est en train de craquer, mais nous ne voudrions surtout pas vous imposer, à toi et au Barracuda, le désagrément d'un petit pare-chocs contre pare-chocs. Pour ce qui est de laisser tomber ta fille, ce ne sont pas les précédents qui manquent. « Oui, je comprends, fis-je. Maureen comprendra aussi. »

Je raccrochai, furax mais soulagé. Je m'étais trouvé deux fois face à face avec Papa chéri depuis que Mo et moi étions ensemble, toujours dans des endroits neutres – des restaurants chics suggérés par Evelyn et lui. Les deux fois, j'avais mastiqué et avalé de la nourriture que je n'allais pas payer, répondu à des questions condescendantes sur mon enseignement, démangé par l'envie de lui demander : *Te masturber devant ta fille de onze ans ? La bousiller ainsi ?*… Arthur Ekhardt et ses tournois de golf au profit d'organisations caritatives, ses complets de soie italiens. Mon père était peut-être un raté, un poivrot, mais au moins il n'avait jamais… Qu'est-ce qu'elle attendait donc pour le rayer une bonne fois pour toutes de sa vie ? Ça me dépassait.

Pour compenser leur absence, mes beaux-parents nous firent parvenir, plus tard dans l'après-midi, une immense corbeille enveloppée de cellophane : elle était remplie de cookies, de bonbons, de cafés et de thés. Il y avait aussi une coûteuse bouteille de pinot et un exemplaire de *Soupe au poulet pour l'âme en peine*[1] ou une connerie de ce genre. La carte qui l'accompagnait disait :

---

1. Recueil d'histoires de Jack Canfield et Mark Victor Hansen destinées à ceux qui ont perdu un être cher.

« Nous pensons bien à vous. Affectueusement, Evelyn et Papa », et avait été écrite par une tierce personne.

« C'est vraiment très gentil de leur part, dit Maureen.

— Ouais. Ce sont des anges, tous les deux.

— Caelum, arrête.

— Arrête quoi ? »

Pour toute réponse, elle quitta la pièce.

En matière d'insomnie, on s'était relayés toute la semaine. Ni l'un ni l'autre n'arrivait à se concentrer suffisamment pour lire. Cette nuit-là, elle resta allongée à côté de moi, fixant le vide pendant que je piquais du nez en regardant les dernières manches d'un match des Rockies et la série *Walker, Texas Ranger*. Elle me réveilla un peu avant onze heures. « Hein ? Quoi ?

— Tu as fermé les portes avant de monter ?

— Oui.

— La deuxième fois ? Après que tu as fait sortir Sophie ?

— Ouais… J'en suis quasiment certain.

— Tu pourrais vérifier ? »

Je soupirai. Mis les pieds par terre et restai assis. Me levai, descendis. J'essayai de ne pas penser à Maureen cachée dans son placard, écoutant les coups de feu, les gamins hurler et supplier. Bon Dieu, j'étais complètement réveillé à présent. Bien parti pour ne pas fermer l'œil pendant deux ou trois heures.

Je vérifiai la porte de devant et celle de derrière menant au garage. Je repensai au message qu'elle m'avait laissé. Dans le noir, à l'intérieur du placard. Elle s'était inquiétée à l'idée que personne ne le découvre – que je ne sache jamais qu'elle m'avait écrit un mot d'adieu. Après le départ des enquêteurs et notre retour à Columbine, j'irais peut-être dans ce placard passer le mot au papier de verre. Parce qu'elle avait survécu, non ? Elle était en haut. En lieu sûr.

Du pied de l'escalier je criai : « Tout est en ordre ! »

Pas de réponse.

« Maureen ?

— J'ai pris deux Tylenol de plus.

— Ah ouais ? D'accord. Laisse-leur le temps d'agir. Je monte dans quelques minutes. »

Silence.

Je restai un moment à la fenêtre à fixer l'obscurité. À me demander : De quoi as-tu peur ?

Qu'elle ne revienne pas à la normale. Qu'elle ne soit plus Maureen.

Ils ont dit que les symptômes diminueraient.

Chez la *plupart*. Et si elle ne faisait pas partie du lot ?

Détends-toi. À chaque jour suffit sa peine.

Merde, à la fin. Je passe mes journées à marcher sur des œufs, à m'attendre à ce qu'elle pète les plombs. J'assiste à des enterrements de gamins, je lis l'horreur sur le visage des parents. Je passe mes nuits à essayer de ne pas penser à ce qu'ils lui auraient fait s'ils l'avaient trouvée dans son placard.

Satan veut que le mal et la peur vous accablent.

Ouais, et le Père Noël veut que je laisse du lait et des cookies près de la cheminée. La ferme. Va te faire foutre. Je vais regarder la télé.

C'étaient les infos : l'enquête, les photos des victimes, les ouvriers installant l'estrade pour le service commémoratif du lendemain. Tout le gratin serait là : le gouverneur, les Gore, Colin Powell. Trente à quarante mille personnes sur le parking de ce cinéma ? C'était inimaginable. Une jolie reporter blonde installée sur une aire de repos d'autoroute demandait aux gens des autres États pourquoi ils faisaient le pèlerinage. « On veut simplement être là pour les familles, disait un gros type coiffé d'un chapeau de pêche. Parce qu'on est tous de Columbine. »

Ah ouais? Tu crois ça, mon pote? T'as un de tes gosses dans un cercueil? Ta femme sursaute chaque fois que tu fais mine de la toucher?

J'avais relégué la corbeille des beaux-parents dans le vestibule. Je l'emportai à la cuisine, fendis le papier cellophane avec un couteau-scie et sortis la bouteille de vin. Je la débouchai et remplis un grand verre à jus de fruits. Au clair de lune, en sous-vêtements, je portai un toast à mon beau-père. *À ta santé, espèce de vieux saligaud. Violeur d'enfants.* Je reposai mon verre, le remplis de nouveau. L'emportai dans la salle de séjour avec la bouteille et un paquet de biscuits au fromage bien entamé.

Je bus et mangeai. Zappai de « Saturday Night Live » à Steve McQueen dans *Bullitt*. Je me léchai les doigts et ramassai les miettes au fond du paquet. Me suçai les doigts, bus un peu plus... J'irais peut-être là-bas demain me joindre à la cohue. Ou je resterais à la maison, pour tenir compagnie à Mo. Il était exclu qu'elle aille là-bas – pas avec une foule pareille. Déjà qu'à Clement Park elle croyait qu'il y avait des snipers dans les arbres.

Sur MTV, des filles black en string se trémoussaient derrière un rappeur aux dents en or. VH-1 passait un vidéo-clip des Wallflowers, le groupe du fils de Bob Dylan. Un beau gosse – il devait tenir de sa mère. Bobby n'avait jamais été un Apollon et ça ne s'était pas amélioré avec l'âge... J'appellerais peut-être Andy et Jen Kirby le matin pour savoir s'ils y allaient. Je me ferais emmener par eux. Ou peut-être pas. Je resterais à la maison. Regarderais la cérémonie à la télé si Mo en avait envie.

Je me souvins du crayon feutre que j'avais tenu à la main. *Gentille Rachel, pardonne-nous. Nous ne nous étions pas aperçus que c'étaient des monstres...*

Sur ESPN Classic, je tombai sur un vieux match opposant les Celtics aux Lakers. Voilà qui devenait intéressant. Je coupai le son. Inclinai mon fauteuil. Le match devait remonter à 1984 ou 1985. Bird et Magic étaient au top, tout en mouvement. J'attrapai la bouteille.

Le score était de 99 à 99 et il ne restait plus que vingt-sept secondes. Worthy passe le ballon à Magic, qui fait une feinte de shoot une fois, deux fois, puis attaque le cercle en dribble. Il fait un bond défiant les lois de la gravité et marque un panier d'une seule main.

Un vrai ballet, aurait dit Francesca. Je ferme les yeux et la revois assise à côté de moi à Madison Square Garden. Elle porte un pull rouge qui lui moule les nénés et lui dénude les épaules…

Quelqu'un dans sa maison d'édition ne pouvait pas aller au match des Knicks et elle lui avait racheté ses billets pour me faire la surprise. Les Knicks contre les Bulls. Elle n'avait jamais assisté à un match de la NBA, ni même vu jouer l'équipe de basket de son lycée. La main au panier, ça ne se faisait pas trop à l'école de filles de Mlle Porter. « J'avais cru que je m'embêterais, mais ça me fascine. Quand ils bougent, on dirait… *un vrai ballet*. » J'avais levé les yeux au ciel et ri. M'étais penché pour l'embrasser.

C'était au début. À l'hiver 84, quand elle s'occupait de la publication de mon roman et que je prenais le train de dix-sept heures sept pour descendre à Manhattan tous les vendredis. Je me précipitais de Grand Central à son petit appartement de la 9ᵉ Avenue. Le premier. Celui qui avait des cafards et un matelas à eau.

Plus que quatre secondes, 101 à 99. Parrish passe le ballon à Bird qui trébuche, fait une embardée et tire quand même. Panier réussi. Putain, on oublie à quel point Bird était absolument génial. On joue les prolongations.

C'était bizarre la façon dont les choses s'étaient passées entre Francesca et moi. J'avais commencé à écrire mon roman l'année où je m'étais marié avec Patti et je l'avais terminé huit ans plus tard – l'année où elle m'avait quitté pour faire une école de commerce. « Reviens vivre ici avec Hennie et moi, m'avait proposé Lolly. Une paire de bras n'est jamais de trop et il suffit de rajouter une assiette. » C'était comme ce jeu d'enfant où on vous renvoie sur la ligne de départ si on vous voit avancer. J'avais donc mis mes affaires dans des cartons, et retrouvé ma chambre sans fenêtre avec son dessus-de-lit à motif de cow-boys et d'Indiens. Je n'avais plus de femme ni d'appartement. Je n'avais pas de titre pour mon roman, pas la moindre idée de la raison pour laquelle je l'avais écrit ni de la façon dont j'allais le faire publier. Il dormait dans un carton sur mon bureau d'enfant. Une histoire de quatre cent cinquante-sept pages sans titre dont je ne savais que faire. Était-elle bonne ? Quelqu'un que sa femme avait quitté parce qu'il était « trop distant » et « pas très intéressant » pouvait-il écrire un texte qu'on ait envie de lire ? Je demandai à ma Magic 8 Ball, une boule magique qui avait réponse à tout et qui prenait la poussière sur l'étagère de ma chambre. Je la secouai et la retournai. La réponse apparut en flottant : *C'est plus que douteux.*

Dans une de mes classes de niveau C, j'avais un gamin renfrogné à l'air minable, Michael Mull – un camé, de l'avis général. D'emblée, il venait quand ça lui chantait, puis il s'était mis à manquer plusieurs jours, plusieurs semaines d'affilée, et avait fini par ne plus venir du tout. Un jour, Missy Gingras, une élève très bavarde, termine son interro écrite à toute vitesse comme d'habitude, vient à mon bureau et me remet sa copie avec un mot : « Est-ce que je peux changer de place avec le garçon absent ? » Je sais pertinemment pourquoi elle veut changer de place : la table de Michael Mull se trouve à côté de celle de sa copine Joline, et Joline est une pipelette dans son genre. Je secoue donc la tête, et Missy regagne sa place en boudant.

Mais je ne cesse de regarder le mot. « Est-ce que je peux changer de place avec le garçon absent ? » Il y a une liasse de billets de retard sur mon bureau : j'en retourne un et j'écris : « Le garçon absent. » L'écris de nouveau en majuscules : « LE GARÇON ABSENT ». Fourre le papier dans ma poche. Ce soir-là, je suis en train de corriger les interrogations écrites sur la table de la salle à manger quand Hennie passe la tête à la porte. « Je fais une lessive, Caelum. Tu as des couleurs foncées ?

— Oui. Je monte les chercher. »

Je roule mes vêtements en boule, vide mes poches de pantalon. Dans le pantalon de treillis que j'ai porté durant la journée, je trouve le papier. Je l'avais complètement oublié. Je le lisse et le pose sur mon manuscrit. *Le Garçon absent.* Mon roman a un titre.

La semaine suivante, à l'occasion d'une sortie scolaire à New York, pendant que mes élèves déambulent dans les vastes salles du Metropolitan Museum ou sortent en douce s'en griller une sur les marches de devant, j'ai une idée. Je trouve une cabine téléphonique près des W-C, ouvre l'annuaire à éditeurs et déchire les pages. J'ignorais tout de la marche à suivre et des agents littéraires, mais j'avais trois ou quatre pages d'adresses.

Ce week-end-là, je fis photocopier *Le Garçon absent* en six exemplaires. Je les fourrai dans des enveloppes trop grandes, et les envoyai aux six maisons d'édition dont j'avais entouré le nom. Pas de lettres d'accompagnement, pas de noms d'éditeurs ni d'enveloppes affranchies pour le retour du manuscrit. Juste mon roman, et une fiche comportant mes coordonnées fixée par un trombone à la page 1.

Les semaines suivantes, chaque fois que le téléphone de Lolly sonnait, je m'imaginais que c'était un éditeur. Un mois s'écoula. Puis un deuxième.

Il s'avéra que Michael Mull était mort. Assassiné. On découvrit son corps derrière un hangar près de Pachaug Pond : on lui avait fracassé le crâne avec une grosse pierre. Le matin où la nouvelle parut dans le journal, le CPE nous demanda par haut-parleurs d'observer dix secondes de silence. Le mois d'avant, une jolie fille de terminale – excellente élève, coordinatrice de la collecte de nourriture pour Thanksgiving et princesse de la fête annuelle – était morte dans un accident de voiture. On avait fait une assemblée spéciale, planté un arbre et créé une bourse d'études à sa mémoire. Le jour des obsèques, les élèves avaient eu l'autorisation d'arriver en retard sans mot d'excuse. Mais personne ne pleura Michael Mull. « Qui ça ? dirent les gamins que je surveillais. Il était comment ? »

J'allai à la veillée funèbre, une petite réunion pitoyable – dix ou onze personnes, en me comptant moi et la tante et l'oncle chez qui il habitait et qui avaient l'air de vrais péquenauds. « Il adorait son maudit serpent », me dit l'oncle en me tendant un Polaroïd terrifiant. Michael dont on apercevait le torse nu et décharné avait un boa constricteur noué autour du cou, comme un cache-nez. « Va falloir s'en débarrasser. Elle et moi, on peut pas passer notre temps à courir acheter des souris. Vous aimez les serpents ? »

Six mois plus tard, trois exemplaires de mon roman m'étaient revenus, dont un avec une circulaire hautaine me demandant si je savais combien les manuscrits non sollicités coûtaient aux éditeurs quand ils n'étaient pas accompagnés d'une enveloppe timbrée.

La police arrêta le tueur, un accro au speed de quatorze ans qui prétendait avoir été roulé par Michael. *Le*

Garçon absent parlait de l'enlèvement d'un garçonnet de quatre ans, pas du meurtre d'un ado camé. Mon histoire et celle de Michael Mull n'avaient rien de commun. Mais chaque mois qui s'écoulait, chaque manuscrit qui me revenait donnait au titre une résonance plus profonde. Au bout d'un an, je considérai que le livre était mort-né – mort et enterré comme Michael – et que j'avais été complètement idiot d'imaginer que je serais publié un jour.

Puis vint le 26 août 1983. J'avais passé la matinée à faire les foins avec Lolly et prévu d'occuper mon après-midi à préparer ma salle de classe pour la rentrée scolaire. Lolly, Hennie et moi déjeunions quand on sonna à la porte. L'avocat de Patti me faisait parvenir les papiers du divorce. Je n'allai finalement pas au lycée. À quatre heures de l'après-midi, j'étais toujours allongé sur mon lit avec l'enveloppe non décachetée sur le ventre. Je me disais : Elle a raison, on s'est mariés trop jeunes, on a évolué différemment. J'étais distant. Ennuyeux.

Alors que je m'apitoyais sur mon sort, Lolly cria du pied de l'escalier : « Caelum ? Téléphone ! » C'était Enid Markey, une responsable éditoriale de Simon & Schuster. Elle me dit qu'elle avait pour habitude de ne lire que les livres qui lui étaient présentés par des agents, mais qu'une de leurs stagiaires à qui on avait refilé les manuscrits envoyés spontanément avait découvert *Le Garçon absent*. Le manuscrit était passé de bureau en bureau et avait atterri sur le sien, la veille.

Enid l'avait lu d'une traite pendant la nuit, intriguée par le premier chapitre, « passionnée » par la suite. C'est le mot qu'elle employa. Présenter aux lecteurs un nouvel auteur de talent était la partie la plus plaisante de son travail. Les défauts du livre étaient tout à fait réparables. Simon & Schuster serait ravi de publier *Le Gar-*

çon absent. « Je vous confie à une jeune et merveilleuse éditrice adjointe, Francesca LaBarre. Elle est arrivée l'an dernier, diplômée de Bryn Mawr avec mention très bien. Elle est géniale ! »

Et c'était vrai. Belle, en plus. Pas grosse, mais bien en chair. Différente de Patti aussi à tous les autres points de vue : sûre d'elle, d'humeur changeante, sexy. Dès notre première rencontre dans son petit bureau encombré du onzième étage, elle montra que je l'intéressais. Je déplaçai ma chaise à côté de la sienne pour que nous puissions revoir le texte ensemble, et pendant qu'elle me faisait ses remarques et me posait des questions, nos épaules entraient sans cesse en collision. Je faisais mine de tourner une page et elle m'arrêtait. Posait sa main sur la mienne, glissait ses doigts entre mes articulations. Je veux dire, en termes de phéromones, on se serait cru au feu d'artifice du 4 Juillet. À l'issue de notre deuxième rendez-vous, elle m'emmena déjeuner dans un restaurant situé dans la rue où elle habitait. « Vous voulez monter ? » proposa-t-elle... On entend toujours dire que les hommes recherchent le soulagement et les femmes l'intimité. Pas Francesca. Elle préférait la jouissance aux câlins. Elle faisait l'amour comme elle s'attaquait à un texte ou à un repas : avec un appétit de loup.

Bon Dieu, la fois où je suis descendu du train à Grand Central et où je me suis rendu directement à son appartement ! Elle m'ouvre, et j'ai à peine franchi le seuil qu'on se jette l'un sur l'autre. Elle avec sa jupe remontée jusqu'à la taille et ses omoplates cognant contre le mur, et moi – en veste sport, celle avec laquelle je viens de faire cours, le pantalon en accordéon sur les chevilles – la baisant comme un malade.

Je bandais rien que d'y repenser.

Et New York, mec, ça participait aussi du truc. Les cinémas d'art et d'essai qu'elle affectionnait, les galeries d'art, les librairies d'occasion. Le petit restau italien de Mulberry Street avec ses gros bocaux d'olives en devanture, où nous avions toujours le même serveur. Il s'appelait comment, déjà?… Manhattan était comme un antidote à Three Rivers ; Francesca, un antidote à Patti dont j'étais tombé amoureux au lycée, mon épouse irlandaise collet monté, inhibée, qui se déshabillait dans le noir. Qui avait eu son premier orgasme deux ou trois ans après notre mariage. Quand j'écrivais mon roman, je lui donnais un nouveau chapitre à lire et elle me le rendait en hasardant, d'un air nerveux : « C'est bien.

— C'est tout ?

— Je travaille dans une *banque*, Caelum. Qu'est-ce que tu veux que je te dise ? »

L'opposé de Francesca, qui saisissait les nuances de mon histoire mieux que moi. Qui était capable de peaufiner une phrase, de changer un verbe et de métamorphoser un paragraphe. C'était une éditrice aussi géniale qu'Enid l'avait promis. Elle m'aida à écrire un bien meilleur livre. Quant aux avantages en nature…

On en était arrivés à être synchro. À jouir ensemble. C'est la seule des trois avec qui je sois parvenu à ça. J'en ai parlé à Alphonse Buzzi et il m'a dit : « Oh, *man*, faut absolument l'épouser. » Et je l'ai fait. Je l'avais rencontrée le 1ᵉʳ septembre et je l'ai épousée le 1ᵉʳ février.

« Marié ? *Déjà ?* s'écria Lolly quand je lui annonçai la nouvelle au téléphone. Dieu tout-puissant, tu es un rapide ! Tu vas t'installer à New York ou elle vient s'installer ici ?

— Ni l'un ni l'autre pour l'instant », répondis-je.

Puis Enid développe un cancer de l'utérus et adhère à la Hemlock Society, une association pro-euthanasie. Francesca se voit offrir un poste plus intéressant chez Random House. Simon & Schuster annule mon contrat.

« C'est un bon livre à bien des égards, monsieur Quirk, me déclare alors la nouvelle responsable éditoriale, mais ce n'est pas un chef-d'œuvre de la littérature. »

Assis en face d'elle, je meurs d'envie de lui dire, puis j'ose : « Vous savez que vous avez une sacrée moustache pour une femme ? »

Francesca a essayé de vendre *Le Garçon absent* à Random House, bien que je n'aie jamais vraiment su si elle s'était beaucoup démenée. Elle me répétait sans cesse qu'il me fallait un agent et je m'en suis trouvé un. La première fois où nous avons déjeuné ensemble, Lon m'a dit que mon écriture était un hybride de poésie et de prose, et que, tout blasé qu'il était, la fin du roman l'avait fait pleurer. Il envisageait de mettre deux éditeurs en compétition et de vendre mon roman aux enchères. « Les putes de Hollywood vont vous tailler des *pipes* pour avoir votre histoire. » Puis le film de Kevin Costner sort, et ça parle de l'enlèvement d'un petit garçon. C'est un bide complet au box-office. À la fin de la seconde année, Lon ne répondait même plus à mes coups de fil.

« Mets-toi en congé et commence autre chose, me conseillait Francesca. Viens vivre chez moi. » Au lieu de ça, j'ai monté les épreuves de mon roman au grenier de Lolly et pris un second boulot : un cours de littérature à Oceanside Community College. Aller à New York tous les week-ends devenait lassant. Trop de copies à corriger, trop peu d'attention de la part de Francesca quand je descendais la voir. Il était hors de question qu'elle prenne le train. Exclu qu'elle se propulse au Connecticut le vendredi soir pour être avec son mari… C'était une mésalliance dès le départ. La fille d'un diplomate et le fils d'un poivrot. Le mariage du week-end. Ça ne pouvait pas marcher. Elle a satisfait ses appétits ailleurs et prétendu que c'était moi le problème… *Castration affec-*

tive : elle n'a pas pu se contenter de me le dire… Il a fallu qu'elle donne un certain cachet à la chose. Il a fallu qu'elle prenne ses clés et qu'elle le grave sur mon foutu écran d'ordinateur… Mais ç'avait été bon avant de tourner au vinaigre. *Super* au début. De l'herbe et l'amour sur un matelas à eau, un immense miroir installé dans un coin de la chambre pour qu'on puisse se voir…

J'ai bu une autre gorgée de vin. Pris les choses en main moi-même. Pourquoi pas ? Pratique. Sans complications. Ça pourrait même m'aider à dormir un peu. Je ne pouvais décemment pas monter au premier et demander à Mo. Pas maintenant, et sans doute pas avant longtemps. C'était comme si elle était devenue radioactive. Redevenue une fillette de onze ans effrayée chez son père…

Alors je me suis branlé un peu plus vite, en songeant aux seins de Francesca – à leur poids dans mes mains, à leurs aréoles lie-de-vin. Je me suis caressé au rythme des mouvements du matelas à eau. J'ai donné du doigt la petite pichenette qu'elle m'administrait avec sa langue. Repensé à la façon dont elle riait quand je jouissais. Dont elle goûtait mon sperme. Dont elle s'en réjouissait. De ma main libre, j'ai tâtonné pour trouver quelque chose, n'importe quoi. J'ai attrapé le paquet de biscuits vide et j'ai éjaculé dedans…

Je me suis éclairci la gorge, j'ai remonté mon boxer-short. Que disait cette vieille chanson de Joni Mitchell ? « Après le flash, quand vous redescendez sur terre… » J'ai entendu la chasse d'eau en haut. Tu n'es qu'un sale con égoïste, un garçon absent, me suis-je dit.

Gualtiero : voilà comment s'appelait le serveur de notre petit restau italien.

J'espérais qu'elle n'était pas encore en train de se shooter au Tylenol. Il fallait que je l'emmène chez un médecin. Pour qu'il lui prescrive de vrais somnifères au lieu de cette cochonnerie en vente libre. Je téléphonerais lundi matin pour lui prendre un rendez-vous. Peut-être que si elle se mettait à faire des nuits complètes, je pourrais dormir aussi. Merde, la moitié du comté devait carburer aux somnifères.

J'ai vidé la bouteille de vin. Incliné mon fauteuil au maximum. Le match Celtics-Lakers se terminait : on jouait les doubles prolongations…

Je me suis éveillé à l'aube. Les chiens étaient en train de me renifler les pieds. La télé marchait toujours : une émission sur la pêche au loup. J'ai redressé mon fauteuil, me suis levé. J'ai marché sur le paquet de biscuits apéritifs. Je l'ai aplati avec les mains et l'ai fourré dans la poubelle. J'ai titubé pieds nus vers la porte de derrière. Les chiens se sont précipités dehors, l'air froid s'est engouffré dans la maison. Si je voulais savoir qui avait gagné le match, je devrais faire une foutue recherche sur Internet. J'avais un putain de mal de tête.

« *T'interdire*? Maureen, est-ce que je t'ai jamais *interdit* quoi que ce soit? Je me contente de signaler que lorsque nous sommes allés à Clement Park, mercredi soir, la foule t'a fait flipper. Et ce truc à l'église… Tu as dit qu'être dans cette salle comble te rendait nerveuse. Que ça te donnait des battements de cœur.

— Je m'inquiétais pour Velvet. Ça va mieux maintenant.

— La foule sera cent fois plus importante. C'est tout ce que je dis. Mais *t'interdire*?. Allons, Mo. Reviens sur terre. »

Elle insista. Elle avait dormi quatre heures d'affilée et se sentait mieux. Plus maîtresse d'elle-même. L'anonymat d'une foule nombreuse la réconforterait. Personne ne saurait où elle était pendant la fusillade. Ce qu'elle avait vu et entendu. Ça n'aurait rien à voir avec la réunion à l'église où elle avait eu peur qu'on lui demande de parler.

« D'accord. Nous allons tenter l'expérience. »

Nous partîmes de la maison une heure avant le début de la cérémonie, mais ils avaient barré plusieurs rues, et je dus me garer à presque un kilomètre et demi de Bowles Crossing où avait lieu le service. Nous avions parcouru huit cents mètres quand il commença à pleuvoir. Je mis Maureen à l'abri sous le store d'un bar. « Va à l'intérieur et prends-toi un café si tu as froid », dis-je. Je fonçai à la voiture, attrapai mon grand parapluie et fus de retour en moins d'un quart d'heure.

Elle n'était ni dehors ni à l'intérieur. Je courus jusqu'au carrefour. Personne. Le cœur battant la chamade, je retournai à l'intérieur du café et abordai le type maigre en tablier qui se tenait derrière le comptoir. « Vous n'auriez pas vu une femme vêtue d'une veste en denim et d'une jupe turquoise ? Avec des cheveux brun roux ?

— Elle est avec Andrea. Elle est entrée en poussant des sortes de gémissements. Puis elle est venue derrière le comptoir et s'est mise à ouvrir les portes de placards comme si elle cherchait quelque chose. Alors nous, on lui a dit comme ça : "Qu'est-ce qui se passe, madame ? Qu'est-ce qui ne va pas ?" »

Elle était assise à une table minuscule dans une pièce pleine de cartons. Elle avait une grande tasse de café fumant devant elle. Une fille d'une vingtaine d'années au look punk rock lui caressait la main.

« Mo ? »

Elle leva les yeux. Ne sourit pas.

« On ne savait pas s'il fallait appeler les urgences ou pas, dit la jeune femme.

— Non, ça ira. Merci de vous être occupée d'elle. On vous doit combien pour le café ? »

Elle secoua la tête. Se carra dans l'embrasure de la porte. « Madame, vous voulez suivre ce monsieur ? Ou vous préférez rester ici et qu'on appelle quelqu'un ?

— Eh là, je suis son *mari*. »

Elle me regarda droit dans les yeux, narines dilatées. « Je suis bénévole dans un refuge pour femmes battues. J'en connais un rayon sur les maris. »

Nous sommes restés là à nous foudroyer du regard. « Bien que ce ne soit pas vos oignons, sachez que ce n'est pas à cause de moi, c'est à cause du lycée de Columbine.

— Ah », fit-elle. Elle abandonna son attitude défensive et s'écarta.

Nous sortîmes en faisant de notre mieux pour ignorer les regards. Dehors, j'entraînai Mo en direction de la voiture. « Non ! » dit-elle en se dégageant. Elle avait paniqué, mais c'était fini à présent. Elle allait au service commémoratif. « T'étais *où* ? demanda-t-elle, indignée.

— Maureen, tu le sais très bien. Je suis allé chercher le parapluie. Je suis revenu le plus vite que j'ai pu. »

Quelques centaines de pas plus tard, elle m'expliqua ce qui s'était produit. Deux ados – un grand, l'autre plus petit – étaient passés en flânant devant le café : ils riaient et parlaient fort. « J'ai perdu les pédales. J'ai cru qu'ils étaient encore en vie. Que j'étais de retour dans la bibliothèque.

— Oh, Mo. Oh, putain, Mo ! »

Abrités sous des parapluies ou sous des capuches, les familles des disparus et les curieux remplissaient le parking du cinéma. Le trop-plein de la foule se répandait dans la rue, sur les toits des magasins et des restaurants voisins. Soixante-dix mille personnes, titrerait le journal du lendemain – le double de ce qui était prévu. En approchant des lieux, Maureen et moi entendîmes de la musique : de la guitare, des paroles de chanson incompréhensibles. Des ballons argent et bleus s'élevaient par centaines sous la bruine.

Nous étions très loin de l'estrade, mais ils avaient installé de grands écrans vidéo. L'archevêque de Denver nous assura que l'amour était plus fort que la mort. Le rabbin de Beth Shalom nous dit que notre chagrin devrait nous rendre plus conscients de l'humanité de tous. Tous ? m'interrogeai-je. Même les deux tueurs ?

Chaque fois que le gouverneur lisait le nom d'une victime, on lâchait une colombe. On fit l'impasse sur les noms d'Eric et de Dylan. Voir un de ces oiseaux prendre son essor sur un grand écran me ramena à Three Rivers – au vitrail de la cathédrale Saint-Antoine. La sainte Trinité, le trois en un : je les regardais avec de grands yeux tous les dimanches étant gosse, essayant de comprendre. Dieu le Père et Dieu le Fils, pas de problème. Mais Dieu le Saint-Esprit ? Un oiseau blanc auréolé ? Mon copain Jimmy Jacobson avait un oiseau – un petit perroquet – qui chiait partout dans sa cage. Il s'emparait de votre doigt avec son bec et ça faisait un mal de chien. Je demandais à ma mère : « C'est un oiseau ou c'est un esprit ? »

— Dieu est un mystère », disait-elle. Comme si cette réponse pouvait me satisfaire.

Amy Grant chanta un cantique. Le fils de Billy Graham récita une prière. Al Gore s'approcha de la tribune d'un air sombre et solennel. « Que dire face à l'arme de la tragédie braquée sur nos cœurs ? » demanda-t-il. La réponse à cette question détermina le reste de son discours, qui ne m'a laissé aucun souvenir.

Jack Eams, notre CPE qui était aussi entraîneur de foot, fut un des derniers à prendre la parole. Il avait été footballeur professionnel dans les années 60 – chez les

Vikings, si mes souvenirs étaient bons. Costaud, cheveux argentés, costume fauve, il s'approcha du podium qu'il empoigna à deux mains et se pencha vers le micro. « Levez la main si vous allez au lycée de Columbine », dit-il. Il scruta la foule, hocha la tête devant les bras qui s'agitaient. « C'est surtout à vous que je veux m'adresser, OK ? Vous rappeler que ce qui s'est passé mardi dernier ne nous définit pas, OK ? » Son intervention détonnait par rapport au reste du service – ça ressemblait plus à un briefing de mi-temps qu'à un hommage. « Parce que Columbine n'est pas une histoire de haine, c'est une histoire d'amour, OK ? Columbine *est* amour. Je veux que vous répétiez ces mots après moi, et que tous ceux qui sont ici aujourd'hui les répètent en même temps que vous. OK ? Vous êtes prêt ? Columbine est amour.

— Columbine est amour, murmura la foule.

— Plus fort ! Columbine est amour !

— Columbine est amour. » Impossible de me joindre aux autres. Même chose pour Maureen.

« Je ne vous entends pas ! Columbine est amour !

— Columbine est amour !

— Quel tas de conneries ! dit quelqu'un non loin de nous.

— Oui, renchérit un autre. Quand les sportifs me crachent dessus dans le couloir, je sens vraiment leur amour. »

Je me retournai et aperçus un quarteron de gothiques : trois garçons maigrichons et une grosse fille aux cheveux et aux ongles aubergine. Celui qui avait une barbiche dit : « C'est comme la fois où je me suis pris une bouteille en pleine tronche, et qu'Eams m'a sorti : "Habille-toi autrement et ils ne te prendront pas pour cible." Moi, je lui ai répondu : "Ah ouais, mais comment ça se fait que les sportifs aient besoin de cibles ?"

— Parce que ce sont les rois de Columbine ! roucoula la fille en feignant l'adulation.

— Eh là ! s'écria un type au visage mastoc près de nous. Ça vous gênerait de la boucler et de montrer un peu plus de respect ? »

Maureen lui fit face. « Ils ont raison pourtant. Les conseillers d'éducation ferment les yeux quand il y a du harcèlement. Vous savez ce que c'est qu'une "brûlure indienne" ? On vous pince la peau et on tourne un bon coup. Ça laisse une vilaine ecchymose. Et le "bowling" ? On verse de l'huile d'amandes douces par terre, puis on attrape un pauvre troisième et on l'envoie valdinguer dans le couloir. Ils en ont poussé un si fort qu'il est tombé et s'est cassé le poignet.

— Ah ouais, et comment vous savez tout ça ? demanda le type.

— Parce que je suis infirmière scolaire.

— Ah ouais ? Eh bien, moi, mon fils a fait ses études à Columbine. Il a joué au foot, il a fait de la lutte et du lancer de poids. Et il n'a jamais martyrisé personne.

— À votre connaissance », rétorqua Maureen. Quand je jetai un œil en direction des gothiques, je les vis disparaître dans la foule.

« Dis, Maureen. Le moment est mal choisi pour… »

Mo se tourna vers la femme du type. « Ils s'en prennent aussi aux filles. Ils leur barrent le chemin quand elles essaient d'aller en cours. Les claquent contre les casiers des vestiaires si elles ont le courage de leur tenir tête. Et on ne les punit pas. » Elle indiqua du geste le visage de Jack Eams sur le grand écran. « Je suis allée le voir pour des blessures. Je suis allée voir tous les conseillers d'éducation, et je suppose que j'aurais dû persévérer. Peut-être que s'ils avaient pris la peine de s'attaquer au harcèlement entre élèves au lieu de… »

Le rugissement de quatre avions de chasse F-16 volant en formation au-dessus de nos têtes pour honorer les morts noya le reste de sa phrase. Effrayée par le bruit, Maureen se blottit contre moi. Elle tremblait comme une feuille. « Il faut que je parte tout de suite », dit-elle.

Ni l'un ni l'autre ne parla en regagnant la voiture et, arrivés près du café, nous avons traversé la rue et marché sur le trottoir d'en face.

De retour dans notre allée, j'ai coupé le moteur et je me suis tourné vers elle. « Je peux dire quelque chose ? » Elle m'a regardé. A attendu.

« Ce truc sur "Columbine est amour" ? C'est difficile à croire, d'accord. Mais l'équation est un peu plus compliquée que ce que tu disais. Un tas de gamins sont harcelés, mais ils n'apportent pas des fusils et des bombes au lycée pour se mettre à buter tout le monde.

— Nous sommes donc tous disculpés, Caelum ? C'est drôlement pratique. » Elle est descendue de voiture. A claqué la portière. Je l'ai regardée trifouiller la serrure avec sa clé. Je la voyais. Je pouvais l'appeler. Mais je ne pouvais pas l'atteindre. Je ne pouvais pas l'aider parce que... Parce que l'eau qui nous séparait était infestée de requins. Rougie par le sang des gamins massacrés. J'ai repensé à la fois où Rhonda Baxter m'avait fait lire la nouvelle de Klebold – celle où le mystérieux assassin au trench-coat noir tue « des sportifs et des étudiants BCBG » à la sortie d'un bar. Un tas de garçons écrivent ce genre de truc, avais-je dit à Rhonda. Trop de testostérone, trop de jeux vidéo. Il a juste besoin d'une copine.

12

L'année où Maureen et moi avions pris notre poste à Columbine fut aussi celle où s'acheva une importante rénovation du lycée. Une nouvelle construction abritait une cafétéria ensoleillée au-dessus de laquelle se trouvaient la bibliothèque et la médiathèque. Pour faire place à cette extension, les ouvriers avaient rasé le parking des élèves et creusé un trou de deux mètres cinquante de profondeur. Mais plutôt que d'évacuer la terre provenant de l'excavation, ils l'avaient entassée derrière le lycée, créant ce que les élèves ne tardèrent pas à baptiser « Rebel Hill », la colline des rebelles. Cette première année, Andy Kirby et moi incorporâmes la butte dans notre entraînement pour les coureurs de fond. Elle était assez raide pour faire de la luge en hiver et assez intime sur son autre versant pour que les élèves puissent y fumer des joints ou se peloter. Du sommet on voyait jusqu'à Boulder. Après le drame, les proches des défunts crapahutèrent jusqu'en haut pour rendre visite aux croix.

Maureen vit trois médecins le premier mois. Le Dr Strickland, une jolie généraliste d'une clinique ouverte le week-end, se montra compatissante quand Mo lui parla de ses angoisses à l'idée de retourner au travail. Mais la salle d'attente était comble et la clinique en « sous-effectif », nous expliqua-t-elle.

« Comment dormez-vous ? » demanda-t-elle.

Mo répondit qu'elle n'arrivait pas à dormir plus de deux ou trois heures d'affilée.

« Vous êtes vraiment obligée de terminer l'année scolaire ? C'est dans votre contrat ? »

Mo me regarda l'air de dire : À toi de lui répondre. « Nous avons tous les deux le sentiment qu'il vaut mieux qu'elle affronte ses peurs », dis-je. Les yeux du médecin ne cessaient de passer de Maureen à moi.

On frappa doucement à la porte, et une infirmière apparut. « J'ai un nez cassé en salle D. L'hémorragie est plutôt grave. »

Le Dr Strickland dit qu'elle arrivait tout de suite. Elle prescrivit à Maureen du Restoril pour dormir – un comprimé au coucher, un second si elle se réveillait au milieu de la nuit – et du Xanax pour la calmer dans la journée. « Je vous en donne dix de chaque. Pour vous dépanner jusqu'à ce que vous voyiez votre médecin de famille », ajouta-t-elle.

C'était Brian Anderson, un élève de première, qui avait contacté Greg Zanis au sujet des croix. Zanis, menuisier dans l'Illinois, s'était donné pour mission de construire et de planter des crucifix pour commémorer les victimes d'assassinat. Destin, hasard ou intervention divine, Brian Anderson avait été épargné deux fois le matin du massacre – d'abord à l'entrée ouest, quand Eric Harris lui avait tiré dessus ainsi que sur Patti Nielson, la prof qui surveillait le couloir ; et, quelques minutes après, dans la bibliothèque où Brian et Patti, tous deux blessés, s'étaient réfugiés. Zanis avait promis à Brian de venir. Quelques jours plus tard, il arriva à Littleton accompagné de son fils, après un trajet de seize heures. Brian les attendait sur Rebel Hill. Sans fanfare ni trompette, loin des caméras, ils érigèrent les croix – quinze et non treize. Puis Zanis et son fils remontèrent dans leur camion et rentrèrent chez eux.

Au bout de trois jours, Maureen fut à court de Xanax. Par bonheur, le Dr Quinones put la recevoir à la suite d'un rendez-vous annulé. « La dernière fois que je vous ai vue, en février, vous pesiez cinquante kilos, observa-t-il. Votre poids idéal, Maureen. Je m'inquiète que vous soyez tombée à quarante-trois kilos cinq cents.

— Elle refuse de manger, dis-je.

— Je ne peux pas, OK ? rétorqua Mo d'un ton sec. J'ai tout le temps la nausée. Et ça n'arrange rien que tu passes ton temps à m'asticoter à ce sujet. »

Le Dr Quinones lui demanda si elle avait eu ses règles ce mois-ci.

« Je ne suis pas enceinte, si c'est ce que vous voulez dire », se moqua-t-elle.

Il compulsa son dossier. « Ah oui, ligature des trompes. J'avais oublié. Alors, d'après vous, qu'est-ce qui vous donne ces nausées ?

— Je ne sais pas. Vivre ? »

Le regard du médecin passa de Mo à moi puis revint à elle. Il s'assit à son côté, baissa la voix. « Avez-vous des pensées suicidaires ? »

Elle secoua la tête.

« Vous vous sentez déprimée ?

— J'ai tout le temps peur. »

J'expliquai au Dr Quinones qu'elle était nerveuse à l'idée de retourner au lycée. « Je n'arrête pas de lui répéter que ça lui ferait du bien. De revoir les gamins. De se concentrer sur le quotidien.

— Il reste quoi ? Seize jours ? » demanda le médecin. Les Quinones avaient des jumeaux à Columbine – dans ma classe de seconde renforcée, un garçon et une fille.

« Dix-huit. Mais Chatfield sera un environnement tout à fait différent. Ce n'est pas comme si elle devait retourner à…

— Hier, me coupa-t-elle, on est passés devant Chatfield et j'ai eu un flash-back.

— Brièvement. Il a duré moins d'une minute.

— Oui, Caelum, mais j'ai été toute la journée terrifiée à l'idée d'en avoir un autre. » Elle se tourna vers le médecin. « Il ne se rend pas compte à quel point ça m'anéantit.

— Si, je me rends compte, Mo. Je t'assure.

— On a dû aller dans le bureau du proviseur. Nous faire photographier pour les badges de sécurité qu'ils nous font porter. D'abord, j'étais nerveuse parce qu'il y avait foule. Et puis tout le monde n'a pas arrêté de me poser des questions. J'ai complètement perdu les pédales. Impossible de me rappeler un seul nom – des gens avec qui je travaille depuis des années… Je répétais sans cesse : "Désolée. Je ne peux pas en parler." Ça ne les a pas empêchés de continuer. Et moi, j'avais envie de hurler : Bouclez-la ! Bouclez-la !

— J'ai essayé de faire écran. Mais le bruit s'est répandu qu'elle était sur place. Les gens sont bien intentionnés, seulement…

— Ensuite, dans la queue pour les photos d'identité, les flashes qui crépitaient sans cesse m'ont rendue nerveuse. Je ne peux pas l'expliquer, mais j'avais peur de me faire prendre en photo – d'avoir ce flash dans la figure. J'ai passé mon temps à quitter la queue pour me précipiter aux toilettes parce que je croyais que j'allais vomir.

— Et vous l'avez fait ? demanda le Dr Quinones.

— Non. Mais j'ai attrapé un mal de tête atroce qui a duré toute la journée.

— Mais, docteur, intervins-je. Ne croyez-vous pas que si elle affronte le problème maintenant – si elle endure ces premiers jours à Chatfield –, elle se portera mieux à long terme ? Au lieu de garder cette hantise tout l'été ? »

Au lieu de me répondre, le Dr Quinones me demanda si ça ne me dérangeait pas de retourner dans la salle d'attente pour qu'il puisse s'entretenir en tête à tête avec Maureen. Je fus un peu interloqué. Qu'avait-il à lui dire qu'il ne puisse dire devant moi ? « Qu'est-ce que tu en penses, Mo ? Tu préférerais que je reste ? »

Elle secoua la tête.

Je sortis donc. Attendis un bon quart d'heure avec de vieux *Newsweek* et *Entertainment Weekly*, et quand enfin on me tira de mon exil, le Dr Quinones m'annonça que Maureen avait décidé de se mettre en congé jusqu'à la fin de l'année scolaire. Il approuvait cette décision et écrirait à l'administration pour expliquer que c'était médicalement souhaitable. Il dit que Maureen tenait aussi à ce que je sache que, tout en appréciant pleinement tout ce que je faisais pour l'aider à se rétablir, elle trouvait parfois mes efforts et mes conseils envahissants.

Elle baissa les yeux quand je la regardai. Elle parla en agitant nerveusement les mains. « Tu es sans arrêt sur mon dos.

— Sur ton dos ?

— Tu n'as pas besoin de me suivre de pièce en pièce. De me demander vingt fois par heure si tu peux aller me chercher quelque chose. Parce que tu pourras aller me chercher tout ce que tu veux, ça ne fera pas disparaître le problème.

— Je le sais bien, Mo. Tout ce que j'essaie de….

— Et je n'ai pas besoin que tu me répètes sans cesse que retourner au travail me fera du bien. » Là, elle finit par me regarder. « Parce que tu ne sais pas plus que moi ce qui est bon pour moi, Caelum. Alors, arrête d'agir comme si tu avais lu un manuel d'instructions sur ce qu'il me fallait. » Je remarquai soudain la boîte de mouchoirs en papier sur ses genoux. Elle avait dû pleurer, mais à présent elle avait l'œil sec et l'air furibard. Sa poitrine se soulevait comme si elle était à bout de souffle.

Je glissai incidemment au médecin que je me trouvais dans le Connecticut au moment du massacre. On se serait cru à confesse. *Pardonnez-moi, docteur, parce que j'ai péché.*

Il dit que les crises se produisaient toujours au mauvais moment.

« Je dois ajouter ceci pour ma défense : hier, alors que nous faisions les courses, voilà qu'on ne trouvait pas la chapelure. Je me suis dit qu'on était peut-être passés devant sans la voir. Je suis donc retourné sur mes pas. J'ai laissé Mo seule pendant trois, quatre minutes maximum. Et quand je l'ai rejointe, elle flippait.

— Comment ?

— Elle pleurait, marmonnait. Le jeune qui remplissait les gondoles la regardait avec de grands yeux. J'entreprends donc de la calmer. Elle m'enguirlande parce que je l'ai laissée seule. Et voilà que j'apprends qu'elle ne veut pas que je sois *sur son dos* ? » Je m'aperçus soudain en la regardant combien elle avait les joues creuses. Combien son teint était gris. « Elle a raison, pourtant : il n'y a pas de mode d'emploi à suivre avec un événement de ce genre. Parce que ce qui lui est arrivé est tellement… » Je jetai l'éponge. J'étais soudain épuisé. « Maureen, je suis accablé par ce que tu as vécu. Je suis vraiment, vraiment navré que ça te soit arrivé. De n'avoir pas été là pour… Tout ce que je souhaite… tout ce que j'essaie de… – bon, je suppose que je m'en tire très mal – mais, Mo, j'essaie juste de faire partie de la solution, tu sais. Pas de faire partie du problème. »

Elle hocha la tête. Sans me regarder. Sans sourire.

Le Dr Quinones mit une main sur mon épaule. « Mais vous faites partie de la solution, Caelum. Une partie importante. Elle a simplement besoin d'un peu d'espace pour respirer. Et d'un peu de temps pour guérir avant de retourner au travail. »

Il lui remit un bout de papier sur lequel il avait noté le nom et le numéro de téléphone d'une psychiatre qu'il recommandait, le Dr Sandra Cid. « Nous étions ensemble en fac de médecine. Je pense qu'elle peut vous aider. Vous l'appellerez ? »

Mo dit que oui.

« En attendant, je veux que vous commenciez à prendre les choses en main, comme nous en avons discuté tous les deux. Beaucoup de repos. Un peu d'exercice et d'air frais pour combattre la lassitude. » Il lui présenta un pack de quatre Boost. « Et deux bouteilles de ceci par jour au minimum. *En plus* des repas, pas à la place. D'accord ? »

Elle acquiesça.

« D'accord. Bien. On en a terminé ?

— Et mon ordonnance ? dit Maureen.

— Ah, oui. Nous devions en reparler, n'est-ce pas ? Vous trouvez que les médicaments vous ont aidée ?

— Je dors mieux avec le Restoril. Pas merveilleusement, mais mieux. Et le Xanax m'aide *vraiment*.

— D'accord, dans ce cas. Le Dr Cid vous prescrira peut-être autre chose après avoir établi son diagnostic, mais nous pouvons nous en tenir là pour l'instant. Le somnifère est ce qu'il vous faut. Quant au Xanax, vous en avez pris deux par jour ? » Trois, pensai-je, mais je me tins coi. « Pourquoi ne pas vous prescrire trente de chaque et voir où nous en sommes dans quinze jours ? Prenez un rendez-vous avec Blanca en sortant. » Il se leva, nous ouvrit la porte. « Tenez bon, tous les deux. Maureen, vous êtes une femme très courageuse. »

Épargne-nous les platitudes, avais-je envie de dire. Au lieu de ça, je le remerciai et lui serrai la louche. Quand il fit mine de prendre Maureen dans ses bras, elle recula d'un pas.

Blanca Quinones était son épouse et sa secrétaire. Je lui demandai comment allaient ses enfants. « Catalina meurt d'envie de retourner en classe, pour retrouver ses copains. Miss Papillon. Mais devoir terminer l'année scolaire à Chatfield, leur principal rival sur le plan sportif, lui paraît un outrage.

— "Allez, Columbine", marmonna Maureen avec un petit rire bizarre.

— Et Clemente ? » m'enquis-je. Catalina était la surdouée typique ; son frère était plus calme, plus solitaire.

« Clemente ne dit pas grand-chose. Il reste enfermé dans sa chambre, il lit, joue avec ses jeux vidéo. Je crois qu'il est anxieux à l'idée de retourner en classe. Ces derniers jours, il m'a parlé de suivre des cours à la maison.

— Ils étaient où ? » demandai-je. Nous faisions tous ça désormais : il était inutile de préciser le jour.

« Catalina était en cours de gym, elle est donc sortie tout de suite. Clemente était en biologie. À deux portes de l'endroit où se tenait M. Sanders. Dieu merci, il n'a rien vu. Il n'arrêtait pas de m'appeler, je savais donc qu'il allait bien. Vive les téléphones portables ! Je vais vous dire une chose, pourtant. C'est seulement quand je l'ai aperçu assis sur l'estrade de Leawood… » Ses yeux s'emplirent de larmes. « Je suis désolée. Je suis encore très émotive. »

Maureen poussa un soupir impatienté. « J'ai quelque chose à payer aujourd'hui ? » demanda-t-elle.

Sur le chemin du retour, nous nous sommes arrêtés à la pharmacie. Je suis entré, elle est restée affalée dans la voiture, les portières verrouillées. J'ai acheté ses médicaments et plusieurs packs de Boost. À la caisse, il y avait un étalage de réglisse Panda, la variété qu'elle aime. On n'en voit pas partout, je me suis donc dit que j'allais lui faire la surprise. Mais quand j'ai regagné la voiture, elle ne m'a pas remercié. Elle a fouillé dans le sac, a mis la main sur le tube de Xanax. L'a débouché, en a mis un sur sa langue et l'a avalé. « Tu n'es pas censée en prendre un le matin et un le soir ?

— Et alors ?

— Alors ? Il est deux heures de l'après-midi. C'est pas des M&Ms.

— Et tu t'étonnes que je dise que tu es sans arrêt sur mon dos ? »

Le lendemain matin, le *Rocky Mountain News* titrait « Un père abat les croix des tueurs ». Les reporters avaient retrouvé Zanis, le menuisier qui fuyait la presse. Il avait inclus Dylan et Eric dans son hommage parce qu'eux aussi avaient de la famille – des parents qui souffraient et pleuraient la perte de leur enfant, malgré les terribles circonstances. Mais le père de Danny Rohrbough ne l'entendait pas de cette oreille. Avec le grand-père de son fils assassiné et son beau-père, il avait escaladé Rebel Hill, abattu les croix des tueurs et les avait emportées. « Elles sont parties pour un monde meilleur », avait-il déclaré.

« T'as vu ça ? » demandai-je à Mo en lui tendant l'article.

Elle plissa les yeux. Sortit de la cuisine et regagna sa chambre. Elle avait avalé deux ou trois bouchées de muffin, un peu de jus de fruits et un tiers de Boost à tout casser. L'après-midi d'avant, elle avait appelé le Dr Cid et obtenu son secrétariat téléphonique. « Non, pas de message », l'avais-je entendue dire.

Je parcourus le reste de l'article en me demandant si les Harris et les Klebold l'avaient lu aussi. C'était déjà l'horreur pour les autres parents, ça devait être encore plus cauchemardesque pour eux d'une certaine façon.

Ah ouais ? Alors, peut-être qu'ils auraient dû faire plus attention à ce que leurs gamins manigançaient. Il a dû y avoir toutes sortes de signes avant-coureurs.

Mais Zanis n'était-il pas dans le vrai ? Eric et Dylan n'étaient-ils pas aussi des victimes ?

De quoi ?

De maladie mentale ? Des jeux vidéo ? Qui sait ? Regardons les choses en face, il nous arrivait de faire semblant de ne pas voir le harcèlement entre élèves. De fermer les yeux quand les sportifs resquillaient à la cafétéria. De foudroyer du regard les petits caïds dans le couloir et de continuer notre chemin. Il faut choisir ses combats, me répétais-je. Tu es prof, pas garde-chiourme. Mais peut-être que si…

Foutaises. Tu l'as dit toi-même : il y a toujours eu des souffre-douleur. Mais la plupart n'apportent pas à l'école des fusils de chasse et des bombes au propane.

Je ne sais pas. Peut-être que c'était inévitable. Peut-être que tout se résume à… comment il appelait ça, déjà, le type de l'avion ? À une sensibilité aux conditions initiales ?

Oh, elle a l'air bonne, celle-là. Continue.

Je ne sais pas. Mais peut-être que… si les battements d'ailes d'un papillon peuvent déclencher une tornade à l'autre bout du monde, une fessée, une petite humiliation infligée par une maîtresse de maternelle, ou la maladresse d'un grand-parent pourrait mettre en branle quelque chose, voyager dans le temps et…

Et quoi ?

Déclencher un massacre.

Harris, Klebold et leurs parents ne sont donc pas responsables ? C'était tout simplement inévitable ? C'est la faute

*du chaos. Quel tas de conneries ! Si je me souviens bien,
ce crétin de l'avion n'a-t-il pas prétendu que le chaos était
source de* vie ? *Va raconter ça aux parents des gosses qu'ils
ont tués. Va raconter ça à la veuve de Dave Sanders. Va
raconter ça à* Mo ! *Parce que si elle ne se remet jamais de
ce drame, ils auront pris sa vie aussi, non ? Alors, peut-être
qu'au lieu de leur chercher des excuses tu aurais dû attraper un marteau et monter à l'assaut de Rebel Hill. Donner
toi-même quelques bons coups dans ces maudites croix.
Ce n'est pas comme s'il n'y avait jamais eu de précédent.
Comme si tu n'avais jamais joué du marteau avant.*

C'était une clé anglaise.

*Et alors ? C'est du pareil au même. Ça ne t'aurait pas
fait du bien de détruire ces trucs ? Ça ne t'aurait pas donné
l'impression de faire* quelque chose ?

Je me levai. Emportai le journal dans le bureau et l'ajou-
tai à la pile. Quotidiens, articles de magazines, recherches
Internet : je n'étais pas sûr de savoir pourquoi je gardais
tout ça. Peut-être qu'un jour je passerais le tout en revue
et que ça aurait un sens. Peut-être que non. Aurais-je dû
tout emporter dehors et y foutre le feu ? Regarder toutes
ces photos et ces mots partir en fumée ?

Je montai dans notre chambre. Maureen était en train
de prendre un bain. Son Xanax était sur sa table de chevet. J'enlevai le couvercle, versai les comprimés dans la
paume de ma main. Vingt-six. Lâche-lui les baskets, me
répétai-je. Ne parle pas du Xanax, ni du Boost, ni du
Dr Cid. Laisse-la prendre les choses en main. Laisse-la
se rétablir.

Le jour de la reprise des cours, je me sentis un peu nau-
séeux en me rendant à Chatfield. Le manque de sommeil
n'arrangeait rien. Mon emploi du temps était complètement chamboulé : je n'étais pas habitué à traîner à la

maison toute la matinée et à commencer à treize heures. Se garer fut une plaie. Les profs de Chatfield finissaient à midi, mais beaucoup s'étaient attardés. Nous fûmes plusieurs à devoir nous garer sur la pelouse. Ça faisait bizarre de se présenter au flic de service. De le voir vérifier le contenu de ma mallette, comparer plusieurs fois mon badge de sécurité et mon visage. Je ne comprenais pas pourquoi les profs devaient être traités comme des poseurs de bombe en puissance.

En première heure, j'avais ma classe de seconde renforcée. Nous avions l'impression d'être des étrangers sur une terre étrangère, mais je ne pouvais pas vraiment aborder la question tant que Mme Boyle était encore là. Mme Boyle était la prof dont j'empruntais la salle, et elle prenait tout son temps pour rassembler ses affaires et nous ficher la paix. Elle était plutôt gentille – elle avait débarrassé un tiroir de son bureau pour moi et mis sur le panneau d'affichage : « Bienvenue, Columbine. Chatfield est avec vous. » Treize ballons argent étaient punaisés sur un fond bleu. Elle avait monopolisé la moitié du tableau et écrit : « Prière de NE PAS EFFACER ! Prière de NE PAS EFFACER ! » à la craie de couleur sur le côté, si bien que, franchement, il ne me restait plus beaucoup de place. Or j'aime avoir mes aises au tableau. Quand les gamins sont en pleine discussion, je note quelques mots de ce que chacun dit. Ça légitime leurs commentaires. Pour encourager les autres à participer aussi. « *Adios* », fis-je quand elle quitta enfin la classe. Elle agita une main par-dessus son épaule en guise d'au revoir. Le bruit de la porte qui se refermait me ravit l'oreille.

Je regardai mes élèves, leur souris, et dis que ça faisait plaisir de revoir tout le monde. Ils portaient eux aussi un badge de sécurité en sautoir, sur ordre du proviseur. La pauvre Lindsay Peek avait l'air malheureuse – plus émaciée que Maureen. Elle aurait sans doute dû rester chez elle jusqu'à la fin de l'année scolaire. Se faire envoyer les devoirs.

« Bon, fis-je. C'est le premier des dix-huit jours qui nous restent. Qu'est-ce que vous voulez faire aujourd'hui ? » Personne ne répondit. « En parler ? Ne pas en parler ?

— Ne pas en parler », dit un garçon assis au fond de la classe. Je m'aperçus qu'ils s'étaient à quelques exceptions près installés aux mêmes places qu'à Columbine.

« Dans ce cas, on reprend le livre qu'on étudiait ?

— Je ne sais pas. C'était quoi ? » lança Katrina. Quelques élèves rirent, plusieurs sourirent. Toute l'année, elle avait été la petite maligne de la classe – jamais aussi drôle qu'elle le croyait. Mais je décidai d'entrer dans son jeu.

« Quel livre ? grommelai-je. Le chef-d'œuvre du prix Nobel de littérature, John Steinbeck, rien que ça. Combien d'entre vous ont fini de le lire ? » Environ la moitié levèrent la main. Plusieurs autres me rappelèrent que la police ne les avait pas autorisés à aller chercher leur sac à dos sur la scène de crime. Luzanne Bowers, une fille de flic, annonça que son père lui avait expliqué que personne ne récupérerait ses affaires avant le mois de juillet.

« Je l'ai terminé, dit Travis. Ça signifie quoi, la fin ? Son bébé meurt, on le met donc dans un cercueil et on le fait flotter sur la rivière ?

— Comme Moïse. N'est-ce pas, monsieur Quirk ? fit Luzanne. Une de ces illusions bibliques dont nous avons parlé avant ?

— *All*usion, la corrigeai-je avant d'écrire le mot au tableau.

— Ouais, mais pourquoi elle allaite ce type qui meurt de faim ?

« — Parce qu'il *meurt de faim*, petite tête, répliqua Katrina.

— Ouais, d'accord, mais c'est dégueu.

— Pas aussi dégueu que de venir à Chatfield », dit Charissa. Plusieurs autres firent chorus.

« Oh, ce n'est pas tout noir, répondit Malcolm. On peut faire la grasse matinée. Et vous avez vu leurs distributeurs automatiques ? Ils ont du Yoo-Hoo ! »

Lynette détestait la présence des médias. « Ils ne pourraient pas nous fiche la paix le premier jour ? » s'indigna-t-elle. C'était une journée historique, suggérai-je. Clarissa se plaignit : elle ne pouvait plus allumer la télé sans voir M. DeAngelis interviewé. Il devrait se souvenir qu'il était proviseur, et non une superstar de la télé. En plus, il avait une grosse figure en forme de citrouille. Elle tenait à le signaler également.

« Je peux dire quelque chose ? » demanda Jenny Henderson. Elle avait l'air bouleversée. Elle regarda les ballons argent sur le panneau d'affichage de Mme Boyle. « Lauren Townsend vivait dans ma rue. Et j'ai toujours… elle était un modèle pour moi. Parce qu'elle était si futée. Mais elle était aussi très, très gentille. » Nous la regardâmes tous. Attendîmes. « C'est tout ce que je voulais dire. Que Lauren était quelqu'un de super.

— Merci, Jen », fis-je.

Kyle Velasquez était génial aussi, nous expliqua Charlie. Kyle et lui avaient parié dix dollars sur le Super Bowl en janvier, et Kyle avait gagné. Ils étaient allés chez Dairy Queens et il avait réglé son pari en crèmes glacées. « Mon vieux, ajouta Charlie. Fallait voir comment ce mec enfournait les Blizzards ! »

Melanie raconta qu'elle faisait un jour la queue à la cafétéria et qu'elle n'avait pas assez d'argent. « La dame de la cantine m'avait déjà passé un savon et elle me disait : "Pourquoi t'as pris ça si tu ne peux pas le payer ?" Quelqu'un derrière moi m'a tapé sur l'épaule et m'a donné un dollar. Il ne me connaissait même pas ni rien. Je ne savais pas comment il s'appelait. J'ai découvert ensuite qu'il était mort… Danny Mauser. »

J'opinai. Souris. « Quelqu'un d'autre ? »

La main de Delbert se leva. « Comment va Mme Quirk ? »

La question m'ébranla. Je sentis le sang me monter au visage.

« Comment elle va ? Elle va bien. Pourquoi ?

— Elle était à la bibliothèque, non ? »

Sans le vouloir, je jetai un coup d'œil à Lindsay. Elle regardait droit devant elle et mâchouillait ses cheveux. Je posai de nouveau les yeux sur Delbert. « Oui, c'est vrai. Mais elle va bien. Elle reviendra à la rentrée prochaine.

— Mon ami Eli était à la bibliothèque, dit Annie. Il va changer de lycée. » Je vis quatre ou cinq élèves jeter des regards furtifs à Lindsay. Apparemment, certains savaient où elle était au moment des faits.

La main de Clemente Quinones se leva soudain. Je fus surpris : contrairement à sa sœur, il prenait rarement la parole en cours. « Dans le livre, quand Rose-de-Sharon dénude son sein, ça ne vient pas de la Bible aussi ? demanda-t-il.

— Non, ça vient de *Playboy* », lança Katrina.

Je la tançai du regard, mais Clemente ignora délibérément la plaisanterie. « Ça a un rapport avec le "lait de la tendresse humaine" ou quelque chose comme ça ? poursuivit-il.

— L'expression est de Shakespeare. Dans *Macbeth*. Vous l'étudierez l'an prochain. Mais tu as raison, Clemente. C'est exactement ce que Rose-de-Sharon offre à l'homme qui meurt de faim. Réfléchissez-y. Son mari l'a plaquée, son bébé vient de mourir. Mais elle déboutonne sa robe et offre à un inconnu le lait de la tendresse humaine. Elle lui fait cadeau de l'espoir. »

Lindsay Peek éclata en sanglots.

C'est Jesse qui s'approcha d'elle. Passa un bras autour de ses épaules. Lindsay s'accrocha à elle comme si elle était en train de se noyer. Elle fut prise de violents tremblements. Émit des gargouillis.

« Linds ? Tu veux que je te fasse un mot pour aller à l'infirmerie ? » Pas de réponse.

Mon esprit s'emballa. *Crise de panique*, me dis-je. *Elle ne peut pas aller à l'infirmerie. Elle ne peut pas bouger.* « Quelqu'un pourrait aller chercher l'infirmière ? »

Delbert se leva et se dirigea vers la porte. « Où est l'infirmerie ? »

Je scrutai un à un les visages effrayés de mes élèves. Aucun de nous n'en avait la moindre idée.

13

Je rentrai à la maison peu après dix-huit heures. Je promenai les chiens et leur donnai à manger. Je préparai du poulet grillé et une salade. Je dus appeler Maureen à trois reprises avant qu'elle ne descende se mettre à table. Elle avait les yeux gonflés, les cheveux pas coiffés. « Bon, un jour en moins. Plus que dix-sept. » Elle me regarda, perplexe. « De cours, fis-je.

— Ah, d'accord. »

J'attendis qu'elle me pose des questions – sur les gamins –, mais elle se contenta de rester là d'un air triste et assommé. « Tu devrais manger », dis-je.

Elle avala une bouchée.

« Lindsay Peek a vécu un sale moment, aujourd'hui.

— Ah bon ? C'est vraiment dommage. » Point barre.

« Comment ça s'est passé ici ? Qu'est-ce que tu as fait cet après-midi ? » Silence.

« Mo ?

— Quoi ?

— Qu'est-ce que tu as fait cet après-midi ? »

Elle haussa les épaules.

« Pas de crise de panique ni rien ? »

Elle fit signe que non. « Quelqu'un est venu, dit-elle.

— Qui ? »

La fourchette trembla dans sa main, les dents cliquetèrent dans son assiette.

« Tu veux bien arrêter ça ? m'intima-t-elle.

— Quoi ?

— De faire ce bruit. Ça me rend folle. » Je lui signalai que c'était elle. « Oh, dit-elle en posant sa fourchette.

— Qui est venu ? »

Elle leva les yeux. Détourna le regard. « Hein ? Oh, personne. »

J'avalai une bouchée, l'observai. « Faudrait savoir. Quelqu'un est venu ou non ? » Elle se souvenait, à présent : elle avait fait un somme et rêvé qu'il y avait une personne à la porte. Elle ramassa sa serviette en papier et se mit à la déchiqueter.

Je lui dis que j'avais essayé de la joindre deux fois mais que ça sonnait toujours occupé. Avec qui parlait-elle donc ? Personne, elle avait décroché le combiné. « Ensuite, après ma sieste, je ne l'avais pas plus tôt raccroché que ç'a sonné. Pour je ne sais quelle raison, j'ai cru que c'était Velvet, j'ai donc répondu. Mais c'était Machin-Chose.

— Machin-Chose ?

— Le type du Connecticut. Le boulanger.

— Alphonse ? » Bon Dieu, elle ne se souvenait pas du nom de mon meilleur ami ?

« Il m'a dit de te dire que la police était chez Lolly. Ils ont surpris des gosses en train de faire le mariole près du pressoir.

— Oh, super. Il manquait plus que ça. Le reste du toit pourrait s'effondrer à tout instant. Qu'un môme se blesse et tu peux être sûre que ses parents nous poursuivraient en justice. Qu'est-ce qu'il a raconté d'autre ?

— Qui ?

— Alphonse.

— Impossible de mettre la main sur un stylo. On manque toujours de stylos dans cette maison. » Elle se leva et emporta son assiette à l'évier d'un pas chancelant. Poussa le contenu dans le broyeur. Enfonça la touche vide-ordures. « Ouvre le robinet ! » lui rappelai-je. J'attendis. « Hé, réveille-toi ! Ouvre le robinet ! »

Elle pivota sur ses talons et hurla : « Arrête de crier !

— Je ne crie pas. Je… Si tu n'ouvres pas le robinet, le moteur va griller.

— Je sais bien. J'ai oublié ! »

Le moment n'était pas plus mal choisi qu'un autre, songeai-je : « Tu as pris combien de tranquillisants aujourd'hui ?

— Deux. Pourquoi ?

— Parce que depuis que je suis rentré, tu as l'air d'un zombie. Je te signale par ailleurs que c'est toi qui cries, pas moi. T'en as pris combien au juste ? »

Elle me rappela qu'elle était infirmière et qu'elle avait reçu une formation en pharmacologie. Le seul problème, c'est qu'elle eut un peu de mal à prononcer le mot « pharmacologie ».

« Tu as appelé la psy ? »

Elle me regarda plusieurs secondes avec de grands yeux. « Il va t'envoyer un mail.

— Il ? Je croyais que le Dr Cid était une femme.

— Alphonse. »

Sur ce, elle m'annonça qu'elle allait se coucher.

« Ah bon ? Pourquoi ? Pour pouvoir t'envoyer deux autres barbituriques ? »

Je n'avais pas vérifié mes e-mails depuis la tuerie. Je n'avais même pas allumé mon ordinateur. Une trentaine de messages m'attendaient, des spams pour la plupart. Le virus « I Love You » se cachait parmi eux ; heureusement, je me souvins à temps de ne pas l'ouvrir. Il y avait trois ou quatre missives de mes cyberpotes concernant nos listes de chefs-d'œuvre de l'ère du rock. J'avais raté la date limite. Peu importe. Tout ça me paraissait stupide à présent : une bande de baby-boomers qui s'ennuyaient, essayant de retrouver leur jeunesse rock'n'roll. Je mis tous les messages à la poubelle sauf celui d'Alphonse.

```
De : studlysicilian@snet.net
À : caelumq@aol.com
Envoyé : lundi 3 mai 1999
Objet : Problèmes à la ferme
```

Quirky — JErry martineau m'a appelé ce matin à la boulangerie. Voulait ton n°. Rappelé cet après-midi. Dit qu'une femme a répondu, mais quand il lui a annoncé que c'était la police de Three Rivers, elle lui a raccroché au nez et après ça sonnait toujours occupé. Faut que tu LE contactes au sujet d'un incident qui s'est produit chez ta tante. Ils ont reçu un coup de fil hier soir, dû envoyé une voiture de patrouille sur place. Ton type Ulice (comment on écrit ce putain de prénom?) a surpris des gamins en train de faire la fête dans l'ancien pressoir. Il a appelé les flics puis a décidé de prendre les choses en main, Il leur a couru après avec un madrier. Il était bourré, d'après Jerry. Il a balancé son madrier et il a raté son coup, mais un des gosses l'a poussé & il est tombé à la renverse sur le ciment & s'est ouvert le crâne. Le temps que les flics arrivent, les gamins avaient filé. Ils ont appelé les urgences, l'ont emmené à l'hosto & l'ont recousu. Martineau dit qu'il va bien, pas de comotion cérébrale, mais il est inquiet à l'idée que les gosses reviennent et que ton gars fasse une bêtise. Désolé d'ajouté une emmerde à celles que tu as déjà, mais G pensé qu'il vaudrait mieux que tu sois au courant. Dis-moi si tu veux que je fasse quoi que ce soit. À propos, Maureen avait l'air à côté de ses pompes quand j'ai appelé. (J'espère qu'elle n'est pas en train de lire ce message.) Elle va bien? De toute façon, appelle Martineau. À +

Alphonse

PS : eBay avait une Mustang 65 la semaine dernière. Elle avait les quatre valves, les 4 727 cm3 et tout, mais c'était une ragtop blanche. Gtais sur le point de faire une enchère, mais je suis revenu à la raison. De toute façon, le vendeur habitait à perpète, dans le foutu Dakota du Nord. Mon trésor jaune phénicien est là quelque part. La patience est une vertu, n'est-ce pas Q? C'est pas ce que tu disais toujours? À moins que ce soit ma mère. Je vous mélange tous les 2 parce que vous portez vos bas nylon roulé sur les chevilles quand il fait chaud, ha ha. À propos, maman a appelé hier soir pour se plaindre de mon vieux parce qu'après sa partie de boules, il est allé déjeuné avec ses potes chez Hooters[1]. G dit « Mamma, infidèle un jour, infi-

---

1. Chaîne de restaurants dont les serveuses sont très légèrement vêtues.

dèle toujours » et elle me fait comme ça
« C'est pas drôle Alfonso et si jamais
j'apprends que tu es allé dans un endroit
pareil, je prends le premier avion et je
te flanque une torgnole dont tu te sou-
viendras ». Bonne vieille maman. Elle a
demandé comment vous alliez. Son cercle
de prières récite des neuvaines pour
tous les habitants de Littleton. Vous
êtes donc tous sauvé !

Je ne pus m'empêcher de sourire à l'idée de M. et Mme Buzzi se rendant mutuellement cinglés dans leur paradis de Floride, comme ils l'avaient fait pendant toutes ces années à Mamma Mia. Mme B approchait sans doute du million de neuvaines à présent – le Vatican devrait lui décerner une médaille. Je travaillais à la boulangerie quand on avait élu un pape polonais. Elle n'était pas ravie, ravie au début parce qu'on n'avait pas choisi un Italien, mais un mois plus tard elle était folle de lui. Elle a accroché sa photo partout dans la boulangerie. Et quand il s'est fait tirer dessus ? Mec, la seule fois où j'ai vu Mme B dans un pire état, c'est quand Rocco était à l'agonie… Alors comme ça, Ulysse s'était remis à picoler ? Je le revoyais, assis tout triste à la table de cuisine de Lolly quelques semaines plus tôt, promettant de rester sobre en contrepartie de la confiance que je lui faisais. Parole de poivrot… Quant à Maureen, bon Dieu. Martineau l'appelle du poste de police et elle lui raccroche au nez ? Il fallait que je l'emmène chez cette psy – que je l'y traîne de force si nécessaire. Que je compte les comprimés qu'elle avalait. Ils étaient censés la calmer un peu, l'aider à s'endormir. Pas la transformer en un zombie tout droit sorti de *La Nuit des morts-vivants*.

La standardiste me dit que le capitaine Martineau était parti pour la journée. Désirais-je parler à un autre officier ?

« Capitaine ? Depuis quand ?

— Le 1er janvier, monsieur. » Elle expliqua qu'elle n'était pas autorisée à me communiquer son numéro de téléphone personnel. Préférais-je parler à un officier ou obtenir la messagerie vocale du capitaine ? Ni l'un ni l'autre, répondis-je. Je raccrochai, trouvai le numéro personnel de Martineau dans les pages blanches d'Internet.

« Je vais voir s'il peut venir au téléphone, déclara sa femme. C'est de la part de qui ?

— Dites-lui que c'est un des Quatre Cavaliers.

— Pardon ? » Sa première épouse Connie aurait compris : Jerry et elle étaient ensemble depuis le lycée. Mais j'avais affaire à l'épouse numéro deux, l'urbaniste adjointe avec qui il avait eu une liaison.

— Un des Quatre Cavaliers, répétai-je. Il saura ce que ça veut dire. » Sous-entendu : Il a eu un passé avant toi, chérie. J'étais tombé sur Connie au rayon fromages de Big Y. Son amertume aurait fait cailler le lait.

Au lycée, Martineau et moi avions deux choses en commun : la course à pied et des pères qui s'étaient suicidés. (Même si ni l'un ni l'autre ne dit jamais un seul mot sur le sujet.) En terminale, lors des championnats du Connecticut, Jerry, Ralph Brazicki, Dominick Birdsey et moi avions battu le record du relais quatre fois huit cents mètres. Le journaliste sportif du *Daily Record* nous avait surnommés Les Quatre Cavaliers et le nom nous était resté. Aux dernières nouvelles, nous détenions toujours le record : 7'55''. Mais ces « dernières nouvelles » remontaient à avant notre déménagement dans le Colorado.

« Allô ?

— Qu'est-ce que tu racontes de beau, capitaine Martineau ? Tu veux mettre la main sur Birdsey et

Brazicki pour voir si on est toujours capables de passer le témoin sans le laisser choir ? » Il rit. Dit qu'il lui faudrait courir avec une brouette devant pour transporter son gros bide, à l'heure actuelle. Je le félicitai de sa promotion et il répondit que des condoléances seraient peut-être plus appropriées. « Non, franchement, fis-je. Tu as donné à cette ville les meilleures années de ta vie. Tu le mérites. »

Martineau m'expliqua que « mon copain boulanger » l'avait mis au courant que je travaillais à Columbine. « Quand on a bossé aussi longtemps que moi dans les forces de l'ordre, on croit avoir tout vu. Puis il arrive un truc comme ça. Je vais te dire une chose : j'envie pas la police du coin. L'enquête se doit d'être brutale, et en plus t'as la presse, le FBI et les politiciens sur le dos. Sans parler des parents affligés. Comment va ta femme ? »

Je me raidis. « Ma femme ? Elle tient le coup. Merci de prendre de ses nouvelles.

— C'est à elle que j'ai parlé brièvement quand j'ai appelé aujourd'hui ?

— Euh, non. Non, elle était sortie. Ça devait être la femme de ménage. Elle est un peu complexée à cause de son anglais.

— Ah bon ?

— Ouais. Elle est mexicaine. Il y a un tas de Mexicains dans les parages.

— Ici aussi. De plus en plus. Ils viennent travailler au casino. Des Mexicains, des Haïtiens, des Malais. On se croirait à l'ONU. Donc je suppose que tu sais que la maison de ta tante a reçu de la visite.

— Et que mon gardien a pris les choses en main et s'est retrouvé à l'hosto.

— Ç'aurait pu être pire.

— Z'avez attrapé les petits connards ? »

Pas encore, dit-il. Mais ses gars enquêtaient, ouvraient l'œil. En attendant, il voulait éviter un nouvel affrontement. « Nous avons eu affaire à M. Pappanikou à diverses occasions dans le passé. Il est bien quand il est sobre, mais quand il est dans les vignes du Seigneur, c'est une autre paire de manches. J'ai pour philosophie de prévenir les dégâts plutôt que de les réparer. Il ne manquerait plus qu'il surprenne à nouveau ces gosses quand il a du vent dans les voiles, qu'il attrape un fusil de chasse et fasse une connerie. »

Je revis soudain les photos de CNN montrant les cadavres de Rachel et Danny devant l'école. « Merde, non. Écoute, j'envisage de venir cet été. De démolir leur petit club.

— Il a la clé de la ferme ? »

Je dis que oui, et qu'il allait vérifier que tout était en ordre.

« Mais c'est tout ? Tu ne lui as pas donné la permission de vivre là-bas ? Parce que c'est apparemment ce qu'il fait, d'après mes gars. Et s'il se balade ivre mort, il pourrait déclencher un incendie, tomber dans l'escalier de la cave. Je ne voudrais pas m'occuper de ce qui ne me regarde pas, Caelum, mais je crois que tu ferais bien de trouver quelqu'un d'autre pour surveiller la maison. »

Je lui dis que j'allais demander à Alphonse d'aller récupérer les clés chez Ulysse.

« Dans ce cas, dis-lui d'attendre le week-end. Bev Archibald des Services sociaux me devait un service, et elle a fait entrer Ulysse à Broadbrook pour un séjour de cinq jours. Histoire de le mettre un peu au régime sec.

— Tu pousses très loin le sens du devoir. Merci.

— C'est pas entièrement gratuit. Mon père et lui sont allés en classe ensemble. Ils se sont engagés à leur sortie du lycée. Ils ont fait la guerre de Corée.

— Mon père aussi.

— Mais oui, c'est vrai. Qui sait ? C'est peut-être la Corée qui les a traumatisés tous les trois. » C'était la première fois que l'un de nous deux mentionnait indirectement le fait que nos pères s'étaient suicidés.

— Ouais, peut-être… »

Jerry me dit de l'appeler quand je serais à Three Rivers. « On pourrait aller dîner quelque part avec nos légitimes ? »

Peu probable, songeai-je, à moins que Mo n'ait commencé à se rétablir. « Ce serait chouette. Ou alors on pourrait faire quelques tours de piste. Notre record n'est toujours pas pulvérisé ?

— Si, une équipe de Storrs a fini par nous battre d'une seconde. Mais on a tenu bon combien de temps ? Vingt-six ans ? C'est pas trop minable. »

Je lui demandai s'il avait des nouvelles de Brazicki ou de Birdsey.

« Je vois Birdsey de temps à autre. Pas très souvent. Il est sans doute trop occupé à compter les millions de son casino. C'est un bon gars, pourtant. Il nous donne un gros chèque tous les ans pour le fonds de prévoyance de la police. Tu sais que son frère est mort ? »

Je lui expliquai que ma tante m'avait envoyé une coupure de journal. « Il s'est noyé, c'est ça ?

— Ouais, ç'a été dur… Je vais te dire une chose concernant ce casino : ils ont des spectacles super. Ma femme et moi, on est allés voir Travis Tritt, Dolly Parton, les Oakridge Boys.

— J'en conclus que ta période heavy metal est passée.

— Ouais, et maintenant que j'y pense, tu ne m'as jamais rendu mon album d'Iron Butterfly. »

J'éclatai de rire. Lui rétorquai que j'étais presque sûr qu'il y avait prescription.

« T'es au courant que Brazicki est devenu prêtre ?

— Ralphie ? Tu me fais marcher. Je croyais que c'était un des méchants capitalistes d'Aetna.

— Il l'était. Il a entendu l'appel du Seigneur après la mort de Betsy. Il a démissionné, vendu la maison, le bateau, leur villa de Cape Cod. Ses enfants n'étaient pas trop contents, mais tant pis. Ils sont tous les deux mariés. Il est aumônier des prisons. Il dit que les détenues, c'est du gâteau à côté des requins auxquels il avait affaire auparavant.

— Père Brazicki. Bordel ! Lui et moi avons acheté nos premières capotes anglaises ensemble au drugstore. L'après-midi où on s'est baignés à poil à la fête donnée par Kitty Visonhaler.

— Celle où ses parents ont débarqué en plein milieu des réjouissances ? M'en parle pas.

— Ouais, cette histoire ferait un tabac au poste de police. Toi escaladant la clôture, cul nul, poursuivi par M. Visonhaler.

— C'est pas que je veuille changer de sujet, mais je ne crois pas que tu m'aies rendu non plus mon disque de Grand Funk Railroad. »

Après avoir raccroché, je repensai au trio : le père de Jerry, le mien et Ulysse. « Traumatisé » était le mot juste. M. Martineau s'était tiré une balle dans la tête et papa s'était jeté sous un train. Ulysse prenait son temps, mais il se tuait à petit feu. Ce n'était plus un foie qu'il devait avoir à présent, mais une éponge... J'avais interrogé à deux ou trois reprises ma mère sur la guerre de Corée de mon père. Lolly aussi. Elles avaient toutes les deux répondu qu'elles n'en savaient pas grand-chose – papa avait toujours gardé ça pour lui... Quoi qu'il en soit, j'avais du bol qu'il ne soit rien arrivé de plus grave lors de l'accrochage entre Ulysse et les gamins. Je n'aurais pas pu supporter une seconde fusillade. Je ne devrais peut-être pas attendre de retourner là-bas. Je pourrais engager quelqu'un pour démolir le pressoir. Quelqu'un qui me ferait ça en échange du bois de récupération et des châssis de fenêtres. Je pourrais casser le sol moi-même. Ça me soulagerait de m'y attaquer à la masse, de passer mes frustrations sur une dalle de ciment.

Non, elle était sortie. Ça devait être la femme de ménage. Elle est un peu complexée à cause de son anglais. Pourquoi avais-je raconté un bobard pareil ?

Parce qu'elle devient une source d'embarras.

Mais non. Je vais l'emmener chez cette psy. Elle va se remettre.

C'est ça. Les neuvaines de Mme Buzzi devraient faire effet d'une minute à l'autre. Vous allez tous les deux être très heureux, avoir beaucoup d'enfants, et monter ensuite tout droit au paradis. C'est ça ?

Le téléphone sonna. Martineau qui rappelait ? Velvet Hoon ?

C'était le sergent Cox qui avait interviewé Maureen quelques semaines plus tôt. Elle était désolée d'appeler aussi tard, mais ils mettaient au point le planning définitif pour les témoins oculaires. Mme Quirk et moi avions-nous eu l'occasion de discuter leur demande ?

— Quelle demande ? »

Il y eut un silence. « Elle ne vous en a pas parlé ? »

Elle me dit que l'inspecteur Chin et elle étaient passés à la maison cet après-midi. Ils avaient expliqué à Mo qu'ils faisaient partie d'une équipe qui reconstituait minute par minute le déroulement des événements entre onze heures dix, heure d'arrivée de Harris et Klebold au lycée, et le moment où la dernière personne avait été évacuée. « Nous assemblons donc les pièces d'un puzzle à partir des témoignages de ceux qui étaient sur place à ce moment-là. Nous demandons aux gens de revenir en notre compagnie au lycée, d'indiquer l'endroit précis où ils se trouvaient et de partager leurs souvenirs avec nous, avec un maximum de détails. » La mémoire pouvait être trompeuse, ajouta-t-elle. Plus ils auraient de sources de renseignements, plus ils pourraient se faire une image exacte de ce qui s'était passé.

« Il faudrait qu'elle retourne là-bas ?

— Oui, monsieur. Dans le cas de Mme Quirk, ce qu'on fera, ce que je ferai sans doute – la plupart des femmes semblent se sentir plus à l'aise avec une femme –, c'est une reconstitution de la scène. Je lui demanderai d'entrer dans ce placard et je fermerai la porte. Puis je l'interrogerai. J'enregistrerai ses souvenirs. Nous trouvons que les auditions sur place sont efficaces dans…

— On a nettoyé ?

— La scène de crime ? Non, monsieur. Tout doit rester en l'état tant que l'enquête est en cours. À l'exception des corps. Nous avons mis des fiches à l'endroit où il y avait les victimes.

— Mais le sang, les balles, le verre…

— Oui, monsieur. Tant que l'enquête n'est pas terminée.

— Combien ont accepté de coopérer ? »

Il leur restait encore quelques personnes à joindre et quelques-unes s'étaient senties incapables d'affronter pareille épreuve, mais la plupart des témoins oculaires avaient donné leur accord. « Les gosses ont été super. Nous nous rendons parfaitement compte que c'est beaucoup demander à des personnes qui ont déjà énormément souffert. Nous épargnerions les gens si nous le pouvions, mais c'est très important pour notre enquête. Je ne saurais trop le souligner.

— Qu'est-ce qu'elle vous a dit ?

— Mme Quirk ? Eh bien, en fait, elle a eu l'air troublée, monsieur.

— Vous voulez dire distraite ? Vague ?

— Non, monsieur. En fait, elle est devenue plutôt agitée et nous a demandé de partir. »

J'imaginais qu'ensuite elle avait dû s'envoyer deux ou trois Xanax de plus.

« C'est d'ailleurs aussi pour ça que j'appelle ce soir au lieu d'attendre demain matin, ajouta le sergent Cox. Je voulais savoir comment elle va. Je suis un peu surprise qu'elle ne vous ait pas parlé de notre visite. »

Je lui répondis que j'en discuterais avec Maureen tout en me disant qu'il était hors de question que je la laisse retourner là-bas. Qu'ils aillent se faire foutre.

Les auditions sur place prendraient une semaine ou plus, précisa le sergent Cox. Elle pourrait mettre Maureen tout à la fin du planning et nous verrions comment ça irait d'ici là. Je dis d'accord, mais lui fis comprendre qu'il n'y avait aucun engagement ferme de notre part.

Je me versai un whisky bien tassé. Montai à l'étage. M'appuyai au chambranle et la regardai dormir. Je trouvai le tube de calmants dans sa pochette brodée de perles – celle qu'elle sortait dans les grandes occasions. Je versai les comprimés dans la paume de ma main. Dix-neuf. Elle en avait avalé sept ce jour-là.

La requête du sergent Cox fut en fin de compte bénéfique. Maureen fut terrifiée à l'idée de devoir retourner s'accroupir dans le placard. Et sa terreur finit par la pousser à appeler le Dr Cid.

Son cabinet se trouvait dans une tour du centre de Denver. Nous eûmes du mal à le repérer et des difficultés à nous garer. Une fois dans le hall, on commence à se disputer au pied des ascenseurs. « Nous sommes en *retard* », dis-je, et Mo me rappelle qu'elle ne supporte pas les espaces clos. « Viens, alors ! » et j'ouvre brusquement la porte des escaliers. Je grimpe les marches quatre à quatre, suivi d'un cliquetis d'escarpins. Il y a des fenêtres à chaque palier et Mo s'arrête devant chacune. Pour se ressaisir, comprendrai-je par la suite. Pour s'assurer qu'à l'extérieur de ce puits de métal et de parpaing qui contient l'escalier il existe un monde de lumière et de normalité. Arrivé au septième étage, mon cœur bat à tout rompre. Maureen est dans un triste état. Le Dr Cid a intérêt à être à la hauteur.

Grassouillette, voix douce, c'est une de ces sexagénaires aux cheveux aile-de-corbeau qui arborent tailleur et foulard de couleurs vives. Mexicaine peut-être ? Portoricaine ? Elle nous offre de l'eau dans un gobelet en carton et invite Mo à pénétrer dans le saint des saints.

Je reste dans la salle d'attente aux murs décorés de photos encadrées – des paysages marins, pour la plupart, signés au crayon par un certain Edgardo Cid. Son mari, je suppose. Dix minutes plus tard, le Dr Cid réapparaît. « Monsieur Quirk ?

— Caelum.

— J'en prends bonne note. Maureen se sent angoissée. Elle aimerait que vous vous joigniez à nous.

— Bien sûr », dis-je en jaillissant de mon fauteuil tel un diable de sa boîte. Ma colère à propos de l'ascenseur s'est dissipée comme le brouillard.

Mo tremble de tous ses membres. Je m'assieds à côté d'elle sur le divan vert d'eau et lui caresse le dos de la main. « Désolé d'avoir été aussi con, je murmure.

— Tu étais agacé. Il faut dire que je suis agaçante. »

Le Dr Cid attend une ouverture. « Maureen vient de me confier qu'outre la peur qui ne la quitte jamais et la tristesse qu'elle éprouve pour les adolescents qui ont péri elle lutte constamment contre la colère. »

Je hoche la tête et j'attends.

Mo se tourne vers moi. « J'ai quelque chose à t'avouer. Hier, quand j'ai fait rentrer les chiens, Chet avait creusé des trous dans le jardin et il a collé de la boue partout dans la maison. J'étais tellement hors de moi que j'ai attrapé le mètre en bois et… je me suis mise à le frapper. Je ne pouvais plus m'arrêter. Puis le mètre s'est cassé et je l'ai encore frappé avec un des morceaux. Il s'en est pris à moi. Il a montré les crocs. »

J'explique au Dr Cid que ça ne ressemble pas du tout à Maureen – elle est du genre à chasser les mouches par la fenêtre plutôt que d'utiliser la tapette.

Le Dr Cid demande à Mo si elle peut identifier la source de sa colère.

Moi, me dis-je. Elle est toujours furieuse contre moi.

« Eux.

— Les meurtriers ?

— Ils m'ont volé ma vie. » Elle me jette un coup d'œil. « *Nos* vies. »

Je répète ce que je me tue à dire depuis trois semaines : c'est temporaire, ça prend du temps, elle va trouver ses repères.

« Tu crois, Caelum ? Comment le sais-tu ? Tu as consulté ta boule de cristal ? » Les yeux du médecin ne cessent d'aller et venir entre Mo et moi.

« Ça aussi, c'est nouveau. C'est moi le petit malin, d'habitude. »

Le Dr Cid sourit. « Le sarcasme est une armure », dit-elle. Elle demande à Maureen de lui décrire une journée type.

« Une journée type ?

— Depuis le traumatisme, j'entends. Vous vous réveillez le matin et… ?

— Je reste dans mon lit. Sans aucune envie de me lever.

— Pourquoi ?

— Parce que je ne veux pas affronter ce qui va encore me terrasser : un flash-back, un souvenir, ou un nouveau détail horrible dans le journal concernant la tragédie. Puis… puis je me dis : "OK, peut-être qu'aujourd'hui tu vas te lever, t'habiller, et que tu ne te laisseras pas submerger. Peut-être qu'aujourd'hui tu vas commencer à passer le cap." »

Ces discours d'encouragement sont une première pour moi.

« C'est bien, Mo. Tu vois ? Tu commences à te battre. »

Le Dr Cid demande à intervenir. « Il me semble, Maureen, qu'avant même de poser le pied par terre vous vous mettez trop la pression. Vous vous condamnez à l'échec, je pense, parce qu'on ne peut pas vraiment faire disparaître un traumatisme à coups de "peut-être". Il faut apprendre à le gérer. Mettre au point des stratégies de recours pour les moments difficiles. Voilà comment vous allez guérir, Maureen. Mais je vous en prie, continuez. Que se passe-t-il quand vous vous levez ? »

Maureen soupire. « Je me lève. Je vais dans la salle de bains. Et tout en me débarbouillant ou en me brossant les dents… je me rappelle des détails.

— Par exemple ?

— Les coups de feu. Le fracas du verre cassé.

— Ce sont donc essentiellement des bruits.

— Des odeurs aussi, dis-je. Le fond d'une de nos poubelles était complètement fichu. Alors, je lui ai dit : "Allez, viens. On va en acheter une autre à Home Depot." Elle ne voulait pas m'accompagner, mais j'ai insisté : "Viens donc. Tu ne peux pas rester claquemurée." Nous voilà donc partis. En cherchant le rayon des poubelles, on est passés devant du bois de charpente. Et l'odeur du bois, du bois brut…

— Ça sentait comme l'intérieur du placard, dit Mo.

— Elle a eu la nausée. La tête qui tournait.

— Et pour le restant de la journée, un terrible mal de tête. J'étais si…

— Angoissée ? »

— Non. Abattue. Je veux dire par là que Home Depot n'a aucun rapport avec ce que j'ai enduré, mais c'est comme si… tout était miné. Voilà pourquoi je ne veux pas quitter la maison.

— Mais la maison est pleine de traquenards aussi », dis-je.

Le Dr Cid demande à Mo de décrire d'autres souvenirs auditifs qui déclenchent chez elle un sentiment d'abattement.

Elle ferme les yeux. Je vois ses mains s'agiter sur ses genoux. « Leurs rires et leurs cris de joie pendant qu'ils leur tiraient dessus… la façon dont les gamins gémissaient. Suppliaient pour avoir la vie sauve. » Elle lutte. Se montre très courageuse. « Et cette alarme incendie qui n'arrêtait pas de hurler. Pendant tout le temps où je suis restée cachée à l'intérieur du… Je me rappelle avoir pensé à un moment : Au moins, s'ils me découvrent et me tuent, je n'aurai plus à entendre cette maudite alarme. »

Nous restons tous les trois sans rien dire.

C'est le Dr Cid qui finit par briser le silence. « Maureen, quand vous vous rappelez ces terribles bruits, que ressentez-vous ?

— C'est comme si… une vague arrivait mais je ne peux rien faire. Puis elle déferle sur moi et… et ma journée est fichue. Je renonce. Je me laisse submerger. Parce que comment voulez-vous arrêter une vague ?

— C'est impossible, dit le Dr Cid. Et vous avez la sagesse de reconnaître votre impuissance. Mais ce qui est en revanche possible, c'est apprendre à *négocier* les vagues. Travailler dans le contexte de leur inévitabilité. » Lorsqu'elle était petite fille à Cuba, nous explique-t-elle, ses grands frères lui avaient appris à ne pas avoir peur des déferlantes. Quand une vague arrivait, il fallait avant tout calculer si elle allait s'écraser sur vous, ou *après* vous. Dans le second cas, on pouvait sauter et attendre la suivante. Ou se raidir et se laisser emporter par la force du rouleau. Chevaucher la vague jusqu'au rivage, se relever, rajuster son maillot et retourner à la baille. Mais si la vague était sur le point de déferler *sur* vous, le mieux était de l'affronter. De respirer un grand coup et de plonger dedans. C'était préférable à se faire cingler, soulever, rouler, boire la tasse et suffoquer.

Maureen leva les yeux au ciel. « Si je vais un jour nager à Cuba, je saurai comment faire.

— Arrête, Mo. Ce qu'elle veut dire… »

Le Dr Cid lève la main. « Maureen est une femme intelligente. Je crois qu'elle comprend la métaphore. Si elle éprouve le besoin d'y résister, c'est bien aussi. »

Nous avions réservé une séance double, et vers la fin des cent minutes le Dr Cid nous fit part de ses conclusions. Les symptômes de Maureen indiquaient qu'elle souffrait d'un syndrome de stress post-traumatique en phase aiguë. Si Maureen et elle continuaient à travailler ensemble, son but serait d'aider Maureen à gérer les facteurs de stress afin d'éviter le SSPT chronique. « Ce n'est pas une fatalité. Ni pour l'un ni pour l'autre. »

Je lui demandai de décrire le traitement de Mo.

« Un mélange de psychothérapie, d'apprentissage de techniques de relaxation, et de médicaments. Et peut-être par la suite une séance ou deux avec un hypnothérapeute eriksonien. »

Maureen secoua la tête avec véhémence. « Il est hors de question qu'on m'hypnotise.

— J'en prends bonne note, dit le Dr Cid. Mais c'est une erreur de croire que quelqu'un vous hypnotise. En réalité, toute hypnose est une autohypnose. Parlons maintenant de vos médicaments. »

Je n'y allai pas par quatre chemins. Je déclarai que, selon moi, Maureen prenait trop de Xanax.

« Mais ça m'aide ! s'écria Mo au bord des larmes.

— À court terme oui, répondit le Dr Cid. Parce que l'engourdissement est préférable à affronter la peur, la colère et de terribles souvenirs. Mais à long terme, ça pourrait être dommageable. L'engourdissement va entraver votre capacité à surmonter votre maladie. La vérité, Maureen, c'est qu'il y a eu erreur de prescription dans votre cas. Le Xanax peut s'avérer utile pour traiter ceux qui souffrent de SSPT *chronique*. À votre stade, un ISRS serait beaucoup plus indiqué. »

Maureen croisa les bras et poussa un soupir de dégoût. Je demandai au médecin la signification de ISRS.

« Inhibiteur sélectif de recapture de la sérotonine. Un nom à coucher dehors, c'est vrai. Ils appartiennent à la famille des antidépresseurs – ce ne sont certainement pas des pilules magiques, mais ils devraient aider Maureen à maîtriser les flash-backs et à rendre ses souvenirs moins débilitants. La "vague" va très probablement prendre des proportions moins impressionnantes. Et contrairement au Xanax, ce médicament ne crée pas de dépendance. » Elle se tourna vers Mo. « Maureen ? J'aimerais que vous commenciez à prendre du Zoloft. Vingt-cinq milligrammes par jour la première semaine, cinquante la deuxième. Nous pouvons aller jusqu'à deux cents si nécessaire, mais je préfère pécher par excès de prudence pour l'instant. Il faudra vous armer de patience. Ce médicament met un certain temps à agir, vous n'en sentirez donc pas les bienfaits tout de suite. Compris ? »

Ma femme fit la grimace et garda le silence.

« Il fera effet quand ? demandai-je.

— Dans deux ou trois semaines. Ah, j'oubliais, pour ce qui est de l'enquête policière : retourner au lycée et dans ce placard est absolument hors de question. C'est peut-être utile pour la police, mais ça pourrait s'avérer très dommageable pour Maureen. Ça risquerait de la traumatiser une fois de plus. Que Maureen accepte de travailler avec moi ou pas, je me propose d'écrire une lettre dans ce sens, en m'appuyant sur notre conversation d'aujourd'hui. Appelez mon cabinet demain, et laissez-moi un nom et une adresse pour que je sache où l'envoyer. »

Je lui fis un chèque et elle me remit une facture d'honoraires. Elle expliqua que les compagnies d'assurances rechignaient parfois à rembourser le traitement du SSPT, mais qu'étant donné la notoriété du massacre de Columbine il ne devrait pas y avoir de problème. Elle tâtonna pour trouver son agenda. « On prend rendez-vous maintenant ou vous préférez en discuter chez vous ? »

Nous répondîmes en même temps. « On va en discuter », dit Maureen. « On prend rendez-vous maintenant », fis-je.

Nous sommes partis avec l'ordonnance de Zoloft et des instructions pour sevrer Maureen du Xanax. Nous ne nous sommes pas adressé une seule fois la parole en descendant les sept étages. Nous sommes restés silencieux dans le parking souterrain et dans la file de voitures qui avançaient au pas vers la rampe d'accès à l'autoroute. C'est seulement après avoir accéléré et atteint cent, cent dix kilomètres à l'heure que je me suis tourné vers elle. « J'ai de l'espoir. Elle connaît vraiment son boulot.

— C'est un charlatan.

— Pas du tout. Qu'est-ce qui te fait dire ça ?

— Quand elle a parlé de chevaucher les vagues à Cuba, j'avais envie de lui dire : "Qu'est-ce que tu fais des courants sous-marins, espèce d'idiote ? Et si une vague t'aspire au fond ?" Et l'hypnose ! Pourquoi pas le vaudou pendant qu'on y est ? Je pourrais peut-être psalmodier des incantations et boire du sang de poulet.

— Hmmm. Tu es complètement à côté de la plaque.

— Pourquoi ? Parce que je suis folle ?

— Personne ne dit que tu es folle, Maureen.

— C'est un motif de divorce, non ? Quand votre femme est cinglée. »

L'espoir que j'avais ressenti s'est mis à fuir comme l'huile d'un carter. J'ai attendu deux ou trois kilomètres. « C'est quoi, le fond du problème ? Le fait qu'elle veuille que tu arrêtes le Xanax ?

— Va te faire foutre, Caelum. Va-te-faire-foutre. »

De : studlysicilian@snet.net
À : caelumq@aol.com
Envoyé : lundi 14 mai 1999
Objet : Cette chatte est DINGUE !!!

QUIRKY, d'abord la bonne nouvelle : je ne vais pas te poursuivre devant les tribunaux. Ensuite la mauvaise : je pourrais. Je suis allé récupéré les clés chez Ulisse. Il pleurait, tremblait comme une feuille et n'arrêtait pas de répéter qu'il avait trahi ta confiance. Comme je ne savais pas quoi dire, je lui ai proposé de passer à la boulangerie : on lui servirait du café gratis chaque fois qu'il en aurait envie. Puis je suis allé cherché la chatte chez ta tante. Ma vendeuse de l'après-midi, Yvette, tu l'as vu, elle a un look zarbi et des beaux roploplos (du 100 D à vue de nez). Sa mère et elle recueillent les chats. Elles en ont déjà une douzaine mais elle était prête à la prendre. Je m'en vais donc chez ta tante et impossible de mettre la main sur cette stupide chatte. Après ça je la trouve, mais impossible de l'attraper. J'arrive enfin à la coincé dans la véranda où se trouvent tous les classeurs. Je la saisis par la peau du cou et elle contre-attaque comme Mike Tyson. Elle m'a griffé grave. Puis je l'emmène au camp de caravaning d'Yvette et elle se met a poussé de tels miaulements que je m'entends plus penser. On s'arrête à un feu rouge et elle finit par la boucler alors moi, je lui dis : Gentille minette. Cette putain de garce bondit, m'enfonce ses griffes dans la jambe et me mord le genou. Quand j'arrive au camp, la mère d'Yvette s'exclame : Oh, la pauvrette, elle a juste eu peur, et moi je pense à part moi : je relève quasiment des urgences et cette chatte est une pauvrette??! Tu me dois donc un sacré service, Quirky. Maintenant, à la boulangerie, ils n'arrêtent pas de me charrié en passant la chanson de Ted Nugent YOU GIVE ME CAT SCRATCH FEVER et moi

je fais : Ha ha très drôle, continuez
et je vous fous tous à la porte. Pour
conclure, la chatte de Lolly est en de
bonnes mains et G les clés. T'as besoin
d'autre chose?
Alph

Les élèves et moi finîmes cahin-caha l'année scolaire.
Je ne fis pas passer d'examens. Mon carnet de notes étant
toujours à Columbine, je leur demandai de s'attribuer les
notes qu'ils pensaient mériter et elles correspondaient
grosso modo à celles que je leur avais données. (Enfin,
je les revis à la baisse dans le cas de trois ou quatre optimistes.) Lindsay Peek ne revint pas, après le premier
jour. Je lui mis un B. Le dernier jour, après le départ des
élèves, je rassemblai mes affaires dans deux cartons. Je
nettoyai toutes les tables de Mme Boyle. Je lui avais aussi
acheté une boîte de chocolats. Je la laissai sur le bureau
avec un mot la remerciant de nous avoir hébergés. Elle
était chiante parce qu'elle mettait toujours un temps fou
à quitter la classe, mais elle était gentille. Elle nous avait
fait des cookies. Deux fois.

La remise des diplômes à l'amphithéâtre fit couler des
larmes et fut, bien sûr, un événement médiatique. C'était
inévitable. La famille d'Isaiah Shoels n'assista pas à la
cérémonie, mais les Townsend étaient là. Les frères et
sœurs aînés de Lauren vinrent chercher son diplôme.
Dylan et Eric auraient dû aussi recevoir le leur, mais on
passa leurs noms sous silence. J'eus une boule dans la
gorge quand ce fut le tour des gamins qui avaient été blessés : Jeanna Park avec son bras en écharpe assortie à sa
toge, Lisa Kreutz dans son fauteuil roulant. Val Schnurr
avait reçu neuf balles, mais à la voir traverser triomphale-
ment l'estrade on ne l'aurait jamais deviné.

La tradition voulait que la plupart des profs de Columbine se retrouvent après la cérémonie – dans un bar pour trinquer à la fin de l'année scolaire et au début des vacances d'été. Mais ce soir-là, personne n'évoqua l'idée. Nous nous contentâmes tous de monter en voiture et de rentrer chez nous.

Les lumières d'en bas étaient éteintes, les chiens déambulaient à l'extérieur comme des âmes en peine. Maureen devait avoir oublié qu'ils étaient dehors. La télé du bas était allumée ainsi qu'un des brûleurs de la gazinière – un anneau de flammes bleues qui chauffait pour rien. Le voyant du répondeur clignotait.

Bip. « Allô ? Monsieur Quirk ? C'est Ulysse Pappanikou. J'ai eu votre numéro par le type de la boulangerie. Je voulais juste vous dire que si vous avez le cœur de... »

J'enfonçai la touche « Message suivant ». Je n'avais pas la force nécessaire.

Bip. « Bonjour ! C'est Cyndi Pixley de Century 21, suite au coup de fil de Maureen Quirk. Bien sûr que j'aimerais venir voir votre maison et vous donner une estimation. Appelez-moi demain pour que nous fixions un rendez-vous. Et merci ! J'ai hâte de vous rencontrer ! » Je reconnus le nom – le visage guilleret de Cyndi Pixley apparaissait toutes les semaines dans le prospectus d'achats et de ventes immobilières. Mo lui avait téléphoné ?

Bip. « Salut, m'man. C'est Velvet. Je me suis dit que j'allais t'appeler pour voir comment tu allais. Je suis en Louisiane. Dans une ville du nom de Slidell. C'est près de La Nouvelle-Orléans. J'ai un boulot de femme de ménage dans un motel glauque. C'est – hein ? Attends une petite seconde, m'man, d'accord ?... FAIS CHIER, KEITH ! JE TÉLÉPHONE, MERDE !... Quoi ?... D'accord. D'accord, désolée. Je suis *désolée*, Keith... Eh, m'man. Faut que j'y aille. »

Bip.

Je ne savais pas qui était Keith mais il n'avait pas l'air sympa. Je montai au premier. Maureen était dans la salle de bains, en pyjama. Elle examinait son visage dans le miroir – ouvrait et fermait la bouche comme un poisson.

« Salut », fis-je.

Le tube de médicaments qu'elle tenait à la main voltigea. Les comprimés roulèrent aux quatre coins de la pièce. « Putain ! Arrête de t'approcher à pas de loup comme ça !

— Je ne me suis pas approché à pas de loup.

— Tu trouves que je n'ai pas assez les nerfs en pelote, Caelum ? C'est ça ? Il faut que tu…

— Allons, Mo. Je…

— Connard ! » Elle était à quatre pattes en train de ramasser à la hâte les comprimés qu'elle avait renversés. Je me baissai pour l'aider. « Non ! dit-elle. Je m'en occupe ! Fous le camp ! »

Mais j'avais déjà un Xanax entre le pouce et l'index. « T'es plus censée prendre ces trucs. » Je la saisis par le poignet et l'obligeai à ouvrir les doigts. Quand le tube tomba de sa main, je l'attrapai avant elle. Lus l'étiquette. « Qui c'est ce Dr Radwill ? » demandai-je.

Le lendemain matin, elle était renfrognée, et absolument furax que j'aie jeté ses nouvelles provisions dans la cuvette des W-C et tiré la chasse d'eau.

« Tu n'as pas la moindre idée de ce que je vis.

— Je suppose que non, Maureen. Mais ça ne signifie pas pour autant que je vais te laisser devenir accro aux médicaments. »

Elle me dit d'aller au diable.

« Je n'irai nulle part. Qu'est-ce que c'est que cette histoire de Cyndi Pixley ? »

Elle avait appelé l'agent immobilier après la dernière visite des policiers Cox et Chin. Malgré la lettre du Dr Cid, ils continuaient à lui mettre la pression pour l'interroger. Peut-être que si nous déménagions, elle se sentirait plus en sécurité, moins agressée par le drame, jour après jour après jour. Elle était presque certaine que oui. La ferme était disponible, non ? Qu'est-ce qui nous retenait ici ?

— Notre travail à tous deux. Notre maison. Nos amis.

— Quels amis ? »

J'ignorai délibérément la remarque. « Et ta famille ? On est venus ici pour que tu sois plus près d'elle.

— Plus près de mon père. Qui se fout de moi comme de l'an quarante. »

Elle écouta je ne sais combien de fois le message de Velvet Hoon. « Pourquoi la Louisiane ? Et qui est ce Keith ? Elle a l'air d'avoir peur de lui.

— Nous ne sommes pas responsables de Velvet. Mais toi, tu es responsable de toi-même.

— Tu sais ce que je regrette ? Qu'ils ne m'aient pas tuée à la place d'un des gamins. »

J'attrapai mes clés de voiture. « Je refuse d'entendre ça.

— Pourquoi ? Parce que tu le regrettes aussi ? »

Un homme meilleur serait resté et l'aurait réconfortée. Mais je claquai la porte. Fis rugir le moteur pour couvrir le bruit de ses sanglots. Si je ne me tirais pas de là vite fait, ma tête allait exploser, putain.

Je roulai pendant deux heures, brûlai un demi-réservoir d'essence et songeai à l'ironie de la situation : moi qui prônais de rester ici et elle de retourner au Connecticut. Mais cette ferme sans Lolly était... quoi ? Beaucoup de mauvais souvenirs et une maison pleine de bric-à-brac. Une série de casse-tête, à commencer par ce fichu pressoir.

Tout en faisant le plein dans une station Mobil, je regardai un papillon voleter au-dessus d'un pot de soucis jaunes, puis se poser sur une fleur et battre des ailes. Il avait plutôt l'air innocent, mais peut-être qu'il était en train de déclencher un désastre dans une autre partie du monde... Je vendrais peut-être la ferme. Me débarrasserais de ce fardeau.

Une grosse jeep beuglant du rap s'arrêta à la pompe voisine. Le type coupa son moteur, descendit. Un gars d'une vingtaine d'années arborant comme il se doit un crâne rasé, une boucle d'oreille et des avant-bras tatoués. J'essayais de me rappeler où je l'avais vu quand il surprit mon regard. « Qu'est-ce qu'il y a ? dit-il.

— Qu'est-ce qu'il y a ? » répétai-je. Puis je me souvins. Il s'était levé pour prendre la parole à la séance d'accompagnement thérapeutique du deuil organisée par le pasteur Pete.

C'était le remplaçant – le gars dont la petite amie était enceinte. Au début de la fusillade, il s'était réfugié dans les W-C des profs. Ils étaient entrés en trombe, avaient cogné à la porte. « Hou hou ! On sait que t'es là-dedans ! » Lors de la séance, il nous avait raconté qu'il n'était pas ravi à l'idée d'avoir un bébé, mais qu'il avait changé d'avis après le drame. Il allait essayer d'être le meilleur père possible.

Quand je lui demandai si la grossesse se passait bien, il fut un peu décontenancé. « La séance d'accompagnement du deuil à l'église, expliquai-je.

— Ah oui. Ça commence à se voir. » Ma pompe fit clic. Je raccrochai le pistolet, revissai mon bouchon de réservoir.

« Vous avez des gosses ? » ajouta-t-il.

Je fis signe que non.

« J'ai peur », dit-il.

Ce n'est pas le genre de chose qu'on avoue d'ordinaire dans une station-service, mais ce qui s'était passé à Columbine avait changé toutes les règles. Avait mis tout cul par-dessus tête. N'avais-je pas, moi-même, dit à Maureen que nous devrions rester au Colorado ?

« Peur de quoi ?

— D'être père.

— Ce n'est pas que je sois un expert. Mais je pense que la plupart des futurs parents… »

Il me coupa la parole. « D'après ce que j'ai lu, ils venaient de bonnes familles. Ils avaient des parents bien, assez d'argent. Le journal dit que les Klebold avaient une piscine, un court de tennis, un terrain de basket. » J'opinai. Regardai le papillon voleter au-dessus de sa tête avant d'atterrir sur son épaule. « Comprenez-moi bien. C'est cool, l'idée d'avoir un fils. De l'emmener à la pêche, à son premier match de basket. Mais imaginez qu'il naisse avec le bon nombre de doigts et d'orteils, qu'elle et moi on s'échine pour qu'il ait une belle vie, et que malgré tout il devienne…

— Un monstre ? »

Il hocha la tête. Remarqua le papillon et le chassa.

« Je suppose qu'on fait de son mieux. Et qu'on se rend compte que le reste est un coup de dés. Mais, et pour ce que ça vaut : j'enseigne en lycée depuis longtemps, j'ai travaillé avec un tas de gamins sans problèmes et à problèmes. Ces deux-là étaient les deux seuls monstres que j'aie rencontrés. Les chances sont donc de votre côté. »

Il hocha la tête pensivement.

« Permettez-moi de vous poser une question, ajoutai-je. Vous remplaciez qui, ce jour-là, au lycée ? »

Il haussa les épaules. « Un prof d'anglais qui avait un deuil dans sa famille. Son nom commençait par un Q, je crois. »

Cyndi Pixley estima que notre maison valait cent quatre-vingt-neuf mille neuf cents dollars, mais nous prévint que nous devrions très vraisemblablement baisser notre prix. Les familles ne se bousculaient pas pour acheter une maison à Littleton. Elle la présenta dans son agence comme un « charmant cottage chaleureux et élégant pour couple sans enfants » !

Les Paisley – un couple sans enfants, naturellement – nous firent une offre de cent quatre-vingt-cinq mille dollars à deux conditions : que nous leur laissions nos rideaux et que nous attendions qu'ils aient vendu leur maison en Arkansas. Nous acceptâmes. De leur côté, ils acceptèrent notre unique condition – celle imposée par Maureen, en fait : ils devaient laisser l'adresse et le numéro de téléphone de la ferme placardés sur la porte de devant et celle de derrière pendant un an après leur emménagement. Au cas improbable où Velvet reviendrait à Littleton et chercherait à nous retrouver.

Nous quittâmes notre travail, fîmes cadeau de nos plantes aux Kirby et donnâmes à une organisation caritative de quoi remplir trois voitures. Le Dr Cid appela des confrères sur la côte Est qui passèrent à leur tour des coups de fil à des confrères. Lors de sa quatrième et dernière séance, Maureen se vit remettre des noms et des numéros de téléphone de médecins du Connecticut susceptibles de l'aider à se rétablir. Le Dr Cid mit Mo en garde. « La peur et la colère vont faire le voyage avec vous. Il va falloir continuer à vous battre. » Maureen prenait du Zoloft depuis environ un mois – et l'effet était minime voire inexistant, prétendait-elle. Le Xanax lui réussissait beaucoup mieux.

Trois jours avant notre départ, le père de Maureen insista pour donner un dîner d'adieu pour sa « petite fille » au grill-room qu'Evelyn et lui préféraient à Denver. Cheryl, la demi-sœur de Mo, son mari Barry et leur fille Amber devaient se joindre à nous, mais s'excusèrent à la dernière minute. Arthur fut contrarié que Maureen se contente d'une salade et d'une tasse de thé. « Toute fête a besoin d'un rabat-joie, c'est pourquoi nous t'avons invitée », fredonna-t-il entre son deuxième et son troisième scotch. Le Barracuda déclara que nous avions été « complètement idiots » de ne pas l'avoir consultée avant de mettre notre maison en vente : elle travaillait très souvent avec des agents immobiliers de Denver et aurait très probablement pu nous éviter de payer la commission de l'agence. « Ce qui serait plus important pour vous que nous », lui lançai-je, plus pour lui rabattre le caquet que pour autre chose. Elle me répondit du tac au tac qu'elle ignorait que les enseignants avaient autant d'argent à jeter par les fenêtres. Quand nous nous levâmes pour partir, Arthur fit le baisemain à Mo comme s'il était un gentleman campagnard distingué et non une fieffée ordure.

« Ouf, c'est fini, ai-je dit, dans la voiture qui nous ramenait chez nous.

— Dieu merci, a-t-elle fait la voix pleine de larmes. Je regrette d'être venue vivre ici. »

Notre véto a donné à Sophie et Chet des friandises et des tranquillisants à mâcher pour le long trajet. Le lundi matin de la troisième semaine de juillet, nous avons tourné le dos aux Rocheuses et quitté Littleton dans l'obscurité qui précède l'aube. Nous avons parcouru le ventre plat et vert du Kansas pour entrer au Missouri, en écoutant de la musique country, des livres enregistrés et des évangélistes qui nous mettaient en garde contre le sort tragique qui nous attendait. La première nuit, nous sommes descendus dans un motel de Saint Louis qui acceptait les chiens. (Si vous allez un jour au restaurant là-bas et que vous voyiez au menu des galettes au crabe, suivez mon conseil : commandez autre chose si vous ne voulez pas passer la nuit au-dessus de la cuvette des W-C.) Nous sommes partis plus tard que prévu, le deuxième jour… Parvenus à Cleveland, Mo et les chiens se sont affalés sur les lits du motel, et j'ai filé au Rock'n'Roll Hall of Fame où je suis arrivé une heure avant la fermeture. Le lendemain, nous avons franchi la Pennsylvanie et sommes entrés dans la partie nord de l'État de New York, pour arriver à Springfield, Massachusetts, à cinq heures, heure de pointe. Nous nous sommes arrêtés pour dîner dans un Friendly's à Hartford. Peu avant neuf heures du soir, j'ai traversé le centre de Three Rivers, emprunté le viaduc, longé le casino et tourné à droite vers Ice House, puis à gauche vers Bride Lake. La prison de mon arrière-grand-mère se découpait sur un coucher de soleil orange sanguine. *Ciel rouge le matin, pluie en chemin*, ai-je entendu tante Lolly dire. J'ai entendu ma mère chanter à l'église : *Louez la sainte Trinité, une et indivisible…* Entendu mon père dire, par amour ou pour se moquer : *Rosemary Kathleen Sullivan, ma rose sauvage d'Irlande.* Entendu la soupière de mon arrière-grand-mère se fracasser dans la cuisine, et revu mon père en sortir en trombe en brandissant la bouteille d'alcool de grand-père. Pourquoi l'avais-je plus aimé, lui, le parent qui m'avait abandonné, qu'elle qui était restée ? C'était une question que je me posais toujours. Maintenant que je rentrais à la maison, j'allais peut-être enfin trouver la réponse. Ou cesser de me la poser et passer à autre chose.

J'ai mis mon clignotant. Remonté l'allée de gravier menant à la maison et à tous ses fantômes. Les Rocheuses étaient loin, très loin à présent, et le lycée de Columbine faisait partie de notre passé. Pour le meilleur ou pour le pire, j'étais de retour au bercail, avec mes chiens qui aboyaient sur la banquette arrière et ma femme malade qui dormait sur le siège passager.

SECONDE PARTIE

La mante

14

QUESTIONNAIRE BIOGRAPHIQUE. Section A
Instructions : les questions suivantes sont destinées à nous renseigner sur votre vie avant l'événement traumatisant. Vous êtes prié/e de les lire attentivement et d'y répondre avec le plus de précisions possible. Ne sautez aucune question.

Nom : <u>*Maureen Quirk*</u>
Âge : <u>*41 ans*</u>
Date de naissance : <u>*26 mars 1959*</u>
Lieu de naissance (ville et État ou pays) : <u>*Syracuse, New York*</u>

Quand s'est produit l'événement traumatisant ?
    Il y a moins de quinze jours
    Il y a moins d'un mois
    Il y a moins de trois mois
    Il y a moins de six mois
    Il y a moins d'un an
X   Il y a moins de dix-huit mois.
    Il y a moins de deux ans.
    Il y a plus de deux ans

Race ou ethnie
    Amérindien ou natif de l'Alaska
    Américain d'origine asiatique ou des îles du Pacifique

Mexicain-Américain
Noir
X Blanc

Nombre de frères et sœurs
Frères
1 Sœurs (*demi-sœur*)
Aucun

Étiez-vous l'aîné/e, le/la plus jeune, ou quel rang occupiez-vous dans la fratrie ?
X L'aîné/e (*Jamais vécu avec ma demi-sœur – quasiment fille unique*)
Le/la___de____
Le/la plus jeune

Nombre d'habitants de l'endroit où vous habitiez ?
Moins de 5 000
Entre 5 000 et 25 000
X Entre 25 000 et 100 000 *Nous avons vécu à différents endroits, surtout dans la banlieue de grandes villes (père dans les affaires)*
Entre 100 000 et 250 000
Plus de 250 000

Scolarité
Études primaires complètes ou partielles
Études secondaires complètes ou partielles
Université
Licence
3e cycle
X Diplôme de 3e cycle (*gestion de personnel infirmier*)
Thèse de doctorat

Quand vous étiez au lycée, dans combien d'endroits avez-vous habité ? *6 ou 7*

Situation professionnelle actuelle
    Plein temps
    À temps partiel (volontairement)
    À temps partiel (involontairement)
    Sans emploi (mais à la recherche d'un travail)
X   Sans emploi (et n'en recherche pas un) *Pas encore – je veux travailler mais j'attends d'être plus maîtresse de moi et de moins souffrir physiquement*
    Licencié

Montant approximatif de vos revenus annuels avant impôt
    $0-$10 000
X $10 000-$25 000 *(était)*
    $25 000-$50 000
    $50 000-$100 000
    Plus de $100 000

Étiez-vous marié/e à l'époque de l'événement traumatisant ?
X   Oui
    Non

Si oui, depuis combien de temps ? *12 ans*

Aviez-vous des enfants à l'époque de l'événement traumatisant ?
    Oui
X   Non

Situation actuelle
    Célibataire

Marié/e (jamais divorcé/e)
X   Marié/e (précédemment divorcée)
Marié/e (précédemment veuf/ve)
Séparé/e
Divorcé/e et toujours célibataire
Divorcé/e et ayant un compagnon/une compagne
Ayant un compagnon/une compagne
Vie maritale
Nombre d'enfants actuel : *0*

QUESTIONNAIRE BIOGRAPHIQUE. *Section B*
Instructions : les questions suivantes portent sur votre vie avant l'événement traumatisant

Sévices sexuels
X   Violences physiques *(premier mari – seulement deux fois)*
X   Insultes *(premier mari quand il avait bu)*
X   École buissonnière (école « séchée » plus de cinq jours par an) *Je me suis enfuie avec un petit ami*
Exclusion définitive ou temporaire *(dernière année lycée : une semaine)*
Délinquance (arrestation et comparution devant le tribunal des enfants)
Fugue en plus d'une occasion *(juste cette fois-là)*
Mensonges constants
X   Rapports sexuels d'un soir fréquents *(au lycée et à l'université)*
Ivresse ou usage régulier de drogue *(au lycée, beaucoup moins à l'université)*
X   Vols (pour le plaisir) *en 3e (vol à l'étalage)*
Vandalisme (pour le plaisir)
Mauvaises notes à l'école
Fréquentes infractions aux règles à la maison, à l'école, au travail

Il vous est arrivé :
De déclencher des bagarres
D'abandonner un travail sous le coup de la colère
De faire preuve de négligence envers vos enfants
De vous livrer à des occupations illégales
X   De commettre des imprudences et de vous attirer
des ennuis en conséquence (*un peu au lycée*)
Vous agissiez fréquemment sans réfléchir
Vous escroquiez, manipuliez ou exploitiez cons-
tamment autrui en vue d'un gain personnel
Vous aviez des problèmes avec les figures d'auto-
rité (exemple : patron, professeur, police)
Vous vous attendiez à ce que les autres vous
roulent ou vous fassent du mal
Vous guettiez sans cesse des signes de menace
X   Vous éprouviez le besoin d'être réservé/e ou
cachottier/ère (*un peu*)
Vous aviez tendance :
À refuser d'accepter qu'on vous blâme quand
c'était justifié
X   À questionner la loyauté d'autrui
À trop vous soucier des mobiles cachés d'autrui et
de la signification de leurs paroles
À être trop jaloux/se
À vous froisser facilement et à vous vexer pour
rien
À exagérer les problèmes (à vous faire une mon-
tagne d'un rien)
À être prêt/e à contre-attaquer dès que vous perce-
viez une menace
X   Vous étiez souvent incapable de vous détendre
Vous donniez souvent l'impression d'être froid/e
(sans émotion)
Vous aviez tendance :

<table>
<tr><td></td><td>À vous enorgueillir d'être objectif/ve, rationnel/le, impassible</td></tr>
<tr><td>X</td><td>À manquer du sens de l'humour (c'est ce qu'on m'a dit)</td></tr>
<tr><td></td><td>Vous aviez du mal à être passif/ve, doux/ce, tendre, sentimental/e</td></tr>
<tr><td></td><td>Vous aviez le sentiment d'être une personne d'une importance ou d'une rareté exceptionnelles, capable d'obtenir succès, pouvoir, talents, beauté et richesse illimités</td></tr>
<tr><td>X</td><td>Vous aviez plutôt l'impression que votre « beauté » jouait un rôle essentiel dans votre succès auprès d'autrui Mais je n'ai jamais été vraiment satisfaite de mon apparence</td></tr>
<tr><td></td><td>Vous trouviez plutôt « difficile » ou « stupide » de compatir avec les autres quand ils traversaient des moments difficiles</td></tr>
<tr><td>X</td><td>Vous trouviez plutôt normal de profiter d'autrui si c'était dans votre intérêt personnel Dans une certaine mesure au lycée (avec les garçons)</td></tr>
</table>

INVENTAIRE DES SYMPTÔMES

Dans la liste qui suit, veuillez marquer d'un X le degré auquel vous avez ressenti chaque symptôme à la suite de l'accident ou de l'incident traumatisant. Veuillez aussi indiquer d'un O le degré auquel vous ressentiez le même symptôme avant l'accident ou l'événement traumatique.

	Jamais	Rarement	Parfois	Souvent	Très souvent
1) Cœur qui bat vite		O		X	
2) Difficultés à respirer		O	X		

	1	2	3	4	5
3) Mains ou corps qui tremblent	O			X	
4) Nausée		O	X		
5) Vomissements		O	X		
6) Diarrhée		OX			
7) Vertiges	O	X			
8) Étourdissement ou jambes flageolantes	O	X			
9) Bouffées de chaleur ou rougeurs	O	X *(en cas de flash-back)*			
10) Fourmillements dans les bras ou les jambes	O			X	
11) Maux de tête		O			X
12) Douleurs physiques	O				X
13) Nervosité (stress, anxiété)		O			X
14) Vision brouillée	XO				
15) Bourdonnements d'oreille	O			X	
16) Problèmes de sommeil		O		X	
17) Cauchemars		O	X		
18) Hypersensibilité au bruit	O				X
19) Irritabilité		O		X	
20) Crises de colère		O		X	

21) Manque d'appétit sexuel		O	X
22) Transpiration excessive	O	X	
23) Sentiment d'avoir changé de personnalité	O		X
24) Problèmes conjugaux		O	X
25) Je n'ai plus goût à la vie (famille, vie sociale, distractions)	O	X	
26) Sentiment de détachement d'autrui	O	X	
27) Dépression		O	X
28) Malaises	O	X	
29) Les autres me disent que j'ai changé	O		X
30) Crises de larmes		O	X
31) Incapacité à exprimer ou à montrer mes sentiments		OX	
32) Incapacité à me rappeler des événements récents		O	X
33) J'ai des pensées morbides		O	X

34) J'ai des pensées suicidaires	O		X	
35) J'ai peur d'avoir un accident		O	X	
36) J'ai peur d'être blessé/e		O		X
37) Sentiment d'inutilité		O		X
38) Manque d'énergie	O			X
39) Lenteur de pensée ou de mouvement	O		X	
40) Difficultés de concentration	O			X
41) Fatigue, épuisement, faiblesse		O		X
42) Agitation		O		X
43) Douleurs musculaires	O			X
44) Problèmes au travail		O *(je ne travaille pas pour le moment)*		
45) Les choses familières vous semblent étranges ou irréelles	O		X	
46) Difficultés à prendre une décision		O		X

Item					
47) Sentiment de « broyer du noir », d'« avoir le cafard »			O		X
48) Sentiment de terreur ou de panique		O		X	
49) Sentiment d'irréalité, d'être quelqu'un d'autre	O		X		
50) Évitement des endroits sans rapport avec l'incident traumatisant mais qui m'y font penser				X	
51) Évitement des endroits liés à l'événement traumatisant				*On a déménagé*	
52) Je pense à l'incident traumatisant				X	
53) Colère envers moi-même ou les autres pour leur rôle dans l'incident traumatisant					X
54) Sentiment de culpabilité lié à l'incident traumatisant					X

55) Flash-backs (impression de revivre l'incident traumatisant	X *(beaucoup moins qu'avant)*

Y a-t-il quelque chose d'autre que vous souhaiteriez ajouter à cet inventaire ?

J'ai des douleurs (parfois aiguës) dans le dos, les genoux et au sommet de la tête. J'ai fait des IRM, mais les médecins disent que je suis en parfaite santé. <u>Je suis en total désaccord !</u>

15

L'autre jour, en vidant un tiroir de commode, j'ai retrouvé mon agenda de 1999. Depuis le drame, j'ai appris à m'assigner des petites tâches que j'ai des chances de terminer avant d'être envahi par un sentiment de futilité. Je m'attaque à un tiroir, et non à une commode entière. À chaque jour suffit sa peine. Quand ce petit agenda a réapparu, je me suis assis sur le lit et je l'ai feuilleté pour trouver les pages d'avril. Samedi 17, le jour où Ulysse Pappanikou avait découvert Lolly errant dans le jardin et tenant des propos décousus. J'avais écrit : « Vidanger l'huile et remplacer le filtre » et : « Fête après bal de promo – être là-bas à 23 : 00 heures ». Mardi, 20 avril – le jour qui avait changé nos vies –, est une page blanche. Ainsi que la plupart des jours suivants. À l'exception du 29 juillet.

Maureen et moi étions sur la route, ce jour-là : nous retournions dans le Connecticut avec les chiens. Partis de bonne heure, nous nous étions arrêtés en milieu de matinée pour petit-déjeuner dans un Cracker Barrel au nord de l'État de New York. Je m'étais garé en bordure de parking afin que les chiens puissent faire leurs besoins. J'avais lancé une dizaine de fois une balle de tennis afin qu'ils prennent un peu d'exercice. (Alors que je regardais Sophie courir sur le parking, je remarquai pour la première fois qu'elle avait une faiblesse aux pattes arrière.) Au restaurant, je commandai des œufs et du gruau de maïs. « Cette colle à papier peint est drôlement bonne, avais-je dit à Mo en enfournant mon gruau. Bien sûr, il suffirait de verser de la sauce au jus de viande sur des baskets bouillies pour que je leur trouve bon goût. »

Je la revois encore, assise en face de moi, chipotant son œuf poché. Elle était à cent lieues de se douter que je venais de parler. Ils appellent ça engourdissement psychique. Je ne sais pas où elle se trouvait, mais pas au Cracker Barrel.

Plus tard, attendant de payer à la caisse, je la regardai déambuler indifférente parmi les clients de la boutique de cadeaux – tous ces gens qui avaient l'immense chance d'être incapables de se rappeler ce qu'ils faisaient le 20 avril. « Tu es prête ? » demandai-je, impatient de reprendre la route. Elle répondit qu'elle ferait mieux d'aller aux toilettes avant. Avisant la dizaine de femmes qui attendaient devant la porte, je songeai qu'elle aurait déjà pu être au milieu de la queue, mais je hochai la tête. Parvins à sourire. Je lui dis que je l'attendrais dehors.

Sur la véranda, des rocking-chairs étaient à vendre. Je m'assis dans l'un d'eux et sortis mon agenda. J'écrivis en me balançant :

JEUDI 29 JUILLET 1999

Stratégie pour août :

1. Emménager

2. Lui trouver un psy

3. Trouver poste de prof

4. Voir conseiller financier pour argent vente maison – augmenter plans épargne retraite personnels ?

5. Démolir pressoir

6. Poncer, peindre extérieur ferme (peut-être)

7. Voir avocat pour succession

8. Installer bureau – peut-être dans véranda au premier ? Si oui, trouver solution pour cartons, papiers, etc., de l'arrière-grand-mère. Les jeter ou en faire don ??

C'était il y a sept ans. J'ai dû faire piquer Sophie en 2002 : sa dysplasie de la hanche était devenue si grave qu'elle n'arrivait même plus à traverser la cuisine. L'année suivante, Chet s'est fait écraser par un camion-citerne alors qu'il poursuivait un écureuil. Aujourd'hui, le pressoir est toujours là, bien qu'il penche dangereusement d'un côté et que la majeure partie du toit se soit effondrée. L'extérieur de la ferme n'est toujours ni poncé ni repeint. À l'intérieur, les cartons, les livres de comptabilité et les classeurs de l'arrière-grand-mère contenant les archives de la prison continuent à encombrer la véranda au premier. La bibliothèque de l'État du Connecticut n'en a pas voulu et la Société historique de Three Rivers n'avait pas la place. Après, j'ai arrêté d'appeler, mais je n'ai jamais pu tout bazarder. Comme je l'ai dit, je peux m'attaquer à des petits projets. Les tâches plus importantes me submergent…

C'est la salle à manger qui me tient lieu de bureau. Mes livres sont entassés dans l'armoire à vaisselle et s'empilent sur la desserte en acajou. Des boîtes en plastique étiquetées « Cours lycée », « Colorado », « Ferme », « Finances » traînent par terre. La table de l'arrière-grand-mère me sert de secrétaire : sa surface est jonchée de factures, de fournitures de bureau, de ramettes de papier. Un carton déborde de coupures de journaux et d'articles pêchés sur Internet concernant Columbine, un autre est marqué « Maureen – Juridique ». Au fil des ans, plutôt que de trier et jeter ce dont je n'avais pas besoin, j'ai ajouté des rallonges à la table. Mon ordinateur trône sur cette même table. Je l'avais installé là, temporairement, la semaine de notre emménagement, mais il y est resté. Au cours de la première année, j'ai poussé la table contre le mur pour que nous cessions de nous prendre les pieds dans les fils, les câbles ou la batterie de sauvegarde qui a la taille d'un parpaing. Le plafonnier est laid, mais il éclaire bien et de toute façon on n'allait pas donner des dîners. En dehors d'Alphonse et de temps à autre une paire de témoins de Jéhovah ou de Saints des derniers jours, on ne reçoit guère de visites.

L'argent de la vente de notre maison du Colorado s'est évaporé. L'impôt sur la plus-value en a pris une partie, les honoraires de médecins et d'avocats ont dévoré le reste. La ferme est estimée à un million six, mais en raison d'un accord signé par Lolly en 1987 avec l'Association des fermiers du Connecticut nous n'avons le droit de la vendre qu'à un exploitant agricole. Et de nos jours, les petites exploitations laitières appartiennent à une espèce disparue comme le dodo ou le magnétophone huit pistes. Il n'y en a plus que pour les gros, à présent : l'agro-industrie. Comme la veuve de Caelum MacQuirk, la fameuse Addie, nous sommes donc riches en terres mais sans le sou. Et si les Seaberry nous poursuivent comme ils ont menacé de le faire, nous pourrions perdre aussi la ferme. « Soyez optimistes, nous dit notre avocat. La colère des gens diminue au bout d'un moment et les menaces de poursuites s'évanouissent. » Il est plein de bonnes intentions, mais c'est dur de devoir écouter un blanc-bec né à l'ère du disco discourir sur la nature humaine. Il se prénomme Brandon... vous parlez d'un nom ! On dirait qu'il a commencé à se raser avant-hier. Mais s'ils nous poursuivent devant les tribunaux et qu'ils gagnent, les Seaberry pourraient nous prendre la ferme, les terres, bref tout ce qui nous reste. Le problème, c'est que lorsque Lolly avait rédigé son testament, elle m'avait appelé pour me demander si je voulais que la ferme soit mise à mon nom ou à nos deux noms. « Nos deux noms », avais-je répondu. C'était un acte de foi, voyez-vous. Maureen et moi venions de nous réconcilier. Mais c'est là le problème : le fait que le nom de Maureen figure sur le testament de Lolly nous rend vulnérables.

Qu'est-ce que j'allais faire de cet agenda de 1999 ? Le garder ou le jeter ? Sans avoir l'impression de diriger les opérations, j'ai vu mes mains le déchirer et en jeter les morceaux dans la cuvette des W.-C. J'ai pissé dessus et j'ai regardé le tout disparaître dans le trou.

20 avril 1999. Au cours des jours, des semaines, des mois et des années qui se sont écoulés depuis qu'ils ont ouvert le feu, j'ai cherché partout pour découvrir le pourquoi et le comment du massacre perpétré par Eric Harris et Dylan Klebold. Si oui ou non nous aurions pu le prévenir. Ils avaient été mes élèves, et j'étais devenu le leur, je ne les ai pas lâchés d'une semelle pour tenter de sauver ma femme des conséquences de leurs actes. Ce jour-là, Maureen avait échappé au pire en ouvrant une porte de placard et en pénétrant dans un labyrinthe – une prison aux nombreux couloirs, dont les quatre murs extérieurs étaient la peur, la colère, la culpabilité et la douleur. Et parce que j'étais impuissant à la sauver – parce que moi aussi j'étais entré dans le labyrinthe et m'y étais égaré –, je n'avais d'autre choix que d'en trouver le centre, affronter le monstre à deux têtes qui m'y attendait et le tuer. Tuer les tueurs qui s'étaient déjà tués. Vous voyez le casse-tête ? Le réseau de culs-de-sac ? Comme je l'ai dit, j'étais perdu.

Pendant un temps, je me suis raccroché aux simplifications excessives des éditorialistes : c'était le résultat du harcèlement de certains élèves, des jeux vidéo violents, des textes de chansons nihilistes. On pouvait peut-être incriminer des parents trop permissifs. La consommation effrénée et impie de l'Amérique. Ou encore le contrecoup des antidépresseurs sur les enfants. Ou le fait déplorable qu'une fille de dix-huit ans accompagnée de deux mineurs pouvait entrer sans problème un week-end dans une foire d'armes à feu, et acheter deux fusils de chasse et une carabine de 9 millimètres sans permis ni la moindre vérification. Le problème, c'était que je n'arrivais pas à faire le lien entre ces causes, prises isolément ou ensemble, et la triste réalité qu'était devenue l'existence de Maureen après Columbine. Arrivée dans le Connecticut, elle avait encore perdu du poids : elle pesait à peine quarante kilos. Ses cheveux tombaient par poignées. Elle ne pouvait ni travailler ni accomplir de tâches ménagères, ne parvenait pas à se rappeler où elle mettait ses affaires. Elle se plaignait constamment d'une douleur chronique dans le dos, aux genoux et au sommet du crâne. Dans un de ses cauchemars, Dylan et Eric me tiraient tour à tour dans la tête, l'éclaboussant de sang et de morceaux de cervelle. Dans un autre qu'elle fit à deux reprises, elle était sur une route de montagne étroite, prisonnière de la banquette arrière d'une voiture noire ; Dylan était au volant et roulait à tombeau ouvert dans des virages en épingle à cheveux.

J'ai cherché les réponses dans les églises et dans les cabinets de psychiatres, auprès des psychologues et des assistantes sociales. J'ai traqué le monstre pendant de longs joggings méditatifs dans la campagne, au fond des bouteilles de vin et de scotch, et sur Internet, ce labyrinthe à l'intérieur du labyrinthe.

Tapez « Klebold Harris » sur Google et vous obtenez 135 700 réponses. De là, vous pouvez vous égarer dans les centaines de pages du rapport de police du comté de Jefferson et parmi les innombrables critiques des conclusions officielles. Vous pouvez écouter les coups de fil aux urgences, imprimer les photos de l'autopsie, faire un tour virtuel de la bibliothèque après la fusillade. Vous pouvez cliquer sur les devoirs et les pages du journal intime des tueurs, les photos de Dylan à l'école primaire, les dégueulis du site Internet d'Eric, ses croquis de super-héros et de minotaures. Vous pouvez visiter un site sur lequel des blogueurs s'interrogent pour savoir si Dylan s'est tiré une balle dans la tête ou si c'est Eric qui l'a tué ; et si, oui ou non, les garçons que leurs camarades traitaient de « pédés » et d'« homos » étaient en fait amants. Si vous avez l'estomac bien accroché, vous pouvez jeter un œil sur les sites Internet créés pour leur « rendre hommage ». Œuvre de jeunes gens romantiques qui ont l'air d'en pincer pour les tueurs, ces sites les présentent comme des héros tragiques incompris dont les photos souriantes et floues vous contemplent, tandis que de la musique pop nunuche sort des haut-parleurs de votre ordinateur.

Parce qu'ils étaient des vidéastes malveillants, Eric et Dylan ont légué à la police, leurs parents et au reste d'entre nous plusieurs heures d'indices – de sorte que nous aurions pu les arrêter si nous n'avions pas été aussi aveugles. Et parce que des particuliers et des organisations sont allés devant les tribunaux pour que vous ayez le droit de les voir, vous pouvez télécharger et regarder une partie de ces indices.

J'avais pour habitude de mettre Maureen au lit, de redescendre me verser une bonne rasade de whisky et de surfer sur la Toile pendant une ou deux heures, souvent plus longtemps, parfois beaucoup plus. Il m'arrivait d'y être encore au lever du soleil. La nuit où j'ai téléchargé la vidéo dans laquelle ils s'entraînent au tir, je l'ai regardée deux fois, je me suis levé, je suis sorti dehors et j'ai contemplé la lune indifférente, les nuages qui la traversaient. J'ai fixé un moment les lueurs halogènes de la prison de femmes. J'ai revu Lolly en uniforme descendre Bride Lake Road pour se rendre au travail. Sa démarche résolue, ses bras qui balançaient. Elle avait été la personne sur qui je pouvais le plus compter dans la vie – pratiquement la seule – et, une fois de plus, j'ai eu un terrible serrement de cœur parce que je l'avais perdue au moment où j'avais le plus besoin d'elle. Puis je suis rentré et me suis versé un autre whisky. J'ai tapé « théorie du chaos » sur Google, et obtenu quinze millions de réponses. J'en ai cliqué une au hasard et j'ai lu : « Une bifurcation explosive est une transition soudaine qui arrache le système à un ordre pour le faire passer dans un autre. » C'était vrai : il y avait notre vie avant le 20 avril et notre vie après.

J'ai tapé « théorie du chaos Harris Klebold ». Que dalle.

J'ai tapé « théorie du chaos université du Colorado », et obtenu le curriculum vitae et le numéro de téléphone de Mickey Schmidt, mon voisin sur le vol qui nous avait amenés tous les deux des Rocheuses dans l'Est – moi au chevet de ma tante mourante, Mickey au Wequonnoc Moon Casino où il avait l'intention de trouver une martingale magique en appliquant la théorie du chaos. Mickey pourrait peut-être me guider dans la bifurcation explosive – m'orienter dans une direction qui nous sorte du labyrinthe ? Nous étions le 31 décembre 1999, il était entre onze heures et minuit. Le deuxième millénaire était imminent et de plus c'étaient les vacances universitaires. Normalement, les profs étaient absents de leur bureau pendant des semaines. J'ai décroché le téléphone et composé quand même son numéro, et, devinez quoi ? Il a répondu.

« Qui ça ?

— Caelum Quirk. Souvenez-vous, dans l'avion. Nous avons parlé de la théorie du chaos. Vous avez dit que vous écriviez un livre destiné aux joueurs. »

Il m'a répondu que je me trompais de numéro.

« Pas du tout, mec. Y a votre photo sur le site de la faculté.

— Écoutez. Moi, je suis occupé, et vous, vous êtes ivre.

— Vous m'avez dit que vous aviez peur de prendre l'avion. Vous m'avez demandé de vous tenir la main pendant le décollage.

— Et c'est ce que vous avez fait ?

— Je…

— Non. Vous m'avez laissé m'agripper à l'accoudoir. Vous n'avez même pas été fichu de me rendre ce petit service. »

Il a raccroché avant que j'aie pu lui poser mes questions sur Columbine. Et j'ai donc passé les dernières minutes du XXe siècle à finir mon verre et à m'en verser un autre. J'ai éteint mon ordinateur, posé ma joue sur le clavier et me suis mis à sangloter comme un bébé. J'ai fait tellement de bruit que je l'ai réveillée. Elle est descendue. S'est assise à côté de moi et m'a touché la joue. Me l'a caressée encore et encore. « Tout va bien », a-t-elle menti.

Le plafonnier faisait briller les plaques où elle n'avait plus de cheveux. Le pyjama qu'elle portait nuit et jour était constellé de taches et avait un bouton en moins.

« Non, c'est pas vrai.

— Je vais me rétablir, Caelum. C'est sûr et certain. Je te le promets. » Le temps que j'arrête de pleurer, on était en janvier. Une nouvelle année, un nouveau siècle. Dehors, la neige recouvrait nos champs en friche.

Je ne sais pas. Nous sommes peut-être tous des théoriciens du chaos. Nous aimons les systèmes et ce qui est prévisible, nous faisons dans notre froc à l'idée d'un changement explosif. Mais en même temps nous sommes fascinés. Attirés. Les automobilistes pilent sur l'autoroute pour lorgner les corps et la tôle déchiquetés, et il s'ensuit des kilomètres de bouchons. Des avions détournés s'encastrent dans des gratte-ciel, des digues cèdent, une ville est engloutie sous les eaux, et CNN et les autres chaînes de télévision se précipitent sur place pour que nous puissions nous régaler du spectacle devant notre poste. Regarder, pétrifiés, le pandémonium – les diables s'échappant de leur cage. « À la grâce de Dieu, disent les croyants. Il ne nous appartient pas de connaître Ses plans. »

Tout ça, c'est de la foutaise. Peu importe que dieu s'écrive avec une majuscule ou une minuscule. Il n'y a pas de mystérieux Grand Stratège, personne là-haut qui ait une vue d'ensemble, qui perçoive l'ordre dans le désordre. La religion est juste un système de refus du hasard bien rodé et motivé par le profit. Voilà ce que j'en suis venu à croire. Parce que si un Seigneur miséricordieux doublé d'un Grand Marionnettiste tirait les ficelles, comment se fait-il que ma femme ait dû se recroqueviller dans un placard sombre, entendre la fusillade, et y survivre pour ne plus être que l'ombre amère, égocentrique d'elle-même ? Dites-moi, vous les croyants, pourquoi dans le feu de l'action, en 1980, votre Entité supérieure intelligente n'a pas été foutue de nous épargner toutes les collisions de sperme et d'ovules, les divisions et multiplications de cellules qui sont devenues Eric et Dylan. Si un dieu bienveillant était aux commandes, dites-moi pourquoi il a fallu que ces deux gosses existent, fassent équipe et alimentent mutuellement leur rage perverse.

Ce qu'on ne peut pas en revanche télécharger, ce sont les « vidéos du sous-sol », les délires pleins de suffisance et de sarcasme qu'Eric et Dylan ont enregistrés, tard le soir, essentiellement dans le sous-sol des Harris, et que la police a trouvées et confisquées. Trop perturbant pour le public, a décrété un juge. Elles risquaient d'inspirer d'autres crimes. Je les ai vues, pourtant, ces vidéos du sous-sol. Certaines. C'est arrivé plus ou moins par hasard.

« Bonne nouvelle ! m'annonça Cyndi Pixley au téléphone, un beau jour de décembre. Les Paisley ont vendu leur maison, nous pouvons donc aller de l'avant et fixer une date pour la signature définitive. Quand pourriez-vous venir ? »

J'engageai une des vendeuses d'Alphonse pour qu'elle reste avec Maureen à la ferme et pris un vol pour Littleton. Une fois que les Paisley et moi eûmes signé toute la paperasserie et échangé une poignée de main, Cyndi Pixley, dont l'époux est flic, me dit en passant que la police montrait les vidéos du sous-sol aux médias l'après-midi même. « Où ça ? demandai-je.

— Au bâtiment Dakota, je crois que c'est ce que Ron m'a dit.

— Quand ?

— À treize heures. »

Je consultai ma montre. Il était douze heures quarante-trois. Je courus.

À la porte de la salle de projection, une femme flic m'arrêta et me demanda ma carte de presse.

« Je n'en ai pas.

— Dans ce cas, je ne peux pas vous laisser entrer, monsieur.

— Oh, si. J'étais un de leurs profs à Columbine.

— Monsieur, cette projection est uniquement…

— Ma femme est une de leurs victimes.

— Monsieur, il y a eu treize victimes : douze élèves et un professeur homme.

— Dave et moi avions l'habitude de déjeuner ensemble. Ma femme est une victime collatérale.

— Mais je vous ai déjà dit que la projection est réservée…

— Elle n'arrive plus à dormir. À se concentrer. À travailler.

— Désolé, monsieur, mais j'ai des ordres.

— Quand vous avez demandé à tous les témoins de retourner à la bibliothèque et de reprendre la place qu'ils occupaient pour votre enquête, ça l'a achevée. L'idée de revoir les taches de sang, les noms des gamins morts sur des fiches…

— Elle se trouvait donc près de la bibliothèque ? »

J'acquiesçai de la tête.

« Monsieur, ces vidéos sont très perturbantes.

— Elle est perdue. *Je* suis perdu. »

Nous nous dévisageâmes pendant quelques secondes sans flancher. Puis elle recula d'un pas et m'ouvrit grand la porte. Il restait une place au bout de l'avant-dernière rangée, contre le mur. « Morgan McKinley du *Chicago Sun-Times* », me dit mon voisin. Je regardai la main qu'il me tendait puis la serrai. « Ah ouais ? Bien. Super.

— Vous venez d'où ? » demanda-t-il. À mon grand soulagement, le policier qui présentait la vidéo cessa de parler, et la lumière s'éteignit avant que j'aie pu lui répondre.

Les vidéos les ressuscitèrent. Dans la première, ils parlent de ce qu'ils feront le « mois prochain » : on est donc en mars. Lolly est en vie, le sang alimente toujours son cerveau. Maureen est saine d'esprit – responsable d'elle-même et des gosses confiés à ses soins. C'est tard le soir, ça fait un bout de temps que les parents d'Eric sont allés se coucher au premier. Regardant l'objectif du caméscope qu'ils ont emprunté au lycée, ils s'adressent aux flics, à leurs parents, aux camarades de classe qu'ils détestent, au reste d'entre nous. Leurs fusils reposent sur leurs genoux. Ils boivent des rasades de Jack Daniel's et divulguent leurs projets et leurs préparatifs, leur philosophie. Ils sont « évolués », nous disent-ils. « Des sur-hommes. » Ils mènent une guerre à deux contre le reste du monde. Ils ont l'air si paumés et imbus d'eux-mêmes, si pitoyablement juvéniles qu'il est difficile de croire qu'ils vont infliger tant de peine. « On doit démarrer la révolution ici, déclare Eric. On doit provoquer une réaction en chaîne. » Il se lève, ouvre son trench-coat pour mieux étaler son arsenal. « C'est ce que vous trouverez sur mon corps en avril, ajoute-t-il.

— Putain, vous allez payer pour vos saloperies, nous prévient Dylan. Nous, on s'en fout parce qu'on va mourir. »

Ils savaient que nous regarderions ces cassettes après la tuerie. Leurs suicides étaient programmés. Ils rient en s'imaginant en « fantômes » qui déclencheront des flash-backs dans la tête des survivants. Les rendront fous.

C'est alors que ça m'atteignit avec la force d'un coup de pied dans l'entrejambe : ils avaient prévu le combat de Maureen, ils l'avaient orchestré. J'avais cherché le monstre et je l'avais découvert dans la salle obscure d'un bâtiment municipal, sur un écran de télé relié à un magnétoscope. Mon cœur se mit à battre comme un fou, et la bouffée d'adrénaline que j'avais ressentie devant la maison de Paul Hay m'envahit à nouveau. Mais je n'avais pas de clé anglaise sous la main, cette fois, et se battre contre des fantômes était vain. Je fis la seule chose possible : je m'enfuis. Je bondis de mon siège, dérangeai toute une rangée de spectateurs, claquai la porte et courus en trébuchant dans le couloir bien éclairé. Apercevant des W-C pour hommes, je m'y engouffrai et vidai mes intestins.

Sur le vol de retour, la place à côté de moi resta vide. Je décidai de ne pas dire à Mo – je ne m'en sentirais jamais capable – que j'avais vu ces vidéos.

La nuit du changement de millénaire, quand Maureen était descendue me caresser le visage et calmer mes sanglots, elle m'avait promis de se rétablir. C'est ce qu'elle fit. Petit à petit. En apparence, du moins.

Elle s'habillait le matin. Allait promener les chiens après le petit déjeuner. Et parce que l'exercice lui ouvrait l'appétit, elle mangeait plus. « Caelum, viens voir », lança-t-elle un matin, et je la trouvai dans la salle de bains, sur le pèse-personne, souriant timidement. « Quarante-quatre kilos ? C'est super, Mo ! m'écriai-je en la serrant contre moi.

— Aïe, aïe. Tu me fais mal au dos. »

Elle prit des vitamines, fit des petites courses en voiture. Elle allait au IGA d'Orchard Street, pas au Super Big Y, où selon elle les lumières étaient trop vives et le choix trop vaste. Quand ses cheveux commencèrent à repousser, la coiffeuse réussit à la persuader de les couper de façon à ce que ses quelques centimètres de repousse se fondent dans le reste. « C'est mignon », lui dis-je. Et ça l'était dans le genre garçonne, Peter Pan. Malgré son gain de poids, elle n'avait toujours pas ses règles. Quant à la bagatelle, il n'en était pas question. J'étais presque sûr qu'elle ne voulait pas qu'on la touche, et mon désir de la toucher s'était évanoui de toute façon. J'assouvis ce besoin dans un autre couloir perdu d'Internet.

Il nous fallut un an, un an et demi, pour épuiser la liste de psys que le Dr Cid nous avait donnée avant notre départ du Colorado. Le Dr Burrage ne comprenait rien à rien. La froideur du Dr Darrow la troublait. Le trajet sur l'autoroute 95 pour aller au cabinet du Dr Kersh était trop éprouvant pour ses nerfs. « Mais ce n'est pas toi qui conduis, protestai-je. C'est *moi*.

— Tu changes constamment de voie, tu doubles tous les camions. Arrivée à son cabinet, je suis à bout, et je dois rester cinquante-cinq minutes assise à regarder ses yeux qui louchent. La thérapie est supposée vous aider à vous sentir mieux, pas moins bien. »

Le Dr Bain lui donna des devoirs : un formulaire de dix pages qu'elle remplit avec force soupirs et force larmes. Je le vis dépasser de son sac, le matin de son rendez-vous. Elle était au premier sous la douche. Je suppose que je n'aurais pas dû, pas sans lui demander la permission, mais je le lus. La liste des symptômes m'affecta : tous ces X et ces O qui épelaient sa souffrance. Ses réponses au questionnaire biographique me réservèrent quelques surprises. Elle m'avait dit que son premier mari s'était parfois montré « tyrannique », mais j'ignorais qu'il l'avait frappée. Et ces histoires de lycée : elle s'était enfuie avec un petit ami ? Avait volé à l'étalage ? Je remarquai qu'elle n'avait pas mis de croix à la question sur les sévices sexuels – elle avait dédouané son père.

Néanmoins, le Dr Bain avait dû taper dans le mille en ce qui concernait « papa », car au bout de la quatrième séance Mo décréta qu'elle n'y retournerait pas. « Parce qu'il fait une fixation sur mes parents, dit-elle, lorsque je lui demandai pourquoi c'était un problème. Ma mère est morte et papa est sorti de ma vie. Quel est l'intérêt ?

— Eh bien, je pense…

— J'étais *là-bas* le 20 avril. J'ai entendu ces gamins se faire tuer. C'est ça qui est intéressant. Pas ce que mes parents ont fait ou n'ont pas fait.

— Mais il y a peut-être un lien entre tes réactions ce jour-là et ta réaction à ce que ton père a fait quand…

— La ferme ! hurla-t-elle. Mon père ne m'a jamais touchée ! »

Le cabinet du Dr Bromley avait une odeur qui lui donnait mal au cœur. Le Dr Adamcewicz était condescendant. Et si le stupide Dr Mancuso aux yeux de grenouille s'imaginait qu'il allait l'hypnotiser et la faire retourner à la bibliothèque, il se mettait le doigt dans l'œil jusqu'au coude.

Je signalai que nous avions épuisé la liste du Dr Cid.

« Parfait ! dit-elle. Génial ! J'en ai donc fini avec les psys ! » Le problème n'était de toute façon pas dans sa tête, mais dans son corps. Si seulement elle ne ressentait plus de douleur dans le dos, aux genoux, de pression au sommet de la tête, elle pourrait dormir. Avoir de nouveau une vie. Retourner au *travail.*

Un second salaire aurait mis du beurre dans les épinards, je devais l'avouer. Le mois de notre arrivée dans le Connecticut, JFK, mon ancien lycée, cherchait un prof d'anglais. J'avais postulé, mais n'avais même pas obtenu d'entretien. Dix-neuf ans de bons et loyaux services ? Passés à la trappe. Quelques mois plus tard, Kristen Murphy, une de mes anciennes *stagiaires*, s'apprête à partir en congé maternité. Je demande qu'on considère ma candidature pour la remplacer, pas de réponse. Il fallut me rendre à l'évidence : j'avais battu ma coulpe et l'accusation de voies de fait avait été effacée de mon casier judiciaire, mais elle était gravée dans la mémoire du proviseur. On ne voulait plus entendre parler de moi.

Alors je multipliai les petits boulots. Je pris un poste de vacataire à Oceanside Community College : deux cours, deux soirs de suite. Anglais de base, trois mille cinq cents dollars chacun, pas d'assurance maladie. Steve Grabarek me proposa dix, douze heures par semaine à sa scierie. Je remplaçai le commis d'Alphonse les deux nuits du week-end. Je faisais donc un peu de tout, mais ça ne suffisait pas à couvrir les dépenses mensuelles et les honoraires de médecin. Une fois la succession réglée, nous aurions accès au compte en banque de Lolly et pourrions rembourser les achats à crédit. En attendant, je devais continuer de piocher dans l'argent de la vente de notre maison. C'était difficile de ne pas mettre la pression à Maureen. C'était une infirmière diplômée et on en a toujours besoin. Mais elle n'était pas encore en état de reprendre le travail. Nous le savions tous les deux.

Elle vit un ostéopathe, deux neurologues, un chiropracteur et trois généralistes pour ses douleurs chroniques. Enfin, cinq, mais à l'époque je n'avais connaissance que de trois. Le Dr MacKinnon pensait qu'il pourrait s'agir de la maladie de Lyme, mais ce n'était pas le cas. Le Dr Mosher prescrivit une série d'examens, éplucha les résultats et conclut que les douleurs de Mo étaient psychosomatiques ; Maureen déclara que c'était un charlatan. Le Dr Russo lui fit refaire certaines analyses et passer un scanner et une IRM. Une fois toutes les données réunies, nous eûmes tous les trois une discussion. « Madame Quirk, je suppose que vous étiez terriblement à l'étroit dans ce placard. Combien de temps y êtes-vous restée cachée ? Quatre heures ? En position fœtale, c'est bien ça ? »

Mo hocha la tête d'un air maussade.

« Je pense donc qu'il a dû y avoir une pression énorme aux endroits où vous ressentez une douleur constante.

— Vous voulez dire que ses nerfs ont été endommagés ? demandai-je.

— Rien ne l'indique. » Il se tourna vers Mo. « Votre douleur est réelle, madame Quirk. Je le comprends très bien. Mais je suis à 99 pour cent certain que la cause est d'ordre psychologique. Il y a un certain Dr Mario Mancuso à New Haven qui fait un merveilleux travail avec l'hypnose eriksonnienne et... » Il la regarda, médusé, quitter la salle de consultation.

Mo se sentit plus en confiance avec le Dr Pelletier, un généraliste septuagénaire qu'elle avait connu quand elle était infirmière en chef à la maison de retraite de Rivercrest et qui, sans le moindre examen, lui prescrivit le « relaxant musculaire » Valium pour soigner à la fois la douleur et l'insomnie dont elle était la cause.

Je m'abstins de tout commentaire pendant un temps. Observai la situation. Ne cessai de compter les comprimés restants, chaque matin, pendant qu'elle promenait les chiens. J'aimais de moins en moins ce que je découvrais. Parfois elle paraissait hébétée. C'était l'engourdissement psychique ou elle forçait sur le Valium ?

« Écoute, ça m'aide vraiment, d'accord ? Pourquoi c'est un problème ?

— Parce que la notice dit trois par jour maximum et qu'ils disparaissent plus vite que ça. » Si je voulais jouer les gardes-chiourmes, me rétorqua-t-elle, je n'avais qu'à aller chez nos voisins où il y avait de vrais drogués. Elle n'était pas droguée et détestait qu'on la traite comme telle. Est-ce que j'avais oublié qu'elle était infirmière ? Elle s'y connaissait un peu mieux que moi en médicaments.

Le lendemain, alors qu'elle était sortie, j'appelai le cabinet du Dr Pelletier. Non, dis-je à la secrétaire, je ne voulais pas qu'on me rappelle, j'allais patienter. J'attendis debout en secouant son tube de comprimés comme une castagnette. « *Monsieur* Quirk, finit-il par dire comme si j'étais un emmerdeur de plus à supporter au milieu d'une journée chargée.

— Le Valium crée une dépendance, n'est-ce pas ? » lâchai-je d'entrée de jeu.

Il expliqua que tous les tranquillisants mineurs pouvaient créer une accoutumance : il fallait peser les risques et les bienfaits. « Le Valium a mauvaise réputation depuis la publication de ce livre de Hollywood dans les années 70. J'ai oublié le titre – ça parle de danse. Mais il y a des années que je le prescris sans aucun problème. À des centaines et des centaines de patients. Votre femme dit que sa douleur a diminué, que son sommeil est plus régulier. Elle comprend qu'il s'agit d'une solution à court terme. Que puis-je faire d'autre pour vous ?

— Rien, je suppose.

— Bien. Arrêtez de vous inquiéter. Elle s'en sortira. »

Mais ce que le Dr Pelletier ignorait et moi aussi, c'est que le Dr Yarnall de Plainfield lui faisait également des ordonnances de Valium et que le Dr Drake de New London lui prescrivait de l'Atavan. Un jour que j'étais à la boulangerie en train de donner un coup de main à Alphonse – on lui avait commandé quinze dizaines de pâtisseries pour une grande réception à l'UConn –, Al me cria : « Hé, Quirky ! C'est pour toi ! » Je posai mon couteau à glaçage pour me diriger vers le téléphone mural. C'était Jerry Martineau. Un de ses hommes avait amené Maureen au poste. Il fallait que je vienne sur-le-champ.

« Elle a fait la tournée des médecins », dit Jerry. Nous parlions à voix basse, assis côte à côte sur un long banc en bois dans le couloir du poste de police. Cet après-midi, le système informatique avait rattrapé Mo.

« Je suppose que tu vas la mettre en garde à vue. Je ferais bien de lui trouver un avocat, non ? »

Jerry secoua la tête. Il comprenait qu'elle avait vécu un enfer à cause de ce qui s'était passé « là-bas ». Quand on lui avait amené Maureen, il avait donc dit qu'il s'occupait personnellement de l'affaire. Il avait passé quelques coups de fil – les gars des substances réglementées lui devaient un service –, détail à ne pas ébruiter, ça allait de soi. Maureen et lui avaient eu une longue conversation, et elle lui avait promis deux choses : elle reprendrait la psychothérapie et commencerait à aller à des réunions.

« Quel genre de réunion ?

— Narcotiques anonymes. Il faut absolument que tu veilles à ce qu'elle tienne ses promesses. D'accord ? » J'opinai. « D'accord. Parfait. Qu'est-ce que tu préfères ? La ramener à la maison ou la mettre en clinique ? Parce que selon la dose de saloperies à laquelle elle est accro, les prochains jours risquent de ne pas être jolis, jolis. »

Je lui dis que je la ramenais à la maison.

« Entendu. À toi de décider, Caelum. Je vais la chercher. »

Tout en attendant sur le vieux banc de bois éraflé, je me demandai si c'était celui sur lequel je m'étais retrouvé jadis avec mon père, le jour où nous étions allés en ville sous la neige acheter un chapeau de Davy Crockett. Je fermai les yeux et le revis avec sa dent de devant qui pendait, sa chemise tachée de sang et de jaune d'œuf. *Ne marche jamais sur mes traces, mon vieux*, l'entendis-je dire. *Parce que je suis une brebis galeuse. Alden George Quirk III, la brebis galeuse.*

Maureen et Jerry apparurent à l'autre bout du couloir. Je pris soudain conscience de son côté décharné, son regard nerveux, effrayé – elle avait bel et bien l'air d'une camée. Elle vint vers moi et, sans un mot, appuya son front contre ma poitrine. Ma main était à quelques centimètres de sa chute de reins, mais je ne pus me résoudre à la toucher. Pas devant Jerry qui nous observait. J'éprouvais à la fois de la reconnaissance et du ressentiment envers lui. « Rentrons à la maison », dis-je.

Dans la voiture, elle ne cessa de me remercier et me supplia de ne pas la quitter. Elle était en fait soulagée qu'on ait découvert son manège. Même si la journée avait été horrible, elle lui avait donné la motivation dont elle avait besoin. Elle allait se rétablir. J'allais voir ce que j'allais voir.

« Bien, fis-je. Parce que je ne suis même plus sûr de savoir qui tu es. La femme que j'ai épousée me manque cruellement. Celle qui était assise en face de moi à la boulangerie Mamma Mia, à notre premier rendez-vous. Qu'est-ce qu'elle est devenue ? » Ensuite nous restâmes silencieux, tous les deux en larmes.

Les chiens réussirent ce dont j'étais bien incapable : ils lui réservèrent une petite fête de bienvenue. Ils aboyèrent et paradèrent, la reniflèrent. « Je n'ai pas envie de retourner toute la maison, dis-je. Pourquoi ne pas me montrer tes cachettes ? » Elle s'exécuta.

La prescription du Dr Pelletier – la seule dont j'avais connaissance – se trouvait dans l'armoire à pharmacie. Elle me tendit les tubes. Elle avait caché les comprimés du Dr Yarnall dans un paquet de tampons hygiéniques. Les génériques qu'elle avait achetés par correspondance étaient dans sa penderie, camouflés au fond de ses bottes. Elle sourit, et dit qu'elle était contente d'en avoir fini avec toutes ces manigances. « Et l'Atavan ? demandai-je.

— L'Atavan ? »

Je consultai les notes que j'avais prises pendant ma conversation téléphonique avec Jerry.

« La saloperie que tu as réussi à te faire prescrire par un certain Dr Drake. »

Elle hocha la tête d'un air accablé. Je la suivis au rez-de-chaussée dans l'arrière-cuisine. Juchée sur un tabouret, elle leva le bras pour atteindre la dernière étagère et tâtonna derrière quelques vieux livres de cuisine de Hennie. « Tiens, dit-elle.

— C'est bien tout ? » Elle prétendit que oui, mais il ne faut jamais prendre la parole d'une droguée pour argent comptant.

Sa contrition dura jusque vers neuf heures du soir. Paniquée à mort, elle attaqua.

« Et toi ? hurla-t-elle. Tu bois trop et tu passes ta vie sur ce foutu ordinateur ! Tu es accro aussi, non ? Quelle est la différence ?

— On ne m'a pas traîné par la peau des fesses au poste de police, aujourd'hui. *Voilà* la différence. Tu sais qu'il s'en est fallu d'un cheveu pour qu'on te place en garde à vue ?

— Oh, la ferme ! Toi et ta suffisance à la con. Pourquoi tu ne te verses pas un verre pour porter un toast à ta supériorité ? Sale hypocrite ! »

Je me dirigeai vers le placard à alcools, débouchai toutes les bouteilles qui s'y trouvaient et les posai sur le plan de travail. Puis je sortis de mes poches de jean les médicaments que je lui avais confisqués, ouvris tous les tubes et les vidai dans l'évier. Je versai mon scotch, ma vodka et mon vin par-dessus. Quand elle plongea pour récupérer les quelques comprimés qui n'avaient pas encore disparu dans le siphon, je l'attrapai par-derrière et l'écartai. Elle essaya sans conviction de me flanquer plusieurs coups, que je repoussai. Dans la bagarre, nous sommes tombés par terre. Les chiens ont aboyé comme des fous. Maureen s'est relevée et, arrivée à la porte, elle m'a foudroyé du regard. « J'ai besoin d'aide ! a-t-elle hurlé. Aide-moi !

— Qu'est-ce que tu crois que j'essaie de faire, bordel ? » ai-je crié à mon tour.

Nous avons passé la majeure partie de la nuit debout. Elle a arpenté la maison tantôt vociférante, tantôt sanglotante et gémissante. À un moment donné, elle a regretté qu'ils ne l'aient pas trouvée et tuée elle aussi, ce jour-là. « Oui, bon, ils l'ont pas fait. Tu t'en es tirée vivante. Alors affronte la réalité, bon Dieu ! »

Je fis du café et du thé pour rester sur le qui-vive, pour ne pas piquer du nez avant elle. Elle finit par s'endormir, étalée en travers du lit, après trois heures du matin. Je la couvris avec le dessus-de-lit, puis m'écroulai dans un fauteuil à son chevet et sombrai dans un profond sommeil. Je fus réveillé en sursaut par un bruit métallique. Elle n'était pas au lit ni dans aucune des pièces du haut. Je me précipitai au rez-de-chaussée vers la cuisine, d'où provenait le bruit. Sur le seuil, je compris d'un coup d'œil ce qui se passait : ma boîte à outils, la clé à molette enveloppée dans un torchon à vaisselle. Elle avait essayé en vain de démonter le siphon. À présent, elle se tenait devant l'évier et s'acharnait sur la bonde. Espérant contre toute attente récupérer un ou deux calmants.

Son désespoir se solda par un doigt cassé, un poignet luxé, cinq articulations à vif et zéro comprimé.

Les réunions de Narcotiques anonymes se tenaient dans le sous-sol de l'église épiscopalienne qui fait le coin de Sexton et de Bohara. Conduire de nuit la mettait mal à l'aise, surtout dans ce quartier de la ville, je l'emmenais donc là-bas tous les mardis, jeudis et samedis soir puis rentrais à la maison. J'allais la rechercher une heure et demie plus tard.

« Alors, comment ça s'est passé ? » demandais-je.

Elle haussait les épaules.

« Elles t'aident, ces réunions ? »

Nouveau haussement d'épaules.

Sa marraine Gillian était laconique, limite hostile. Elle appelait d'habitude à l'heure du dîner. « C'est la reine des glaces, disais-je en mettant une main sur le combiné, et Maureen se levait de table, prenait le sans-fil et quittait la pièce. Me laissait seul devant mon assiette. « Tu pourrais peut-être lui demander d'appeler un peu plus tard ? suggérai-je, un soir.

— Pourquoi ?

— Parce que c'est un moment que nous passons ensemble. Et parce que je déteste te voir te lever au beau milieu du dîner et revenir quand ton repas est complètement refroidi. » Maureen répondit que Gillian travaillait à temps complet et avait une famille. Elle téléphonait quand elle pouvait. Ces conversations étaient plus importantes que le fait de manger chaud.

Je tombai sur Jerry Martineau à Target. Oui, Mo allait à des réunions. Non, elle n'avait pas encore repris de psychothérapie, mais on en discutait.

Ce soir-là, je feuilletai les Pages jaunes au lit.

« Que dirais-tu du Dr Patel ? Tu l'aimais bien. »

Elle me rappela que le Dr Patel était une conseillère conjugale.

« On est allés la voir pour ça, mais ça ne veut pas dire qu'elle ne fait que ça. »

Je laissai un message au docteur, et elle nous rappela. Oui, oui, elle avait beaucoup de patients souffrant de stress post-traumatique. Même si elle ne pouvait se prétendre experte en la matière, elle connaissait donc bien le problème et les traitements. Elle serait ravie de retravailler avec Maureen. « Très bien, nous nous voyons donc mercredi prochain à quatre heures ?

369

— Oui, oui. »

Elle avait déménagé dans la zone industrielle : un dédale de maisons d'un étage converties pour la plupart en cabinets médicaux et dentaires. L'allée de brique conduisant à sa porte était bordée de statues de quatre-vingt-dix centimètres de haut – des dieux et des déesses hindous dont les sourires sereins et les seins nus s'inscrivaient en faux contre le froid humide de cette journée grise de mars. La salle d'attente était étroite et banale. Nous accrochions notre manteau quand la porte du cabinet s'ouvrit et le Dr Patel apparut dans un sari bleu-vert irisé. « Ah, oui, les Quirk. Entrez, entrez. » Elle semblait sincèrement contente de nous voir, mais elle ignorait bien sûr ce que nous étions devenus.

Les murs de son cabinet étaient d'un jaune éclatant ; les meubles, aux lignes douces et réconfortantes, étaient vert kiwi. Mo et moi nous assîmes sur le canapé, et je m'aperçus soudain combien nous avions l'air terne et monochrome : Mo dans un immense pull gris et un jean noir, moi avec mon jean gris et mon sweat-shirt gris de l'UConn. Sur la table basse se trouvaient quelques maga-zines, une fontaine miniature qui babillait. Une miniserre remplie de plantes luxuriantes hébergeait une grosse gre-nouille léopard turquoise et noire.

Le Dr Patel commença par nous nourrir : des tranches de mangue servies sur une assiette vert pâle, un petit bol de noix de cajou, une jatte bleu roi et blanche débor-dant de fraises. « C'est vraiment du vol, le prix qu'on vous fait payer pour les fruits qui ne sont pas de saison, dit-elle. Mais mars est un mois si long et si horrible. On doit s'offrir quelques petites gâteries, non ? » J'opinai du bonnet. Pris une fraise. Elle était si délicieuse que j'en mangeai une autre, puis une troisième et une quatrième. Maureen se contenta d'une noix de cajou.

Je parlai au Dr Patel de notre vie à Littleton : de notre maison, de notre travail. Des tentatives de Mo pour renouer avec son père et sa famille ; de la tuerie de Columbine et de ses séquelles. « Tu veux lui parler des médicaments ? » demandai-je à Mo. Elle secoua la tête et je m'en chargeai donc. Je me rendis compte ce faisant que le Dr Patel observait Maureen tout en m'écoutant.

« Très instructif, monsieur Caelum. Ces renseignements sont très, très précieux. Et maintenant, que diriez-vous d'un passage de saint Augustin ?

— Pourquoi pas ? » fis-je en haussant les épaules.

Elle ouvrit un livre relié en cuir rouge sang. « Mon âme était mal en point et couverte de plaies. J'étais las de la porter, mais ne savais où la poser. Ni les charmes de la campagne ni les doux parfums d'un jardin ne pouvaient l'apaiser. Je ne trouvais la paix ni dans les chansons, ni dans les rires, ni dans les repas pris en compagnie d'amis, ni dans les plaisirs de l'amour, pas même dans les livres ou la poésie… Où mon cœur pouvait-il échapper à lui-même ? Où fuir loin de moi-même ? »

Elle referma le livre et prit la main de Maureen dans la sienne. « Est-ce que ce passage vous parle ? » demanda-t-elle. Mo hocha la tête et se mit à pleurer. « Alors, au revoir, monsieur Caelum. »

Parce que l'extrait m'avait parlé à moi aussi, il me fallut plusieurs secondes avant de réagir. « Vous voulez que je m'en aille ?

— Oui, oui. » Elle me tendit deux des magazines empilés sur la table : le *Sun* et *Parabola*. « Nous vous revoyons dans une demi-heure, disons.

— Ouais, d'accord, bien sûr. » Je me levai. Commençai à battre en retraite. Je rechignais soudain à quitter un endroit aussi coloré : le jaune chaud des murs, le sari bleu-vert du Dr Patel, la chair orange de la mangue, et ces fraises qui ressemblaient à de gros bijoux comestibles.

Plutôt que de perdre mon énergie dans la salle d'attente, je sortis. Mis la clé dans le contact, démarrai et fis le tour du pâté de maisons jusqu'à ce que j'aie trouvé un fleuriste. J'achetai un bouquet pour Maureen : des œillets rouges, des delphiniums bleus et un lis oriental. L'arôme de sa fleur charnue envahit la voiture.

« Tu es allé où ? demanda Mo.

— Tiens », fis-je en lui tendant mon bouquet.

Elle sourit, respira le lis. Arrivée à la maison, elle mit les fleurs dans un vase et l'emporta dans notre chambre, qui avait été celle de Lolly et Hennie. J'allumai deux bougies. Une sur la commode et l'autre sur l'appui de fenêtre.

« Je t'aime, dis-je.

— Moi aussi. »

Cette nuit-là, pour la première fois depuis deux ans, nous nous sommes risqués à faire l'amour.

16

Quand Morgan Seaberry était encore in utero, sa mère avait été malade comme un chien. Le frère aîné de Morgan, Jesse, avait trois ans à l'époque. Examinant les échographies floues de son futur frère, il s'était demandé tout haut s'ils pourraient rendre le bébé au cas où il ne leur plairait pas. « C'est pas comme ça que ça marche, mon pote », lui avait dit son père. C'était la troisième grossesse de Carole Seaberry. Elle avait fait une fausse couche après Jesse.

Morgan était né deux semaines avant terme, en septembre 1987. Comparé au précédent, l'accouchement fut relativement facile : deux heures dans la salle de travail de Rockville Hospital au lieu de quatorze pour Jesse. Mike Seaberry avait l'intention de débarrasser et de retapisser la chambre d'amis, mais il avait été débordé au boulot (il officiait au département des ressources humaines de l'université du Connecticut) et n'en avait tout simplement pas trouvé le temps. Il avait donc encollé et appliqué le papier peint – à motifs de cirque – pendant que Morgan à peine âgé de trois jours reposait tout heureux dans son moïse posé sur la moquette neuve. « C'est l'image qui me vient à l'esprit chaque fois que je pense à lui », déclarait Mike Seaberry dans « Victimes d'une victime », le long article publié dans la rubrique juridique du *New Yorker*, la semaine précédant la condamnation de Maureen. « Un bon naturel dès le départ. »

Morgan avait été un bébé facile à vivre, disait sa mère, et drôle avec ça. À tel point que les Seaberry s'étaient acheté un caméscope qui était un peu au-dessus de leurs moyens parce qu'ils voulaient immortaliser les pitreries de leur benjamin : ses danses improvisées, ses gadins amortis par des Pampers, la fois où il avait retourné l'écuelle du chien pour s'en faire un couvre-chef. Rosalie Rand, auteur de « Victimes d'une victime », qui avait vu quelques-unes de ces vidéos, écrivait à leur sujet : « Jesse bondit et cavale entre la caméra et son petit frère, essaie à tout prix de lui voler la vedette, mais il est clair que c'est Morgan le clou du spectacle. »

« Il était créatif, se souvenait Mme Leggett, son institutrice. Et si gentil, en plus. Il ne rapportait jamais. Il était tellement prévenant envers les autres. Quand nous chantions *Mon petit lapin a bien du chagrin* ou *Un fermier dans son pré*, Morgan se débrouillait toujours pour aller chercher les enfants qui avaient le moins de chances d'être choisis par les autres. »

En 1996, à l'âge de douze ans, Jesse fut diagnostiqué « hyperactif avec attention déficitaire » et soigné à la Ritalîn. Morgan qui était au CM1 se vit décerner trois récompenses. Il fut cité par le magazine *Weekly Reader* pour son poème sur l'espèce menacée des tigres du Bengale. La Ville de Vernon sélectionna son poster sur la prévention des incendies pour la compétition organisée par l'État du Connecticut cette année-là, et en mai elle le nomma l'Élève du mois. Les Seaberry filmèrent la cérémonie, et captèrent simultanément le discours comique de Morgan et, derrière lui dans l'assistance, Jesse, littéralement scotché à un jeu électronique bruyant afin de ne pas avoir à regarder le dernier triomphe de son frère.

La séparation soudaine de Mike et Carole Seaberry en 1997 fut une surprise pour leurs enfants et pour Carole, qui ne fut mise au courant que soixante-douze heures avant. Les enfants Seaberry étaient désormais au nombre de trois : Jessie, quinze ans, Morgan, onze, et la petite Alyssa, cinq. Mike qui par la suite épousa Ellen Makris, jeune maître de conférences en langues romanes avec qui il avait une liaison, resta au Connecticut. (Il avait été promu deux fois et était à présent directeur des ressources humaines à l'UConn.) Contrairement aux souhaits de Mike, Carole alla s'installer avec les enfants à Red Bank, dans le New Jersey, où vivaient ses parents. Le divorce définitif fut prononcé l'année suivante, époque à laquelle Carole reprit son nom de jeune fille : Carole Alderman.

Ce fut après l'emménagement à Red Bank que Jesse Seaberry amorça sa descente en vrille. Comme sa mère, Jesse nourrissait une rancune tenace contre son père et refusait de se réconcilier avec lui, même le samedi soir où Mike dut se rendre en catastrophe au New Jersey : Jesse avait été arrêté pour possession de métamphétamines et avait besoin, sinon de son père, du moins de l'avocat et du garant que son père lui avait trouvés. Même le soir où Mike arriva, blanc comme un linge, et sanglota des excuses au chevet de Jesse admis aux urgences. Il avait conduit comme un fou sur l'autoroute, après le coup de fil de Carole lui annonçant que Jesse avait tenté de mettre fin à ses jours en se pendant avec sa ceinture, dans l'appartement crasseux où il vivait avec une mère à chats. « Tu es l'homme invisible. Je ne te vois même pas », avait déclaré Jesse à son père d'une voix comateuse avant de sombrer dans un sommeil opiacé.

À l'inverse, Morgan et Alyssa passaient tous leurs mois de juillet en compagnie de leur père et d'Ellen, sa jeune épouse amusante. En 2001, Mike et Ellen les emmenèrent à Disney World ; l'année suivante, ils allèrent tous les quatre dans un ranch du Wyoming qui proposait des activités touristiques. Morgan, qui après son déménagement au New Jersey était resté un fidèle supporter de l'équipe de basket de l'UConn, était autorisé à retourner deux fois l'an par avion au Connecticut. (Carole ne voulait pas entendre parler de Thanksgiving ni de Noël.)

Carole Alderman avait déclaré à Rosalie Rand que ses deux plus jeunes enfants la « validaient ». Son mari l'avait peut-être quittée et son aîné était peut-être irrécupérable, mais elle avait dû faire les choses *comme il fallait* car Alyssa était la fille la plus gentille et la plus serviable du monde, et le nom de son fils, Morgan Alderman Seaberry, apparaissait dans l'édition 2002-2003 du *Who's Who des lycées américains*. Elle était persuadée que tous les espoirs lui étaient permis.

C'est dans cette optique que Carole avait mis au point un plan de bataille pour l'inscription à l'université de son rejeton le plus brillant. Morgan pourrait toujours « se rabattre » sur Rutgers, mais il « ambitionnait » d'entrer à Brown ou Princeton. Il avait de bonnes chances d'être admis dans quelques-unes sinon la totalité des universités suivantes : NYU, Wesleyan, Georgetown et Cornell. Carole fit un tour virtuel de plusieurs de ces campus sur Internet. Mais depuis le déménagement à Red Bank, Morgan avait jeté son dévolu sur une université qui ne figurait pas sur la liste de sa mère : l'UConn, où il pourrait assister aux matches des Huskies et passer les week-ends chez son père. Carole s'y opposa fermement, malgré le fait que le poste de son ex-mari à l'université signifiait la gratuité des frais de scolarité. « C'est une université de fêtards ! objecta-t-elle. Tu as le niveau d'une grande faculté ! » Morgan et elle s'étaient querellés à ce sujet, déclara-t-elle à Rosalie Rand, mais, tout bien considéré, ce fut l'unique fois où son fils et elle avaient eu le *moindre* désaccord. Pour finir, Carole avait accepté à son corps défendant d'accompagner Morgan à un week-end portes ouvertes de l'UConn, début octobre. Elle se dit que le feuillage des arbres serait à son apogée ou presque, et qu'elle en profiterait pour rendre visite à ses vieux amis du Connecticut qui entamaient également le processus de sélection d'une université pour leurs enfants. Ce serait amusant. Quels que soient les arguments qu'on présenterait à Morgan pour l'attirer à l'UConn, elle pourrait les démolir un à un en étant à ses côtés.

Il faudrait bien sûr qu'elle emmène Jesse. Il était hors de question qu'elle lui confie la garde de la maison pour un week-end de trois jours. La dernière fois qu'elle l'avait fait, elle s'était retrouvée avec une facture de deux cents dollars : il avait regardé des cochonneries à la carte sur le câble.

Ravis à l'idée que Morgan vienne étudier à l'UConn, Mike et Ellen les invitèrent tous à séjourner dans leur belle maison neuve de trois cent soixante-dix mètres carrés de Glastonbury. Carole fit acte d'autorité : il était absolument hors de question qu'elle mette les pieds chez cette femme, même s'il eût été très moderne, très cool et très XXIe siècle de devenir l'amie de celle qui lui avait volé son mari et le père de ses enfants. Elle réserva deux chambres au Comfort Inn situé sur la RN32, à quelques kilomètres au sud de l'UConn. Alyssa et elle dormiraient dans une chambre, annonça-t-elle aux enfants, et Jessie et Morgan partageraient la seconde. « Le motel est juste à côté d'un centre commercial ! s'exclama-t-elle pour contrebalancer la déception de Morgan et d'Alyssa, qui auraient préféré de beaucoup aller chez Mike et Ellen. « Et juste en face d'un McDonald's ! On pourra y prendre le petit déjeuner ! » Jesse s'opposa véhémentement à être traîné à un « stupide exercice de propagande » pour les beaux yeux de « M. Surdoué », mais il était néanmoins prêt à aller dans n'importe quel endroit où il n'aurait pas à voir son père, qui, il en avait la ferme conviction, avait ruiné sa vie.

Sous la houlette du Dr Patel, Maureen se fixa une liste de buts personnels qui pourraient l'aider à reprendre progressivement une vie normale. Elle les afficha au dos de la porte de la penderie de notre chambre à coucher. Ils étaient au nombre de neuf et elle commença à les cocher un à un. Elle planta des fleurs dans le jardin et les entretint pendant l'été. Elle acheta un appareil photo digital et apprit à s'en servir. Elle s'inscrivit dans un club de fitness où elle allait quatre matins par semaine. Elle y retrouva sa vieille copine, Jackie Molinari. Maureen et Jackie avaient été infirmières à Rivercrest. Mo m'appela sur son portable (car elle en avait un à présent) pour me dire que Jackie et elle sortaient petit-déjeuner. « Super, dis-je. Génial. Faut que j'y aille. » J'étais en train de retirer ma tenue de boulanger et m'apprêtais à me doucher pour éliminer l'odeur de graillon, puis à enfiler un pantalon de treillis et à foncer à Oceanside Community College, un trajet de quarante minutes. Mes étudiants étaient pour la plupart sincères mais bouchés. Cette semaine-là, nous étions aux prises avec des essais de Montaigne, Emerson et Joan Didion. J'étais las d'entourer les erreurs constantes qui émaillaient leurs travaux, et j'avais aussi l'intention de leur faire un cours sur l'emploi de *c'est, ces, ses* ; *leur, leurs* ; *m'ont, mont, mon*. Dans l'enseignement, il faut souvent repartir de zéro.

Maureen se remit à la lecture – c'était sa bonne résolution numéro cinq. Avant son stress post-traumatique, elle avait la passion des livres – surtout des romans. Après le drame, elle avait *tenté* de lire, mais les mots ne voulaient plus rien dire. Plus tard, quand elle les comprit à nouveau, elle eut toutes les peines du monde à se souvenir de ce qui s'était passé à la page précédente. Les descriptions de violences la faisaient disjoncter. (Pour la même raison, elle évitait la télévision.) Les livres étant devenus une source supplémentaire de frustration et de peur, elle n'en ouvrait plus. Mais encouragée par le Dr Patel, elle fit une nouvelle tentative et découvrit que le plaisir de la lecture lui était revenu. Elle s'inscrivit à la bibliothèque et emprunta un livre par semaine, parfois deux. C'était cool. Puis elle prit une carte Visa Lecteurs privilégiés à la librairie du centre commercial et se mit à commander sur Amazon. Je dus freiner ses achats de livres. Le Dr Patel avait baissé ses tarifs parce que nous la payions de notre poche, mais soixante dollars la séance, deux fois par semaine, faisaient quand même une jolie somme. À laquelle venaient s'ajouter les soixante dollars la séance du chiropracteur censé soulager le mal de dos de Mo, qui, j'en étais presque sûr, n'existait que dans sa tête. La dysplasie de la hanche de notre chienne Sophie avait alors été diagnostiquée : les honoraires du véto, plus les médicaments, nous revenaient en moyenne à cent cinquante dollars par mois. Comme si ça ne suffisait pas, la voiture de Mo, une Accord, manifesta de sérieux signes de fatigue. Elle tomba en panne alors qu'elle revenait de courses et un type qui, à en croire Mo, avait le visage grêlé de Richard Speck, le tueur de huit élèves infirmières une trentaine d'années plus tôt, s'arrêta pour lui offrir son aide. Mo avait flippé à mort. Ma voiture, une Tercel, avait trois ans de moins que la sienne ; nous fîmes donc un échange. L'Accord me lâcha aussi une fois, alors que je revenais d'Oceanside en roulant à quatre-vingt-dix kilomètres-heure. Bon Dieu, si vous aviez entendu les coups de klaxon et les coups de freins, si vous aviez vu tous ces doigts d'honneur ! Ce trajet de retour était un véritable enfer, de toute façon : je luttais contre le sommeil, après une nuit passée à fabriquer des beignets et une matinée de cours, tandis que des voitures et des bus fonçaient sur ma droite *et* sur ma gauche, tout le monde étant pressé d'aller donner son argent aux Indiens du casino.

« Prendre le risque de nouer de nouvelles amitiés » figurait en septième position sur la liste de Maureen. La première année de Narcotiques anonymes, elle déclina systématiquement toutes les invitations à aller prendre un café après la réunion. Mais le Dr Patel la poussa à répondre à certaines ouvertures – celles qui émanaient de personnes vers lesquelles elle se sentait attirée. C'est ainsi que Mo se lia d'amitié avec Althea l'aquarelliste, avec Nehemiah qui était séropositive et mangeait macrobiotique, et avec Tricia qui travaillait pour un traiteur et était « tordante ». Mo parlait souvent de ce trio bien que je ne les aie jamais rencontrées, n'aie jamais su à quoi elles ressemblaient, ni même quel était leur nom de famille. Un samedi soir, elles allèrent toutes les quatre à Madison. Amy Tan lisait des extraits de sa dernière œuvre à la librairie R. J. Julia. J'avais lu Amy Tan et ne travaillais pas ce soir-là. J'aurais bien aimé être de la partie, mais je ne figurais pas sur la liste des invités. Mo revint après onze heures, rayonnante, en serrant un exemplaire dédicacé des *Fantômes de Luling*. La soirée avait été super, déclara-t-elle. Amy Tan était charmante et drôle, et Mo avait même pu caresser son adorable petit chien.

« Tu sais quoi ? dis-je. Narcotiques anonymes est ton monde imaginaire. »

Elle s'était couchée quelques minutes plus tôt et en était déjà à la page 9 des *Fantômes de Luling*. « Mon monde imaginaire ? »

Ayant capté son attention, je poursuivis la comparaison. « Ouais, et ces mystérieuses toxicos avec qui tu traînes sont un genre de hobbits ou un truc dans ce goût-là. »

Elle ferma son livre, le posa sur sa table de nuit et éteignit la lumière. Sa voix désincarnée marmonna que je devrais essayer de dormir.

« Tu sais ce qui est dur ? » fis-je. Mes yeux avaient accommodé et je voyais son dos, sa tête enfouie sous les couvertures.

Elle ne répondit pas.

« Avec tes potes de Narcotiques anonymes ? Et ta liste de buts ? C'est que c'est toujours centré sur toi. Ce qui est bon pour toi. Jamais sur ce qui est bon pour *nous*. Je veux dire, neuf buts, et je ne figure dans *aucun* ?

— Caelum, tu fais partie de tous. Si je réussis à aller mieux, nous irons mieux. Je fais des progrès – tu sais que c'est vrai. Mais il faut que tu sois patient.

— Toi, répliquai-je. Toi, toi, toi, toi, toi. »

Le lendemain, au retour de sa séance avec le Dr Patel, elle m'informa qu'il fallait que je cesse de traiter ses amies de hobbits.

« Ah oui ? Pourquoi ça ?

— Parce que ça les dévalorise. Ça minimise leur combat, et le mien par la même occasion. Ces réunions m'ont appris ce qu'est le courage, OK ? J'ai eu une longue conversation avec Beena à ce sujet aujourd'hui et…

— Beena ? Tu appelles le Dr Patel par son prénom ? Putain, peut-être que Beena pourra se joindre à toi et ta bande, la prochaine fois qu'Amy Tan et son toutou seront en ville. »

Je sais. Je sais. On pourrait m'accuser d'être un pauvre con de jaloux. J'avais recommencé à boire – non que ça justifie quoi que ce soit. La nuit où j'avais vidé tous ses tubes de médicaments et toutes mes bouteilles d'alcool dans l'évier, je m'étais mis au régime sec pendant plusieurs mois. Mais j'avais replongé. J'avais d'abord pris une ou deux bières pendant qu'Alphonse et moi regardions un match. Un verre de vin au dîner, puis deux ou trois. De là, j'étais passé aux alcools forts. Je ne titubais pas ni rien. Je ne marchais pas sur les traces de mon père. Mais entre Mamma Mia, les cours et les corrections de copies, je faisais des semaines de soixante, soixante-dix heures pour garder la tête hors de l'eau. Je rentrais d'Oceanside à la fois épuisé et excité. Je me versais donc un verre ou deux pour me calmer. Me détendre un peu. Parce que durant les sept heures suivantes il fallait que je me débrouille pour dormir, manger, corriger mes copies, me rendre à la boulangerie et me mettre au turbin. Je veillais à ne pas pousser Mo à retourner au travail : je savais qu'elle n'était pas prête. Mais ce n'est pas facile de travailler jour et nuit. Deux verres lubrifiaient les rouages.

Point positif, nous avions de nouveau une vie sexuelle. Le dimanche matin, essentiellement. Pas de cours ni de beignets ni de Narcotiques anonymes, le dimanche. Les chiens commençaient à me casser les pieds dès le lever du soleil : je me tirais du lit et descendais. Les faisais sortir puis rentrer et leur donnais à manger. Je préparais du café. Revenais avec deux tasses dans notre chambre où elle m'attendait, cheveux peignés, dents brossées, nue sous les couvertures. C'était donc agréable, ces dimanches matin. Différent, pourtant. Un peu trop délibéré.

Un peu plus tôt dans la semaine, m'étant coupé au doigt, j'étais allé chercher un sparadrap et avais décou-

vert au fond de son tiroir de table de nuit une mystérieuse boîte blanche. À l'intérieur se trouvait un truc
qui ressemblait à une torche. En plastique, de couleur
mastic, fonctionnant avec des piles. Je l'allumai, et c'est
alors que je compris : elle s'était acheté un vibromasseur.

Je l'appliquai sur la paume de ma main entre le pouce
et l'index. Ce truc la faisait jouir et moi pas ? J'entendis
soudain l'amie de la femme de Paul Hay, le soir où elle
m'avait appelé pour me briefer sur la liaison de Mo. Je
revis Paul Hay se jeter sur moi, le jour où je lui avais
fracassé ses fenêtres Andersen et avais failli lui défon-
cer le crâne. On ne pouvait guère comparer les situations, mais Mo avait son traumatisme, et moi j'avais eu
le mien. Nous avions tous les deux nos éléments déclencheurs.

Je descendis au rez-de-chaussée et présentai l'objet
du délit. Le pointai dans sa direction et appuyai sur la
touche marche. « Tu fantasmes sur qui quand t'utilises
ce truc ? Brad Pitt ? Batman ? Tu veux que je me mette à
porter des collants ou quoi ? »

Je n'y étais pas du tout, répondit-elle. Beena avait suggéré…

« Beena ? Tu fantasmes sur ta *psy* ? »

Elle me demanda de bien vouloir arrêter de jouer les
crétins.

Mais sur le coup, j'eus vraiment envie et me sentis en
droit de les jouer. « C'est évident que c'est pas sur moi
que tu fantasmes, puisque tu as un accès direct à ma personne. De toute façon, je ne te fais pas un effet bœuf,
mais bon. Alors c'est qui ? Tom Cruise ? Paul Hay ? »

Le Dr Patel nous tendit des tasses de thé fleurant la
réglisse. Son sari, ce jour-là, était violet – un tissu cha-

toyant, irisé, drapé sur un haut bleu pâle. Elle souriait sereinement comme Bouddha. « J'irai droit au but, monsieur Caelum. C'est moi qui ai encouragé Maureen à utiliser un gadget érotique.

— Ah bon ? fis-je en renversant un peu de thé dans ma soucoupe.

— Il semble que cela vous mette mal à l'aise ? »

Je déplaçai mon poids sur l'autre fesse. « Mal à l'aise ? Non, je ne dirais pas ça. »

Assise à côté de moi, Maureen eut un petit rire.

« Quoi ? *Pas du tout.* Je... je suppose que je ne comprends pas pourquoi...

— Continuez, dit le Dr Patel.

— Non. Peu importe.

— Comme vous voudrez. Puis-je vous poser une question ?

— Allez-y !

— Vous vous masturbez ? »

Je me sentis rougir jusqu'aux oreilles. « Pas avec un truc qui nécessite des piles. » Elle continua à me dévisager sans sourire. Si, à ce moment-là, on m'avait donné le choix entre rester là et un traitement canalaire, j'aurais foncé chez le dentiste. « Ça m'arrive, dis-je. Je ne crois pas qu'il y ait beaucoup de types qui ne le fassent pas.

— Ni beaucoup de femmes. Puis-je partager avec vous certains détails du passé sexuel de Maureen ? »

Je jetai un coup d'œil à ma femme. Elle avait tiré ses manches de pull sur ses mains et regardait droit devant elle. « Je ne sais pas. Et le secret professionnel ?

— Oh, monsieur Caelum, je vous assure que je ne crains rien en matière de déontologie.

— Très bien. S'il s'agit de ce que son père a fait quand elle était petite, je suis au courant.

— Oui, je sais. Est-ce que cela n'a pas été à la fois une preuve de courage et, plus important encore, une

384

preuve d'*intimité* de la part de Maureen de vous confier un secret aussi pénible ? »

Je dis que je n'avais jamais songé à cet aspect de la question, mais que oui, bien sûr, je voyais ce qu'elle voulait dire. Je pétris un peu l'épaule de Mo. M'imaginai que le geste me donnerait quelques bons points.

« Vous ignorez peut-être, monsieur Caelum, que jusqu'à une date récente Maureen ne s'était jamais masturbée. Qu'elle a toujours compté sur les hommes pour son plaisir sexuel. » Je vis Mo serrer et desserrer les poings sous ses manches de pull.

« Et ce n'est pas bien ? » fis-je.

Le Dr Patel me sourit. « Si, mais c'est contraignant peut-être. Car cela la met en position de retrait. D'impuissance. »

Je lui rendis son sourire. « Et moi qui ai cru tout ce temps que vous travailliez sur ce qui lui était arrivé au Colorado.

— C'est ce que nous avons fait. Mais en cours de route Maureen a découvert un lien entre ces deux événements traumatiques si éloignés dans le temps. Le terrible traumatisme de Columbine a réveillé le traumatisme infligé précédemment par son père – une autre atteinte à sa sécurité, bien que d'ordre beaucoup plus privé et d'une tout autre magnitude, évidemment. Une atteinte que Maureen n'a jamais vraiment abordée, elle s'en rend compte à présent. Après la fusillade, elle est donc devenue doublement vulnérable. Elle était à la fois la femme cachée dans le placard et la petite fille forcée d'être témoin du comportement déconcertant et plus qu'inquiétant de son père. Dans les deux cas, elle était impuissante et effrayée. Ce qui explique peut-être pourquoi, après la tuerie, son stress post-traumatique est passé de la phase aiguë à la phase chronique. Et également pourquoi Maureen a cherché à émousser ses terribles souffrances en prenant de plus en plus de médicaments, jusqu'à ce qu'ils deviennent eux aussi un problème. Vous voyez comment tout a fini par être inextricablement lié ?

— Ce que je vois, ce sont mes deux mains autour du cou de son père », dis-je. Du coin de l'œil, je vis Maureen tressaillir.

Le Dr Patel posa sa tasse de thé. Elle dit que ma réaction se comprenait mais n'était pas d'une grande utilité. « Monsieur Caelum, le père de Maureen l'a trahie d'une façon qui est à la fois profonde et préjudiciable sur le plan psychologique. Mais elle n'a pas besoin de vengeance. Elle a besoin de tendresse. De gentillesse. D'intimité. Ce qui nous amène à la raison pour laquelle je vous ai demandé de venir aujourd'hui. Étant donné le passé de Maureen – son initiation malsaine au sexe et sa promiscuité sexuelle tout aussi malsaine durant son adolescence –, je lui ai dit que si elle pratiquait la masturbation, elle pourrait d'abord apprécier les sensations en elles-mêmes mais aussi commencer à avoir l'impression de maîtriser sa vie. Sa vie sexuelle, certainement, mais aussi sa vie d'une manière générale. Et si elle parvient à s'assumer davantage, elle pourra peut-être se montrer plus ouverte à l'idée d'intimité *partagée*. J'entends par là intimité au sens large, bien sûr, pas seulement celle qui s'exprime dans la chambre à coucher. Pour ce qui est de l'intimité sexuelle, j'ai dit à Maureen que la masturbation était susceptible de diminuer une partie de la pression qu'elle ressent dans l'intimité de votre chambre à coucher, où elle se sent obligée d'avoir un orgasme. Ainsi, voyez-vous, loin de vous éloigner l'un de l'autre, cette pratique vous rapprocherait. Cela vous plairait-il, monsieur Caelum ? De voir diminuer une partie de la pression, et de pouvoir vous détendre et vous partager l'un avec l'autre ? Ressentir à nouveau cette merveilleuse intimité ? »

J'eus soudain les larmes aux yeux. Je hochai la tête. Maureen me toucha le bras.

« Vous ne seriez donc pas bouleversé ni menacé, si Maureen utilisait un gadget érotique pour parvenir à l'orgasme ?

— Non, je suppose que non. Pas présenté de cette façon… C'est pas un truc qu'elle va dégainer au beau milieu de…?

— Non, non. C'est quelque chose que Maureen fera en privé. À moins, bien sûr, qu'elle et vous ne décidiez d'un commun accord que vous aimeriez l'incorporer à vos ébats amoureux.

— Oh, non, je ne crois pas… mais comme vous l'avez dit, en privé, elle…

— Vous pourriez peut-être vous adresser directement à Maureen ?

— Oh, bien sûr. »

Je me tournai vers Mo.

« Pourquoi pas ? T'assumer ou tout ce que tu voudras. Pas de problème en ce qui me concerne – c'est pas que tu aies besoin de ma permission, remarque. Si ça te branche… »

Le Dr Patel renversa la tête en arrière et éclata de rire. « Si ça te branche, dit-elle. Que c'est amusant ! Je ne connaissais pas. Dès que je suis chez moi, je note ça dans mon carnet d'expressions familières. Et je vous en attribuerai l'origine, monsieur Caelum. "Si ça te branche…" J'adore ! Et maintenant, mes amis, une fois chez vous, pourquoi ne pas faire une jolie promenade, préparer une bonne soupe ensemble ou déguster une tasse de thé bien chaud ? Vous détendre et savourer un moment d'intimité avec un maximum de tendresse ? Souvenez-vous, monsieur Caelum : de la *tendresse*. »

Pour finir, il n'y eut ni clair de lune ni roses, mais deux boîtes de Diet Pepper et un match UConn-Villanova. Pendant une pub, je lui demandai où elle avait acheté son vibromasseur. Elle l'avait commandé sur Internet.

« Ah bon. Je pense que ça te fera du bien. Et à nous deux aussi. »

Elle hocha la tête et sourit.

« On dirait que vous arrivez à comprendre des trucs, elle et toi ? Que tu surmontes certaines saloperies du passé ? »

Elle me dit que c'était bien ça. Elle allait son bonhomme de chemin, mais elle faisait indubitablement des progrès.

« Bien. Génial. À propos de l'autre truc… Ton gadget érotique ou je ne sais quoi… En ce qui me concerne, t'as le feu vert pour le décollage. »

La dernière résolution de Maureen était : *Reprendre le travail.* Je pensais parfois en regardant sa liste : Bon sang, pourvu qu'elle y arrive ! Vivement qu'elle se remette à toucher un salaire. Le lave-linge de Lolly s'était mis à fuir, et impossible de le réparer moi-même. Le même mois, Chet eut un abcès si bien qu'entre Sophie et lui nos factures de véto dépassèrent les quatre cents dollars. Nos assurances pour la maison et les voitures arrivaient à échéance. « Je ne peux pas en mon âme et conscience vous le recommander, monsieur Quirk, dit l'employée de la compagnie d'assurances quand je lui demandai au téléphone si je pouvais diminuer notre couverture dans le but d'atténuer la douloureuse. Mais si c'est ça ou rien… » C'était ça ou rien. Sur les cent quatre-vingt-cinq mille dollars que nous avait rapportés la vente de notre maison du Colorado, il ne nous en restait plus que dix-neuf mille et chaque mois, semblait-il, nous piochions davantage dans ce bas de laine pour faire face à nos dépenses.

Tricia, une copine de Mo à Narcotiques anonymes, lui annonça que le traiteur chez qui elle travaillait avait besoin d'extra pour un banquet de collecte de fonds organisé par un hôpital. Ce serait amusant de travailler ensemble, dit-elle. Mo s'acheta donc le pantalon noir, la chemise blanche, le gilet noir et la cravate rouge de rigueur pour l'occasion. Pour un total de cent soixante dollars ; sa paye, pourboire compris, s'éleva à cinquante-cinq dollars. C'était un investissement, lui expliqua Tricia : on n'achetait la tenue qu'une seule fois et on était payé à chaque prestation. Mais servir des choux au crabe et des mini-samosas à des gens riches et prétentieux éprouva tellement les nerfs de Mo qu'elle demanda à Tricia de dire à son patron qu'elle ne serait pas disponible pour les prochaines occasions.

Une société de soins à domicile cherchait des infirmiers : elle offrait des horaires à la carte assortis d'avantages sociaux pour ceux qui travaillaient à plein temps. Maureen hésita à postuler un emploi à cause de son problème de médicaments, mais je lui rappelai que premièrement ça ne figurait pas sur son casier judiciaire et que deuxièmement elle suivait une psychothérapie, ne manquait jamais ses rendez-vous et ne prenait plus de médicaments depuis presque un an. Elle prépara son CV, l'envoya par e-mail et fut convoquée à un entretien d'embauche. Elle dut les impressionner parce qu'ils l'engagèrent sur-le-champ. La semaine suivante, elle lut le manuel, regarda les vidéos d'instructions et eut droit à une formation obligatoire de trois jours. Elle devait commencer un lundi matin, mais elle fut prise de nausées la nuit précédente. À cinq heures du matin, le jour J, elle descendit sans bruit, appela la société de soins à domicile et laissa un message sur leur répondeur : tout compte fait, elle ne pouvait pas travailler pour eux.

Après cet épisode, elle fut déprimée pendant un moment mais ne s'avoua pas vaincue. Puis Jackie, sa copine infirmière de Rivercrest, l'appela pour lui annoncer que Norma Dubicki avait pris la mouche à propos de quelque chose et donné sa démission. Jackie était infirmière de nuit dans l'aile nord. Si Maureen succédait à Norma comme infirmière de nuit à l'aile sud, elles pourraient se relayer et aller au club de fitness ensemble à la fin de leur service, à sept heures du matin. Le service de nuit était « du gâteau » comparé aux autres, assura Jackie : tournée des lits, températures et médicaments, paperasserie, la plupart du temps. Pas de familles ni d'inspecteurs pour vous emmerder, pas de toubibs ni d'administratifs qui déambulaient en se prenant pour Dieu le Père. Le service de nuit bénéficiait en plus des meilleures aides-soignantes : des jeunes Latinas bosseuses, en majorité, qui changeaient les Pampers de leurs gosses dans la journée et celle des résidents la nuit. Olga, Provi, Rosa, Esmeralda : elles étaient super avec les patients, et hypermarrantes entre elles quand elles s'y mettaient. Rivercrest reprendrait Maureen tout de suite, lui assura Jackie. Ils *saliveraient* s'ils apprenaient qu'elle était disponible.

Margaret Gillespie, la directrice du personnel soignant, offrit le poste à Maureen le vendredi et lui laissa le week-end pour réfléchir. Le salaire de Mo s'élèverait aux deux tiers environ de ce qu'elle gagnait comme infirmière en chef, mais au double de ce qu'elle recevait pour son temps partiel à Columbine. Et, alléluia, les avantages sociaux incluaient une assurance maladie. Je m'abstins cependant de lui mettre la pression. Et de lui poser la question qui me turlupinait – jusqu'au dimanche après-midi où elle voulut savoir ce qu'elle devrait faire, selon moi.

« C'est à toi de prendre la décision. Tu penches pour quoi ? »

Elle n'arrêtait pas de changer d'avis.

« À propos, je voulais te demander : Paul Hay travaille toujours là-bas ? »

Elle fit signe que non. Sa femme était morte, lui avait raconté Jackie. Il était parti avec son fils dans le Minnesota d'où sa famille était originaire. Jackie avait entendu dire qu'il était en fac de théologie.

Je hochai la tête en apprenant la nouvelle et essayai de garder un visage impassible. « Ce serait un soulagement d'avoir une assurance maladie. Et tu aurais Jackie pour te soutenir, non ? Et puis tu n'es pas obligée de rester si ça ne te plaît pas. »

Ça lui plut. Il y avait des inconvénients, bien sûr. Le service passait plus lentement que lorsqu'elle travaillait de jour. Et elle connaissait moins bien les résidents : ils étaient pour la plupart endormis quand elle prenait son tour de garde. Mais, comme Jackie l'avait affirmé, les aides-soignantes étaient compétentes et drôles, et le travail n'était pas crevant. Les nuits où le temps passait vraiment lentement, elle bavardait avec Jackie au téléphone, chacune à son poste.

C'était agréable aussi que nos horaires coïncident. À mon retour d'Oceanside, elle avait préparé un repas. On mangeait, on bavardait, on regardait un peu la télé. Puis on débranchait le téléphone, on se mettait au lit, on faisait la petite cuiller et on dormait. Parfois, avant de m'assoupir, j'échafaudais des projets d'avenir. Si elle tenait bon à la maison de retraite pendant, disons, une année, je pourrais peut-être laisser tomber un de mes cours à Oceanside. Alléger un peu ma charge de travail – diminuer les paquets de copies de moitié. Ou si l'État se remettait à embaucher et qu'Oceanside m'offre un emploi à plein temps, je pourrais quitter la boulangerie. Je coupais, faisais lever, frire et glaçais des beignets depuis l'université, et ça commençait à devenir lassant.

Le réveil sonnait à neuf heures du soir. On se levait, on se douchait pour se réveiller, on s'occupait des chiens, on prenait un petit déjeuner à dix heures. Puis on s'habillait pour partir au travail et on quittait la maison. Nous sommes comme les ratons laveurs, disions-nous. On sort la nuit.

Pendant la semaine de Noël 2003, Maureen franchit le cap des six mois à Rivercrest. La patiente qu'elle préférait de loin était Sally Weiss, quatre-vingt-dix ans passés, une insomniaque depuis toujours. Chaque fois qu'une des aides-soignantes ou son auxiliaire Lorraine avaient besoin de Mo et qu'elle n'était pas au poste d'infirmières, elles allaient d'abord dans la chambre 5. Maureen était le plus souvent assise au chevet de Sally, en train d'écouter un nouvel épisode de sa vie étonnante. Elle avait habité New York jusqu'à ce que son fils la « colle », contre son gré, « en pleine cambrousse ». Elle se vantait souvent auprès de Mo, comme elle l'avait fait auprès de moi dès notre première rencontre, d'avoir été embrassée par trois présidents des États-Unis : par Gover Cleveland (quand elle était bébé, dans le restaurant de son grand-père situé dans la 49e Rue), par Jimmy Carter (un baiser mouillé) et par Bill Clinton (« ce sont ses yeux pétillants qui lui attirent des ennuis »).

« Je ne me suis jamais embêtée une seule minute dans ma vie, pas même dans cette baraque ! » À Rivercrest,

Sadie avait créé le Conseil des Résidents qu'elle présida jusqu'à son quatre-vingt-onzième anniversaire.

Après la soirée d'anniversaire de Sally, Mo nota qu'elle était déprimée, ce qui ne lui ressemblait pas du tout. Sally avait invité sa famille à la fête, mais personne n'était venu, pas même son petit-fils Ari qui était son préféré parce qu'il avait hérité sa joie de vivre. Mo ne remplit pas sa paperasserie, cette nuit-là : elle tint compagnie à Sally. Elle lui avoua n'avoir jamais vraiment connu ses grands-mères. « Nous avons donc décidé de nous adopter mutuellement, expliqua Mo. J'ai maintenant une grand-mère juive.

— Ce qui fait de toi une petite-fille goyette. »

Mo éclata de rire. « C'est exactement ce que Sally m'a dit ! »

Mo travailla la veille et la nuit de Noël afin que Claire, l'autre infirmière de l'aile sud, puisse rester chez elle avec ses enfants. Pour la remercier, Claire lui offrit une grosse boîte de chocolats, et Rivercrest lui donna trois nuits de récupération en milieu de semaine. Elle reprit son service le 31 décembre et, comme elle était devenue proche de son personnel, elle leur prépara un repas de réveillon – des crevettes, du fromage et des crackers, des crudités à tremper dans de la sauce et la grosse boîte de chocolats offerte par Claire. Elle acheta également deux bouteilles de cidre bouché. Si les choses étaient calmes, elle ferait venir les filles dans la salle du personnel, dix minutes avant minuit. Elles pourraient regarder le douzième coup de minuit à la télé, trinquer avec un verre de cidre, manger un morceau et retourner au travail. Esmeralda, sa meilleure aide-soignante, lui avait dit que le réveillon du nouvel an ne signifiait pas grand-chose pour elle, de toute façon, du moment qu'elle était libre le jour de l'Épiphanie, et Maureen y avait veillé.

Voyant Maureen encombrée de sacs en plastique dans le couloir, Esmeralda se dépêcha d'aller lui prêter main-forte. Elles s'enquirent de leurs Noëls respectifs – oui, oui, très agréable –, puis Esmeralda dit : « C'est triste, hein, pour votre petite copine ?

— Ma petite copine ? demanda Mo.

— Sally. Mais elle est partie vite. C'était une dame sympathique, n'est-ce pas ? »

La mort était une réalité incontournable à Rivercrest, mais celle de Sally frappa Maureen de plein fouet. Arrivée au poste d'infirmières, elle posa ses sacs et se mit à pleurer. Esmeralda la prit dans ses bras. « Allons, ça va aller, dit-elle gentiment. Elle n'a pas souffert longtemps. C'est ce qui compte. On doit tous partir un jour. »

Mo m'avait appelé, apprendrais-je par la suite, pour m'annoncer la nouvelle et peut-être aussi pour obtenir un peu de réconfort. Mais ayant moi-même un coup de déprime, j'étais en train de me cuiter au vin rouge et de m'apitoyer sur mon sort devant la télé. Quand le télé-phone sonna, je supposai que c'était elle mais ne répondis pas.

À minuit, Maureen était dans la chambre 16 au chevet de Mme Civitello qui avait une petite poussée de fièvre et s'agitait. Elle avait aussi des hallucinations, crut Mo : elle tenait des propos incohérents au sujet de « ces maudits ballons ». Elle entendait son personnel rire, papoter, compter à rebours au bout du couloir. « Bonne année ! » « Joyeuse année 2004 ! » Qui'shonna, la dernière arrivée des aides-soignantes, aurait dû se rappeler où elle était et l'heure, et arrêter de pousser ces cris de joie bruyants. Maureen l'aimait bien et lui souhaitait de réussir, mais se demandait si elle était vraiment faite pour ce travail. Il lui arrivait de bouder quand on lui signalait une bévue. Elle était trop envahissante – énorme avec une masse de nattes africaines, trop démonstrative avec ses baisers sur la bouche dont Mo lui avait parlé à deux reprises. La plupart des patients blancs de Rivercrest avaient des réserves sur les Noirs – allez, lâchons le mot : des préjugés. Maureen était une des rares à savoir que Qui'shonna était entrée à la maison de retraite via la prison de Bride Lake. Sally le savait aussi. Avec son esprit ouvert de New-Yorkaise, elle s'était liée d'amitié avec l'ex-détenue, et lui avait assuré que ses collègues latinas seraient moins distantes une fois qu'elles la connaîtraient mieux. Sally était un vrai trésor, et voilà qu'elle était partie. Et personne n'avait même pensé à lui téléphoner…

D'après sa courbe de température, Mme Civitello avait une légère fièvre depuis quarante-huit heures. Mo soupçonnait une infection urinaire : elle laisserait un mot pour l'équipe suivante, en recommandant une analyse, mais elle savait qu'il ne se passerait rien le jour de l'an. Elle ferait mieux de téléphoner au Dr Smiley – pour lui demander si elle devait donner quelque chose à Mme Civitello afin de la calmer. Elle appréhendait de l'appeler. Smiley se prenait vraiment pour Dieu le Père – il était particulièrement arrogant quand on le dérangeait en dehors des horaires de travail. Une fois, Jackie, l'amie de Mo, avait eu l'audace de mettre en doute un de ses ordres et, dès le lendemain, il s'était plaint auprès de Margaret Gillespie, la directrice du personnel soignant. Mo n'avait qu'une envie : rentrer à la maison pour regarder en ma compagnie la foule réunie à Times Square et pleurer la mort de Sally Weiss. Tout le monde savait pertinemment que Sally et elle étaient très proches. Semaine très chargée ou pas, quelqu'un aurait pu lui téléphoner. Esmeralda avait dit qu'aucun membre de la famille de Sally n'était présent quand elle s'était éteinte. Si elle avait su, Mo aurait pu se rendre sur place, tenir la main de Sally, veiller à ce qu'elle soit bien installée. Elle s'imaginait l'embrassant sur le front, se penchant à son oreille et la remerciant de toutes ses histoires. Avant de biper Smiley, elle passa devant la chambre 5 et s'y s'arrêta, fixa le lit débarrassé de ses draps et de ses couvertures, le sol brillant. Elle ouvrit la porte de la penderie. Elle était vide à l'exception des cintres et de vieux cotillons de réveillon, au fond de l'étagère du haut.

Le Dr Smiley avait l'air impatient. Un peu ivre aussi, peut-être. « Donnez-lui du Xanax, un milligramme maintenant, et un autre dans quatre heures. » Elle n'osa pas contester la prescription, mais elle n'était pas d'accord. Deux milligrammes en quatre heures ? Pour une femme qui ne pesait pas trente-six kilos ? Il fallait calmer Mme Civitello un peu, pas l'assommer pendant une journée et demie.

« Comprimés ou piqûre ? » demanda Mo, et Smiley répondit d'un ton sarcastique. N'avait-elle jamais appris à l'école d'infirmières que si on voulait obtenir des résultats rapides chez un patient qui souffrait, on utilisait la manière forte ? Mo raccrocha et dit tout haut : « Connard ! »

Elle ouvrit l'armoire à pharmacie et prépara la piqûre. Avant de retourner dans la chambre de Mme Civitello, elle alla dire à ses filles de terminer leur repas et de reprendre leur poste. Elle piqua Mme Civitello lentement et soigneusement, et ne lui donna que la moitié de la dose prescrite par Smiley. La vieille femme ne tarda pas à se calmer : elle n'avait pas besoin de plus. Mo retira sa seringue. Elle s'apprêtait à gagner l'aile nord pour que la remplaçante de Jackie puisse être témoin que l'ampoule était vide et lui signe une décharge quand elle entendit un grand patatras.

Elles arrivèrent ensemble à la chambre 19 – Mo, Esmeralda, Olga et Qui'shonna. M. Anderson avait eu de la diarrhée un peu plus tôt, et il avait fallu le laver, changer ses couches et le soulever pour qu'Olga et Qui'shonna puissent enlever la literie souillée. L'une des deux avait oublié de remettre les barreaux de son lit. Très vraisemblablement Qui'shonna, qui le niait farouchement alors que personne ne l'accusait. M. Anderson avait dû se lever, aller aux W-C et s'évanouir. À présent, affalé par terre, il bloquait la porte de sorte qu'elles ne pouvaient pas le secourir. Par l'entrebâillement, dix centimètres à peine, Mo appela : « Monsieur Anderson ! », mais n'obtint pas de réponse. Elle apercevait une entaille sur son front, du sang partout sur son visage et son maillot de corps, et il y avait une éraflure sur le mur contre lequel il s'était cogné en s'effondrant. Il fallait qu'elle entre pour arrêter l'hémorragie, et le relever. Elle ferait mieux d'appeler les urgences et de prévenir son médecin traitant. Oh, merde ! C'était aussi Smiley.

« Qu'est-ce qui se passe donc là-bas ? voulut savoir Smiley. Vous êtes toutes en train de picoler pendant le service ?

— Je ne bois pas, docteur, répondit-elle au bord des larmes. Personne ne boit » Elle aperçut quelqu'un à la porte de derrière. Les urgences. Dieu merci, ils avaient fait vite. Elle dit au Dr Smiley qu'elle allait ouvrir.

Elle courut à la porte et tourna la clé. Elle se rendit compte de son erreur en ouvrant. Il n'y avait qu'un seul homme, pas de chariot ni d'ambulance. L'homme qu'elle avait fait entrer, ni rasé ni lavé, était ivre mort. Soudain, elle fut de retour à la porte de la bibliothèque, en train de les regarder entrer armés. *Debout ! Vous avez la trouille, les mecs ? Faut pas parce que vous allez tous mourir de toute façon…*

L'ivrogne – qui avait la trentaine et un début de calvitie – l'attrapa par le poignet. Quand il essaya de l'embrasser, elle tourna violemment la tête. Il l'entraîna en titubant vers la rangée de chaises alignées contre le mur face au bureau des infirmières. Pendant la journée, certains résidents aimaient s'asseoir là et regarder les allées et venues. L'ivrogne s'affala sur une chaise et attira Maureen sur ses genoux. Il l'embrassa dans la nuque. Elle tressaillit, mais elle était trop terrifiée pour protester, se défendre ou supplier. Il lui dit qu'elle avait de beaux seins – menus, comme il les aimait –, et de sa main libre il commença à les caresser.

La vision périphérique de Maureen capta soudain Qui'shonna, qui la regardait en écarquillant les yeux à l'autre bout du couloir. Elle la vit se diriger lentement vers le téléphone mural. Je t'en supplie, pensa-t-elle. Je t'en supplie, appelle la police !

Cinq minutes plus tard, la crise était terminée. Les urgences arrivèrent avant la police. Ignorant délibérément les cris du poivrot qui lui intimait : « T'approche pas de cette putain de porte, sale négresse ! », Qui'shonna se précipita pour ouvrir aux ambulanciers. « On est dans un drôle de pétrin ! » cria-t-elle.

Le plus âgé et le plus expérimenté des ambulanciers s'assit deux chaises plus loin. Il sourit, souhaita une bonne année à l'ivrogne. Il lui demanda s'il avait fait la fête. Comment il s'appelait. « Bones[1] ? Ah ouais ? Ça alors, c'est pas courant… Un surnom ? Ah, d'accord. Ça se comprend mieux. Vous aimez quel genre de musique, Bones ?… Tom Petty ? Sans blague. Vous parlez d'une coïncidence, parce que moi aussi je suis un grand fan de Petty. Petty, Clapton, Steve Winwood. Ça, c'est de

---

1. Littéralement, os.

la musique, hein? Eh, Bones, qu'est-ce que vous diriez de la lâcher? Parce que je parie qu'elle a besoin d'aller s'occuper de ses patients. D'accord, Bones? »

Les flics arrivèrent peu après : Mo courut se réfugier dans les bras accueillants de Qui'shonna. « Oh, nom de Dieu, encore cette andouille ! gémit un des flics. Allons, Bonezy, viens donc faire un petit tour avec moi et Collins, et laisse ces gentilles dames retourner au travail. »

L'homme se laissa embarquer sans esclandre. Les ambulanciers s'étaient précipités dans la chambre 19 et avaient réussi à ouvrir la porte des W-C. M. Anderson était revenu à lui, mais semblait hébété. Une commotion cérébrale, peut-être. Mais l'entaille n'était pas aussi profonde que Maureen l'avait craint. On l'attacha sur un chariot et on le roula jusqu'à la porte de derrière où l'ambulance les attendait.

Maureen tremblait comme une feuille, mais ne cessait de répéter à son personnel que ça allait. Voulaient-elles lui faire le plaisir d'arrêter de la regarder comme ça ? Parce que tout allait bien. *Coucou ! Tu veux te faire buter aujourd'hui ? Tu trouves que tu as l'air cool ou quoi ? Tu n'es qu'un putain de bouffon…*

Elle songea à m'appeler même si elle savait que je serais en train de dormir. Elle songea aussi à appeler le Dr Patel et à dire que c'était une urgence. À demander de l'aide à Althea ou Nehemiah, ses copines de Narcotiques anonymes. Au lieu de ça, vers deux heures du matin, elle se rendit à la réserve de médicaments et ferma la porte derrière elle. Elle sortit de sa poche la seringue qu'elle avait utilisée pour piquer Mme Civitello, nettoya l'aiguille avec de l'alcool, chercha une veine et s'injecta le demi-milligramme de Xanax restant. Elle soupira, attendit. En moins d'une minute, elle était redevenue calme, maîtresse d'elle-même. Les circonstances sont exceptionnelles, se dit-elle. Juste pour cette fois. Elle sourit. Le Xanax avait aboli Klebold et Harris. Les avait renvoyés en 1999. Elle écrivit dans le dossier : « Civitello Marion, un mg Xanax à 12 : 05 par injection, répété à 4 : 00 selon prescription du Dr Michael Smiley. » À quatre heures, elle retourna dans la chambre de Mme Civitello. Elle était réveillée à présent, mais dans les vapes. « Je vais vous faire une autre piqûre, Marion, lui dit-elle. Sur ordre du docteur. Vous êtes prête ? » Mme Civitello la regarda avec des yeux vitreux tandis qu'elle lui injectait une autre demi-dose. Elle empocha la seringue. À six heures du matin, elle était redevenue nerveuse. Elle sentit les mains du poivrot qui la pelotaient, son haleine aigre. « Je vais aux toilettes », dit-elle à Lorraine. Enfermée dans les W-C, elle trouva une bonne veine dans son autre bras. Enfonça l'aiguille et s'injecta le reste de la dose.

De temps à autre, au cours des mois qui suivirent, Maureen se jurait que la prochaine piqûre serait la dernière. Elle avait de la chance de ne pas s'être fait prendre, elle allait s'arrêter et tout le monde n'y aurait vu que du feu. Ce n'était pas comme si elle privait un de ses patients âgés d'un médicament vital : elle ne ferait jamais une chose pareille. Mais la plupart des toubibs assommaient ces petits vieux frêles et trop maigres. Jackie et elle étaient bien d'accord là-dessus.

En juillet, Jackie finit par s'ouvrir de ses soupçons à Maureen. Mo pleura, la supplia de ne pas aller voir la directrice du personnel soignant, fit des promesses auxquelles elle avait bien l'intention d'être fidèle. Elle les tint jusqu'à la mi-septembre, où elle travailla dix nuits d'affilée parce que le mari de Claire était gravement malade.

L'accident se produisit le samedi 9 octobre.

Dans la deuxième partie de « Victimes d'une victime », la journaliste d'investigation Rosalie Rand déplace le projecteur de la famille Seaberry sur les deux autres protagonistes : Maureen et Brian Gatchek, un gendarme du coin. Gatchek, trente-deux ans, fils et petit-fils de policier, fut le premier à arriver sur les lieux. Il soupçonna dès le début que l'épuisement d'une infirmière après une longue nuit de travail n'expliquait pas tout.

Rosalie Rand brosse un portrait impartial de Maureen. Elle commence par rapporter ses problèmes : la tuerie de Columbine et le prix payé au plan affectif et physique. Sur le conseil de ses avocats, Maureen avait accordé une interview à Rand, dans laquelle elle avait parlé en toute franchise de son stress post-traumatique, de sa dépendance aux médicaments et – détail qui me surprit – des sévices sexuels infligés par son père. (Arthur s'était engagé à payer la moitié de ses frais de justice, mais après la parution de l'article il retira son offre et fit savoir à Mo par l'intermédiaire de son avocat qu'il la déshéritait et la reniait.) Rand ne déforme pas, comme je l'avais craint, les propos de Mo pour défendre une thèse ou un point de vue personnel. Pas plus qu'elle ne met en doute les circonstances atténuantes. Elle les présente objectivement et laisse le lecteur décider : étant donné les diverses facettes de l'affaire, la clémence s'imposait-elle ?

Pour la partie concernant Maureen, Rand avait également interviewé Jerry Martineau, Jackie Molinari, Peter Hatch, avocat du ministère de la Santé du Connecticut, et Lindsay Peek.

« Elle était plutôt gentille lorsqu'elle travaillait à Columbine, avait déclaré Lindsay à Rand. Les élèves l'aimaient bien. Je l'aimais bien. C'est sans doute surtout à cause d'elle que j'ai décidé de devenir infirmière.

Mais les infirmières sont censées soigner les gens, pas les tuer. Quand on y réfléchit, ce qu'elle a fait porte atteinte à l'honneur de tous ceux qui sont morts, ce jour-là, à Columbine. »

Je tentai de convaincre Maureen de ne pas lire « Victimes d'une victime » à sa parution, mais elle ne m'écouta pas. Arrivée à cette dernière phrase de Lindsay, elle gémit comme un animal blessé.

Il y eut deux témoins oculaires de l'accident dans lequel Morgan Seaberry trouva la mort, ce matin-là. Tawnee Shay, une ex-toxicomane en retard pour son travail au McDonald's, courait le long de la RN32. Le soir même, elle regarda le journal télévisé : la voiture sur la pelouse, le panneau publicitaire renversé et tordu. La photo scolaire de la victime apparut sur l'écran, et Gerry Brooks de Channel 30 demanda à tous ceux qui avaient pu être témoins de l'accident de contacter la police de l'État. Tawnee s'en garda bien : elle ne voulait pas entendre parler des flics. Mais l'inspecteur Gatchek mobilisa toutes ses ressources de fin limier et, quelques jours plus tard, retrouva sa trace.

L'autre témoin était le frère aîné de la victime, Jesse Seaberry. Ç'avait été une nuit étrange, avait-il déclaré à Rosalie Rand – la plus étrange de sa vie. Sa mère, son frère et sa sœur étaient arrivés la veille au soir au Comfort Inn. Ils s'étaient installés et, sur les conseils de la réceptionniste, étaient sortis dîner au chinois du centre commercial plutôt qu'au McDo d'en face. La nourriture était dégueulasse, affirma Jesse : pour une fois, sa mère et lui étaient d'accord sur quelque chose.

De retour au motel, sa mère annonça qu'elle allait demander qu'on les réveille tous les quatre à six heures quarante-cinq. Elle avait donné un billet de vingt dollars à Morgan (pas à lui, naturellement) pour que tous deux puissent petit-déjeuner au McDonald's le lendemain matin s'ils en avaient le temps. Elle les voulait à la voiture à sept heures et demie pétantes. Elle ne savait pas trop où aller, une fois sur le campus, et n'avait pas envie d'être encore en train de tourner en rond quand les choses auraient commencé. Elle était du genre anxieux, leur répéta-t-elle pour la énième fois, et aimait arriver un peu en avance pour éviter le stress.

Morgan et lui partirent dans leur chambre, se vautrèrent sur leur lit et convinrent que le motel choisi par leur mère craignait un max : ampoules grillées, porte de salle de bains qui ne fermait plus, trous de cigarette dans les rideaux. Et si ce n'étaient pas des taches de foutre sur la moquette, ça y ressemblait drôlement. Jesse raconta à Morgan un spectacle de télé-réalité qu'il avait vu : les inspecteurs résolvaient une affaire de viol et de meurtre en apportant un projecteur spécial dans une chambre d'hôtel. Ils éteignaient toutes les autres lumières, et les endroits où il y avait des fluides corporels se mettaient à *briller*, bordel, et c'est comme ça qu'ils trouvaient l'ADN du mec. Morgan s'endormit en l'écoutant, avait continué Jesse, mais lui n'avait pas sommeil : il regarda donc un peu de télé à la carte, et fuma une partie de l'herbe qu'il avait apportée pour rendre le week-end supportable. Une fois bien détendu, il s'endormit aussi.

Les trucs bizarres avaient commencé plus tard, vers quatre heures du matin : Jesse s'était réveillé la bouche pâteuse avec une envie de pisser.

Il ne pensa pas à regarder si Morgan était dans son lit, et le découvrit dans la salle de bains dont la porte ne fermait plus, assis sur le siège des W-C, cul nul, en train de s'entailler les pectoraux avec une lame de rasoir. « Fous le camp ! » hurla-t-il, et Jesse allait s'exécuter quand il aperçut par terre des photos que Morgan se dépêcha de ramasser. Jesse crut d'abord qu'il s'agissait de femmes, avant de se rendre compte que c'étaient des *mecs*. Des gars musclés en train de bander. Et Jesse de dire à Morgan qui s'était mis à pleurer : « Merde alors, t'es *gay* ? M. Zéro-Défaut est *gay* ? »

Morgan l'avait bourré de coups de poing – il n'y était pas allé de main morte. Mais Jesse lui avait fait une cravate et lui avait serré le cou si fort que Morgan s'était écrié : « OK ! Arrête ! Arrête, je t'en supplie ! » Une fois qu'ils s'étaient tous les deux calmés et avaient repris leur souffle, ils s'étaient mis à discuter.

Pendant une heure, ils avaient parlé de tout : du divorce de leurs parents, de leur vie avant le départ de leur père, du cancer de leur mère. C'était bizarre, avait commenté Jesse, mais dans un sens ils n'avaient jamais eu de meilleure conversation. De conversation plus *vraie*. Morgan expliqua à Jesse qu'il se tailladait pour diminuer la pression. « Quelle pression ? répliqua Jesse. Tout est hyperfacile dans ta putain de vie. » C'était dur, dit Morgan, de devoir toujours répondre aux attentes de leur mère. D'être la seule personne de la famille qui n'allait pas la décevoir. C'était difficile à expliquer, mais parfois sa peau lui semblait trop tendue pour contenir son *vrai* moi. Comme s'il était trop à l'étroit, et ça faisait vachement mal. Alors, il se coupait pour diminuer la pression, et il se sentait mieux à défaut de se sentir bien.

« Comme quand on crève un bouton ? » demanda Jesse, et Morgan répondit : « Non, pas vraiment, mais si tu veux. Ouais. »

Jesse voulut savoir si Morgan avait fait ça avec un mec, et Morgan dit que oui, une fois, avec Danny, un élève de son club de théâtre qui jouait le rôle d'un ouvrier agricole dans *Des souris et des hommes.* Il avait aussi failli le faire avec un autre type – un mec rencontré sur Internet. Ils s'étaient donné rendez-vous à Asbury Park, mais il s'avéra que le type avait la quarantaine et non pas vingt-deux ans comme il l'avait prétendu. Morgan avait donc décidé de ne pas monter dans sa voiture ; le type n'arrêtait pas de répéter : « Qu'est-ce qui ne tourne pas rond chez toi ? »

Morgan avait supplié Jesse de ne rien dire à leur mère. Elle en avait déjà tellement bavé : elle s'était fait plaquer par leur père, avait subi une mastectomie… Jesse n'avait rien promis, et avait suggéré qu'ils fument ensemble. Morgan avait dit qu'il ne pouvait pas parce que le week-end portes ouvertes débutait dans trois heures et que, en outre, l'herbe était illégale. Jesse avait éclaté de rire. « Tu te taillades, tu couches avec des mecs et tu refuses de fumer un joint avec ton propre *frère* ? »

Ils avaient donc fumé. Et plus Jesse réfléchissait – son petit frère, M. Zéro-Défaut, était encore plus paumé que lui –, plus il se sentait libre et plus il riait. Mais Morgan était le genre de type qui, au lieu de se détendre et de planer, fait une crise de paranoïa. Il se mit à gémir, à croire que les flics allaient prendre leur chambre d'assaut. Il supplia une fois de plus Jesse de garder le secret, et son frère répondit qu'il n'avait pas encore décidé ce qu'il dirait ou ne dirait pas. Tout à coup, Morgan détala comme un lapin.

Jesse lui courut après jusque dans la rue. Il commençait à faire jour. Morgan traversa sans regarder au moment précis où une Tercel argent surgissait : elle l'avait fauché sans même freiner. Puis la voiture était montée sur le trottoir, avait percuté le panneau « Des milliards et des milliards de vendus ». Son frère gisait là, sans bouger, sur la chaussée, et Jesse avait compris qu'il était mort.

Carole Alderman, leur mère, avait dit à Rosalie Rand que Jesse était odieux – qu'il avait toujours fait montre d'une « jalousie maladive » envers son frère et qu'à présent, chose impardonnable, il avait inventé de toutes pièces cette histoire malveillante pour discréditer Morgan jusque dans la mort. Morgan ne s'était jamais mutilé, affirmait Carole – il était totalement exclu qu'il commette un geste aussi autodestructeur –, c'était Jesse qui était autodestructeur. Morgan n'était pas du tout homosexuel : c'était d'un ridicule achevé. Morgan était un garçon normal, généreux, aimé de tous, et il avait été le plus beau cadeau que la vie lui ait fait. Il avait traversé la rue pour aller petit-déjeuner au McDonald's, comme ils en étaient convenus la veille au soir, et cette femme, cette Quirk, était arrivée et avait *assassiné* son fils. Carole ajoutait qu'elle était absolument certaine que son fils avait bien regardé à droite et à gauche avant de s'aventurer sur la chaussée.

Nous prîmes comme avocate Lena LoVecchio, la copine de ma tante Lolly qui avait porté son cercueil, et qui m'avait tiré d'affaire lors de la débâcle Paul Hay. Lena avait désormais un associé : son cousin Nicholas Benevento.

Nick, Maureen et moi étions assis avec Lena à sa table de conférences. À la demande de Maureen, nous étions venus après les heures de travail. Elle avait trop honte pour sortir au grand jour. « Les amis, je suis vraiment désolée, mais inutile de vous raconter des bobards, dit Lena, on n'a pas l'ombre d'une chance d'obtenir un acquittement. »

Mo hocha la tête d'un air résigné. Elle prenait à ce moment-là des antidépresseurs très puissants qui avaient tendance à l'abrutir complètement. Le bon côté, c'est qu'elle arrivait enfin à dormir quatre heures d'affilée et qu'elle avait cessé de parler de suicide.

« Pourquoi pas l'ombre d'une chance ? fis-je.

— Parce qu'ils la tiennent avec la prise de sang qu'on lui a faite, qu'ils ont un second témoin oculaire qui corrobore les dires du frangin. Et surtout parce que Maureen a craché le morceau : elle a avoué à Gatchek qu'elle s'était piquée avant de prendre le volant. Ça, ç'a vraiment été le coup de grâce.

— Il m'a dit qu'il vaudrait mieux que je coopère, dit Mo.

— Pour lui, c'est sûr, oui. Pas pour vous. »

Ironie du sort, j'étais au téléphone en haut en train de confier la défense de Maureen à Lena quand Gatchek avait frappé à la porte de derrière et demandé à Mo si elle voulait bien répondre à quelques questions.

« Il ne lui a pas lu ses droits, leur rappelai-je.

— Elle n'était pas en garde à vue, souligna Nick. Ce n'est pas obligatoire quand on bavarde avec quelqu'un autour d'une table de cuisine. Elle a fait cet aveu spontanément.

— C'est bien là le problème, mes cocos, ajouta Lena. Il ne faut jamais, *jamais* parler aux flics sans la présence d'un avocat. »

La notoriété de l'affaire n'arrangeait rien, expliqua Nick. L'accident avait attiré l'attention des médias nationaux à cause du lien avec Columbine. Il avait donné lieu, dans le *Daily Record* et le *Courant*, à des articles d'opinion qui avaient à leur tour suscité plus d'une dizaine de lettres de lecteurs. « Le public se sent concerné par cette affaire, dit Lena. Ça signifie que le ministère public va s'y intéresser de très près. C'est-à-dire que le procureur va lever son doigt en l'air pour voir de quel côté souffle le vent. Et jusqu'à maintenant le vent est vachement contre nous. Mais j'ai discuté aujourd'hui avec Rosalie Rand, la journaliste du *New Yorker*, et nous pourrons peut-être l'utiliser à notre avantage. Ce n'est pas encore sûr : nous sommes toujours en pourparlers. Maureen, il est possible que je vous demande de lui parler. Nous verrons. Bien sûr, le *New Yorker* est un journal national. Ce qu'il nous faudrait vraiment, dans l'immédiat, c'est une presse bien disposée dans le Connecticut.

— À cause des futurs jurés ? fis-je.

— Nous ne prendrons pas ce risque. Ils ont des arguments trop solides. Nous voulons donc éviter un procès, si possible. Voir s'ils sont d'humeur à négocier. »

Nick nous présenta le calendrier des événements à venir. D'abord l'arrestation, probablement, dans le courant de la semaine suivante. « J'ai parlé à quelqu'un du ministère public et j'ai demandé une confrontation directe. Il vaut mieux, madame Quirk, vous livrer à la police que de vous faire embarquer menottée. C'est un numéro du tonnerre pour les flics et les gars de la télé, et mauvais pour nous. Les gens vous voient à la télé et adieu la présomption d'innocence. Nous voulons contrôler au maximum notre image. »

Maureen serait mise en accusation dans les vingt-quatre heures suivant son arrestation, poursuivit Nick. « Ils liront le chef d'accusation, et nous annoncerons ce que nous plaidons. Une date de comparution sera fixée ainsi que le montant de la caution. Cent mille dollars, je suppose. Je crois qu'on pourra obtenir une réduction. Maureen a un casier judiciaire vierge. Le risque qu'elle s'enfuie est très faible.

— Nous posterons une lettre de garantie, intervint Lena en utilisant la ferme comme caution, si vous n'y voyez pas d'inconvénient. » J'acquiesçai de la tête. « OK, venons-en à présent à notre défense. Je crois que le mieux, c'est de plaider coupable en invoquant la doctrine Alford. Ce qui ouvre la porte à des négociations.

— C'est quoi, la doctrine Alford ? dis-je.

— C'est quand le prévenu dit : "Je ne m'avoue pas coupable, mais vu les preuves dont vous disposez, je concède qu'il y a de fortes probabilités pour que je sois déclaré coupable. Je plaide donc coupable." Ça ne change pas la peine encourue, mais ça donne une certaine marge de manœuvre par la suite si les Seaberry décident de poursuivre au civil. Les compagnies d'assurances adorent ça, quand leurs clients utilisent l'Alford. Le plaignant a beaucoup plus de mal à gagner au civil.

— Vous allez donc utiliser ce procédé ?

— Ouais. Parce qu'en matière de défense on n'a pas grand-chose. Je ferai valoir que ce sont des circonstances extérieures et non le Xanax qui ont conduit à l'accident. Il y a eu un décès, la nuit où Maureen était de service, et une altercation à laquelle elle a dû mettre le holà avant qu'elle ne dégénère en pugilat. Maureen était donc bouleversée. Affolée. Depuis Columbine, elle disjoncte dès qu'il y a la moindre violence dans l'air. » Elle se tourna vers ma femme. « Et je vais aussi souligner que vous avez vraiment tenté de combattre vos démons, mon petit : psychothérapie, Narcotiques anonymes… Je vais jouer la carte Columbine à fond. Si nous avons un atout à jouer, c'est bien celui-là : le fait que vous aussi êtes une victime. Voilà ce que je pense apporter à la table des négociations.

— Mais pourquoi accepteraient-ils de négocier s'ils ont des arguments aussi solides ? demandai-je.

— Essentiellement parce que ça les arrange. Ils ont une condamnation, ce qui satisfait le public, sans avoir besoin de mettre en œuvre les moyens exigés par un procès. Une condamnation est un trophée de plus à brandir au moment des nominations. Ces types sont d'abord et avant tout des politiciens. Bien sûr, il faut également qu'ils contentent les Seaberry. La dernière chose dont ils aient envie, c'est que la mère de la victime aille raconter dans les journaux et au journal télévisé que Maureen s'en est tirée à très bon compte, qu'on s'est contenté de lui taper sur les doigts.

— C'est un pas de deux, dit Nick. Ils vont d'abord lui coller le chef d'accusation le plus grave possible : homicide sans préméditation. Ce qui signifie une peine de prison pouvant aller jusqu'à dix ans. C'est là qu'on commence à négocier. On leur offre de plaider coupable en échange d'un chef d'accusation moins grave : mauvaise conduite au volant. La peine de prison est de cinq ans maxi. »

Maureen soupira de dégoût. « Mauvaise conduite : on a l'impression que je suis attendue dans le bureau du proviseur. Vous avez tous l'air d'oublier que j'ai tué un garçon de dix-sept ans. »

Lena sourit, adoucit la voix. « Mon petit, vous avez peut-être envie d'agiter un drapeau blanc maintenant, mais il y a une grosse différence entre une peine de dix ans et une de cinq. Vous aussi êtes une victime, Maureen. Ne le perdez pas de vue. Ce qui est arrivé à Morgan Seaberry ne se serait pas produit si ces petits psychopathes du Colorado ne vous avaient pas fait tout ce mal. Vous ne couperez pas à la prison : nous ne voyons aucun moyen de l'éviter. Mais plutôt mourir que de vous laisser en prendre pour dix ans. D'accord ? »

Maureen hocha la tête tout en regardant par terre.

« Donc pour résumer, fit Nick, ce que nous attendons du ministère public, c'est qu'il réduise le chef d'accusation, et en échange nous leur offrons de plaider coupable sous la doctrine Alford. Si nous obtenons satisfaction,

Maureen sort dans cinq ans maxi, mais on a de bonnes chances d'obtenir cinq ans dont trois ferme. Ou, si on a vraiment du bol, trois ans dont deux fermes.

— Une dernière chose, ajouta Lena. Nous avons entendu dire que la mère du garçon consulte Jack Horshack, l'avocat de la partie civile. La raison pour laquelle nous avons lieu de nous faire des cheveux, c'est que Jack voit les choses en noir et blanc. Pour lui, il y a les bons et les méchants, et pas de pitié pour les méchants. Si la mère du gosse exige la peine maximale pour Maureen, je soupçonne qu'il attisera le feu. Comme nous l'avons dit, le ministère public va vouloir l'accord de la mère s'il négocie avec nous. S'il accepte la négociation, j'imagine qu'il va dire à la mère de le suivre dans la partie criminelle de l'équation. Il pourra alors vous flanquer une dérouillée au civil.

— Comment ça, nous flanquer une dérouillée ? » demandai-je.

Nick allait répondre quand Maureen se mit à pleurer et à frapper du poing sur la table. « Tout est si calculé. Compromis, politique... Je suis coupable ! Je l'ai tué ! »

Je la calmai, allai chercher son manteau. Au moment de sortir, je demandai à Lena s'il y avait quelque chose d'autre qu'elle souhaitait que je fasse.

« Oui. Priez pour que nous n'ayons pas le juge Douville ou le juge LaCasse. La plupart des autres juges seront enclins à tenir compte des circonstances atténuantes quand ils prononceront la condamnation. Pas ces deux-là. »

Nous eûmes LaCasse.

Et nous eûmes ce que nous voulions : erreur de conduite. Une peine de prison de cinq ans dont trois fermes, si LaCasse donnait sa bénédiction.

Mais sur les conseils de Horshack, l'avocat de la partie civile, Carole Alderman demanda à s'adresser au tribunal avant la condamnation de Maureen. J'apprendrais par la suite que Jesse Seaberry avait demandé la même chose au dernier moment – il était allé voir Horshack pendant l'audience et lui avait dit qu'il souhaitait parler –, l'avocat avait blêmi.

On donna d'abord la parole à Jesse. Étant donné ce que j'avais lu dans « Victimes d'une victime » sur les rapports houleux qu'il entretenait avec son père, je trouvai bizarre de le voir assis à côté de lui. Quand il passa devant sa mère et la salua d'un signe de tête, elle détourna le regard.

Le juge LaCasse informa Jesse que dans son tribunal les hommes ne portaient pas de bandana. « Ah ouais ? » répondit Jesse comme si on venait de lui présenter un détail intéressant mais qui ne le concernait en rien. Horshack se leva et lui murmura quelque chose à l'oreille. « Ah, d'accord. Désolé, Votre Excellence », dit Jesse en arrachant son bandana. LaCasse lui fit remarquer qu'il n'avait pas été couronné, mais nommé à un tribunal. Jesse acquiesça d'un air perplexe. Il se tourna vers Maureen.

« Je suppose que si la vie était juste, c'est moi que vous auriez dû tuer, pas mon frère. Parce que je ne vaux pas grand-chose. Ce n'était pas le cas de Morgan : mon frère avait beau être plus jeune que moi, c'était mon héros à bien des égards. Mais je n'ai jamais eu l'occasion de lui dire… Il avait un avenir, voyez-vous. Il réussissait dans tout ce qu'il entreprenait. » Le regard de Jesse passa de Maureen à sa mère. « Mais il n'était pas parfait et n'avait aucune envie de l'être. » Carole Alderman serra ses bras sur sa poitrine et le foudroya du regard.

Jesse fixa de nouveau Mo. « Mais c'était un type super. Et moi, bon, je ne suis qu'un toxico, comme vous.

Sauf que j'ai tué personne. Alors, voyez-vous, vous avez commis un crime, vous devez payer, d'accord… Mais je ne vous hais pas ni rien. Je ne sais pas. Peut-être que je devrais, mais non. Tout ce que je veux vous dire, c'est que la mort de Morgan m'a en quelque sorte réveillé. Mon père et moi, on s'est réconciliés à l'enterrement, et je vis maintenant avec lui. Lui et ma belle-mère. J'ai un boulot dans un dépôt de meubles. Je manœuvre un chariot élévateur. Je suis clean depuis quarante et un jours, ce qui pour moi n'est pas rien… Tout ce que j'essaie de vous dire, c'est que vous pourriez peut-être faire comme moi. Vous réveiller, vous voyez ce que je veux dire ? Pendant que vous purgez votre peine. D'accord ? »

Mo, debout, la main sur la bouche, avait les joues mouillées de larmes. Elle avait opiné du bonnet à tout ce que Jesse avait déclaré. Une fois qu'il en eut terminé, elle prononça un « merci » à peine audible.

« Pas de problème. *Peace and Love.* » Jesse leva les yeux vers LaCasse. « Vous aussi, juge.

— Allez en paix, monsieur, répondit LaCasse. Continuez sur cette bonne voie. »

Carole Alderman avait apporté à l'audience deux objets : un cadre contenant des photos de Morgan à tous les âges, et son exemplaire relié cuir du *Who's Who des lycées américains 2002-2003*. Elle demanda que le pêlemêle soit placé sur une table devant Maureen. Le juge acquiesça de la tête, et un policier fit ce qu'elle demandait. Carole Alderman s'adressa directement à Maureen.

« Regardez-moi, je vous prie », dit-elle, et Mo, tremblant violemment, leva les yeux. Mme Alderman avait l'œil sec et était très posée. « Elle s'était entraînée », affirmerait plus tard Lena.

« J'ai cru comprendre que vous n'aviez pas d'enfants, madame Quirk, je ne m'attends donc pas à ce que vous compreniez pleinement ce que ce calvaire a été pour moi. Les mères savent sur la vie des choses que les femmes sans enfants ignorent. Rien n'est plus profond que l'amour d'une mère. Mais je veux que vous essayiez de comprendre du mieux que vous pouvez ce que j'ai à dire. D'accord ? »

Maureen hocha la tête. Je retenais ma respiration, car j'étais persuadé que les choses allaient tourner au vinaigre.

« Morgan était la lumière de ma vie, madame Quirk – le jeune homme le plus charmant, le plus gentil, le plus talentueux, le plus authentique qu'on puisse espérer connaître. Une personne présente aujourd'hui dans cette salle a raconté à une journaliste des mensonges malveillants sur mon fils – jamais je ne lui pardonnerai –, et cette journaliste, une femme à qui j'avais accordé ma confiance et que j'avais reçue chez moi, a cru bon de rapporter ces mensonges dans un magazine national. Mais, madame Quirk, je vous assure, la vérité est plus forte que les mensonges dictés par la vengeance, et la vérité, c'est que les gens *aimaient* Morgan Seaberry. Ses professeurs, ses coéquipiers, son vaste cercle d'amis. Ils l'encourageaient sur le terrain de football, l'applaudissaient sur scène, riaient de ses plaisanteries. Nous sentions tous le rayonnement de sa présence. »

Mme Alderman énuméra les talents de son fils, et lorsqu'elle signala qu'il figurait dans le *Who's Who des lycées américains*, elle leva le volume au-dessus de sa tête comme s'il s'agissait d'un livre sacré. Puis elle l'embrassa et le reposa.

« Une vie merveilleuse l'attendait, madame Quirk. Je vous prierai, une fois de plus, de me regarder quand je vous parle… Merci. Comme je le disais, Morgan avait un avenir brillant. Il aurait tant donné au monde. Mais parce que vous avez choisi de voler des médicaments, de vous les injecter dans le bras puis de prendre le volant, la vie de mon fils s'est arrêtée au mois d'octobre de son année de terminale. Et donc, par votre faute, il n'ira pas au bal de promotion, ne participera pas à l'excursion scolaire au parc de Six Flags, il ne recevra pas son diplôme de fin d'études. Vous avez mis fin à sa vie, madame Quirk. Ces deux garçons au Colorado se sont servis de fusils, et vous de votre voiture. Mais le résultat est le même. »

Maureen pleurait à présent. Carole Alderman ne s'arrêta pas pour autant.

« On m'a dit que vous étiez une bonne infirmière, madame Quirk – que vos patients âgés, et les élèves du lycée où vous travailliez, vous aimaient beaucoup. Qu'ils avaient confiance en vous. J'ai aussi entendu dire que vous avez été anéantie par le massacre de Columbine. Mais vous qui avez de par votre profession le devoir de guérir, vous avez pris le volant et conduit sous l'emprise de drogues, et vous avez tué mon fils. Je me fiche donc pas mal de savoir quelle merveilleuse infirmière vous étiez et de quel profond traumatisme vous avez souffert à la suite de la fusillade. Vous avez tué mon fils, madame Quirk, et chaque jour vous m'arrachez le cœur de la poitrine. Parce que, de la même façon que vous ne connaîtrez jamais la profondeur de l'amour d'une mère, vous ne connaîtrez jamais la profondeur de sa souffrance quand elle doit enterrer son enfant.

— Je suis navrée, gémit Mo. Je suis vraiment, vraiment navrée ! » Elle était pliée en deux par la douleur. Lena qui était à côté d'elle lui frotta le dos. Nick m'attrapa l'épaule. « C'est presque fini », chuchota-t-il.

Carole Alderman se tourna vers le juge. « Votre Honneur, Me Horshack m'a dit que le ministère public et les avocats de Mme Quirk ont conclu un accord qui lui permettrait de sortir de prison au bout de trois ans. Je vous demande, je vous *supplie*, Votre Honneur, de rejeter ce compromis, car j'ai cru comprendre que cela relevait de votre compétence. Trois ans ? Trente-six mois pour la vie de mon fils ? S'il vous plaît, Votre Honneur, prenez en considération le fait que cette femme nous a condamnées, ma famille et moi, à une vie de souffrances. Si la sentence est cinq ans de prison, alors, s'il vous plaît, *s'il vous plaît*, qu'elle purge la totalité de sa peine. »

LaCasse joua avec son crayon, fit pivoter son grand fauteuil de cuir. « Merde », chuchota Nick.

Nous attendions la réponse du juge quand il y eut du brouhaha au fond de la salle. Je lançai un rapide coup d'œil derrière moi. Un policier et une jeune femme se disputaient à voix basse.

« Madame Alderman, déclara LaCasse. Je vais accéder à votre requête. » Il était en train d'expliquer pourquoi quand la jeune femme se libéra et courut vers le juge en criant : « Ne faites pas ça ! C'est complètement bidon, ce que cette dame a dit ! Elle n'est pas du tout comme ça ! »

Lorsque je détournai le regard de Velvet Hoon et des deux policiers qui la plaquaient au sol, je vis un troisième policier s'empresser d'emmener Maureen.

« Non, attendez ! m'écriai-je. S'il vous plaît, laissez-moi…

— N'écoute pas tous ces trucs qu'elle a dits sur toi, maman ! Je viendrai te rendre visite ! Je t'aime, maman ! »

Je tripotai l'alliance que Maureen avait enlevée et m'avait remise avant le début de l'audience. J'espérais qu'elle se retournerait pour me regarder, mais non. Elle se dirigeait vers la porte et le Centre pénitentiaire Quirk, la prison dont mon arrière-grand-mère progressiste avait osé imaginer l'existence au début du siècle précédent et qui, quatre-vingt-dix ans plus tard, n'avait plus rien à voir avec sa vision.

« Retirez vos sales pattes ! JE T'AIME, MAMAN ! »

Je serrai l'alliance de Mo très fort dans mon poing et la regardai partir.

17

Traversant le centre-ville désert de Three Rivers, je passai devant l'enseigne du Crédit immobilier au moment précis où l'aiguille indiquait minuit.

Jeudi 1er septembre 2005.

Des corps flottaient sur le ventre à La Nouvelle-Orléans. Le nombre des morts en Irak augmentait inexorablement. L'ombre du 11-Septembre s'étendait sur nous. « Oui, oui, monsieur Quirk. Il y a tant de sujets d'affliction et de raisons de s'inquiéter, avait admis la veille le Dr Patel, interrompant mes divagations sur l'état du monde. Mais donnez-moi une bonne nouvelle.

— Une bonne nouvelle ? » Elle avait l'air si pleine d'espoir que j'avais eu l'impression d'être un candidat de jeu télévisé. « Je ne sais pas, docteur Patel. Ça ne peut pas être le fait que nous sommes coincés avec Debeliou et Dark Vador pour trois ans de plus. Ni que je dois aux avocats de ma femme plus d'argent que je n'en ai gagné l'an dernier. Ni que les Seaberry pourraient se retrouver propriétaires de la maison dans laquelle je vis et des terres avoisinantes s'ils décident de nous poursuivre au civil. Une bonne nouvelle ? Mince alors, je sèche. »

Mais maintenant j'avais une réponse à lui donner. Si on était le 1er septembre, la bonne nouvelle, c'était que Maureen Quirk, le numéro d'écrou 383-642 de l'État du Connecticut, avait survécu à ses deux premiers mois d'incarcération.

Et qu'est-ce que je fichais au volant à minuit ? Alphonse avait dû partir en catastrophe pour la Floride. M. Buzzi s'était pris les pieds dans son tuyau d'arrosage, il s'était cassé la figure et fracturé le col du fémur, et Mme Buzzi s'était tellement mis la rate au court-bouillon que son zona était revenu. Comme si ça ne suffisait pas, pendant qu'Alphonse faisait la navette entre l'hôpital et le camp de caravaning de ses parents, son commis était parti. « Sans préavis, avait dit Al quand il me demanda de le remplacer au pied levé parce que je lui devais un service. Il me laisse un putain de SMS pour m'annoncer que ses clés sont sur l'étagère au-dessus de la table de préparation et que sa petite amie et lui partent pour le Nouveau-Mexique. Si tu la voyais, Quirky ! On dirait qu'elle sort tout droit de *La Planète des singes.* Si je devais traverser le pays avec ça, je me tirerais une balle dans la tête. Tête de nœud, connard ! Bon débarras. Je suis bien content qu'il soit parti. »

J'avais essayé de me défiler. Si je travaillais de nuit, il fallait que je dorme dans la journée, et les horaires de visite à la prison étaient de quatorze heures à quinze heures trente. Sans compter que le semestre à Oceanside commençait dans moins d'une semaine et qu'on m'avait collé à la dernière minute le cours d'un autre prof. La bonne nouvelle, docteur Patel, c'était qu'avec trois cours au lieu de deux j'aurais droit à l'assurance maladie. La mauvaise était la suivante : comment étais-je censé rédiger un programme avant d'avoir fait les lectures néces-saires, et comment allais-je pouvoir faire lesdites lectures si je passais mes nuits à découper, faire lever, frire et four-rer des beignets ?

Mais mentionner des semestres et des programmes à Alphonse Buzzi, c'était comme lui parler sanskrit. « Ces deux derniers mois, j'ai même pas couvert mes frais, me confia-t-il. C'est cette putain de chaleur, *man*. Qui a envie de café et de beignets quand il fait 37 degrés et qu'on cuit dans son jus ? » Je faillis mentionner le réchauffement climatique – Alphonse avait voté pour Bush en 2000 et, erreur impardonnable, récidivé en 2004 –, mais je le laissai continuer. « J'ai un mois de retard pour mon loyer. J'achète à crédit chez mon marchand de café et US Foods. Et voilà que Couilles-Molles me fait faux bond. Si mes clients du matin voient les lumières éteintes et un écriteau sur la porte, ils vont aller chez Dunkin' Donuts et je ne les reverrai jamais. Coolatas, smoothies, Dunkaccinos glacés, putain. Qu'est-ce qu'ils vont inventer la prochaine fois ? De vous branler pendant que vous faites la queue ? Honnêtement, Quirky, je ne te demanderais pas ce service si je n'étais pas aux abois. Crois-moi. Je ne plaisante pas. » Parce qu'il avait l'air au bord des larmes, j'avais accepté et raccroché vite fait. Alphonse avait pleuré une fois en ma présence, la nuit où son frère était mort – il avait chialé et dit d'une voix étranglée que c'était lui, et non pas Rocco, qui aurait dû avoir la leucémie. Que ç'aurait été plus facile pour ses vieux si c'était tombé sur lui. Deux mois plus tôt, à l'audience, j'avais entendu la même chose dans la bouche d'un autre frère survivant : Jesse Seaberry. Je me demandai où il en était côté sevrage. Je n'aurais certainement pas parié la ferme qu'il resterait dans le droit chemin...

« Très stressant, monsieur Quirk, admit le Dr Patel. Une grosse dette, un procès inquiétant, une épouse en prison. Je reconnais que vos fardeaux sont lourds à porter. » Elle hochait la tête avec une telle compassion que je ne m'attendais pas au coup-de-poing américain suivant : « On peut continuer ce numéro d'apitoiement sur votre sort, si vous voulez. Mais puisque nous n'avons que cette séance ensemble, puis-je suggérer un autre angle d'attaque ? »

Apitoiement sur mon sort ? Qu'elle aille se faire voir. Je n'étais pas venu ici pour qu'elle se fiche de moi. J'étais venu pour qu'elle appelle un confrère qui me prescrive quelque chose susceptible de m'aider à dormir. J'avais un peu trop regardé les infos sur *Katrina* : je m'écroulais sur le lit, épuisé, mais trop agité pour m'endormir. Yeux clos, je ne cessais de voir des gens accrochés à leur toit, pataugeant avec de l'eau jusqu'au cou dans un vrai bouillon de culture. Des Noirs pour la plupart – exactement comme à la prison voisine. Quand vous êtes au parloir, il y a huit ou neuf Noirs pour un Blanc. Toute cette fausse indignation de la part des politiciens et des experts, c'était pour la galerie, un tas de conneries. *Katrina* n'a fait que braquer un projecteur sur ce que le pays tolère depuis les beaux jours de la traite négrière…

« Qu'est-ce que vous entendez par nouvel angle d'attaque ?

— Redites-moi, monsieur Quirk, l'intitulé de votre nouveau cours.

— La quête en littérature.

— La quête en littérature. Ah, oui. Merveilleux. C'est dommage que mon emploi du temps ne me le permette pas, parce que c'est un cours que j'aimerais suivre. Mais je me demande si vous ne pourriez pas vous lancer vous-même dans une quête. Une quête personnelle, j'entends. »

Que je me mette en quête de quoi ? D'une Mustang jaune ?

« Je vois à votre tête, monsieur Quirk, que vous êtes immédiatement sceptique.

— Je ne suis pas sceptique. Je suis… Quel genre de quête ? »

421

Elle sourit, but une petite gorgée de thé. Ne répondit pas à ma question.

Multipliez trois cent soixante-cinq jours par cinq, ajoutez-en un pour l'année bissextile et vous obtenez une peine de prison de mille huit cent vingt-six jours. Si vous enleviez les soixante-deux jours qu'elle avait déjà purgés – juillet et août –, il en restait mille sept cent soixante-quatre. J'avais fait le calcul la veille sur une page de livre de poche, pendant que je poireautais dans la zone d'attente où ils parquent les avocats et les proches. Il y avait beaucoup de dépêchez-vous-et-attendez, au Centre pénitentiaire Quirk. Les deux mois écoulés me l'avaient appris. Les visites en semaine sont censées durer quatre-vingt-dix minutes, mais le temps qu'ils finissent l'appel de l'après-midi et la fouille des femmes qui ont de la visite, il faut vous estimer heureux s'il vous reste trois quarts d'heure. Se plaindre ne sert à rien. Dès que vous élevez la moindre objection, les gardiens vous regardent comme si vous étiez transparent. On doit les entraîner à ça, ma parole. J'ai eu droit à ce regard de la part de trois ou quatre surveillants différents. Désormais, j'apporte de la lecture et me contente de la boucler. Je sortis *Les Mythes anciens et l'Homme moderne*, un des ouvrages à mon programme.

La quête en littérature. Mon prédécesseur était un prof branché avec queue-de-cheval et piercings. « Mais, Caelum, c'est vous qui m'avez demandé autre chose que le cours de rédaction, me rappela ma directrice de département.

— Oui, mais dans d'autres conditions.

— Lesquelles par exemple ? » Elle commençait à monter sur ses grands chevaux.

« En me prévenant plus de cinq jours avant.

— C'est-à-dire, Caelum, que si Seth Wick m'avait fait savoir par avance qu'il avait un problème d'amphétamines, qu'il avait l'intention de se désintégrer et qu'il serait dare-dare envoyé en cure de désintoxication, je vous aurais certainement donné plus de temps pour vous préparer. » Professeur Barnes, elle voulait qu'on l'appelle à présent. Les premières années où j'enseignais à Oceanside, c'était Patricia ; mais après l'obtention de son doctorat à Columbia, ç'avait été la Volvo, des tailleurs coûteux à gogo, et *professeur* Barnes. Elle l'avait annoncé dans l'e-mail qu'elle avait envoyé à tout le monde : professeur Barnes était le « titre » qu'elle préférait.

Mais pour en revenir à Seth, l'accro au speed, il n'avait pas pris la peine de laisser un programme, et les livres qu'il avait commandés étaient déjà là. J'étais obligé de les utiliser. Ce n'était pas ce qu'on peut appeler une liste *légère* : *Les Mythes anciens et l'Homme moderne, Héros aux mille visages* de Joseph Campbell, l'*Odyssée* d'Homère, *Le Voyage du héros*. J'entendais d'ici les étudiants gémir sur la difficulté des lectures, sans parler des féministes qui allaient rouspéter au sujet des titres sexistes. Les féministes qui reprennent des études, celles qui ont attendu que leurs enfants soient plus grands pour étudier à l'université, sont à la fois des étudiantes très consciencieuses et des emmerdeuses finies. Assez bizarrement, j'appréciais. Elles en veulent pour leur argent, ces femmes, on ne peut guère le leur reprocher. La plupart des étudiants de dix-neuf et vingt ans sont incroyablement passifs. Ils ne veulent pas donner leur opinion sur ce qu'ils lisent : ils veulent recopier la vôtre et vous la régurgiter à l'examen. Mais pas les étudiantes plus âgées. Elles peuvent être féroces.

Mo dit que les détenues sont soumises à des palpations avant d'entrer au parloir et à des fouilles au corps après les visites. Ce sont les surveillantes qui s'en chargent, pas des hommes, mais c'est très dégradant quand même. Elles cherchent de la drogue, des bijoux, tout ce qui pourrait être échangé ou utilisé pour soudoyer quelqu'un. Elles examinent les oreilles, la bouche, leur font soulever les seins, écarter les orteils, les lèvres du vagin, les fesses. Il y a une surveillante qui dit toujours à ce moment-là : « Je ne veux voir que du rose ! »

Le cap des deux mois serait déterminant, avait assuré le psy de la prison à Maureen lors des premiers jours difficiles. Woody qu'il se faisait appeler – le diminutif de Dr Woodruff. Il pressa Mo de se fixer comme but septembre et de rester concentrée sur le mantra : à chaque jour suffit sa peine. Au bout de deux mois, elle supporterait plus facilement les bruits assourdissants et inopinés qui l'anéantissaient toujours – les hurlements, les portes de cellule qui claquent, les grands éclats de rire venus de nulle part et les cris d'animal blessé en pleine nuit. Woody expliqua à Mo que la majorité des détenues souffrait de stress post-traumatique – y compris certaines dures à cuire. Elle serait surprise. Au bout de deux mois, lui promit-il, elle comprendrait mieux les règles et les habitudes, la culture de la prison. En attendant, elle devait se fier à son instinct et procéder avec prudence. Comme dans toute prison, Quirk était rempli de manipulatrices. Il lui prescrivit un anxiolytique pour l'aider à supporter les bruits et un antidépresseur pour ses crises de larmes.

Quand on vous fait entrer au parloir, les détenues sont déjà assises à de grandes tables grises. Les visiteurs s'assoient en face. On a droit à une accolade et une bise rapides au début et à la fin de la visite. Pas de roulage de pelles ni d'étreintes interminables. C'est difficile. D'abord, vous êtes séparés par une table d'un mètre vingt. Ensuite, vous êtes surveillés. Ils vous regardent sur un écran, mais vous, vous ne les voyez pas. Ils ont quatre ou cinq caméras vidéo suspendues au plafond, une autre sur un trépied près du bureau surélevé du surveillant. Il a un micro et vous appelle par votre numéro de chaise si vous faites quelque chose qui ne lui plaît pas. C'est bizarre : si vous êtes un visiteur, vous êtes un numéro de chaise ; si vous êtes une détenue, vous êtes Mlle Untel. « Table F, chaise 7, vous êtes prié de mettre vos mains sur la table pour que je les voie… Mademoiselle Rodriguez, baissez le ton, sinon je vous renvoie à votre étage. » *Mademoiselle* Rodriguez : ça paraît si courtois, n'est-ce pas ? Comme s'ils la traitaient avec le plus grand respect. Mo m'a raconté qu'une femme de son aile qui se rendait au réfectoire avait cru voir un gardien lui faire signe. Elle s'approche de lui et lui demande s'il veut quelque chose. « Non, répond-il, je m'entraîne juste au tir. »

Les surveillantes sont en général plus correctes que les hommes, d'après Mo, mais elles peuvent être des caméléons. Ça dépend avec qui elles font équipe. Si c'est quelqu'un de juste, elles sont justes. Si elles sont de service avec une peau de vache, elles se transforment en peaux de vache. Ma tante Lolly, du temps où elle était gardienne, n'agissait pas de cette manière. Avec elle, on savait à qui on avait affaire. C'est probablement la raison pour laquelle ses petits camarades lui sont tombés dessus à bras raccourcis.

Les premières semaines furent abominables. D'abord Maureen fut prise pour cible parce qu'elle portait le nom de la prison. Les détenues comme le personnel en tirèrent toutes sortes de conclusions ridicules. Mo était une garce friquée qui bénéficiait d'un traitement de faveur. C'était un agent infiltré – une espionne de la direction de l'administration pénitentiaire. Il règne un climat de peur et de défiance dans ce genre d'endroit. Tout le monde regarde par-dessus son épaule. Tout le monde est suspect. De sorte que le fait de s'appeler « Quirk » était un fardeau supplémentaire à porter pour Maureen, à une époque où la vie lui était insupportable.

Pendant les visites, elle sanglotait et serrait ses bras autour d'elle tandis que je me creusais la cervelle pour trouver quelque chose à dire. « Tu sais, la famille coréenne qui vit au bout de la rue ? Ils ont peint leur maison en violet. Ça fait bizarre… J'ai enlevé deux tiques à Nancy Tucker, hier. Ce matin, elle m'a laissé un cadeau : une souris décapitée. Quelle plaie, cette chatte ! À propos, elle te donne le bonjour. » Elle ne souriait pas, évitait mon regard. Elle parlait à peine et je n'entendais pas le peu qu'elle disait. Il y a un boucan monstre au parloir. Tout le monde baragouine en anglais et en espagnol, et l'acoustique est épouvantable : les murs de parpaing renvoient toutes les conversations. « Qu'est-ce que tu as dit ? » demandais-je avant de le regretter quand j'entendais : « Je ne crois pas que je vais survivre ici » ou : « J'aurais dû mourir ce jour-là. » Le jour où ils avaient ouvert le feu à Columbine ? Le jour où elle avait tué Morgan Seaberry ? Je n'avais pas le courage de lui poser la question.

Une fois sur deux, elle se comportait comme si elle était ailleurs – on aurait dit que je la barbais ou je ne sais quoi. Mais si je déclarais que je ne pourrais peut-être pas venir la fois suivante, elle fondait en larmes. Si vous aviez vu ses doigts ! Elle s'était rongé les ongles jusqu'au sang, de sorte qu'on avait l'impression qu'elle les avait fourrés un par un dans un taille-crayon électrique. Franchement, je devais me forcer pour aller la voir. Parfois je regardais le surveillant à son bureau, et il me rendait mon regard comme si j'étais coupable de quelque chose.

Alors je regardais de nouveau Mo sans avoir la plus petite idée de la façon dont je pourrais l'aider. J'avais besoin de me remettre après ces visites et, à vrai dire, le remontant consistait en deux whiskies bien tassés une fois de retour à la maison.

Je ne crois pas que je vais survivre ici… J'aurais dû mourir ce jour-là. Songeait-elle au suicide ? Ce n'est pas sans précédent là-bas – ce n'est même pas rare. J'ai eu suffisamment peur pour téléphoner au psy de la prison. Il a mis du temps à me recontacter, et quand il l'a fait il m'a dit de l'appeler Woody aussi. Il s'est montré plutôt dédaigneux lorsque je lui ai répété les propos de Maureen. Il entendait ce genre de chose à longueur de journée, m'a-t-il assuré. L'acclimatation à la prison – à n'importe quelle culture étrangère – était un processus graduel ; et la dépression, une réponse rationnelle à la réalité d'une longue peine. Au bout d'un moment, je ne l'ai plus écouté que d'une oreille, car je m'étais mis à dresser une liste d'autres Woody dans ma tête : Woody Allen, Woody Woodpecker, Woody le barman de la sitcom *Cheers*. Je n'ai pas été particulièrement rassuré. J'ai essayé d'imaginer le Dr Patel adoptant les façons de ce type : *Ravie de vous rencontrer. Je suis le Dr Beena Patel, mais, je vous en prie, appelez-moi Beena Baby.*

Mais il s'avéra que Woody savait de quoi il parlait. Au bout de deux mois, Maureen était beaucoup mieux. Moins décharnée, moins chien battu, moins larmoyante. Lors de ma dernière visite, elle m'a même fait un sourire. Une bonne nouvelle de plus pour vous, donc, docteur Patel. J'aurais pu le rater si j'avais cligné des yeux, mais non. Maureen Quirk, le numéro d'écrou 383-642, avait fini par me sourire.

Il faut dire qu'elle n'avait pas souvent l'occasion de le faire. Sa première compagne de cellule était cinglée –

bipolaire, selon Mo. Quel était son nom, déjà ? Sherry ? Cherry ? Pendant les premiers jours où Mo fut incarcérée, elle resta étalée sur son lit comme un cadavre au milieu de la chaussée. Puis elle dut péter les plombs car elle se mit à faire les cent pas, à marmonner et à réclamer les gardiens à cor et à cri. Le temps qu'on l'emmène chez le psychiatre, Mo était une épave. Il faut dire que les cellules font deux mètres cinquante sur trois et qu'elles sont équipées d'un coin W-C/lavabo dépourvu de cloisons. Résultat, dit Mo, on doit chier en public.

Sa compagne de cellule numéro deux glaçait le sang. Elle se prénommait Denise, mais tout le monde était censé l'appeler D'Angelo, d'après une chanteuse. C'était apparemment le monsieur de ces dames : elle fourrait des chaussettes dans son slip et roulait des mécaniques dans le couloir du réfectoire, les jambes arquées, la main agrippant sa protubérance. La première fois que je l'ai vue au parloir, j'ai cru que la prison était devenue mixte. Cette femme était une véritable bête aux muscles hypertrophiés. Elle commença par déclarer à Maureen qu'elle détestait les Blanches. En tout cas, elle aimait les affaires de Mo : elle lui piquait son shampoing, son déodorant, jetait ses sachets de thé dans la cuvette des W-C. Quand elle était à court de papier hygiénique, elle utilisait son papier à lettres. S'étant aperçue que les grands bruits faisaient flipper Mo à mort, elle tenait une pile de livres à bout de bras et la laissait tomber. Elle jappait et glapissait sur une seule note. Elle s'approchait de Mo à pas de loup et hurlait « Hou ! ». Riait comme une bossue quand mon épouse pleurait.

« Mais dis-le à quelqu'un !

— À qui ?

— À Woody. »

Il y avait une liste d'attente de trois semaines pour les rendez-vous, m'expliqua-t-elle.

428

« À la surveillante de ton étage.

— Quoi ? Pour qu'elle parle à D'Angelo et que l'autre se venge ? »

Je répondis d'accord, c'est moi qui vais m'en occuper. Elle pleura, me supplia de n'en rien faire. Elle tremblait tellement que je cédai. Vous voulez savoir ce que c'est que l'impuissance ? C'est quand vous êtes obligé de promettre à votre femme incarcérée que vous ne ferez rien pour empêcher une psychopathe de la terroriser.

Ce jour-là, je me suis saoulé la gueule sans conviction et j'ai surfé sur Internet. La direction de l'administration pénitentiaire a une base de données où on peut obtenir des renseignements sur tous les détenus : nom, lieu de résidence, condamnation, durée de la peine. Il m'a fallu un moment, mais je l'ai trouvée : Denise Washington, Bridgeport, Connecticut. Meurtre. Elle avait tué une femme en lui cognant la tête sur un trottoir. Je n'ai pas fermé l'œil de la nuit et, à l'aube, j'ai décidé de ne pas tenir ma promesse. J'allais faire un foin de tous les diables pour tirer Mo de cette cellule et la protéger.

Mais je ne sais pas, peut-être qu'il y a un Dieu, parce que le lendemain matin je reçus un coup de fil de Mo. (On ne peut pas appeler : on ne peut que recevoir leurs coups de fil en PCV.) Elle m'annonça qu'elle avait une nouvelle compagne de cellule. Ayant surpris une de ses filles enlaçant une autre femme, D'Angelo avait sauté sur la concurrente, failli l'étrangler et l'avait poignardée huit ou neuf fois avec un Bic ébréché. La victime avait été emmenée d'urgence à l'hôpital et D'Angelo mise à l'isolement. « Au mitard », dit Mo. Elle commençait à parler l'argot de la prison.

La codétenue de Mo depuis lors était Helen, une grand-mère d'une cinquantaine d'années, contrôleuse des finances municipales. Détournement de fonds, selon le site Internet : elle volait pour alimenter sa passion du jeu. D'après Mo, Helen était plutôt gentille mais elle ne la fermait jamais. Mieux valait un moulin à paroles qu'une sadique, non ?… J'ai regardé les renseignements que le site fournissait sur Mo. Les faits sont exacts mais le contexte brille par son absence. Rien sur Columbine, alors que si elle ne s'était pas trouvée dans la bibliothèque, ce jour-là, elle n'aurait jamais mis les pieds en prison. Je sais bien que l'État et les Seaberry exigent leur « livre de chair humaine », comme dit Lena LoVecchio : Mo a volé des calmants, a conduit quand elle n'était pas en état de le faire et elle a tué un gosse. Je veux juste signaler que leur base de données est muette sur les circonstances. Mais je suppose qu'il en va de même pour les autres détenues, peut-être même pour D'Angelo. D'après ce que j'ai lu, l'inné l'emporte sur l'acquis. Je comprends ça. Mais naît-on vraiment psychopathe ?

Les détenues ont une formule pour les fouilles au corps : « Sur les talons, montre ton con. » Mo dit qu'il y a une femme, Gigli, qui a la réputation de péter au nez des gardiennes quand elle doit se baisser et leur montrer son anus. Elle est légendaire dans la prison, apparemment. C'est d'ailleurs en me racontant ça que Maureen m'a souri. J'ai essayé de lui rendre son sourire, mais je n'ai pas vraiment réussi. Voyez-vous, je m'interroge : si c'est ce qui fait sourire Mo au bout de soixante jours, à quoi va-t-elle ressembler au bout de cinq ans ? Que sera devenue Maureen Quirk lorsque la prison en aura fini avec elle ?

« La prison de grand-mère », avait coutume de l'appeler Lolly. L'autre jour, je suis entré dans la chambre de Lolly et Hennie, et j'ai regardé l'écriteau jadis accroché au-dessus du bureau de l'arrière-grand-mère – celui que Lolly avait emporté quand on l'avait fichue dehors. L'établissement était à des années-lumière de celui qu'avait dirigé Lydia P. Quirk. On était passé de « Une femme qui abdique sa liberté n'est pas tenue d'abdiquer sa dignité » à « Sur les talons, montre ton con. Je ne veux voir que du rose ».

Je m'engageai dans la ruelle qui sépare Mamma Mia de Mustard Insurance et me garai près de l'entrée de derrière. J'attrapai mon exemplaire des *Mythes anciens et l'Homme moderne* et descendis de voiture. Mais je doutais d'arriver à lire cette nuit. Je m'étais assoupi une heure avant de partir et j'avais trois quarts d'heure de retard. J'allais devoir mettre les bouchées doubles. Si on veut que tout soit prêt pour six heures du matin, il vaut mieux se magner le cul avant minuit. Il faut une bonne demi-heure pour amener l'huile à la bonne température et, pendant ce temps-là, on prépare la pâte à beignet. Croyez-moi, la levure ne se dépêche pour personne. Quand j'étais étudiant et que je travaillais de nuit pour M. Buzzi, on fabriquait tout de A à Z, mais maintenant Alphonse commande des kits où tout est mesuré et mélangé d'avance. Ça coûte plus cher au départ, mais c'est moins coûteux que d'employer un second commis. Un commis peut travailler en solo, mais il a intérêt à savoir s'organiser et à ne pas être à la bourre.

J'avais à peine allumé la lumière et mis l'huile à chauffer que le téléphone sonna. Comme si ça ne suffisait pas, quelqu'un frappa à la porte de devant. Je regardai. Bon sang, de nouveau Velvet Hoon. Pour la troisième nuit consécutive. Je lui fis signe d'attendre une minute et décrochai. C'était Alphonse.

« J'ai maman qui récite des rosaires à longueur de journée pour que la douleur s'en aille et j'ai papa à l'hôpital qui n'arrête pas de faire le con. Tu connais la dernière ?

Il a fichu l'aumônier dehors. Un petit Cubain – il entre, demande si papa veut communier, et papa répond : "Foutez-moi le camp d'ici !" Si maman avait été là, elle lui aurait fracturé son autre hanche. »

Je lui demandai ce que son père avait contre l'aumônier.

« Rien. C'est contre Dieu qu'il est furax. Il n'a plus mis les pieds dans une église depuis la mort de mon frère. Maman est convaincue qu'il va aller en enfer, et après ce qui s'est passé hier…

— Attends une seconde. » Je posai le combiné et allai ouvrir. Je ne pouvais pas la laisser poireauter dehors. Quand elle s'était pointée, deux nuits plus tôt, je n'aurais sans doute pas dû la faire entrer. Mais il valait mieux qu'elle soit dans le fournil que toute seule à l'extérieur en pleine nuit. Il y a des types louches qui traînent dans les rues de Three Rivers la nuit. Elle en connaît certains, rencontrés à la soupe populaire ou au restau Silver Rail.

« Qu'est-ce qu'il y a ? lui demandai-je.

— Besoin d'un coup de main ? » Elle m'avait posé la même question les deux nuits précédentes et obtenu la même réponse : « Non. » Elle hocha la tête et passa devant moi d'un pas nonchalant pour se diriger vers la machine à café. Je lui avais montré comment s'en servir la veille. Je n'aurais pas dû non plus. Le temps qu'elle reparte, elle s'était bu une cafetière et demie, et ce n'était pas comme si elle l'avait payé. C'est moi qui avais raqué – j'avais jeté un billet dans la caisse et enregistré cinq dollars.

Je repris le combiné. « Tu disais ?

— Ce camp de caravaning où ils habitent ? C'est comme si tout était miniaturisé, Quirkie. Je me suis cogné la tête au chambranle tellement de fois que je devrais porter un casque, putain. Il y a cent cinquante caravanes ici, à Vioqueville, mais je pense que personne ne mesure plus d'un mètre soixante. J'ai l'impression d'être Machin-Chose, tu sais, dans l'histoire où... celui qui atterrit à l'endroit où vivent tous les nains.

— Ouais, bon, essaie de claquer tes souliers rubis.

— Non, pas les Munchkins du *Magicien d'Oz*. Plus petit. Les Lillimachins ou un truc dans ce goût-là.

— Les Lilli*putiens*, dis-je en coinçant le combiné au creux de mon épaule et en soulevant les couvercles des pâtes à beignet. *Les Voyages de Gulliver*.

— Ouais, c'est ça. J'avais la bande dessinée.

— C'est sans doute la seule fois où tu t'es vaguement frotté à une œuvre littéraire.

— Ah ouais ? Va te faire foutre, professeur, parce qu'il se trouve que j'ai commencé à lire un livre, depuis que je suis ici. Qu'est-ce que je peux faire d'autre ? Y a pas Internet, pas de chaîne sportive, et mes parents n'ont qu'un abonnement de base au câble. Absolument impossible de regarder un match des Sox. Le *Da Vinci Code*. T'en as entendu parler ? Faut que je le planque sous un coussin du canapé parce que maman trouve que c'est sacrilège. Au fait, tu savais que Jésus se faisait Marie-Madeleine ?

— Al, si tu ne raccroches pas bientôt, je vais servir de la pâte crue à tes premiers clients.

— Bon, d'accord. Mais avant de te quitter, est-ce que tu pourrais me donner le montant de la recette d'hier ? » Je lui rappelai que c'était Tina, sa vendeuse, qui s'occupait des comptes – qu'il devrait la rappeler plus tard. « Ouais, d'ac. Je te quitte, mais j'ai entendu la porte s'ouvrir. Tu laisses entrer des clients ?

— Euh, non. Pas vraiment. » Velvet était en train d'ouvrir des sachets de sucre et de les verser dans un gobelet en carton. Elle en était au quatrième.

— Pas vraiment ? Ça veut dire quoi ?

— Écoute, Gulliver, faut que j'y aille. »

Je me remis au travail en me demandant si *Les Voyages de Gulliver* étaient le récit d'une quête. Gulliver était-il à la recherche de quelque chose ?

Velvet avait mis un bémol, depuis le lycée – il fallait lui reconnaître ça : fini la coupe en brosse bleue et les godillots argent. Elle avait toujours les cheveux courts, mais bruns à présent, sa couleur naturelle. Elle était toujours bâtie comme un pot à tabac, mais son visage avait perdu son côté poupin. Veste militaire, tee-shirt et mini-jupe, collants noirs godant aux genoux. Elle avait quoi ? Vingt-deux, vingt-trois ans ?

Le jour de la condamnation de Maureen, après que Carole Alderman eut supplié le juge de coller le maximum à Mo et que Velvet eut fait un esclandre, elle m'avait suivi. Je venais de voir ma femme emmenée en prison et je n'avais qu'une envie : me tirer vite fait de ce parking avant que ma tête n'explose. Et Velvet m'avait couru après en criant : « Monsieur Quirk ! Attendez ! »

Je m'étais retourné. « Qu'est-ce que tu fiches ici ? Comment tu as su ? »

Elle était dans le Sud où elle faisait le ménage dans des bureaux et elle avait piqué des magazines dans les salles d'attente. Elle les avait emportés chez elle et elle était tombée sur « Victimes d'une victime » dans le *New Yorker*. C'était un « signe », me dit-elle. Dès le lendemain matin, elle était revenue dans le Connecticut en stop.

« Oui, ben, retourne d'où tu viens. Y a rien pour toi ici. »

Bien sûr que si, protesta-t-elle. Sa « maman » était ici et elle allait la défendre. Lui rendre visite et la soutenir moralement. Elle me demanda si je voulais aller quelque part pour parler – manger une pizza ou quelque chose.

« Une pizza ? Velvet, après ce qui vient de se passer au tribunal, tu crois que j'ai de l'*appétit* ? » Je montai en voiture et claquai la portière. Fis marche arrière et passai en première. Mais au moment où j'allais mettre la gomme, elle me barra la route.

« C'est Columbine qui lui a niqué la tête.

— Mince, vraiment ? Tu crois ? Dégage.

— Est-ce que je pourrais pieuter chez vous ? En attendant de trouver un boulot et une piaule ?

— Non ! dis-je en refoulant mes larmes.

— Est-ce que je peux vous emprunter des sous, alors ? »

Je sortis de mon portefeuille deux billets de vingt dollars et les lui jetai. Quand elle se baissa pour les ramasser, je la contournai et m'éloignai.

Je ne l'avais plus revue jusqu'à ce qu'elle se pointe à la porte de Mamma Mia. Ça ne veut pas dire qu'elle ne m'avait pas appelé cinq ou six fois dans l'intervalle – à tel point que j'avais songé à prendre l'option affichage du numéro. Elle me tarabustait pour que je demande à Maureen d'ajouter son nom à la liste de ses visiteurs. Je trouvais que Mo avait déjà suffisamment de problèmes et persistais à dire non, ce n'est pas une bonne idée, plus tard peut-être. Qu'est-ce qu'elles allaient faire : évoquer les souvenirs de Littleton ? Je pouvais au moins épargner ça à Maureen. De toute façon, quand une détenue inscrit un nom sur sa liste de visiteurs, ils vérifient que la personne en question n'a pas de condamnation grave à son actif. Velvet était bien capable d'en avoir récolté une ou deux, ce qui pourrait alerter la direction de l'administration pénitentiaire.

Mais Velvet se montra plus maligne que moi. Elle écrivit à Maureen, celle-ci mit son nom sur sa liste et, tenez-vous bien, ils donnèrent leur feu vert. Je n'appris la

chose qu'après coup – après la première visite de Velvet.
Ç'avait été dur de la voir dans ce cadre, dit Maureen,
mais elle appréciait les efforts de la gamine. « Elle a une
telle demande d'affection, Caelum. Je ne peux guère
l'aider pendant que je suis ici.

— Vous avez parlé de Columbine ? »

Les larmes montèrent aux yeux de Maureen. Elle
regarda la table et fit non de la tête.

« Velvet est assez grande pour s'occuper d'elle.
Occupe-toi de toi. »

Les deux premières nuits à Mamma Mia, devant force
tasses de café gratuit, Velvet me fit le récit de sa vie depuis
que j'avais quitté le parking sur les chapeaux de roues.
C'était une version expurgée, j'en étais persuadé. Elle
louait une chambre en ville. Elle avait un boulot dans
une équipe d'entretien, mais la société avait soumis tous
ses employés à des analyses d'urine et l'avait virée.

« Ils t'ont testée positive à quoi ? » demandai-je. La
marijuana, répondit-elle, mais j'avais mes doutes. Qui
porte une veste militaire pendant une vague de chaleur ?
Pourquoi avait-elle des taches de sang sur ses poignets
de veste ? Putain, si elle se shootait à l'héroïne, je ne voulais pas qu'elle ait quoi que ce soit à voir avec Maureen et
je le lui fis clairement comprendre. « De l'héroïne ? Bon
Dieu, je ne suis pas stupide à ce point. »

Ouais, me dis-je à part moi, et moi je ne suis pas naïf
à ce point.

Elle recevait une aide sociale de la municipalité, m'expliqua-t-elle – elle y avait élu domicile et y avait droit.
Elle faisait un peu de vaisselle et d'entretien au Silver
Rail et ils la payaient au noir. Je la soupçonnais aussi de
tapiner à nouveau : elle m'avait laissé entendre qu'elle
traînait ses guêtres sur l'aire de repos de l'autoroute

95, et au routier ouvert toute la nuit. Mais elle et moi avions à ce sujet une politique « pas de questions, pas de commentaires ». Je ne voulais pas savoir parce qu'il était exclu que je rejoue les substituts paternels. J'avais tenté l'expérience une fois à Littleton et j'avais été échaudé.

« Maman avait l'air bien hier », m'annonça-t-elle l'air de rien. Elle avait ramassé mes *Mythes anciens et l'Homme moderne* et le feuilletait pendant que je mélangeais un seau de crème au beurre. « Elle dit qu'il y a un groupe Survivre à la violence là-bas et qu'elle est allée à une de leurs réunions.

— Je suis au courant. Je vais la voir trois fois par semaine. C'est ma femme.

— Et moi, c'est ma mère.

— Non, justement. Il faut que tu laisses tomber cette connerie. »

Ses yeux s'étrécirent de colère. « Pourquoi ? Parce que vous pouvez pas me voir en peinture ?

— Non, parce qu'elle a déjà suffisamment de problèmes, alors s'il faut qu'en plus elle se sente responsable de toi…

— Qui dit qu'elle est responsable de moi ?

— C'est sous-entendu quand tu l'appelles maman. Les mères s'occupent de leurs filles.

— Pas toutes. » Nous étions là à nous affronter. Elle versa dans l'évier son restant de café et commença à s'en refaire du frais. « C'est juste un surnom. Bon Dieu ! »

J'ai cependant fini par la mettre au travail cette nuit-là – surtout parce que sur les coups de trois heures du matin, alors que je croyais maîtriser à peu près la situation, je me suis soudain souvenu que j'avais oublié de vérifier le cahier de « commandes spéciales ». J'ai découvert que quelqu'un du collège venait à sept heures chercher trois dizaines de pâtisseries assorties et trois dizaines de muffins destinées à une réunion de profs, et qu'une demi-heure plus tard Yankee Remodellers passait prendre un gâteau marbré avec un glaçage de crème au beurre, « Joyeuse retraite, Harry ! »

« Bordel de merde ! » j'ai crié, plus fort que prévu. Velvet m'a regardé avec de grands yeux. « Bon Dieu, pourquoi vous ne me laissez pas vous donner un coup de main ?

— Enlève ta veste alors. Et lave-toi les mains. »

Je lui ai donné un tablier. Appris à découper les beignets. À se servir de la pompe pour les beignets fourrés. La pompe manuelle, pas l'électrique. On peut en remplir deux à la fois avec l'électrique, mais il faut un moment pour s'y habituer. J'ai regardé plusieurs fois ses bras, mais je n'ai pas aperçu de traces d'aiguille. Ça ne voulait pas nécessairement dire qu'il n'y en avait pas. Une fois les beignets terminés, je lui ai fait faire des muffins et cuire quelques douzaines des bagels surgelés, durs comme du bois, qu'Alphonse vend au grand dam de son père.

La vérité, c'est que Velvet m'a tiré d'un sacré pétrin, cette nuit-là. C'est le cas de le dire. À six heures du matin, les corbeilles étaient pleines, les commandes spéciales prêtes, et je lisais le chapitre 4 de *Mythes anciens et l'Homme moderne*. Dédale, Thésée, le Minotaure, le Labyrinthe. « Lance-moi un stylo, s'il te plaît », dis-je à Velvet que j'avais invitée à me tutoyer. Je venais de lire quelque chose que je voulais souligner : « Le Labyrinthe est à la fois inextricable et impénétrable. Ceux qui sont à l'intérieur ne peuvent en sortir et ceux qui sont à l'extérieur ne peuvent y entrer. » Comme Maureen et moi, songeai-je. Pour les quatre années et dix mois à venir.

À huit heures du matin, Velvet était partie et Tina, la vendeuse d'Alphonse, avait pris le relais. J'étais assis dans un box en train de lire et de boire un café accompagné d'un beignet. Tina alluma la télé qui se trouvait dans le coin opposé. Il n'y en avait que pour La Nouvelle-Orléans : le fiasco à l'intérieur du Superdome, les déboires du maire avec l'Agence gouvernementale de maîtrise des catastrophes, les conneries de Bush. Il y avait eu des échanges de coups de feu entre les pillards et la police.

« Scusez-moi, dit le gars à la table voisine. Ça vous dérange si j'éteins ce truc ? » Il était noir ou métis, pas rasé, les yeux gonflés. La femme blanche au regard triste assise en face de lui avait l'air lessivée aussi. Nous étions les trois seuls clients. Je lui répondis que non, ça ne me dérangeait pas.

« Bien, parce que ça fait trois jours qu'elle et moi, on est sur les routes pour échapper à ce cauchemar.

— Vous êtes de La Nouvelle-Orléans ?

— On en était. Qui sait, à présent ? »

Il se leva et éteignit le poste. De retour à sa table, il me tendit la main. « Moses Mick, déclara-t-il. Et voici ma femme, Janis.

— Caelum Quirk. » Je leur serrai la main à tous les deux. Les os de la femme avaient l'air fragiles comme ceux d'un oiseau.

« Enchanté, dit Moses. Vous ne sauriez pas par hasard où nous pourrions louer quelque chose à court terme ? »

Je répondis que Three Rivers avait deux motels et qu'il y avait trois hôtels au casino, deux haut de gamme et un abordable.

Il secoua la tête. « Il serait question de rester peut-être deux mois. On avait prévu de nous diriger vers Cape Cod, parce que Janis y est allée et que d'après elle c'est joli. Mais j'en ai ma claque de conduire. Voyez ce que je veux dire ? »

18

Moses et Janis Mick formaient un beau couple, saugrenu à plus d'un titre. Moses était grand et fort – métis, yeux bleus, col bleu. Il avait le sourire facile et une dégaine lente, délibérée, au diapason de son accent de la Louisiane. Janis, une universitaire menue aux grands yeux, était une personnalité de type A par excellence – impatiente, très compétitive, hyperactive – et mignonne à croquer. Elle avait un joli petit corps, aussi – non qu'un gars dont la vie sexuelle est au point mort pour cinq ans remarque ce genre de chose. Ce matin-là, à la boulangerie, je posai mes *Mythes anciens et l'Homme moderne* et écoutai le récit du calvaire vécu par les Mick pendant l'ouragan *Katrina*.

Leur maison *shotgun* se trouvait sur Caffin Avenue dans le Lower 9th Ward, entre un salon de beauté et un Tout à un dollar. La maison de brique blonde de Fats Domino – un palais comparé au reste du quartier – se dressait à un demi-pâté de maisons.

« C'est comment, une maison "shotgun" ? demandai-je.

— Étroit et tout en profondeur, répondit Moses. Des chambres en enfilade devant, la cuisine à l'arrière. Pas de couloir. Si on veut grignoter quelque chose, il faut traverser toutes les pièces. » Il indiqua Janis d'un signe de tête. « La maison l'a rendue dingue, au début. Elle est californienne.

— J'aime cette maison », dit-elle. Caressant le bras de Moses, elle se tourna vers moi. « Moses y est né. »

Ils avaient d'abord prévu de rester et d'affronter la tempête, mais, dimanche à minuit passé, les prévisions météo catastrophiques et la télé montrant le long cortège de voitures qui avançaient comme des escargots sur l'autoroute 10 les avaient fait changer d'avis. « Ma mère ne cessait d'appeler de Sacramento pour nous supplier de partir, ajouta Janis.

— Enfin, pour la supplier, elle, corrigea Moses. Sa maman n'a que faire du Noir qui lui a enlevé sa fille et l'a entraînée dans un quartier mal famé. » Je tressaillis en l'entendant. Quand ils étaient entrés dans la boulangerie, j'étais justement en train de lire le mythe de l'enlèvement de Perséphone, emmenée aux Enfers, et de la création des saisons.

« Ma mère est très conservatrice », dit Janis. Ce à quoi Moses ajouta : « C'est une grande fan de Rush Limbaugh[1]. "Tout à fait d'accord, Rush. C'est un honneur et un privilège de parler à un sectaire et à un drogué tel que vous."

— Arrête, Moze. Nous ne connaissons pas les opinions politiques de ce monsieur. »

Je lui assurai qu'elles étaient très à gauche de celles de sa mère.

« Nous avions déjà mis des planches sur nos fenêtres, c'était donc ça de fait, poursuivit Moses. Je pensais que les gouttières et quelques bardeaux du toit s'envoleraient. Peut-être même le toit, si le savonnier tombait du mauvais côté. Un ouragan de catégorie 4 ou 5 pourrait déra-

---

1. Un des représentants les plus connus de la droite américaine, animateur de radio, dont la réputation a souffert d'une histoire de drogue.

ciner ce pauvre vieux. » La gorge serrée, il s'interrompit. « Je croyais qu'on serait *un peu* inondés, mais j'imaginais 30 à 60 centimètres. Je n'avais pas prévu que les digues céderaient et que tout le fichu Lower Nine serait englouti sous les eaux. On a tout laissé là-bas, quasiment. On a juste emporté l'ordinateur, mes moules, mes outils, et on est partis.

— Quel genre de moules ? »

Moses expliqua qu'il était sculpteur, spécialisé dans les anges et les gargouilles. Leur chat Fat Harry s'était probablement noyé, précisa Janis. Ils avaient repoussé leur départ d'une heure pour l'appeler en agitant sa boîte de friandises, mais Harry n'était pas revenu. « Ce vieux vaurien est devenu gras et feignant mais il s'intéresse toujours aux dames, fit Moses avec un sourire chagrin. S'il est mort en cavalant, je suppose qu'il y a des façons pires de partir. » Janis posa sa tête sur la table et il lui massa la chute des reins. « Chérie, faut qu'on aille dormir », dit-il doucement.

Je les invitai à venir à la ferme. J'avais la place et ils avaient l'air d'être des gens bien. Toute leur vie était sous les eaux, bon sang.

Une heure plus tard, Janis dormait à poings fermés en travers du lit de Lolly et Hennie, et Moses et moi buvions de la bière à dix heures du matin en contemplant l'étendue des dégâts sur CNN. Je songeai à avouer que six ans plus tôt, sur la même chaîne, j'avais regardé se dérouler le massacre de Columbine – regardé le début de la fin de notre vie telle que nous la connaissions. Mais je me tus. Que dire ? Que s'il trouvait la situation tragique maintenant, il devait se préparer aux répercussions ? Que si sa femme endormie avait un stress post-traumatique à cause de Katrina, leur situation était cent fois pire que tout ce qu'il pouvait imaginer.

« Vous êtes marié ? fit-il.

— Ouais. Oui. » Il attendit. « Ma femme est absente pour le moment.

— Elle est où ? »

Plutôt que de lui répondre, je lui demandai s'il connaissait Fats Domino.

« Le Fat Man ? Non, pas vraiment. Je le vois parfois passer dans sa grosse Cadillac rose. Je suis allé une fois chez lui pour aider un ami à déménager un piano. Mais M. Antoine n'était pas là. C'est son vrai nom. Je connais un peu sa femme. Mlle Rosemary. C'était une amie d'église de mamaw.

— Votre mère ?

— *Grand*-mère. Certaines de nos familles remontent à l'époque où le Lower 9th Ward était accueillant. Mon grand-père Robicheaux a construit notre maison en 1950, bien avant que le crack et le crime s'installent. J'en ai hérité à la mort de mamaw – un cadeau empoisonné, je suppose. Mais même avec tous ses problèmes, un quartier est difficile à quitter, vous savez ? » Il regarda de nouveau l'écran de télé en secouant la tête. Il dit qu'il reconnaissait certains toits et quelques-unes des personnes coincées dessus.

« Mon grand-père a construit cette maison et c'est du solide », ajouta-t-il. Il décollait l'étiquette de sa bouteille de bière et s'adressait plus aux images qui défilaient sur l'écran qu'à moi. « Cet endroit a survécu à trois des enfants qu'il a eus avec mamaw, à six des enfants de mamaw et de son second mari, M. Clarence, à neuf petits-enfants et à l'ouragan *Betsy*. » Il se tourna pour me faire face. « *Betsy*, c'est la raison de mon prénom. Je suis venu au monde au moment où elle faisait rage. Cette vieille furie a inondé aussi le 9th Ward. Ma mère avait passé la majeure partie de la nuit précédente à me mettre au monde, mais quand l'inondation s'est produite, elle s'est levée, m'a mis dans un tiroir de buffet et s'est aventurée dans l'eau qui lui arrivait jusqu'au cou. Seize ans, toute seule, et elle m'a poussé dans mon tiroir en passant devant des cadavres, des débris, jusqu'à ce qu'on soit arrivés en lieu sûr. Deux jours plus tard, elle est morte d'une infection. « Appelle-le Moses », qu'elle a dit à mamaw. C'est mamaw qui m'a élevé – avec M. Clarence et Mlle Delia, la voisine. Je l'ai toujours appelée tata, mais elle était pas vraiment de la famille. Pourtant, c'est tout comme. Elle a dirigé le Salon de Beauté de Grand Standing Delia jusqu'à ce que ses jambes enflent trop. Elle aura pas survécu à ça, pas plus que son vieux salon de beauté.

— Peut-être que si. La situation n'est peut-être pas aussi grave que vous le croyez. »

Il secoua la tête. « Mlle Delia pèse plus de quatre-vingt-dix kilos et elle est clouée dans un fauteuil roulant. On lui a demandé de venir avec nous, mais elle a refusé. Elle s'imaginait qu'ayant survécu à *Betsy* elle réchapperait à *Katrina*... Non, elle est morte. Qui irait la hisser sur son toit ? Son fils en prison ? Sa petite-fille, accro au crack, qui la plume comme de la volaille ? J'aurais pas dû la prendre au mot. J'aurais dû insister. »

Le pack de six bières trônait entre nous sur le canapé : cinq canettes vides et une dernière pleine. Je la pris, la décapsulai et la lui tendis. « Quand j'étais gosse, à Noël, après la messe de minuit, on rentrait réveillonner. Des œufs et du gruau de maïs, des haricots rouges et du riz, du pudding aux cerises, de la soupe à la tortue. Des écrevisses bouillies par-dessus tout ça. Mlle Delia passait des journées en cuisine. » Il but sa bière en deux ou trois grandes rasades puis se leva brusquement. Il quitta la pièce en titubant un peu, alla dehors.

Un grand bruit me fit aller à la fenêtre du salon. Je le vis bourrer de coups de pied sa portière gauche de pick-up. Jusqu'à ce qu'elle soit toute cabossée et lui épuisé. Il s'affala par terre et appuya son front sur ses genoux.

« À quoi elle ressemble ? me demanda Maureen.

— Janis ? » Je haussai les épaules. « Je ne sais pas. Elle me rappelle cette petite actrice. Comment elle s'appelle, déjà ? Celle qui joue dans *La Revanche d'une blonde* ?

— Reese Witherspoon.

— Ouais, c'est ça. » Je perçus un éclair de désapprobation et amendai la comparaison. « Enfin, moitié *Revanche d'une blonde*, moitié lapin Duracell. Hier, elle a passé l'aspirateur, nettoyé le frigo, fait les courses. C'est elle qui prépare le dîner de ce soir. Elle dit qu'elle se sent mieux quand elle est occupée. »

Maureen plissa le front d'un air pensif.

« Mais c'est un peu dingue, tu vois, toute cette énergie maniaque.

— Ils sont au courant, pour moi ?

— Un peu, mentis-je. Ils ne savent pas tout. » Janis avait demandé où était Maureen, et j'avais inventé un problème familial qui l'avait obligée à retourner d'urgence au Colorado. Parce qu'elle est infirmière, avais-je ajouté.

« Ils supposent que leur chat s'est noyé. Il n'était toujours pas rentré à la maison quand ils ont dû évacuer. Mais Nancy Tucker les a en quelque sorte adoptés. Janis surtout. Elle la suit partout, dort sur leur lit.

— Ce n'est pas leur lit, fit remarquer Maureen. C'est le lit de Lolly. »

Le vacarme du parloir était pire que d'habitude, cet après-midi. Deux chaises plus loin, une Latina aux cheveux orange sanguine et la détenue assise en face d'elle se disputaient en parlant espagnol à toute vitesse. Deux tables plus loin, un Noir avec les dents de devant en or chantait « Joyeux anniversaire » à une jolie femme en combinaison orange de détenue à haut risque. Mo dit quelque chose que je ne saisis pas, et je mis ma main en cornet derrière mon oreille. « Hein ? Quoi ?

— Je te demandais à quoi il ressemblait.

— Moze ? Eh bien, il est plus vieux qu'elle. Quarante ans et des poussières. Elle en a vingt-huit. C'est un couple où les contraires s'attirent, je suppose : il doit mesurer dans les un mètre quatre-vingt-quinze, et elle à peine plus d'un mètre cinquante. Elle est doctorante à Tulane. En études féministes. Mais tout ça est au point mort pour le moment, j'imagine. »

Mo me rappela qu'elle m'avait posé une question sur Moses, pas sur Janis.

« Ah, d'accord. Voyons voir. Il dit qu'il a laissé tomber le lycée pour bosser sur un crevettier. Mais c'est un gars futé. Il s'y connaît en menuiserie, en électricité, en plomberie. Il a commencé à sculpter, voici quatre ou cinq ans. D'abord c'était une activité en plus du reste, puis il a percé quand le *Guide Frommer de La Nouvelle-Orléans* a inclus son atelier dans le chapitre « Achats de A à Z ». Il s'est fait *beaucoup** de dollars en 2004 et au cours du premier semestre de 2005. Bien sûr, c'est fini maintenant. Quand ils ont évacué, il a emporté ses moules et son outillage, mais aucun stock. Il dit qu'il a perdu dans les deux cents sculptures. »

Mo s'impatienta. « Je voulais savoir de quoi il a l'air. Si ces gens vivent chez moi, j'aimerais au moins pouvoir me les représenter. »

Chez *nous*, songeai-je. La maison de ma famille. Celle que nous risquons de perdre dans un procès à cause de toi. « Il est grand, dis-je. Bien charpenté. Cheveux noirs, barbiche. » Je décrivis les traits africains de Moses et

446

ses yeux bleu clair. « Croate du côté paternel. Créole de Haïti du côté maternel.

— Tu disais donc qu'elle est jolie. »

Parce que je n'étais pas assez stupide pour insister sur ce point, je haussai les épaules. « Je dirais plutôt… pleine d'entrain. Je les plains vraiment, tu sais. Tout ce qu'ils ont réussi à emporter en partant, c'est… Qu'est-ce qu'il y a, Maureen ? Quelque chose te tracasse ? »

Elle secoua la tête comme pour signifier : peu importe.

« Est-ce que c'est parce qu'ils vivent à la maison ? Dès qu'ils auront trouvé leurs repères… »

Elle fit signe que non. « Il y a un nouveau gardien dans notre unité. Une mutation. Un dénommé Sibley.

— Ouais ? Il te tourmente ou quoi ? » Je sentis mon corps se crisper.

Elle répondit que non, que Sibley était un des plus raisonnables. « Ce n'est pas rationnel. C'est juste… qu'il me rappelle…

— Lequel ?

— Harris. » Je hochai la tête. Attendis. « J'ai eu un flash-back hier. Mais ça va. Il n'a duré qu'une minute. Je suis en prison. Je suis *censée* souffrir.

J'attrapai sa main de l'autre côté de la table. « Tu prends tes comprimés ? » On lui avait annoncé qu'on ne pouvait plus lui fournir d'anxiolytiques sans le feu vert de Woody. « Ce n'est pas un problème, non ? Il connaît ton histoire. Si tu as des flash-backs…

— Le premier rendez-vous que j'ai pu obtenir est en octobre.

— C'est inacceptable ! Tu as expliqué que c'était une urgence ? »

Ce n'en était pas vraiment une, affirma-t-elle. « Sibley ne lui ressemble pas tant que ça. C'est seulement qu'il est petit et noueux et…

— Et quoi ?

— Sa façon de sourire. Il était souriant ce jour-là, Caelum. Ils l'étaient tous les deux. Comme si tout ça n'était qu'une grosse blague. » Elle ferma les yeux et frissonna.

« Maureen, regarde-moi. » Je serrai ses mains dans les miennes et parlai avec lenteur, de manière réfléchie. « Rationnelle ou pas, la peur est réelle. D'accord ? »

Elle me regarda d'un air inexpressif.

« Il faut qu'on y fasse quelque chose, non ? »

Elle resta là à me fixer comme si j'étais transparent.

« Je vais donc appeler Woody et lui dire ce qui se passe. Insister pour qu'il te voie, ou au moins te rédige une ordonnance. En attendant… »

Elle secoua la tête d'un air résolu. « N'appelle pas. Je m'en occupe. Je parlerai à ma chef d'unité.

— Tu es sûre ? Parce que ce "je suis en prison, je suis censée souffrir" ne me plaît pas du tout. Je ne veux pas que tu t'effondres ici.

— S'il te plaît, on peut changer de sujet ?

— Mo, je veux juste m'assurer… »

Le micro crachota. « Table D, chaise 3. Il est interdit de se tenir par la main pendant les visites. » Je levai les yeux vers le bureau surélevé de la surveillante : une Noire aux dreadlocks auburn, au rouge à lèvres carmin, aux ongles rouges si effilés qu'on aurait dit les lames qui tiennent lieu de doigts à Edward aux putains de mains d'argent. Je soutins son regard deux ou trois secondes de plus que nécessaire, puis lâchai Maureen et levai les mains en l'air. Je me rendis soudain compte que le silence régnait : tous les moulins à paroles avaient arrêté de jaboter pour regarder les criminels du parloir, les vilains qui s'étaient tenus par la main.

Mo avait le visage en feu. Ses mains tremblaient. « Quoi ? fis-je.

— Rien. C'est juste qu'ils vont m'enquiquiner maintenant. Après la visite, pendant la fouille au corps… Ou peut-être pas. Peu importe. Dis-m'en plus sur les Mick.

— Qu'est-ce que tu veux savoir ? »

Elle haussa les épaules.

« Tout. Elle écrit une thèse sur quoi ?

— Je te l'ai déjà dit.

— Redis-le-moi.

— Le féminisme. »

19

Vendredi matin
17 septembre 1886

Ma chère Lillian,

Je te prie d'excuser mon horrible écriture aujourd'hui. J'écris ces mots à bord du premier train parti du dépôt de l'Union à destination de Hartford. Nous avions prévu de venir de New Haven hier et de passer la nuit chez l'ami de Grand-mère, le révérend Twichell. Et puis ce fut le déluge! Ce matin, il y a des nuages sombres et des routes boueuses, mais plus de cataractes célestes. Le journal annonce que la cérémonie aura lieu, qu'il pleuve ou qu'il vente, mais que la parade sera peut-être sacrifiée. Je reste néanmoins optimiste, et sens que le soleil brillera et que les régiments défileront.

Chère sœur, nous voyageons avec des hordes ce *matin**! Toutes les places sont occupées (deux par Grand-mère et moi) et une cinquantaine de passagers se tiennent épaule contre épaule dans le couloir. La plupart sont des hommes et donc ça se bouscule, ça tient des propos grossiers, ça rit de bon cœur et ça rouspète. La fumée de tabac est si épaisse que le contrôleur qui tout à l'heure réclamait les billets a émergé du brouillard tel le fantôme du père de Hamlet!

Comme Grand-mère et moi, la plupart de nos compagnons de voyage semblent se rendre à l'inauguration de l'Arc commémoratif. Beaucoup d'ex-soldats et de vétérans de la marine sont à bord, vêtus des uniformes qu'ils portaient il y a plus de vingt ans. Quelques-uns de ces vieux guerriers ont fière allure, mais la plupart ont la barbe neigeuse et un ventre qui met leurs boutons de veste à rude épreuve. De l'autre côté du couloir se trouvent un vétéran qui a perdu une jambe et, un peu plus loin, deux autres dont les manches pendent vides. À la gare de New Haven, j'ai vu un nègre avec un trou sombre à la place de l'œil. « Je regrette que cet homme n'ait pas pensé aux autres et porté un bandeau », ai-je fait remarquer plutôt innocemment, mais Sa Majesté a sauté sur l'occasion pour pontifier : « Si on l'a trouvé assez bien pour sacrifier un œil dans le but de préserver l'Union, je pense que vous pourriez au moins avoir la générosité de sacrifier une parcelle de votre petit confort pour le regarder, ou sinon détourner les yeux. » Franchement, Lil, je trouve sa morale de vieille douairière assommante au possible.

Quand nous sommes montées à bord, Grand-mère a dit que ça l'amusait de penser que certains vétérans portaient peut-être les uniformes confectionnés par la Société de secours aux soldats. Je lui ai demandé ce qu'était cette organisation et sa réponse m'a surprise. Après la défaite de Fort Sumter, figure-toi que notre grand-mère a dirigé deux cents femmes de New London et de Three Rivers Junction qui fabriquaient uniformes, bandages et compresses pour la 1re compagnie du Connecticut. Je savais qu'elle avait été infirmière sur le champ de bataille, qu'elle avait écrit aux mères des soldats blessés, et ramené des mourants à la vie en leur administrant du bouillon de viande et de la gelée de vin. Mais je n'avais jamais entendu dire qu'elle avait supervisé des couturières et des confectionneuses de pansements pour le plus grand bien de l'Union. Notre grande dame nous réserve pas mal de surprises !

Comme toujours, sœurette, je suis partagée au sujet de Grand-mère. Assise à mon côté se trouve l'estimable Elizabeth Hutchinson Popper, courageuse abolitionniste, vaillante infirmière sur le champ de bataille, championne infatigable des orphelins et des filles perdues. Mais aussi la femme froide qui a totalement oublié le quinzième anniversaire de sa petite-fille, passé maintenant depuis onze jours. Mme Buzon et les filles de l'école s'en sont souvenues : elles m'ont offert une magnifique bouteille d'eau de Cologne en cristal taillé, une boîte chinoise, une paire de gants en chevreau à cinq boutons et à bord festonné, ainsi qu'un recueil de poèmes de Christina Rossetti. Mais celle à qui je suis liée par la chair et le sang m'a oubliée. Si Lizzie Popper avait été responsable des opérations à l'époque du Déluge, elle aurait rassemblé toutes les créatures de Dieu deux par deux dans l'arche, puis fermé la porte pour échapper aux flots en abandonnant sa pauvre petite-fille sur le quai !

Si la pluie cesse et que le défilé ait lieu comme prévu, on tirera deux coups de canon à l'extrémité est de Bushnell Park, viennent de dire des vétérans. Ce sera le signal du rassemblement pour les fanfares et les régiments. Pour ce qui est du défilé, on verra bien. Je m'en passerais volontiers. Mais il en va tout autrement du dîner de ce soir. Je mourrais sans doute de déception si je devais ne pas y assister ! Je suis extrêmement curieuse de voir la demeure des Clemens, que j'ai du mal à imaginer. Le révérend Twichell l'a décrite à Grand-mère comme étant « un tiers bateau sur la rivière, un tiers cathédrale, un tiers pendule à coucou ». J'en jugerai par moi-même.

M. Twichell dit que la fille aînée de M. et Mme Clemens, Susy, dînera avec nous ainsi que sa propre fille, Harmony. Selon M. Twichell, c'est une idée de Mme Clemens, car elle a pensé que je me sentirais plus à l'aise avec des compagnes de mon âge. Quelle délicatesse de sa part ! Dire, ma sœur, que dans douze heures je serai dans une maison voisine de celle d'une personnalité éminente. Peut-être que j'entr'apercevrai même le Grand Écrivain quand il passera devant une fenêtre ! D'après Grand-mère, je dois me garder de trop parler de Mme Stowe, ce soir, en présence de M. Clemens qui est aussi un auteur de renom. Bien entendu, les livres de Mark Twain sont amusants, mais les œuvres de Mme Stowe sont sublimes.

Aimes-tu lire, Lillian ? Quels auteurs te touchent le cœur ? Voici mes auteurs et poètes favoris du moment : Shakespeare, Mme Stowe, Robert Browning et Christina Rossetti. Grand-mère désapprouve le dernier nom de ma liste. La compassion d'Elizabeth Popper pour les nègres et les femmes déchues ne s'étend pas aux poètes mystiques ni à ceux qui racontent des contes de fées. Hier soir, elle a pris mon recueil de poèmes de Mlle Rossetti et l'a examiné comme une pièce à conviction accablante. « Cette Buzon va réussir à faire de vous une papiste avant que vous ayez quitté son école », a-t-elle grommelé. Je me suis empressée d'informer *Grand-mère** que Christina Rossetti est anglicane et non pas catholique, mais on ne m'a présenté aucune excuse. Bien sûr, elle ne rate jamais une occasion de critiquer Mme Buzon et sa *finishing school*. C'est si assommant de devoir entendre ce flot continu de remarques, tout cela parce que mes frais de scolarité sont payés par la mystérieuse Mlle Urso. Cela me fait penser que je dois à ma bienfaitrice ma lettre annuelle de remerciements reconnaissants. Un jour, je rencontrerai cette célèbre violoniste et je la bombarderai de questions sur nos *père et mère**. Elle les a connus tous les deux.

Ma chère sœur, je trouve les vers de Christina Rossetti absolument extraordinaires. Son « Marché des lutins » est ma poésie préférée. Dans ce poème mystérieux, une bande de lutins marchands de fruits tentent deux sœurs en leur vantant leur marchandise bien mûre et appétissante : melons, groseilles à maquereau, pêches, figues. « Venez acheter ! Venez acheter ! » crient-ils, et les fruits ont l'air aussi délicieux et parfumés que la pomme offerte à Ève dans le jardin d'Éden. Une sœur résiste ; l'autre succombe et vend une boucle de ses cheveux d'or pour goûter aux fruits maléfiques. Elle s'en gorge et tombe dans la dépravation. C'est la sœur la plus forte qui doit la sauver en affrontant les vilains lutins, en résistant à la tentation et en se procurant l'antidote. J'ai appris par cœur des morceaux de ce poème dont voici les derniers vers :

Car rien ne vaut une sœur
Dans l'heur ou le malheur ;
Pour vous égayer sur le chemin rebutant,
Aller vous rechercher si vous vous égarez,
Vous relever si vous trébuchez,
Vous soutenir le reste du temps.

Je voudrais être cette force pour toi, Lil – cette sœur pour t'arracher à un sort malheureux !

À présent, il faut que je te parle d'un jeune homme mal élevé – un grand gaillard de vingt-huit ou vingt-neuf ans qui se tient en face de moi dans le couloir bondé du train. Il a le teint basané, un nez proéminent, et porte une veste miteuse aux manches élimées à laquelle il manque un bouton. Il m'a l'air de naissance étrangère, mais je ne saurais dire d'où il est originaire. En tout cas, pas d'un endroit où on apprend les bonnes manières. Chaque fois que je lève les yeux de ma page, je surprends son regard posé sur moi. C'est agaçant au possible. Grand-mère a sur les genoux son paquet de lettres du révérend Twichell et s'est assoupie en les relisant. Si je pouvais le faire sans la réveiller, je dirais à ce butor ma façon de penser et je ne plaisante pas. Regardez ailleurs, je vous prie, monsieur Complet-Râpé !

Entendu à l'instant : une querelle entre époux. Ils sont juste derrière nous. C'est tout à fait horrible à entendre et tout aussi impossible à ignorer. Il l'accuse d'indolence, de négligence et de lui faire honte ; elle murmure de molles objections et des excuses larmoyantes. « Qu'est-ce que tu attends pour mourir ? » vient-il de crier d'une voix audible de tous. Elle ne répond que par un gémissement. J'ai envie de me lever, de me retourner pour affronter cette brute, et lui dire que si sa moitié était morte et enterrée, au moins ses oreilles seraient remplies de terre et elle n'aurait plus à écouter un individu de son acabit !

Grand-mère s'est mise à ronfler et les lettres de M. Twichell glissent de ses genoux. Je suppose que je devrais la réveiller par bienséance, mais qui à part moi l'entend dans ce train bruyant ?

Bien sûr, je suis toujours furieuse à l'idée que Grand-mère ne siégera pas aujourd'hui sur l'estrade des dignitaires et ne sera pas félicitée pour ses bonnes œuvres pendant la guerre comme l'avait promis le révérend Twichell. La récrimination du colonel Bissell selon laquelle cela « diluerait » la cérémonie d'inauguration d'avoir une femme sur l'estrade à côté de sénateurs, de juges et de héros militaires célèbres est exaspérante au possible. J'aimerais savoir qui a mis ce Bissell au monde, sinon une femme !

Le révérend Twichell convient que c'est un affront des plus graves. Le pauvre homme a multiplié les efforts pour faire annuler la décision du comité d'inauguration, mais en fin de compte il est tenu par les souhaits de la majorité. Grand-mère n'a bien sûr que faire de cette agitation. Elle a peut-être rompu avec la Société des amis, il y a des années, mais elle a gardé sa modestie quaker ainsi que leur façon de parler et de s'habiller. Elle a écrit à M. Twichell qu'elle est satisfaite de rester dans l'ombre. Il vaut cent fois mieux, selon elle, obtenir de précieuses lettres de soutien des hommes influents que siéger parmi eux et être portée au pinacle sans résultat utile. M. Twichell lui a répondu que si quelqu'un avait des chances de persuader les puissants de ce monde de se pencher sur le triste sort des femmes déchues de notre État, c'était elle. Grand-mère a gloussé en me lisant ses mots : « Tous ceux qui souhaitent que les législateurs du Connecticut légifèrent en leur faveur seraient bien inspirés de s'épargner le voyage à Hartford et d'envoyer la petite dame quaker à leur place. »

Grand-mère a souffert de dyspepsie et d'insomnie ces derniers jours, et j'ai donc à mon tour souffert ses rebuffades et ses critiques. Savais-tu, Lillian, que d'après *Grand-mère** je suis trop maniérée, trop écervelée pour prononcer des jugements sur autrui, trop avide et « trop moderne » ? Elle m'a lancé cette dernière accusation simplement parce que j'ai exprimé le désir de m'essayer à la bicyclette. « Tu ferais mieux de rester sur la voie tracée par les vraies femmes, a-t-elle conseillé. La bicyclette peut nuire à tes capacités reproductrices. » Je me suis empressée de l'informer que je ne voulais ni mari ni enfants, déclaration à laquelle elle s'est contentée de répondre en fronçant les sourcils et en secouant la tête. Cela prouve, chère sœur, qu'en dépit de ses nombreuses vertus notre aïeule n'est qu'une hypocrite. N'est-ce pas *elle* qui nous a rebattu les oreilles du « splendide » roman de Mme Sedgewick *Mariée ou célibataire* ? L'histoire avance l'idée – d'une façon ennuyeuse comme la pluie, selon moi – qu'une femme peut être aussi heureuse dans un état que dans l'autre. Je ne suis pas d'accord. Heureuse d'être célibataire, malheureuse d'être mariée, si tu veux mon avis !

Il recommence, le malotru à l'œil indiscret. Je l'ai surpris en train d'essayer de lire à l'envers les mots que je t'écris. T'ai-je dit, Lil, que M. Œil-Baladeur a une tignasse noire qu'il a essayé (sans succès) de discipliner avec une livre ou plus de pommade ? Sa grosse tête a une odeur si écœurante que si je fermais les yeux je pourrais me croire couchée au milieu des pommes pourries d'un verger. Il aurait peut-être plus de succès avec de la graisse à essieux ! Voici que cet impudent fixe ma page. Je vais lui dire son fait.

MONSIEUR, VOUS ÊTES TRÈS MALPOLI. VEUILLEZ REGARDER AILLEURS SINON JE ME VERRAI OBLIGÉE DE ME PLAINDRE AU CONTRÔLEUR !

Enfin ! Il m'a tourné le dos. Qu'il aille au diable et bon débarras !

Chère sœur, il s'est produit un événement choquant depuis que j'ai écrit les lignes qui précèdent. Quand le train s'est arrêté en gare de Middletown, le quai était bondé. Une bonne vingtaine de voyageurs se sont glissés dans notre compartiment et, sous la poussée de la foule, M. Complet-Râpé s'est quasiment retrouvé sur mes genoux. La bienséance m'a forcée à regarder par la fenêtre. Je n'avais pas le choix. C'est donc ce que j'ai fait, jusqu'au moment où le défilé constant du paysage m'a donné le tournis et où j'ai cru vomir si je ne regardais pas ailleurs.

Un des passagers montés à Middletown, un homme entre deux âges maigre et nerveux, poussait tout le monde en dépit de la cohue et se frayait un chemin dans le couloir. Rasé et correctement habillé, ce n'était apparemment pas un vagabond. Pourtant, j'ai vu qu'il prenait soin d'éviter le contrôleur. J'ai supposé qu'il traversait une mauvaise passe et n'avait pas de quoi s'acheter un billet. Fermons les yeux, me suis-je dit. Avec tous les passagers qui ont acheté un billet aujourd'hui, la Consolidated Line peut se permettre une petite perte.

Je ne sais si ce curieux personnage avait de l'argent ou pas, mais il était entreprenant. Je l'ai vu aborder plusieurs vétérans, les inciter à acheter ce qui ressemblait à des cartes postales à un demi-penny. Quelques-uns en ont acheté ; la plupart se sont abstenus, mais tous les ont examinées avec intérêt et sérieux.

Les problèmes ont commencé quand l'étrange marchand a abordé M. Complet-Râpé. J'ai cherché un penny dans mon sac et j'ai dit : « Monsieur, si ce sont des gravures de l'Arc commémoratif que vous vendez, j'aimerais en avoir une. » Sœurette, j'ai eu l'impression d'être transparente comme l'éther.

« Monsieur, j'aimerais acheter une de vos gravures », ai-je répété d'une voix qu'il ne pouvait feindre d'ignorer.

« Hé, vous, là-bas, a crié quelqu'un dans mon dos. Je croyais vous avoir dit de ne pas monter dans mon train ! » À ces mots, le colporteur a jeté ses cartes dans ma direction et a poussé si violemment M. Complet-Râpé que celui-ci a perdu l'équilibre et atterri sur mes genoux ! Il s'est relevé immédiatement, mais a été de nouveau bousculé par le corpulent contrôleur lancé à la poursuite de sa fripouille. Nous avons tous regardé la scène, bien sûr, et j'ai eu par la fenêtre une dernière vision du colporteur. Il avait sauté du train et culbutait en bas d'un talus herbu ! Je préfère ne pas imaginer dans quel état il a été après cette sortie précipitée. Il était parti, bon débarras.

Complet-Râpé s'est confondu en excuses gênées, comme il se devait bien de le faire, le rustre maladroit. J'en ai pris acte avec un signe de tête des plus brefs, sans prononcer le moindre mot. C'est alors que j'ai remarqué les marchandises du fugitif qui se trouvaient toujours sur ma jupe.

C'étaient des photographies montées sur carton comme je n'en avais encore jamais vu et espère bien ne jamais en revoir. Elles étaient toutes plus dégoûtantes les unes que les autres. Sur l'une, une femme s'admirait devant un miroir. Elle était nue à l'exception d'une lavallière et de bottines. Sur une autre, la même coquine se penchait en avant pour se faire fesser par un homme muni d'une cravache. Sur une troisième, une autre femme qui s'exhibait complètement et un homme nu, avec une hideuse déformation comme en ont les chevaux, étaient... eh bien, on aurait dit des bêtes.

Lil, j'étais pétrifiée. Je ne pouvais ni toucher les horribles cartes pour m'en débarrasser ni en détourner le regard. C'était comme si leur horreur m'avait jeté un sort. J'avais la tête qui tournait et je me suis mise à trembler. Je ne savais que faire.

Il a fallu que ce soit M. Veste-Miteuse qui vienne à mon secours. Sans un mot, il a ramassé les cartes et les a déchirées en mille morceaux. Puis, passant le bras sous mon nez et celui de Grand-mère, il a jeté le tout par la fenêtre ouverte. Pour m'épargner un surcroît d'humiliation, je suppose, il s'en est allé dans une autre partie du compartiment.

Je dois conclure à présent, sœurette, parce que nous approchons de notre destination. La foule grouille, et on a l'impression que toute la ville est pavoisée. Grand-mère pousse un grognement et se réveille après avoir raté la plus grande partie de cet affreux voyage. Je suis contente que le soleil soit au rendez-vous et que nous dînions ce soir avec la famille Clemens. Il me tarde d'y être. Je t'en dirai plus sous peu.

Avec toute mon affection,
Lydia

20

Fats Domino et sa femme avaient été secourus et allaient bien. On avait retrouvé le corps de Delia Palmer, la voisine des Mick, flottant parmi les décombres de sa maison et de son salon de beauté. Moze apprit par un cousin qui avait remonté Caffin Avenue en barque que le savonnier qui l'inquiétait était tombé, avait arraché sa maison à ses fondations et l'avait cassée en deux. Les pièces de derrière étaient détruites, celles de devant voguaient à l'oblique sur les eaux en crue. Le soir où il reçut cette nouvelle, Moze se saoula et eut une longue empoignade avec Janis : leurs invectives puis les sanglots de Janis s'entendaient du bas de l'escalier. Résultat, je dus augmenter le volume du téléviseur pour leur donner un peu d'intimité.

La bonne nouvelle, c'est que le chat des Mick avait survécu. Le cousin de Moze avait découvert Fat Harry trônant « comme un roi en exil » dans les racines du savonnier abattu. « Dès qu'ils donnent le feu vert, je descends chercher ce vieux sac à puces et voir s'il y a quelque chose d'autre à récupérer, me dit Moze. Mais je ne nous vois pas retourner là-bas si le quartier est invivable. »

Il me demanda si nous pouvions conclure un marché.

Le bail que je signai avec les Mick m'obligea à rassembler les affaires de Maureen et les miennes au rez-de-chaussée de la ferme, à convertir l'arrière-cuisine en salle de bains et à créer un accès extérieur au premier étage – devenu l'appartement de Moses et Janis. L'inspecteur m'avait prévenu : pas d'issue de secours, pas de location.

Moze, qui avait travaillé au noir de temps à autre pour une société du nom de Big Easy Remodelers, dit qu'il pouvait se charger du plus gros des travaux. Il pratiqua une ouverture dans le mur sud du premier, et nous construisîmes et installâmes ensemble l'escalier qui menait de l'ancienne chambre de mon arrière-grand-mère Lydia au jardin de derrière. Moze fit la plomberie de la salle de bains du rez-de-chaussée, me guida pour les finitions et mit des douches en haut et en bas. (Il était enfin possible de prendre une douche au 418 Bride Lake Road.) L'inspecteur des travaux finis revint avec son écritoire à pince et son visage impassible, examina ce qu'il avait déjà examiné. Je crus qu'il allait me faire toutes sortes de tracasseries, mais il me surprit en déclarant le premier étage conforme.

En contrepartie de l'aide de Moze, je leur fis cadeau de la caution et des deux premiers mois de loyer. Ça ne signifie pas que je n'aurais pas su quoi faire de trois fois sept cent cinquante dollars. Les honoraires d'avocat de Maureen s'élevaient à cinq mille dollars et c'était seulement pour l'action criminelle. Les poursuites au civil n'étaient pas encore entamées et j'allais sans doute devoir m'adresser à un cabinet d'avocats prestigieux si je voulais avoir le moindre espoir d'empêcher les Seaberry de mettre la main sur la ferme. Je pensais néanmoins que laisser courir le loyer pendant quelques mois était un investissement. Les Mick avaient l'air d'avoir les reins solides et il m'aurait été absolument impossible d'entreprendre ces travaux de rénovation tout seul. Je consentis également à laisser Moze installer son atelier dans l'étable – gratuitement les six premiers mois, trois cents dollars par mois ensuite. En février, j'aurais des revenus locatifs de plus de mille dollars par mois.

Je parlai aux Mick des échoppes qui existaient à Olde Mistick Village, mais Moze ne voulait plus entendre parler de pièges à touristes. La vente par correspondance était la voie à suivre. Il enregistra un nom de domaine, www.cherubs&fiends.com en se disant qu'il construirait un site Internet une fois qu'il aurait un stock d'environ trois cents sculptures. Il m'expliqua que quatre clients de La Nouvelle-Orléans sur cinq préféraient le monstrueux à l'angélique, et qu'il supposait que la proportion serait la même à l'échelle nationale.

« Ou internationale. Avec Internet, on ne sait jamais. »

Moze acquiesça d'un simple signe de tête. « Et comment ! »

L'université de Tulane n'ayant pas rouvert ses portes, Janis était momentanément sans travail. Une aubaine, d'après Moze. Elle pourrait l'aider à l'atelier, d'abord pour le moulage, et par la suite à la comptabilité et à l'expédition. Il conçut un calendrier ambitieux – trois démons pour chaque chérubin –, mais il avait besoin de capitaux supplémentaires pour mettre son plan à exécution. Ce dont, moi, j'avais besoin, c'était de laisser tomber mon travail de nuit à Mamma Mia. J'en parlai à Alphonse. Ses parents allant mieux, il était rentré de Floride mais n'avait toujours personne pour la nuit. Il accepta ma proposition : je formerais Moze puis me retirerais progressivement. J'avais hâte de dire adieu aux beignets et au baby-sitting. Pour être juste, Velvet donnait parfois un coup de main, mais seulement quand ça lui chantait. Le reste du temps, elle passait toute la nuit à bouquiner et à boire du café subventionné par mes soins. En plus, je devais sans cesse lui rappeler de sortir si elle voulait fumer.

Partager la ferme était un réconfort à certains égards – Janis tenait mieux la maison que moi, et Moze s'avéra un excellent cuistot. Ragoûts de poisson, gombo filé : le plus souvent, ils m'invitaient à me joindre à eux et c'était agréable de ne pas manger seul. Nous étions à tu et à toi. Pourtant, il fallut m'habituer à avoir des locataires. Parce que j'avais accordé aux Mick l'usage de la cuisine, je devais me souvenir d'enfiler un caleçon avant de débouler pour faire mon café matinal. Et il y avait le problème de l'acoustique. Les tuyaux de radiateur passaient entre nous, de sorte que j'entendais souvent des bribes de conversation – surtout leurs disputes, qui éclataient assez souvent. Le stress, je supposais. Comment ne seraient-ils pas stressés avec tout ce qu'ils avaient vécu et perdu ?

À ma connaissance, il ne la frappait pas, mais je guettais cette éventualité à chaque scène de ménage. J'étais bien placé pour savoir qu'un type prisonnier d'une situation sur laquelle il n'a aucune prise peut se transformer en son pire ennemi. Je repensais à la façon dont je m'étais déchaîné contre Maureen, le soir où j'avais découvert sa liaison avec Paul Hay. À la façon dont j'étais allé trouver Hay sur le chantier de sa maison et avais joué de la clé anglaise dans une crise de folie dopée à l'adrénaline. Comment l'animatrice « Tu nous les brises » de l'atelier de gestion de la colère appelait ça, déjà ? La cardiologie et l'endocrinologie de la rage. Pur hasard, j'étais tombé sur elle quelques semaines auparavant alors que nous étions en pleins travaux. Moze et moi achetions du contre-plaqué à Home Depot. Je la reconnus immédiatement, et il est possible qu'elle m'ait reconnu aussi. Elle m'adressa un petit signe de tête raide comme pour dire : *Je te surveille toujours, mon pote.* Elle avait aussi regardé Moze d'un œil noir. « Bon sang, avait-il plaisanté. Qu'est-ce qu'on lui a fait ? »

Les disputes entre Moze et Janis ne semblaient pas refroidir leurs ardeurs amoureuses. Quand je m'étais installé au rez-de-chaussée, j'avais mis notre lit et notre commode dans la salle à manger. Au temps jadis, mon arrière-grand-mère Lydia y avait reçu et cherché à rallier à sa cause des officiels du Connecticut et des fonctionnaires fédéraux, même un ministre de la Justice – celui de Hoover, m'avait dit, je crois, Lolly. Du coup, le lit des Mick se trouvait juste au-dessus du mien, et d'un lustre victorien avec abat-jour en verre et pampilles en cristal. Chaque fois qu'ils s'envoyaient en l'air, le maudit lustre se balançait et cliquetait au rythme de leurs ébats. J'ai d'abord essayé de respecter leur intimité – je me levais et arpentais les pièces du bas jusqu'à ce que le calme soit revenu. Mais au bout d'un moment, je suis resté écouter. Je me suis mis à penser à Mo et moi au début. Ou à Francesca – sortant de l'eau sur cette plage naturiste où il nous arrivait d'aller. Tout en regardant les oscillations du lustre, je finissais la main entre les jambes pour me soulager, et arriver à dormir… Et je l'avoue : parfois je bannissais Moze. Je m'imaginais en haut avec Janis. Ne vous méprenez pas. Je ne faisais pas de fixation sur elle ni rien. Mais avoir une jolie femme dans la maison, eh bien…

Le matin, après son jogging, elle entrait dans la cuisine, cheveux noués en une queue-de-cheval ébouriffée, vêtue d'un tee-shirt rose ultracourt et d'un petit short de gym gris portant l'inscription « Tulane » sur les fesses. Des gouttes de sueur perlaient sur sa peau.

« Moi aussi je courais assez régulièrement, dans le temps, lui déclarai-je un beau matin. J'ai perdu l'habitude, ces dernières années.

« — Oh, tu devrais t'y remettre. On pourrait courir ensemble. Se motiver l'un l'autre. » Je dis que j'y réfléchirais.

Elle me tournait le dos pendant cette conversation – elle faisait cuire des œufs –, et je ne cessais de lever les yeux de mon journal pour admirer son joli petit cul. Puis elle me fit face et saisit mon regard. Mes yeux se posèrent de nouveau sur les gros titres et je me sentis rougir. C'était un peu lamentable. J'avais l'âge d'être son père. Ce n'était pas comme si je l'avais surprise, elle, en train de me regarder. D'après les balancements du lustre, elle avait tout ce qu'il lui fallait.

Maureen me regarda approcher. Quand j'arrivai devant elle, elle se leva et nous nous donnâmes l'accolade approuvée par la direction de l'administration pénitentiaire, le bisou sanctionné par la prison. « Je ne t'ai pas reconnu tout de suite, dit-elle

— Ah bon, tu m'as pris pour qui ? »

Elle m'effleura les tempes. « Je n'avais pas remarqué à quel point tu avais grisonné. » La faute à qui, putain ? eus-je envie de lui demander.

J'étais d'humeur massacrante. Je sortais de mon cours sur la quête en littérature. La moitié des étudiants n'avait pas fait les lectures recommandées et l'autre moitié avait passé le premier quart d'heure à rouspéter : les textes n'avaient ni queue ni tête, ils ne les concernaient pas, blablabla. Je mourais d'envie de leur dire : On m'a refilé ce cours et vous, vous y êtes inscrits. Le skateur s'était assoupi. Le soldat en treillis n'arrêtait pas de regarder sa montre. Le portable de la blonde n'avait pas cessé de sonner. Elle ne pouvait absolument pas l'éteindre, m'avait-elle dit sèchement. Son gosse avait la fièvre. *D'accord ?*

« L'autre jour, j'ai rencontré un vieil ami à toi », dit Maureen. Elle était d'excellente humeur cet après-midi. On l'avait transférée dans une autre unité, moins stricte. Elle aimait bien sa nouvelle codétenue, Camille.

« Bon sang, c'est quoi ? Ton troisième transfert ? » fis-je.

Le quatrième, dit-elle.

« Et Camille est là pour quelle raison ? »

Pour détournement de fonds. « Elle m'a demandé si je voulais l'accompagner à la messe hier – elle est catholique. J'ai d'abord dit non, puis j'ai changé d'avis. » Pour la première fois depuis son incarcération, m'annonça Mo, elle avait le cœur moins lourd.

« Ah oui ? C'est chouette. C'est qui, ce vieil ami dont tu me parlais ?

— Le père Ralph. Je ne connais pas son nom de famille. Il dit que vous êtes allés ensemble au bal de promo et que vous avez fini par épouser vos cavalières respectives.

— Ah, je vois. Ralph Brazicki.

— Je me suis d'abord dit : Il est *marié* ? Mais Camille m'a expliqué qu'il était veuf. »

Je hochai la tête. « Betsy Counihan. Un cancer du sein, je crois. Qu'est-ce que ta nouvelle compagne de cellule a fait ? »

Elle était comptable pour une chaîne de magasins de moquette, m'expliqua Maureen – elle avait falsifié les comptes et fréquenté le casino trois ou quatre soirs par semaine. Elle espérait ainsi donner à son fils et à sa bru de quoi verser l'acompte pour l'achat d'une maison et rembourser tout ce qu'elle avait « emprunté ».

Je remarquai que Camille était la seconde codétenue de Mo à avoir « jonglé » avec les chiffres. Et la quatrième dont l'incarcération était liée d'une manière ou d'une autre à une addiction.

« Ça me fait penser, tu vas toujours aux réunions des Narcotiques anonymes ?

— Oui, quand j'arrive à m'inscrire à temps. Ils limitent le nombre à quinze. C'est ridicule. Si on demande à aller à une réunion, c'est qu'on en a besoin. Le directeur fait semblant de s'intéresser à la désintoxication des détenues. On ne l'aperçoit que lorsqu'il fait visiter la prison à un politicien ou aux médias. Il s'arrête près d'un groupe de filles et dit des trucs du genre : « Souvenez-vous, à chaque jour suffit sa peine » et « Ça marchera si vous y mettez du vôtre ». Mais c'est lui qui restreint l'assistance aux réunions. Et c'est aussi lui qui a eu l'idée d'en réduire le nombre : on est passées de six par semaine à trois. »

Je commençais à avoir la bougeotte. Et envie de changer de sujet. « Père Ralph, hein ? Je n'en reviens pas. Au lycée, Ralphie Brazicki aurait gagné à tous les coups le concours de celui qui était le moins susceptible de devenir prêtre. C'est comment la messe en prison ? »

Étrange, expliqua Mo, mais agréable. Ils installaient des chaises en plastique à l'entrée du bâtiment industriel. On apportait un autel monté sur roulettes. « C'est juste à côté de l'endroit où on prépare les repas, les murs sont donc tapissés de sacs d'oignons et de caisses de tomates en conserve. On entend tous les bruits de la cuisine. Camille chante. Elles se sont baptisées le Chœur sans répétition. Mais j'ai trouvé ça magnifique. Les fenêtres donnent sur les poubelles. C'est le lieu de ralliement de toutes les mouettes.

— L'une d'elles est peut-être le Saint-Esprit.

— Peut-être », dit-elle sans sourire. Elle ajouta que le père Ralph lui avait donné un rosaire.

« Quand j'étais gosse, ma mère récitait son rosaire tous les soirs sans une fichue exception. Elle me traînait à la cathédrale Saint-Antoine tous les dimanches. Tu sais ce que je préférais ? Si je m'étais bien tenu pendant la messe, elle m'emmenait dans un snack-bar pour un Coca et un hot dog… Ça et regarder les vitraux. Tous ces visages souffrants, pieux. Et le Saint-Esprit qui planait au-dessus de tout. »

Maureen commençait à ne plus tenir en place. « Qu'est-ce que tu as de beau à me raconter ? Quoi de neuf du côté des Mink ?

— Des *Mick*. Voyons voir… Tu te rappelles tous ces cartons remplis d'affaires ayant appartenu à mon arrière-grand-mère, qui se trouvent dans la véranda ? Janis s'est mise à farfouiller dedans. Elle dit que c'est une vraie mine d'or pour quelqu'un qui s'intéresse aux études féministes comme elle. Tu ne devineras jamais ce qu'elle a trouvé, il y a deux jours. Un passage du journal intime de mon arrière-grand-mère Lydia dans lequel elle raconte le soir où sa grand-mère et elle ont dîné chez Mark Twain à Hartford. Drôlement intéressant, non ? »

Maureen hocha la tête sans enthousiasme.

« Quant à Moze, il travaille en solo à la boulangerie. Il dit que Velvet le rend dingue, tout comme moi.

— Elle est venue dimanche. Mais je n'ai pas réussi à la voir. Les surveillants ont fait la grève du zèle pour nous punir du yoyotage. Quand ils ont enfin daigné nous laisser entrer au parloir, Velvet était déjà repartie.

— Quel dommage ! C'est quoi le yoyotage ?

— Quand on se passe des trucs par les fenêtres. »

Les surveillants leur avaient dit de se dépêcher de se mettre en rang puis ils les avaient fait poireauter. C'était une des multiples façons de faire sentir aux détenues qu'elles étaient des moins que rien – la dernière chose qu'il fallait à des femmes luttant contre une dépendance. Si Mo était de bonne humeur au début de ma visite, il en allait tout autrement à présent. C'était en grande partie ma faute. Depuis mon arrivée, je n'avais qu'une envie : partir. Mo me racontait qu'elle avait commencé à réciter le rosaire.

« Exactement comme ma mère. "Je vous salue Marie pleine de grâce, le fruit de votre tripaille est béni."

— C'est censé être drôle, Caelum ? Ou c'est censé nier le fait qu'aller à la messe m'a remonté un peu le moral ?

— Tu sais quoi ? Je suis fatigué. J'ai pas besoin de ça. »

Ce soir-là, au lit, j'ai tenté de réciter le « Je vous salue Marie ». « Je vous salue Marie pleine de grâce. Le Seigneur est avec vous. Vous êtes bénie entre toutes les femmes et Jésus, le fruit de vos entrailles, est béni… » Et après ? Impossible de m'en souvenir.

Mais tout à coup, je me suis rappelé autre chose – quelque chose que Mo m'avait dit à propos du calvaire vécu à Columbine. Pendant qu'elle était cachée dans son placard et que Klebold et Harris balançaient leurs bombes et tuaient leurs camarades, elle avait récité le « Je vous salue Marie » je ne sais combien de fois.

« Sainte Marie, mère de Dieu. Priez pour nous, pauvres pécheurs, maintenant et à l'heure de notre mort. Ainsi soit-il. » D'une certaine façon, Maureen avait vécu une sorte de mort, ce jour-là. À présent, elle était coincée dans ce trou à rats. *Pour nous punir du yoyotage.* Elle n'avait purgé qu'un dixième de sa peine et elle parlait déjà l'argot de la prison comme une vieille taularde. « Maintenant et à l'heure de notre mort. » J'ai prononcé les mots à voix haute et j'ai frissonné.

Un jour où nous étions seuls à table, Janis me demanda si ça ne me dérangerait pas de l'emmener à Oceanside un matin. « Bien sûr. Quand tu veux. Pourquoi ? »

La raison officielle : la création du site Internet de Moze était au point mort, et il lui avait confié la mission de dénicher un étudiant en informatique qui accepte de lui bricoler ça pour pas cher.

« Et la raison officieuse ? » demandai-je.

Ses yeux s'emplirent de larmes. Elle avait perdu son travail et sa maison. Elle regrettait ses collègues et ses professeurs éparpillés aux quatre coins du pays. Elle échangeait des e-mails avec certains, mais ce n'était pas la même chose. Elle regrettait aussi la bibliothèque où, entourée de livres et d'articles, elle se plongeait dans ses recherches au point d'être étonnée de voir que le temps avait filé. « Alors je me suis dit que traîner quelques heures sur un campus pourrait me remonter le moral.

— Je ne demande pas mieux que de t'emmener là-bas, mais tu risques d'être déçue. La bibliothèque d'Oceanside Community College va te sembler plutôt minable, comparée à celle de Tulane.

— C'est sans importance. Le vrai problème, c'est qu'aider Moze à lancer son affaire, c'est son envie à lui, pas la mienne. Si cette vente par correspondance marche, je crains d'être prise au piège. De ne jamais retrouver un travail que j'aime.

— Ça ne me regarde pas, mais tu lui as fait part de tes sentiments ? »

Elle avait essayé la veille, mais ça s'était terminé par une dispute. J'étais au courant. Je l'avais entendu crier : « Sale garce égoïste ! »

« Assez parlé de moi. Donne-moi des nouvelles de ta femme. J'ai hâte de la rencontrer. Elle revient bientôt ? »

Je respirai à fond. Il était temps. Plus que temps, vraiment. « Pas avant quatre ans et demi. À moins qu'elle obtienne miraculeusement une réduction de peine. »

Désarçonnée, Janis écarquilla les yeux. « Elle est… ?

— En bas de la route. En taule. »

Alors tout est sorti : Columbine, la dépendance de Mo, Morgan Seaberry. C'était comme si une digue avait fini par céder : j'ai déversé toutes les souffrances de ces dernières années. Je ne me suis pas contenté de pleurer. Je me suis complètement lâché. Une fois le calme revenu – quand je me suis borné à renifler et à frissonner –, elle m'a dit : « Donne-moi tes mains. »

Je me suis exécuté. Elle les a serrées dans les siennes. Ce simple geste m'a offert une intimité que je n'avais pas ressentie depuis… je ne sais combien de temps. Jamais, peut-être. C'est difficile à expliquer : mes mains dans les siennes, ce n'était pas vraiment sexuel – ça n'avait rien à voir avec le sperme que j'avais répandu en regardant osciller le lustre au-dessus de ma tête. Mais… ce n'était pas non plus complètement asexuel. Je ne saurais décrire l'effet produit, si ce n'est en disant que c'était puissant. Plein d'espoir.

Puis la porte de la cuisine s'est ouverte à la volée et Moze est apparu : il sentait la friture et portait un pantalon de boulanger à carreaux. Il avait de la farine dans les sourcils et la barbiche. « Regarde ce que j'ai trouvé sur ton perron de derrière », a-t-il dit. Il a levé sa main fermée pour que je voie et l'a ouverte.

C'était une mante religieuse.

21

18 septembre 1886

Ma chère Lillian,

Je t'écris de la gare de Hartford, où nous allons devoir attendre un train pendant je ne sais combien de temps. Celui que nous devions prendre a déraillé entre Springfield et ici après une collision avec un taureau échappé. C'est ce que dit le guichetier, dont la mauvaise humeur augmente à mesure que les voyageurs l'interrogent et qui a, soit dit en passant, un goitre des plus laids. Le retard contrarie Grand-mère. Ce matin, elle n'est pas dans son assiette à cause de la nourriture riche qu'on nous a servie hier soir, et parce qu'elle quitte Hartford sans avoir obtenu du « grand Twain », comme elle appelle M. Clemens, la promesse ferme d'une lettre de soutien pour sa prison de femmes. Grand-mère dit qu'il est vaniteux et qu'il se croit trois fois plus intelligent qu'il ne l'est en réalité. Lorsque je lui ai rappelé, voici quelques minutes, ce qu'elle m'a maintes fois répété – Ne juge pas autrui si tu ne veux pas être jugé –, elle a répondu par un raclement de gorge grossier.

Quant à moi, je dis New Haven attendra. Je suis contente d'être assise sur ce banc de bois et de revivre la plus merveilleuse soirée de ma vie ! Je dois tout consigner par écrit de peur d'en oublier le moindre instant. Tout n'a-t-il été qu'un rêve, Lil ? Il semblerait que oui, si je n'avais la preuve qu'il n'en fut rien. Je n'ai jamais chapardé quoi que ce soit auparavant, et jure de ne jamais recommencer. Pourtant il s'agit d'un modeste larcin, et j'espère que nos hôtes ne s'apercevront pas de la disparition. Je n'aimerais pas que les Clemens aient une mauvaise opinion de moi. Suis-je mauvaise, Lil ? Car je suis plus heureuse de posséder une preuve de ma soirée enchanteresse que contrite de l'avoir emportée. Ce matin, j'ai touché mille fois la douce plume avec son ocelle d'un bleu profond, et je l'ai cachée entre ces pages. Ça me donne un délicieux frisson. Tu as volé aussi, Lil, et tu comprendras peut-être mon péché, tandis que le vieux parangon de vertu qui boude deux places plus loin me déclarera coupable et mauvaise. Si la maison de redressement de Lizzy Popper devient un jour réalité, c'est sans doute moi qu'elle y fera entrer la première !

Lillian, je n'ai jamais vu autant de monde rassemblé en un seul endroit. Des vieillards décrépits aux nouveau-nés en tenue patriotique, tous les âges étaient représentés à Bushnell Park. Au tout premier plan, il y avait ceux qu'on honorait – les milliers de vétérans qui ont sauvé la nation à l'époque où toi et moi n'étions pas encore nées.

Grand-mère et moi sommes arrivées à l'extrémité est du parc, en compagnie de Mme Twichell et d'une partie de sa couvée, le bas de nos jupes tout trempé car le sol était humide après le déluge d'hier.

L'Arc commémoratif est une impressionnante structure de grès brun, Lil, une œuvre d'art qui mérite toute l'attention qu'elle a reçue. Quand Grand-mère a posé pour la première fois les yeux dessus, elle en a été émue aux larmes. Il consiste en deux tours médiévales reliées par un arc en plein cintre dans lequel ont été gravées des frises de style grec. La structure surmonte le pont sous lequel coule la Park River. C'est la rivière qui passe derrière la demeure des Clemens, ai-je appris par la suite.

M. Clemens l'a surnommée La Salope qui serpente. J'ignore pour quelle raison.

De retour à la maison, j'irai au salon et regarderai d'un autre œil les bustes d'oncle Edmond et d'oncle Levi, qui ont donné leur vie pour la bonne cause. Peut-être grand-mère s'est-elle souvenue de ses fils tués quand elle a pleuré à la vue de l'Arc? Mais qu'en est-il de notre papa, Lilian? Je sais qu'il n'a pas pris part à la guerre, mais j'ignore pour quelle raison et pourquoi Grand-mère refuse si obstinément de desserrer les dents sur le sujet. Un jour peut-être, lorsque je rencontrerai ma bienfaitrice, la mystérieuse Mlle Urso, elle me fournira des détails. En attendant, je reste dans l'ignorance quant à notre défunt *pater familias.* Mais revenons-en au récit du jour le plus incroyable de ma vie.

Après les festivités, Grand-mère et moi sommes retournées chez les Twichell, dans le charmant quartier de Nook Farm où la famille Clemens et Mme Stowe résident également. Pendant que grand-mère s'entretenait de sa prison de femmes avec le révérend Twichell, Harmony m'a prise par la main et m'a emmenée dans Farmington Avenue pour que je fasse la connaissance de son amie Susy Clemens. Susy est l'aînée des trois filles de M. Twain. Quand je suis passée devant la maison voisine, qui appartient à Mme Stowe, j'ai cru que mon cœur allait cesser de battre. J'espérais envers et contre tout que le grand écrivain serait des nôtres au dîner des Clemens. Hélas, j'ai appris par Harmony que l'époux de Mme Stowe est mort le mois dernier et qu'elle ne sort plus. Tous les stores étaient baissés, et la maison était aussi silencieuse qu'une tombe.

Ce n'était pas le cas de la demeure des Twain, où règne une constante agitation, dedans comme dehors. La maison est splendide, rien à voir avec l'étrange bâtisse à laquelle je m'attendais d'après la description « un tiers bateau sur la rivière, un tiers cathédrale, un tiers pendule à coucou ». C'est une construction de briques et de bois joliment ornée de noir et de rouge. Il y a des tourelles et des vérandas au rez-de-chaussée et, au premier, un jardin d'hiver à toiture vitrée qui permet de rentrer les plantes et d'en profiter pendant les frimas. À notre arrivée, M. Twain était dehors en compagnie de Susy et ses sœurs, Clara et la petite Jean. Ils s'amusaient avec une bouteille d'eau savonneuse. Susy et Clara faisaient des bulles que Jean poursuivait. Les bulles étaient d'une belle couleur opaline dans le soleil déclinant, et je me suis sentie gaie et le cœur léger. M. Twain faisait lui aussi des bulles, mais les remplissait avec la fumée de son cigare. Quand elles éclataient, il s'en échappait de petits nuages bleus.

Harmony m'a présentée à M. Twain. Comme il a parcouru le monde, j'ai tendu la main et dit : « *Enchantée, monsieur** », ce à quoi il a répondu : « Et *parlez-vous** à vous aussi, *mademoiselle**. Votre français est *magnifique**, mais qu'en est-il de votre arithmétique ?

— Mon arithmétique ? ai-je demandé quelque peu troublée.

— *Oui**. Si Pierre achète un cheval deux cents francs et Jacques une mule cent quarante francs, qu'ils s'associent et décident de vendre leurs bêtes pour acquérir un terrain qui en vaut quatre cent quatre-vingts, combien de temps faudra-t-il à un Français boiteux pour emprunter un parapluie de soie ?

— Un parapluie, monsieur ? » J'étais complètement perdue, mais Susy a ri et dit : « Papa, arrête de taquiner la pauvre Mlle Popper.

— Ah bon ? Alors je vous prie de me pardonner, *mademoiselle**. » Sur ce, il m'a saluée en se pliant en deux et s'est remis à faire des bulles.

La petite Jean s'est ensuite approchée de moi pour me raconter que, chez sa tante, où la famille passe l'été, il y a dix chats. Elle m'a donné leurs noms et ils étaient vraiment curieux : Pestilence, Famine, Soapy Sal, etc. « Sour Mash[1] est la préférée de papa, m'a confié Jean. Il l'appelle sa gueuse écaille-de-tortue.

— Oui, enfin... », a marmonné M. Twain, un tantinet contrarié je crois, avant de s'excuser : il devait rentrer voir si son majordome avait des corvées pour lui. Susy m'a conseillé de ne pas faire attention à son père. « Maman a essayé de le civiliser, mais la cause est désespérée », a-t-elle dit ~ pour plaisanter je suppose. Susy est une jolie blonde aux joues roses. Derrière ses lunettes, ses yeux ont un regard passionné. Elle a tenté une cure mentale pour sa myopie, mais ça n'a pas marché.

Une fois à l'intérieur de la demeure des Clemens, j'ai été éblouie ! Les murs et le plafond rouges de l'entrée sont ornés d'un motif au pochoir bleu foncé, les lambris d'un motif argent. Il y a aussi un cagibi avec un téléphone. J'avais lu des articles sur ces appareils mais n'en avais encore jamais vu. Jean m'a chuchoté que son père jure quand le téléphone ne marche pas, et que chaque fois il doit donner un penny à leur mère.

Nous étions les premières arrivées pour le dîner. Susy a descendu l'escalier dans une robe de satin bleu ciel – céruléen, a-t-elle dit – qu'elle avait assortie d'un bandeau de la même couleur et d'un bouquet de violettes artificielles attaché à sa taille. Mme Clemens était l'image même du raffinement et de l'élégance dans sa robe longue de soie vert d'eau à col montant. M. Clemens, lui, semblait plus respectable qu'un peu plus tôt lorsqu'il faisait des bulles le col ouvert et les manches retroussées.

---

1. Sour Mash est le procédé de fabrication de la plupart des bourbons.

Les présentations étaient à peine faites que Grand-mère a sauté sur sa proie, et demandé à M. Clemens si elle pouvait lui dire un mot au sujet d'une question importante. Mais elle a été interrompue par l'arrivée tapageuse de deux autres invités, M. William Gillette et son épouse Helen – un couple très séduisant. M. Gillette est comédien et c'est un ex-voisin des Clemens à Nook Farm. « Le jeune Will doit sa carrière d'acteur aux nombreuses charades auxquelles il a joué ici dans son enfance, a déclaré M. Clemens. Je lui ai souvent dit que nous devrions avoir notre part des cachets qu'il reçoit à présent qu'il a réussi, mais pour le moment il y est résolument opposé. » Tout le monde a ri, sauf *Grand-mère**, qui venait de voir s'envoler une opportunité d'arracher une promesse à M. Clemens et qui, de toute façon, ne rate jamais une occasion de dire que les acteurs sont des charlatans dénués de force morale.

Voici, Lillian, la liste des invités d'hier soir : le révérend et Mme Twichell et leur fille Harmony, les Gillette, M. Walter Camp (un ancien étudiant de Yale employé par une société horlogère de New Haven), Grand-mère et moi-même. Un neuvième convive – M. Tesla – était attendu mais n'était toujours pas là une heure après l'arrivée de tous les autres. « Oh, il va venir, le pauvre, ne cessait de répéter M. Clemens. Il s'est peut-être perdu, ou il est en train de concevoir une nouvelle grande invention. Les génies scientifiques ne sont pas gouvernés par leur montre de gousset. » On ne pouvait cependant attendre éternellement, comme l'a déclaré Mme Clemens, et les invités se sont donc dirigés vers la salle à manger.

Au menu : un délicieux velouté de céleri et de poireaux, des huîtres pochées, du canard rôti accompagné de galettes de pommes de terre et de légumes, une salade de laitue avec des châtaignes et des figues, et en dessert de la charlotte russe et des glaces en forme de chérubins. Le tout copieusement arrosé d'apéritifs, de sherry, de champagne et de liqueurs aux couleurs vives. J'ai reconnu parmi ces dernières la *crème de menthe** que Mme Buzon sirote dans son bureau pour faciliter sa digestion. Susy, Harmony et moi nous sommes bien sûr abstenues, ainsi que Grand-mère – qui sera à jamais une vertueuse quaker ! Toutes les dames modernes ont bu, y compris Mme Twichell, bien qu'elle soit femme de pasteur.

Oh, Lil, que la conversation était vivante et gaie ! Mme Gillette a demandé à M. Twain quel roman il écrivait en ce moment, et il a dit qu'il s'échinait depuis un certain temps sur l'histoire d'un homme moderne qui se retrouve égaré à l'époque médiévale. Il a ensuite parlé avec beaucoup de drôlerie de la façon dont ses livres sont révisés. Mme Clemens lit chaque nouveau chapitre à voix haute, et enlève tous les « passages délicieusement mauvais », qui finissent « dans le poêle ». Si Mme C n'avait pas pratiqué d'opérations chirurgicales sur *Les Aventures de Huckleberry Finn*, le livre aurait atteint mille pages ! La plaisanterie a fait rire tout le monde, même Mme Clemens. « Oh, jeune homme, nos invités vont me prendre pour un tyran », a-t-elle dit. Ce à quoi M. C a répondu : « Seulement quand tu es armée d'un stylo rouge, ma chère. » Il est clair que les parents de Susy sont très attachés l'un à l'autre. Je trouve amusant que Mme Clemens appelle son mari grisonnant « jeune homme ». La jeunesse de M. Twain s'est envolée depuis belle lurette ! Il a au moins quarante ans I

La conversation est ensuite passée à M. Camp, qui n'est pas seulement horloger, mais sportif. Il dit que les humains devraient imiter les animaux de la jungle et exercer leurs muscles s'ils ne veulent pas voir leur santé s'altérer. Il a conçu une gymnastique rythmique qu'il appelle sa « dizaine quotidienne », et prétend que ceux qui la pratiquent allongent leur durée de vie. On s'est beaucoup amusés aux dépens de M. Camp quand il nous a donné les noms des contorsions qu'il a inventées : la « meule », la « prise », le « rouleau », « à quatre pattes ». M. Camp a aussi longuement parlé du football, un jeu de gentlemen auquel je ne connais strictement rien et dont je me moque comme de colin-tampon.

J'ai été beaucoup plus intéressée par ce que M. Gillette nous a raconté de sa vie sur les planches. Il est partisan du « jeu naturel », qu'il préfère à la déclamation mélo-dramatique. Il a joué Benvolio et Shylock, mais aussi Rosencrantz, avec Edwin Booth dans le rôle de Hamlet. Il a beaucoup été question des ennuis de M. Booth – une femme devenue folle, une belle-famille abominable, des vertiges pris à tort pour de l'ivresse au cours d'une repré-sentation et relatés ainsi dans les journaux. M. Gillette a aussi évoqué le « terrible fardeau de la fraternité » qui pèse sur les épaules de M. Booth. C'est alors seulement que j'ai compris qu'ils parlaient de la fraternité avec l'infâme scélérat qui a assassiné le Président Lincoln ! Quel effet cela doit faire, je me le demande, d'avoir le même sang qu'un aussi triste sire ? Continue-t-il à l'aimer malgré tout ou se joint-il aux multitudes qui le vilipendent ? Le fardeau de la fraternité, effectivement I

Après M. Booth et ses nombreux malheurs, la conver-sation a roulé sur des sujets plus joyeux. Il a été question d'un spectacle que Mme Clemens et Susy ont vu au prin-temps dernier, une farce musicale intitulée *Le Mikado*. Mme Clemens a dit que c'était « une distraction et une détente », et Susy que les décors et les costumes l'avaient transportée comme par magie en Extrême-Orient. M. Cle-mens a également vu *Le Mikado* et l'a qualifié de « fantas-magorique ». Il s'est ensuite tourné vers Susy, Harmony et moi, et a demandé laquelle de nous trois savait épeler « fantasmagorique ».

« Oh, papa, tu sais que mon orthographe est épouvantable », s'est lamentée Susy. Harmony a refusé aussi de relever le défi. Quant à moi, j'ai épelé le mot correctement, et M. Twain a déclaré que j'avais « un intellect de tout premier ordre ». Être ainsi complimentée et voir tous les regards posés sur moi m'a fait rougir, mais je dois reconnaître que j'ai bel et bien un don pour l'orthographe. N'ai-je pas gagné l'abeille d'excellence à l'école de Mme Buzon à *deux* reprises ? J'ai néanmoins été soulagée que la conversation passe de mes prouesses orthographiques aux agitateurs qui lancent des bombes à Chicago et à la capture de Geronimo et de sa bande de hors-la-loi.

Hélas, trois fois hélas, mon soulagement a été de courte durée. Quelqu'un a abordé les mauvais traitements que le gouvernement inflige aux Peaux-Rouges, et Grand-mère est montée sur sa caisse à savon pour entonner son refrain habituel sur les graves injustices commises envers les pauvres par les classes supérieures cupides et leurs apologistes : les méchants darwinistes sociaux. À la fin de sa tirade, elle s'est tournée vers notre hôte et l'a apostrophé : « Monsieur Clemens, n'êtes-vous pas d'accord pour dire que, lorsque les opprimés succombent au vice, il s'agit plus d'un échec de la société que d'un échec personnel ? »

Je savais ce que mijotait Grand-mère, car n'avait-elle pas accepté cette invitation dans l'espoir d'obtenir l'appui de M. Twain pour la construction de son cher établissement pénitentiaire ? Mais, si sa question était un morceau de fromage dans un piège à souris, M. Twain s'est révélé un rongeur espiègle et malin. L'œil pétillant de malice, il a demandé à Grand-mère de quels vices elle voulait parler. « Parce que, ma bonne dame, si vous entendez par là jurer et fumer, j'avoue être coupable des deux. » Tout le monde a gloussé à cette remarque, sauf Grand-mère. Oh, Lil, a-t-il jamais existé femme plus sérieuse et plus dénuée d'humour ?

« Je veux parler, monsieur, des vices urbains auxquels la femme est particulièrement vulnérable, a-t-elle répondu.

— Mais encore ? questionna quelqu'un.

— La prostitution et le viol. Et du prix énorme que la pécheresse et la société doivent payer en conséquence : les enfants nés en dehors des liens sacrés du mariage et la propagation de la syphilis ! »

Oh, Lil, entendre évoquer pareils sujets à cette table élégante, devant ces gens élégants – par ma propre grand-mère ! Jamais je n'ai eu aussi honte de ma vie. Mais pas question pour Grand-mère de se taire. Ni de quitter des yeux notre hôte. « Et qu'advient-il, monsieur, des malheureuses qui sont la proie de ces vices et de ces afflictions ? Leur accorde-t-on un asile ? Les met-on dans un lieu où elles puissent être ramenées à la vertu féminine par de pieuses chrétiennes ? Non, monsieur. On les jette en prison avec des criminels de l'autre sexe – comme on jetterait de la viande à des chiens affamés ! »

Murmures de compassion de la part des dames et silence de mort de la part des hommes. Susy et Harmony se sont regardées avec de grands yeux, et j'ai été soulagée de constater que ni l'une ni l'autre ne s'était tournée vers moi.

C'est l'ami de Grand-mère, le révérend Twichell, qui a volé à son secours. « Mme Popper a une solution aux problèmes qu'elle vient de nous soumettre avec force », a-t-il dit. S'adressant à Grand-mère, il lui a demandé de bien vouloir exposer son point de vue. Ce qu'elle a fait, en décrivant la régénération des criminelles grâce à l'air frais, aux travaux de la ferme, à la pénitence et à la prière.

« Je crois fermement que ces femmes déchues peuvent se relever, a-t-elle conclu.

— Mme Popper sillonne donc l'État pour recueillir des lettres de soutien, a dit M. Twichell. Car elle a le sentiment que les voix de personnalités estimées contribueront à persuader nos législateurs de la nécessité de maisons de redressement où les femmes seront totalement séparées de l'élément masculin nocif. »

J'ai vu les mains de Grand-mère trembler quand elle a prononcé ce qui suit : « C'est dans ce but, monsieur Clemens, que je vous serais reconnaissante de... »

Mais, alors, la pauvre a de nouveau été interrompue, cette fois par M. Camp, qui a lancé : « Avec tout le respect que je vous dois, madame Popper, je ne vois pas pourquoi les femmes déchues *mériteraient* cet élysée que vous vous proposez de créer. Pas plus d'ailleurs que je ne peux entièrement écarter les théories des darwinistes sociaux. Que cela plaise ou non, dans la nature comme dans le capitalisme, il y aura toujours des forts et des faibles. »

L'interruption a d'abord déconcerté notre malheureuse grand-mère. « Avec tout le respect que je vous dois, monsieur, a-t-elle rétorqué ensuite, les joues rouges et les narines frémissantes, ce raisonnement me semble être celui d'un homme plus familiarisé avec la gymnastique rythmique qu'avec la charité chrétienne. » Un ange est passé. Je m'attendais presque à ce qu'on nous montre la porte !

« J'ai rencontré Charles Darwin, a fini par déclarer M. Clemens. C'est un ami commun, M. Howells, qui nous a présentés. J'ai dit à Darwin que j'avais lu et aimé sa *Filiation de l'homme*, et il m'a avoué garder un de mes livres sur sa table de nuit parce qu'il l'aidait à s'endormir. J'ai choisi de prendre sa remarque pour un compliment. »

Ayant repris les rênes de la conversation, M. Clemens l'a orientée dans une tout autre direction – à savoir son amour des negro spirituals. Il a bondi de sa chaise comme un diable de sa boîte, couru au piano dans le salon voisin, et s'est mis à chanter faux en jouant dans la mauvaise tonalité *Sing Low, Sweet Chariot* et *Go Chain the Lion Down*. Je n'ai osé regarder Grand-mère qu'une seule fois durant cet interlude musical et me suis aperçue qu'elle était rouge de dépit. J'ai vu son ami M. Twichell se pencher vers elle et lui tapoter gentiment la main pour la réconforter. Mme Clemens lui a murmuré une ou deux paroles apaisantes. Quoi qu'il ait été dit, Grand-mère a boudé encore un peu, puis a eu l'air plus fatiguée qu'irritée.

Quand on a débarrassé les assiettes à huîtres, M. Twain a raconté une histoire idiote sur la façon dont son chien Hash l'avait dressé à aller ramasser des bâtons. Les domestiques, un majordome moricaud et une servante irlandaise qui étaient en train de servir le plat principal, se sont arrêtés pour écouter et rire. M. Twain a noté ce détail, et annoncé à ses invités qu'ils préféraient tous les deux écouter plutôt que travailler, et que nous ne devions pas nous alarmer s'ils s'installaient à table et nous obligeaient à nous servir nous-mêmes. Le major-dome a ri de bon cœur, mais la servante a paru mortifiée. Elle a terminé de servir les galettes de pomme de terre puis s'est empressée de retourner, toute rouge, dans la cuisine.

Pendant que nous dévorions notre canard, Grand-mère a fait une dernière tentative pour aborder la question de l'établissement pénitentiaire, mais elle a de nouveau été interrompue – cette fois par des coups bruyants frappés à la porte. « Tesla ! » s'est exclamé M. Twain. Il a bondi sur ses pieds et s'est quasiment rué dans le vestibule.

J'ai entendu ce M. Tesla avant de le voir. Son anglais était si atroce qu'il était à peine compréhensible : il s'est confondu en excuses, et son hôte l'a rassuré cent fois en lui disant qu'elles étaient inutiles. Quand ils sont entrés tous les deux dans la salle à manger, j'ai été atterrée ! Horrifiée ! Car le nouvel arrivant n'était autre que M. Complet-Râpé ! En l'apercevant, j'ai revu en esprit les cartes postales dégoûtantes qui avaient atterri sur mes genoux, le matin même – la femme nue comme un ver en dehors de ses bottines et de sa lavallière, l'homme avec sa protubérance immonde. Je suis presque sûre que M. Tesla m'a reconnue aussi, car lorsque ses yeux se sont posés sur moi il a eu l'air passablement interloqué. À mon grand soulagement, il ne m'a plus regardée de la soirée.

Si j'ai été troublée par la présence de M. Tesla, M. Twain en a été enchanté. Il nous a expliqué que l'inventeur et l'amateur d'inventions qu'ils étaient respectivement avaient été présentés l'un à l'autre, en début d'année, dans un club de gentlemen new-yorkais, par une de leurs connaissances communes : un certain M. Edison. M. Tesla était arrivé deux ans auparavant d'Autriche-Hongrie dans l'espoir d'attirer l'attention de ce M. Edison sur un moteur électrique de sa conception. « À présent, mon cher, racontez à nos invités comment vous est venue l'idée de votre brillante invention », l'a imploré M. Twain. Dans son anglais abominable, M. Tesla nous a raconté alors une histoire qui m'a paru plus fantaisiste que réelle. Il se promenait dans un parc de Budapest en récitant de la poésie quand l'idée de son moteur lui était venue, comme en un éclair, toute formée à l'esprit. Il avait ramassé un bâton et dessiné un schéma dans le sable.

Ravi, M. Twain a battu des mains. « La révélation d'une vérité instantanée ! s'est-il exclamé. J'ose dire, mes amis, que l'invention de M. Nikola Tesla va changer le monde. Nous avons parmi nous un magicien de l'électronique ! »

Un magicien de l'électronique, peut-être, je ne saurais le dire, mais l'homme n'est vraiment pas diplomate. Quand Mme Twichell lui a demandé comment il trouvait l'Amérique, il a émis l'opinion – tout en mangeant la bouche ouverte, le rustre – que notre pays avait un siècle de retard sur l'Europe pour ce qui était de la civilisation. Son pays natal révère l'esthétique et la culture, tandis que l'Amérique n'aime que l'argent et les machines. Quel dommage que vous ayez cette impression ! avais-je envie de lui répliquer. Vous devriez peut-être retourner d'où vous venez, et en attendant avoir l'amabilité de manger comme un gentleman et non comme un rustaud.

À la fin du dîner, des rires juvéniles nous ont tous attirés dans la bibliothèque des Clemens. En compagnie de sa sœur Clara, la petite Jean, en chemise de nuit, a exigé que son père lui raconte une histoire. Il s'est exécuté, inventant un conte à partir des objets qui étaient posés sur le manteau de la cheminée et à proximité – un pot à gingembre oriental, une statuette de chat, et ainsi de suite. Tout le monde a apprécié le récit, qui était très astucieux. L'un des protagonistes était un tigre échappé car, comme nous l'a expliqué Mme Clemens, « Jean veut toujours un tigre dans ses histoires ».

Quand M. Twain a eu prononcé le mot « fin », on a envoyé Jean se coucher. Mme Clemens a conduit les dames au salon pour bavarder tranquillement et jouer au bésigue. Grand-mère a bien sûr refusé de jouer, mais eu la bonne grâce de ne pas prendre un air renfrogné ni d'exprimer sa désapprobation. Assise toute seule à l'extrémité du canapé, elle n'a pas tardé à s'endormir.

J'ignore comment elle a pu somnoler avec le vacarme qui régnait dans la pièce voisine, car les gentlemen qui étaient restés dans la bibliothèque pour boire leur eau-de-vie et fumer leurs havanes étaient très bruyants, surtout M. Twain et M. Gillette, et à un moindre degré le révérend Twichell.

La soirée s'est achevée à onze heures. On a gentiment réveillé Grand-mère. Harmony et moi nous sommes promis de nous écrire fidèlement. La soirée étant devenue humide et brumeuse, les Clemens ont insisté pour que leur cocher amène leur calèche afin de nous éviter de parcourir à pied la courte distance qui nous séparait du domicile des Twichell. Je n'avais pas la moindre envie de quitter cette magnifique demeure et de dire adieu à une soirée des plus magiques, mais toutes les bonnes choses ont une fin. On a aidé Grand-mère à monter en voiture. Elle était épuisée par cette longue journée et déçue de n'avoir pas réussi à arracher de promesse à M. Twain, mais elle a remercié ses hôtes, et déclaré qu'elle espérait que nous nous reverrions tous. Puis, au moment où je m'apprêtais à la rejoindre, elle s'est exclamée : « Mon châle ! J'ai oublié mon châle ! »

M. Twain a proposé d'aller le lui chercher, mais j'ai dit que je m'en chargeais. Je savais exactement où il se trouvait, car je l'avais vu glisser des épaules de Grand-mère pendant le dîner. Mais la vraie raison, c'était que je voulais contempler une dernière fois la merveilleuse maison et tous ses splendides objets.

Lil, c'est après avoir ramassé le châle de Grand-mère qui traînait par terre que j'ai commis mon larcin. Ce fut un geste impulsif. J'entendais des bruits de vaisselle dans la cuisine, des voix à l'extérieur par la fenêtre ouverte. J'étais toute seule dans cette belle salle à manger, et j'ai senti qu'il fallait que j'emporte un petit souvenir. Je me suis dirigée vers le vase qui contenait des plumes de paon. Quand j'ai plié le tiers supérieur de la plus grande et la plus magnifique, il s'est cassé facilement. J'ai caché le bout de plume dérobé dans les plis du châle de Grand-mère et suis retournée dehors. Je sais que ce n'était pas bien de ma part, Lil, mais je suis contente de l'avoir fait et n'éprouve étrangement aucun remords aujourd'hui.

Juste à l'instant, Lil, une surprise inattendue ! Le guichetier est sorti de sa cage pour annoncer que le train à destination de New Haven allait arriver d'un moment à l'autre. Des hourras se sont élevés de la foule et, tandis que j'examinais les voyageurs, j'ai reconnu le visage d'un homme sans pouvoir lui donner un nom immédiatement. Je regardais cet homme s'approcher de Grand-mère quand je me suis aperçue que c'était le cocher de M. Twain – celui qui nous avait ramenées au domicile des Twichell hier soir. « Il s'apprêtait à la poster, m'dame, a-t-il dit à Grand-mère. Puis nous avons appris que le train avait du retard et il m'a demandé de vous l'apporter. Il l'a écrite ce matin avant de descendre. » Il lui a alors remis une enveloppe. Dedans, il y avait une lettre de soutien tapée à la machine et signée de M. Twain. La signature qui figurait en bas était si grande et si pleine d'autorité que je pouvais la lire deux places plus loin. C'est étrange, Lil. Jusqu'à hier je n'avais jamais vu notre stoïque grand-mère verser la moindre larme. Pourtant, ici, à Hartford, je l'ai vue pleurer deux fois.

Avec toute mon affection,
Lydia

P-S : Un détail bizarre, sœurette – quelque chose que j'avais oublié de noter jusqu'au dernier moment. Comme si je n'avais pas assez vu ce curieux M. Tesla hier, voilà que j'ai rêvé de lui cette nuit. Quel rêve étrange ce fut ! M. Tesla était lui-même, mais il était aussi un étalon dans un champ, et je le chevauchais à cru tandis qu'il faisait feu des quatre fers.

22

J'avais visité la maison de Mark Twain à maintes reprises avec mes élèves, mais j'y revins par un beau dimanche de l'été indien afin que Janis voie de ses yeux l'endroit où mon arrière-grand-mère avait, adolescente, dîné en compagnie de l'écrivain le plus célèbre du pays, de l'inventeur du courant alternatif, du père du football américain, et du comédien qui revêtirait par la suite redingote et casquette de drap pour devenir l'archétype de Sherlock Holmes.

« Caelum, il faut que tu lises ça ! Oh, mon Dieu, quelle trouvaille ! » s'était exclamée Janis, les yeux écarquillés : elle venait de découvrir dans le capharnaüm de la véranda le compte rendu que la jeune Lydia avait fait de sa visite à Hartford et s'était précipitée au rez-de-chaussée pour me le montrer. Lorsque j'en eus terminé la lecture, elle me remit le résultat de ses recherches sur Nikola Tesla, Walter Camp et William Gillette.

Notre groupe de visiteurs était hétéroclite : cinq dames caquetantes de la Red Hat Society[1], deux étudiants en design, émaciés, venus de New York University pour examiner les fioritures Tiffany, un couple du Minnesota et

---

1. Organisation de femmes qui prennent le thé en portant un chapeau rouge et une robe violette pour lutter contre l'« invisibilité » des femmes d'un certain âge.

leur fils ado mort d'ennui, plus Janis et moi. Au début de la visite, notre guide – « Hope Lunt », annonçait son badge – nous avait proposé de nous présenter un peu. « Enseignant », avais-je déclaré, et Janis ne s'était pas mouillée en se bornant à dire qu'elle s'intéressait à l'histoire.

« Le manteau de cheminée devant lequel nous sommes provient d'un château écossais détruit dans un incendie au début du XIXe siècle », expliqua Hope. C'était une femme de West Hartford d'un certain âge – bronzée, habillée avec goût, qui pouvait se permettre de travailler comme bénévole et d'avoir des bijoux en or. « Sam l'a acheté lors d'une tournée de conférences en Europe et l'a fait expédier ici par bateau en demandant qu'on y grave cette date. » Elle effleura les chiffres : 1874.

Nous étions dans la bibliothèque de Twain. À notre droite se trouvait le jardin d'hiver avec sa verdure luxuriante et sa fontaine murmurante. À notre gauche, la pièce où Lydia avait dégusté des huîtres pochées, des glaces en forme de chérubins, et où elle avait plus tard chapardé une plume de paon. Miraculeusement, cette plume était restée cachée cent vingt ans dans son journal intime. Malgré les « Chère Lillian », il ne s'était jamais agi de lettres destinées à être envoyées, mais d'observations quotidiennes confinées entre des couvertures toilées. Quand Janis m'avait montré la plume, je l'avais prise et elle s'était désintégrée entre mes doigts.

« 1874 ? Quelqu'un a une idée de ce que cette date signifie ? » lança Hope.

Une des Red Hats suggéra que c'était l'année où la famille avait emménagé dans la maison.

« Exactement ! Et ils y ont vécu heureux pendant dix-sept ans. »

Hope nous parla du rituel des histoires : les filles Clemens demandaient à leur père d'improviser des contes en y incorporant les peintures et bibelots qui étaient disposés sur le manteau de la cheminée et à proximité.

« La petite Jean voulait toujours un tigre », me chuchota Janis.

Nous échangeâmes un regard de conspirateurs.

« Mais, en 1891, les ennuis ont commencé, et la famille a jugé nécessaire de fermer la maison où elle avait passé des moments si plaisants, dit Hope.

— Quel genre d'ennuis ? questionna la mère du Minnesota.

— Les investissements financiers désastreux de Sam, d'abord. Puis la mort prématurée de sa fille aînée, Susy. »

Janis avala brusquement de l'air.

« Ce manteau de cheminée a fini par être enlevé et installé à Stormfield, la maison de Redding où Sam s'était retiré. Cette dernière a aussi été détruite par un incendie, et les conservateurs ont supposé que le manteau de la cheminée avait disparu dans la fournaise. Par bonheur, on l'a découvert entreposé dans une grange et, en 1958, il a retrouvé sa juste place sur Farmington Avenue.

— Susy est morte comment ? demanda Janis.

— Oh, c'est une triste histoire. Sam était si endetté qu'il a été forcé de s'embarquer dans une épuisante tournée de conférences qui a duré un an et l'a entraîné jusqu'en Californie et en Australie. Mme Clemens et leur fille cadette, Clara, l'ont accompagné, mais Susy et Jean, la benjamine, sont restées. Elles étaient censées les rejoindre en Angleterre l'été venu, mais Susy a contracté une méningite cérébro-spinale peu de temps avant l'embarquement. Sa santé s'est détériorée très rapidement, la pauvre, et, à mesure que son état empirait, la congestion cérébrale lui a donné des hallucinations et l'a rendue aveugle. Pensant qu'un cadre familier pourrait la réconforter, ses amis et sa famille ont rouvert la maison et l'ont ramenée ici. Sam est resté en Angleterre, mais Mme Clemens et Clara ont pris le premier bateau. Malheureusement, elles étaient encore à deux jours de leur destination quand la fin est arrivée. Mme Clemens n'a jamais pu se résoudre à remettre les pieds dans cette maison. Sam y est revenu une fois, peu avant qu'elle soit vendue. Nous savons d'après ses lettres qu'il se sentait terriblement coupable de la mort de sa fille – s'il n'avait pas été aussi imprudent sur le plan financier, Susy n'aurait pas été privée du réconfort de sa mère à l'heure de sa mort. »

Soupirs attristés de la part des dames de la Red Hat Society. Janis avait l'air au bord des larmes. Je me surpris à murmurer ce que ma mère répétait des dizaines de fois chaque soir en égrenant son rosaire : « Priez pour nous pauvres pécheurs maintenant et à l'heure de notre mort. »

L'adolescent du Minnesota soupira bruyamment et son père lui donna une taloche sur la nuque.

« Quoi ? » dit-il en ramassant sa casquette de base-ball tombée par terre.

Je ne pus m'empêcher de sourire. Il m'arrivait de regretter toutes ces andouilles auxquelles je faisais cours au lycée.

« Passons à des sujets plus joyeux, annonça Hope. Nous allons maintenant nous rendre au premier étage, si vous voulez bien me suivre jusqu'au vestibule. Veuillez utiliser la rampe en montant. »

Ça se produisit pendant que je gravissais les marches. J'étais en train de songer à Susy Clemens, « jolie blonde aux joues roses » mourant seule, quand j'entendis des coups de feu et un bruit de verre brisé. Je vis des gamins s'échapper à quatre pattes ; Rachel et Danny gisant à terre, et mourant seuls devant le lycée. Pris de nausée, je montai une autre marche et vis Morgan Seaberry traverser la route, la voiture de Maureen foncer sur lui sans freiner. Au bruit sourd et horrible de l'impact, je tombai à genoux...

Je levai les yeux et j'aperçus des chapeaux rouges et des visages inquiets. Est-ce que je m'étais évanoui ?

« Ça va, répétais-je sans cesse. La tête m'a un peu tourné et j'ai raté une marche, c'est tout. Je crois que je vais sortir prendre l'air. »

Quand Janis voulut m'accompagner, j'insistai pour qu'elle continue la visite.

« Je vais bien, je t'assure. On se retrouve à la boutique. Ne te prive pas de ce plaisir. »

Je m'assis quelques minutes au soleil afin de me ressaisir et d'attendre que mes mains cessent de trembler. Pour la première fois peut-être, je comprenais la terrible puissance des flash-backs de Maureen. Ou peut-être pas. Je veux dire, comment peut-on avoir des flash-backs de quelque chose qu'on n'a pas vécu ? Je ne savais pas ce qui venait de m'arriver, mais j'étais sûr d'une chose : je la bouclerais. J'avais raté une marche. C'était ma version et je n'en démordrais pas.

Pour tuer le temps dans la boutique, je me mis à feuilleter un volume de la correspondance de Sam Clemens. Je connaissais le Mark Twain que tout le monde connaît – le rouspéteur spirituel en complet blanc qui, d'après ce qu'écrivait Lydia, était fidèle à sa réputation jusqu'à sa propre table. Ses lettres révélaient peut-être l'homme qui se cachait derrière le masque. Je jetai un coup d'œil à l'année 1896, à ce qu'il avait écrit d'Angleterre à sa femme en deuil qui s'occupait sans lui des obsèques de Susy :

Il pleut toute la journée – non, il bruine, et il fait sombre et noir. Je ne voudrais pas qu'il en soit autrement... Elle est morte dans notre maison – et non dans celle d'autrui; morte là où le moindre objet lui était familier et cher; morte là où elle avait passé toute sa vie jusqu'à ce que mes crimes fassent d'elle une indigente et une exilée... La belle structure de son esprit n'est pas tombée lentement en ruine, sa lumière n'a pas été lentement étouffée par l'obscurité mais elle a brusquement disparu dans une splendeur désordonnée. Songe si elle avait vécu et était <u>restée</u> démente. Car le Dr Stearns m'a dit un jour qu'il n'y a pas de rétablissement, pas de guérison pour ceux dont la raison a été gravement ébranlée.

Fermant les yeux, je vis Maureen assise en face de moi au parloir de Bride Lake, prisonnière pâle, mince comme un fil, qui ne souriait presque jamais. Une femme très éprouvée qui s'effondrait lentement... Je me souvins de notre séparation brutale : moi coincé dans le Connecticut, incapable de la joindre, de rentrer à temps ; et elle cachée dans son placard, récitant des « Je vous salue Marie » silencieux...

« Qu'est-ce qu'il y a dans ce sac ? demanda Janis.

— Hum ? Oh, un volume de la correspondance de Twain. Je ne sais pas trop pourquoi je l'ai acheté. »

Elle suggéra de faire l'impasse sur Bushnell Park et de rentrer à Bride Lake.

« Je me sens bien, dis-je, et j'ai faim. Nous n'avons pas emporté ce pique-nique pour rien.

— Mais tu as dit que la tête te tournait, tout à l'heure. Laisse-moi au moins prendre le volant.

— Hé, là, qui connaît Hartford ? Toi ou moi ? »

Elle secoua la tête et sourit.

« Ah, les hommes. »

Un quart d'heure plus tard, nous étions devant l'Arc commémoratif des soldats et marins. Janis dit qu'il ressemblait énormément à ce qu'elle avait imaginé d'après la description de Lydia.

« À part ces potelets à l'esthétique discutable », fis-je. J'expliquai que l'Arc avait fait parler de lui, il y a un certain temps. Un 4 × 4 était rentré dedans et avait causé des dégâts. On l'avait réparé depuis, apparemment, mais les potelets étaient restés afin de prévenir toute future collision entre un véhicule glouton et le monument historique.

« Mais où est la rivière ? s'enquit Janis.

— Hum ?

— Lydia a écrit que l'Arc enjambait une rivière – celle-là même qui coulait derrière la maison des Twain. Mais je n'ai pas remarqué de rivière là-bas non plus. »

Je dis qu'elle était peut-être asséchée, ou que la ville l'avait comblée pour une raison ou une autre – forcée à devenir souterraine.

« On peut faire ça ? Couvrir une rivière ?

— Les ingénieurs des travaux publics, certainement. »

Nous nous installâmes à une table et déballâmes notre pique-nique. Il y avait des colverts qui nageaient dans une mare et des gosses du XXIᵉ siècle qui chahutaient au bord de l'eau. « Santiago ! hurla une jeune mère. Laisse ces canards tranquilles ! »

Janis mordit dans son sandwich. Elle avait l'air perdue dans ses pensées.

« Coucou, fis-je.

— Oh, désolée. J'étais en train de me dire que c'est comme tes ancêtres. Les ancêtres de n'importe qui au fond, pas seulement les tiens, mais je songe aux tiens à cause des journaux intimes de Lydia. »

Je lui dis que je ne la suivais pas.

« Réfléchis. Qu'est-ce qu'on fait quand nos parents meurent ?

— On appelle les pompes funèbres et on commence à s'écharper au sujet du testament.

— Non, sans plaisanter. On les enterre, d'accord ? Mais on les emporte avec nous parce que notre sang est *leur* sang ; notre ADN, *leur* ADN. On est donc intimement lié à ces gens dont la vie – dont l'*histoire* – est devenue souterraine et invisible.

— Comme cette rivière.

— Exactement. Sauf que dans ton cas une source a jailli. Ton arrière-grand-mère te parle, Caelum. »

Je me mis à fredonner le générique de *La Quatrième Dimension*, mais l'allusion lui passa au-dessus de la tête. Comment aurait-il pu en être autrement ? Janis avait eu vingt-neuf ans la semaine précédente.

« Je crois que Lydia te parle plus qu'à moi.

— À nous deux peut-être. Oh, je n'arrive pas à croire que j'ai oublié de te dire ça ! Ce matin, avant de partir, je regardais dans ce vieux classeur gris – celui qui a des tiroirs larges. Celui du bas était coincé et j'ai dû insister, mais soudain il s'est ouvert en grand. Devine ce qu'il contenait. Des lettres de Lizzy Popper ! Ton arrière-arrière-*arrière*-grand-mère !

— Waouh, lançai-je, amusé par son enthousiasme. Youpi !

— Non, sérieusement, Caelum. Des missives qu'elle a reçues, et aussi ce qui ressemble à des doubles de lettres qu'elle a écrites. Des paquets entiers, attachés avec des rubans de velours. Je n'ai pas encore eu le temps d'y jeter un œil... Et si elle décrivait son expérience d'infirmière pendant la guerre de Sécession ? Ou ses tentatives de lobbying ? Oh, mon Dieu ! Ce classeur est une malle au trésor ! Tu ne vois pas d'inconvénient à ce que j'examine tout ça, n'est-ce pas ?

— Vas-y. Je suis content que ça intéresse quelqu'un. Après la mort de ma tante et notre retour dans le Connecticut, j'ai essayé de faire don de tous ces vieux papiers. Une société historique m'a répondu qu'elle n'avait pas la place, et l'autre n'a même pas pris la peine de rappeler. Je m'apprêtais à tout bazarder, mais je n'ai jamais trouvé le temps de le faire. »

Janis tressaillit à cette idée.

« Je me souviens d'elle, tu sais, ajoutai-je.

— Qui ça ?

— Mon arrière-grand-mère.

— Lydia ? Vraiment ?

— Oui, oui. Je devais avoir huit ou neuf ans quand elle est morte. Difficile de croire que l'adolescente pleine d'entrain du journal et la vieille dame toc-toc dont j'ai le souvenir aient pu être la même personne.

— Tu veux dire sénile ?

— Ou la maladie d'Alzheimer, peut-être. Est-ce que c'est héréditaire ? Car c'est de ça que son fils est mort. Mon grand-père Quirk. »

Janis voulut en savoir plus sur Lydia.

« Voyons voir. Elle avait une odeur médicinale – de pommade, ou un truc comme ça. Mais quand elle faisait dans sa culotte, là, la senteur était différente.

— Elle était incontinente ? »

J'acquiesçai de la tête.

« Elle enlevait sans cesse son dentier. À part quand on lui donnait à manger, son râtelier trônait sur son plateau et vous souriait. Elle était pratiquement grabataire, mais on l'installait parfois dans la véranda. Je l'évitais au maximum. Je passais à pas de loup devant sa chambre parce que… »

En évoquant pour Janis mon arrière-grand-mère, je redevenais un gosse, j'étais renvoyé à une enfance que je préférais garder dans une boîte hermétiquement close.

« Tu passais à pas de loup devant sa chambre parce que… ? insista gentiment Janis.

— Parce que, si elle m'apercevait, elle criait : "Mon garçon ! Viens ici, mon garçon !" Je devais alors entrer dans sa chambre et me laisser caresser comme un toutou. Je devais embrasser sa poupée. Elle ne se séparait jamais de sa poupée de chiffon et elle… »

Je regardai Janis.

« Nom de Dieu !

— Quoi ?

— Je viens de me rappeler le nom de sa poupée : "Embrasse ma Lillian", qu'elle disait.

— Elle avait donné à sa poupée le prénom de sa sœur ?

— Je suppose. Bon Dieu, pourquoi elle faisait une telle fixation sur cette Lillian ? »

Janis haussa les épaules.

« Qui s'occupait d'elle ? Ta mère ?

— Non, non. Maman travaillait dans une banque, ce qui lui permettait d'échapper en grande partie à la corvée. Elle faisait sa lessive, mais c'est tout. Lolly bossait aussi – à la ferme pendant la journée, et la nuit à la prison. C'est Hennie qui s'en occupait dans la journée. Le soir, lorsque grand-père avait fini de traire, il prenait le relais après le souper.

— C'était son fils, c'est bien ça ?

— Hon-hon. Il était gentil avec elle, je me souviens. Le dimanche, il la descendait et l'emmenait faire un tour dans son camion. »

Tout en parlant, je les revis s'éloigner ensemble. Je revis ma mère enlever d'un geste rageur les draps souillés de mon arrière-grand-mère. Elle lavait ceux de Lydia le dimanche, son jour de congé, et faisait aussi la lessive du presbytère. Maman était visiblement furieuse que lui incombe la corvée supplémentaire, je me rappelle, de s'occuper d'une vieille parente pénible de son ex-mari, quelqu'un dont l'ADN n'avait rien à voir avec le sien. Bon Dieu, maman était si tendue que, la plupart du temps, elle était sur le point de craquer. Et, quand elle craquait, attention les yeux.

« Grand-père Quirk était donc le père de ton père ?

— Hum ? Oui… Il allait la voir tous les soirs, je me souviens. Et, après l'avoir bordée, il s'asseyait sur son lit et lui chantait *Rock of Ages* ou *Amazing Grace*. Elle adorait qu'il lui fredonne ces vieux cantiques. Elle souriait, prononçait silencieusement les paroles.

— Il a l'air d'avoir été un brave homme.

— Grand-père ? Oui, le plus souvent. Mon père avait quasiment abdiqué, alors il le remplaçait pour moi. Grand-père et tante Lolly. Lolly aimait les trucs de garçons : pêcher, se bagarrer sur le tapis du salon. Hennie et elle formaient un couple. Bien sûr, à l'époque, personne n'osait prononcer le mot "lesbienne". Mais elles partaient en vacances ensemble, dormaient dans le même lit… Oui, grand-père était un bon gars. Mais il pouvait être une vraie peau de vache si on ne se montrait pas à la hauteur. Lui et moi avons eu quelques prises de bec quand j'étais lycéen. Tu sais comment sont les adolescents. Je me suis mis à croire que je savais tout et il s'est chargé de remettre les pendules à l'heure. Une fois, juste après l'obtention de mon permis, je suis rentré à la maison bourré. Il m'a plaqué contre le mur, m'a agité son doigt sous le nez, et m'a fait comprendre en termes on ne peut plus clairs qu'il voudrait bien être pendu s'il me laissait marcher sur les traces de mon père.

— C'est-à-dire ?

— Papa était un ivrogne. Quasiment un clochard. Mais il n'était plus là à l'époque. J'avais quatorze ans quand il est mort.

— Comment ?

— Écrasé par un train. Les flics pensent qu'il a dû perdre connaissance. Ou se suicider.

— Oh, mon Dieu, Caelum. C'est affreux !

— Oui, enfin… D'après la rumeur, la guerre de Corée l'avait perturbé. Mais Lolly m'a dit un jour que grand-père Quirk reprochait à mon père d'être responsable de la mort de sa femme, alors je crois que son psychisme a dû en prendre un coup. Mais mon père et Lolly étaient jumeaux, et quoi que fasse son frère Lolly prenait toujours sa défense.

— En quoi était-il responsable ?

— Sa mère est morte en le mettant au monde. Lolly est née la première, sans aucun problème. Papa s'est présenté par le siège. Il a déchiré sa mère, qui a fait une hémorragie. Elle est morte le lendemain, si je me souviens bien de ce que m'a raconté Lolly. Grand-père s'est retrouvé avec deux bébés à élever. Enfin, avec sa mère, je suppose.

— Lydia, donc.

— Oui. Ç'a dû être un numéro d'équilibriste pour elle, diriger une prison et élever deux petits-enfants. Elle n'était plus de la première jeunesse. Elle devait avoir quoi ? La soixantaine, peut-être ?… En tout cas, Lolly m'a dit qu'après son retour de Corée mon père a refusé de parler de sa guerre. Il s'est muré dans le silence, à grand renfort de canettes de bière et de bouteilles de spiritueux. »

Janis m'expliqua que son grand-père avait combattu dans le Pacifique pendant la Seconde Guerre mondiale et qu'il n'en avait jamais parlé non plus. Le stoïcisme de la « génération magnifique ». C'était peut-être parce qu'ils épargnaient les détails à leur famille que ça les rendait « magnifiques ».

« Si c'est le cas, mon père aurait eu un avantage. Nous, les Quirk, nous sommes doués pour les secrets. La devise de notre famille aurait dû être "Chut, ce qui se passe entre ces murs ne doit pas en sortir". »

Tout en parlant, je revis papa, sale, l'air minable, écarter les épis de maïs et entrer dans la clairière qui se trouvait au centre du labyrinthe – lui et sa copine, celle qui s'était présentée à sa veillée funèbre et qu'on avait fichue dehors. C'étaient tous les deux des clochards. Un couple de vagabonds qui dépendaient des larcins et du silence d'un petit garçon. *Ne dis pas à ton grand-père que nous sommes là. D'accord, mon pote ? Parce que c'est un secret entre toi et moi, d'accord ? Voyons ce que tu as là-dedans. Qu'est-ce que tu nous as apporté ?* Je préférais de loin que papa ne se montre pas – je pouvais alors me contenter de cacher dans le landau ce que j'avais volé et repartir. Fuir les doubles à tête de citrouille d'une famille Quirk idéale. Où il n'y avait ni lesbienne ni poivrot ni divorcée. C'était drôle la façon dont les citadins arrivaient en foule chaque automne pour arpenter notre labyrinthe et découvrir en son centre les Quirk que nous n'étions pas.

« Caelum ? »

L'espace d'une seconde ou deux, j'eus du mal à la reconnaître. « Désolé. J'étais ailleurs.

— Ton grand-père ne s'est jamais remarié ?

— Euh, non. Nan. Il avait de temps en temps des amies, mais… Bon Dieu, tu as vraiment envie d'entendre parler de tout ça ?

— Oui.

— Je t'ai dit que grand-père était bon envers moi, mais, d'après Lolly, il était odieux avec mon père. Il le battait, lui jetait sans cesse à la figure que sans lui ma grand-mère aurait été en vie… Je suppose que la grosse erreur de papa a été de revenir à la ferme après sa démobilisation. De reprendre du service comme bouc émissaire de grand-père. Toujours d'après Lolly, il travaillait toute la journée pour son vieux, et le soir il allait en ville se saouler la gueule. Puis il s'est mis à boire jour *et* nuit, et c'est là que grand-père l'a fichu dehors… À l'école, je mentais à son sujet.

— Au sujet de ton père ? »

J'opinai.

« Je racontais aux autres que mon père était mort en héros à la guerre. Ils y ont cru jusqu'à ce que cette grande gueule de Bunny Clauson apporte en classe une coupure de journal qui parlait de mon père. Il était tombé ivre d'un ponton et avait dû être repêché par des hommes-grenouilles. Rester assis à mon pupitre et entendre ça sans pleurer, sans trahir la *moindre* émotion a été l'un des pires moments de ma vie… Mais, comme je l'ai déjà dit, grand-père était bon envers moi. La fois où je suis rentré ivre à la maison est la seule où il ait levé la main sur moi. Et il n'était pas difficile de comprendre pourquoi. »

Janis soupira.

« Les familles sont si compliquées. »

Pendant une minute ou deux, nous ne parlâmes ni l'un ni l'autre. Puis elle se leva et annonça qu'elle voulait retourner à l'Arc commémoratif pour l'examiner de plus près. Est-ce que je voulais venir ? « Non, je vais rester ici. Prends ton temps. »

Assis sur le banc de pique-nique, je pris ma tête dans mes mains et repensai à l'étrange flash-back que j'avais eu quelques heures plus tôt. Les familles sont compliquées, avait-elle déclaré : je ne pouvais pas dire le contraire. Mais mieux valait avoir eu Alden Quirk III pour père qu'Eric Harris ou Dylan Klebold pour fils. Ou pour frère. Je connaissais les frères aînés d'Eric et de Dylan. Des gamins gentils, de bons élèves. Comment survivaient-ils ? Comment avaient-ils réussi à aller de l'avant, après le sale tour que la vie leur avait joué avec l'aimable collaboration de leurs petits frères... ? Ça me rappela un passage du journal de Lydia – le moment, lors du dîner chez les Clemens, où la conversation avait roulé sur le fardeau fraternel John Wilkes Boom pour l'acteur Edwin Booth. Comment avait-il continué à avancer une fois que son frère avait assassiné Lincoln ? Tête baissée, un pied devant l'autre, sans doute. Comme je l'avais fait après que Maureen avait tué Morgan Seaberry.

Morgan Seaberry : lui aussi avait ses secrets. Quand son frère avait menacé de vendre la mèche – de révéler son homosexualité à sa mère –, il était sorti en courant de sa chambre de motel et s'était fait écraser. Et si ce n'était pas arrivé ? Si Mo avait quitté Rivercrest cinq minutes plus tôt ou plus tard, si elle avait été retenue ? Ne serait-ce qu'une minute, bon sang ! Il aurait traversé sans problème, et les dominos seraient tombés tout autrement. Maureen serait rentrée à la maison et n'aurait jamais fini en prison. Morgan serait peut-être allé à l'université du Connecticut comme il le souhaitait ; il aurait avoué son homosexualité d'abord à son père et à sa belle-mère peut-être, puis à sa mère. Il serait enfin devenu lui-même et aurait cessé de faire semblant d'être le modèle qu'elle voulait qu'il soit. Il aurait peut-être rencontré un gentil garçon et en serait tombé amoureux. Il lui aurait raconté combien ç'avait été difficile pour lui au lycée avant qu'il ne parvienne à se trouver, à devenir maître de sa vie...

Je débarrassai la table, rapportai la glacière à la voiture. Le livre que j'avais acheté était sur le siège avant. Je l'ouvris et lus.

Je savais que Susy faisait partie de nous; j'ignorais qu'elle pouvait s'en aller et emporter nos vies avec elle en laissant nos corps abattus derrière. J'ignorais ce qu'elle était. Pour moi elle n'était qu'un trésor à la banque : le montant était connu, il n'y avait nul besoin de le regarder chaque jour, de le palper, de le soupeser, de le compter, de le convertir en argent liquide; maintenant que je suis prêt à le faire, il est trop tard; on me dit que mon trésor n'est plus là, qu'il s'est évanoui dans la nuit...

Quand Janis revint, elle me déclara que peut-être rien de tout ça n'était un accident.

« Tout ça ? »

Il était peut-être écrit que Moze et elle me rencontrent à la boulangerie. Il était peut-être écrit qu'elle emménage à la ferme et trouve ces vieux journaux intimes et ces vieilles lettres.

Je souris.

« Il ne s'agit donc pas seulement d'un coup de dés ? Un grand marionnettiste tire les ficelles là-haut dans le ciel, dans le cadre d'une stratégie globale ? »

Si j'entendais par là qu'elle croyait en Dieu, eh bien, oui, elle y croyait.

« Ah bon ? Pourquoi ça ? » demandai-je.

Elle ne pouvait me dire exactement pourquoi : elle croyait simplement qu'une présence bienveillante s'assurait que le bien l'emporte sur le mal.

« Ah oui ? Alors comment expliques-tu Hitler, Columbine et le 11-Septembre ? Ou *Katrina*, d'ailleurs ? Pourquoi ta "présence bienveillante" donnerait-elle son accord pour un truc pareil ? »

Elle ne me répondit pas, mais ne détourna pas le regard.

« Un jour, j'ai rencontré un type dans un avion, un théoricien du chaos. Il était complètement fêlé, mais il m'a dit un truc que je n'ai jamais oublié. Peut-être que Dieu n'était ni Allah, ni Jésus-Christ, ni aucune des autres déités que les gens prennent toujours comme prétexte pour faire la guerre. "Dieu" n'était peut-être rien de plus qu'une mutation. Ce qui se produit quand l'ADN de nos ancêtres que nous "emportons avec nous" se met à dérailler soudain. Est altéré d'une façon imprévisible et, pour le meilleur ou pour le pire, fait tomber le premier domino dans une autre direction. »

Nous nous sommes regardés un peu trop longtemps. Puis elle est venue s'asseoir à côté de moi. A rangé ses cheveux derrière son oreille. Touché son lobe. « Maureen et toi, vous n'avez jamais eu d'enfants, je crois ?

— Des enfants ? Non. Mes deux autres femmes et moi non plus.

— C'était un choix ou… ? »

D'où venaient ces questions ?

« Patti et moi n'avions que vingt-cinq ans quand nous avons divorcé. On aurait sans doute eu des gosses si on était restés ensemble. Elle en a avec son second mari – des filles, je crois. Et Francesca était… »

Bon sang, elle était mignonne à croquer : ces yeux bleu fumée, ce petit grain de beauté à gauche de la lèvre…

« Francesca était quoi ?

— Quoi ? Oh, sur la voie rapide en ce qui concernait sa carrière. Elle ne voulait rien ni personne qui fasse obstacle à son ascension sociale. Y compris moi, il s'est avéré. Et, avec Maureen, la question ne s'est pas posée. Elle s'était fait ligaturer les trompes lors de son premier mariage. Le problème était donc réglé. »

Elle a changé un peu de position et, ce faisant, son genou a heurté ma cuisse et est resté niché contre elle.

« Il t'arrive de le regretter ? De ne pas avoir d'enfants ? »

Je haussai les épaules. Quand j'ouvris la bouche, je fus surpris par ce qui en sortit.

« Un peu, je suppose. Ça n'occupe pas le plus clair de mes journées mais... C'est peut-être ces histoires d'ancêtres que tu as évoquées. Ça m'a fait songer que je suis le dernier de la lignée des Quirk. Que la rivière ne va pas devenir souterraine, mais s'assécher. »

Un peu après coup, je me rendis compte qu'elle me tenait le bras et me le frottait.

« J'ai lu une fois que c'est la raison pour laquelle les mecs sont infidèles – on est équipés pour répandre notre semence. »

Quelle mouche m'avait piqué de dire ça ? Pourquoi avais-je le souffle court ?

« Et Moze et toi ? Vous avez l'intention d'avoir un jour des gosses ?

— Moze n'en veut plus.

Plus ? »

Elle m'expliqua qu'il avait une fille de onze ans avec une ex. La mère et lui avaient conclu un marché : pas de pension alimentaire, mais pas de contact non plus. Elles vivaient en Oregon.

« Avant ça, il a eu avec une autre femme un petit garçon, mais qui est mort très jeune. À deux ans, je crois. Je ne connais pas les circonstances. Le sujet est tabou.

— Ça doit être ça le pire : perdre un enfant. »

À cause d'une méningite cérébro-spinale. Ou de deux psychopathes armés de fusils de chasse. D'une infirmière assommée par des calmants.

« Et ça te convient ? Pas d'enfants parce qu'il n'en veut pas ? »

Je remuai un peu, me rapprochai de quelques centimètres.

« Parfois oui. »

Je hochai la tête. Vis battre des paupières, ses yeux brillants de larmes retenues. Vis l'humidité qui s'était accumulée dans la petite vallée au-dessus de sa lèvre supérieure. Comment ça s'appelait, déjà ? J'oubliais toujours. Mais, bon sang, est-ce que la façon dont ses doigts m'effleuraient les veines de la main n'était pas agréable ? Est-ce que ce ne serait pas agréable de me pencher et de fourrer ma langue dans cette petite vallée, de goûter à son sel, de goûter à…

Je ne suis même pas sûr de savoir lequel des deux a pris l'initiative, mais nous nous embrassions, à bouche que veux-tu. Quand j'ai senti qu'elle commençait à s'écarter, j'ai mis ma main sur sa nuque et j'ai récidivé. En public, à Bushnell Park, devant Santiago, sa mère, les canards et tous ceux qui auraient pu nous voir – une jolie blonde qui n'avait pas trente ans et un gars grisonnant qui aurait pu être son père, mais qui Dieu merci ne l'était pas. Nous nous sommes embrassés à n'en plus finir. C'était plus fort que nous.

Sur la route du retour, nous avons tous deux gardé le silence – un peu gênés, je crois, par ce qui était arrivé. Peut-être que ce n'était pas moi qu'elle avait embrassé, mais son accès aux journaux intimes de Lydia et aux lettres de Lizzy.

Ce n'est qu'au moment où j'ai allumé la radio qu'elle a parlé. « Caelum, ce qui s'est passé là-bas n'aurait pas dû arriver.

— Qu'est-ce qui s'est passé ? Il ne s'est strictement rien passé. Je ne sais même pas de quoi tu veux parler.

— Ah, d'accord. Très bien. »

J'ai augmenté le volume. C'était *Brown-Eyed Girl* de Van Morrison. Nous avons fixé tous les deux la route devant nous.

De retour à Three Rivers, j'ai longé la prison sans la regarder. J'ai mis mon clignotant, tourné et remonté la longue allée menant à la ferme. Quelqu'un était assis sur les marches de devant.

« Oh mon Dieu ! » s'est exclamée Janis.

J'ai coupé le moteur. Je suis descendu et me suis approché avec circonspection. Elle avait le visage contusionné et bouffi. Une vilaine balafre au-dessus du sourcil gauche. Du sang séché sur le devant de sa chemise, les dents tachées de sang.

Nous nous sommes assis de chaque côté d'elle.

« Qu'est-ce qui s'est passé, Velvet ?

— À ton avis ? Je me suis fait tabasser, voilà ce qui s'est passé. »

Janis lui a pris la main.

« Qui t'a fait ça, mon chou ?

— Un enfoiré sur l'aire de repos. Il me file vingt dollars pour que je le suce, et quand je commence, il m'attrape violemment par les cheveux et il se met à me cogner la tête contre son tableau de bord. Quand il a eu fini, il a ouvert la portière de son camion, il m'a jetée et il s'est tiré. Espèce d'enculé. »

Je me suis levé. Lui ai tendu la main pour l'aider à se relever.

« Entre donc. On va te nettoyer. Voir si cette coupure a besoin de points de suture. »

Velvet s'est mise à pleurer.

« Je veux ma maman.

— Ta maman est en prison. Va falloir te contenter de moi. »

Janis nous a regardés avec de grands yeux.

Cette nuit-là, dans mon lit, j'ai écouté leurs voix murmurer au-dessus de ma tête, leurs pas : ceux de Moze, de

Janis, de Velvet. Impossible de fermer l'œil. De ne pas repenser à tout ce qui m'était arrivé ce jour-là : le flash-back, ses baisers.

J'ai allumé. Ouvert le livre que j'avais acheté. Trouvé une lettre que Twain avait écrite à son ami Twichell, peu de temps après la mort de sa fille.

> *Tu connais notre vie – de l'extérieur, comme les autres, et de l'intérieur, contrairement aux autres. Tu as été témoin de l'ensemble de notre voyage. Tu nous as vus prendre la mer, toutes voiles dehors, le pavillon hissé en haut du mât ; et tu nous vois à présent dériver sans carte, navire abandonné, ballotté par les vents, rempli d'eau, nos voiles un amas de lambeaux, notre fierté disparue. Car elle a disparu. Et il n'y a rien pour la remplacer. La vanité était tout ce que nous avions et il ne nous en reste plus le moindre atome. Nous avons même honte de ce que nous avions ; honte d'avoir cru aux promesses de la vie…*

J'ai refermé le livre, éteint et pleuré dans le noir. En pensant aux Clemens, aux familles de Columbine. Aux parents de Morgan Seaberry, aux Harris et aux Klebold. J'ai pleuré aussi en pensant à Moze et à Maureen. Je regrettais d'avoir embrassé Janis, mais je l'avais fait et j'avais envie de recommencer. Je voulais la déshabiller, serrer sa nudité contre la mienne, répandre ma semence en elle… Elle avait embrasé une solitude que je m'efforçais de supporter depuis des années. *Qu'est-ce qui s'est passé ? – Il ne s'est strictement rien passé*, avais-je répondu. Mais il s'était bel et bien passé quelque chose. Quelque chose avait déraillé à Bushnell Park. Un premier domino était tombé.

23

De : studlysicilian@snet.net
À : caelumq@aol.com
Envoyé : Vendredi 27 octobre 2006
Objet : offre impossible a refusé???

Salut, Quirky -T occupé demain? Y a
une vente aux enchères à Springfield
Massachusetts. Un gros truc – ce qui veut
dire des bagnoles venues de partout :
État de New York et Nouvelle-Angleterre.
Je pense a allé y faire un tour. Tu veux
venir? On pourrait se manger un steak
dans un Outback sur la route du retour.

De : caelumq@aol.com
À : studlysicilian@snet.net
Envoyé : vendredi 27 octobre 2006
Objet : offre impossible a refusé???

Impossible, Al. J'ai quelque chose de
prévu. Pour ta gouverne : on écrit « à
refuser » et « à aller ».

De : studlysicilian@snet.net
À : caelumq@aol.com
Envoyé : vendredi 27 octobre 2006
Objet : offre impossible a refusé???

Ouais, merci, obsédé textuel. T'as quelque chose de prévu avec qui? La veuve Poignet?

De : caelumq@aol.com
À : studlysicilian@snet.net
Envoyé : vendredi 27 octobre 2006
Objet : offre impossible a refusé???

R-V chez le toubib.

« Vous appelez ça comment ?

— Traumatisme secondaire. Ça peut arriver à ceux qui sont en contact direct avec des victimes de traumatismes. Les thérapeutes, par exemple – c'est un risque professionnel dont ceux qui font mon métier doivent être conscients.

— C'est… une histoire de transfert ou un truc comme ça ? »

Le Dr Patel acquiesça de la tête. « Mais je ne suis pas sûre pour les flash-backs, monsieur Quirk. Le plus souvent, le traumatisme secondaire se manifeste par de l'hypervigilance ou une incapacité à se concentrer. Des cauchemars, parfois. Autant de symptômes classiques du…

— Stress post-traumatique.

— Oui, oui. Je pense que le trouble passager que vous avez eu – que ce soit un traumatisme secondaire ou non – a peut-être entraîné une chute rapide de votre pouls. Ce qui, à son tour, expliquerait pourquoi vous avez apparemment perdu connaissance pendant une ou deux secondes. Vous étiez seul quand ça s'est produit ?

— Non, je… enfin si. J'étais seul. » J'évitai son visage inquisiteur. La regardai de nouveau. Il était absolument exclu que j'aborde la question de Janis.

510

« Traumatisme secondaire, hein ? Bizarre.

— Mon souci, c'est que si ça se reproduisait, vous pourriez vous faire mal en tombant et il n'y aurait personne pour vous secourir. »

Je secouai la tête. « Je suis sûr que c'était un épisode isolé.

— Vous devriez peut-être consulter votre médecin, monsieur Quirk. Faire des examens pour éliminer les causes physiologiques. Si les symptômes perduraient, car le problème a l'air d'être de nature psychologique, je serais prête à travailler avec vous. Mais de toute façon, j'ai été ravie de vous revoir.

— Moi aussi… Je remarque que vous avez un nouveau compagnon. » J'indiquai la statue de marbre qui trônait sur une table derrière elle : tête d'éléphant, corps d'homme, quatre bras qui partaient dans tous les sens.

— Ah, vous voulez parler du Seigneur Ganesh ! Vous le connaissez ? » Je fis signe que non. « Ganesh détruit les chagrins et enlève les obstacles. Un compagnon approprié, vous ne trouvez pas, étant donné ce que nous essayons d'accomplir ici ?

— Oui, et avec quatre mains au lieu de deux, il doit pouvoir mener plusieurs tâches de front. »

Elle rit. « Oui, oui. C'est une déité hindoue très adaptée aux Américains N'oubliez pas de frotter son gros ventre avant de partir. C'est censé porter bonheur. Encore un peu de thé ? » Je lui tendis ma tasse qu'elle remplit. « Je dois dire, monsieur Quirk, que vous avez l'air plutôt en forme malgré votre récente crise.

— Ah oui ? Je me suis remis au jogging. C'est un bon exutoire au stress. »

Janis et moi courions cinq ou six kilomètres ensemble, tôt le matin. Nous rentrions au moment où Moze revenait de la boulangerie et nous petit-déjeunions tous les trois. Tous les quatre, en fait, les jours où la princesse Velvet arrivait à se tirer du lit et à descendre. J'avais accepté de laisser Velvet s'installer chez les Mick – temporairement, avais-je stipulé. L'idée ne m'emballait pas, mais elle serait momentanément en lieu sûr. J'avais aussi dit oui pour rendre service à Janis : Velvet aidait Moze à monter son affaire de sculpture, et Janis pouvait travailler sur le matériel qu'elle avait découvert dans les vieux classeurs de la véranda. *Caelum ! Tu ne vas pas le croire ! J'ai trouvé les lettres de Lizzy pendant la guerre de Sécession ! Et aussi de vieilles photos – une grosse enveloppe pleine !* Bon sang, on aurait dit une gamine le matin de Noël.

« Vous souriez, monsieur Quirk, remarqua le Dr Patel.

— Hmmm ?

— Vous avez eu un charmant sourire. À quoi pensiez-vous ?

— Ce serait trop long à expliquer. »

Ses yeux se posèrent sur mon pied gauche que je tapais nerveusement avant de revenir sur mon visage. « Vous vous êtes donc remis à courir. Et vous avez un nouveau cours, la quête en littérature, si mes souvenirs sont bons. Ça vous plaît ? »

J'acquiesçai de la tête. « Les étudiants font un peu de résistance. Ils n'arrêtent pas de demander ce que tous ces mythes grecs anciens ont à voir avec eux. Les étudiants de *community college* ont tendance à être pragmatiques, vous savez. Beaucoup conjuguent études, travail et enfants.

— Ils mènent plusieurs tâches de front. Qu'est-ce que vous leur répondez ?

— La semaine dernière, je leur ai renvoyé la question. Je leur ai demandé de choisir chacun un mythe et d'écrire en quoi il concernait leur vie.

— Ah, c'est un sujet intéressant – et utile en plus, je crois. Les archétypes répondent si merveilleusement aux besoins et aux aspirations des humains. Ce qui explique qu'ils perdurent depuis l'Antiquité. » J'opinai. « Et ça a donné de bons résultats ?

— Je ne sais pas encore. Je n'aurai les textes que mardi.

— Eh bien, monsieur Quirk, vos étudiants récalcitrants ont de la chance de vous avoir comme professeur. Et maintenant, dites-moi, comment va Maureen ?

— Mo ? » Je détournai les yeux une seconde. La regardai à nouveau. « Ça va la plupart du temps. Elle a une codétenue avec qui elle est compatible, alors ça aide. Une accro au jeu. Incarcérée pour détournement de fonds. » Je tirai sur un fil de ma manche de sweat-shirt. « Ça varie d'une visite à l'autre. Je veux parler de Mo. Parfois elle a le moral, parfois non.

— Vous arrivez à la voir tous les combien ?

— Tous les combien ? » Je remuai sur ma chaise, croisai les bras. « Ça dépend du dernier chiffre du numéro d'écrou. Les chiffres impairs un jour, les pairs, le suivant. Donc, en théorie, je peux aller la voir tous les deux jours. »

La tête du Dr Patel s'inclina légèrement sur le côté. « En théorie ? »

Je bus une gorgée de thé. Au-dessus du bord de ma tasse, je la vis qui m'observait.

« Non, c'est juste que… J'y suis allé tous les deux jours au début. Parce qu'elle en avait besoin, vous voyez. Elle était si intimidée par tout et tout le monde.

— Ça se comprend.

— Oui. Au début, tous les grands bruits la faisaient disjoncter. Les portes qui claquent, les détenues qui crient et s'insultent L'une d'elles s'est aperçue que le bruit la dérangeait, alors elle la provoquait exprès. Elle arrivait tout doucement dans son dos, claquait des mains à son oreille et faisait : "Hou !" »

Le Dr Patel secoua la tête. « L'intégration dans un environnement aussi dur serait difficile pour n'importe qui, mais il l'est particulièrement pour quelqu'un qui souffre de SSPT.

— Elle va mieux maintenant. Comme vous dites, elle s'intègre. L'autre fois, elle m'a déclaré qu'elle avait appris par la bande qu'il allait y avoir un "grand branle-bas" le week-end. Un "grand branle-bas", c'est quand les "matonnes" les rassemblent dans le gymnase et les fouillent au corps pendant que d'autres retournent leur cellule de fond en comble à la recherche d'articles interdits. Drogue, armes. Ce genre de truc. » Je secouai la tête. « Les "matonnes"… On croirait qu'elle a grandi dans la rue. Je suppose que ça fait partie du processus d'intégration. Elle apprend le jargon. Qu'est-ce que ce sera ensuite ? Un tatouage ? »

J'attendis qu'elle dise quelque chose. Elle continuait de m'observer.

« Ils ont ce système qu'ils appellent "cinq dehors". Toutes les heures, le surveillant du poste de contrôle ouvre les portes des cellules. Tout est électronique, vous voyez ? Le surveillant ouvre donc les portes, et elles ont cinq minutes en tout et pour tout pour aller à la salle commune où se trouvent des téléphones, une télé, et un pot d'eau chaude servant à faire du café instantané, du thé ou autre. C'est à ce moment-là qu'elle peut m'appeler. Sauf que le temps que j'accepte le PCV, la surtaxe de l'État du Connecticut et tout le saint-frusquin, il ne nous reste plus que deux minutes pour parler. Pendant qu'on essaie d'avoir une conversation, la télé marche à fond et tout le monde jacasse à tue-tête à l'arrière-plan. La moitié du temps, je dois répéter deux ou trois fois ce que je viens de dire parce qu'elle ne m'entend pas à cause du raffut. Même en se bouchant une oreille... Et c'est sans compter ce bip-bip intermittent dans le combiné qui vous rappelle que Big Brother épie peut-être votre conversation.

— Les visites sont préférables, dans ce cas ?

— Oui. En un sens. Mais c'est dur, hein. Je fais cours, des conférences, j'assiste à des réunions à la con qui n'en finissent jamais. Vous savez comment sont les universitaires : ils adorent s'écouter parler. Ajoutez à ça mes quarante minutes de trajet deux fois par jour... Et maintenant, avec les poursuites au civil... Mon avocat me dit qu'il lui faut tous les papiers de l'action criminelle, plus tous les renseignements sur nos biens. Ça prend un temps fou à rassembler. Mo ne se rend pas compte que je ne peux pas tout lâcher entre trois heures et quatre heures et demie, tous les deux jours, pour aller la voir.

— C'est donc un problème entre vous ?

— Un problème ? Non, pas vraiment. Pas un gros problème. »

Dans le silence qui suivit ma fausse dénégation, ses yeux se posèrent sur mon pied qui tapait encore frénétiquement pour revenir sur mon visage.

« Je comprends son point de vue, vous savez. Qu'est-ce qu'elle fait toute la sainte journée pendant que je cours comme un dératé ? Elle attend trois heures de l'après-midi, assise dans sa cellule. Alors, quand ils ne la font pas descendre... je me rends bien compte, mais... Enfin, elle a demandé à avoir un travail. Ça devrait aider. Elle aimerait être affectée à l'infirmerie, mais sa chef d'unité dit que c'est exclu à cause de ses antécédents. Qu'on la mettra à la cuisine ou à l'entretien. Ce qui devrait aller aussi, je suppose. N'importe quoi pour occuper une partie de ses journées. Pour que le temps passe plus vite.

— Certes. Eh bien, j'espère…

— Le problème, c'est que dès qu'on demande la moindre chose, là-bas, la paperasserie prend un temps fou. Je vous jure, tout le système est dirigé par des experts en inefficacité. C'est ridicule.

— Il en va ainsi des grosses institutions.

— Puis quand je me défonce le cul – quand je rentre de mes cours comme si j'avais le diable à mes trousses et que je me précipite ventre à terre là-bas, c'est grouillez-vous-et-attendez. Le règlement veut que les détenues soient installées au parloir avant qu'on laisse entrer les visiteurs. Mo dit que les surveillants prennent tout leur temps pour les appeler. Ou alors ils les retiennent – les harcèlent pour la simple raison qu'ils peuvent le faire en toute impunité. Ça leur donne l'impression d'être importants.

— C'est un abus d'autorité.

— Absolument. Pendant ce temps-là, je suis parqué avec les autres visiteurs et je songe à tous les problèmes que je pourrais régler au lieu d'être là à poireauter… Parfois, on attend une demi-heure, trois quarts d'heure, et on vient tranquillement nous annoncer que les visites sont annulées pour la journée. Pas d'explications ni d'excuses pour la perte de temps. C'est comme si on nous disait : "À plus, faites gaffe à pas vous prendre la porte dans la gueule en sortant."

— Ça doit être très frustrant, monsieur Quirk.

— Enfin, pour moi c'est pas la mer à boire, j'habite à côté. Vous savez qui je plains vraiment ? Les grands-mères. Ces pauvres femmes à l'air épuisé qui se retrouvent à élever les gosses de leur fille pendant qu'elle purge sa peine. Elles se farcissent une heure, une heure et demie de route depuis Bridgeport ou Stamford pour certaines, dans de vieux quatre-quatre tout rouillés qui donnent l'impression qu'ils ne feront pas le chemin du retour. Elles ont attaché les bambins dans leur siège à l'arrière. Beaucoup n'ont même pas eu le temps de se changer après le travail – elles portent encore leur blouse ou leur uniforme. Puis elles arrivent et la matonne à la porte leur fait : "Désolée. Pas de visites aujourd'hui"… C'est vraiment dégueulasse pour les mouflets, vous savez ? Et pour les grands-mères. »

Le Dr Patel opina d'un air triste et ajouta : « Et c'est aussi dégueulasse pour la détenue qui espérait voir les êtres qui lui sont chers. » Elle s'interrompit, pencha la tête de côté. « J'ai dit quelque chose de drôle, monsieur Quirk ?

— Non, c'est seulement… Vous parlez d'habitude un anglais très châtié. Ça m'a fait tout drôle de vous entendre dire "dégueulasse". Un autre risque profession-nel, n'est-ce pas, docteur Patel ? Vous assimilez l'argot que vous entendez à longueur de journée dans la bouche des imbéciles que nous sommes ? »

Pour toute réponse, elle se contenta d'un sourire éva-sif.

Qui s'estompa. Elle jeta un coup d'œil à la pendule. « Je crains que nous ne devions conclure dans quelques minutes, monsieur Quirk. Mais avant ça j'aimerais savoir quelque chose. Vous êtes frustré parce que Maureen ne comprend pas à quel point vous êtes occupé. Diriez-vous que votre frustration trouve son origine dans la colère ou dans la peur ?

— Ni l'une ni l'autre. C'est juste… » Je haussai les épaules. « Elle est ce qu'elle est.

— C'est une circonlocution, monsieur Quirk – le genre de réponse que vous n'accepteriez pas de la part de vos étudiants. Supposez que j'insiste pour que vous choisissiez. Ce serait la colère ou la peur ? »

Comme si elle n'insistait pas ! « Je ne sais pas. La colère, je suppose.

— Et quelle est la cause de cette colère ? »

Nous nous fixâmes quelques secondes du regard.

« Cette action en justice qui nous pend au nez, enfin, qui *me* pend au nez. C'est moi qui ai dû me décarcasser, trouver un avocat, tout préparer pendant qu'elle passe ses journées à ne rien faire à l'entrepôt humain… Je n'arrête pas de repenser à ce dimanche soir de 1997 ou 1998 où ma tante m'a appelé. Ma tante Lolly, celle dont j'ai hérité la ferme. Maureen et moi étions réconciliés, et on s'était installés au Colorado. Ma tante me téléphone donc pour me dire qu'elle est en train de rédiger son testament. Elle me demande si je veux qu'elle mette la ferme à mon nom seulement, ou aussi au nom de Maureen. "À nos deux noms", je réponds. On s'était installés au Colorado pour sauver notre mariage, non ? On efface tout et on recommence. Ça marchait plutôt : les choses s'étaient bel et bien améliorées entre nous. Sans vraiment réfléchir, je réponds donc : "Mets-la à nos deux noms." C'était un acte de foi, si vous voulez. C'est donc ce qu'elle a fait. Et maintenant… à cause de ça…

— Oui ? Continuez.

— S'ils gagnent… Écoutez, ce n'est pas que je n'éprouve pas de compassion pour cette femme. Elle a perdu son fils. Et d'après ce que j'ai entendu dire, c'était un gosse super. Il avait ses problèmes, mais… ce n'est pas moi qui étais au volant, ce matin-là. Ce n'est pas moi qui l'ai tué. Ce n'est pas parce qu'ils vont me prendre tout ce que j'ai que la situation va s'arranger : il ne va pas ressusciter d'entre les morts. On me vole ma vie… En fait, je l'ai déjà perdue. Enfin, pour cinq ans. Et après ?

Maureen ne va pas ressortir de là indemne. Elle parle de "matonnes", de "mitard", de "yoyotage"... Et maintenant comme si ça ne suffisait pas, je pourrais perdre ma maison? Ma ferme? Elle appartient à ma famille depuis des années. Des générations. À cause de ce qu'elle a fait, et parce que le soir où ma tante a appelé j'ai dit : "Mets-la à nos deux noms"... Vous savez quel âge j'avais quand j'ai perdu mon père? Quatorze ans. Enfin, l'alcool me l'avait pris bien avant, mais bon. J'étais en troisième, et ma tante m'a attendu à la sortie de mon cours d'algèbre pour m'annoncer la nouvelle... J'ai perdu ma mère à trente ans. Je suis resté à son chevet pour la veiller, et vous savez qui elle a eu envie de voir au moment de mourir? Pas son fils unique. Elle a eu envie de voir Jésus avec ses grands yeux bruns et ses cheveux couleur de miel... Je n'ai pas d'enfants ni de frères et sœurs. Ni même de cousins. Enfin, j'en ai du côté maternel, mais je ne les connais pas vraiment. Je ne les ai pas revus depuis l'enfance. Ma tante Lolly était la seule parente à laquelle je tenais et elle est morte. La ferme est donc... Cette ferme, c'est tout ce qui me reste. »

Le Dr Patel me tendit une boîte de mouchoirs en papier. Sans parler.

« J'ai vraiment essayé, vous savez, après le massacre. Quand j'ai vu combien elle avait une peur bleue de tout. À quel point elle était traumatisée. Bon sang, j'ai tout essayé pour l'aider à surmonter l'épreuve. À redevenir la personne qu'elle avait été. C'est vraiment nul, hein? Trois femmes, trois mariages, et il aura fallu Columbine pour que j'apprenne enfin à être un mari a peu près potable... Sauf que ça n'a pas suffi. J'ai eu beau faire, beau essayer, c'est presque comme si... comme si...

— Dites-le, monsieur Quirk.

— C'est comme si elle était morte dans ce placard. Elle a récité des prières, m'a écrit un mot d'adieu, puis l'unité d'élite est intervenue, et c'est une inconnue amochée qui en est ressortie. Maureen était morte. »

Ce fut elle qui brisa le silence. « Je pense, monsieur Quirk, qu'avec ce "flash-back" vous avez peut-être essayé inconsciemment de vous montrer un bon mari envers Maureen. De partager un peu son terrible fardeau. »

Je haussai les épaules. La regardai. « L'autre jour, je vais à la cafétéria, je demande : "Un café noir pas trop fort sans sucre", et la gamine au comptoir – elle devait avoir dix-huit ou dix-neuf ans à tout casser – m'apporte mon café, va à la caisse et me fait comme ça : "Vous avez la réduction senior ?" et moi je lui fais : "Oh, non, mon Dieu, non. Pas encore, ha-ha-ha"... Mais vous savez quoi ? Quand elle sortira de là-bas, je ne serai pas très loin de leur foutue réduction. Toujours en train d'enseigner, d'éroder petit à petit notre montagne de frais de justice avec mon salaire de misère – trente-cinq ou trente-six mille dollars par an, en admettant qu'on me titularise. Je vivrai dans un petit appartement merdique parce que nous aurons perdu notre maison. *Ma* maison. La ferme familiale. Alors oui, je suppose que je suis en colère.

— Et que ressentez-vous sous votre colère ? »

Plusieurs secondes s'écoulèrent. Je soutins son regard. « J'ai peur.

— De quoi, monsieur Quirk ? Pouvez-vous me le dire ?

— De finir sans rien. Sans personne. »

Je lui remis un chèque. Frottai le ventre de la statuette à tête d'éléphant parce que ça portait bonheur. Promis de l'appeler si j'avais un nouveau flash-back ou juste envie de parler un peu plus. Mais je savais que je n'en ferais rien. Je n'avais qu'une envie : rentrer chez moi, descendre deux verres et voir Janis. Être allongé nu avec elle et la tenir dans mes bras. Mais ça ne risquait pas de se produire. Tous les matins, quand nous revenions de notre jogging et Moze de la boulangerie, ils se touchaient et se taquinaient tous les deux sous mes yeux pendant le petit déjeuner.

Le Dr Patel me souhaita bonne chance avec mes étudiants. « C'est ce qu'il y a de curieux dans les quêtes, n'est-ce pas, monsieur Quirk ? Le héros entreprend un voyage pour trouver ce qu'il veut, et il découvre en chemin ce dont il a besoin.

— Oui, oui. » Si j'avais cru qu'elle saisirait l'allusion, je me serais mis à fredonner la vieille chanson des Stones *You Can't Always Get What You Want.* Mais il y avait fort à parier que Mick et sa fine équipe ne figuraient pas dans l'iPod du Dr Patel.

Nous avions dépassé notre créneau horaire et le patient suivant attendait – Dominick Birdsey, un type que je connaissais depuis l'école primaire. Il y eut un petit moment de flottement. « Salut, comment ça va ?

— Bien. Super. Et toi ?

— Ça va. Content de te voir, mec.

— Ouais, moi aussi. »

Passant devant ce qui devait être sa BMW noire pour regagner ma voiture – nous étions les seuls à être garés sur le parking –, je souris et secouai la tête. Si nous allions si bien que ça, pourquoi consultions-nous tous les deux une psy ? Je suppose que même pour un propriétaire de casino millionnaire, la vie n'était pas toute rose. Tu parles d'une surprise…

De retour à la maison, je constatai que le camion de Moze n'était plus là et que toutes les lumières du premier étaient éteintes. Velvet devait être sortie aussi.

Je donnai à manger à la chatte, me versai un verre. J'aurais préféré un whisky, mais j'étais à la vodka bas de gamme à présent. Blanc-Bec, mon avocat, me facturait soixante-quinze dollars de l'heure pour que je puisse garder ce qui m'appartenait.

Je remis au micro-ondes le restant de pizza que j'avais déjà fait réchauffer la veille au soir.

Je lavai mon assiette.

Je me versai deux autres doigts de tord-boyaux et m'installai devant mon ordinateur. Je regardai « traumatisme secondaire » sur Google. Ça racontait presque mot pour mot ce que le Dr Patel m'avait dit. J'aurais pu garder mon argent. Je regardai aussi « Ganesh » : « Fils de Parvati, la destructrice, et de Shiva, le reconstructeur… Son gros ventre dispense la prospérité. On lui fait une offrande propitiatoire avant d'entreprendre un travail important. » Je quittai Google et vérifiai mes e-mails.

De : janis.mick@tulane.edu
À : caelum@aol.com
Envoyé : samedi 28 octobre 2006
Objet : Grande nouvelle !

Caelum,
J'ai appris aujourd'hui une nouvelle très excitante ! Voici quelques jours, j'ai envoyé à Amanda, ma directrice de thèse à Tulane, un e-mail pour lui parler des archives de ta famille. Elle m'a appelée cet après-midi et nous avons parlé plus d'une heure. Elle m'a invitée à soumettre un projet de communication pour une grande conférence qui se tiendra à

San Francisco en février prochain. (Par chance pour moi, elle siège au comité de sélection!) Amanda pense que je devrais me concentrer sur Lizzy Popper. Lizzy ferait un sujet d'étude formidable et il y aurait peut-être même matière à écrire un livre! Ça va être un travail de Romain de tout organiser d'ici à février, mais je suis SUREXCITÉE. Moze m'emmène dîner au restaurant pour fêter ça et on a aussi invité Velvet. On aurait aimé t'avoir avec nous, mais on ne savait pas où tu étais. Si tu rentres à temps, viens nous rejoindre (Asian Bistro, réservation de 18 : 30). Caelum, rien de tout ça ne serait arrivé sans ta générosité. Je ne saurais t'exprimer à quel point je te suis reconnaissante. Je t'en dirai plus demain. On court ensemble demain matin? Si oui, à bientôt.

De : studlysicilian@snet.net
À : caelum@aol.com
Envoyé : samedi 28 octobre 2006
Objet : je suis peut-être au bout de mes peines!!!!!!!!!!!!!!!!!!!!!!!!!!!!!!

Quirks – putain tu vas pas le croire. Je vais à la vente aux enchères cet après-midi, OK? Je suis en train de regardé les Mustang en compagnie d'un gars qui a un peu le look des barbus de ZZ Top. On commence a déconné et devine. Lonnys (c'est le nom du gars) est entrepreneur, OK, et le carreleur qu'il employait a fait une crise cardiaque et a cassé sa pipe quelques mois plus tôt et TU NE DEVINERAS JAMAIS! Il (le carreleur mort) était propriétaire d'une MUSTANG JAUNE PHÉNICIEN DE 1965 AVEC UNE CYLIN-DRÉE DE 4727 CM CUBE ET UN CARBURATEUR 4 VALVES!!!!!!!!!!!!!!!!! Mec, c'est pas zarbi? Ça va faire huit, neuf ans que je cherche sur eBay et dans le Yellow Mustang Registry en me disant qu'avec un peu de chance j'en dégoterai une dans l'Idaho ou l'Arizona. Et voilà que la VOITURE DE MES RÊVES n'est qu'à une qua-rantaine de kilomètres à l'est de cette putain de Rhode Island!! Sur la petite Rhody, man!! G essayé de resté cool, de joué les gars que ça pourrait éventuelle-ment intéresser, mais GT si excité que G quasiment déchargé dans mon slip. Je sais, je sais, je ne devrais pas compter dessus avant de l'avoir vue. Lonnys va vérifier auprès de la femme du gars et me recontacter, mais il a entendu dire qu'elle allait sans doute la vendre. ELLE A INTÉRÊT!! Man, depuis que je suis rentré, Gcoute mes vieilles cassettes des Beach Boys et de Jan & Dean à fond les ballons. Toi et moi, on va frimé, en-culé d'ta mère. a +, A1. ☺☺☺

Je lui répondis à moitié bourré.

De : caelumq@aol.com
À : studlysicilian@snet.net
Envoyé : samedi 28 octobre 2006

Objet : je suis peut-être au bout de mes peines!!!!!!!!!!!!!!!!!!!!!!!!!!!!!

Prends garde, trouduc! Celui qui part en quête de ce qu'il veut risque de découvrir en chemin ce dont il a besoin.

24

Devin, livreur chez Domino's pizza, s'identifiait à Hermès, le messager des dieux. « C'est aussi le mec qui a inventé la lyre et je joue de la guitare électrique. »

Ibrahim avait jeté son dévolu sur Icare, dont il comparait la chute à celles des victimes du 11-Septembre sautant des tours jumelles du World Trade Center. Ces images le hantaient, écrivait-il, tout comme les actes des terroristes. Il racontait la difficulté d'être arabe et musulman pratiquant dans l'Amérique d'après le 11-Septembre : on vous présumait coupable et vous n'arriviez pas à vous débarrasser d'un sentiment de culpabilité injustifié.

« La première fois que j'ai piqué l'aiguille dans une veine, écrivait Kahlúa, ç'a été comme si j'avais ouvert ma boîte de Pandore personnelle. » À la suite d'un arrangement avec le centre de réadaptation où elle purgeait ses derniers mois de peine, un fourgon banalisé l'amenait et venait la rechercher à Oceanside Community College.

Le brigadier Kareem Kendricks, maussade, renfermé, rentré dans ses foyers après un séjour à l'hôpital Walter Reed, se comparait à Sisyphe et assimilait l'Irak à l'Hadès. « Je vais bien pendant quelques jours, je crois gagner du terrain, puis je fais un cauchemar pendant la nuit ou la journée qui me ramène à la case départ. L'autre jour par exemple, j'étais en train de lire une histoire intitulée *Œufs verts et jambon* à ma petite fille. Sans même m'en rendre compte, j'ai dû m'arrêter au beau milieu de ma lecture car je l'ai entendue dire : "Maman, j'arrête pas de dire à papa de tourner la page et il m'écoute pas." J'étais de retour là-bas, sur ma mitrailleuse, le jour où j'ai perdu ma main droite et mon meilleur copain la vie. L'Irak est le rocher que je dois hisser jusqu'au sommet d'une grande colline qui a pour nom Va de l'Avant et chaque jour il retombe en bas de la pente et je dois recommencer. »

Ces textes bourrés d'erreurs de syntaxe et de grammaire étaient ce qu'ils avaient écrit de mieux de tout le semestre, et ils donnèrent lieu à une discussion passionnante. Nous nous apprêtions à conclure quand Kyle, un garçon silencieux coiffé d'une casquette de base-ball à l'envers, me demanda à brûle-pourpoint : « C'est quoi le vôtre, professeur Quirk ?

— Mon quoi ?

— Votre mythe. »

Ils attendirent. Me regardèrent.

En fait, j'avais réfléchi à cette question – en allant d'Oceanside à la prison – et j'avais trouvé non pas un, mais deux mythes évocateurs. Je leur épargnai cependant notre lien avec Columbine : Maureen perdue dans le Labyrinthe et mon échec à tuer le monstre et à la secourir, ou à protéger Morgan Seaberry de Maureen. Ils me regardaient tous avec de si grands yeux et un tel espoir qu'ils auraient pu être mes enfants que je devais mettre à l'abri du danger.

Je fis le tour de mon bureau, pris une chaise et m'assis près d'eux. Je regardai d'abord le brigadier Kendricks. « Le mien concerne aussi l'Hadès. » J'examinai leurs visages. « Orphée et Eurydice. Vous vous rappelez ?

— C'est celui où le mec va en enfer chercher sa femme. Puis il oublie qu'il est pas censé se retourner vers elle et, du coup, elle est obligée de rester », dit Devin.

En temps ordinaire, je l'aurais peut-être corrigé : je lui aurais rappelé que l'enfer était un concept chrétien différent du monde imaginaire des Grecs anciens. Mais ce jour-là, je hochai la tête et laissai passer. « Ma femme est en prison », déclarai-je.

Ceux qui étaient affalés sur leur chaise se redressèrent. Plusieurs étudiants se penchèrent en avant.

« Et quand je vais la voir, j'ai ce truc – cette superstition, on pourrait dire… Le règlement veut que les détenues restent assises jusqu'à ce que le dernier visiteur soit sorti du parloir. Donc à la fin de la visite, quand je me lève pour partir, je me force à ne pas me retourner vers elle. Si je regarde par-dessus mon épaule, si je lui jette un coup d'œil, elle va rester là-bas. Elle ne sortira jamais. »

Il y eut du boucan dans le couloir, c'était l'intercours. Mais dans notre salle, personne ne bougea.

Quand Marisol leva la main, je crus savoir ce qui allait suivre : qu'est-ce que Mo avait fait ? Pourquoi elle était en prison ? « Oui ?

— C'est quoi le prénom de votre femme ?

— Son prénom ? Maureen. Pourquoi ?

— Parce que je vais prier pour elle. »

Tunisia acquiesça de la tête. « Ma mère est pasteur. Je vais demander que les fidèles de notre église prient également pour elle. »

Je hochai la tête, souris. « On ferait mieux de conclure. Ça a été un bon cours, aujourd'hui. N'oubliez pas de lire Joseph Campbell pour la prochaine fois. Vérifiez votre programme.

— Y aura une interro ? »

528

Je souris de nouveau, haussai les sourcils. « Sait-on jamais ? »

Après le cours, quatre ou cinq d'entre eux restèrent bavarder avec moi. Rien d'extraordinaire à ça, sauf que cette fois ce n'était pas pour contester une note ni pour s'excuser de n'avoir pas rendu un devoir. Ceux qui s'étaient attardés voulaient me dire qu'eux aussi avaient de la famille en prison. Le père d'Hipolito, le frère de Cheyenne. Plus Kahlúa[1] qui avait fait de la taule au CP Quirk, de même que sa mère alcoolique. « D'où croyez-vous que je tire mon prénom ? fit-elle.

— Ç'aurait pu être pire, plaisanta quelqu'un. Elle aurait pu t'appeler Bloody Mary.

— Gin Tonic.

— Margarita. »

C'était chouette, vous savez ? De traîner quelques minutes avec eux, de partager leurs rires, un peu de leur peine. Même le brigadier Kendricks avait souri. Et leurs textes – pas seulement ceux qui étaient poignants, mais tous, même celui d'Hermès aux sandales ailées avec ses pizzas peperoni – me rappelèrent que mes étudiants ne se résumaient pas à leurs lacunes et à leurs ronchonnements. Chacun avait une histoire, ses problèmes. Chacun, pour le meilleur ou pour le pire, était ancré dans une famille. Ce devoir, ce cours me remontèrent un peu le moral. Et, qui sait ? le moral de quelques-uns d'entre eux aussi.

Mais si j'arrivai à la prison avec la pêche, Mo me refroidit. Je fus frappé par son air égaré et sa pâleur. Je l'embrassai et m'assis, essayai d'interpréter son regard nerveux, la peau écorchée et le sang séché autour de ses ongles.

---

1. Marque de liqueur de café.

« Je ne pensais pas que tu viendrais.

— Ah bon ? Pourquoi ? »

Elle haussa les épaules. « Tu es venu dimanche.

— Et on est aujourd'hui jeudi. Je serais bien venu mardi, mais Velvet m'a dit qu'elle te rendait visite alors je me suis dit que c'était bon. »

Pas de réponse.

« La visite s'est bien passée ? »

Elle secoua la tête. « Elle n'en avait que pour M. et Mme Superextra. Combien elle adore travailler sur ses stupides statues de gargouilles, combien Madame est d'un abord facile. Oh, j'ai aussi appris que tu avais fait des crêpes pour tout le monde, dimanche dernier. Vous avez l'air de former une chouette petite famille, tous les quatre.

— Ce sont mes locataires, Maureen. Ils paient un loyer, ils ont l'usage de la cuisine. Il nous arrive de partager un repas. » La façon dont elle leva les yeux au ciel me mit en rogne. « Qu'est-ce qui t'emmerde ? » aboyai-je tout en n'étant pas sûr d'avoir envie de le savoir. Avait-elle, on ne sait comment, découvert ce qui s'était passé à Bushnell Parle ? Mon désir pour Janis se lisait-il sur ma figure ?

Camille avait été transférée à un autre étage. Sans préavis, sans explications. Un gardien s'était présenté à la porte et avait jeté deux sacs poubelle à Camille en lui disant de prendre ses affaires. Mo partait à sa réunion de Narcotiques anonymes. À son retour, une heure plus tard, une nouvelle détenue était assise sur la couchette de Camille – Irina, une immigrée russe qui avait une dent contre la terre entière. Elle toussait constamment et l'avait empêchée de fermer l'œil la nuit dernière. Le matin, alors qu'elles étaient côte à côte devant les lavabos, Mo lui avait conseillé de demander à passer une visite médicale. Irina avait pris les inquiétudes de Mo pour une critique et s'était lancée dans des invectives lardées de blasphèmes. Une troisième détenue – une « faiseuse d'histoires » prénommée Iesha – s'en était mêlée, avait appelé Mo « Madame la duchesse » et l'avait accusée de se la jouer.

Mo avait tenté d'expliquer qu'elle s'inquiétait pour la santé d'Irina. Qu'elle était infirmière.

« Avant peut-être ! avait hurlé Iesha. Maintenant t'es plus qu'une taularde comme nous ! » Un gardien, entendant des cris, avait déboulé, et les avait menacées toutes les trois de sanctions. Irina avait passé le reste de la matinée à arpenter la cellule en marmonnant en russe, à cracher par terre et sur les murs.

Au déjeuner, second incident. Camille et Mo s'étaient retrouvées pour manger ensemble au réfectoire. Au moment de sortir, elles sont arrêtées par la surveillante Moorhead qui les accuse d'avoir volé un poivrier. Quand elles nient, elle les emmène aux toilettes pour une fouille au corps. Camille l'insulte et Moorhead se venge en l'humiliant pendant la fouille : elle enfonce profondément sa main gantée de plastique dans le vagin de Camille et l'y laisse quelques secondes « avec un petit sourire satisfait ».

Depuis son arrivée à la prison, Maureen s'était évertuée à ne pas se faire remarquer du personnel de surveillance. Mais voilà que Camille s'apprêtait à déposer une plainte, et Mo, en sa qualité d'unique témoin, serait interrogée. Elle allait devoir dire la vérité – Moorhead avait vraiment dépassé les bornes –, mais il y aurait des représailles. Le copain de Moorhead, Tonelli, était selon Mo « limite psychotique ». Tonelli la traitait d'ordinaire comme si elle était invisible, mais ça changerait après son témoignage. Elle avait peur. Elle avait des nausées.

« Ça ne nous avancera à rien de toute façon. La parole d'une détenue contre celle d'une surveillante, y a pas photo. Bon Dieu, je déteste cet endroit ! » Elle se mit à pleurer.

« Tu veux que je dise quelque chose ? Que j'appelle quelqu'un ? »

Son expression passa de la consternation au mépris. « Qui, Caelum ? Tu appellerais qui ?

— Je ne sais pas, moi. Ta chef d'unité ? Le directeur ? Merde, j'appellerai le sénateur du Connecticut s'il le faut.

— Ne t'en mêle surtout pas, Caelum. Rentre retrouver ta petite famille. »

Je respirai à fond. « Tu sais ce que je fais du chèque des Mick, Maureen ? Je le dépose sur mon compte pour pouvoir payer l'avocat qui essaie d'empêcher la famille de ta victime de nous prendre notre foutu toit. OK ? »

Elle détourna le regard, secoua la tête d'un air dégoûté.

« OK ? » répétai-je.

Elle me foudroya du regard. « La dernière chose dont j'aie besoin juste maintenant, c'est que tu me culpabilises ! » cria-t-elle. Les têtes se tournèrent Les conversations s'interrompirent.

Je baissai le ton. « Je ne te culpabilise pas. Je te fais redescendre sur terre.

— Boucle-la. Va-t'en. »

Sans ajouter un mot, je me levai, traversai le parloir et m'arrêtai devant la porte métallique. La surveillante assise au bureau signala à Big Brother que quelqu'un partait plus tôt que prévu. Quelques secondes plus tard, la porte s'ouvrit et je sortis sans me retourner.

De retour à la maison, je trouvai Moses dans la cuisine, devant le frigo ouvert. « Je me prends une de ces maudites bières yankees que tu m'as fait connaître. T'en veux une ?

— J'en ai grand besoin.

— Ah oui ? Pourquoi ça ? »

Je haussai les épaules. Moze ouvrit deux Sam Adams et m'en tendit une. « Comment ça marche ? fis-je.

— Ça va. Le site Internet est créé. Il a l'air très bien. J'ai parlé à deux ou trois sociétés de livraison. La meilleure proposition vient de DHL, je vais donc probablement travailler avec eux. Velvet et moi, on a commencé le moulage hier. Elle te l'a dit ? »

Je secouai la tête. « Comment ça se passe avec elle ? Elle ne te gêne pas plutôt qu'autre chose ? »

Moses sourit, siffla sa bière. « Nan, elle se débrouille bien, mec. Elle est un peu brute de décoffrage, mais elle bosse dur. Elle a peut-être le don. Elle m'a appris que son grand-père était sculpteur. »

J'opinai. « Il vivait à Barre, dans le Vermont, où il y a une grande carrière de granit. Il était spécialisé dans la sculpture funéraire.

— Ouais, on a regardé sur Internet et elle m'a montré certaines de ses œuvres. Vachement impressionnant. Velvet voudrait s'essayer aux gargouilles, je lui ai dit : Plus tard peut-être, une fois qu'on sera lancés. Elle pourra préparer des esquisses et on verra. Mais commençons par le commencement. Je veux cent pièces coulées et finies avant la fin de la semaine prochaine. J'espère lancer mon affaire sur Internet dès mon retour.

— Retour d'où ?

— De La Nouvelle-Orléans. Faut que je descende chercher notre chat, que je passe voir mes cousins. Ils attendent chez des amis que l'AGMC leur donne une caravane… T'aurais pas un panier à chats, par hasard ? J'ai vraiment pas envie que Fat Harry se fourre entre mon pied et la pédale de frein sur la route du retour. »

Je répondis qu'il pourrait y en avoir un au grenier – que je regarderais.

« Merci beaucoup. Quand j'ai parlé à mon vieux cousin, il m'a dit : "Tu sais ce qu'AGMC veut dire, hein ? Aider Gérer Mon Cul". »

Je hochai la tête, souris. Lui demandai combien de temps il serait parti.

« Une semaine environ. Alphonse m'a accordé un congé. Il dit qu'il me remplacera. Mec, le vieil Al est de si bon poil depuis qu'il a trouvé sa Mustang que j'aurais sans doute pu obtenir de lui l'argent de l'essence en plus du congé.

— La veuve va donc la vendre ?

— Elle ne s'est pas encore décidée, mais il *croit* qu'elle penche pour cette solution. Elle lui a demandé d'arrêter de l'appeler et de lui casser les pieds – elle le contactera quand elle aura pris sa décision. Il est un peu tapé cet Alphonse, non ? »

J'opinai. « Mais c'est un tapé qui a bon cœur.

— Ouais, mais merde, mec. T'en connais beaucoup, toi, de types de son âge qui sont excités comme des puces parce que Playstation sort une nouvelle version de *Grand Theft Auto* ?

— Tu comprendrais si tu rencontrais ses parents. Sa mère continue à lui envoyer des œufs à Pâques. »

Moze secoua la tête. « Mec, c'est ce qui s'appelle être paumé avec un grand P. Oh, avant que j'oublie, le classeur qui est là-bas… c'est Janis qui l'a laissé pour toi. » Je jetai un coup d'œil au dossier en papier kraft qui était sur le plan de travail. « Elle l'a trouvé dans une des boîtes du haut. Elle a quelques questions à te poser. Elle veut que tu y jettes un œil.

— Ouais, mais comme tu l'as si bien dit plus tôt, commençons par le commencement. Ça ne te dérange pas que je te prenne une autre bière ? »

Il secoua la tête et finit la sienne. « File-m'en une aussi pendant que t'es debout. »

Tandis que je lui tournais le dos pour ouvrir la porte du frigo, je lançai l'air de rien : « Janis descend là-bas avec toi ? »

Il attendit que je me sois retourné pour répondre.

« Non. Pourquoi tu me poses la question ?

— Pour rien. » Je lui tendis sa bière. Le regardai m'observer tandis qu'il décapsulait sa bière et en buvait une gorgée. Je sentis mon cœur battre plus vite.

« Elle dit qu'elle a cette date butoir de la conférence à respecter et qu'elle n'a pas le temps. » Il posa sa bouteille de bière sur la table. « Elle ne vit plus et ne respire plus que pour tes ancêtres.

— Je préfère que ce soit elle. Tous ces vieux trucs moisis, très peu pour moi. T'inquiète. On s'occupera bien d'elle pendant ton absence. »

Il pencha la tête de côté. « Parce que tu crois qu'elle a besoin qu'on s'occupe d'elle ? »

Il y eut comme un changement d'atmosphère – on était passé de deux potes buvant de la bière ensemble à une vague hostilité. Pourquoi ce sourire goguenard ?

« Non, je retire ce que j'ai dit. Elle est majeure et vaccinée.

— Exactement. »

Je voulais me tirer. Échapper à son putain de sourire. « Bon, je vais me changer et voir si je peux mettre la main sur ce panier. Merci pour les bières.

— De rien. »

Dans ma chambre, j'enfilai un sweat-shirt et un jean. Quelques baisers, c'est tout ce qu'il y avait eu. D'un commun accord. Lui avait-elle parlé ? Avait-elle ri d'avoir embrassé le vieil imbécile de proprio, elle qui ne vivait plus et ne respirait plus que pour ses archives ? D'avoir embrassé un type qui avait l'âge d'être son père ? Je repensai à ce que Maureen m'avait dit du petit sourire satisfait de la surveillante pendant qu'elle fouillait Camille au corps. N'était-ce pas dans ces moments-là que les gens affichaient ce genre de sourire ? Quand ils étaient maîtres du jeu ?

Lorsque je revins dans la cuisine, quelques minutes plus tard, Moze n'y était plus, Dieu merci. Je rinçai les bouteilles de bière, les mis dans le bac à recyclage près de la porte.

Le classeur de Janis attira mon attention. Le mot qu'elle avait attaché avec un trombone disait : « Caelum – J'ai trouvé ça aujourd'hui. Lydia est mentionnée dans quelques articles, mais qui sont Ethel et Mary Agnes Dank ? Et qu'est-ce que c'est que cette vieille pub de bière sexiste ? Les Rheingold "Girls" ?? Vive le féminisme ! Amitiés, Janis »

À l'intérieur se trouvaient plusieurs vieilles coupures de journaux : « Une femme condamnée pour immoralité » ; « Une ex-résidente de Three Rivers parmi les victimes de l'incendie de Boston » ; « Amours contrariées avec un garçon de 14 ans : une jeune fille de 17 ans fait une tentative de suicide ».

Quand je relevai la tête, je faillis sauter au plafond. Quelqu'un se tenait à la porte de la cuisine et me regardait. Je reconnus l'homme à tout faire de Lolly. Dans son cas, « faire » était un bien grand mot. « Salut, Ulysse. Qu'est-ce qu'il y a ? Entre donc. »

Il était nerveux, tremblait comme une feuille. Ça faisait trois semaines qu'il n'avait pas bu une seule goutte d'alcool. Il était retourné à Alcooliques anonymes et s'appliquait à franchir les Douze Étapes. Il venait s'excuser.

De quoi ?

D'avoir trahi ma confiance – en squattant la ferme alors que je lui demandais seulement de passer tous les deux ou trois jours et de donner à manger à la chatte de Lolly. Il était aussi désolé de s'être attaqué aux ados punks qui s'étaient introduits dans le pressoir. Il aurait dû décrocher le téléphone et appeler les flics. Les laisser s'en occuper. « J'étais bourré et j'avais pas les idées claires », avoua-t-il.

L'eau avait coulé sous les ponts, le rassurai-je. J'étais content que ces andouilles ne lui aient pas fait de mal. Pourquoi ne s'asseyait-il pas ?

« Comment va Nancy ? » À ce moment précis, la chatte de Lolly entra d'un pas nonchalant dans la cuisine et se glissa vers lui. « Mais c'est ma grande ! » s'exclama-t-il. Elle sauta sur ses genoux et fourra son museau contre sa poitrine, apparemment aussi contente de le voir que lui.

« Tu veux une tasse de café ? »

Il jeta un coup d'œil aux cadavres du bac à recyclage. « Nan, ça va comme ça. Merci… Tu sais quoi ? Tu ressembles à ton père. On te l'a déjà dit ? »

J'ai fait signe que non. C'était faux : Lolly me l'avait affirmé à de nombreuses reprises, mais je n'avais jamais trouvé la remarque justifiée. Jamais non plus apprécié la comparaison.

« Lui et moi, on a grandi ensemble, vois-tu. On était copains de collège, de lycée. On s'est engagés tous les deux après notre diplôme de fin d'études.

— Avec le père de Jerry Martineau.

— C'est exact. Puis on nous a expédiés tous les trois en Corée. »

Et vous en êtes revenus tous les trois bousillés, songeai-je. M. Martineau a tenu le coup pendant des années avant de se tirer une balle dans la tête. Papa et toi êtes devenus des poivrots. « Écoute, Ulysse, comme tu vas aux réunions de AA, tiens-toi pour pardonné.

— D'accord. C'est gentil de ta part. Ta tante s'est toujours montrée bonne envers moi. Elle m'a toujours aidé, même quand je foirais.

— Elle m'a aussi aidé de temps en temps. »

Il hocha la tête, versa quelques larmes. « Le jour où je l'ai trouvée déambulant dans le jardin… quand elle a eu son attaque… Putain, ça m'a vraiment brisé le cœur.

— Je te suis reconnaissant d'être venu et de l'avoir fait hospitaliser. » Je lui en savais gré, mais il avait déjà eu son pardon, et je n'allais pas lui offrir une bière même s'il ne cessait de lorgner les bouteilles vides. Je me levai, fis quelques pas vers la porte. « Bon, eh bien, félicitations pour ta sobriété. Continue comme ça, OK ?

— Ouais, OK. » Il comprit, fit descendre Nancy Tucker de ses genoux et se leva. J'allais refermer la porte derrière lui lorsqu'il s'arrêta et se retourna. « Oh, putain, j'ai failli oublier. Je voulais te poser une question. Je me demandais si t'aurais pas des petits travaux à me faire faire. T'aurais pas besoin de me payer beaucoup. Juste un petit quelque chose de la main à la main, histoire d'avoir de quoi m'acheter des clopes. »

Des clopes et de l'alcool, songeai-je. « Tu sais, Ulysse, pour tout te dire, je suis ric-rac côté fric en ce moment.

— Ah, d'accord. Pas de problème dans ce cas. J'avais pensé à démolir le pressoir, peut-être. C'est plutôt dangereux de le laisser à moitié écroulé comme ça. Si ces putains de gosses reviennent traîner dans le coin et que le reste du toit leur tombe dessus, on pourrait te coller un procès aux fesses, non ? »

J'acquiesçai de la tête. « Comme je t'ai dit, les fonds sont bas en ce moment. Je t'aiderais si je pouvais, mais…

— Ouais, d'ac. T'inquiète. Je songeais juste à enlever les bardeaux, les empiler, ôter les clous. Les entrepreneurs en bâtiment paient bien pour le bois de récupération, tu sais. Puis, une fois le pressoir démoli, tu ne voudrais sans doute pas te retrouver avec une dalle de ciment, alors je pourrais peut-être l'attaquer à la masse, tout casser et évacuer le tout à la brouette. On ne saurait même plus qu'il y a eu un putain de pressoir ici. »

Je secouai la tête. « Tu sais quoi ? Reste dans le droit chemin et reviens me voir au printemps prochain. En avril, disons. Le 1er avril. Reviens me voir alors. Si tu es toujours sobre et si mes finances se sont améliorées, on cherchera quelque chose. D'accord ?

— D'accord. » Nous échangeâmes une poignée de main pour sceller le marché.

En le voyant traîner la patte sur Bride Lake Road, je me souvins du dimanche après-midi de jadis où j'avais regardé mon père quitter la ferme avec la bouteille de whisky de grand-père Quirk, après sa dispute avec maman. Maman était restée à cette même table de cuisine, le visage empourpré et défait. Puis elle m'avait pris dans ses bras et m'avait accusé de ne pas lui rendre ses câlins.

J'avais protesté : « Si, je te serre.

— Non, tu ne me serres jamais.

— C'est pas vrai. »

J'ouvris le dossier de coupures de presse laissé par Janis et me mis à lire.

Three Rivers *Evening Record*
13 octobre 1935

UNE FEMME CONDAMNÉE POUR IMMORALITÉ

Le juge Micah J. Benson a condamné aujourd'hui Mme Adolph Dank, 28 ans, résidant auparavant

113 Green Street, Three Rivers, à une peine de quatre-vingt-dix jours d'incarcération à la. Ferme-prison de femmes pour conduite indécente, ivresse et atteinte à l'ordre public. Mme Dank a reconnu être sans logement depuis son récent départ du domicile conjugal. Elle a déclaré être séparée de son mari.

C'est hier matin tôt que le lieutenant David F. O'Connor a mis Ethel Dank en état d'arrestation, après l'avoir trouvée en compagnie de deux marins au White Birch Motor Court, situé sur une route de campagne. Le lieutenant O'Connor répondait à une plainte des employés du motel : vêtue en tout et pour tout de ses sous-vêtements, Mme Dank faisait du tapage en tambourinant à la porte de la chambre des marins et les suppliait de la laisser rentrer après une apparente altercation. Le lieutenant O'Connor a signalé qu'à son arrivée sur les lieux la prévenue avait été réadmise à l'intérieur et s'était calmée. Elle avait des ecchymoses au visage, aux jambes et au cou, mais a refusé d'être soignée au William T. Curtis Memorial Hospital.

Les militaires impliqués dans l'incident ont expliqué au lieutenant O'Connor qu'ils faisaient la fête après une période de service outre-mer et avaient rencontré Mme Dank au Silver Slipper, une taverne du coin. À les en croire, la prévenue y buvait et y dansait avec la clientèle aussi bien blanche que nègre.

Le lieutenant O'Connor n'a pas déposé plainte contre les deux militaires parce que Mme Dank se livrait au racolage, et qu'il s'est dit convaincu que les marins avaient suffisamment honte de leurs actes. « Je suis certain que ces jeunes gens ont tiré la leçon », a-t-il déclaré au juge Benson. Apprenant qu'elle était condamnée à six mois de prison, Mme Dank a demandé une réduction de peine en faisant valoir que son incarcération représenterait une épreuve pour sa fillette de 7 ans. Le juge Benson lui a répondu que ses actes démontraient qu'elle était une mère indigne et que l'enfant se porterait sans doute mieux sans elle. Il a ensuite accepté de réduire la peine à quatre-vingt-dix jours, à condition qu'elle quitte la région à sa libération. En condamnant Ethel Dank, le juge lui a dit de profiter de son incarcération pour exprimer ses remords à son mari et aux autres, et pour renouer avec la vertu féminine. « Le mot "pénitentiaire" vient du mot "pénitent", a conclu le juge Benson. Je vous conseillerais de méditer là-dessus. »

Three Rivers *Evening Record*
23 décembre 1935

UNE ÉVADÉE DE LA FERME-PRISON DÉFÉRÉE
DEVANT LE TRIBUNAL DE GRANDE INSTANCE

Une jeune femme qui s'était évadée il y a quelques jours de Bride Lake Prison, Three Rivers, après avoir dérobé des articles à la prison et dans la ferme voisine a été déférée du tribunal de Stonington Borough devant une instance supérieure. Ethel Dank, 29 ans, a été arrêtée, six heures environ après son évasion, par la police locale dans une zone boisée de Bride Lake Farm jouxtant l'enceinte de l'institution pénitentiaire.

Mme Dank comparaissait devant le tribunal de Stonington à la suite d'une plainte de Mme Lydia P. Quirk, directrice de la Ferme de femmes, qui a déclaré que la fugitive était « de la mauvaise graine » et une source d'ennuis permanente. La directrice a estimé à plus de 50 dollars la valeur des articles que Mme Dank reconnaît avoir volés. Ils comprennent des vêtements, de la nourriture et des jouets provenant de la nursery de la prison. Dans la ferme voisine, l'évadée a dérobé une boîte à musique d'enfant, un collier et un certain nombre de dollars en argent. Bride Lake Farm est possédée et dirigée par Lydia P. Quirk et son fils, Alden Quirk junior.

Mme Dank a expliqué à la police qu'elle s'était évadée parce qu'elle ne supportait pas d'être séparée de son enfant pendant les fêtes de Noël. Elle est mère d'une fillette de 7 ans.

Dans l'attente du jugement qui sera rendu lors de la prochaine session du tribunal de grande instance, Mme Dank, qui n'a pu acquitter les cautions d'un montant de 500 dollars chacune, a été incarcérée à la prison du comté.

Dire qu'on appelait ça le « bon vieux temps » ! Je secouai la tête. Je ne savais pas qui était cette Ethel Dank, mais son principal crime avait dû être de danser « aussi bien avec la clientèle blanche que nègre ». On lui avait de toute évidence fait endosser la responsabilité du comportement des deux marins anonymes qui l'avaient ramenée à leur motel, saoulée et très vraisemblablement violée. Blâmer la victime était sans doute monnaie courante à l'époque. Enfin, c'était toujours le cas aujourd'hui, mais c'était moins flagrant. En condamnant Ethel à six mois de taule – en la confiant « aux bons soins de la directrice de la Ferme-prison, Lydia P. Quirk », le juge lui avait conseillé de profiter de son incarcération pour « renouer avec la vertu féminine ».

Cette remarque me fit sourire. On aurait juré que certaines femmes qui déambulaient aujourd'hui dans le CP Quirk étaient des hommes : crâne rasé, corps bodybuildé. Elles se pavanaient comme des coqs dans un poulailler…

La « ferme voisine » dans laquelle Ethel avait volé après sa grande évasion était donc la mienne ? Il fallait être « de la mauvaise graine » pour entrer par effraction chez la directrice de la prison. Drôlement culottée, de se glisser au premier, et de faire des achats de Noël de dernière minute pour la fille dont le juge avait décrété qu'elle se porterait mieux sans sa mère. Grave erreur, Ethel, si tu as dépouillé la directrice, quelles qu'aient été ses pratiques progressistes. Mais Maureen m'avait dit plus d'une fois que c'était pour les femmes séparées de leurs enfants que la prison était la plus dure. Nous avions beau vivre à une autre ère, cette réalité-là n'avait pas changé.

Time Magazine, 1ᵉʳ décembre 1942

LA PIRE CATASTROPHE QU'AIT CONNUE BOSTON

Holy Cross vient de battre Boston College. Le centre de Boston est envahi d'hommes et de femmes impatients de fêter les vainqueurs ou de consoler les vaincus. Un grand nombre se retrouvent au night-club Cocoanut Grove. Ils s'agglutinent en bas autour du bar chichement éclairé et remplissent en haut les tables entourant la piste de danse. Mêlée à eux, la foule habituelle du samedi soir : soldats et marins, une noce, quelques conscrits. Buck Jones, le cow-boy devenu vedette de cinéma, est également présent avec son entourage. Jones est à Boston dans le cadre d'une tournée pour vendre des emprunts de guerre et d'un voyage promotionnel pour Monogram Films, producteurs de la série de westerns *The Rough Riders*.

John O'Neil, le jeune marié qui a prévu d'emmener la mariée dans leur nouvel appartement à dix heures pétantes, s'attarde un peu. Le spectacle va commencer. Des couples entrent et sortent par la porte à tambour.

Au bar du bas, un aide serveur de 16 ans monte sur un banc afin de remplacer une ampoule enlevée par un client farceur. Il craque une allumette pour y voir clair. La flamme lèche un des palmiers artificiels qui donnent au Cocoanut son atmosphère. Quelques flammes jaillissent. Une fille du nom de Joyce Spector se dirige vers le vestiaire parce qu'elle s'inquiète pour son nouveau manteau de fourrure.

Elle n'y est pas encore parvenue lorsque le Cocoanut Grove est gagné par la panique et les hurlements. Le feu a vite fait de dévorer le palmier, de gagner les draperies de soie, d'être aspiré par l'escalier, et de se propager le long du plafond et des murs. Transformées en ballons de flammes, les tentures de soie tombent sur les tables et par terre.

Hommes et femmes luttent pour atteindre la porte à tambour qui se bloque sous la poussée des corps. Non loin se trouve une autre porte hermétiquement fermée. Il existe d'autres issues, mais rares sont les clients du Cocoanut qui en connaissent l'existence. Les lumières s'éteignent. On ne voit plus désormais que des flammes, de la fumée, et des hommes et des femmes devenus des torches vivantes.

Les huit cents clients du Cocoanut se bousculent, tombent, sont piétinés. Joyce Spector atterrit sous une table, marche à quatre pattes et se voit propulsée dans la rue. Un choriste conduit une dizaine de personnes dans une glacière en bas. D'autres sortent en rampant par les fenêtres ; une poignée de gens s'échappent en cassant une cloison vitrée. Mais la plupart, y compris John O'Neil et la vedette de cinéma Buck Jones, restent prisonniers.

Les pompiers qui démolissent la porte à tambour découvrent qu'elle était bloquée par six couches de cadavres empilés les uns sur les autres. Ils tentent de faire passer un homme par une fenêtre latérale, mais la masse des gens qui luttent derrière s'agrippe à ses jambes. L'incendie est maîtrisé en une heure et les pompiers commencent à dégager les corps. Un soldat du feu endurci fait une crise de nerfs lorsqu'un pied lui reste dans la main alors qu'il ramasse un cadavre. On retrouve un barman demeuré debout derrière son bar ; une fille morte dans une cabine téléphonique, serrant toujours une pièce de cinq cents entre ses doigts.

Dans les hôpitaux et les morgues improvisées qui se sont transformées en charniers pour la nuit, on dénombre 484 morts. LA FAUTE À L'AIDE SERVEUR, affirme la manchette d'un journal bostonien, mais ce n'est pas l'aide serveur qui a installé le décor éminemment inflammable ; ni lui qui est responsable du fait que la municipalité de Boston n'exige pas que les boîtes de nuit aient un équipement ignifugé, des sprinklers et des issues de secours clairement signalées.

UNE EX-RÉSIDENTE DE THREE RIVERS PARMI LES VICTIMES DE L'INCENDIE DU NIGHT-CLUB

La victime était une actrice de Hollywood qui faisait partie de l'entourage de Buck Jones

---

Le mari et la fille identifient la dépouille

Succombant à ses brûlures, Jones est la 481ᵉ victime

Mme Ethel S. Dank, 35 ans, ex-résidente de Three Rivers et plus récemment de Van Nuys, Californie, a été identifiée parmi les quelque 480 victimes qui ont péri samedi soir dans l'incendie du Cocoanut Grove à Boston. M. Adolph P. Dank, 58 ans, habitant 113 Green St., Three Rivers, et Mlle Mary Agnes Dank, 14 ans, qui séjourne actuellement à la Three Rivers County Home for Girls, ont formellement identifié le corps, dimanche tard dans la soirée. Comme des centaines d'autres personnes, le père et la fille ont fait la queue pendant des heures devant le garage de Park Square, attendant leur tour pour voir les morts. Situé en face de l'endroit où a éclaté le sinistre, au 17 Piedmont Street, dans le quartier de Back Bay, le garage avait été vidé et transformé en une morgue improvisée.

Une « scène macabre à souhait »

« Il y avait des rangées et des rangées de morts, des centaines de cadavres, a déclaré M. Dank décrivant la sinistre tâche qui attendait les familles lorsqu'elles pénétraient dans le garage. On passait dans chacune, on secouait la tête et on continuait à avancer. C'était une scène macabre à souhait. » Selon l'adjoint du coroner, John W. Troyer, de nombreux défunts étaient si calcinés qu'ils n'étaient reconnaissables qu'à une alliance, un collier ou un autre article ininflammable. D'autres victimes avaient été épargnées par les flammes, ce qui laisse supposer qu'elles sont mortes asphyxiées par la fumée ou par des gaz toxiques.

La victime est comparée à « La Belle au bois dormant »

M. Dank a décrit le processus d'identification : « Les gens avançaient calmement, mais toutes les cinq minutes quelqu'un s'écriait : "Oh mon Dieu, c'est lui ! C'est elle !" Puis c'étaient des lamentations à n'en plus finir. » M. Dank a expliqué que le corps de sa femme avait été épargné par les flammes. Un sauveteur lui a expliqué qu'on l'avait découverte affaissée dans une cabine téléphonique, près du vestiaire du Cocoanut Grove, serrant dans ses doigts une pièce de cinq cents. « On aurait cru qu'elle dormait, a dit M. Dank de son épouse décédée. Elle était toute belle. Étole de fourrure, jolie robe. La Belle au bois dormant, j'ai pensé en voyant mon Ethel. » M. et Mme Dank étaient toujours mariés bien que séparés.

La victime assistait à une soirée donnée par Buck Jones

Mary Agnes Dank, fille de la victime, a déclaré avoir eu sa mère au téléphone samedi après-midi, quelques heures avant sa mort. Celle-ci lui avait annoncé qu'elle avait prévu d'aller à une soirée, le soir même, au célèbre night-club de Boston.

Employée par Monogram Motion Pictures en qualité de secrétaire de Francis « Buddy » Gifford, producteur de la série de westerns *The Rough Riders*, Mme Dank faisait partie de la vingtaine d'invités qui assistaient à un dîner donné en l'honneur de l'acteur – cow-boy Charles (Buck) Jones, 52 ans, légende du western.

Jones succombe à ses brûlures
Sauvé par un garde-côte et un chauffeur de taxi anonymes, Buck Jones a survécu à la fournaise de samedi soir et été transporté au Massachusetts General Hospital. Mais il est décédé hier d'inhalation de fumée, de brûlures aux poumons et de brûlures au troisième et au deuxième degré au visage et au cou. Le nom de Jones vient s'ajouter à ceux des 480 autres victimes déjà recensées.

Elle a joué au cinéma
Mary Agnes Dank a déclaré que sa mère était secrétaire et actrice de Monogram Pictures, et qu'elle avait joué dans deux films de la série *The Rough Riders* sous le pseudonyme de Dorinda DuMont. « Elle était l'amie de Joan Blondel et de Constance Bennett. Elle allait devenir une grande vedette. »
Fille de feu M. et Mme Michael (Sioban) O'Nan, Ethel Dank est née en 1907 à Cranston, Rhode Island. Elle a épousé Adolph Dank à Cranston en 1924. Les obsèques de Mme Dank n'ont pas encore eu lieu.

La Belle au bois dormant ? En tout cas, mauvaise graine ou pas, Ethel avait obéi au juge : elle avait quitté Three Rivers et fichu le camp à Hollywood. Elle était devenue secrétaire et starlette, et avait probablement fourni d'autres « services » aux hommes de Monogram

Pictures. Est-ce que ce n'était pas comme ça que ça marchait là-bas ? Quoi qu'elle ait fait, renouer avec la « vertu féminine » avait amené la pauvre Ethel à finir dans une morgue improvisée.

Je me souvenais avoir lu un ou deux articles sur l'incendie du Coconut Grove – ou plutôt du Cocoanut Grove, comme ils avaient l'air de l'orthographier. N'était-ce pas après ce drame épouvantable que la signalisation lumineuse des issues de secours avait été imposée ?

J'ignorais ce que ces vieilles coupures de journaux faisaient dans les archives de mon arrière-grand-mère Lydia, mais c'était intéressant. Tout en me disant qu'il serait plus intelligent de ma part d'interrompre là ma lecture et de me mettre au travail, je continuai à lire.

Three Rivers *Evening Record*
Jeudi 3 décembre 1942

ENTERREMENT DE LA VICTIME DE L'INCENDIE

Adieux émouvants d'une fille de 14 ans
Mme Ethel S. Dank, ex-résidente de Three Rivers et par la suite de Van Nuys, Californie, a été inhumée ce matin au cimetière Saint-Eustache de notre ville, après une cérémonie à l'église catholique des Cinq-Plaies. Mme Dank a péri vendredi dans l'incendie tragique du Cocoanut Grove, à Boston, qui a fait 486 victimes à ce jour. C'est Monsignor Giacomo A. Guglielmo du diocèse de Three Rivers qui a célébré la messe d'enterrement.

Hommages des dignitaires de l'État et de la Ville
Plus de 200 personnes ont assisté aux obsèques de Mme Dank. On reconnaissait parmi elles l'honorable Arthur M. Tillinghast, gouverneur adjoint du

Connecticut, Zachary M. Potter, maire de Three Rivers, ainsi que Mme Lydia P. Quirk, directrice de la Ferme-prison de femmes. Ethel Dank y avait été incarcérée de 1935 à 1937 et été, selon Mme Quirk, « pleinement réinsérée ».

Le gouverneur adjoint Tillinghast a transmis les condoléances du gouverneur Robert A. Hurley. Faisant l'éloge de Mme Dank qu'il a appelée « notre fille bien-aimée », M. Potter, notre maire, a donné l'ordre que tous les drapeaux flottant sur les écoles et les administrations de Three Rivers soient mis en berne pour la semaine à venir. Mme Quirk a parlé de la défunte comme d'une « femme qui avait pris une mauvaise voie », mais qui avait ensuite eu « la force et les moyens de faire demi-tour pour en emprunter une meilleure ».

La fille de la victime craque

Mme Quirk a été interrompue par Mlle Mary Agnes Dank, 14 ans, fille de la victime. S'adressant à la foule, Mlle Dank a annoncé vouloir honorer la mémoire de sa mère par un geste d'adieu personnel. Elle a entonné *Life Is Just a Bowl of Cherries*, la chanson préférée d'Ethel Dank. Terrassée par l'émotion, Mlle Dank n'est pas parvenue au bout de son hommage. Elle a essayé ensuite de se lancer dans un éloge improvisé, disant d'Ethel Dank qu'elle était « la mère la plus sensationnelle qui ait jamais existé ». Mlle Dank s'est échauffée tout en parlant et a déclaré à la foule en deuil : « Les gens n'avaient que faire d'elle lorsqu'elle vivait à Three Rivers et, après son départ, elle n'a eu que faire de vous. » Adolph Dank, le mari dont la victime était séparée, a tenté en vain de calmer sa fille. Les responsables de Three Rivers County Home for Girls où elle séjourne actuellement l'ont emmenée. Le service s'est terminé par une bénédiction de Monsignor Guglielmo et le cantique « Lead Me, Lest I Stray ».

Three Rivers *Evening Record*
25 mai 1945

AMOURS CONTRARIÉES AVEC UN GARÇON DE 14 ANS :
UNE JEUNE FILLE DE 17 ANS FAIT UNE TENTATIVE DE SUICIDE
BILAN : UNE AMENDE POUR ATTEINTE À L'ORDRE PUBLIC
ET UNE AUTRE POUR OUTRAGE À MAGISTRAT

Mlle Mary Agnes Dank, 17 ans, fille de M. Adolph Dank résidant 113 Green Street et de feu Mme Dank, s'est vu infliger une amende de 10 dollars pour atteinte à l'ordre public après sa tentative de suicide, vendredi dernier. Suite à ses échanges verbaux avec le juge Joseph P. Wool, Mlle Dank s'est vu imposer une seconde amende de 10 dollars pour outrage à magistrat.

Voyant son « amourette » (le terme employé par la police) pour un jeune garçon de 14 ans contrariée, Mlle Dank a, vendredi dernier, attenté à ses jours en s'empoisonnant. Elle a récusé l'accusation d'atteinte à l'ordre public en disant qu'elle était désespérée que la grand-mère du garçon ait interdit au couple de se voir. Mlle Dank a fait valoir au juge Wool que le garçon et elle étaient toujours profondément amoureux l'un de l'autre, et que c'était donc sa grand-mère qui avait porté atteinte à l'ordre public. Le juge Wool a rejeté l'argument.

Une enquête diligentée par l'agent de police Leo T. Jakes a révélé que Mlle Dank s'était à trois occasions introduite sans autorisation dans la propriété

551

familiale du garçon et avait exigé de le voir. Lors de la dernière de ces intrusions, elle avait déclaré qu'elle ne pourrait survivre à une séparation. Ne voyant aucune issue, elle avait avalé une décoction d'encre de Chine et d'essence de wintergreen contenant du salicylate de méthyle, un agent toxique.

Adolph Dank a expliqué aux policiers qu'à son retour chez lui, vendredi soir dernier, il avait trouvé sa fille se plaignant de vertiges et de sifflements dans les oreilles. Plus tard, elle était devenue nauséeuse et paraissait avoir des difficultés à respirer. Questionnée par son père, Mlle Dank avait avoué avoir bu dès son retour du lycée 90 millilitres d'essence de wintergreen mélangés à la même quantité d'encre de Chine. Elle avait ajouté que son geste était le résultat d'un pacte conclu avec le garçon qu'on lui interdisait de voir, et que ce dernier avait promis de mettre également fin à ses jours. Interrogé plus tard par l'agent Jakes, le garçon a affirmé que c'était Mlle Dank qui avait suggéré le double suicide, mais qu'il n'avait pas donné son accord.

Adolph Dank, employé de la Bleaching Dyeing & Printing Company, une usine textile de Three Rivers, a cherché vainement à faire venir un médecin. Il a ensuite couru à l'école d'infirmières du Curtis Memorial Hospital, où on lui a conseillé d'administrer du lait en antidote et de faire tomber la fièvre de la jeune fille en lui passant des éponges mouillées sur le corps. En cas d'échec, il fallait l'hospitaliser. Après avoir bu du lait, Mlle Dank a paru aller mieux, mais samedi, vers huit heures du soir, elle a été prise de convulsions et en proie à des hallucinations. La police a été avertie, et l'agent Jakes dépêché sur les lieux. Ce dernier lui a fait boire à nouveau du lait, mais voyant qu'elle ne reprenait pas de forces, il a appelé une ambulance. Mlle Dank a été admise au Curtis Memorial, samedi, peu après minuit, et a bien réagi au traitement.

Après avoir rejeté l'objection de Mlle Dank, le juge Wool lui a dit qu'une jolie jeune fille comme elle avait beaucoup de raisons de vivre. Il l'a pressée de penser à son père avant de commettre d'autres gestes désespérés, de se concentrer sur ses études et de fréquenter des jeunes gens de son âge. Mlle Dank qui comparaissait sans avocat a adopté une attitude de défi vis-à-vis du juge Wool. Elle l'a informé que sa mère décédée avait servi comme gouvernante dans la famille de son épouse, et lui a rappelé que lui, le juge Wool, était marié à une femme de quinze ans sa cadette. Mlle Dank a d'autre part mis en doute ce qu'un « homme aux cheveux blancs vêtu d'une robe noire » pouvait bien connaître à l'amour vrai. Le juge Wool a réprimandé la jeune fille pour sa désinvolture et lui a infligé une amende supplémentaire de 10 dollars pour outrage à magistrat.

Le juge Wool a émis par ailleurs une injonction interdisant à Mlle Dank de se présenter sans autorisation au domicile de son ex-galant, et d'avoir des contacts écrits ou verbaux avec lui au lycée de Three Rivers qu'ils fréquentent tous les deux. Elle devrait à tout moment se tenir à huit mètres de lui. Afin qu'il n'y ait pas de doute au sujet de ce que l'on attendait de Mlle Dank, le juge Wool a demandé à l'huissier Harold Timmons et à Adolph Dank, qui avait accompagné sa fille au tribunal, de montrer ce que représentait ladite distance à l'aide d'un mètre ruban. Mlle Dank n'a pas paru intéressée par la démonstration et a quitté le tribunal avant la fin de l'audience.

S'adressant au tribunal, M. Dank s'est excusé de l'attitude de sa fille. Il a déclaré qu'elle avait toujours été têtue et qu'elle vivait une période particulièrement difficile depuis la mort de sa mère, trois ans plus tôt. Le juge Wool a répondu que de nombreux jeunes gens affrontaient des épreuves dans la vie sans recourir pour autant à des comportements extrêmes. Le juge Wool a souhaité bonne chance au père de la jeune fille, et conclu qu'il espérait bien ne jamais la revoir devant son tribunal.

Ç'avait dû être une petite dure à cuire, songeai-je. Elle survit à son cocktail mortifère, et quand on la traîne devant un tribunal elle enguirlande le juge… Mais qui avait gardé ces coupures de journaux ? Et pour quelle raison ? Je n'en savais fichtrement rien. Et je ferais fichtrement mieux de les laisser de côté et de m'attaquer à l'essai de Joseph Campbell que j'avais donné à lire à mes étudiants pour la prochaine fois. J'allai à mon bureau, attrapai un Stabilo et mon exemplaire du *Héros aux mille visages*, et retournai à la table de la cuisine.

La première étape du voyage mythologique – que nous avons appelée l'« appel de l'aventure » – signifie que la destinée a convoqué le héros et transféré son centre de gravité spirituel des confins de sa société vers une zone inconnue… Le héros peut s'embarquer dans l'aventure de son propre gré, à l'instar de Thésée qui, arrivant à Athènes, la ville de son père, entend parler de l'horrible histoire du Minotaure ; ou il peut aussi être transporté ou envoyé à l'étranger par un agent bienveillant ou malveillant, à l'instar d'Ulysse qui erre dix ans dans la Méditerranée, poursuivi par la colère de Poséidon…

Eh ben, dis donc! J'entendais d'ici les protestations de mes étudiants. Il y avait de quoi : Campbell, fallait s'accrocher. Il m'arrivait d'avoir envie d'étrangler l'accro aux amphètes qui m'avait légué pareil programme. Une chose était sûre : si je refaisais ce cours le semestre prochain – et il vaudrait mieux, vu que j'avais sué sang et eau dessus –, je remanierais la liste de lectures. En attendant...

Un impair – apparemment le fruit du simple hasard – révèle un monde insoupçonné, et l'individu entre en relation avec des forces qui ne sont pas bien comprises. Comme Freud l'a montré, les impairs ne sont pas le fruit du simple hasard. Ils sont le résultat de désirs et de conflits refoulés. Ils sont des rides à la surface produites par des sources insoupçonnées. Elles peuvent être très profondes – avoir la profondeur de l'âme.

Je me rappelai ce que Janis m'avait suggéré, à Hartford : les journaux intimes de mon arrière-grand-mère Lydia et les lettres de Lizzy Popper étaient une « source insoupçonnée » qui avait jailli. Mes ancêtres me parlaient.

Mes yeux s'égarèrent sur le dossier de coupures de journaux qui se trouvait au bout de la table. Reste concentré, me dis-je. Lis ton texte et souligne-le. J'attrapai le classeur et essayai de le jeter sur le plan de travail, mais je ratai mon coup. Le contenu s'éparpilla par terre. Quand je me baissai pour le ramasser, j'aperçus, mêlée aux articles de presse, une publicité.

« Il est temps d'élire Miss Rheingold 1950 ! Votre vote peut être décisif ! » Sous le gros titre figuraient les photos de six jolies filles d'une époque révolue, le genre qu'on aurait pu avoir pour voisine : courte frange, vêtements identiques, sourire rouge baiser. Sous les photos, le baratin se poursuivait. « Choisissez donc <u>votre</u> Rheingold

Girl favorite et prenez part à la seconde plus grande élection des États-Unis ! Et pendant que vous êtes au magasin ou à la taverne de votre quartier, pourquoi ne pas acheter ou déguster une Rheingold Extra-dry ? Vous vous joindrez aux millions qui disent déjà : "Ma bière est une Rheingold, ni amère ni sucrée, simplement dry !" »

J'examinai les six jeunes femmes. Elles devaient avoir quel âge, aujourd'hui ? Plus de soixante-dix ans ? La plus saisissante, une brune aux yeux bleus, me souriait. « Jinx Dixon », disait la légende. Elle avait un air vaguement familier – ce qui ne manquait pas d'être troublant. Où avais-je vu ce sourire ?

La première étape du voyage mythologique – que nous avons appelée l'« appel de l'aventure » – signifie que la destinée a convoqué le héros et transféré son centre de gravité spirituel des confins de sa société vers une zone inconnue...

Je m'arrêtai, dévisageai une fois de plus Jinx Dixon. Je fus abasourdi : c'était à l'évidence, sans la moindre erreur possible, la copine vagabonde de mon vagabond de père. La femme au fichu qui me souriait d'une façon si déconcertante, chaque fois que je la rencontrais dans le labyrinthe de maïs avec la nourriture que j'avais volée pour papa et elle. La femme qui avait fait piquer une crise à maman quand elle s'était présentée à la veillée funèbre de mon père.

Je feuilletai de nouveau les articles jaunis, regardai la vieille pub. Je n'arrivais pas à assembler les pièces du puzzle... Mais quelqu'un d'autre y parviendrait peut-être. Je refermai *Héros aux mille visages* et attrapai mes clés de voiture.

Ulysse avait parcouru deux kilomètres et demi. « T'as raison, tu sais. C'est dangereux de laisser le pressoir dans cet état-là. Quelqu'un pourrait se faire mal. Je trouverai bien un moyen de te payer. Pourquoi ne pas venir t'y attaquer lundi après-midi ? »

Il acquiesça d'un signe de tête. Le marché fut conclu par une poignée de main. Je rebroussai chemin et regagnai la maison. En vérité, la vieille bâtisse en ruine était le cadet de mes soucis. Mais si Ulysse avait tellement bien connu mon père, il avait peut-être aussi connu cette Jinx Dixon. Je ne savais pas qui elle était ni ce que sa photo faisait dans le classeur, mais je voulais en avoir le cœur net.

Plus tard dans la soirée, Janis descendit faire réchauffer de la soupe. « J'ai résolu le mystère, dit-elle.

— Ah oui ? Quel mystère ?

— L'identité des femmes dont parlent ces coupures de presse. Bon sang, dans le genre bizarre, c'est difficile de trouver mieux ! Ta grand-mère maternelle a fait de la taule dans la prison que dirigeait ton arrière-grand-mère paternelle.

— Qu'est-ce que tu me racontes là ?

— Ethel Dank, la femme qui est morte dans l'incendie du night-club, était la mère de Mary Agnes Dank.

— Et alors ?

— Alors ? C'était donc la mère de ta mère.

— La mère de ma mère s'appelait Moira Sullivan. »

Janis eut l'air perplexe. « Attends une minute. »

Lorsqu'elle redescendit, elle me remit une enveloppe de format 20 × 25 toute tordue. « Je l'ai trouvée aujourd'hui après avoir découvert les coupures de journaux. Elle était tombée derrière le tiroir du bas et quand j'ai voulu le refermer, j'ai entendu un bruit de papier froissé. J'ai donc fourré la main derrière et j'ai exhumé ça. Tu en auras sans doute besoin. »

Je l'ouvris et en sortis un extrait de naissance. *Mon* extrait de naissance, apparemment, sauf que quelque chose clochait. Il comportait mon nom, ma date de naissance. Il indiquait que mon père était Alden J. Quirk junior, que ma ville natale était Three Rivers dans le Connecticut. Mais le nom de ma mère n'était pas le bon. Au lieu de Rosemary Sullivan Quirk, c'était écrit Mary Agnes Dank.

Je n'ai pas dit grand-chose. J'en étais incapable. Incapable de comprendre ce que j'avais sous les yeux. Mais une fois Janis remontée au premier, j'ai ouvert notre coffre-fort et en ai sorti mon extrait de naissance. De retour dans la cuisine, je l'ai posé sur la table à côté du document qu'avait découvert Janis. J'ai éclusé le reste du pack de bières de Moze en comparant les deux papiers : celui qui portait le cachet de l'officier d'état civil de Three Rivers et celui qui en était dépourvu. Je ne cessais de toucher les lettres en relief. De toucher son nom : Mary Agnes Dank.

25

Lundi, au pressoir, Ulysse confirma ce que j'avais déjà en grande partie deviné : « Jinx Dixon » n'était autre que Mary Agnes Dank. « Ton père était fou amoureux d'elle, et elle, elle était folle tout court. Elle séjournait régulièrement chez les dingues. Mais c'était une belle fille. Ta famille a remué ciel et terre pour les séparer, mais ça n'a jamais donné rien de bon. La vieille dame et elle se sont affrontées plus d'une fois, je me souviens.

— La vieille dame ?

— La grand-mère d'Alden – celle qui dirigeait la prison. Je suppose que dans sa partie elle savait reconnaître les provocatrices. Ton père renonçait à Mary Agnes pour un temps. Puis ils se rabibochaient. On aurait dit qu'elle lui avait jeté un sort ou un truc comme ça. Ta famille n'a pas réussi à les séparer. Peut-être que s'ils s'étaient donné moins de mal, les choses auraient suivi leur cours. Mais Mary Agnes était aussi têtue qu'elle était belle. En plus elle avait une dent contre la terre entière. C'est un détail qui m'est resté. Et elle aurait préféré être pendue plutôt que de se laisser marcher sur les pieds par la famille d'Alden. »

Je lui demandai s'il savait ce qu'elle était devenue.

« Elle est morte jeune, comme lui. J'ai envie de dire un ou deux mois plus tard, mais je pourrais me tromper. J'ai la mémoire un peu embrumée maintenant. La picole, je suppose. »

Le mardi, je distribuai un questionnaire sur l'essai de Campbell qui était si ardu : à l'exception de trois, ils se plantèrent tous. Tant pis pour eux. S'ils n'étaient pas fichus de rendre un travail de niveau universitaire, qu'est-ce qu'ils fabriquaient à l'université ? Qu'ils aillent se faire voir ailleurs.

Lors de mes trajets en voiture, cette semaine-là, je klaxonnai tous les connards qui se mettaient en travers de ma route. À la banque où j'allai déposer le chèque des Mick, je m'en pris à un guichetier qui avait eu l'audace de servir d'abord quelqu'un arrivé après moi. De retour à la ferme, quand Velvet me demanda de l'emmener à Target, je ne me contentai pas de refuser : je dis que je trouvais plutôt lamentable qu'une fille de vingt ans passés soit obligée d'être accompagnée partout. Quelqu'un de son âge devrait avoir sa propre voiture. Faire ses courses elle-même.

« C'est quoi, ton problème ? me rétorqua-t-elle.

— Oh, j'en ai un tas. Toi, pour commencer. »

Elle s'éloigna les épaules voûtées en marmonnant : « Pauvre connard. »

J'étais bel et bien un pauvre connard. Et je trouvais entièrement justifié d'en être un. Je comprenais enfin pourquoi je n'avais jamais pu rendre ses câlins à ma mère : c'était une putain d'usurpatrice. Si mon cerveau ne l'avait pas su quand j'étais gosse, mon corps, mes muscles qui se refusaient avaient dû le sentir.

Toutes les nuits de cette semaine-là, je me tournai et me retournai dans mon lit, incapable de dormir : je ressassai l'attraction fatale de mon père, la bataille entre Mary Agnes et les Quirk. Ma mère s'était défendue avec les deux seules armes dont elle disposait : sa beauté et la provocation. J'étais furieux pour elle et pour moi. Quand le sommeil refusait de venir, je me levais, enfilais mes vêtements et marchais sur la route, au clair de lune ou aux premières lueurs de l'aube. J'arpentais l'emplacement du labyrinthe de maïs où ma mère surgissait avec un sourire affamé mais sans jamais me parler. Une quarantaine d'années plus tard, je scrutais inlassablement l'horizon comme si – à l'instar de la mariée fantôme que les détenues prétendaient voir marcher au bord du lac – Mary Agnes allait m'apparaître. Entrer dans la clairière, se diriger vers moi et me tendre les bras. Me serrer contre elle et me laisser lui rendre son étreinte. Ils n'avaient aucun droit de nous séparer l'un de l'autre. Pas le moindre putain de droit !

Cette semaine-là, je n'allai pas à la prison.

J'arpentai sans cesse l'emplacement du labyrinthe de maïs.

Je bus.

Vendredi, le pressoir n'était plus que des tas de planches et de bardeaux et une dalle de ciment exposée au soleil. « Je viendrai m'y attaquer la semaine prochaine », dit Ulysse.

Je hochai la tête, ouvris mon portefeuille, et lui donnai deux billets de vingt dollars et un de dix. « Tu ne te rappelles rien d'autre sur Mary Agnes ? »

Je lui avais posé la même question toute la semaine. Cette fois, sa réponse fut différente. « Ça m'est revenu ce matin. Un truc qui s'est produit quand t'étais encore qu'un petit gars. Elle t'a pris.

— Comment ça, elle m'a pris ?

— Elle t'a attrapé. Kidnappé. Pas longtemps, je crois : on t'a récupéré le jour même ou peut-être bien le lendemain. Je me souviens plus des détails. »

Je secouai la tête. J'avais l'esprit en ébullition. « J'avais quel âge ?

— T'étais tout gosse. T'avais deux ou trois ans peut-être. Mais ma mémoire...

— On l'a arrêtée ?

— Non, ils ont jamais pu lui coller le truc sur le dos. Faut dire qu'elle avait déménagé, à l'époque – elle était à New York où elle était devenue mannequin, je crois me rappeler, et ton père avait épousé l'autre par dépit. C'est plus tard – environ cinq ou six ans après les faits –, alors qu'Alden et moi on était en train de se saouler la gueule à l'association des vétérans avec des bières à vingt-cinq cents, qu'il a soudain craché le morceau.

— C'est-à-dire ?

— Il a expliqué que c'était Mary Agnes qui t'avait kid-nappé ici, ce jour-là. Avec un type avec qui elle sortait et qui avait une voiture.

— Ici... à la ferme, tu veux dire ?

— Ouais. Elle a débarqué en bagnole et t'a enlevé, ici même, dans le jardin. En plein jour. Elle et ce type. Elle a jamais eu de mal à attirer les gars, tu sais. Mais elle reve-nait toujours vers ton père, même après qu'il s'est marié avec l'autre. Un vrai pot de colle.

— Pourquoi elle m'a enlevé ? Pour réclamer une ran-çon ? »

Il haussa les épaules. « Elle avait peut-être envie de te voir un petit moment. De te rendre visite. Puis elle t'a déposé quelque part, je crois. Dans un magasin ou un endroit comme ça. Mais méfie-toi de ma mémoire, je l'ai noyée dans l'alcool. »

« Nous fermons dans quarante minutes, me dit Tillie, la gardienne du "cimetière" du *Daily Record*. Il va sans doute vous falloir un moment pour trouver ce que vous cherchez, surtout si vous n'avez pas de dates précises. Rien n'est indexé. Pourquoi ne pas revenir lundi, plus tôt ?

— S'il vous plaît. Je voudrais juste… si je pouvais juste… »

Elle dut se rendre compte que je refoulais mes larmes car elle abandonna toute résistance. Elle prit une clé dans son tiroir et se leva. « Par ici. »

Les vieux journaux étaient conservés dans de grands registres cartonnés poussiéreux : « Janv-mars 1950 », « Nov-déc » 1951. Par chance, je découvris presque tout de suite ce que je cherchais dans le registre étiqueté Juil-août 1954.

L'ENLÈVEMENT D'UN PETIT GARÇON DE 3 ANS
CONNAÎT UN HEUREUX DÉNOUEMENT

Ce que Mme Rosemary Quirk, résidant 418 Bride Lake Road à Three Rivers, a appelé « le jour le plus effroyable de ma vie » s'est bien terminé, hier soir, pour elle et son mari, Alden Quirk junior. Le fils âgé de 3 ans du couple a été retrouvé sain et sauf au Frosty Ranch, paradis des amateurs de glaces, situé à l'intersection de la RN2 et de la RN165. Il avait été enlevé le matin même au domicile familial.

Le ou les ravisseurs courent toujours. La police municipale et nationale recherche une Hudson Commodore verte de 1947 ou 1948, équipée de pneus à flanc blanc, qui aurait pu être utilisée pour le rapt.

« Tout s'est passé si vite, a raconté Mme Quirk. J'étendais du linge dehors et il courait d'un drap à l'autre en me faisant coucou. Le téléphone a sonné et je suis rentrée pour répondre. Quand je suis ressortie, quelques minutes plus tard, il avait disparu. » L'époux de Mme Quirk était à Rhode

Island où il assistait à une vente aux enchères de bétail en compagnie de son père, Alden Quirk senior. La famille Quirk possède et dirige la laiterie Bride Lake.

Mme Quirk a d'abord cru que le jeune Caelum était allé à l'étable voisine où travaillait sa tante, Mlle Louella (« Lolly ») Quirk, résidant à la même adresse. Cette dernière avait vu une Hudson verte remonter le chemin de terre menant à la ferme et repartir à toute vitesse, peu de temps après. « Ça m'a paru bizarre, mais j'étais à cent lieues de me douter qu'on kidnappait mon p'tit bout », a déclaré Mlle Quirk. Elle avait bien essayé de jeter un coup d'œil à la plaque d'immatriculation, mais n'avait pas eu le temps de la lire. « Je ne sais pas qui conduisait, mais il roulait à toute berzingue », a-t-elle signalé. Mlle Quirk a ajouté qu'il pourrait y avoir eu un passager ou une passagère, mais qu'elle n'en était pas certaine.

L'enlèvement s'est produit vers dix heures, hier matin. La police de Three Rivers a été immédiatement avertie et on a entamé des recherches sous la houlette de l'inspecteur Francis X. Archambault. Vers le milieu de l'après-midi, les recherches pour retrouver le petit garçon s'étaient étendues aux trois comtés voisins. La Ferme-prison de femmes de Bride Lake qui jouxte la ferme des Quirk a également été fouillée. La direction de la prison s'est assurée qu'aucune détenue ne manquait à l'appel et qu'aucune n'avait été témoin du rapt.

C'est une cliente, Mlle Josephine Lenkiewicz, qui a découvert le petit Caelum assis tout seul sur une table de pique-nique devant le Frosty Ranch, peu après huit heures du soir. Mlle Lenkiewicz avait appris la nouvelle de l'enlèvement plus tôt à la radio, et elle s'est rappelé la description des vêtements : un polo Hopalong Cassidy, une salopette bleue et des chaussures Buster Brown. « J'ai dû y regarder à deux fois, parce qu'on lui avait apparemment acheté un cornet de glace au chocolat et le mot Hopalong disparaissait sous les taches. Heureusement, j'avais retenu son prénom. Quand je l'ai prononcé, il a aussitôt levé les yeux et j'ai donc su que c'était lui. »

L'arrivée de la police un peu plus tard n'a pas paru affoler le garçonnet. « Il avait sur les genoux un pot de mayonnaise renfermant une mante religieuse, et la bestiole l'intéressait plus que nous, a remarqué l'officier Felix Delmore. Quelqu'un avait percé des trous dans le couvercle, probablement le ravisseur. » L'inspecteur Archambault a précisé par la suite que le garçonnet ne donnait pas l'impression d'avoir subi de mauvais traitements.

L'enlèvement avait ceci d'insolite qu'il s'était produit au domicile de la victime, a fait observer l'inspecteur Archambault. « Les ravisseurs opèrent d'habitude dans un magasin ou une fête campagnarde, un endroit public où ils peuvent se fondre dans la foule avec la victime et s'enfuir. Ce rapt était différent. Il était très audacieux. »

M. et Mme Quirk ont déclaré ne pas avoir reçu de lettre ni de coup de téléphone leur réclamant une rançon. Pourtant l'argent pourrait avoir été le mobile de l'enlèvement, a dit l'inspecteur Archambault. « La personne qui l'a kidnappé n'a peut-être pas eu le temps de faire connaître ses exigences, ou elle s'est peut-être découragée et a décidé que le jeu n'en valait pas la chandelle. » L'enquête se poursuit.

Les parents du petit Caelum sont arrivés à Frosty Ranch peu de temps après que Mlle Lenkiewicz l'eut reconnu et ils ont récupéré leur fils. « Mes prières ont été exaucées », a dit la mère. La famille Quirk souhaite exprimer sa gratitude à la police de Three Rivers et à celle de l'État du Connecticut. Pour récompenser Mlle Lenkiewicz de sa présence d'esprit, la famille s'engage à lui fournir une douzaine d'œufs et deux litres de lait chaque semaine pendant un an.

Toute personne disposant de renseignements au sujet de l'enlèvement est priée de contacter l'inspecteur Francis X. Archambault de la police de Three Rivers au numéro suivant : Turner 7-1002.

« Monsieur ? fit Tillie. Plus que cinq minutes. D'accord ?

— D'accord. Il ne me manque plus qu'un détail. »

Ulysse croyait que Mary Agnes était morte peu de temps après mon père. Papa s'était tué en mai 1965. Je pris deux registres sur l'étagère : Mai-juin 65 Juilaoût 65 et Sept-oct 65. Je trouvai ce que je cherchais dans le second.

NOYADE D'UNE PRISONNIÈRE :
ON CRAINT UN SUICIDE

Le corps de Mary Agnes Dank, détenue à la Ferme-prison de femmes, a été repêché lundi dans Bride Lake, une étendue d'eau située dans l'enceinte de la prison. Portée disparue depuis samedi, la victime aurait été très désemparée ces derniers jours.

Le coroner Asa T. Pelto qui a examiné le corps a conclu à une noyade très vraisemblablement volontaire, l'hypothèse d'un meurtre étant selon lui exclue.

Originaire de Three Rivers, Mlle Dank purgeait une peine de six mois de prison pour vagabondage, trouble de l'ordre public et voie de fait sur un agent des forces de l'ordre. Elle avait jadis travaillé comme mannequin pour la prestigieuse agence new-yorkaise John Robert Powers, mais avait connu récemment des temps difficiles.

De retour à la maison, je montai au grenier. Par terre, à côté d'un carton étiqueté « Décorations de Noël », se trouvait le panier à chat que Moze m'avait réclamé. Le panneau de bois accroché jadis dans le bureau de mon arrière-grand-mère à la prison, et par la suite au-dessus du lit de Lolly et Hennie, était appuyé à l'oblique contre le mur sud. Je l'avais décroché et relégué ici quand les Mick avaient emménagé. Sur le chiffonnier de grand-père Quirk aux deux tiroirs manquants trônait *Le Garçon absent*, le livre que j'avais écrit à la trentaine et presque réussi à faire publier. Je sortis le manuscrit de son carton et en feuilletai les pages jaunissantes. Comment avais-je pu écrire un roman entier sur l'enlèvement d'un petit garçon alors que je n'avais pas le moindre souvenir du mien, commis par la mère dont on m'avait privé ?

Je remis le livre dans son carton. Me dirigeai vers le panneau de mon arrière-grand-mère, et penchai la tête pour lire les mots que son futur mari avait gravés dans le bois, l'année où la prison de Bride Lake avait ouvert ses portes. Je lus le manifeste de Lydia à haute voix : « Une femme qui abdique sa liberté n'est pas tenue d'abdiquer sa dignité. » Ma mère avait dû l'abdiquer : les Quirk y avaient personnellement veillé. Ils l'avaient d'abord empêchée de voir mon père, ensuite ils m'avaient séparé d'elle. Puis ils l'avaient incarcérée. Une femme qui abdique sa liberté n'est pas tenue d'abdiquer sa dignité…

Vraiment ? Où est la dignité d'un corps boursouflé repêché et transporté chez le coroner ?

Elle n'avait jamais eu l'ombre d'une chance face à eux, pas plus que sa mère. Les Quirk contre les Dank : le combat était inégal dès le départ. Je flanquai un grand coup de pied dans le panneau de Lydia. Il se cassa en deux. J'attrapai le panier à chat et je redescendis.

La semaine suivante, profitant de l'absence de Moze, j'ai acheté deux bouteilles de vin rouge, invité Janis à dîner et je l'ai incitée à boire. J'ai commencé à lui dire combien c'était difficile d'être marié à Maureen. Je l'ai fait parler : il lui arrivait souvent de se sentir incomprise, sous-estimée par Moze. Toutes les fois où nous avions couru ensemble, le jour où nous étions allés à Hartford, je mourais d'envie de la mettre dans un lit et de lui faire l'amour. Mais ce n'est pas ce que j'ai fait cette nuit-là. Je l'ai juste saoulée et baisée. Je me suis retiré avant de jouir et j'ai répandu mon foutre – mon ADN Quirk-Dank – sur les draps froissés. Il n'y avait rien eu d'aimant dans l'acte, et le désespoir m'a submergé avant même que j'aie perdu mon érection.

J'ai roulé sur moi-même et je lui ai tourné le dos.

« Caelum ? Ça va ? »

Je ne lui ai pas répondu.

Je n'ai pas pipé mot quand, à mon grand soulagement, elle s'est rhabillée et est descendue au rez-de-chaussée. De nouveau seul, je me suis dit que je devrais peut-être essayer de retrouver la trace de Paul Hay et lui passer un coup de fil. Pour lui annoncer que j'avais adhéré au club des types qui baisent la femme d'autrui. Comment ils appelaient ça, déjà, au cours de gestion de la colère ? La cardiologie, la neurologie et l'endocrinologie de la rage ? Eh bien, j'avais la rage. J'étais fou furieux. Ils m'avaient menti comme des arracheurs de dents, tous autant qu'ils étaient : mon grand-père, mon bon à rien de père, la mère qui n'était pas ma mère. Même Lolly, celle en qui j'avais le plus confiance. Ils étaient allés jusqu'à fabriquer un extrait de naissance bidon. Qui avait fait ça ? Lequel de ces putains de menteurs… ?

Elle avait dû me kidnapper pour passer une journée avec moi.

Vers trois heures du matin, je me suis levé et habillé. J'ai descendu l'allée et pris la direction du champ en friche pour chercher l'endroit où elle avait été autrefois. Où elle n'était plus.

26

Transcription d'une interview avec Sheldon « Peppy » Schissel enregistrée à l'Inn Between, Astoria, New York 18 février 2007

Voudriez-vous manger quelque chose avant que nous commencions, monsieur Schissel ?

Bien sûr. Pourquoi pas un cocktail de crevettes, un chateaubriand et un coulis de cerises flambé en dessert ?

Euh…

Nan, je vous fais marcher, Jake. Mangez un steak dans cette gargote et vous avez de grandes chances de choper la maladie de la vache folle. Mais on pourrait peut-être se rincer le gosier. À propos, si vous n'arrêtez pas de m'appeler « M. Schissel », je vais être obligé de rentrer chez moi mettre une cravate. Mes amis m'appellent Peppy.

Va pour Peppy. Qu'est-ce que vous buvez ?

Un Chivas avec du lait.

Pardon ?

Un Chivas avec du lait. J'ai les boyaux détraqués, mais je peux me permettre une petite goutte de temps à autre tant que je les tapisse. N'allez surtout pas en parler à ma fille, hein ? La fliquesse, que je

l'appelle. Pire que sa mère. Alors je fais quoi maintenant ? Je prends ce petit micro et je cause dedans ?
Non, ça enregistre déjà. Contentez-vous de parler normalement et ça devrait marcher. Je vais vous chercher à boire.
Asseyez-vous, asseyez-vous. Qu'est-ce que vous prenez, Jake ?
Un café, je suppose. Je me prénomme Caelum, à propos.
Z'allez me laisser boire tout seul, hein ? Bon, voyons si nous arrivons à tirer le barman de sa sieste là-bas. Hé, Jake ! Coucou ! On va prendre un Chivas avec du lait et des glaçons, et aussi un café. Z'auriez pas de la crème légère par hasard ?… Super, envoyez, mon petit. Un Chivas avec de la crème légère, dans ce cas. Plus un café… Je lui avais déjà commandé, le café ?
Euh, ouais.
La mémoire est une drôle de chose. Demandez-moi ce que j'ai pris au petit déjeuner aujourd'hui et je serai incapable de vous le dire. Mais je peux vous donner les noms de toutes les familles qui vivaient dans notre rue du Bronx quand j'étais gosse. Je peux vous réciter les chansons que j'ai apprises à l'école. Tenez, vous l'avez déjà entendue celle-là ?

Étoilez, étoilez, petites scintilles
Sous votre douce clarté je vacille
Je ne suis pas bris de poisson
Malgré les souptains de cerçons.

Vous avez appris ça à l'école ?
Ouais, j'ai été à la dure école de la rue. Bon, Shirley Nussbaum m'a donc dit que vous vouliez que je vous parle de ma carrière chez Rheingold…

Exact – surtout de votre lien avec le concours de beauté Miss Rheingold. Mme Nussbaum m'a dit que vous étiez le chauffeur des candidates…

C'est bien ça. Des Rheingold Girls, et aussi de quelques joueurs des New York Mets à leur début – Gil Hodges, Bobby Klaus, des gars comme ça. J'ai également été le chauffeur de Nat King Cole et de Lionel Hampton, un été, quand la brasserie essayait de s'introduire sur le marché de Harlem. C'étaient des gars bien – de vrais gentlemen. Vous savez comment Shirley a retrouvé ma trace, non ? Grâce au Machin-Chose.

Internet ?

Exact. Ça plus une pochette d'allumettes. Voyez-vous, Shirley et moi, on travaillait ensemble aux relations publiques et on était de très bons amis. Pas de galipettes ni rien, juste des copains de bureau. Alors quand ma fille Rochelle s'est mariée en 1966, nous avons invité Shirley à la noce et elle a gardé la pochette d'allumettes. Elle les collectionne, je suppose. C'est comme ça qu'elle m'a retrouvé. Elle a tapé le nom d'épouse de ma fille – Skolnick – sur son ordinateur et elle a dégoté son numéro de téléphone. Devinez qui a décroché quand elle a appelé ? Votre humble serviteur ! Parce que je vis avec Rochelle depuis que ma femme est décédée. « Qui ça ? j'ai fait. Shirley *Nussbaum* ? Sans blague. » Je ne lui avais pas parlé depuis… voyons voir. Pepsi-Cola a racheté Rheingold en 73 et ils ont fermé la brasserie en 76. On s'y attendait tous, bien sûr, mais vous savez ce que ces salauds ont fait ? Ils ont arrêté la production au beau milieu d'une journée de travail. Ils n'ont même pas mis en bouteille ce qu'on avait en stock : ils ont déversé quatre cent cinquante-cinq mille litres de bonne bière dans l'East River. Ceux d'entre nous qui étaient dans la boîte depuis long-temps, on a regardé ça avec notre avis de licencie-ment à la main et on a pleuré comme des bébés… Enfin, la vie continue, n'est-ce pas ? Alors quelles sont les nouvelles, Jake ? Z'écrivez un livre ? Euh… je me contente de faire des recherches, pour l'ins-tant.

Ah bon ? Sur quoi ?

Eh bien… les vieilles brasseries. Leurs, euh… leurs stratégies commerciales.

Un livre de marketing, alors. Si vous voulez connaître ma carrière à Rheingold, je suppose que je ferais mieux de commencer par le commencement. J'avais vingt ans quand j'ai débuté là-bas. On était en guerre. 1942. J'avais essayé de m'engager, mais ils avaient pas voulu de moi rapport à mes pieds plats et à quelque chose d'autre que je ne savais même pas que j'avais : une hernie inguinale. Ce truc m'a créé des ennuis par la suite, mais c'est une autre histoire.

En fait, la période qui m'intéresse, c'est…

C'était à l'usine de Brooklyn. La plus importante Ça faisait un moment que je broyais du noir parce que la plupart de mes potes s'étaient engagés. Mais figurez-vous que j'avais un cousin qui travaillait pour Rheingold. Mon cousin Hyman. Il répétait tout le temps que les brasseries Weissmann traitaient bien leurs ouvriers. Ils parrainaient un championnat de bowling, un pique-nique l'été, distribuaient des dindes pour Thanksgiving, ce genre de truc. C'était une entreprise familiale à l'époque, voyez-vous. La famille Weissmann. C'étaient des juifs allemands. Vous n'êtes pas juif par hasard ?

Non.

Non, c'est bien ce que je pensais. Les juifs se reconnaissent toujours entre eux. Vous êtes quoi alors ?

Écoutez, c'est vous qui êtes interviewé. C'est moi qui pose des questions.

Vous croyez en Dieu ?

Peppy, je…

Oui ou non ? La question est simple.

Disons que j'ai mes doutes.

Ah ouais ? Eh bien, permettez-moi de vous donner un petit conseil, monsieur J'ai Mes Doutes. La prochaine fois que vous aurez des difficultés et que vous demanderez de l'aide à ce dieu sur lequel vous avez vos doutes, souvenez-vous que la question que vous devrez lui poser, c'est pas « pourquoi ? » ni « si ? ». La question, c'est « comment ? ». Compris ? Ni *pourquoi* ni *si. Comment.* Vous voulez noter ça par écrit ? Ah, j'oubliais, vous m'avez sur cassette… J'en étais où déjà ? Ah oui, j'étais donc à la vente et ils m'ont transféré aux relations publiques, où je me suis fait ma place. C'est à ce moment-là que j'ai été mêlé au concours Miss Rheingold, voyez-vous. Quand j'étais aux RP.

L'archiviste a dit que vous…

Qui ça ?

L'archiviste de Rheingold. Votre amie, Mme Nussbaum.

Oui, bon, archiviste si on veut, Shirley Nussbaum était la secrétaire de Gus White. Ne soyez pas surpris par ce nom. Gus était un Weissmann de la troisième génération. Bien sûr, être le neveu préféré de sa tante Sadie ne lui a pas fait de mal. Sadie avait formé Gus pour de grandes choses.

Shirley Nussbaum a dit que c'était Gus White qui avait eu l'idée de l'élection de Miss Rheingold.

Non, non, c'est faux – bien que ça ne m'étonne pas que Shirley en attribue le mérite à son patron. Nous avons affaire à un petit exemple d'idolâtrie, mon ami. Comme Bush avec cette fille de couleur qui travaille pour lui – comment elle s'appelle, déjà ? Condoleezza Rice.

C'est ça. Condoleezza Rice Krispies. Non, c'était le photographe de la campagne de publicité, un type du nom de Pete Hazelton, qui a eu l'idée de Miss Rheingold. Une vraie prima donna, ce type, le mot rital pour emmerdeur fini. Le perfectionniste du shooting ! Fallait que chaque ombre soit juste, chaque manche bien droite, tous les cils bien recourbés et pas un cheveu qui dépasse. Ouais, c'est Hazelton qui a fait accepter l'idée d'utiliser un joli minois – la même fille de mois en mois pour qu'on l'identifie au produit. La première année, Hazelton s'est contenté de choisir la Rheingold Girl. La deuxième année, il trouve une bande de jolies filles dans une agence de mannequins, les habille toutes pareil et les photographie une par une. Puis Rheingold montre les photos à tous les distributeurs et propriétaires de tavernes et les laisse choisir leur préférée. La démocratie, vous voyez ? À la fin de l'année, les ventes de Rheingold avaient augmenté de 20 pour 100 peut-être. Cette trouvaille du vote est devenue si populaire que, la troisième année, ils ont eu l'idée lumineuse de l'étendre au public. Ils ont installé des urnes avec les photos des filles dessus dans les bars, les magasins de vins et de spiritueux, les épiceries fines et je peux vous dire, Jake, qu'on n'avait jamais rien vu de semblable. Les ventes de Rheingold se sont envolées. On est passés de la sixième ou septième place à la première à New York. Les usines se sont mises à fonctionner sept jours sur sept au lieu de cinq et on n'arrivait toujours pas à satisfaire la demande. « Élisez Miss Rheingold. Votre vote peut être décisif. » Le sexe et la démocratie, vous voyez ? Génial !

Mme Nussbaum a dit que Miss Rheingold obtenait plus de votes que le maire.

Oh, cent fois plus ! Bien sûr, on bourrait les urnes. Les types au bar, les gosses au marché du coin. Tout le monde était emballé à l'idée de choisir Miss Rheingold. Au début, ils avaient engagé un cabinet de comptables pour le dépouillement. Mais le concours a pris de telles proportions – c'était trop coûteux en temps et en argent de compter dix-neuf à vingt millions de bulletins de vote. Alors ils ont changé de système. Ils ont mis six tonneaux, un par candidate. À mesure que les votes arrivaient, jour après jour, leurs employées – ils engageaient des femmes au foyer à temps partiel – triaient les votes et les répartissaient entre les tonneaux. Puis au lieu de compter les bulletins un à un, on a *pesé* les tonneaux. Comme ça, au lieu de Suzie Q a obtenu soixante-deux mille votes tel jour, on disait qu'elle pesait quatre cent quatre-vingts *kilos*. Quelle formule : démocratie plus sexe égalent ventes de bière ! Bien sûr, c'était le sexe *sans risques*, comme on dit aujourd'hui : pas de femmes très sexy parmi les candidates au titre de Miss Rheingold. C'était toujours le genre fille d'« à côté » en gants blancs et robe d'été. Toujours des *goyettes*, bien sûr, ou des juives avec des noms *goy*. Pas de filles de couleur, ni de Latinas. Je ne dis pas que c'était bien – est-ce qu'on n'est pas bien placés, nous, les juifs, pour savoir ce que c'est que les préjugés ? Je veux, mon neveu ! Mais les affaires sont les affaires. Je me contente de dire ce que les Blancs de la classe ouvrière auraient supporté ou pas à l'époque... Ils ont commandé une étude et découvert que la maîtresse de maison achetait plus de bières pour le Frigidaire que son mari. Rheingold a décidé d'associer la bière à l'idée de *chic*. Rheingold a donc habillé Miss Rheingold à la dernière mode, a commencé à faire de la publicité dans des magazines féminins comme *Gourmet, Harper's Bazaar*. La société a dépensé des millions pour la promotion de son produit – presse écrite, panneaux publicitaires, affiches dans le métro, pub à la radio puis à la télévision –, et chaque année ça rapportait de plus en plus. Une médiatisation à outrance, voyez-vous. On ne pouvait pas faire cent mètres sans voir Miss Rheingold vous sourire à la devanture d'une demi-douzaine de magasins. Ce concours de beauté, c'était une vache à lait, du jamais-vu dans la publicité ! Grâce à Miss Rheingold, on vendait trois, quatre millions de tonneaux de bière par an !

Waouh !

C'est le mot juste, mon ami ! Sauf qu'avec des enjeux aussi élevés le concours devait être orchestré comme un grand opéra de Wagner. On lançait d'abord un appel à candidatures. Deux mille filles, ou leurs agences de mannequins, envoyaient des photos. On réduisait la liste en choisissant les deux cents plus jolies et on les invitait au Waldorf pour un rassemblement du bétail d'une journée. On les divisait en trois groupes – les blondes, les brunes et les rousses – et les filles défilaient devant les juges, faisaient un peu de lèche, montraient leur portfolio. À la fin de la journée, on annonçait une liste de six finalistes et deux remplaçantes, et on renvoyait les autres dans leurs foyers. Puis on enquêtait sur les finalistes. L'agence de publicité engageait des détectives privés qui vérifiaient le passé de chacune pour s'assurer que chaque Rheingold Girl était au-dessus de tout soupçon. Je me souviens qu'une année ils ont flanqué une finaliste à la porte quand ils se sont aperçus qu'elle partageait un appartement avec une poétesse gouine à Greenwich Village. C'était un beau brin de fille – elle aurait probablement gagné. Ils ont découvert qu'une autre était allée au Stork Club avec un neveu de la Cosa Nostra. Elle a été remplacée séance tenante. Les enjeux étaient trop gros, voyez-vous ? Un scandale aurait fait couler le bateau.

Quel était exactement votre rôle dans tout ça ? Parce que j'aimerais en venir à...

Je leur servais de chauffeur. Chaque été, quand les filles partaient en tournée, la société achetait deux Cadillac flambant neuves. On recevait le calendrier hebdomadaire et on les emmenait partout où elles devaient aller : foires de comté, inaugurations de supermarchés, tour de piste autour du Polo Grounds avant les matches de base-ball. Rheingold était un des sponsors des Giants de New York. Ensuite ç'a été les Mets. Ouais, on peut dire que ces deux Cadillac avaient un sacré kilométrage au compteur. Les finalistes ne voyageaient jamais sans chaperon, bien sûr : une jeune femme du nom de Pam Fahey. Une brave fille, mais elle pouvait se mettre en pétard si nécessaire.

C'était souvent nécessaire ?

Pas trop. La plupart étaient de gentilles filles. Bien sûr, nous les chauffeurs, on servait aussi de chaperons si la situation exigeait une intervention musclée. Un type dans la foule commençait à l'ouvrir trop ou à se montrer un peu trop entreprenant, on intervenait pour désamorcer la situation.

On ?

Moi et l'autre chauffeur, Georgie Gustavson. Vous ne vous imaginiez tout de même pas que je conduisais deux Cadillac en même temps ?

Vous deviez donc sans doute finir par bien les connaître, ces jeunes femmes ?

Oh, évidemment. Entre le service des promos et l'agence de pub, les Rheingold Girls avaient un calendrier éreintant. Pendant toute la durée du concours, elles apparaissaient en personne quatre, cinq fois par jour, sept jours sur sept. En août et septembre. Le week-end, on les traînait jusqu'en Nouvelle-Angleterre, sur la côte du New Jersey ou en Pennsylvanie. Mais comme je l'ai déjà dit, c'étaient de gentilles filles. Une ou deux pies-grièches ici et là. Des étudiantes, en général, pour qui le travail de mannequin était un à-côté.

Vous vous souvenez d'elles ?

De certaines. Surtout des gagnantes, parce que je travaillais avec elles toute l'année. J'ai reçu tous les ans une carte d'anniversaire de la part de Nancy Woodruff, Miss Rheingold 1955, mais on a perdu le contact après la fermeture de la brasserie.

Vous vous souvenez d'une femme du nom de Jinx Dixon… ? Peppy ?

Mmm ?

Jinx Dixon ?

Qui ça ?

Jinx Dixon.

Pas vraiment. Elle n'a pas pu faire partie des gagnantes, parce que je me les rappelle toutes. Elle était parmi les finalistes ?

Oui.

En quelle année ?

1950.

Non, ça ne me dit rien. Peut-être que si je voyais sa photo… Blonde ?

Brune ?

Brune. Certaines de mes recherches indiquent qu'elle avait remporté le concours cette année-là, mais la plupart des vieilles publicités de 1950 montrent une autre femme du nom d'Estelle Olson.

Ouais, je me souviens d'Estelle. Une blonde classe de Californie.

Écoutez, Peppy, je ne vais pas mâcher mes mots. Je crois que vous me cachez quelque chose.

Qu'est-ce que vous entendez par là ?

Vous prétendez ne pas vous souvenir de Jinx, mais quand j'ai prononcé son nom, vous avez eu l'air interloqué. Et maintenant vous ne me regardez plus.

Qu'est-ce que vous me chantez là ? Je vous regarde…

Écoutez, tout ça, c'est de l'histoire ancienne. Qu'est-ce que ça vient foutre dans un livre de marketing ? Pourquoi ces questions sur Jinx ?

Comme je vous l'ai dit, il y a une contradiction. J'ai fait une recherche LexisNexis et…

Une Lexis quoi ?

C'est une recherche informatique. Très exhaustive. Presque tous les documents disent qu'Estelle a gagné cette année-là, à l'exception d'un vieil article d'Ed Sullivan qui annonce que c'est Jinx la gagnante et qu'elle est sur le point d'être…

Vous avez dit que vous vous appeliez comment, déjà ?

Caelum Quirk.

Eh bien, Caelum Quirk, moi non plus je ne mâcherai pas mes mots. Je ne sais pas trop qui a caché des trucs à l'autre jusqu'à maintenant. Parce que je ne crois même pas que vous écriviez un livre sur les vieilles brasseries. C'était pas la mauvaise fille, Jinx. Elle a juste perdu pied.

Qu'est-ce que vous voulez dire ? Qu'est-ce qui s'est passé ?

Il ne s'est rien passé. Donnez-moi mon pardessus, s'il vous plaît. Faut que je rentre à la maison avant que ma fille envoie les secours.

Attendez, Peppy. Je ne veux pas que les choses tournent en eau de boudin, parce que j'apprécie vraiment le fait que vous ayez accepté de me parler et que vous m'ayez accordé autant de temps. Que diriez-vous d'un autre verre ?

Non merci. Deux, c'est ma limite.

Parce que je pourrais me joindre à vous, tout compte fait. Boire un coup avec vous.

Oui ? Dans ce cas…

Vous savez quoi ? Permettez-moi de composer le numéro de Rochelle sur mon portable pour que vous puissiez la rassurer, et pendant ce temps-là je vais nous commander à boire. Vous restez au Chivas ?

D'accord. Je vais vous avouer quelque chose : j'espère avoir l'esprit aussi vif que vous quand j'aurai votre âge.

Quatre-vingt-trois ans. J'en aurai quatre-vingt-quatre en avril prochain.

Eh ben, je ne l'aurais jamais cru. J'aurais dit soixante-quinze maxi.

Maintenant ?

Ouais, ça enregistre. Allez-y.

C'était une vraie poupée, cette Jinx. Avec ses grands yeux bleus, son petit sourire timide. Hazelton, le photographe, était à fond pour elle et on ne pouvait pas le lui reprocher. La gamine était vraiment photogénique. Mais ç'a été au coude à coude, cette année-là, avec Estelle. Estelle était plus la Miss Rheingold glamour, mais Jinx avait quelque chose de spécial. Un côté charmant et en même temps un peu espiègle. Coquin, vous voyez ? Dans la dernière longueur, il ne restait plus qu'elles deux, mais en novembre, le temps de trier tous les bulletins et de les peser, Jinx avait battu Estelle d'une courte tête. Alors on la convoque, on lui fait signer un contrat, on prend ses mesures pour la garde-robe qu'on va créer à son intention. Le bruit court dans la société que Jinx a gagné, mais le public ne le découvrira que plus tard parce que Hazelton doit prendre les photos pour la publicité qu'ils passaient toujours en janvier. Nouvel an, nouvelle Miss Rheingold, vous voyez ? « Voici l'heureuse gagnante que vous, le public, avez élue ! » Hazelton la mitraille donc. Elles sont chères ces séances photo : assistants photographes, coiffeur, maquilleuse, stylistes. Mais le résultat est superbe, parce que comme je l'ai déjà dit Jinx aime l'objectif qui le lui rend bien. Seulement il y a un hic. Mec, oh mec ! quel sac de nœuds ! Figurez-vous que Jinx et Gus White se voient en douce depuis l'été. Gus était marié, ce qui compliquait les choses. Pratiquement personne n'était au courant, mais moi si parce que Gus me demandait de conduire Jinx à leur lieu de rendez-vous – un petit motel en bord de route au nord du New Jersey. Et ça n'était pas tout. Vous vous souvenez que je vous ai dit que Rheingold essayait de gagner le marché nègre ? Un de leurs trucs consistait à faire poser les filles avec Nat King Cole ou Satchmo ou Monte Irvin, la première base des Giants. Le grand public n'a jamais vu ces photos : elles paraissaient dans la presse nègre, vous voyez ? Ils distribuaient des photos dédicacées chez les marchands de vins et spiritueux, dans les quartiers où habitaient les gens de couleur. C'est comme ça que Jinx a fait la connaissance d'un coéquipier d'Irvin, un champ extérieur du nom de Calvin Sparks. Sa puissance de frappe n'avait rien d'exceptionnel, mais c'était une belle fripouille à la peau claire qui en pinçait pour les filles blanches. De fil en aiguille, voilà ma Jinx qui se met à fricoter avec Sparks. Gus White trompe donc sa femme avec Jinx et Jinx trompe Gus avec Sparks. Je peux vous dire, Jake, que j'ai pas arrêté d'avoir des brûlures d'estomac, cet été-là. Parce que les deux seules personnes qui étaient au courant de tout, c'étaient Jinx et moi. J'étais dans une position difficile, voyez-vous ?

Comment saviez-vous pour Jinx et Sparks ?

Comment ? Je vais vous l'expliquer. Juste avant l'annonce officielle des résultats, Rheingold organise un cocktail pour que les gros bonnets puissent rencontrer la nouvelle Miss Rheingold – leur « vendeuse numéro un » comme ils l'appelaient. Jinx boit un ou deux Manhattan de trop au raout, en sort un peu pompette, et quand je la ramène à son appartement de Sutton Place elle me crache le morceau. Les choses étaient sensationnelles au début avec Gus, mais maintenant elle a l'esprit ailleurs parce que, entre elle et Sparks, c'est la vraie passion et que c'est plus fort qu'eux. Vous savez ce que j'ai fait? Je me suis garé le long du trottoir, je me suis retourné pour la regarder droit dans les yeux. Et je lui ai dit comme ça : « Écoutez, ma petite, je vais vous parler comme si vous étiez ma fille. Vous êtes en train de jouer avec le feu, et si vous n'y prenez pas garde, vous finirez carbonisée. Vous allez me faire le plaisir de monter à votre joli appartement tous frais payés, de décrocher le téléphone et de rompre avec Sparks. » Vous savez ce qu'elle me répond? « Peppy, si vous croyez que c'est possible, vous ne devez pas savoir ce qu'est l'amour vrai. » Je me suis dit qu'elle devait confondre l'amour vrai avec une bonne *schtupping*. Parce que croyez-moi, Jake, marié comme je l'étais avec ma Cookie, j'en savais un peu plus long sur l'amour vrai que cette jolie petite greluche.

Qu'est-ce qui s'est passé?

Il s'est passé que j'étais devant un sacré dilemme. Je veux dire par là que j'aimais bien Jinx – je l'avais vraiment à la bonne. Beaucoup de mannequins à l'époque venaient de milieux aisés, vous voyez. Certaines étaient un peu hautaines. Mais pas Jinx. Elle était arrivée là grâce à son cran et à la beauté que le bon Dieu lui avait donnée. Mais Winchell, Earl Wilson, Hedda Hopper, tous les échotiers de l'époque avaient des espions qui furetaient partout en ville pour déterrer le *schmutz*. Imaginez que l'un d'eux ait vent que Miss Rheingold sort avec un joueur de couleur et que ça paraisse dans le *Daily Mirror* ou le *Daily News* : on pouvait faire une croix sur la promotion d'un million de dollars de Rheingold, et peut-être même sur la brasserie. Comme je vous l'ai déjà dit, les Weissmann ont toujours été bons envers moi. On partageait une histoire.

Qu'est-ce que vous avez fait ?

Je vais voir Gus. Il est fou furieux. Plus question pour lui de fourrer sa queue dans du second choix, dans les restes d'un autre, surtout s'il s'agit d'un *schvartze*. Il est absolument exclu que Jinx devienne Miss Rheingold, avec ou sans le vote populaire. C'est pour partie une décision de chef d'entreprise et pour partie une revanche – du moins, c'est comme ça que je vois les choses. Le lendemain matin, il y a une réunion top secrète. Les avocats sont là, Hazelton, les gros bonnets du marketing. J'en suis aussi parce que, primo, ils savent que je sais la boucler et, deuzio, en ma qualité de chauffeur de Jinx pendant tout l'été, c'est moi qui peux le mieux prédire comment elle va réagir quand ils vont la foutre dehors. Du moins c'est ce que tout le monde *croit*, sauf que je ne la connais pas comme Gus White. Mais ça, il n'est pas question que j'en parle, pas plus que Gus !

Ils décident donc qu'il faut se débarrasser de Jinx – faire venir Estelle Olsen de Los Angeles par le prochain avion et la proclamer Miss Rheingold. Hazelton regimbe au début parce qu'il a quelques belles photos de Jinx – il dit qu'il se fiche pas mal que le gars avec qui elle baise soit noir, blanc ou violet à pois jaunes. Mais il finit par se ranger à l'avis général, vu que ce concours est aussi son gagne-pain. Côté positif, l'annonce officielle des résultats n'a pas encore eu lieu et le public n'aura donc pas besoin d'explications. Côté négatif, le cabinet de comptables a déjà enregistré le résultat des élections. En kilos de papier, d'accord ? Vous vous souvenez des tonneaux ? Il est écrit que Jinx a gagné d'environ X kilos, j'ai oublié combien.

Alors voici ce qu'ils font. Tous les présents à la réunion, y compris moi, vont à l'entrepôt, dans la cave de la direction. C'est motus et bouche cousue, toujours top secret. On apporte tous les bulletins non utilisés – des cartons et des cartons, peut-être deux, trois cents blocs de bulletins par carton. Les gars de l'entrepôt apportent quatre ou cinq tonneaux vides. Puis, tous autant qu'on est – Gus, moi, les avocats –, on passe la plus grande partie de la journée à cocher des votes pour Estelle. Le lendemain matin, ils inventent une histoire farfelue comme quoi quelqu'un a découvert dans l'entrepôt des tonneaux de bulletins de vote qu'on avait oublié de compter. Il faut donc tout recommencer. Tout repeser. Les comptables reviennent, les manutentionnaires roulent les tonneaux de Jinx et ceux d'Estelle à la pesée, et devinez quoi ? Estelle bat Jinx de trente-six ou quarante kilos. On réenregistre les résultats des élections et Estelle Oison devient Miss Rheingold 1950.

Qu'est-ce qui est arrivé à Jinx ?

Elle l'a mal pris. Le jour où ils l'ont renvoyée, elle a mis sa bonbonnière à sac. Elle a cassé tous les miroirs, éventré les canapés, les fauteuils. Au début, elle jurait ses grands dieux qu'elle ne se laisserait pas faire – elle irait voir les journaux, la femme de Gus, poursuivrait la société. Mais elle a reculé. Les avocats de la brasserie lui ont fichu une peur bleue, je suppose. Entre-temps, ils lui avaient collé toute une équipe de détectives privés sur le dos et ces types ont déterré un truc vraiment tordu : la gamine n'était pas vraiment Jinx Dixon. J'ai oublié son vrai nom, mais la vraie Jinx Dixon était une colocataire qui en avait eu marre d'être mannequin et avait quitté New York. Alors notre donzelle lui avait « emprunté » son nom – pour contourner le contrôle des antécédents, vous voyez ? Mais une fois qu'ils ont découvert qui elle était vraiment, ils la tenaient. Elle avait eu maille à partir avec la justice à deux reprises et elle avait signé un contrat où elle se prétendait blanche comme neige. Il lui était donc impossible de poursuivre la société. D'après le règlement du concours, elle était inéligible. On aurait pu s'épargner tout ce boulot à l'entrepôt, ces bulletins à cocher... Le plus triste, c'est qu'après ça Sparks l'a laissée tomber du jour au lendemain et son agence de mannequins aussi. Ça s'est su et plus aucune agence n'a voulu d'elle. Elle a traîné ses guêtres un moment – elle suivait Gus à la trace, je suppose. Les choses ont tourné au vinaigre. Un après-midi, elle s'est présentée à l'usine de Brooklyn où Gus avait son bureau et ils ont appelé les flics – des gardiens armés l'ont fait sortir des lieux. Ils ont étouffé l'affaire, pourtant. J'ai entendu dire qu'elle avait aussi causé des ennuis à Sparks au Polo Grounds. Je suppose qu'elle était dans tous ses états... Je ne suis pas très fier du rôle que j'ai joué là-dedans, mais cette fille a creusé sa propre tombe. S'envoyer en l'air avec deux types dont l'un était noir ? Grave erreur. Miss Rheingold devait être innocente comme l'enfant qui vient de naître... Le plus drôle, c'est que c'est cette histoire de Blancs-Noirs qui a fini par tuer Miss Rheingold. Quatorze ou quinze ans plus tard – l'été où ont éclaté toutes les émeutes raciales –, Rheingold a mis fin au concours. Ils ont prétendu que le public ne s'y intéressait plus, que ce n'était plus rentable. Mais la vraie raison, c'est que la société était face à un dilemme. Elle subissait les pressions des Noirs qui voulaient une candidate de couleur. Vous vous souvenez d'Adam Clayton Powell ? Le député de Harlem ? Il appelait sans cesse Gus pour l'asticoter à ce sujet. Gus était P-DG de Rheingold à présent et j'étais son chauffeur. Un après-midi, j'avais le patron et Powell sur la banquette arrière, et Powell lance : « Les braves gens de ma circonscription boivent des litres et des litres de votre bière. Beaucoup se demandent quand vous allez leur donner l'occasion de voter pour une belle négresse dans votre petit concours. » Mais à l'époque, s'ils avaient présenté une Noire, il y aurait eu une réaction brutale de la part des Blancs. Peut-être que le vieil Otto Weissmann aurait fait ce qu'il fallait, mais Gus n'a pas voulu courir le risque. Les Rheingold Girls étaient une distraction, vous voyez, pas une affaire politique. Alors plutôt que de présenter une fille de couleur, ils ont arrêté le concours.

D'accord, mais revenons un peu en arrière. Vous n'avez plus jamais entendu parler de Jinx ?

J'ai eu de ses nouvelles. Un dimanche matin, voilà qu'elle me passe un coup de fil. J'ai d'abord cru qu'elle m'appelait pour me dire des sottises parce que j'avais révélé le pot aux roses. Il avait dû lui venir à l'esprit que ça ne pouvait être que moi. Mais non, pas du tout. Elle me dit comme ça : « Peppy, tu peux me rendre un service ? » Elle voulait que je la ramène chez elle dans le Connecticut. Elle voulait foutre le camp de New York parce qu'elle n'avait plus rien à y faire, et parce que les psys à Bellevue disaient qu'il vaudrait mieux qu'elle déménage et rentre chez elle. Figurez-vous qu'elle avait atterri chez les dingues. C'est ce qu'elle m'a avoué. Alors moi, j'ai répondu : « Bien sûr, d'accord, Jinx. » Je continuais à l'appeler Jinx, vous voyez ? J'avais pas envie de l'emmener là-bas, mais que faire ? Lui dire non ? Je me suis quand même débrouillé pour que Cookie nous accompagne. On a trouvé une baby-sitter pour Rochelle et nous voilà partis pour le Connecticut, Cookie, Jinx et moi. J'aimais bien cette gosse, je l'avais vraiment à la bonne, mais avec elle on avait toujours des ennuis. Or je ne voulais pas en avoir. Vous comprenez ce que je veux dire ? Oui.

On est passés la prendre devant un petit café de Delancey Street. Si vous l'aviez vue ! Elle portait des socquettes, une salopette roulée aux chevilles et un fichu sur la tête. Pas de maquillage. Plus aucune trace de Miss Rheingold. Elle ressemblait à une gentille lycéenne innocente. En chemin, on s'est arrêtés dans une cafétéria pour un café et une pâtisserie, et quand je suis allé aux W-C elle a confié à Cookie qu'elle était enceinte. Elle n'a pas dit de qui, je ne sais donc pas si c'était Gus, Sparks ou peut-être même un troisième larron. Elle a expliqué qu'il y avait un garçon dans le Connecticut qui l'aimait, qui la reprendrait. On l'a déposée dans une petite ville… bon sang, je ne me rappelle plus le nom. Quand elle avait dit Connecticut, j'avais pensé Danbury ou peut-être Bridgeport. Mais c'était à l'autre bout de l'État. Un petit bled perdu en pleine cambrousse.

Three Rivers.

Oui, ça se pourrait bien. On a eu un mal de chien à rentrer à New York, je me souviens. Il s'était mis à neiger. Un de ces satanés blizzards de mars et je n'avais pas de chaînes pour mes pneus. Donc sur toute la route du retour… Eh, vous allez bien ? Vous avez l'air un peu… tourneboulé. Vous connaissiez Jinx ?

Non.

Tenez. Vous ne voulez pas une serviette en papier ?

Ça va. C'est… Je vais bien.

Z'écrivez pas vraiment un livre de marketing, hein, Jake ?

Non.

Bon, quoi qu'il en soit, je ferais mieux d'y aller maintenant. Vous êtes en état de conduire ? Parce que s'il vous faut un peu plus de temps, vous pourriez peut-être vous prendre un autre café…

Ça va.

J'ai votre parole, hein ? Je ne vais pas retrouver l'histoire de Jinx un jour dans un livre ?

Non. Tout restera entre nous. Vous ne vous êtes jamais demandé ce qu'elle était devenue ?

Jinx ? Si, en fait. De temps à autre, je…

Elle s'est tuée. On l'a retrouvée flottant sur le ventre au bord d'un lac. Suicide, disait le journal.

Sans blague ! Bon sang, quel dommage ! Comment vous…

Le lac s'appelle Bride Lake. Ça se trouve dans l'enceinte de la prison où elle a fini ses jours. Vous avez livré ma mère aux gros bonnets et ça l'a menée à la mort.

Votre mère ? Jinx était votre… Écoutez, elle avait des problèmes. Vous ne pouvez pas prétendre…

Voici votre pardessus. Sortons d'ici. Parce que, pour tout vous dire, j'en ai marre de vous écouter.

Je me suis levé, je lui ai balancé son pardessus à la figure et j'ai jeté une poignée de billets sur la table. Attrapant mon magnétophone d'une main et son avant-bras de l'autre, je l'ai fait sortir de l'Inn Between un peu trop vite pour ses vieilles jambes. Que le diable m'emporte si, à ce moment-là, je pouvais me rappeler une seule des stratégies de gestion de la colère que j'avais apprises. Que le diable m'emporte si j'en avais la moindre envie.

Sur le parking, Peppy a perdu l'équilibre et j'ai paré sa chute aux dépens de mon magnétophone, qui est tombé sur l'asphalte et s'est cassé : les piles se sont mises à rouler. J'ai relevé Peppy qui était à genoux, je l'ai fait monter dans ma voiture et je suis retourné ramasser mon magnéto. Je l'ai lancé de toutes mes forces : il a fait cliqueter la chaîne de la clôture et a atterri dans une parcelle de mauvaises herbes.

Je suis monté en voiture et j'ai démarré. « Écoutez, vous ne comprenez pas. Si ça s'était su ce qu'elle faisait, ç'aurait coûté à la société... »

J'ai crié sans le regarder : « Bouclez-la. »

Sur le chemin du retour chez sa fille, il est resté droit comme un I à fixer la route devant lui. Ses mains étaient agitées de petits tremblements. Une de ses jambes de pantalon déchirée exposait un genou ensanglanté. Ce n'est qu'une fois descendu de la voiture du tordu que j'étais à ses yeux qu'il a proféré sa défense. Elle tenait en deux phrases : « Les Weissmann étaient pour moi comme une *famille* ! Elle avait un truc qui ne tournait pas *rond* ! »

J'ai appuyé sur le champignon.

Essayant d'échapper au Queens, j'ai trouvé le moyen de me perdre, et aucun des caissiers d'épicerie ou de station-service auxquels je demandais ma route ne semblait avoir entendu parler du putain de pont de Whitestone... Elle était déjà enceinte quand elle était rentrée? De moi? M'avait-on aussi menti au sujet de mon père? Est-ce que j'avais quelque part un demi-frère ou une demi-sœur…? Errant dans un labyrinthe de rues inconnues, je suis repassé devant l'Inn Between. J'ai freiné, fait marche arrière. J'ai récupéré la cassette dans mon magnéto et je l'ai fourrée dans ma poche de pardessus.

Je n'ai jamais trouvé le pont de Whitestone. J'ai suivi les panneaux indiquant Throgs Neck qui m'ont amené à la Bruckner Expressway qui devient la New England Expressway. Ce n'est qu'une fois sur la morne autoroute 95 que la honte m'a envahi. Oui, il avait mis le temps à cracher le morceau. Mais Peppy Schissel s'était montré beaucoup plus franc du collier que ma famille au sujet de celle qui m'avait donné le jour.

Alors pourquoi étais-tu si en colère contre lui?

Parce qu'il l'avait balancée. Et parce que j'avais vu le résultat : dans le labyrinthe de maïs, à la veillée funèbre de papa. Sale, l'air minable… Je n'avais que huit ans, et je devais voler de la nourriture pour ma mère et mon père, nom de Dieu! Si tant est qu'il ait été mon père…

Alors tu préfères quoi? Les mensonges ou la vérité?

La vérité! Je ne veux que la vérité!

Tu es sûr, Quirk? Le Minotaure a fait des victimes avant d'être tué.

Ouais. Qu'est-ce que tu entends par là?

La vérité pourrait te dévorer tout cru.

À Brandford, je suis sorti de l'autoroute et je me suis arrêté sur une aire McDonald's. Je me suis garé en bordure de parking et j'ai coupé le moteur. J'ai pris la cassette récupérée dans mon magnéto et je l'ai fourrée dans le lecteur de ma voiture.

« ... *la question que vous devrez lui poser, c'est pas "pourquoi ?" ni "si ?". La question, c'est "comment ?"* »

J'ai donné un tel coup de poing sur le tableau de bord que je me suis bousillé le poignet.

Je suis arrivé à Three Rivers peu après minuit. J'ai dépassé le casino illuminé, pris Ice House Road puis Bride Lake. J'ai longé la prison. Quand je suis arrivé à la ferme, les lumières étaient allumées dans l'étable : le site Internet de Moze marchait bien, et Velvet et lui s'activaient pour faire face aux demandes. Le premier étage de la maison était sombre. Janis était partie le matin même pour sa conférence à San Francisco.

Je suis entré par la porte de la cuisine et j'ai tâtonné pour trouver l'interrupteur. La première chose que j'ai vue, c'est une mince brochure à reliure spirale et à couverture de cuir bordeaux.

Je me suis approché d'un pas hésitant. Une carte en est tombée quand je l'ai ouverte – c'était un petit mot.

Cher Caelum,

J'espère que le produit fini te plaira. Merci infiniment pour tes encouragements. Tu viens d'une famille étonnante. Amitiés,

Janis

27

Elizabeth Hutchinson Popper (1804-1892) :

Autoportrait épistolaire d'une femme remarquable du XIXe siècle
De Janis S. Mick,
doctorante en études féministes,
Université de Tulane

La vie extraordinaire de la militante Elizabeth Hutchinson Popper a couvert les présidences de Thomas Jefferson et de Grover Cleveland. Elle comptait parmi ses connaissances des personnalités telles que les écrivains Louisa May Alcott et Mark Twain, les réformatrices Dorothea Dix et Lucretia Mott, et de nombreux hommes politiques et capitaines d'industrie qu'elle essayait de rallier à son combat pour la justice sociale. Abolitionniste convaincue, « Lizzy » Popper fut une agente de l'Underground Railroad, la filière clandestine qui aidait les esclaves noirs à fuir le Sud, puis infirmière pendant la guerre de Sécession. Toute sa vie, elle a œuvré pour améliorer le sort des opprimés, a défendu inlassablement la cause des orphelins, des femmes indigentes, des esclaves, des Noirs affranchis et des détenues. E. Popper a laissé une mine de documents, de journaux intimes et de lettres. Parce qu'elle avait pour habitude de glisser un « papier carbone » sous les lettres qu'elle envoyait, nous disposons, ce qui est une rareté, non seulement des lettres d'E. Popper, mais de la réponse de ses correspondants. Cette cor-

*respondance a permis de reconstituer les détails d'une vie plei-
nement vécue et d'avoir un aperçu intime du psychisme d'une
femme remarquable du xixᵉ siècle.*

Née en 1804, Elizabeth Hutchinson Popper fut la première enfant de William et Freelove (Ashbey) Hutchinson,
des quakers pieux de Philadelphie, Pennsylvanie. Aînée
de quatre, Elizabeth joua les mères de substitution auprès
de ses frères et sœurs après la disparition de sa mère,
probablement décédée d'une hémorragie cérébrale à la
naissance de son dernier fils, Roswell, en 1817. Outre ses
responsabilités domestiques, « Lizzy » Hutchinson dirigea pendant une douzaine d'années une petite école de
filles quaker. Sur les instances de Lucretia Coffin Mott,
une amie de la famille, elle écrivit aussi des pamphlets et
des articles abolitionnistes pour la Société des amis. Après
la mort de son père en 1834, Lizzy Hutchinson ferma
son école et rendit visite à sa sœur Martha, épouse de
Nathanael Weeks, capitaine du port de New Haven dans
le Connecticut dont elle fit sa terre d'adoption jusqu'à sa
mort.

Lizzy Hutchinson fut un des membres fondateurs de
la section féminine de la Société abolitionniste de New
Haven et déléguée à la Convention antiesclavagiste de
New York en 1838. C'est à ce rassemblement qu'elle ren-
contra son futur mari, Charles Phineas Popper. De sept
ans son cadet, Popper vendait des livres au porte-à-porte
et était membre de l'American Bible Society, une organisation congrégationaliste dont le but était de placer des
bibles « sans notes ni commentaires » dans les foyers qui
en étaient dépourvus.

Tout le monde pensait qu'elle finirait vieille fille, mais,
en 1841, à l'âge de trente-sept ans, Lizzy Hutchinson surprit sa famille en épousant Charles. Les époux furent unis
à la North Church de New Haven, église congrégationaliste

dont Charles était diacre. Elle mit au monde trois fils qui se suivirent de près : Edmond (1842), Levi (1843), et, à l'âge de quarante ans, son bien-aimé Willie (1844). Elle fit ensuite deux fausses couches et, le jour de l'an 1846, donna le jour à une petite fille prénommée Phoebe qui « souffrait d'une imbécillité sévère ». La mort de l'enfant dix jours plus tard déclencha chez Lizzy Popper une dépression qui dura tout l'hiver et le printemps 1846. Les archives révèlent que sa sœur Martha Weeks lui offrit un séjour de six semaines à l'Hartford Retreat, une maison de repos, et s'occupa de ses neveux. Parmi les papiers de la famille se trouve une lettre du 26 mars 1846 adressée à Charles Popper par le médecin de l'Hartford Retreat, Elihu Foot, lui conseillant d'offrir à sa femme à son retour chez elle :

... gentillesse, compassion et encouragement à reprendre graduellement les œuvres de bienfaisance qui semblent lui donner des forces. Je recommanderais en outre que vous vous absteniez désormais d'avoir des relations charnelles avec votre femme, car une nouvelle grossesse pourrait menacer gravement son bien-être physique et exacerber sa condition nerveuse. Si vous souhaitez des renseignements sur les alternatives aux rapports sexuels, je me ferai un plaisir de vous les donner, la prochaine fois que je vous verrai.

On ignore si Charles Popper tint compte de la mise en garde du Dr Foot, mais à l'automne 1846 Lizzy s'était replongée dans ses « œuvres de bienfaisance » et Charlie s'était embarqué dans la première de ses aventures extra-conjugales.

En 1841, deux événements galvanisèrent Elizabeth Hutchinson Popper et contribuèrent à approfondir son engagement dans le mouvement abolitionniste. Le premier fut un incident auquel fut mêlé son plus jeune frère, Roswell, alors professeur dans un établissement privé de garçons à Richmond, Virginie. Le second fut le procès de l'*Amistad*.

Après que Roswell Hutchinson eut fait à ses élèves des remarques révélant ses sympathies abolitionnistes, son logement fut cambriolé et mis à sac, et on découvrit des tracts antiesclavagistes dans ses affaires. La nuit suivante, il fut agressé par de « lâches voyous », et battu si sauvagement qu'il perdit un œil et souffrit ensuite de « défaillances de discernement ». Accusé d'avoir tenté d'« empoisonner les esprits de la jeunesse du Sud », Roswell Hutchinson fut incarcéré par mesure de sécurité. Lizzy Popper était alors enceinte de cinq mois. Bien que ce fût une époque où les femmes voyageaient rarement sans escorte masculine et où les femmes enceintes restaient confinées chez elles, Lizzy se rendit seule à Richmond en apprenant l'horrible nouvelle. Elle convainquit la police de lui confier la garde de son frère et de l'aider à le faire sortir clandestinement de Virginie pour le ramener chez elle dans le Connecticut. Elle considérerait par la suite cet incident comme la première de ses nombreuses tentatives fructueuses pour influer sur les hommes de pouvoir au nom de justes causes.

Le second événement qui renforça la résolution de Lizzy Popper de lutter contre l'esclavage fut l'arrestation dans le port de New Haven des prévenus de l'*Amistad*, et le procès qui s'ensuivit : cinquante-six Africains destinés à être esclaves avaient tué le capitaine et l'équipage de la goélette espagnole *Amistad*, et pris possession du navire pour tenter en vain de regagner l'Afrique depuis Cuba. Les mutinés furent défendus avec succès par l'ex-Président John Quincy Adams et obtinrent le soutien de la Première Église du Christ Congrégationaliste de Farmington,

Connecticut, en attendant de réunir les fonds nécessaires au financement de leur voyage de retour dans leur patrie, qui est aujourd'hui la Sierra Leone. Les fidèles de la New Haven's North Church prirent également une part active à la collecte de ces fonds, et Lizzy Popper sollicita et obtint d'importantes contributions de la part d'hommes d'affaires en vue de New Haven, New London et Windham. Cet effort de coopération entre les églises de Farmington et New Haven fut très probablement à l'origine de l'association de Lizzy et Charles Popper avec l'Underground Railroad[1], puisque Farmington était la « gare centrale » de la filière clandestine qui permettait aux esclaves évadés de gagner le Canada. Après l'adoption du Fugitive Slave Act en 1850, les agents du « Railroad » furent passibles d'arrestation s'ils aidaient et encourageaient les fugitifs : en conséquence, l'organisation était secrète et la documentation rare. Il y a cependant lieu de croire que le grenier des Popper et la grange de la sœur de Lizzy, Martha Weeks, servirent à héberger des fuyards.

Atypique des femmes mariées de son époque, Lizzy Popper était l'équivalent xixe siècle de la « femme qui travaille » : elle confiait souvent ses enfants à sa sœur Martha qui n'en avait pas, tandis qu'elle voyageait pour promouvoir ses diverses causes. À l'invitation de Lucretia Mott, E. Popper assista à la conférence sur les droits de la femme qui eut lieu en 1848 à Seneca Falls, État de New York, réunion historique qui lança la bataille en vue d'obtenir le droit de vote pour les femmes. Ayant des idées plus modérées que radicales, Lizzy Popper avait des sentiments ambivalents sur le sujet. Dans le train qui la ramenait chez elle, elle écrivit à sa sœur :

---

1. Littéralement, « Chemin de fer clandestin ».

Si je soutiens de nombreux points de la Déclaration de sen-
timents, exiger que les femmes se voient accorder leur « droit
sacré » au suffrage risque, je le crains, de nous coûter cher.
Nous pouvons accomplir beaucoup plus en faisant appel aux
bons sentiments des hommes de renom qu'en bataillant pour
avoir accès aux urnes. L'extrémisme annulera nos efforts, et en
voici un parfait exemple : trois ou quatre des déléguées qui prô-
naient le droit de vote ont cru bon de monter à la tribune en
portant la culotte ! Tu aurais ri toute la journée, ma chère sœur,
si tu avais vu ce que j'ai vu : des femmes en pantalon deman-
dant à être prises au sérieux ! Libérez les femmes du labeur et
des corvées, oui, mais des jupes et des jupons ? J'espère que mes
trois chérubins se sont bien tenus en mon absence. Tu peux être
sûre que je donnerai la fessée au petit polisson qui ne l'aura
pas fait.

Une lettre de 1851 adressée par Charles Popper à sa
femme quand leurs fils étaient âgés de neuf, huit et sept
ans, révèle que les déplacements fréquents de Lizzy
étaient devenus une source de conflit dans le couple. Père
assez distant, et souvent absent pour vendre ses livres,
C. Popper accusait Lizzy de vouloir sauver le monde aux
dépens de ses enfants.

Outre son combat contre l'esclavage, Lizzy Popper militait dans la...

J'arrêtai là ma lecture. Mis la brochure de côté. Impossible de faire autrement.

Parce que si Peppy Schissel avait raison – si Mary
Agnes Dank était enceinte en quittant New York –, je
n'étais peut-être pas, voire probablement pas, l'arrière-
arrière-arrière-petit-fils de l'étonnante Lizzy Popper. Je
n'étais pas du tout un Quirk, mais le fils bâtard de Calvin
Sparks ou de Gus Weismann...

Mais si c'était le cas, pourquoi les dates ne collaient-
elles pas ? Peppy m'avait dit que « Jinx » était déjà

enceinte quand il l'avait ramenée à Three Rivers en mars 1950. J'étais né en octobre 51... À moins que... S'ils s'étaient donné tout ce mal pour cacher qui était ma vraie mère, peut-être qu'ils avaient aussi truqué ma date de naissance. Soudoyé un employé de l'état civil ou un truc comme ça. Est-ce que j'avais un an de plus que ce que je croyais ? Est-ce que j'étais à moitié juif ? À moitié noir ? Est-ce que j'étais le demi-frère de quelqu'un ?

Ne sachant que penser, je me tins coi. Mais le fait de ne pas savoir, de n'en parler à personne, me rendait dingue. Je claquais et laissais tomber les objets, insultais tous les morts qui m'avaient menti. Un après-midi, tandis que je conduisais, impossible de savoir où j'étais ni où j'allais. Une nuit, luttant contre l'insomnie, je me perdis dans les méandres de notre labyrinthe de maïs. Une voix de femme m'appelait par mon prénom. Était-ce Maureen ? Mary Agnes ? Je courais sur les sentiers sinueux de terre battue pour m'en rapprocher. C'était la voix de Velvet – je la reconnaissais à présent. Mais parvenu au centre du dédale, je découvrais Harris et Klebold armés qui me regardaient avec un sourire goguenard. Ce fut Eric qui parla : *Vous savez ce que je déteste ? La musique cooooooonntry ! Et les gens qui disent que le catch, c'est pas du chiqué ! Et les idiots qui n'ont pas la moindre idée de qui sont leurs parents !* Lorsqu'ils me mirent en joue, je m'assis brusquement dans mon lit, suffoquant et tâtonnant désespérément pour allumer.

Janis avait fait un tabac à la conférence – elle était revenue de San Francisco avec des cartes de visite et des adresses e-mail de directeurs d'UFR et de presses universitaires. Sa directrice de thèse lui avait assuré que, moyennant quelques développements stratégiques et un léger peaufinage, « Elizabeth Hutchinson Popper : auto-portrait épistolaire » ferait un beau projet de thèse de doctorat.

« Tu as lu ma communication ? » me demanda-t-elle le soir de son retour. Elle était descendue dans la cuisine et m'avait trouvé appuyé au plan de travail en train de manger des raviolis en boîte directement dans la casse-role. Pendant la semaine où elle avait été absente, j'avais éprouvé à la fois des regrets et du soulagement.

« Je l'ai commencée. Beau travail. Lizzy était une sacrée bonne femme, hein ? »

Elle voulut savoir où j'en étais.

« Euh, eh bien… à Seneca Falls. Aux suffragettes por-tant la culotte. » Voyant son sourire se transformer en une mine déçue, je changeai de sujet. « Tu es au courant de la grosse bagarre féline ? »

Le chat des Mick était arrivé de La Nouvelle-Orléans, environ un mois plus tôt, et Nancy Tucker et lui ne pou-vaient pas se voir en peinture. Fat Harry et la petite Nancy s'étaient affrontés plusieurs fois, miaulant comme des possédés et faisant le gros dos. Mais pendant l'absence de Janis, les poils avaient volé. Nancy s'en était sortie avec une oreille déchirée et une plaque dégarnie sur le dos. Harry, qui arborait une entaille de chat de gouttière au-dessus de l'œil, avait été relégué à l'étable.

« Moses dit qu'il se plaît bien là-bas. Hier, Harry lui a laissé une chauve-souris morte en cadeau de bienve-nue.

— Il est sûr que ce n'était pas Velvet ? plaisantai-je. Elle donne un peu dans le vampirisme. »

Janis sourit, dit que j'étais affreux. « Quand est-ce que tu penses pouvoir finir de lire ma communication ? Parce que j'aimerais vraiment savoir ce que tu en penses.

— Oh, ne te préoccupe pas de mon opinion. C'est ton jury de doctorat qu'il faut impressionner, pas moi.

— Il ne s'agit pas de t'impressionner, Caelum. Tu m'as fait un cadeau en me donnant accès aux archives de tes ancêtres et je t'en offre un pour te remercier.

— Ah ouais ? Qu'est-ce que je reçois ? Un iPod ? »

Le sarcasme ne m'avança à rien. « Le sang de Lizzy coule dans tes veines. Tu existes parce qu'elle a épousé Charlie alors que tout le monde croyait qu'elle resterait vieille fille, et parce qu'ils ont eu des enfants ensemble : Eddie, Levi et ensuite ton arrière-arrière-grand-père, Willie – le père de Lydia. » Impossible de soutenir le regard de Janis quand elle me parla du sang qui coulait dans mes veines, parce que c'était probablement faux. Je jetai le restant de raviolis à la poubelle. Me mis à laver la casserole et la vaisselle sale qui traînait dans l'évier. Hélas, Janis attrapa un torchon et vint me rejoindre. « Willie était un artiste de music-hall – une vedette des spectacles de minstrels[1]. Tu le savais ?

— Non.

— Tu sais de quoi tout le monde a parlé après mon intervention ? Des incroyables ironies que présente l'histoire de ta famille.

— Les ironies ? » Je lui lançai un bref coup d'œil.

Elle hocha la tête. « En 1863, en pleine guerre de Sécession, Willie était sur les planches à New York où il amusait le public avec d'épouvantables parodies de femmes noires. Pendant ce temps, sa mère âgée de soixante ans était à Washington où elle soignait les blessés et faisait passer les esclaves des États frontaliers en lieu sûr avant que leurs maîtres aient pu les rattraper. Puis il y a l'ironie de…

---

1. Comédiens, chanteurs et musiciens blancs grimés au noir de fumée, qui parodiaient la vie des Noirs dans les plantations.

— Écoute, ce n'est pas pour t'interrompre, mais qu'est-ce que Moze en pense ? »

Elle s'arrêta brusquement. « De quoi ?

— De ta communication ? Il l'a lue, non ? »

C'était elle à présent qui avait du mal à soutenir mon regard. « Je ne lui ai pas demandé de le faire, Caelum. Moses n'accorde pas vraiment de valeur à mes travaux de recherche.

— Ah, dans ce cas… » Je lui promis de lire le reste de son intervention au plus vite, sans doute pendant le week-end.

Mais quinze jours plus tard, Lizzy Popper n'était toujours pas descendue du train qui la ramenait de Seneca Falls. Quand Janis me demanda une fois de plus si j'avais fini de lire sa communication, je lui répondis que j'avais été débordé. Mon travail à Oceanside, plus un problème à la prison – un imprévu.

« Tout va bien pour ta femme ?

— Maintenant oui. Mais il a fallu se démener pour le régler.

— Régler quoi ? »

Je lui dis que je n'avais pas la force d'entrer dans les détails. « J'ai vraiment envie de lire ton truc, crois-moi. »

Ce qui s'était passé, c'est que l'ex-codétenue de Maureen, Camille, avait déposé plainte contre l'officier Carol Moorhead, la surveillante qui l'avait agressée sexuellement. Il y avait eu une enquête et Maureen, l'unique témoin des faits, avait été interrogée par deux supérieurs de Moorhead. La surprise, c'est qu'ils avaient cru à la parole de ma femme plutôt qu'à celle de leur surveillante. Moorhead reçut une lettre de réprimande et fut mutée au Centre de détention de délinquants juvéniles à Hartford. C'était bien pour Camille, mais mauvais pour Maureen car le collègue et amant de Moorhead, Tom Tonelli, l'avait maintenant dans le collimateur.

Tonelli se mit à tourmenter Mo discrètement : en la suivant comme son ombre quand elle entrait et sortait du réfectoire, en marmonnant des remarques inintelligibles, en pouffant de rire pour rien. Un après-midi, il lui fit signe alors qu'elle se rendait à sa réunion de Narcotiques anonymes. Mo s'approcha d'un pas hésitant et lui demanda s'il voulait quelque chose. « Nan, répondit-il. Le doigt me démange d'appuyer sur la détente, c'est tout. »

Tonelli monta les hostilités d'un cran lorsqu'il fut de service de nuit. On fait l'appel toutes les heures là-bas – de jour, de nuit, vingt-quatre heures sur vingt-quatre, sept jours sur sept. La nuit, quand les femmes dorment, la plupart des surveillants se contentent d'entrer sans bruit dans les cellules et de braquer une torche sur elles. Essaient de ne pas les réveiller. Mais si un surveillant veut faire le con, il allume le plafonnier et fait du bruit. La codétenue de Maureen, Irina, n'était pas dérangée dans son sommeil par ces intrusions, mais Tonelli réveillait Mo trois, quatre fois par nuit. Puis une nuit, elle ouvre les yeux et elle aperçoit le visage de Tonelli à quinze centimètres du sien. « Hou ! » chuchote-t-il. Il rit tout doucement et repart. Allons, de qui se moque-t-on ? Après ce qu'elle avait enduré à Columbine et tout ce qui avait suivi, il fallait qu'elle se farcisse un fonctionnaire de bas étage vindicatif qui essayait de la rendre complètement maboule ?

Le problème, c'est que je n'en savais rien. Elle et moi avions eu une prise de bec, rappelez-vous. Le fameux jour au parloir où elle m'avait dit de foutre le camp. J'avais quitté les lieux et boudé les six ou sept visites suivantes. Et quand j'y étais enfin retourné, je m'étais dit :

Merde, parce que je l'avais tout de suite vu sur sa figure : le SSPT, l'hypervigilance. C'était comme si elle avait rechuté, était revenue à la case Littleton. Quand elle m'a dit pourquoi – m'a expliqué ce que ce connard lui infligeait –, j'ai pété les plombs. Mais cette fois, au lieu d'attraper une clé anglaise, j'ai décroché le téléphone. J'ai remué ciel et terre : j'ai appelé le directeur de la prison, son adjoint, la direction de l'administration pénitentiaire, les députés du Connecticut. J'ai harcelé ceux qui refusaient de me parler directement jusqu'à ce qu'ils prennent le combiné. J'ai envoyé des lettres, des e-mails. Contacté les bureaux des sénateurs Dodd et Lieberman, celui du gouverneur. Je voulais bien être pendu si je la laissais revivre un autre Columbine.

Devinez quoi ? Ça a marché. Tonelli a été muté. Maureen a réussi à voir le psy de la prison sans attendre les trois ou quatre semaines habituelles pour obtenir un rendez-vous. Il lui a prescrit de nouveaux médicaments – un antidépresseur et un anxiolytique. Dès qu'ils ont commencé à agir, elle s'est sentie mieux. Beaucoup mieux. Elle est sortie peu à peu de sa coquille. C'était mieux pour moi aussi. Parce que c'est drôlement plus facile de se diriger vers un sourire que vers un visage souffrant. « Merci », m'a-t-elle dit, les trois visites suivantes. Je lui ai expliqué qu'elle n'avait pas besoin de me remercier – que je l'avais fait parce que je l'aimais. « Moi aussi, je t'aime », m'a-t-elle répondu, et, bon Dieu, je crois bien qu'on ne se l'était pas dit depuis trois ou quatre mois.

Je corrigeais des dissertes sur la table de la cuisine quand Janis descendit se faire du thé. Je lui demandai comment se passaient les révisions. Elle les avait terminées, les avait envoyées par e-mail à sa directrice de thèse et attendait la réponse. Elle me redemanda si j'avais fini de lire l'histoire de Lizzy.

Je secouai la tête. J'attrapai un paquet de dissertations et le brandis comme excuse. « J'ai vraiment envie de la finir. Parce que, d'après ce que j'ai lu jusqu'à présent… Waouh.

— Rends-moi un service. Fais-moi grâce de ta condescendance.

— Quelle condescendance ? Je *vais* la lire. Mais je ne peux pas tout laisser tomber et… »

Je m'arrêtai au beau milieu de ma phrase parce que c'était exactement ce que je faisais : je la traitais avec condescendance, je lui racontais des craques. Et ce, depuis des semaines.

La bouilloire se mit à siffler. Elle se versa une tasse de thé et s'apprêta à quitter la cuisine. Arrivée à la porte, elle s'arrêta. Se retourna pour me faire face. « Caelum, ce qui s'est passé pendant l'absence de Moses… ? C'est arrivé, c'est tout. On était tous les deux un peu vulnérables, ce soir-là, on s'est un peu apitoyés sur notre sort. On avait tous les deux trop bu. »

Opinant du bonnet, je rassemblai mes affaires pour aller travailler ailleurs.

« On a commis une erreur. C'est pas une raison pour être brouillés.

— Brouillés ?

— Oh, voyons, Caelum, tu sais très bien ce que je veux dire. On ne court plus ensemble. Tu ne partages plus nos repas comme avant. La moitié du temps, quand je te parle, tu ne me regardes même pas. Et ce refus de lire mon travail : c'est passif agressif. Et ça me fait *mal*.

— Être occupé me rend passif agressif ?

— Tu n'as pas été fichu de lire soixante pages en six semaines ? Sur ta propre famille ? Personne n'est occupé à ce point, Caelum… Écoute, on n'avait rien prémédité. C'est juste… »

— Moi, si. Je n'ai pas arrêté de te verser du vin en espérant de toutes mes forces que ça se produirait. »

Ça lui coupa momentanément la chique. « Et moi, j'ai continué à le boire, finit-elle par répondre. Alors peut-être que c'était aussi prémédité de ma part.

— Il est au courant ?

— Moses ? Grands dieux, non. Jamais je ne…

— Bien. Super. Parce que tu sais quoi ? Moi aussi, j'ai été un mari trompé. Et tu sais quoi ? Ça craint quand on le découvre. Ça fait vachement mal. »

Elle refoula ses larmes. « Caelum, pourquoi es-tu si fâché contre moi ?

— Mais non. Je suis fâché contre… » Contre quoi ? La mère crispée qui n'était pas vraiment ma mère ? La mère qui baisait deux types en même temps ? Ma tante qui malgré son franc-parler m'avait aussi caché la vérité ? « Peu importe. Je ne peux pas entrer dans les détails.

— Tu ne peux pas ou tu ne veux pas ? »

Il fallait mettre un terme à cette conversation qui ne menait nulle part : sans prendre la peine de lui répondre, je fourrai les dissertes de mes étudiants dans mon carnet de notes et je me levai. Je lui laisserais croire que je n'avais pas lu sa maudite communication à cause de ce que nous avions fait cette nuit-là. Je la laisserais se flatter que c'était là ma seule préoccupation… D'ailleurs, ça m'avait fait vachement mal de recevoir ce coup de téléphone inattendu de la part de l'amie de l'épouse de Hay, celle qui aurait mieux fait de s'occuper de ses oignons. *Nous voulions juste que vous sachiez, au cas où vous ne seriez pas au courant, que votre femme a une liaison avec Paul.* Ce coup de fil m'avait mis la tête en feu, et l'incendie s'était propagé aussi vite que celui qui avait tué tous ces gens au Cocoanut Grove, Ethel Dank incluse… Si les choses avaient tourné autrement – si la clé anglaise avait fracassé le crâne de Paul Hay comme c'était mon intention –, je serais peut-être en train de croupir en prison pour meurtre.

Janis? Ouais, j'avais toujours envie d'elle. Mais elle était l'épouse d'un autre, et lui dire la vérité sur les raisons pour lesquelles je ne pouvais pas me résoudre à lire sa communication aurait créé un autre genre d'intimité entre nous. Non. Pas question. Si je m'ouvrais de mes problèmes à quelqu'un, ce ne serait pas à elle.

« Mais ça n'a pas de sens, Cae, me dit Maureen. Pourquoi un employé d'état civil irait-il apposer un cachet sur une date de naissance bidon ? » Je venais de lui avouer mes doutes identitaires dans l'horrible parloir aux murs gris, sous l'œil des caméras de surveillance et d'un surveillant renfrogné qui avait le cheveu ras et le torse bodybuildé.

« Je ne sais pas, Maureen. Pour de l'argent, peut-être ?

— Et qui aurait fait ça ?

— Celui qui voulait cacher ma vraie date de naissance. Gus White. Ou le joueur de base-ball. J'ai regardé sur Google. Il était marié, lui aussi.

— Cae, attends une minute. Si tu n'es pas un Quirk, comment se fait-il que tu ressembles à ton père ?

— Je ne lui ressemble pas. Il n'y a aucun air de famille entre nous. C'est juste qu'à force d'entendre Lolly le répéter tout le monde y a cru. »

Mo secoua la tête. « Tu te rappelles les photos de famille que Lolly avait dans sa chambre ? Une fois, elle a mis ta photo de lycéen à côté de celle de ton père. J'ai vu de mes yeux la ressemblance, Cae. Ce n'est pas seulement une idée de Lolly.

— C'est ce qui me fait le plus chier : qu'elle ait été une fieffée menteuse comme les autres. Mensonges et secrets, voilà à quoi se résume la famille Quirk. Et Lolly a essayé d'étouffer l'affaire comme les autres. »

N'ayant pas connu les autres, Mo me dit qu'elle ne pouvait répondre d'eux. « Mais j'ai connu Lolly, Cae. Elle t'aimait. Même si c'est très perturbant pour toi en ce moment, tu ne devrais pas l'oublier. Lolly n'aurait jamais cherché à te nuire.

— C'est pourtant ce qui s'est passé. Elle m'a rebattu les oreilles avec ma famille : Quirk par-ci, Lydia par-là. Mais elle n'a pas été fichue de me dire qui était ma *mère* ? Ça fait vachement mal.

— Je comprends. Elle a eu tort de te cacher la vérité. Tu étais en droit de la connaître. Mais Lolly a dû être tiraillée entre deux lignes de conduite : te dire la vérité ou t'en protéger. Elle s'est toujours montrée protectrice envers toi, Cae.

— Protectrice ? Tu rigoles ? Putain, j'ai encore le cou qui me lance rien que de repenser aux cravates qu'elle me faisait. »

Maureen sourit. « Je ne plaisante pas, Cae. Tu sais ce que Lolly m'a raconté une fois ? Qu'avant Hennie elle était tombée amoureuse d'une autre femme. Quelqu'un qui se prénommait Maggie et dont elle était folle. Elles avaient des projets. Lolly allait "se carapater", comme elle disait. Se dégager du joug paternel et déménager en Floride avec Maggie. Elles avaient tout prévu : elles allaient s'installer dans un camp de caravaning – une communauté lesbienne clandestine, je suppose. Mais pour finir, elle a rompu et elle est restée. Tu sais pourquoi ? Parce qu'elle ne pouvait pas te quitter, toi. Son frère n'était pas quelqu'un de fiable et elle trouvait que ta mère avait ses limites : son tempérament, sa rancune à propos de la manière dont ton père…

— Rosemary n'était *pas* ma mère. On m'a juste fait croire qu'elle l'était… Ça s'est passé quand, de toute façon ? Parce que, du plus loin qu'il m'en souvienne, Hennie était déjà là.

— Tu étais très jeune, j'imagine. Je me souviens qu'elle m'a présenté les choses comme ça : elle mourait d'envie de partir en Floride avec son amie, mais elle ne pouvait pas laisser son "p'tit bout" sans protection. À l'époque, j'ai supposé qu'il s'agissait de te protéger de ton père. Maintenant qu'on sait que Mary Agnes t'a enlevé, ça se comprend encore mieux. Non ?

— Pour l'instant je n'y comprends que pouic. »

Elle hocha la tête. « Je sais. Je suis vraiment désolée que tu aies à traverser cette épreuve, Cae. Mais le fait est que Lolly a sacrifié son bonheur personnel pour te défendre. Te protéger. C'est de l'amour, Cae, quelles que soient les erreurs qu'elle a commises. Ne l'oublie pas. »

Je soupirai. Me frottai la nuque. Regardai le reste de la bande hétéroclite qui remplissait le parloir – les homologues de Maureen et les miens. « Peut-être que je suis un Quirk, peut-être que non. Changeons de sujet. Quoi de neuf de ton côté ? »

Elle avait demandé à travailler à l'hospice, et le directeur du programme lui avait dit qu'il y avait de grandes chances qu'elle soit acceptée. Réconforter les détenus mourants – des drogués séropositifs souffrant d'hépatite, en majorité – lui donnerait un but, m'expliqua-t-elle. C'est ce qui se rapprochait le plus de son métier d'infirmière… Ah oui, elle avait appris ce matin qu'elle allait avoir une nouvelle codétenue, Dieu merci.

Je lui demandai ce qu'était devenue Irina la Terrible.

Elle s'était bagarrée avec une autre prisonnière pendant « cinq dehors » au sujet de celle qui aurait dû remplir le pot d'eau chaude la fois précédente. Une dispute avait éclaté pour savoir qui avait allongé le premier coup de poing, mais Irina étant aussi impopulaire auprès des surveillants qu'auprès des détenues, c'était elle qu'on avait présumée coupable et embarquée au mitard.

« À quoi ressemble ta nouvelle compagne de cellule ? » m'enquis-je. Mo dit qu'elle ne l'avait pas encore vue, mais que d'après une surveillante il s'agissait d'une jeune Espagnole qui n'avait pas encore été condamnée – une prévenue dans une affaire très en vue.

« On l'accuse de quoi ? »

Maureen l'ignorait. « J'étais en train de penser, Cae : si tu veux tirer cette histoire de paternité au clair, pourquoi ne pas faire un test ADN ?

— Ah ouais ? Et comment je suis supposé m'y prendre ? En déterrant mon père ? »

Elle secoua la tête. Un jour, Lolly lui avait montré des mèches de cheveux : des boucles qui avaient été conservées la première fois que son frère et elle s'étaient fait couper les cheveux. « Elles se trouvaient dans sa chambre, dans un tiroir de commode. Où est-ce que tu as mis les affaires de Lolly quand ces Mick ont emménagé ? »

« Ces Mick » : Mo ne s'habituait toujours pas à l'idée que Moze et Janis vivaient chez nous. « J'en ai bazardé une grande partie. J'ai fourré le reste dans des cartons que j'ai montés au grenier… Tu sais quoi ? Je crois avoir aperçu ces boucles. Juste après la mort de Lolly, lorsque je cherchais des vêtements pour l'enterrement. Mais je ne me souviens pas de les avoir revues par la suite quand j'ai débarrassé la chambre pour Moze et Janis. J'ai dû les balancer.

— Peut-être pas. Tu devrais chercher. »

Je les retrouvai à trois heures du matin : les deux enveloppes à l'intérieur de l'écrin portaient des inscriptions où je reconnus l'écriture caractéristique de mon arrière-grand-mère Lydia :

Première coupe de cheveux de Louella, 1er juin 1933.
Première coupe de cheveux d'Alden, 1er juin 1933.

Le laboratoire le plus proche était situé à New London. La femme que j'eus au téléphone m'expliqua qu'il m'en coûterait trois cent soixante-quinze dollars pour des résultats sous huitaine. Six cents dollars pour des résultats dans trois jours. Mille s'il me les fallait pour le lendemain. J'avais besoin de savoir la vérité, mais je n'étais pas sûr de vouloir la connaître. Je fus content de pouvoir tout juste me permettre des résultats sous huitaine.

« Waouh ! c'est vraiment du vintage, dit la femme en blouse blanche au visage criblé de taches de rousseur en prenant l'enveloppe qui contenait tout ce qui restait de la première coupe de cheveux d'Alden Quirk junior. OK, asseyez-vous et ouvrez la bouche pour que je puisse faire un prélèvement à l'intérieur de votre joue. Il y en a pour deux secondes.

— Ce sera tout ?

— Oui.

— Et ces cheveux ne sont pas trop vieux ?

— Non. »

Une semaine plus tard, une réceptionniste fit glisser une paroi vitrée et me remit une enveloppe en papier kraft. On aurait pu croire que j'allais la déchirer pour savoir, n'est-ce pas ? Eh bien, non. Impossible. J'ouvris mon coffre de voiture, jetai l'enveloppe à l'intérieur et le refermai d'un coup sec.

De retour à Three Rivers, j'entrai dans la maison les mains vides. Velvet était assise à la table de cuisine.

Devant elle se trouvaient trois gargouilles aux dents irrégulières et aux oreilles pointues. Elle était entourée de tout un matériel d'arts plastiques : pinceaux, petits pots de peinture, paillettes, colle. Je ramassai un sac de plumes teintes dans des couleurs criardes et lui demandai ce qu'elle faisait. « J'expérimente », répondit-elle.

Elle avait dans l'idée de décorer les ternes statues de plâtre – car certains clients auraient peut-être envie de gargouilles maquillées. « En drag queens, m'expliqua-t-elle. C'est du moins mon intention. Les drag queens sont cool. J'en ai connu certains quand j'habitais Slidell. » Moses ne lui avait rien promis, mais il lui avait offert les pièces défectueuses et cinquante dollars pour s'acheter des fournitures. Si le résultat lui plaisait, il mettrait peut-être ses créations sur son site Internet pour voir ce que ça donnait.

« Eh bien, bonne chance. Si tu as l'intention de peindre, étale d'abord des journaux.

— Relax, p'pa. »

P'pa ? Je haussai les sourcils et quittai la cuisine. J'étais couché sur mon lit le visage enfoui dans l'oreiller lorsque je l'entendis m'appeler. « Caelum… ? Hé, Caelum ! »

Je me souvins d'un de mes rêves : j'étais dans le labyrinthe, Velvet m'appelait et quand je croyais l'avoir enfin trouvée, je découvrais Klebold et Harris. « Quoi ?

— Je vais faire des œufs brouillés. T'en veux ?

— Non, merci. »

Elle était présente le jour de la tuerie : elle s'était trouvée dans la ligne de mire. Elle avait survécu, s'était enfuie, avait atterri en Louisiane puis était venue nous rejoindre dans le Nord. Elle ne m'avait jamais dit qu'elle s'était cachée sous une table et en avait réchappé. En parlait-elle quand elle allait voir Mo à la prison ? Évoquaient-elles cette terrible journée ?…

Cette nuit-là, je fus réveillé par une dispute des Mick – du moins par la voix de Janis. « Non, je ne me crois pas supérieure à toi, Moses !… Qu'est-ce que tu voudrais que je fasse ? Que je laisse tomber ma carrière ? » Je ne distinguais pas les réponses murmurées de Moze, mais les répliques de Janis me parvenaient très clairement. « Pendant toutes ces années, je n'ai même pas pu aborder la question, et maintenant tu veux absolument que nous ayons un bébé ? »

Au bout d'un moment, le calme revint. Je consultai mon radio-réveil. Une heure quarante-huit du matin. Une demi-heure plus tard, je renonçai au sommeil et allai dans la cuisine. Quand j'allumai, je les aperçus dans toute leur splendeur tape-à-l'œil : les grotesques de Velvet au regard lubrique et aux couleurs vives. Les clients adoreraient ou détesteraient. Bide total ou succès colossal.

Je repensai à ce que Maureen m'avait dit au parloir : malgré les erreurs qu'elle avait commises, Lolly m'avait aimé suffisamment pour rester et me protéger, pour renoncer à ses projets, à ses amours. Je vis par la fenêtre ma voiture qu'illuminait une lune à son troisième quartier. C'était peut-être pour ça que les résultats du test ADN étaient restés dans le coffre. Je craignais peut-être qu'ils ne révèlent que Lolly n'avait jamais vraiment été mienne non plus.

Tu vois ? Qu'est-ce que je t'avais dit ? La vérité peut te dévorer tout cru !

Ah ouais ? Eh bien soit – parce que ne pas la connaître revient au même.

J'attrapai mes clés. Ouvris la porte. Mes pieds nus étaient humides et froids sur l'herbe couverte de rosée. J'ouvris le coffre et pris les résultats.

De retour dans la cuisine, je décachetai l'enveloppe avec des mains tremblantes et lus le compte rendu.

J'étais bien le fils d'Alden, le neveu de Lolly…

Janis avait donc peut-être raison, à Bushnell Park. Peut-être que mon ancêtre essayait de me parler. Parce que sous mes yeux, écrite noir sur blanc, se trouvait la preuve scientifique J'étais un Quirk. Le sang de Lizzy Popper coulait dans mes veines.

28

Outre son combat contre l'esclavage, Lizzy Popper militait dans la Société d'Aide à l'Enfance et la Société pour la Réduction de la Misère dans les Prisons du Connecticut. En 1849, elle entreprit une correspondance avec l'écrivain et homme politique français Alexis de Tocqueville. Dix ans plus tôt, Tocqueville avait visité la prison de Wethersfield et, dans son étude célèbre *De la démocratie en Amérique*, avait fait l'éloge du degré d'ordre, d'obéissance et de silence repentant qui régnait dans le système pénitentiaire américain. Lors de ses propres visites de la prison de Wethersfield et d'autres établissements, Lizzy Popper fut horrifiée par ce qu'elle vit : les conditions de vie sordides des détenus (« les veaux attachés que l'on s'apprête à massacrer reçoivent un traitement plus charitable »), l'incarcération de « fous relevant plus de l'asile d'aliénés moderne que des oubliettes médiévales entretenues par l'État », et le fait que les surveillants usaient et abusaient d'une poignée de « pauvres malheureuses reléguées dans le grenier de la prison ». Une de ces « malheureuses », une immigrée irlandaise du nom de Maude Morrison, lui glissa furtivement une lettre pendant une de ses visites. Morrison se plaignait que les surveillants et des administrateurs privilégiés « satisfaisaient leur concupiscence » à volonté avec les détenues : celles qui acceptaient de se plier à leurs désirs recevaient du rhum et des colifichets tandis que celles qui s'y refusaient se voyaient accusées à tort d'être incorrigibles. « Nous qui leur résistons sommes déshabillées et fouettées devant n'importe quel homme, geôlier ou prisonnier qui souhaite être témoin de notre honte », écrivait Morrison L. Popper rédigea des lettres pour protester auprès du directeur de la prison, Silas Norrish, et du gouverneur du Connecticut, Joseph Trumbull : cette intervention eut pour conséquence non pas une amélioration des conditions de vie des détenues, mais la libération soudaine de Morrison. L. Popper écrivit également à Alexis de Tocqueville, qui lui répondit. La correspondance intermittente qu'ils échangèrent au cours des années suivantes constitue un débat philosophique animé sur la société qui doit concilier l'obligation de « supprimer le vice » et celle de « faire renouer les pécheresses avec leur féminité sacrée ». Dans les années 1870 et 1880, Lizzy Popper défendrait à nouveau la cause des détenues en militant pour obtenir la création d'un système pénitentiaire séparé où les femmes pourraient être protégées des « abus d'hommes malveillants ». Mais la question de l'esclavage et de la sécession dominerait ses activités politiques durant la décennie qui commença en 1860 avec la candidature à la présidence d'Abraham Lincoln et s'acheva en 1870 par le Quinzième amendement accordant le droit de vote aux Noirs.

Le 6 mars 1860, sur les instances de son fils aîné Edmond, Lizzy Popper assista au discours du sénateur de l'Illinois, Abraham Lincoln, qui faisait campagne pour être le candidat républicain à la présidence. Edmond Popper avait récemment adhéré aux Wide Awakes, société républicaine composée essentiellement de jeunes gens célibataires qui organisaient et défilaient dans des processions éclairées à la lueur de torches au profit de causes diverses dont l'antiesclavagisme. S'adressant à une foule enthousiaste au New Haven's Union Hall, Lincoln prôna la tolérance pour le Nord et le Sud, la résolution des divergences par des moyens pacifiques, et la prévention de la diffusion de l'esclavage dans les territoires de l'Ouest. Le discours plut à Lizzy qui soutint la candidature de Lincoln, même s'il la déçut par la suite quand, devenu Président, il conclut à l'inévitabilité de la guerre contre les confédérés.

La guerre de Sécession porta un nouveau coup au mariage déjà mal en point de Charles et Elizabeth Popper. Revenue aux valeurs des quakers dans lesquelles elle avait été élevée, Lizzy Popper adopta un pacifisme sans équivoque : c'était selon elle une « erreur monstrueuse » de penser qu'on pourrait sauver l'Union et libérer les esclaves « les armes à la main ». Charles Popper, lui, voyait dans ce combat une « cause sacrée » ainsi qu'une nécessité afin de préserver l'Union et de débarrasser une bonne fois pour toutes la nation des maux de l'esclavage. « De la guerre et de l'esclavage, c'est l'esclavage le péché le plus grave », écrivit-il à sa femme. Edmond Popper et Levi Popper, les fils aînés du couple, se rangèrent du côté de leur père. Contre la volonté de leur mère, ils s'engagèrent comme simples soldats dans des régiments de volontaires organisés à Norwich : Levi dans le 18e régiment d'infanterie, en août 1862 ; Edmond, un mois plus tard, dans le 21e régiment de volontaires du Connecticut.

Lizzy Popper se joignit également à l'effort de guerre. Elle organisa une « foire sanitaire » à New Haven afin de collecter des fonds et du matériel médical destiné à la nouvelle Commission sanitaire des États-Unis, précurseur de la Croix-Rouge américaine. Elle dirigea aussi deux cents femmes de New Haven, New London et Three Rivers Junction qui s'occupaient de fabriquer des uniformes, des pansements et des compresses pour plusieurs régiments de l'État. Tout en aidant les soldats de l'Union, elle n'en continua pas moins à s'élever contre les hostilités. Les fils de Lizzy Popper avaient reçu treize dollars chacun en s'engageant (l'équivalent d'un mois de solde) plus une prime de trente dollars de l'État du Connecticut. Dans une lettre publiée par le *Hartford Daily Times* en septembre 1862, leur mère appela cette prime le « prix du sang ».

Cette remarque se révéla tristement prophétique. Edmond et Levi Popper ne survécurent pas au conflit. En quittant le Connecticut, le régiment d'Edmond fut rattaché à la 2e brigade de la 3e division de l'armée du Potomac. Les soldats avaient pour mission de protéger Washington des attaques confédérées. Edmond mourut en 1862 de blessures reçues à la bataille de Fredericksburg, en Virginie.

Le régiment de Levi fut d'abord rattaché au 8e corps d'armée qui défendait Baltimore dans le Maryland, et rejoignit ensuite Winchester en Virginie pour se placer sous le commandement du général Robert Milroy. Blessé à la bataille de Winchester, Levi Popper fut fait prisonnier, le 15 juin 1863. Il mourut huit jours plus tard dans un hôpital de fortune confédéré, et fut enterré avec d'autres morts nordistes dans une fosse commune dont la famille Popper ne découvrit jamais l'emplacement, à la grande consternation de sa mère endeuillée.

L'endroit où se trouvait la dépouille d'Edmond Popper serait resté également un mystère, n'eût été la gentillesse d'un jeune aumônier de l'armée nordiste. En janvier 1863, une lettre adressée à « la mère du soldat Edmond Popper à New Haven, Connecticut », parvint au domicile des Popper. L'expéditeur en était Joseph Twichell, vingt-quatre ans, natif de Southington Corners, Connecticut, aumônier adjoint de la New York's Excelsior Brigade.

Edmond Popper était mort dans ses bras, et il écrivait à Lizzy Popper pour lui rapporter les dernières paroles de son fils : « Ceux qui ont déclenché cette guerre se sont rendus coupables d'une terrible vilenie, je le sais à présent. Dites à maman que je la verrai dans l'au-delà. » Lizzy était inconsolable, mais les dernières paroles de son fils la réconfortèrent, de même que les renseignements que Twichell lui donnait sur l'emplacement de sa dépouille :

Dans les années à venir, plus d'un cœur de mère se languira d'une parcelle de terre inconnue qui contient les restes de son fils courageux. Mais vous, vous saurez où votre fils est inhumé. Nous avons célébré un bref mais honorable service à la mémoire du soldat Popper, puis nous l'avons enterré dans un champ derrière la ferme de Robert Hatheway qui est située au sud-ouest de Fredericksburg, à environ six kilomètres de Spotsylvania. Il repose à environ quinze perches derrière la grange, à dix ou douze pas à l'est du mur d'angle en pierre.

La mort de deux fils, à six mois de distance, ébranla Charles et Elizabeth Popper. Malheureusement, ils ne purent se consoler l'un l'autre, en raison peut-être de leur désaccord fondamental sur la nécessité de ce que Lizzy Popper appelait « la guerre fratricide de M. Lincoln ». Dans une lettre datée du 3 octobre 1863, écrite sur du papier à lettres portant l'en-tête de l'hôtel Dumont à Manhattan, Charles Popper décrivait le domicile du couple à New Haven comme « une coquille vide que je répugne à regagner pour le moment ». C. Popper demandait à sa femme de lui faire suivre tous les courriers indispensables au bureau new-yorkais de son employeur, la Century Publishing Company. Cette période de séparation dura quatorze mois, au cours desquels Charles Popper entama une liaison avec Mme Vera Daneghy, une cliente à qui il vendait des romans de quatre sous et qui lui donnerait par la suite une fille, Pansy, née en 1870. Des lettres adressées à Lizzy Popper par Vera Daneghy après la mort de Charles Popper suggèrent que ce dernier voyait peu sa fille illégitime, mais déposait de petites sommes à son nom sur un compte secret.

La cinquante-neuvième année d'Elizabeth Popper fut une année de profond désarroi. Au chagrin d'avoir perdu deux fils, et dans une moindre mesure son mari, vint s'ajouter la mystérieuse disparition, au cours de la semaine de Noël 1863, de son plus jeune fils, Willie, âgé de dix-neuf ans. Lizzy se rongea les sangs : elle craignait que son fils survivant n'ait suivi ses frères dans l'armée nordiste et ne périsse comme eux. Isolée et apeurée, elle sombra dans une seconde dépression nerveuse.

Inquiètes de son « état de confusion » et de son « apparence négligée », Martha Weeks et Anna Livermore volèrent au secours de leur sœur. Comme elle l'avait déjà fait auparavant, Martha lui offrit une « cure de repos » à l'Hartford Retreat. Elle commissionna aussi l'artiste bostonien Aldo Galtieri pour qu'il sculpte des bustes commémoratifs d'Edmond et de Levi Popper à partir de daguerréotypes. Anna Livermore vint de Pennsylvanie pour être aux côtés de Lizzy à sa sortie de la maison de repos, et ce fut elle qui fut à l'origine de la brève incursion de sa sœur dans le spiritisme. Comme beaucoup de féministes du XIXe siècle, A. Livermore était à la fois suffragette et adepte du spiritisme. « Le spiritisme et les droits des femmes ont puisé à la même source, note l'auteur Barbara Goldsmith. Pour les femmes – protégées, refoulées, impuissantes –, la frontière entre inspiration divine, courage de ses convictions et spiritisme devint floue. »

Lizzy Popper qui n'avait toujours pas surmonté son deuil ne put résister à la tentation d'entrer en communication avec ses fils « passés de l'autre côté ». Pourrait-elle apprendre où se trouvait la dépouille de Levi ? L'adresse de Willie ? On organisa une séance qui serait dirigée par Theodore W. Cates de Boston, un médium ami de A. Livermore. Un compte rendu de la soirée – sans aucun doute subjectif – fut publié par la suite dans le journal de spiritisme *A Beacon From the Beyond*. L'auteur de l'article n'était autre qu'Anna Livermore.

Par une soirée enneigée de la fin février 1863, écrivait-elle, le révérend Cates et sept autres personnes se réunirent autour de la table de salle à manger des Popper et unirent leurs mains pour former un cercle spirite.

Puis on récita des prières, on entonna des incantations et on posa des questions aux morts. La première réponse parvint sous la forme de notes jouées par un piano inutilisé dans le salon voisin. (Les trois fils de Mme Popper – Edmond, Levi et William – jouaient de cet instrument.) Sur les instructions du révérend Cates, Mme Popper plaça sur ses genoux des vêtements ayant appartenu à ses fils et mit ses doigts sur la planchette du oui-ja. Mettant ses propres doigts à l'autre extrémité de la planchette, le révérend Cates ferma les yeux et demanda d'une voix impérieuse : « Esprit, es-tu là ? » Mme Popper ressentit immédiatement des fourmillements dans les bras et les mains. Des forces magnétiques étaient entrées dans son corps, expliqua M. Cates. Cela eut pour résultat que la planchette se déplaça en glissant d'abord vers la lettre E puis vers la lettre P. « Edmond Popper est-il dans cette pièce ? » s'enquit le révérend Cates. La planchette indiqua le mot « OUI ». M. Cates demanda ensuite à Edmond s'il était accompagné d'autres esprits. La planchette parcourut le oui-ja et s'arrêta au chiffre un. Quand M. Cates demanda au second esprit de décliner son identité, trois personnes dans la pièce – le révérend Cates, Mme Popper et l'auteur de cet article – entendirent des pleurs de bébé. Mme Popper cria : « C'est ma Phoebe ! », la fille qu'elle avait perdue à l'âge de dix jours. M. Cates demanda à l'esprit du bébé s'il avait un message pour sa mère, mais la planchette resta immobile. M. Cates dit alors avoir vu l'ectoplasme d'un nouveau-né s'échapper par une fenêtre. L'enfant était partie, annonça-t-il, mais Edmond Popper était toujours présent.

Par l'intermédiaire de Cates, Lizzy demanda à Edmond s'il était en relation avec l'un ou l'autre de ses frères. La planchette ne bougea pas. Un certain nombre d'autres questions demeurèrent également sans réponse. Puis, écrivait A. Livermore, Cates introduisit un crayon dans un trou en haut de la planchette et plaça une feuille de papier entre la planchette et le oui-ja. Cates demanda si Edmond avait un message dont il souhaitait faire part à sa mère. La planchette se remit à glisser, et le crayon écrivit le message suivant : « Soignelesmaman ». (L'article du *Beacon From Beyond* est illustré d'un dessin de la main de Lizzy Popper et du message présumé.) Selon le compte rendu d'A. Livermore, c'est Lizzy qui décoda le communiqué : elle fixa les arabesques énigmatiques puis s'écria : « Soigne-les, maman ! »

Lorsqu'elle évoquerait cette séance bien des années plus tard, Lizzy Popper exprimerait son scepticisme : elle doutait fort d'être entrée en communication avec ses enfants morts, ce soir-là. Elle n'en prit pas moins à cœur le « message » reçu. Mettant son chagrin de côté, elle écrivit à la directrice des soins infirmiers de l'armée nordiste, Dorothea Dix, qu'elle avait rencontrée quinze ans plus tôt à Seneca Falls. « J'approche de la soixantaine et n'ai pas reçu de formation médicale, mais j'ai une solide constitution et j'apprends aussi vite qu'une autre. Ayant perdu des fils dans cette guerre, j'aimerais venir en aide aux fils des autres mères. »

Janis entra dans la cuisine avec une mine de déterrée.

« Salut. Le café vient d'être fait. Sers-toi. »

Elle hocha la tête. Ses yeux regardèrent une seconde l'histoire de Lizzy ouverte devant moi sur la table de cuisine. Puis elle me tourna le dos et s'affaira : elle se versa du café, prit du lait dans le frigo. « Je suppose que tu as entendu le feu d'artifice hier soir », lança-t-elle.

Joue les idiots, me dis-je. « Le feu d'artifice ?

— Moze et moi. On s'est disputés… Oh, peu importe. » Elle but son café à petites gorgées et soupira. « Si j'ai dormi deux heures la nuit dernière, je dois m'estimer heureuse. Bon Dieu, je n'avais pas besoin de ça. J'étais déjà hyperstressée.

— Par quoi ?

— Mon jury se réunit. Je prends l'avion lundi. Je n'arrête pas de me dire que j'ai bâclé – qu'il aurait fallu travailler plus.

— Je n'y ai vu que du feu. Ça se lit très bien, Janis. »

Elle se dirigea vers le plan de travail et regarda la rangée de grotesques de Velvet. « Mon jury ressemblera probablement à ça quand j'entrerai dans la salle. » Ignorant délibérément mon sourire, elle fourra la main dans sa poche de peignoir et en sortit un paquet de cigarettes. « C'est pas très malin de ma part, hein ? J'arrête de courir et je me mets à fumer. » Elle se retourna vers moi les yeux brillants. « Tu connais la dernière ? Il a changé d'avis. À présent, il veut absolument qu'on fasse un enfant. Drôle de coïncidence, tu ne trouves pas ? Au moment précis où ma carrière pourrait… Quelle connerie, en plus ! Moses n'a pas envie d'avoir un bébé. Il veut juste me rogner les ailes. »

Lui rogner les ailes ? Songeait-elle à s'envoler du nid ?

Il y avait un bon moment que Janis ne me faisait plus tirer la langue. C'était une locataire mignonne, intelligente et un peu névrosée, et j'avais été un pauvre con esseulé et en colère, le soir où je lui avais versé tout ce vin et avais couché avec elle. Mais comme elle l'avait si bien dit : elle avait bu le vin, elle avait couché avec moi aussi. Cette révélation au sujet du bébé était cependant dangereuse. Devenir le confident de Janis serait un autre genre d'intimité et la dernière chose dont j'avais besoin en ce moment, c'était un surcroît de complications. J'allais lancer quelque chose du genre « Ça va s'arranger » ou « C'est une histoire qui ne regarde que vous deux » lorsqu'elle leva la main pour m'arrêter et sortit par la porte de derrière.

Je compatissais. Elle avait vraiment bûché pour tirer l'histoire de Lizzy de l'obscurité, et si sa carrière s'apprêtait à prendre son essor elle l'avait bien mérité. Je la regardai tirer sur sa cigarette, pendant une minute ou deux. Puis je pliai une serviette en papier en guise de marque-page, la mis là où j'en étais de ma lecture, pris le manuscrit et sortis.

« Décale-toi, dis-je.

— Caelum, je préférerais être seule, d'accord ?

— Non. Pousse-toi. » Je m'assis à côté d'elle sur le perron de pierre glacial. « Merci, fis-je.

— De quoi ? »

Je tapotai le manuscrit. « De ça. Ma tante essayait de m'intéresser à toute cette histoire familiale, mais ça ne me branchait pas du tout à l'époque. Puis, après sa mort, quand Maureen et moi sommes revenus ici, la vie est devenue trop compliquée. Sans toi, tout ça dormirait encore dans un classeur de la véranda. Ou aurait peut-être fini à la décharge. Mais tu as sauvé cette histoire et tu en as donné une synthèse. Tu as fait revivre Lizzy pour moi et aussi pour d'autres gens. Je te suis donc reconnaissant de tout le travail que tu as accompli. Merci. »

Elle hocha la tête. Bredouilla un « De rien » presque inaudible.

Des coups de feu éclatèrent dans les bois situés derrière la ferme – trois rafales rapprochées. On était à la mi-novembre, période de chasse, les arbres étaient dépouillés et le sol tapissé de feuilles bruissantes.

« Un type est venu te voir l'autre jour. J'ai oublié de te le dire. »

Blanc-Bec avait téléphoné deux ou trois fois cette semaine au sujet du procès qui approchait. L'avocat des Seaberry l'avait appelé pour avoir des éclaircissements sur des titres de propriété ou un truc dans ce goût-là. J'avais fait exprès de ne pas répondre à ses coups de fil.

« Il t'a donné son nom ou une carte de visite ?

— C'était pas vraiment le genre à avoir des cartes de visite. Il a dit que tu l'avais engagé pour des petits travaux. Il a parlé du pressoir.

— Ah, d'accord. Un vieux type maigre. Il était ivre ?

— Je n'ai pas remarqué. Mais il était nerveux. Qui c'est ?

— Personne. Juste un vieil alcoolo qui effectuait des petits boulots pour ma tante. Il est inoffensif. » Je brandis « Elizabeth Hutchinson Popper : autoportrait épistolaire ». « Écoute, Janis. Tu as des éditeurs intéressés par ce truc, des universités qui te posent des questions. Ton jury ne te donnera pas de fil à retordre.

— Dommage que tu n'en fasses pas partie. Tu en es où ?

— À la mort des fils, la séance de spiritisme. Merde, pas étonnant qu'elle ait sombré dans la déprime. Ses gosses se font tuer dans une guerre à laquelle elle était opposée, son mari la plaque. C'est triste, non ? le fait que Charlie et elle n'aient pas pu pleurer leurs fils ensemble…

— Charlie était un salaud.

— Peut-être. Mais ces morts ont dû lui porter un sale coup aussi.

— Et ça justifie qu'il abandonne le domicile conjugal ? Qu'il fasse un enfant à sa maîtresse ?

— Je n'ai pas dit ça. Je me contente de signaler qu'ils étaient aussi ses fils. Sans compter que vivre avec quelqu'un comme Lizzy ne devait pas être facile.

— Tu sais ce que je trouve déprimant ? Le fait que rien n'ait vraiment changé depuis l'époque de Lizzy.

— Oh, je ne sais pas. Les oui-ja et les calèches sont plutôt passés de mode, non ?

— Allons, Caelum, réfléchis. Nous continuons à réduire les Noirs en esclavage. À mettre des gamins sous l'uniforme et à les envoyer au loin pour tuer ou se faire tuer. Tu sais quel est le "prix du sang", de nos jours ? Je l'ai entendu hier à la radio. Nos armées offrent vingt mille dollars aux nouvelles recrues ! Et qui est sensible à ce genre de pot-de-vin ? Les gosses friqués des banlieues résidentielles ? Non, les pauvres. Les gosses des quartiers défavorisés. Vingt mille dollars pour se faire trouer la peau dans la guerre à la con de Bush et Cheney. C'est révoltant !

— D'accord, les cartes sont encore truquées. Je te l'accorde. Mais "réduire en esclavage" ? Tu y vas un peu fort, non ?

— Tu sais, Caelum, vivre cinq ans à La Nouvelle-Orléans vous ouvre les yeux. On n'épouse pas un Noir sans remarquer la multitude de petites façons que ce pays a de saper sa dignité. Et pas seulement dans le Sud. Tu sais combien de fois Moze s'est fait arrêter et questionner dans un contrôle routier depuis notre arrivée dans l'État démocrate du Connecticut ? Tu sais dans combien de banques il a dû aller avant de se voir accorder un petit prêt pour lancer son affaire ? Quatre. Et tu sais pourquoi la quatrième a dit oui ? Parce que je l'accompagnais. Parce que l'abruti d'employé s'est tout le temps adressé à moi et a traité Moze comme s'il était transparent.

— OK, je t'accorde le racisme institutionnel. Mais ce n'est pas…

— Dis-moi, Caelum. Quand tu rends visite à ta femme, quel est l'élément dominant dans sa prison – comme dans tous les autres établissements pénitentiaires de ce pays, d'ailleurs ? Les peaux claires ou les peaux sombres ?

— Sombres, concédai-je. Il y a huit ou neuf Noires pour une Blanche.

— Et qui écope d'une peine plus longue pour le même crime ? La Blanche ou les neuf Noires qui ne peuvent pas se payer de bons avocats ? »

Elle secoua la tête de dégoût. « Pauvre Lizzy. Elle doit se retourner dans sa tombe. Et Lydia aussi.

— Peut-être bien. Mais si je peux me permettre de te donner un petit conseil amical, quand tu entreras dans la salle pour défendre ton projet, tu ferais mieux de laisser tes flingues à la consigne.

— Qu'est-ce que tu veux dire par là ?

— Ne te mets pas à parler du "prix du sang" ni du fait que les Noirs sont toujours réduits en esclavage. Parce que s'il y a deux ou trois professeurs conservateurs dans la salle et que tu commences à parler comme Al Sharpton[1], ils pourraient s'en offusquer. Et pour le coup les choses pourraient vraiment se retourner contre toi. »

Elle me répondit qu'étant en troisième cycle depuis cinq ans elle connaissait les opinions politiques de chacun et savait naviguer.

« Dans ce cas, tout se passera bien. »

---

1. Pasteur baptiste et militant de la cause noire.

Elle se leva et dit qu'elle ferait mieux de retourner au premier. Mais au lieu d'ouvrir la porte, elle resta plantée là.

« Qu'est-ce qu'il y a ? hasardai-je tout en sachant que c'était une question risquée.

— Je suis tombée enceinte une fois. Moze et moi avions emménagé ensemble depuis peu. Je ne savais pas trop si je voulais un bébé ou pas, mais Moze a été catégorique : il ne voulait pas en entendre parler. J'ai donc avorté. Je craignais qu'il me quitte sinon. »

Je hochai la tête sans rien dire.

« Cet enfant serait à la maternelle aujourd'hui. J'y ai pensé la nuit dernière dans mon lit. Je serais la mère d'un enfant de cinq ans.

— Prends les choses dans l'ordre. Va là-bas et défends ton projet de thèse. Ensuite tu reviendras et vous trouverez une solution tous les deux. »

Après son départ, je m'attardai dehors un moment. Elle avait oublié ses cigarettes et je m'en allumai une. Ça faisait, je crois, dix ans que je n'avais pas fumé.

Pan ! Pan ! Un chevreuil s'était échappé ou avait été abattu…

Je fermai les yeux et les vis tous les deux sur le côté du lycée, armés jusqu'aux dents, visant leurs camarades. *Vas-y ! Vas-y ! C'est super ! C'est ce qu'on veut faire depuis toujours !…* Je vis le corps de Rachel dans l'herbe près du sommet des marches. Revis son cercueil blanc couvert de messages de douleur et d'amour… Rachel, Danny, tous : ils avaient été le bien le plus précieux de leurs parents, tout comme Edmond et Levi l'avaient été pour Lizzy. Comme Morgan Seaberry avait fait la fierté de sa mère.

Rien ne change jamais, avait dit Janis. Mais si. Nous vivions endormis sur la ligne de faille du chaos. Le changement pouvait arriver d'une façon explosive et inattendue. Comment le théoricien du chaos appelait ça, déjà ? Impossible de m'en souvenir. Ça commençait par un « b ».

Je consultai ma montre. Mes dissertes étaient corrigées, mes cours préparés, j'étais douché et habillé. Il me restait une vingtaine de minutes. Pour changer, je pourrais arriver un peu en avance à Oceanside – faire des photocopies, répondre à des e-mails. Ou alors je pourrais…

Mettant son chagrin de côté, elle écrivit à la directrice des soins infirmiers de l'armée nordiste, Dorothea Dix, qu'elle avait rencontrée quinze ans plus tôt à Seneca Falls. « J'approche de la soixantaine et n'ai pas reçu de formation médicale, mais j'ai une solide constitution et j'apprends aussi vite qu'une autre. Ayant perdu des fils dans cette guerre, j'aimerais venir en aide aux fils des autres mères. »

Tandis que Lizzy Popper attendait une réponse de Dorothea Dix, elle reçut, à son grand soulagement, une lettre de son fils Willie qu'elle croyait mort. Ses craintes s'avéraient non fondées. Durant la seconde moitié de 1863, Willie Popper avait travaillé comme docker sous la direction de son oncle, Nathanael Weeks, capitaine du port de New Haven. Fluet, Willie détestait son travail et avait peur des autres ouvriers portuaires : « Des Irlandais grossiers, écrirait-il par la suite à sa mère, dont le grand amusement est de se moquer de mon petit gabarit, de mes petites mains et de mon absence de poils au menton. » C'est cependant au port que Willie fut séduit par ce qu'il appelait le « chant des sirènes » : des affiches et des prospectus vantant les mélodrames de Broadway et les spectacles de minstrels, à une courte distance en ferry.

Par un après-midi de décembre, il se glissa à bord d'un transbordeur, traversa Long Island Sound et débarqua à Manhattan. Il ne reverrait jamais sa mère.

Willie écrivait que, malgré le chagrin qu'il continuait à éprouver pour la mort de ses frères, il n'avait jamais été aussi heureux de sa vie.

Vous qui vous évertuez à libérer les esclaves comprendrez, je l'espère, que ma vie à New Haven était un esclavage. Quand je suis monté à bord du ferry qui m'a emmené à New York, c'était comme si j'échappais à mes fers! Oubliez votre deuil et votre résistance quaker au théâtre, mère. Venez voir mon spectacle!

Rien n'indique que Lizzy y soit allée, mais son mari, qui s'était alors retranché à l'hôtel DuMont de Manhattan, assista à un spectacle des Calhoun's Mississippi Minstrels. Charlie Popper renia sur-le-champ son dernier fils.

En mars 1863, Lizzy Popper reçut par télégramme une réponse succincte de Dorothea Dix, directrice des infirmières de l'armée nordiste : « Vous ferez l'affaire. Venez dès que possible. »

Je rentrai, donnai à manger à la chatte, préparai mon attaché-case pour la journée de cours qui m'attendait. Le mot que je cherchais me revint en sortant de la maison : bifurcation. Je consultai ma montre, jetai un coup d'œil à l'ordinateur. Il était en veille : j'avais oublié de l'éteindre la veille au soir. Je m'assis. Tapai *théorie du chaos bifurcation* sur Google.

Et, bon sang de bonsoir, devinez quelle fut la première réponse qui jaillit du cyberespace? Un article de Mickey Schmidt, mon pote de l'avion. Je l'avais appelé, ivre mort, le 31 décembre 1999 à minuit, au moment où les plaques tectoniques nous faisaient basculer dans un nouveau siècle. « *Bien sûr que vous vous souvenez de moi*, avais-je insisté. *Vous avez dit que vous écriviez un livre sur le jeu. Vous m'avez demandé de vous tenir la main pendant le décollage parce que vous aviez peur de prendre l'avion. – Et c'est ce que vous avez fait ? Non. Vous n'avez même pas été fichu de me rendre ce petit service…* »

« *Pourquoi tu ne me rends jamais mes câlins ?* » voulait savoir celle qui n'était pas vraiment ma mère. Celle qu'on faisait passer pour telle…

« Castration affective », avait gravé Francesca sur mon écran d'ordinateur, le jour où elle m'avait quitté. L'épouse numéro deux : elle se plaignait de la même chose que la numéro un et la numéro trois. Je revis Maureen dans notre salon du Colorado, notre signal, la bougie allumée qui tremblait entre nous. *Viens en haut. Sois avec moi. Aime-moi.* Mais je m'étais refusé, comme d'habitude, et à présent me refuser faisait partie du règlement : une brève étreinte au-dessus d'une table, une bise sur la joue, interdit de se tenir par la main. Des gardiens et des caméras de surveillance nous observaient…

Je cliquai. Fis défiler le texte. Voici ce que disait Mickey Schmidt : « Il se produit une bifurcation quand l'environnement d'un système potentiellement chaotique est déstabilisé par une accumulation de pression ou un dérèglement déclencheur, une perturbation explosive ou catastrophique. Dans le dernier cas, un attracteur dessine les trajectoires de la perturbation et, au point de transition, le système bifurque et se propulse vers un nouvel ordre qui s'auto-organise ou sinon se désintègre. »

Je songeai à tout ça en me rendant à Oceanside. Les panneaux sur les pelouses ou les autocollants – « Soutenons nos troupes », « Dormez bien cette nuit : nos marines vous protègent », « Armes de destruction massive = MENSONGE », « À bas Bush » – témoignaient de notre profonde division, de notre *bifurcation* depuis le 11-Septembre… Que ce soit « la guerre à la con de Bush et Cheney », « la guerre fratricide de M. Lincoln » ou la guerre de revanche contre leurs pairs d'Eric et Dylan : la guerre engendrait le chaos et modifiait tout. Je songeai au brigadier Kendricks, de mon cours sur la quête en littérature : qui était Kareem Kendricks, avant d'aller combattre l'insurrection et de perdre une main ?… Je songeai à la façon dont le chaos s'était abattu sur les familles de Columbine. Elles avaient envoyé leurs gosses au lycée ce matin-là, avec l'illusion que l'école est un endroit sûr… Songeai à Charlie et Lizzy – comment la guerre avait pratiquement signé l'arrêt de mort de leur mariage, comment les vies de leurs enfants avaient bifurqué. Levi et Edmond étaient partis à la guerre pour mettre fin à l'esclavage, et ce faisant avaient perdu la vie. Leur frère, mon arrière-arrière-grand-père, était monté sur les planches à Broadway pour renforcer les pires préjugés racistes et en avait été félicité et récompensé. Mais l'histoire de Willy ne se résumait pas à ça. Forcément. Parce que, comme Janis l'avait dit, j'étais là, n'est-ce pas ?

Perturbation, chaos, bifurcation : c'était exactement ce que décrivait Mickey Schmidt : une explosion – locale comme un coup de feu, mondiale comme la guerre – pouvait tout chambarder dans une direction opposée, créer un embranchement. Une voie conduirait à la désintégration, l'autre à un monde réorganisé.

Janis avait donc peut-être raison, le jour où nous étions allés à l'Arc commémoratif dont Lizzy et sa petite-fille Lydia avaient vu l'inauguration. Peut-être que mes ancêtres pouvaient bel et bien m'apprendre quelque chose…

Mais je ferais mieux de mettre tout ça de côté pour l'instant, car ma mission aujourd'hui était d'essayer de convaincre dix-sept étudiants sceptiques que le mythe ancien de Thésée et du Minotaure avait un rapport avec leur vie. Bonne chance, Quirk. Tous mes vœux t'accompagnent dans cette mission impossible.

29

Ordre $\Rightarrow$ Dérèglement déclencheur
$\Rightarrow$ CHAOS $\Rightarrow$ Ordre restauré

Rebouchant le feutre que j'avais utilisé pour écrire l'équation du mythe au tableau, je me retournai vers eux. « Donc à la fin de l'histoire, Thésée a tué le Minotaure, l'a offert en sacrifice aux dieux, et s'est échappé du Labyrinthe. L'ordre est restauré à Athènes jusqu'à la prochaine intervention des dieux. Mais revenons en arrière, d'accord ? Quel est selon vous le « dérèglement déclencheur » dans cette histoire – la chose qui est à l'origine de l'existence du Minotaure ?

Hipolito ne cessait de taper du pied en signe d'ennui. Devin sommeillait sous la visière de sa casquette de base-ball. Kahlúa croyait à tort que je ne remarquais pas qu'elle envoyait des SMS. Mes yeux passèrent de ses doigts qui couraient sur le clavier au brigadier Kendricks. Comme d'habitude, il était vêtu d'un treillis de camouflage beige. Comme d'habitude, il était assis au fond, à l'écart des autres. Il clignait nerveusement des paupières. Il avait les mains sur sa table, les doigts valides joints à ceux de sa prothèse.

« Le dérèglement déclencheur ? répétai-je. La perturbation qui a tout déséquilibré ? »

J'attendis leur réponse. Ils attendaient la mienne.

« Kahlúa ? Qu'en pensez-vous ? » Prise en flagrant délit, elle laissa tomber son portable dans son sac orange surdimensionné et haussa les épaules d'un air coupable.

« Quelqu'un d'autre ? »

Personne d'autre. Bon, d'accord, ce silence embarrassé leur appartenait. Je ne dirais rien.

Marisol leva une main hésitante. Pauvre et gentille Mari : c'était l'étudiante la plus coopérative, mais aussi la moins susceptible de donner la bonne réponse. « Est-ce que c'était quand le monstre dévorait tous les sacrifices humains ? »

J'examinai les visages perplexes des autres. « Mari propose que le dérèglement déclencheur est le Minotaure qui dévore chaque année sept jeunes gens et sept jeunes filles. D'accord ? Pas d'accord ? »

Les yeux d'Ibrahim se posèrent sur le tableau puis sur moi. Il secoua la tête. « C'est un résultat, pas une cause.

— Ouais, mec, renchérit Manny. C'est comme dire que les soldats tués qui reviennent dans des *body bags* sont à l'origine de la guerre en Irak. »

À ce mot, je regardai malgré moi le brigadier Kendricks au fond de la classe. Quelques étudiants se retournèrent aussi. Jusqu'à cette minute le brigadier Kendricks nous avait gratifiés d'un matin relativement calme, mais nos regards le mirent en branle. Tout avait commencé trois ou quatre cours plus tôt : il s'était mis à arpenter la classe et à changer de place. Des étudiants s'étaient plaints : une conversation chuchotée après le cours avec Daisy et Marisol. « Il nous fout un peu la pétoche, avait dit Marisol. C'est dur de se concentrer. » J'avais promis à contrecœur de lui parler sans mentionner leur nom.

Je lui en avais touché un mot dans le couloir avant le cours suivant. Le brigadier Kendricks s'était défendu.

Comment, d'après moi, avait-il survécu à tous ces combats au cours de ses trois séjours en Irak ? En s'arrangeant pour être une cible difficile à atteindre, tout simplement. J'avais eu envie de lui faire constater une évidence : personne en cours ne lui tirait dessus. Au lieu de ça, j'avais suggéré de consacrer quelques minutes en début de cours à ses expériences là-bas – pour que les autres comprennent mieux son agitation. Il avait été catégorique : est-ce que je voulais qu'il abandonne le cours ? Qu'est-ce que j'essayais de dire ? Non, non, pas du tout, lui avais-je affirmé. J'avais jeté l'éponge, l'avais laissé déambuler à sa guise même s'il nous gênait tous. Après tout, quelle importance s'il tournait en rond ? Ça ne faisait de mal à personne.

« OK. Bien vu, les gars, dis-je à Manny et Ibrahim. Mais si nous écartons le sacrifice de la jeunesse athénienne au Minotaure, quel a été le dérèglement déclencheur ?

— Quand la reine a fait ça avec le taureau blanc ? suggéra Hipolito.

— Berk ! s'exclama Ashleigh. Elle a couché avec un taureau ?

— Ouais, t'as pas dû aller loin dans la lecture, railla Ozzie.

— La ferme, Oswaldo. J'ai dû faire un double service hier, d'accord ?

— Bon, ne nous égarons pas, dis-je. Revenons-en au début. Le roi Minos demande aux dieux de lui faire un cadeau signifiant qu'il est le fils préféré. Poséidon s'exécute et le spectaculaire taureau blanc jaillit de la mer. Mais, comme dit le proverbe : Tourne trois fois ta langue dans ta bouche avant d'émettre un vœu. L'épouse de Minos, Pasiphaé, s'amourache du taureau au point de mourir de désir pour lui. Pourquoi ?

— Pour la même raison qui fait que les dames peuvent pas me résister, lança Ozzie. C'était un trop beau spécimen, comme moi.

— Pfff, répliqua Ashleigh. Ton miroir doit être fêlé.

— Parce que Poséidon lui avait jeté un sort, proposa Daisy. Chaque fois qu'elle regardait le taureau blanc, elle…

— Mouillait sa culotte », souffla Ozzie. Les garçons qui se trouvaient près de lui sourirent jusqu'aux oreilles. Devin émergea de dessous sa casquette de base-ball.

« Daisy a raison, fis-je. Mais pourquoi Poséidon lui a-t-il jeté un sort ?

— Pour embêter son mari, le roi Midas ou je ne sais qui, dit Hipolito.

— C'est Minos et non Midas – qui est un tout autre mythe. Mais, oui. Poséidon voulait humilier Minos, en poussant Pasiphaé à le cocufier avec le taureau blanc. Pourquoi ?

— C'est quoi, cocufier ? » demanda Hipolito. Le brigadier Kendricks gloussa au fond de la classe.

« Quand une femme trompe son mari », répondit quelqu'un.

Je revis Paul Hay sur son toit. Revis la clé anglaise…

« Parce que Minos était censé tuer ce taureau, dit Marisol. Le sacrifier ou je ne sais quoi.

— Montrer du respect à Poséidon, renchérit Hip. Sauf qu'il l'a pas fait. »

J'acquiesçai de la tête. « Pourquoi ça ?

— Le "dérèglement déclencheur" a été l'orgueil de Minos. Il ne s'est pas humilié devant la puissance supérieure. » Je ne m'aperçus pas tout de suite que c'était le brigadier Kendricks qui avait parlé. Puis je le vis se balancer au fond, très engagé dans la discussion. C'était la troisième semaine après le mi-semestre et la première fois qu'il prenait la parole en classe.

« M. Kendricks a raison ! m'exclamai-je avec un peu plus d'enthousiasme que voulu. Minos était si fier de son magnifique taureau qu'il n'a pas pu se résoudre à le tuer pour montrer sa gratitude. Poséidon répond donc à son arrogance en affligeant la reine d'une sorte de folie sexuelle. Elle se rend coupable de bestialité et donne naissance à un monstre, mi-homme, mi-bête, qui doit être emprisonné dans le Labyrinthe et qui ne peut être apaisé que par le massacre d'innocents... par le massacre de... et, euh... et... »

Ils étaient là au fond de la classe, à la place de Kendricks. Eric et Dylan, prêts à passer à l'action et me regardant avec un petit sourire satisfait. Une vague de nausée me submergea. Je trébuchai, me raccrochai au bord de mon bureau. « Excusez-moi », fis-je.

Je sortis dans le couloir vide, m'accroupis, baissai la tête et respirai à fond. J'étais trempé de sueur.

« Ça va, monsieur Quirk ? » Je tournai la tête et vis les yeux sombres et inquiets d'Ibrahim.

« Oui, oui, je vais bien. J'ai eu un petit vertige, c'est tout. » Il me suivit dans la salle de classe. « Bon, dis-je. Désolé. Où en étions-nous ? » Je m'assis à mon bureau. Gardai les mains sur les genoux pour qu'ils ne s'aperçoivent pas qu'elles tremblaient.

Ce fut Manny qui nous ramena à nos moutons. « Monsieur Quirk, est-ce que l'orgueil n'est pas, comment ça s'appelle, déjà ? Un des sept péchés capitaux ? On vient d'en parler à mon cours d'éthique. »

Ils me regardaient, attendaient ; leurs visages étaient l'image même de l'innocence.

« Les, euh... sept péchés capitaux sont une idée chrétienne. Mais les Grecs de l'Antiquité ont certainement dû exercer une influence sur le système de valeurs chrétien. Leurs philosophes et leurs conteurs... »

Étaient-ils partis ? Étions-nous de nouveau en sécurité ?

« Excusez-moi, fis-je. J'ai perdu le fil. J'en étais où ?

— Aux philosophes.

— Ah oui. Eh bien, je pense… je pense qu'on peut arguer à juste titre que les philosophes et les conteurs grecs ont jeté les fondements de l'éthique dans la culture occidentale. Car toutes ces vieilles histoires ne sont-elles pas au fond des leçons sur la façon d'assumer la condition humaine ? Sur la façon dont nous devrions ou ne devrions pas vivre nos vies dans une société civilisée ? »

Quelqu'un voulut savoir quels étaient les autres péchés mortels.

« La gourmandise en est un, je me rappelle, dit Manny. Et la paresse. »

Tunisia, fille de pasteur, ajouta : « L'avarice. La colère. La luxure.

— Lâcher des vents en public, plaisanta Ozzie. Utiliser son portable au volant. »

Tout le monde rit, sauf le brigadier Kendricks qui prit la parole pour la seconde fois du semestre. « Les sept péchés capitaux sont l'orgueil, l'envie, la colère, la paresse, l'avarice, la gourmandise et la luxure. » Il s'était remis à faire les cent pas en regardant dans le vide. « Et les sept vertus qui leur correspondent sont l'humilité, la gentillesse, la patience, la diligence, la générosité, l'abstinence et la chasteté.

— La chasteté ? lança Ozzie. Qu'est-ce qu'il y a de drôle à ça, mec ? »

Le brigadier Kendricks s'arrêta net et s'adressa directement à lui. « On est en cours, pas dans un cabaret. Un peu de respect, s'il te plaît. »

Sa réprimande donna lieu à un silence embarrassé. Ils baissèrent les yeux, remuèrent sur leur chaise. Dépité, Ozzie riposta : « Hé, GI Joe, calmos, man.

— Man ? répliqua Kendricks aussi sec. Est-ce que tu sais seulement ce que ça signifie d'être un homme ? »

Avant que j'aie pu trouver les mots pour éteindre ce petit feu de broussailles, Devin ouvrit la bouche et attisa les flammes. « Ouh là, Oz, il t'a mouché grave, mec.

— Ouais, mec, fit Ozzie. Prêtons tous main-forte au GI Joe. Pasqu'il en a grand besoin, voyez-vous. »

Tous les regards, y compris le mien, malheureusement, se posèrent sur la prothèse du brigadier Kendricks. « OK, arrêtez votre char, dis-je en élevant la voix. On est à l'université, rappelez-vous. Gardez vos âneries pour la cour de récréation. »

Ozzie dissimula son sourire derrière sa main. Kendricks s'effondra sur sa chaise. Il respirait bruyamment, les narines dilatées.

Dieu merci, il était presque temps de conclure, de toute façon. Je leur rappelai de vérifier leur programme pour le prochain travail à me rendre et leur dis qu'ils pouvaient partir. « Passez à mon bureau si vous avez des questions. » Le brigadier se rua sur la porte.

« C'était une vanne de très mauvais goût, lançai-je à Ozzie quand il passa devant moi pour sortir.

— N'importe quoi, l'autre, dit-il sans me regarder ni s'arrêter.

— Une autre remarque de ce genre et je vous vire.

— N'importe quoi, l'autre », répéta-t-il. Sa dégaine était un peu plus suffisante que d'habitude, un peu plus macho pour sauver la face. Dans le couloir, ses potes l'accueillirent avec des cris et des tapes amicales paume contre paume. « Connard, marmonnai-je. Bande de petits connards… »

Je regardai l'endroit où j'avais vu les fantômes, au fond de la salle. Pourquoi, comme par enchantement, en plein cours… Mais ne nous avaient-ils pas menacés de ça, dans les vidéos du sous-sol qu'ils avaient laissées à la postérité ? N'avaient-ils pas prévenu qu'ils reviendraient nous hanter ?

À l'heure du déjeuner, je fis de mon mieux pour filtrer les spams verbaux de la salle des profs : Maggie Bass et sa quête pour trouver sa robe de mère de la mariée ; le déplacement du parking des profs du côté est au côté ouest du campus allait pourrir la vie de tout le monde… En quatre ans à Oceanside, je n'avais pas noué de vraies amitiés. Vacataire un jour, vacataire toujours. Sans compter le facteur notoriété, j'imagine : c'est le mari de la femme qui… Mais à vrai dire, je n'avais fait aucun effort pour me lier. Il n'y avait donc personne à qui parler après ce cours perturbant – personne à qui demander conseil au sujet de la conduite dérangeante de Kendricks en cours et de l'intolérance des autres à son égard. À moins d'appeler le service d'aide psychologique de l'université. Quelqu'un pourrait le convoquer et lui parler. S'il souffrait bel et bien de SSPT, Kendricks le niait à ses risques et périls. Il avait besoin d'un traitement. De médicaments peut-être – quelque chose pour calmer son agitation… mais, minute papillon, est-ce que ça me regardait vraiment ? Il y avait des limites, des bornes à ne pas dépasser. Je n'étais que son prof de littérature. De toute façon, dans trois semaines, le semestre serait fini. J'étais le seul à le voir faire son cirque au fond de la salle. Si ça ne plaisait pas aux autres, ils n'avaient qu'à l'ignorer et regarder devant eux.

Je terminai mon déjeuner en silence hormis quelques plaisanteries machinales, puis me dirigeai vers la salle du photocopieur. Wendy Woodka, qui me précédait de trois places dans la queue, avait tout un classeur de matériel à photocopier en trente exemplaires chacun. Il y eut du bourrage et il fallut remettre du toner. Ce qui aurait dû demander cinq minutes me prit un quart d'heure, si bien que je fus en retard à mon bureau. Ça n'avait pas grande importance. Personne ne passait me voir d'habitude.

Pas cette fois-là. De l'autre bout du couloir, je vis sa silhouette se découper sur la fenêtre de l'escalier. Il faisait les cent pas, consultait sa montre, son portable. « Kareem ? »

Il pivota si brusquement sur ses talons que j'eus un mouvement de recul. Surprendre quelqu'un comme ça en Irak devait revenir à signer son arrêt de mort, me dis-je.

« Désolé de vous avoir fait attendre. » Je me débattis avec mon porte-clés. « C'est la panique au photocopieur. Vous êtes là depuis longtemps ? »

Au lieu de répondre à ma question, il m'informa qu'il devait être à New London à seize heures pour un rendez-vous. Il était treize heures dix. New London n'était qu'à vingt minutes. Je ne voyais pas où était le problème.

J'ouvris la porte et lui désignai la chaise pivotante face à mon bureau. « Asseyez-vous, dis-je. Vous êtes venu me parler du prochain travail ? »

Il fit non de la tête. S'assit. Je m'assis. Il ne me regardait pas. Ne parlait pas.

« J'ai été content de vous voir participer au cours aujourd'hui. J'espère que vous allez continuer. Vous avez beaucoup à offrir. »

Il hocha la tête. Il ne me regardait toujours pas.

« Pour ce qui est de la vanne d'Ozzie, je lui ai parlé après le cours. C'était sans doute plus pour sauver la face que de la malveillance. Essayez d'oublier, d'accord ? »

Il sourit. Pivota sur sa chaise. « Ils sont tous si jeunes, hein ? Sur le plan de la maturité, je veux dire. On est allés au même lycée, Ozzie et moi. Vous ne le croirez peut-être pas, mais il a un an de plus que moi.

— Je suppose qu'Ozzie n'a pas autant roulé sa bosse que vous. L'armée vous fait grandir à toute allure, j'imagine. Surtout en temps de guerre. »

Il ne s'adressa pas à moi mais au philodendron qui se trouvait sur mon classeur. « Le week-end dernier, je suis descendu à Pittsburgh pour aller voir mon père et celle avec qui il vit "à la colle" – la femme qu'il a rencontrée sur Internet et pour laquelle il a quitté ma mère. Il n'a pas pris la peine de venir me voir quand j'étais à l'hosto, à Walter Reed, mais il avait acheté des billets pour le match des Steelers, dimanche, en croyant que ça arrangerait tout. J'étais censé rester le week-end et repartir lundi. Mais je me suis cassé dimanche matin pendant qu'ils dormaient encore. J'ai pas pu faire autrement. J'ai pas pu le supporter.

— Pas pu supporter quoi ?

— D'abord, je ne pardonne pas l'adultère. Pour ce qui est des semaines que j'ai passées à Walter Reed, il a dit qu'il n'avait pas pu se libérer – OK, j'accepte, je comprends. N'empêche, il aurait pu me téléphoner de temps à autre au lieu que ce soit toujours moi qui l'appelle. Mais vous savez ce qui m'a vraiment pris la tête quand je suis descendu à Pittsburgh ? Ç'a été de voir combien il avait l'air jeune. Il n'arrêtait pas de me demander des trucs du genre : qu'est-ce que je pensais de la musique de Kanye West ? Est-ce que d'après moi il devait garder Kevin Garnett dans sa ligue de basket virtuelle ou l'échanger – il n'était pas seulement dans une ligue, il en était le *directeur* ? Comme si c'était une marque de distinction d'être directeur d'un faux-semblant. J'avais envie de le claquer contre le mur avec ma main valide, comme il le faisait avant avec moi, et de lui hurler à la figure : "Stop ! Arrête de te comporter comme un ado !"… Mais je l'ai pas fait. J'en mourais d'envie, mais j'ai pas pu. "Honore ton père", vous voyez ce que je veux dire ? Alors j'ai attrapé mes clés de voiture et je me suis barré. Ça me saoulait, voyez-vous ? Vous vous en tirez plus ou moins vivant, vous passez six semaines à l'hôpital à attendre que votre père vous rende visite, et quand vous finissez par le voir, il est plus jeune que vous. »

Je cherchai quelque chose d'utile à dire, mais tout ce que je pus trouver fut une question. « Vous êtes resté là-bas combien de temps ?

— Trente-six mois en tout. Je suis rentré pour Noël 2005. C'était supposé être une permission de huit semaines, mais on nous a rappelés douze jours plus tôt. Ordre de Rumsfeld. On s'était surnommés "les pantins de Rummie".

— Chaque fois qu'on allume la télé, quelqu'un qui n'est jamais allé là-bas donne son opinion sur Opération libération de l'Irak. Se retirer ? Rester ? Je suis curieux, Kareem : quelles sont vos idées politiques ?

— Mes idées *politiques* ? » Il me décocha un bref coup d'œil, puis détourna à nouveau le regard. « J'ai voté pour W, si c'est ce que vous voulez dire. Les deux fois. Pas question que je vote pour Kerry.

— Vous croyez que le jeu en vaut la chandelle ? Que nous sommes là-bas pour de bonnes raisons ? »

Il haussa les épaules. « La politique est un luxe qu'on ne peut pas vraiment se permettre une fois sur place. On se contente de se lever, de faire le boulot et de se farcir les emmerdes. »

Il leva sa prothèse et en actionna le poignet. Un léger ronronnement mécanique accompagna le mouvement. « J'étais un "sous-fifre à un chiffre" quand le drame est arrivé. C'est comme ça qu'on vous appelle quand il vous reste moins de dix jours avant la quille. Il ne me restait plus que soixante-douze heures à tirer quand on s'est fait dégommer. Moi et mon pote Kelsey, un gars de Caroline du Nord. »

Je lui demandai ce qui s'était passé.

« On patrouillait ensemble en Humvee, Kelsey et moi. Et Kelsey me dit : "C'est quoi là-bas ?" et je lui dis : "De quoi tu veux parler ? Des mitrailleurs arrière sur le pont ?" et Kelsey me fait : "Non, non, pas eux, ce truc noir." Et moi je fais : "Quel truc noir ?" parce que je n'avais pas vu de truc noir, d'accord ? Je me souviens de rien d'autre.

« Après l'explosion, ils ont dit que j'ai marché d'un air hébété – je pissais le sang, un vrai geyser – et que j'essayais de ramasser les morceaux de mon pote avec ma main qui n'existait plus. J'ai essuyé des tirs de snipers – deux Ali Baba me tiraient dessus depuis un toit. Ils essaiaient de finir le boulot, je suppose. Les mitrailleurs arrière qui nous couvraient en ont eu un, à ce qu'on m'a dit, mais l'autre s'est échappé. Je me rappelle rien.

« On m'a évacué par hélicoptère et transporté à l'hôpital au nord de Bagdad. Une fois mon état stabilisé, on m'a envoyé en Allemagne. J'y suis resté dix jours. Puis on m'a rapatrié. J'ai passé six semaines à l'hôpital Walter Reed. Ma femme et ma mère sont venues me voir deux ou trois fois. Et aussi la famille de Kelsey – sa mère, son père et sa sœur. Ce qui était plutôt chouette de leur part, j'ai trouvé. Vous perdez votre fils, votre frère, et puis vous vous tapez tous ces kilomètres pour réconforter le gars qui était assis à côté de lui et qui lui a survécu. »

Je lui demandai quand il avait enfin retrouvé sa famille.

« En mai. Fin mai. Ils avaient organisé une fête en mon honneur – la famille du côté de ma mère. Ça se passait chez ma tante et mon oncle. Vous savez, ces panneaux "Soutenons nos troupes "? Ils en avaient planté partout sur leur pelouse avec des ballons. Il y avait peut-être soixante, soixante-dix personnes à cette fête. Des amis, de la famille, des cousins de Floride que je n'avais pas vus depuis des années. Ma tante avait fait un énorme gâteau, je ne sais pas comment elle s'était débrouillée, mais il y avait une grande photo de moi en uniforme dessus. C'était comestible. Ma fille Keesha était sur mes genoux en train de manger sa part et elle dit comme ça : "Regarde, papa, je mange ta figure." Tout le monde a trouvé ça drôle. Tout le monde dans cette pièce bondée riait, sauf moi. Parce que lorsque la famille de Kelsey était venue me voir à l'hôpital; son père m'avait raconté, quand il n'y avait plus eu que nous deux dans ma chambre, que la bombe avait explosé à la figure de Kelsey. Je n'ai donc pas trouvé la remarque de Keesha drôle. Je suis devenu fou furieux et je l'ai poussée. Violemment, qu'ils ont dit. Elle est tombée tête la première, a lâché sa part de gâteau et s'est mise à pleurer. C'est moche, vous savez ? De péter les plombs comme ça avec sa gamine. Devant sa famille... Le problème, c'est qu'on se retrouve dans des situations pas possibles là-bas. On échange des coups de feu avec quatre ou cinq hadjis, par exemple, et quand on les poursuit, ils se réfugient dans des maisons, des immeubles d'habitation. Et il y a des *gosses* qui vivent à l'intérieur. Mais c'est de l'autodéfense. On voit quelqu'un balancer une grenade, on doit tirer, qu'il y ait des gosses ou pas entre les deux. »

Je songeai à ce que Lolly m'avait dit de mon père – après son retour de Corée, il préférait boire comme un trou plutôt que d'en parler. En parler, vider son sac était plus sain, non ? Le seul truc qui m'intriguait, c'était pourquoi le brigadier Kendricks m'avait choisi comme confident.

« Je… je pensais au texte que vous avez écrit, il y a un certain temps – celui dans lequel vous disiez qu'après l'Irak vous avez eu l'impression d'être Sisyphe poussant chaque jour un lourd rocher au sommet d'une colline. » Il opina du bonnet. « Comment ça va ? Les choses s'améliorent, de ce côté-là ? »

Il se raidit. Me regarda pour la première fois dans les yeux depuis le début de notre entretien. « Pourquoi vous me posez la question ?

— Oh, dans votre texte, vous étiez en train de lire une histoire à votre fille et soudain, vous avez eu… qu'est-ce que c'était, déjà ? Un flash-back ? »

Il me fixa du regard sans répondre, tout en faisant pivoter son siège.

Je dis la première chose qui me vint à l'esprit : « Comment ça marche, ce truc à propos ? » fis-je en indiquant sa main artificielle.

Il tendit le bras de sorte que sa main se trouva à mi-chemin entre nous deux, à une quinzaine de centimètres au-dessus de mon bureau. « Avec des piles. »

La main s'ouvrit et se referma, s'ouvrit et se referma.

« Il y a dans les doigts des capteurs qui lisent les impulsions électriques dans mes muscles et mes nerfs.

— Sans blague. Et vous étiez – vous *êtes* gaucher ou droitier ?

— Gaucher.

— C'est au moins une consolation, hein ? La réadaptation est moins difficile. »

Il ouvrit la main, la ferma, l'ouvrit, la ferma, l'ouvrit, la ferma.

Qui était le plus gêné, lui ou moi ? « Ce, euh… ce type que je connaissais, fis-je. Avec qui j'ai grandi. Il est devenu schizophrène à l'université. En première année, si je me souviens bien. Il a effectué des séjours réguliers à l'HP pendant la plus grande partie de sa vie adulte. Puis, quand Saddam a envahi le Koweït – c'était quand, déjà ? En 1990 ? –, le gars entre dans la bibliothèque de Three Rivers, s'assoit et se coupe une main. C'était censé être une sorte de sacrifice fou contre la guerre, j'imagine. Et après ça ? Je le voyais parfois avec son frère. C'étaient des jumeaux. Je les voyais à l'épicerie ou au Friendly's. Son frère et moi, on faisait de la course à pied au lycée mais je les connaissais tous les deux. C'étaient des jumeaux. Je l'ai déjà dit ?... Bref, ce gars – il n'avait plus qu'un moignon. Rien de sophistiqué comme vous. Je veux dire, des capteurs dans les doigts : waouh… Triste histoire pourtant, ce type. Il s'est noyé. Suicide, je suppose. Le journal n'a pas dit ça exactement, mais c'est ce que les gens racontaient aux obsèques.

— Et vous me racontez tout ça parce que vous me croyez dingue aussi ?

— Oh mon Dieu, pas du tout, Kareem. Loin de moi cette idée – non, non. Rien de tel. »

Il me demanda tout à trac si je savais quels étaient les sept actes de charité chrétienne.

« Les sept… ?

— Actes de charité chrétienne. Il y a les sept péchés capitaux, les sept vertus qui leur correspondent et les sept actes de charité chrétienne. »

Qu'est-ce qui se passait ? Pourquoi il était là ? Je secouai la tête. « Je ne les connais pas, non.

— Je n'en suis pas surpris. Je suppose que vous êtes comme la plupart des profs.

— C'est-à-dire ?

— Vous n'êtes pas croyant, hein ? Trop éduqué pour vous humilier devant une puissance supérieure ? »

Ce que je crois ou ne crois pas ne vous regarde pas, avais-je envie de dire. Au lieu de ça, je débitai des conneries comme quoi j'avais pour politique de ne pas discuter mes croyances personnelles avec mes étudiants. Pour enfoncer le clou et un peu par facétie, je suppose, je dessinai un point d'interrogation en l'air avec mon index.

Nous nous dévisageâmes pendant cinq ou six secondes. Puis le brigadier Kendricks ferma les yeux et récita lentement en articulant bien chaque mot. « Donner à manger à ceux qui ont faim… à boire à ceux qui ont soif… Vêtir ceux qui sont nus… Recueillir l'étranger… Rendre visite aux malades… Enterrer les morts… Prodiguer des soins aux prisonniers. » Il rouvrit soudain les yeux. « À propos, comment va votre femme ? »

J'eus un léger mouvement de recul. Me raccrochai au bord de mon bureau. « Ma femme ?

— Le jour où vous nous avez dit qu'elle était en prison, j'ai cherché sur Internet. Elle a écopé de cinq ans pour avoir tué un garçon. Pour homicide involontaire.

— Au volant. Elle va bien, merci. Comment va la vôtre ? »

Il cligna des paupières. Eut un sourire bizarre. « Je ne pourrais pas vous le dire, car elle a obtenu une injonction contre moi. Ce qui montre à quel point le système judiciaire de ce pays est tordu. C'est elle qui enfreint le neuvième commandement, mais c'est à moi que le tribunal enjoint de rester à l'écart du domicile conjugal.

— Je suis désolé. » Et je l'étais vraiment, mais j'en avais aussi marre de cette conversation. J'empilai des dissertations déjà empilées. Regardai l'horloge. « Vous avez rendez-vous à quatre heures, hein ? Je pense que nous ferions mieux de…

— C'est pour protéger ce système de valeurs que j'ai risqué ma peau ? Pour qu'une juge qui ne connaît rien à rien prenne les mensonges d'une autre femme pour parole d'évangile ? Pour qu'elle dise à un père qui a servi son pays de son mieux qu'il n'a le droit de voir son enfant qu'une heure deux fois par semaine ? Sous la supervision d'une assistante *sociale* ? »

Il se leva, mais au lieu de se diriger vers la porte il s'approcha de ma bibliothèque. Il me tournait le dos. Je sentis la sueur dégouliner de mes aisselles. Procède avec prudence, me dis-je.

« Vous savez, ne vous vexez pas. Je ne prétends absolument pas que vous êtes… mais est-ce que vous recevez la moindre aide psychologique ? Parce qu'après toutes les épreuves que vous avez traversées ça vous ferait peut-être du bien de parler à quelqu'un qui puisse vous aider à surmonter les moments difficiles. À affronter… votre situation familiale. Quelqu'un qui travaille avec les vétérans sur ce genre de… »

Il me fit brusquement face. Il avait le regard fou. « Je ne suis *pas* un vétéran. Je suis en service actif.

— Euh, d'accord, bien sûr. Tout ce que je veux dire, c'est que parler à quelqu'un pourrait…

— C'est ce que je suis en train de faire. Je vous parle. »

J'arrivai en retard à la prison et ils prirent tout leur temps. Lorsqu'ils finirent par me donner le feu vert pour entrer au parloir, il ne nous restait plus que vingt minutes.

Elle m'examina lorsque je m'approchai, comme elle le faisait toujours. Nous nous embrassâmes au-dessus de la table et nous assîmes. « Ç'a été une journée de dingue, aujourd'hui, dis-je.

— Je vois ça. Quelque chose qui ne va pas ?

— Non. » Je souris. « Tu es belle aujourd'hui. Tu t'es fait couper les cheveux ? »

Mo me rendit mon sourire. « Coupe et brushing. » Elle avait enfin obtenu un rendez-vous avec quelqu'un du cours de cosmétologie. Pour la première fois depuis qu'elle était en prison, elle n'avait pas été obligée de se couper les cheveux elle-même avec ses ciseaux à ongles.

« On enseigne la cosmétologie, ici ?

— Oh, oui. Coiffure, nettoyage industriel, formation d'aide-soignant, entrée de données. Ce sont des traditionalistes, à la direction de l'administration pénitentiaire. Ils aiment nous préparer aux boulots merdiques payés au salaire minimum qui nous attendent à la sortie. » Elle se tapota les cheveux. « Merci d'avoir remarqué, Cae.

— De rien.

— Pourquoi ç'a été une journée de dingue ? »

Je lui donnai une version expurgée : je lui parlai de la prise de bec entre Ozzie Rivera et Kendricks, mais pas de la visite personnelle que le brigadier m'avait ensuite rendue. (J'étais encore en train de la digérer.) Je lui décrivis les vibrations de mon volant, mais lui cachai le fait qu'Eric et Dylan m'étaient apparus en cours. Ç'avait dû être une miniversion du « flash-back secondaire » que j'avais eu dans la maison de Mark Twain. Je ne lui avais jamais parlé de cet épisode non plus. Moins j'en disais sur ces flash-backs – secondaires ou pas —, mieux c'était, à mon avis. À ma connaissance, elle n'en avait pas eu depuis un moment. Mais peut-être qu'elle aussi me donnait une version expurgée de sa vie.

« Quoi de neuf à part ça ?

— Voyons voir. Moses m'a dit que cherubs&fiends. com commence à engranger des bénéfices. Certains jours, ils ont deux ou trois cents visites. Il va devoir engager une troisième personne pour satisfaire la demande.

— Qu'est-ce qui se vend le mieux ? Les chérubins ou les démons ?

— Oh, les démons, sans conteste. Quatre démons pour un chérubin.

— Et pour ce qui est du procès ? Il y a du nouveau ? »

Je secouai la tête mais j'avais dû me trahir car elle eut l'air sceptique. « Peut-être. Blanc-Bec m'a laissé un message. Il a parlé à l'avocat des Seaberry et voudrait me soumettre quelques propositions.

— Il est question d'un accord ?

— Je ne sais pas, Maureen, fis-je sur un ton un peu plus défensif que voulu. Je n'ai pas encore eu l'occasion de le rappeler.

— Tu n'as pas eu l'occasion ou tu évites de le rappeler ? »

J'esquissai un sourire. « Tu me connais trop bien, c'est ça le problème.

— Disons que je sais combien l'idée de perdre la ferme doit être difficile pour toi. Elle est tellement liée à l'histoire de ta famille. Je me répète cinquante fois par jour "Si seulement je n'avais pas…" »

Je levai la main. « Arrête, d'accord ? Tu gaspilles ton énergie pour rien. Ce qui doit arriver arrivera.

— Mais ce Brandon que tu as engagé, il est compétent, non ?

— Lena LoVecchio le trouve compétent, alors je me raccroche à ça. Tiens, à propos d'histoire familiale, je suis en train de lire ce que Janis a écrit au sujet de mon ancêtre. C'est drôlement intéressant. Lizzy était une sacrée bonne femme. »

Elle prit mes mains dans les siennes. « Je t'aime, Caelum, dit-elle en battant des paupières pour retenir ses larmes.

— Je t'aime aussi. Et tu sais quoi ? Une fois que tu seras sortie d'ici, on aura de nouveau une chouette vie, toi et moi. Peu importe ce qu'on possède ou ne possède pas alors. »

Le micro cliqueta. *Tap, tap, tap.* « On ne se tient pas la main, mademoiselle Quirk. Vous connaissez le règlement. » Maureen retira ses doigts et hocha la tête pour s'excuser auprès du surveillant. Leva les mains pour qu'il puisse les voir. Je le regardai, trônant à son bureau surélevé tel Zeus sur le mont Olympe. Je lui décochai un sourire désagréable et levai les miennes aussi. Les ouvris et les fermai comme Kareem Kendricks l'avait fait quelques heures auparavant.

« Comment va Velvet ? demanda Maureen. Je ne l'ai pas vue depuis un moment.

— Bien, je suppose. Moze lui a accordé une certaine licence artistique avec ses gargouilles et elle a trouvé quelques variantes assez monstrueuses. Ce qui n'est pas une grande surprise. Elle va à Boston ce week-end pour une grande rave – un tas de groupes qui font le genre de bruit qu'elle confond avec de la musique. Les Mick sont aussi absents ce week-end. Nancy Tucker et moi allons donc avoir la maison pour nous tout seuls

— Nancy se porte bien ?

— Elle a tendance à oublier l'emplacement de sa litière. Elle me suit en miaulant pour réclamer à manger alors que je viens de la nourrir. Tu crois que la maladie d'Alzheimer existe chez les félidés ? »

Maureen sourit. « Elle s'entend comment avec le chat des Mick ?

— Parfaitement depuis qu'ils ont des logis séparés et que leurs chemins ne se croisent plus.

— Ils vont où ?

— Mmm ?

— Tu as dit que les Mick partaient ce week-end.

— Oh, dans des directions différentes, en fait. Lui va à New York pour une grande foire commerciale qui se tient au Jarvis Center. Il essaie de décrocher de plus gros marchés, je suppose. Ce type est un homme d'affaires très avisé : il a toujours plusieurs fers au feu. Quant à Janis, elle s'envole pour La Nouvelle-Orléans présenter son projet de thèse lundi. Si ça se passe bien, elle pourra faire son doctorat. »

Maureen dit qu'elle aimerait pouvoir lire l'histoire de Lizzy.

« Oui, mais je ne peux pas vraiment l'apporter ici et te la remettre. Si je te l'envoyais par e-mail une fois que j'aurai fini de la lire ? »

Mo me rappela que les détenues ne pouvaient recevoir de livres que s'ils étaient expédiés directement par Amazon ou Barnes & Noble.com.

« Quelle ironie, tu ne trouves pas ? Que l'histoire de cette institution estimée soit aujourd'hui interdite par le règlement ? »

Mo me dit que je pourrais faire don d'un exemplaire du texte à la bibliothèque de la prison – en l'envoyant par e-mail. Elle pourrait alors l'emprunter et le lire.

« Bien. Parfait. Tu sais comment la campagne de Lizzy pour obtenir des établissements pénitentiaires séparés pour les femmes a commencé ? Elle faisait partie d'un comité pour l'amélioration du sort des prisonniers ou un truc du même genre et une détenue lui a glissé une lettre en douce lors d'une visite. À l'époque, on emprisonnait les "femmes déchues" avec les hommes. On les considérait comme la lie de la société, je suppose. Comme irrécupérables. Dans sa lettre, cette femme décrit donc comment les femmes qui couchent avec les surveillants et les administrateurs reçoivent un traitement de faveur, et comment celles qui refusent font l'objet de sévices. Lizzy lit donc la lettre et commence à militer en faveur de prisons de femmes dirigées par des femmes. La guerre de Sécession l'a si je puis dire écartée de son sujet – j'en suis là en ce moment, mais… Qu'est-ce qu'il y a, Mo ? »

Son visage était baigné de tristesse. Les choses n'avaient guère changé, me dit-elle : le sexe était une des rares denrées que les prisonnières pouvaient troquer, et certaines ne dédaignaient pas de faire affaire avec les gardiens que ça intéressait. Tout n'était qu'une affaire de pouvoir. « Je crois que la proportion de démons et d'anges pourrait être également de quatre pour un ici. Certains démons rentrent chez eux à la fin de leurs huit heures de service. »

J'ouvris la bouche pour répondre, mais un *tap, tap* dans le micro m'interrompit. « Mademoiselle Quirk, il faut que je vous voie un instant. » Oh mon Dieu, de quoi pouvait-il bien s'agir ? Mo et moi nous regardâmes d'un air inquiet. Puis elle se leva et se dirigea vers le surveillant.

Tout en observant leur échange, je songeai que Maureen venait de me dire la même chose que Janis sur le perron, ce matin : d'une époque à l'autre, rien ne changeait vraiment. Elles avaient raison dans une certaine mesure : en ce qui concernait les multiples façons dont les Noirs étaient maintenus à un rang inférieur. Dont les femmes étaient exploitées. Mais elles avaient aussi tort, parce que ça empirait. Après Columbine, tous les établissements scolaires du pays avaient adopté des mesures de sécurité, verrouillé leurs portes comme dans les prisons. Les écoles n'étaient plus des endroits sûrs. Tous les parents en Amérique y envoyaient leurs gosses le matin et passaient le reste de la journée sur le qui-vive… Et le 11-Septembre : le chaos s'était également déclenché ce jour-là. Mohammed Atta et ses hommes de main encastrent des avions dans les tours, Bush dit "Amenez-vous" et on se retrouve avec Guantanamo, Abou Ghraïb. La torture est admissible à présent, déclare Cheney, parce que nos ennemis vivent dans l'ombre, dans des zones de non-droit, et nous devons donc nous y aventurer aussi.

Kareem Kendricks s'en va-t'en guerre contre le mauvais ennemi, se fait exploser la main et niquer la tête. Il rentre dans ses foyers et il est plus vieux que son père…

Mo revint s'asseoir. « Tout va bien ? » demandai-je. Elle fit signe que oui. Il y avait un message pour elle. Ils voulaient qu'elle aille à l'unité médicale. Une de ses patientes de l'hospice la réclamait.

— Comment ça se passe pour toi, cette histoire d'hospice ? Ce n'est pas trop déprimant, j'espère. »

C'était tout le contraire, m'assura-t-elle. Ça lui faisait du bien de se sentir à nouveau utile. Et certaines morts étaient belles.

« Belles ?

— Je ne sais pas, Cae. Je suppose qu'il faut y avoir assisté pour savoir de quoi je veux parler. J'ai été témoin de je ne sais combien de décès à la maison de retraite, et beaucoup étaient émouvants aussi. Mais ici c'est différent. Vers la fin, dans les derniers jours, elles laissent enfin tomber toutes leurs prétentions et leurs défenses, toute leur culpabilité et tous leurs regrets. Et il y a cette… paix qui les envahit. La mort n'est pas jolie, surtout pour quelqu'un qui meurt de complications liées au sida. Mais, bon, je suppose que ce sont leurs sourires qui sont beaux. Leur courage. Aussi bizarre que ça puisse paraître, je trouve que l'hospice est l'endroit de la prison où il y a le plus d'espoir et de vie.

— Ça me rappelle une nouvelle de Flannery O'Connor. Une vieille dame égoïste est sur le point d'être tuée par un criminel en cavale. Au moment où il épaule son arme, elle tend la main pour le réconforter. Et O'Connor dit quelque chose du genre : C'est dommage que nous ne puissions pas mourir tout le temps, parce que c'est à ce moment-là que nous montrons le meilleur de nous-mêmes. »

Je m'aperçus trop tard que j'avais été un putain de connard – ma stupide allusion littéraire l'avait renvoyée à Columbine.

« Je suis désolé, Mo. Je ne réfléchissais pas. »

Elle leva les yeux, sourit courageusement. « Ça va, Caelum.

— Dis-moi, fis-je, car je voulais désespérément changer de sujet. Comment ça se passe avec ta nouvelle compagne de cellule ?

— Crystal ? Oh, c'est d'un triste ! La prison est le dernier endroit où elle aurait dû se trouver, la pauvre. C'est juste une petite fille effrayée.

— Elle a quel âge ?

— Seize ans. Mais elle a le physique et le comportement d'une gamine de douze ans. Elle est lente d'esprit. Je n'en suis pas sûre, mais je me demande si elle n'est pas un peu attardée.

— Tu as trouvé pourquoi elle est ici ? »

Elle hocha la tête. « Pour infanticide. Son bébé pleurait sans cesse, alors elle l'a secoué jusqu'à ce qu'il arrête. Elle lui a ébranlé le cerveau. Elle l'avait prénommé Sunshine, il n'avait que trois semaines. Le père était le petit ami de sa mère.

— Bon Dieu, c'est pas… » Les mots me manquaient.

« Il y a un groupe de femmes à notre étage qui sont d'une cruauté incroyable envers elle. C'est comme un sport sanguinaire, tu vois ? Elles se déplacent en bandes, jettent leur dévolu sur le plus faible du troupeau. La nuit après l'extinction des feux, elles disent : "Mamanhanhan, arrêêête de me secouéééer", et elles éclatent de rire. Elles trouvent ça tordant. »

La remarque d'Ozzie me revint en un éclair : *Prêtons main-forte au GI Joe.* La façon dont ses potes lui avaient tapé dans la paume après le cours. « C'est fou ce que les gens peuvent être cruels. Pourquoi elles font ça ? demandai-je.

— Je ne sais pas. Par haine de soi ? La loi du plus fort ?… Certains soirs, je monte dans son lit et je la prends dans mes bras, je la berce jusqu'à ce qu'elle s'endorme à force de pleurer. Je pourrais avoir des ennuis si on me surprenait. On n'est pas censées se trouver dans le lit d'une autre. Mais ce n'est qu'un bébé, Caelum. Elle a besoin de réconfort. »

Mo avait l'air si triste, si abattue par cette histoire ! Même son nouveau brushing semblait rapapla. Quelques minutes plus tard, le surveillant annonça que les visites étaient terminées. Je me levai, donnai à Mo une accolade au-dessus de la table et une bise sur la joue. « À après-demain.

— Peut-être que oui, peut-être que non. D'après le téléphone arabe, il est question de suspendre les visites. Très prochainement.

— Bon Dieu, j'ai hâte de te voir sortir d'ici. »

Elle se rassit et je me dirigeai vers la porte. Superstition stupide ou pas, je m'en tins à ma règle : je ne me retournai pas vers elle.

30

En sortant de la prison, je tournai à droite et commençai à parcourir les quatre cents mètres qui me séparaient de la ferme. Sur un coup de tête, je freinai, fis demi-tour et pris la direction de la ville. Je me garai dans le centre commercial de Franklin Street. M'achetai un pack de six bières à Melady's et un sandwich à Subway. Décidai de passer à Mamma Mia pour voir si Alphonse était encore là. Al était toujours partant pour un peu de rigolade et j'en avais salement besoin.

Mais la boulangerie était plongée dans l'obscurité. Un écriteau collé à la porte et écrit de la main d'Al disait : « Réouverture prochaine. Désolé du désagrément. Nous appressions votre clientèle. » Deux fautes d'orthographe en trois phrases : ce type était indécrottable. Avait-il dû retourner en Floride pour ses parents ? Si c'était le cas, pourquoi ne m'avait-il pas prévenu… ? Je suppose que je connaissais la réponse : il m'avait envoyé plusieurs e-mails et laissé plusieurs messages téléphoniques, ces dernières semaines. *Ça boume, Quirky ? Comment va Maureen ?* Est-ce que ça me dirait qu'on se voie pour dîner ensemble ? Avais-je envie de faire un tour dans la « machine de rêve » que la veuve de Rhode Island lui avait enfin vendue ? J'avais mis toutes ses invitations à la poubelle.

De retour chez moi, je jetai le sandwich sur la table et rangeai le pack de bières au frigo – sauf celle que j'ouvris et éclusai en deux longues rasades. J'allai me changer dans la chambre. C'est alors que j'entendis, venu de quelque part derrière la maison, *Bang!... Bang!... Bang!*

Quelqu'un était-il stupide au point de chasser le chevreuil au crépuscule ? Ça ne ressemblait pas à des coups de feu, pourtant. C'était bruyant et percutant. Qu'est-ce que ça pouvait bien être ?

Bang! Bang!

De la porte de derrière, j'essayai de déterminer la provenance des coups. J'attrapai ma veste au portemanteau et me dirigeai vers le verger.

Une moto était garée devant l'étable et Moses serrait la main d'un jeune type. « Entendu comme ça, alors, disait Moze. Je ne rentrerai pas de New York avant lundi midi. Pourquoi ne pas commencer mardi matin ?

— Hé, criai-je. Tu sais ce que c'est que ce bruit ? »

Moze haussa les épaules. « Je me posais la même question... Tu connais la dernière, mec ? Voici notre petit nouveau. »

J'adressai un signe de tête au gamin dégingandé qui se tenait près de lui : boule à zéro, sweat-shirt à capuche, jean de hip-hop surdimensionné. Il avait un air familier – un ancien élève peut-être ? Qui que ce fût, j'avais l'esprit ailleurs. « Enchanté », dis-je, ce qui était loin d'être le cas.

Bang!... Bang!... Bang!

Je fis quelques pas de plus en direction du verger, puis m'arrêtai et criai : « Hé, Moze, tu as parlé à Alphonse dernièrement ? » Il secoua la tête. « Je viens d'aller à la boulangerie. C'est fermé. » Il haussa de nouveau les épaules.

Je traversai le verger à l'abandon. La plupart des arbres étaient du bois mort sur pied, et ceux qui résistaient encore avaient donné des pommes minables, riquiqui, qui jonchaient le sol. Grand-père Quirk aurait été malade de voir ça.

Arrivé dans la clairière, je m'arrêtai. Restai un moment à contempler la scène : Ulysse levait une masse au-dessus de son épaule et l'abattait sur la dalle de ciment qui avait été le sol du pressoir.

« Hohé ! criai-je. Qu'est-ce que tu fous ? »

Il s'interrompit, se retourna, me regarda l'espace d'une ou deux secondes. Puis il mit sa masse de côté, et entreprit de ramasser les morceaux de ciment et de les jeter dans une brouette.

« Je peux pas te payer maintenant.

— T'as pas besoin de me payer. C'est juste un truc qu'il faut que je fasse.

— Ah oui ? Pourquoi ?

— Une tâche inachevée. »

Il ramassa la masse et recommença à taper comme un sourd.

Bang !... Bang !... Bang !

Je ressentis la violence de chaque coup au creux de l'estomac. Techniquement parlant, c'était une violation de propriété.

« Il fait trop sombre, criai-je. Dans vingt minutes, tu n'y verras plus rien. Tu pourrais te blesser.

— C'est la pleine lune, dit-il en pointant le doigt vers le ciel. Je viens de passer des examens à la clinique. Ils m'ont dit que mon foie était foutu. Je suis en sursis. »

Je lui dis que j'en étais navré. Il pouvait revenir le lendemain si c'était ce qu'il avait besoin de faire. « Je te donnerai un coup de main. On pourra terminer le travail ensemble. Allez, viens. Je te ramène chez toi. »

Il haletait, ses mains tremblaient comme des feuilles. « Demain ? Ouais, d'accord. Qu'est-ce que tu dirais

662

si je restais ici ce soir ? Dormir sur ton canapé, peut-être ?

— Non, je ne crois pas...

— J'ai pas vu Nancy Tucker depuis un moment. J'aimerais bien lui rendre une petite visite, si t'es d'accord. Et puis, ça m'évitera de revenir ici. Je pourrais commencer de bonne heure. Je travaille mieux le matin. »

J'acceptai, tout en me disant que c'était une erreur.

« T'es un brave type. Tu tiens de ta tante. »

Les choses n'étaient peut-être pas aussi catastrophiques qu'ils le disaient, hasardai-je. Et pourquoi ne pas prendre un deuxième avis ?

« Nan. Quand l'heure a sonné, elle a sonné. »

Dans la maison, sous l'éclairage cru de la cuisine, il avait l'air mourant : son teint était blafard ; le blanc de ses yeux, jaune. Il dégageait aussi une drôle d'odeur : il puait la transpiration et l'alcool, un relent écœurant et douceâtre, comme papa vers la fin.

« T'as faim ?

— Nan. Je n'ai plus guère d'appétit maintenant. Un petit coup ne serait pas de refus pourtant, si t'en as. Un petit quelque chose pour me calmer les nerfs, pour m'aider à m'endormir. Comme ça, demain, je pourrais me lever aux aurores et finir le boulot.

— Tu n'as pas besoin de le finir pour moi, lui rappelai-je. Et peut-être que tu ne devrais pas t'épuiser. C'est dur de casser du ciment.

— Alors, qu'est-ce que t'en penses ? Tu peux me dégoter un petit gorgeon ? »

Du moment qu'il grignotait quelque chose, lui répondis-je. Je mis la moitié de mon sandwich sur une assiette et la poussai vers lui. Posai un verre à liqueur et une bouteille de vodka non entamée sur la table. Quelle importance, au point où il en était ?

« Y avait rien de mieux que Lolly, dit Ulysse. Cette fille était le sel de la terre. Quand je repense au jour où je l'ai trouvée près de la corde à linge. Avec des chaussettes aux mains, tenant des propos incohérents. »

Il avait raison, pour les nerfs : quand il se versa à boire, il en mit plus sur la table que dans son verre. Il en renversa encore un peu en portant le verre à ses lèvres. Il le descendit cul sec. Je lui en versai un deuxième.

« Pour tout te dire, j'en ai toujours un peu pincé pour Lolly. Ça remonte au lycée, quand je venais ici parce que j'étais copain avec ton père. C'est seulement plus tard qu'il m'est venu à l'esprit que j'avais pas le bon équipement. Tu vois ce que je veux dire ? »

Je hochai la tête.

« J'étais un peu dur de la comprenette pour ce genre de truc, à l'époque. Je savais, pour les pédés, à cause de l'armée. Mais j'ignorais que certaines femmes… Tu sais quand je m'en suis aperçu ? Pour Lolly ? Ici même, dans cette cuisine, avant qu'on nous expédie en Corée, ton père et moi. On était attablés à boire de la bière. À perdre notre temps, quoi. On s'est mis à chahuter, à se bagarrer, etc. On a renversé deux chaises, je me souviens. Lolly est arrivée de l'étable, et elle a dit qu'elle allait nous défier au bras de fer et gagner. Et nous, on a dit : Ouais, ouais, c'est ça, à d'autres ; et c'est pourtant ce qui s'est produit. Elle m'a battu le premier sans trop de problèmes, et elle venait juste de battre son frère quand la grand-mère est entrée. Elle commençait à se faire vieille à l'époque, mais c'était toujours elle qui commandait. Elle a vu les canettes vides, les chaises renversées et je me suis dit : Oh, oh, Alden et moi, on va y avoir droit. Mais elle nous a rien dit. Elle s'est déchaînée contre Lolly. Elle te lui a passé un de ces savons : elle arrivait à apprendre aux prisonnières d'à côté à se conduire comme il faut, mais sa propre petite-fille était une cause perdue; c'était vraiment désolant. Alden se contentait de regarder avec un sourire narquois, je me rappelle. Tout content de ne pas être celui qui avait des ennuis, pour changer, je suppose. C'est alors que ça m'a traversé l'esprit. Ça crevait les yeux : Lolly était plus un homme qu'une femme. À cause de tous ces travaux de ferme qu'elle se tapait, je suppose. Ça la rendait masculine.

— Ça n'a aucun rapport avec le genre de travail qu'on fait. On naît gay ou hétéro.

— Ah bon ? » Il attrapa la bouteille de vodka. « Mais elle a toujours été bonne envers moi, Lolly. Elle m'a aidé des tas de fois.

— Tu sais, Ulysse, peut-être qu'après avoir terminé ton sandwich tu pourrais te laver un peu. Te déshabiller et prendre une douche.

— Nan, ça va comme ça.

— Parce qu'à dire vrai tu cocottes.

— Ah bon ? Dans ce cas, d'accord.

— Je peux te prêter des vêtements. Mettre les tiens dans le lave-linge. »

Il leva un bras et renifla. « Ouais, d'accord, je m'étais pas rendu compte. »

Quand j'entendis couler l'eau, je lui fis une petite pile : sweat-shirt, bas de survêtement, sous-vêtements, chaussettes. Le croyant déjà sous la douche, j'ouvris la porte de la salle de bains pour placer les vêtements sur la corbeille à linge. Il se tenait nu et cadavérique devant le miroir, et sanglotait devant son reflet embué. Il se retourna pour me regarder. « J'ai foutu ma vie en l'air, hein ? »

C'était le cas : impossible de le nier. J'essayai malgré tout de le réconforter. « Tu n'as jamais été méchant quand tu étais ivre. Ce qui n'est pas rien. » Je lui tendis les vêtements et quittai la pièce.

Je mis des draps sur le canapé. Allai lui chercher une couverture, un oreiller. À huit heures du soir, la bouteille de vodka était à moitié vide et Ulysse dormait à poings fermés. Nancy Tucker l'avait rejoint et s'était blottie au creux de ses reins. Elle roupillait aussi.

En les voyant tous les deux, je ne pus m'empêcher de sourire. Il avait eu le béguin pour Lolly… C'était une bonne chose qu'il ne soit jamais passé à l'acte : elle lui aurait probablement flanqué un marron… Encore deux ou trois mois, songeai-je, et le dernier membre du trio aurait disparu : ces trois potes naïfs partis insouciants au bureau de recrutement, leur dernier jour de lycée, et qui s'étaient engagés pour combattre les cocos en Corée du Nord. Le pauvre vieux Ulysse cirrhotique finissait sa tâche inachevée…

Je repensai alors à Kendricks – qui avait fait tomber sa fille de ses genoux après son commentaire innocent ; au besoin qu'il avait de bouger sans cesse en cours pour être une « cible difficile » alors que personne ne lui tirait dessus… Aux pauvres gamins de Columbine – qui s'étaient cachés sous les tables, derrière des paillasses, des photocopieurs ; puis aux deux qui étaient entrés d'un pas décidé et les avaient tués comme des mouches… Songeai combien il était étrange qu'une de leurs victimes potentielles nous ait suivis à l'est du pays et ait fini par vivre ici même, à la ferme. Velvet s'était trouvé un refuge, d'abord à la boulangerie où je travaillais de nuit, puis au premier avec les Mick. Elle avait aussi trouvé un travail qu'elle aimait bien ou peut-être même aimait tout court : mélanger, couler et ajouter la dernière touche à des sculptures de trente centimètres de haut, puis les emballer et les expédier à des inconnus. Décorer des grotesques…

J'allai dans la salle de bains éliminer les bières que j'avais bues et ramassai les habits d'Ulysse qui traînaient par terre. Je mis une lessive en route : demi-machine, eau très chaude. « Une longue journée de dingue », dis-je à voix haute. J'attrapai le manuscrit de Janis sur le plan de travail où je l'avais laissé ce matin et me dirigeai vers ma chambre. Je calai mon oreiller et celui de Maureen contre la tête de lit, me glissai entre les draps et ouvris l'histoire de Lizzy à l'endroit où j'avais inséré une serviette en papier comme marque-page.

Elizabeth Popper était exactement le genre d'infirmière que D. Dix souhaitait. Véhémente et impopulaire auprès du personnel médical auquel elle s'affrontait souvent, D. Dix ne voulait pas entendre parler d'infirmières jeunes et jolies car, intentionnellement ou non, elles risquaient d'« éveiller la concupiscence » des hommes marqués par les combats qu'elles soignaient. D. Dix se méfiait également des Filles catholiques de la charité qui s'occupaient des malades et des blessés gratuitement : elle soupçonnait les religieuses de fondre sur les patients les plus mal en point dans l'espoir de les convertir sur leur lit de mort. D. Dix recherchait tout spécialement des infirmières protestantes dotées de caractère, « sans beauté, âgées de plus de trente ans et compétentes ». Lizzy remplissait ces trois critères.

Rassurée sur le sort de son bien-aimé Willie et à nouveau armée d'une bonne cause, Lizzy Popper retrouva tous ses moyens. Avec l'aide de sa sœur Martha Weeks, elle remit en service la Société de secours aux soldats, affecta deux cents femmes à la couture, la cuisine, la mise en conserve et la collecte des provisions nécessaires. Elle sillonna l'État pour recueillir des dons auprès des industriels du textile, des grands magasins, des distilleries et des grossistes en médicaments. La femme immobilisée par son chagrin en janvier avait, à la mi-mai, fermé sa maison, informé son mari de ses projets, suivi une formation d'infirmière d'une semaine à New York et rejoint en bateau, train et calèche son poste à l'hôpital Alonzo P. Shipley de Washington, une ancienne salle de bal et de conférences située sur Connecticut Avenue. Elle n'arrivait pas les mains vides, mais accompagnée de pas moins de quatre chargements de sacs, tonneaux et caisses. On y trouvait des pansements propres, du linge, des chemises et des bas pour ceux qui étaient alités ; des gâteaux, des fortifiants, des pickles, et de la gelée de bœuf et de vin pour les sous-alimentés ; du whisky pour les amputés qui avaient besoin d'anesthésique ; des plantes et des herbes médicinales comme le sassafras, le podophylle pelté, la grenade, le gingembre et le raifort pour soigner les maladies allant de la diarrhée et de la constipation jusqu'à la bronchite et à l'agitation nerveuse. Depuis des mois, c'était l'impasse entre l'Union et la Confédération sur le front est, et, à mesure que le nombre des malades et des blessés augmentait, les réserves gouvernementales s'amenuisaient. Le réapprovisionnement de Lizzy Popper arrivait à point nommé : il fut extrêmement apprécié et lui valut une popularité immédiate auprès des autorités hospitalières et militaires. Au début, cette notoriété plut à la directrice D. Dix, car elle confortait sa position : les infirmières dénuées de beauté et plus âgées servaient plus efficacement la cause. Cependant, cette popularité finirait par devenir une source de conflit entre les deux femmes.

Dans une lettre du 7 juin 1863 adressée à Martha Weeks, E. Popper racontait son travail au Shipley Hospital et en décrivait les difficultés sur le plan physique et affectif.

Sœur,

Tu t'attendais sans doute à avoir de mes nouvelles ces dernières semaines, et j'avais l'intention de t'en envoyer, mais les journées sont longues et bien remplies, et le soir venu, mes os me rappellent que je ne suis plus de première jeunesse. Après que mes malades ont dîné et une fois les lampes à gaz allumées, je cède la place à l'infirmière de nuit et grimpe l'escalier pour regagner ma chambre sous les toits. Tous les soirs, je me propose de reposer un instant mes yeux et mes pieds enflés avant de prendre la plume ou de joindre les mains pour prier, mais je sombre immanquablement dans le sommeil

La puanteur est la première chose à laquelle doivent s'habituer les nouvelles infirmières de Shipley Hospital. Des miasmes de mort, de pourrissement et de déchets humains flottent dans l'air, mais les fenêtres sont clouées sur les ordres du Dr Luce, le chirurgien en chef, qui craint que l'air frais ne fasse entrer la variole. Louisa Alcott, une infirmière agréable et intelligente du Massachusetts, m'a donné une fiole d'eau de lavande, et m'a dit de m'en asperger généreusement et souvent. C'est ce que j'ai fait et cela m'a évité de m'évanouir durant mes premières heures de service. Chaque jour offre de nouveaux défis, mais il y a aussi le réconfort du train-train journalier. Nous commençons par petit-déjeuner autour de longues tables, à côté de la cuisine. Il y a une table pour les médecins, une autre pour les religieuses et une troisième pour nous, les « Dixies ». (Le surnom est censé être une moquerie. Dorothea Dix est détestée des médecins et celles qui sont à son service ou, comme dit Louisa, « à sa merci » sont méprisées.)

Mes matinées se passent à panser les blessures, changer les pansements, laver les corps et les rassurer avec des paroles apaisantes. J'enfourne des cuillers de médicament, de soupe et de fortifiant dans des bouches ouvertes comme je le faisais jadis avec mes bébés. L'après-midi, si j'en ai le temps, j'écris aux épouses, mères et bien-aimées. Je fais la lecture à ceux qui veulent bien écouter – les Saintes Écritures, le plus souvent, mais aussi de la poésie et des histoires de pionniers et de sauvages. Je me mets en quatre pour que ces pauvres garçons et hommes mal en point se sentent chez eux à l'hôpital, car j'en suis vite venue à les considérer comme mes enfants.

La plupart des blessés et des mourants sont si jeunes, Martha ! La majorité souffre courageusement en silence ou ne demande que de petits services. « M'dame, pourriez-vous écrire un mot à ma bonne amie ? » « Ma p'tite dame, ça ne vous dérange pas de m'apporter un verre d'eau ? » Un tambour blessé au ventre, qui ne devait pas avoir plus de quatorze ans, est mort hier sans pousser le moindre soupir. Oh, il y a aussi des ronchonneurs et des rouspéteurs, et sous le coup de la colère certaines bouches lâchent des mots qu'aucune femme, honnête ou non, ne devrait entendre. La fièvre leur embrouille parfois les idées. Un jeune soldat du Delaware a eu le pied si grièvement brûlé et déchiqueté par un boulet de canon qu'il est devenu noir comme un pruneau et a dû être amputé. Il est mort d'une infection deux jours plus tard. J'ai écrit à sa mère et j'ai reçu une lettre reconnaissante. Elle dit que je suis la bienvenue chez elle si je souhaite visiter le Delaware.

Sœur, j'espère que cette missive te trouvera en bonne santé ainsi que ton bien-aimé Nathanael. Écris-moi vite, et sache que je garde précieusement toutes tes lettres et que tu es toujours aussi chère à

Ta sœur Elizabeth

Dans le chaos qui suivit la bataille de Gettysburg, le chirurgien en chef de Shipley Hospital, le Dr Reuben Luce, eut un infarctus et dut se retirer du service actif. Lizzy Popper avait entretenu des relations cordiales avec le Dr Luce qui l'avait recommandée à son successeur, le Dr Palmer Pettigrew. Ce dernier, un natif du Missouri âgé de trente-trois ans, choisit Lizzy pour l'assister en chirurgie. Ils se prirent en grippe dès le départ, mais l'acrimonie augmenta quand Pettigrew modifia les pratiques existantes de l'hôpital : il exigea que l'on mette du sable au lieu de linges sur les tables d'opération entre les interventions chirurgicales afin de mieux absorber le sang des patients. Lizzy s'éleva contre cette idée : les petits galets étaient un inconfort supplémentaire pour des malades déjà au supplice. Pour l'apaiser, Pettigrew ordonna que le sable soit tamisé mais Lizzie continua à protester : le sable adhérait aux blessures et aux moignons des hommes, ce qui les amenait à se gratter et retardait la guérison. La découverte capitale du phénol comme antiseptique par Joseph Lister et la fondation de la microbiologie moderne par Louis Pasteur n'auraient pas lieu avant des années. Mais Elizabeth Popper semblait comprendre intuitivement que les tables d'opération recouvertes de sable compromettaient la santé des patients vulnérables. Elle écrivit à Dorothea Dix pour lui faire part de ses inquiétudes. Dix lui répondit que le sable n'était pas un problème tant que les blessures étaient « nettoyées à fond et fréquemment ». Mécontente de la réponse de sa supérieure, Lizzy écrivit deux autres lettres : l'une à Eugenia Trickett, qui siégeait à la Commission d'hygiène publique, l'autre au ministre de la Santé, William Hammond. Dans sa lettre à Hammond, E. Popper se plaignait en outre que sur les dizaines d'amputations pratiquées chaque jour par Pettigrew un bon nombre étaient selon elle inutiles, et que Pettigrew était « plus un boucher qu'un chirurgien ». La lettre de Lizzy à Hammond lui valut la colère de Dorothea Dix : une de ses « Dixies » n'avait pas respecté la voie hiérarchique, elle n'était pas passée par elle pour porter une accusation grave. Dix réprimanda Popper et l'affecta aux fournitures médicales, un poste subalterne. Mais là aussi

Lizzy s'attira ses foudres. Le problème, cette fois, était le whisky. Peu de temps après avoir pris ses nouvelles fonctions, Popper remarqua une différence entre la quantité d'alcool retirée officiellement et celle qui manquait. Dans une lettre à sa sœur Martha, elle évoquait son dilemme et également une rumeur troublante dont elle avait ouï dire : un certain Dr Peacock aurait·été en état d'ivresse lorsqu'il avait opéré un jeune soldat qui avait reçu une balle dans la joue ; et il aurait si mal recousu le visage du jeune homme que celui-ci arborait depuis lors un sourire permanent. Popper écrivait : « Je soupçonne certains de mes médecins de boire l'alcool destiné à mes malades. Je vais devoir tendre un piège. » Ce qu'elle fit en se cachant sous une bâche, dans un coin sombre de la réserve, après les heures de travail. Elle attrapa son voleur, l'apothicaire, qui avoua fournir du whisky à quatre médecins de Shipley Hospital pour un modeste bénéfice. Lizzy se plaignit une fois de plus auprès de Dorothea Dix. Une enquête fut diligentée. Trois des médecins coupables, dont le Dr Peacock, furent réprimandés et l'apothicaire fut renvoyé. Popper avait sauvegardé la ration mensuelle d'anesthésique des patients, mais s'était attiré de nouveaux ennemis. Déjà en difficulté, D. Dix était furieuse et elle condamna Popper. Dans une lettre à Anna Livermore, Lizzy donne un compte rendu pittoresque de l'altercation.

Pendant un quart d'heure, DD s'est répandue en injures contre moi. J'étais coupable d'arrogance, d'orgueil et de traîtrise. Elle savait parfaitement ce que je manigançais – depuis le tout début, je complotais pour lui ravir son poste de directrice. Elle me débitait ces balivernes avec une telle véhémence que son visage s'est empourpré, les yeux lui sont sortis de la tête comme ceux d'une grenouille, et je me suis demandé si de la vapeur n'allait pas tarder à lui jaillir des oreilles! Mon travail était assez bon, m'a-t-on informée, mais j'étais plus une source d'ennuis qu'autre chose. J'ai accepté de bon cœur l'acte d'accusation et lui ai déclaré que si elle ne pouvait pas me soutenir, je l'appellerais non pas Dragon Dix comme les autres, mais Traîtresse à la Cause!

Dix renvoya Popper sur-le-champ. Lizzy rendit ses clés, signa sa lettre de congédiement et partit par le train du soir « sans protestations ni adieux larmoyants ». Ses services en qualité d'infirmière de l'Union avaient pris fin.

Même si Lizzy continua à soutenir la cause nordiste en travaillant à la Société de secours aux soldats, ses efforts se réduisirent considérablement durant la dernière année de guerre. Charles avait regagné le domicile conjugal à New Haven et le couple connaissait apparemment une accalmie domestique. Pour Lizzy, ce fut plus une période de réflexion que d'engagement actif. Le 11 avril 1865, deux jours après la reddition du général Lee à Appomattox, elle écrivait dans son journal intime :

Enfin, c'est le cessez-le-feu, le dernier soldat est tombé. La liste des veuves et des mères au cœur brisé ne s'allongera pas aujourd'hui. Le moment est venu de faire un bilan. L'Union a été sauvée, mais à un prix stupéfiant et abominable. Le Seigneur m'a rendu Charlie comme je le Lui avais demandé, mais mon Willie erre je ne sais où. Les bustes en marbre de ses frères tués trônent sur leur piédestal dans le salon, froids au toucher et beaucoup trop lisses : ils ne peuvent remplacer la chair, le sang, les imperfections humaines. Plusieurs fois par jour, mon esprit retourne malgré moi à Shipley Hospital : j'entends à nouveau les sanglots étouffés et les cris des délirants, le râle des agonisants. Je revois les tas de membres amputés qu'on emporte pour les brûler. Je sens sous mes doigts les paupières d'un mort *que je ferme, le pouls affolé d'un garçon effrayé qui décédera quand je le lâcherai. Ah, la folie des hommes et la malédiction de la guerre !*

Pourtant, aujourd'hui, j'ai ouvert la fenêtre de la cuisine en grand et j'ai entendu les oiseaux chanter dans les arbres, le bouillonnement de la neige fondue dans le ruisseau, à la lisière du bois. Dans le jardin, j'ai vu gambader des écureuils, et l'éblouissement jaune que le forsythia nous offre fidèlement, chaque printemps. Ce spectacle, ces bruits, la paix de l'instant présent sont des cadeaux de Dieu et je m'interroge – ai-je rêvé ma vie à l'hôpital, ou l'instant présent ?

En lisant le journal intime et les lettres de Lizzy Popper, si francs et si révélateurs, le lecteur du XXIe siècle est tenté d'émettre un diagnostic moderne sur son état psychologique. Comment interpréter les descriptions des horreurs qu'elle voyait, entendait et touchait du doigt lorsque son esprit la ramenait contre son gré à Shipley Hospital ? Affrontait-elle simplement des souvenirs difficiles ou avait-elle les flash-backs que l'on associe aujourd'hui au syndrome de stress post-traumatique ? L'alternance de périodes d'hyperactivité et de sévère dépression était-elle sa façon de répondre aux besoins de la nation ainsi qu'à des deuils personnels douloureux, ou indique-t-elle qu'elle était maniaco-dépressive ? Impossible de le savoir. Ce que l'on peut néanmoins conclure de la vie d'E. Popper après la guerre, c'est que son état se stabilisa au cours des dernières années. Elle avait soixante et un ans à son retour de Shipley Hospital, et en vivrait encore vingt-sept. De nouvelles épreuves personnelles et de nouveaux obstacles professionnels l'attendaient, mais elle y ferait face avec une équanimité découverte sur le tard.

Je déplaçai les oreillers, jetai un coup d'œil à mon radio-réveil. Il n'était que neuf heures vingt-trois ? Bon sang, j'avais l'impression qu'il était minuit.

Dans les années qui suivirent la guerre de Sécession, de nombreuses abolitionnistes se consacrèrent au combat... Dans les années qui suivirent la guerre de Sécession, de nombreuses abolitionnistes au combat...

de nombreuses abolitionnistes...

Je luttai de mon mieux, tentai plusieurs fois d'arriver jusqu'au bout de la phrase. Puis je m'abandonnai au sommeil...

Le téléphone ne cessait de sonner. Je me jetai dessus plus pour arrêter la sonnerie que pour savoir qui appelait. L'histoire de Lizzy tomba du lit avec un bruit sourd.

« Oui ? Quoi ?

— Bonsoir. Est-ce que je pourrais parler à M. Quirk, s'il vous plaît... Le professeur ? »

C'était une voix de jeune femme. Quelle heure pouvait-il bien être ? Deux heures du matin ? Trois ? Qui m'appellerait à cette... Mais quand je consultai mon radio-réveil, les chiffres rouges indiquaient vingt-deux heures seize.

« C'est lui-même.

— Oh, bonsoir, monsieur Quirk. Je ne vous avais pas reconnu. Je suis désolée de vous déranger, mais j'ai pleuré toute la soirée et ma mère me répétait sans cesse : "Appelle ton professeur, appelle ton professeur." J'ai trouvé votre numéro dans les Pages blanches sur Internet pasque je me suis souvenue que vous aviez dit une fois que vous habitiez à Three Rivers. J'espère que vous ne voyez pas d'inconvénient à ce que je vous téléphone. Je ne vous ai pas réveillé, au moins ?

— Vous êtes qui ?

— Mari. Une de vos étudiantes. Marisol Sosa. Je n'arrête pas de pleurer et de me dire que si je lui avais parlé, demandé comment il allait... De repenser que Daisy et moi, on s'est plaintes de lui auprès de vous. Et à la remarque d'Ozzie... Et aussi à la semaine dernière. Mon amie Melanie et moi, on était au club des étudiants en train de boire des *latte* et de parler de nos feuilletons préférés quand il est entré. J'ai glissé à Melanie : "C'est le type bizarre de l'armée qui a la bougeotte, en cours." J'avais pas plus tôt dit ça qu'il s'approche de notre table. Il fait "Salut" et moi je fais "Salut", et il me demande si ça ne nous dérange pas qu'il s'assoie avec nous. Melanie essayait désespérément de ne pas regarder sa main, et moi, j'ai dit : "Non, désolée, pasqu'on est en train d'étudier." Mais c'était pas vrai, on n'avait même pas de livres ni rien. On parlait juste de nos feuilletons. Et maintenant, je n'arrête pas de me dire que si je lui avais répondu : "Ouais, bien sûr. Assieds-toi. Je te présente Melanie", alors...

— Marisol, je ne... Qu'est-ce qui s'est passé ?

— Le type de l'armée qui est dans notre cours. Oh, mon Dieu, vous n'êtes pas au courant ? »

Le journal télévisé de vingt-trois heures montrait des photos : Kareem Kendricks lycéen, Kareem Kendricks soldat. Sur la troisième, on le voyait les deux mains encore intactes, un bras passé autour des épaules d'une petite fille coiffée avec des nattes, et l'autre autour de la taille de la jolie jeune femme menue sur laquelle il venait de tirer, l'après-midi même, sur le parking des Services de la protection de l'enfance. Le présentateur annonça que l'état de Taneeka Hawkins-Kendricks, assistante dentaire et serveuse à temps partiel, restait critique mais stable. L'assistante sociale qui supervisait la visite parentale du brigadier Kendricks avait également été touchée, sa blessure était superficielle. On la gardait en observation à l'hôpital, mais elle regagnerait très vraisemblablement son domicile le lendemain matin. Le brigadier Kendricks était mort : il s'était tiré une balle dans le cou. Sa fille l'avait vu tirer sur l'assistante sociale, mais pas sur sa mère, expliqua le présentateur, et elle n'avait pas été témoin du suicide de son père. Elle avait été confiée aux services sociaux en attendant l'arrivée de ses grands-parents maternels qui résidaient dans un autre État.

« C'est la guerre qui l'a traumatisé, ai-je une fois de plus répété pour rassurer une Marisol au bord de l'hystérie. Ça n'a rien à voir avec ce que vous avez dit, fait ou pas fait. C'est la guerre. » Elle haïssait George Bush, me confia-t-elle. Elle s'efforçait de ne détester personne, mais elle haïssait le Président Bush, le vice-Président Cheney et Condoleezza Rice – tous autant qu'ils étaient. C'était plus fort qu'elle. Demain matin, elle implorerait le pardon de Dieu, mais ce soir elle allait les haïr de toutes ses forces. Ses cousins, Frankie et Modesto, avaient tous les deux été blessés dans cette guerre stupide, et un garçon dont la famille habitait au bout de leur couloir avait été tué. « Il était gentil, en plus, ajouta-t-elle. Il riait tout le temps. »

Certaines nuits, m'avait raconté Mo, elle montait dans le lit de Crystal et la tenait dans ses bras. Tant pis pour les ennuis, elle ne pouvait pas faire autrement parce que cette fille n'était qu'un bébé. Elle avait *besoin* de réconfort.

Allongé dans le noir, je ne cessais de me répéter ce que j'avais dit à Marisol au téléphone : aucun de nous n'aurait pu prévoir qu'il allait commettre un geste aussi désespéré. Rien de ce que nous aurions pu dire ou faire n'aurait empêché…

Mais que se serait-il passé si, cet après-midi quand il était venu me voir, je m'étais levé et lui avais tendu les bras au lieu de me retrancher derrière mon bureau ? Si je l'avais laissé s'effondrer contre moi et épancher une partie de sa douleur, de sa peur et de son isolement insupportable ?… *Il t'arrive de regretter de ne pas avoir d'enfants ?* m'avait demandé Janis à Hartford, et je m'étais surpris à dire oui… *P'pa,* m'appelait parfois Velvet, et je levais les yeux au ciel pour ne pas laisser voir qu'au fond ça ne me déplaisait pas…

Le père de Kareem l'avait laissé tomber, n'était même pas allé le voir à l'hôpital. J'étais bien placé pour savoir ce que ça fait d'être abandonné par son père, non ? Que se serait-il passé si, cet après-midi, je m'étais levé et avais pris le risque de la paternité ? Si je lui avais offert deux bras protecteurs ? Cela aurait-il suffi à l'empêcher d'aller là-bas faire ce qu'il avait fait ? On ne récrit pas l'histoire avec des si.

Bang !… Bang !… Bang !

J'entrouvris les yeux et regardai le réveil. Putain, cinq heures quarante-trois et il était déjà au boulot ! J'avais promis de l'aider. Plus vite j'irais le rejoindre, plus vite nous en aurions fini et plus vite je pourrais le ramener chez lui. Je compatissais, mais je n'allais pas transformer la ferme en hospice. Je n'étais pas Maureen.

Je me levai, gagnai la cuisine en titubant de sommeil et mis le café en route. J'allai à la porte de devant. Le journal était là – Kareem Kendricks en uniforme, la photo qui devait se trouver sur son gâteau de bienvenue quand il était rentré dans ses foyers. Sa femme blessée avait-elle survécu à cette longue nuit ? Sa fille allait-elle bien ? Et son père – le type qui avait cru pouvoir se racheter avec deux billets de football ?

Bang !... Bang !...

Je sortis du lave-linge les vêtements humides d'Ulysse. Les fourrai dans le sèche-linge que je mis en marche. Je versai deux tasses de café, vérifiai le thermomètre extérieur. Il faisait froid dehors : – 4 degrés. J'enfilai mon sweat-shirt à capuche, mon bonnet et mes gants, et songeai à prendre un vêtement chaud pour Ulysse. Au moment d'attraper ma vieille veste élimée doublée de laine, je me souvins que c'était celle que j'avais jetée à Velvet par une matinée glaciale à Littleton. Lorsque notre petite dure à cuire était grimpée sur notre table de pique-nique parce qu'elle était terrorisée par les deux chiens les plus mauviettes de la terre. Bon Dieu, c'était dans une vie antérieure : quand Maureen et moi vivions au Colorado. Notre vie avant qu'ils ne disent « Vas-y ! Vas-y » et ne se mettent à tirer dans le tas.

Bang !

« D'accord, d'accord. J'arrive. »

Les voitures des Mick n'étaient plus là. Janis s'était probablement déjà envolée pour Tulane : elle avait dit qu'elle décollait « dès potron-minet ». Moze était sans doute à mi-chemin de New York avec ses modèles d'exposition et ses bons de commande – ses anges et ses démons.

Bang ! Bang !

Passant devant l'étable, je me rappelai les étranges présentations de Moze. *Tu connais la dernière, mec. Voici le petit nouveau.*

J'avais déjà vu ce gamin quelque part. Un étudiant d'Oceanside ? Un de mes anciens élèves du lycée ? En tout cas, il avait intérêt à être digne de confiance. Il n'y avait pas de W-C dans l'étable. Quand Moze ou Velvet

avaient besoin d'y aller, ils revenaient à la ferme et uti-
lisaient ma salle de bains plutôt que de monter au premier. Le petit nouveau s'attendrait sans doute au même
privilège. Moze ferait mieux d'avoir vérifié ses antécédents ou à tout le moins ses références, parce que ça ne
m'emballait pas plus que ça de laisser un inconnu…

Je m'arrêtai, inspirai brusquement. Je savais qui c'était.
Le nouvel employé de Moze n'était autre que le frère
aîné de Morgan Seaberry : Calamity Jesse.

Bang !

31

« Creuse à cet endroit-là, dit-il. Non, pas aussi loin. À environ 80 centimètres sur la gauche… Non ? Rien. Bon sang de bonsoir. Je croyais qu'on l'avait enterré côté nord, mais maintenant j'en suis plus aussi sûr. » *On*, c'était Ulysse et mon père. Nous étions cernés par des amas de terre meuble et de morceaux de ciment.

Ça faisait une heure que nous trimions et je commençais à être las de me plier à ses ordres. Las aussi de jouer aux devinettes. Je lui avais demandé deux ou trois fois ce que nous cherchions, mais il restait évasif. Il devait s'agir d'argent ou de biens dérobés – et j'allais bientôt devoir ajouter le cambriolage, voire le vol avec coups et blessures, au brillant curriculum vitae de mon père. Mais je me demandais aussi si cette chasse au trésor n'avait pas été déclenchée par l'imagination d'un cerveau imbibé d'alcool.

« Ça tombe bien que le sol ne soit pas encore gelé, hein ? » fit-il.

Ouais, songeai-je. On en a du bol ! Encore trois pelletées et j'arrête. J'en avais ma claque de le voir jouer les contremaîtres.

Il se tourna vers l'est, fit huit ou neuf pas et tapa le bout de sa botte sur le sol. « Essaie ici. » Quand je m'exécutai, je sentis et entendis que j'avais heurté quelque chose de métallique. Ulysse avait entendu aussi. « Ça y est », dit-il.

Quelques minutes plus tard, je dégageai et exhumai la cantine vert-de-gris cabossée qu'Ulysse reconnut comme étant celle qu'ils avaient enterrée jadis. « Putain, c'est lourd, dis-je. Qu'est-ce qu'il avait volé ? Des briques ? » Ulysse secoua la tête, les yeux fixés sur ce que je venais de déterrer.

Accroupi devant la malle, je grattai la boue séchée qui y adhérait encore. Mais alors que je m'apprêtais à l'ouvrir, il m'arrêta. « Pas ici. Emportons-la à l'intérieur. » Je serais passé outre s'il n'avait pas eu l'air si malade et accablé.

Nous attrapâmes chacun une poignée et prîmes la direction de la maison. Il s'essouffla et nous dûmes la poser plusieurs fois. J'offris de la porter tout seul ou d'aller chercher la voiture pour voir si elle rentrait dans le coffre. Il secoua la tête.

Arrivé en vue de l'étable, j'aperçus la moto de Jesse Seaberry et Jesse qui secouait la poignée de porte de l'étable. Je fis signe à Ulysse de poser la cantine. « Hé, criai-je en m'approchant de lui. Qu'est-ce que vous fabriquez ? »

Il expliqua que lorsqu'il était venu la veille il avait sorti son portable pour l'éteindre et l'avait laissé sur le bureau de Moze. Il avait oublié de le reprendre en partant. Moze était-il déjà en route pour New York ? Je répondis par l'affirmative. Avais-je une clé de l'atelier ? Oui, mais j'étais occupé. Il devrait attendre le retour de Moze.

« Mec, je me suis pas tapé tout ce chemin depuis Glastonbury pour rien. Il me faut absolument ce télé-phone. J'en ai pour une minute. » Je le foudroyai du regard jusqu'à ce qu'il détourne le sien. Puis je sortis de ma poche mon porte-clés. Plus vite il aurait son portable, plus vite il dégagerait.

En glissant la clé dans la serrure, je ne pus m'empê-cher de lui demander : « Pourquoi vous voulez travailler ici ? Pour reconnaître le terrain ? Commencer à réfléchir à ce que vous allez en faire si vous gagnez le procès ? »

Je n'y étais pas du tout, répondit-il. Ça faisait un moment qu'il chargeait des camions pour FedEx et il commençait à en avoir marre. Il avait vu la petite annonce de Moze.

« Ah ouais ? Putain, quelle drôle de coïncidence ! »

Il hocha la tête sans paraître remarquer mon ton sarcastique. « Les gargouilles et les conneries de ce genre m'ont toujours botté. Et M. Mick a l'air d'être un patron supercool.

— Ne soyez pas trop sûr que vous allez travailler pour lui. Parce que dès son retour, je vais lui dire qui vous êtes et ce que votre famille manigance.

— Il est au courant, mec. Je lui ai expliqué. Ça lui est égal. C'est un homme d'affaires, ce type, vous savez ? Il doit se dire qu'il pourra toujours rester quelle que soit l'issue du procès. »

Ça me coupa la chique. Il avait sans doute raison, pour Moze.

« Mec, c'est pas tellement moi ni mon père. C'est plus ma mère. Elle est toujours vachement remontée. Et, vous savez…

— Qu'est-ce que je sais ?

— Elle l'a tué. En conduisant défoncée. » Cette fois, c'est moi qui regardai ailleurs.

J'ouvris la porte et allumai. « Ouais ! Le voici, là où je l'avais laissé. Merci, mec. »

J'éteignis, refermai la porte et lui lançai : « Juste pour que vous soyez tous au parfum : ma tante a signé un accord de protection des terres agricoles avec l'État du Connecticut dans les années 80. Il engage le détenteur des titres de propriété. Les terres doivent rester agricoles. Vous ne pourrez donc pas obtenir de permis de construire et les vendre à un promoteur immobilier ou autre.

— Ouais, on est au courant. Mais l'agriculture serait cool. J'y pensais l'autre jour.

— Ah bon? Vous cultiveriez quoi? De la marie-jeanne? Du pavot? »

J'avais dit ça pour le faire chier mais il me sourit. « Je suis clean depuis cinq cent quatre-vingt-dix-sept jours. Mais quelle importance? »

Je ne laissai rien voir, me tins coi. S'il comptait sur une tape dans la paume ou le dos pour le féliciter, il pouvait toujours attendre. Putain, il pouvait attendre jusqu'à la saint-glinglin!

« Le problème, c'est que ce matin-là, juste avant qu'elle l'écrase, je le tenais par les couilles. Je lui avais fichu la trouille, OK? Je venais juste de découvrir un truc glauque à son sujet, et j'ai menacé d'en parler à ma mère et à tous ceux qui le trouvaient parfait. C'est-à-dire en gros tout le monde. Mais voilà qu'il part comme une flèche et boum... Donc, d'une certaine façon, je suis responsable aussi. Et il a fallu que je vive avec cette culpabilité, OK? Ça, plus un tas d'autres conneries que j'ai faites. Parce que si quelqu'un devait mourir ce jour-là, ç'aurait dû être moi, pas Morgan. C'est ce que ma mère pense, je suppose. Elle refuse toujours de me parler, d'avoir quoi que ce soit à voir avec moi et elle n'en démordra sans doute jamais. Si j'avais pu changer de place avec lui, je l'aurais fait pour elle. Mais je pouvais pas. Alors j'avais plus qu'à affronter toute cette merde et à me racheter une conduite. Devenir clean et le rester. Franchir les étapes... C'est pourquoi l'agriculture serait plutôt cool, vous voyez? Un truc positif. Cultiver des trucs, produire des trucs. Vous n'êtes jamais allé à Epcot par hasard?

— Epcot ? » J'essayais encore de m'habituer à son remords. Pourquoi parlions-nous soudain de Disney World ?

« Ils ont un bâtiment là-bas qui s'appelle The Land. Vous descendez et il y a ce tour, OK ? Vous montez à bord de petits bateaux et vous passez devant les fermes de l'avenir. La culture hydroponique, vous connaissez ? Parce que je me suis dit que ça pourrait être cool. »

Quatre-vingts hectares de terres agricoles et il voulait faire pousser des trucs dans de l'eau ?

« Des herbes, peut-être. Pas *de l'herbe*, évidemment. Mais des herbes comme le persil, le paprika et des conneries comme ça. Il vous arrive de regarder Canal Cuisine ? »

Je lui rappelai que j'étais occupé.

« Ouais, d'accord. Merci encore, mec. » Il se dirigea vers sa moto. « Ou alors des lamas. Un élevage de lamas serait cool. Mais bon, on sait jamais. On gagnera peut-être pas et vous pourrez rester. Je trouverais ça cool aussi. » Il enfourcha sa moto. Le moteur pétarada. « Merci encore, mec ! À bientôt ! » cria-t-il. Il fonça sans casque sur le sentier creusé d'ornières pour gagner Bride Lake Road.

Ulysse et moi soulevâmes la cantine et la transportâmes du perron dans la cuisine. J'allai chercher un vieux drap et l'étalai par terre pour ne pas salir la maison. « Ça te dérange pas si je me prends un verre pour me calmer les nerfs ? » demanda Ulysse. Il avait déjà empoigné la bouteille de vodka que j'avais oublié de ranger la veille au soir.

« Pas maintenant, U. Finissons-en d'abord avec ça. »

Je m'agenouillai devant la cantine. Le fermoir gauche s'ouvrit sans problème mais le droit ne voulut rien savoir.

« Y a un tournevis dans le tiroir sous le micro-ondes. Tu veux bien aller me le chercher ?

— C'est drôle que tu m'aies appelé U. Ton père le faisait tout le temps. » Il me tendit le tournevis en le tenant par le manche, et ce maudit truc dansait tellement dans sa main tremblante que je dus lui tenir le poignet pour ne pas me blesser. « Calme-toi. On l'a trouvée. On l'a déterrée. Tout va bien, d'accord ? »

Il secoua la tête. « Je veux juste que tu saches que je n'avais aucune idée de ce qui se trouvait à l'intérieur, le jour où on l'a enterrée. J'ai posé la question à ton père, mais il a répondu qu'il valait mieux que je l'ignore. Il ne me l'a avoué que plus tard. Des *années* plus tard. Il était bourré et moi pas, et il me fait comme ça : "Eh, U, tu te souviens du jour où on a enterré cette malle derrière le verger ?" C'est alors qu'il a craché le morceau.

— Mmm. »

Je parvins à dévisser le fermoir et soulevai le couvercle. Une odeur de renfermé et de pourriture sèche me monta aux narines.

Je déballai le contenu méthodiquement : c'était comme ouvrir une poupée russe. Coincé à l'intérieur de la malle se trouvait un de nos vieux cageots à pommes : l'inscription « Bride Lake Farms » avait gardé sa couleur vive. Dans le cageot, il y avait quelque chose qui avait visiblement appartenu à ma mère : un genre de valise à fermeture Éclair remontant à l'époque où elle était mannequin – ovale, bleu clair, recouverte de vinyle. Écrit en diagonale et ponctué d'un point d'exclamation, son pseudonyme se détachait en caractères d'imprimerie bleu foncé à liséré doré : « Jinx Dixon ! »

C'était différent de la publicité, des coupures de presse et de la cassette de mon interview de Peppy Schissel. C'était un objet qu'avait possédé ma mère. Après l'avoir sorti du cageot, je me suis assis par terre et l'ai posé entre mes jambes. J'ai attrapé le curseur de la fermeture Éclair et tiré lentement, en hésitant. Elle est restée coincée à l'endroit où les dents étaient rouillées, mais quand j'ai insisté elle a cédé. J'ai soulevé le couvercle.

Dedans se trouvait un petit coffre en fer – ancien en apparence, même si je n'étais pas expert dans ce domaine. Le couvercle était hermétiquement fermé à l'aide de crochets. Je les ai enlevés ainsi que le couvercle. L'espace d'une ou deux secondes, je n'ai pas compris ce que j'avais sous les yeux. Puis, Dieu tout-puissant, j'ai *compris*. Couchés côte à côte sur un lit de sable fin et blanc se trouvaient les restes de deux nourrissons.

J'ai reculé à quatre pattes, répétant sans m'en rendre vraiment compte, comme un mantra : *Putain, qu'est-ce que… ? Putain, qu'est-ce que… ?*

Ulysse disait quelque chose mais le sens de ses paroles m'échappait. Il pleurait, accroché à la bouteille de vodka. Je me suis relevé en titubant un peu et je la lui ai arrachée des mains. J'ai attrapé un verre, lui en ai versé deux doigts et j'ai vidé le restant dans l'évier. « Bois ! Dès mon retour, je veux des réponses !

— Pourquoi ? Tu vas où ? »

Je ne suis allé nulle part, je me suis sauvé. J'ai parcouru la maison à l'aveuglette, me cognant aux meubles. J'ai ouvert la porte de devant à la volée, dévalé les marches de la véranda, descendu l'allée en courant. Quand j'ai traversé Bride Lake Road, c'est tout juste si j'ai entendu le grincement des freins, l'insulte du chauffeur sans visage : « Connard ! » J'ai couru le long de la route en zigzaguant, parlant tout seul. Ils ne m'avaient pas assez perturbé avec leurs putains de mensonges et de secrets ? À présent, *ça* ?…

J'ai dépassé la prison et je suis entré dans nos champs de maïs en friche. J'ai couru à l'emplacement du labyrinthe – l'endroit où ils sortaient de leur cachette pour prendre la nourriture volée, les reliefs d'honnêtes gens. J'ai crié jusqu'à plus soif, comme si à force d'être répété le message pouvait remonter le temps et leur parvenir : *Je vous hais. Je vous aime. Je vous hais. Je vous aime…*

Je ne sais pas combien de temps je suis resté là-bas, mais quand je suis revenu en boitant dans l'allée le soleil était haut dans le ciel et ma gorge enrouée. Mon pied me lançait : j'avais tapé dans quelque chose, je ne me rappelais plus quoi. La porte de devant était grande ouverte. Je suis entré dans la maison.

Dans le vestibule, je me suis arrêté devant la photo encadrée au pied de l'escalier, celle que le pilote qui avait dû faire un atterrissage d'urgence sur notre propriété avait offerte en remerciement à mon grand-père : « Bride Lake Farm, vue aérienne, août 1948 »… Mes yeux se sont déplacés de gauche à droite – des rangées bien ordonnées de maïs jusqu'à l'enceinte de la prison avec ses détenues minuscules comme des fourmis, ses bâtiments de brique et son lac étincelant – le lac où Big Wilma, le légendaire black-bass à grande bouche, avait nagé, à jamais insaisissable, et où ma mère s'était noyée… Près du bord droit de la photo, il y avait le verger et le champ situé au-delà. Pas de pressoir. Il n'était pas encore construit, et les bébés qui se trouvaient dans la cuisine n'étaient donc pas encore enterrés dessous. Je suis resté planté devant la vieille photo à appréhender ce que j'allais devoir faire, puis je me suis dirigé vers la cuisine.

Ulysse était parti. J'ai marché lentement vers le coffre en fer et je les ai examinés en m'obligeant à ne pas détourner le regard… Ce n'étaient pas des jumeaux – impossible. On aurait dit qu'ils n'étaient pas de la même planète, encore moins de la même mère.

Le plus grand, habillé et coiffé d'un bonnet, avait l'air d'un monstre de champ de foire. Son visage souriant manquait en partie et le reste était momifié, recouvert d'une peau qui avait l'aspect du cuir brun. La mâchoire et les pommettes étaient partiellement à nu, là où la peau s'était détériorée. Le bonnet qu'il portait était bordé d'un large volant à l'ancienne décoré de rubans décolorés. Au bord de l'ourlet de sa robe à moitié pourrie, on avait brodé une prière ou une supplication avec du fil d'une couleur à présent passée et indéfinissable : « Que Dieu bénisse cet enfant. »

Le plus petit était un squelette dépourvu de vêtements. Ses jambes étaient repliées sur sa poitrine. Ses poings, de la grosseur d'une noix, étaient serrés devant son visage comme s'il était mort dans la douleur. Ma mère lui avait-elle donné le jour ? Quel lien avait-il avec son étrange compagnon ? Pourquoi les avait-on mis ensemble dans ce coffre ?… Je n'arrêtais pas de détourner le regard puis de les fixer à nouveau. Surtout le plus petit – celui qui était figé dans sa souffrance.

Quand j'ai lancé un nouveau coup d'œil à la valise bleue, j'ai aperçu au fond quelque chose que je n'avais pas remarqué en sortant le coffre : une lettre déchirée en petits morceaux. Je les ai ramassés et je les ai emportés sur le plan de travail, puis je les ai assemblés comme les pièces d'un puzzle. Le message était écrit en majuscules, au stylo-plume apparemment – une écriture d'homme carrée, penchée, sur du papier à en-tête d'un hôtel de Chicago. Je croyais qu'il manquerait des morceaux, mais tout était là. La lettre n'était pas datée.

CHÈRE JINX,

JE T'AI DONNÉ 50 EN OCTOBRE POUR QUE TU FASSES LE NÉCESSAIRE ET SI TU NE L'AS PAS FAIT, C'EST TON PROBLÈME, PAS LE MIEN. EN VOICI ENCORE 100 MAIS C'EST TOUT CE QUE TU OBTIENDRAS DE MOI ALORS ARRÊTE DE RÊVER AU PACTOLE. JE NE VEUX PAS TE CAUSER D'ENNUIS MAIS IL FAUT QUE TU SACHES QUE NOTRE ORGA-

NISATION A DES GENS POUR NOUS PROTÉGER DANS CE GENRE DE SITUATION ET QUE CERTAINS NE SONT PAS DES ENFANTS DE CHŒUR. NE M'APPELLE PLUS, NE M'ÉCRIS PLUS (SI T'ES FUTÉE), ET J'ESPÈRE <u>POUR TON BIEN</u> QUE TA MENACE DE CONTACTER MA FEMME EST DES PAROLES EN L'AIR PARCE QUE JE PRÉFÈRE NE PAS PENSER AUX PÉPINS QUI T'ATTENDENT SI TU FAIS QUELQUE CHOSE D'AUSSI STU-PIDE. COMME ON DIT, IL FAUT ÊTRE 2 POUR DANSER LE TANGO, JINX. ON S'EST BIEN AMUSÉS MAIS C'EST FINI.

FAIS BIEN ATTENTION,
CAL

Cal. Calvin Sparks. Le joueur de base-ball.

À présent je savais donc au moins une chose : quand Peppy Schissel l'avait ramenée de New York, elle portait l'enfant de Sparks et non celui de l'héritier de la brasse-rie. Pourquoi lui aurait-il, sinon, offert l'argent pour faire le « nécessaire » ? Pas par altruisme, d'après le ton de sa lettre. Mais merde, si l'un des bébés du coffre était celui de Sparks – et j'étais quasiment sûr que c'était le plus petit, et non le monstre qui se trouvait à côté –, qu'est-ce que mon père venait faire dans tout ça ? Pourquoi c'était *lui* qui les avait enterrés ? La seule personne qui aurait peut-être pu me répondre avait fichu le camp.

Au lieu de partir à la recherche d'Ulysse, j'ai tiré une chaise de cuisine et je me suis assis auprès des petits corps. J'ai improvisé une sorte de veillée, je suppose. Ils étaient restés seuls dans la terre froide plus longtemps que je n'avais vécu. Maintenant que pour le meilleur ou pour le pire ils avaient été ramenés à la lumière du jour, je rechignais à les quitter.

J'ai dû demeurer assis là une bonne heure à penser à leur vie trop brève, à m'interroger sur ceux qui leur avaient donné la vie. Comme d'habitude, j'avais tant de questions et si peu de réponses… À un moment, j'ai éprouvé le besoin de les toucher. De les réconforter d'une façon modeste et tardive. Mais ma main paraissait énorme et gauche comme un gant de catcheur, et quand mes articulations ont effleuré la robe du bébé momifié j'ai tressailli et battu en retraite.

J'ai fait une seconde tentative. J'ai touché le plus petit – celui dont la mère, j'en étais presque sûr, avait aussi été la mienne. J'ai lové ma main autour de son crâne, de la courbe de sa minuscule épaule. Touché son fémur, son pied. S'agissait-il d'une petite fille ? D'un petit garçon ? Impossible à savoir…

La peau du visage de l'autre avait l'air solide comme du cuir, mais ce n'était pas le cas : quand je lui ai caressé légèrement la tempe, la peau et l'os au-dessous se sont effrités. Leur fragilité m'a effrayé et répugné à la fois, et quand j'ai ôté la main j'ai vu que l'extrémité de mes doigts était recouverte d'une poudre de cellules mortes. Je me suis essuyé la main sur mon pantalon, mais une partie de la poussière s'était incrustée dans les sillons de ma peau. J'ai regardé l'évier, le robinet que j'aurais pu utiliser pour enlever ces traces. Mais, pour je ne sais quelle raison, je ne l'ai pas fait ou n'ai pas pu le faire.

Je me suis levé, j'ai ouvert la porte de derrière et j'ai appelé : « Ulysse ! »

S'il était retourné dans le champ où nous avions déterré la cantine, puis s'était aventuré dans les bois qui se trouvent derrière, il aurait pu ne pas se souvenir de l'à-pic. Je repensai à Zinnia, la prisonnière de Bride Lake qui travaillait pour nous quand j'étais enfant – qui me serrait si fort dans ses bras et qui plus tard s'était tuée en tombant de cette falaise… J'abandonnai donc les bébés et je sortis – j'empruntai le sentier menant au verger et au champ. Je passai devant le trou que nous avions creusé, quelques innocentes heures plus tôt, et j'entrai dans le bois. « Ulysse ! Tu es là, U... ? Ohé, Ulysse ! » Deux fois, je crus entendre des pas, puis je m'aperçus que ce n'étaient que des écureuils courant sur les feuilles mortes. Arrivé au bord de l'à-pic, je regardai au fond, de chaque côté. Je criai son nom à maintes reprises, mais n'obtins pour toute réponse que l'écho de ma propre voix.

Regagnant la maison, je vis l'emplacement où les Mick garaient d'ordinaire leurs voitures. J'étais content qu'ils soient tous les deux absents pour le week-end. Velvet aussi. Étant donné son attirance pour le bizarre, elle aurait probablement dit de ma sinistre découverte : « Putain, c'est cool ! » ou quelque chose dans ce goût-là, et son enthousiasme pour le macabre était la dernière chose dont j'avais besoin. Il fallait à tout prix que je parle à Maureen – que je lui demande conseil pour affronter... quoi ? Pouvait-on appeler crise la découverte de deux bébés morts sur sa propriété ? Je n'en étais pas sûr mais, crise ou pas, impossible de décrocher le téléphone et de l'appeler. Ça ne marchait pas comme ça. Selon le règlement pénitentiaire, il n'y avait qu'elle qui pouvait me téléphoner. *Ici, le standard. J'ai une détenue de l'État du Connecticut en ligne. Souhaitez-vous accepter le PCV de Maureen Quirk ?* Impossible de prévoir la réaction de Mo – aux bébés, à la folie meurtrière de Kareem Kendricks. Elle allait beaucoup mieux ces derniers temps et je ne voulais pas qu'elle rechute. Je devrais pourtant lui en parler quand je la verrais le lendemain. Sauf si les rumeurs concernant une imminente suspension des visites se confirmaient. D'après Maureen, le bouche-à-oreille de la prison était plutôt fiable, en raison des liaisons entre surveillants et détenues. Être avertie de ce qui se préparait vous donnait un pouvoir, et le pouvoir se marchandait. S'ils suspendaient les visites, elle ne serait pas visible pendant une bonne partie de la semaine...

Alphonse étant absent, je ne pouvais pas l'appeler non plus. Non que le Roi de la Mustang eût été d'une grande utilité. La mort lui avait toujours un peu fichu la pétoche. Alors, des bébés morts dont l'un était momifié ? Laisse béton...

J'avais le numéro de téléphone personnel de Jerry Martineau. J'hésitai un moment, pesai le pour et le contre. Mais, bon Dieu, il fallait à tout prix que je parle à quelqu'un. Ce fut sa femme qui décrocha et je lui dis que « ça urgeait ». Lorsque Jerry me rappela quelques minutes plus tard, je restai vague. J'avais besoin d'un conseil au sujet de quelque chose que j'avais découvert sur ma propriété.

« Quelque chose de quel genre ?

— Du genre bizarre. Est-ce que tu peux venir en tant qu'ami plutôt que flic ? » Oui, mais selon ce que je lui montrerais, me prévint-il, il repartirait peut-être en qualité de flic. Il devait passer à la pharmacie, mais il serait chez moi dans l'heure.

« Je me souviens de Miss Rheingold, tu sais. La boîte en carton avec leurs photos dessus, la liasse de bulletins, le petit crayon accroché à une ficelle. Tous les étés, ma sœur et moi, on allait au magasin de vins et spiritueux de ma tante Dot, on choisissait notre candidate préférée et on bourrait l'urne. » Il ne cessait de se frotter la joue et de passer de la vieille publicité du *New Yorker* – « Il est temps d'élire Miss Rheingold 1950 ! Votre vote peut être décisif ! » – aux deux petits cadavres gisant à ses pieds. « Mon vieux buvait de la Rheingold. Une canette tous les soirs au souper.

— Une seule ? Voilà la différence entre ton vieux et le mien.

— Ils n'ont pas pris le même chemin, mais ni l'un ni l'autre n'a atteint la quarantaine, fit remarquer Jerry.

— Et le petit Ulysse tout décharné leur a survécu de plus de quarante ans. Putain, mec, il ferait bien d'être en état parce que j'ai quelques questions à lui poser. »

Jerry acquiesça de la tête. « Moi aussi.

— Officiellement, tu veux dire ? Quel est l'intérêt ?

— Je suppose que nous avons affaire à deux morts qui ont été dissimulées et jamais élucidées. Ça signifie que je vais devoir appeler la coroner, voir si elle peut déterminer s'il s'agit de morts naturelles. Dans le cas contraire, le trou que vous avez creusé est une scène de crime. » Il jeta un nouveau coup d'œil aux dépouilles et frissonna. « Je vais te dire quelque chose, Caelum, j'ai vu beaucoup de cadavres dans ma vie, j'ai enquêté sur un tas de situations familiales tordues. Mais ça, ça bat tous les records.

— Écoute, s'il y a bel et bien eu crime, il a été commis il y a plus de cinquante ans. Par des gens qui sont morts depuis des décennies.

— À l'exception d'une personne peut-être. Si Ulysse a aidé ton père à couvrir un homicide, ou même *deux* – je n'exclus aucune hypothèse à ce stade –, il est complice. »

Je secouai la tête. « Il est mourant, Jer. Pourquoi lui imposer pareille épreuve au point où il en est ?

— Parce qu'il a pris une masse et s'est mis à casser ce ciment. Parce que vous avez tous les deux ouvert une boîte de Pandore. C'est *toi* qui m'as appelé, souviens-toi. Qu'est-ce que tu attends de moi ? Que je ferme les yeux une fois de plus ?

Une fois de plus. Jerry les avait fermés la fois où Maureen avait fait la « tournée des médecins ». Résultat, un gamin de dix-sept ans avait été écrasé. Je revis la tête de Jesse Seaberry lorsqu'il avait évoqué sa culpabilité dans la mort de son frère.

« Ulysse t'a dit où il allait ? demanda Jerry.

— Non. Mais où qu'il soit, il n'est pas en train de siffler la vodka que je lui ai offerte hier soir quand il a dormi ici. J'ai vidé le restant dans l'évier.

— Tu lui as offert de l'alcool dans son état ?

— Ouais, c'est-à-dire… Donnez à boire à ceux qui ont soif, non ? C'est un des sept actes de charité chrétienne. » Jerry me lança le regard perplexe que j'avais dû jeter à Kareem Kendricks la veille, dans mon bureau. « Tu as vu ce truc au journal télévisé, hier soir ? Le soldat qui a ouvert le feu à New London ?

— Oui. Pourquoi ?

— C'était un de mes étudiants. Quelques heures avant de commettre l'irréparable, il se trouvait dans mon bureau en train de me réciter les sept actes de charité chrétienne : donnez à manger à ceux qui ont faim, à boire à ceux qui ont soif…

— Putain, fit Jerry. Tu as vécu deux jours d'enfer, hein ? »

J'acquiesçai de la tête. « J'ai passé la plus grande partie de la nuit debout à me demander : Qu'est-ce qui se serait passé si… ? Si j'avais compris ce qu'il avait l'intention de faire et pu l'en empêcher ? Si j'avais prononcé des paroles susceptibles de le ramener à la raison et… Et puis, bien sûr, il y a le plus grand et le plus effrayant de tous les si. »

Jerry pencha la tête de côté. « C'est-à-dire ?

— Il avait été assez instable en cours le matin et un étudiant lui a lancé une remarque très blessante. Il aurait parfaitement pu sortir un flingue et faire un carton à l'université au lieu de… On aurait pu se retrouver au milieu d'un autre… »

Il finit ma phrase pour moi. « Columbine. »

Je lui tournai le dos et allai à la fenêtre. « Huit ans que j'essaie de comprendre ce qui s'est passé », dis-je. Dehors, un faucon décolla d'une branche de platane et traversa le morne ciel gris. Je lui fis face. « Tu es flic, Jerry. Tu peux peut-être m'expliquer. Pourquoi faut-il que les gens qui n'en peuvent plus s'emparent d'armes à feu et choisissent de finir en beauté ? En détruisant la vie d'autrui en même temps que la leur ? »

— Je ne sais pas, Caelum… Comment elle va, à propos ?

— Bien. Mieux, en fait. Même si je redoute un peu notre prochaine conversation quand elle va me demander s'il y a du nouveau. » Je baissai les yeux sur les bébés. « Allons, Jerry. Réfléchis. Quel bien une longue enquête policière va faire à ces deux-là ? »

Il se leva et s'approcha de moi. Posa sa main sur mon épaule. « Je ne sais pas, mon ami. Prendre acte de leur existence, peut-être ? Leur rendre une justice tardive ?

— Quand ce train lui est rentré dedans, il l'a traîné sur plus d'une centaine de mètres. Il lui a coupé les deux jambes. Elle était incarcérée pour vagabondage quand on l'a repêchée au fond de Bride Lake. Qu'est-ce qui t'arrive, Jerry ? La justice cosmique ne te suffit pas ?

— Pas quand j'ai des règlements à observer. Des protocoles à suivre.

— Ouais, bon, toi, tu as tes protocoles, et moi, j'ai un procès dont l'enjeu est ma maison et mes terres. Je ne tiens pas vraiment à toute cette attention malsaine. »

Il compatissait, mais il n'allait pas risquer de perdre son travail pour moi et encore moins pour Ulysse. « Ne mettons pas la charrue avant les bœufs, d'accord ? fit-il en sortant un stylo et un calepin. Relis-moi cette lettre. »

Je me dirigeai vers le plan de travail. Il prit quelques notes pendant ma lecture.

« C'est une hypothèse de ma part, dit-il. Mais le mot "pactole" suggère qu'elle a dû essayer de lui soutirer du fric. Le menacer de révéler sa grossesse, peut-être. Alors il avait le choix entre casquer ou lui faire peur, et il semble qu'il ait choisi la seconde solution. Quand est-ce que Jackie Robinson est passé pro ? En 46 ?

— 47. Pourquoi ?

— Replace les choses dans leur contexte. Robinson est un grand joueur sur le terrain et un type réglo en dehors, et quand il est passé pro figure-toi qu'il a reçu des menaces de mort ! Deux saisons plus tard, arrive ce Sparks qui non seulement trompe sa femme avec un joli petit mannequin blanc, mais qui en plus l'a mise en cloque. Tu sais ce qui se serait passé si les journaux s'étaient emparés de cette histoire ? Il jouait pour les Giants, tu m'as dit ? Elle aurait sans doute signé l'arrêt de mort de sa carrière. Putain, ils l'auraient probablement lynché sur le Polo Grounds. Alors, admettons que sa lettre marche. Lui fiche suffisamment la pétoche pour qu'elle la boucle. Qu'est-ce qu'elle va faire… ? Qu'elle ait déchiré sa lettre et l'ait mise dans la valise est intéressant, non ? C'est un geste de colère. Ça montre combien elle a dû être fumasse quand elle s'est aperçue qu'elle n'obtiendrait pas de lui ce qu'elle voulait. Mais tu sais, tout ça n'est qu'une supposition. Je pourrais être totalement à côté de la plaque. »

Je secouai la tête. « Elle montrait son sale caractère quand on la contrariait. C'est tout ce que je sais. » Je parlai à Jerry du vieil article de journal – celui qui racontait comment, à dix-sept ans, Mary Agnes avait avalé de l'encre de Chine après que mon arrière-grand-mère Lydia lui eut interdit de voir mon père âgé de quatorze ans. Et comment, après avoir été traînée au tribunal où le juge lui avait ordonné de se tenir à huit mètres d'Alden quand ils étaient ensemble au lycée, elle s'en était prise à Son Honneur et s'était vu infliger une amende pour outrage à magistrat. « Et après son renvoi de chez Rheingold, avant de vider la bonbonnière dans laquelle ils l'avaient installée… il m'a dit qu'elle avait tout cassé. Brisé les miroirs, défoncé le mobilier.

— Qui ça, il ?

— Le vieux type à qui j'ai parlé dans le Queens. L'ex-chauffeur.

— D'accord, nous avons un comportement qui se répète : elle explose quand elle n'obtient pas ce qu'elle veut – et, dans le cas présent, ç'aurait pu être l'argent du chantage. »

C'était dur de l'entendre brosser un portrait aussi retors, aussi instable – dur parce que plausible. Avec tous les détails qui émergeaient, il devenait aussi plus difficile d'idéaliser ma mère. J'avais été scandalisé par la façon dont les Quirk et tout le monde l'avaient tyrannisée. Avaient usé de leur pouvoir contre elle. Mais je commençais à voir que pour je ne sais quelle raison Mary Agnes Dank était la source de la plupart de ses ennuis.

« Ton vieux type du Queens – le chauffeur de Rheingold… il a dit qu'elle était enceinte quand il l'avait ramenée ici, n'est-ce pas ? Tu as idée de l'année ?

— Oui, 1950. C'était en hiver, parce qu'il a dit qu'il s'était mis à neiger sur la route du retour. En mars, je crois. Enceinte de *moi*, j'ai cru. Mon père était ou bien ce Sparks ou l'autre type avec qui elle sortait. L'héritier de la dynastie Rheingold, également marié. Mais les dates ne collaient pas. Si elle était enceinte de moi en mars 1950, comment diable pouvait-elle m'avoir mis au monde en octobre 51 ? Puis je me suis dit : OK, si ma famille a pris la peine de contrefaire un extrait de naissance – pour dissimuler que Mary Agnes était ma mère –, alors peut-être qu'elle a aussi menti sur ma date de naissance. Peut-être que j'ai un an de plus que ce que je crois. J'ai repensé au fait que je me rasais déjà à la fin de la sixième. Que j'avais déjà des éjaculations nocturnes. J'ai trouvé toutes sortes de…

— En sixième ? Putain, moi j'en ai pas eu avant la troisième. C'était pendant un camp scout. Je me suis réveillé en rêvant de Joey Heatherton et ç'a été l'éruption du Vésuve. Heureusement qu'on avait des sacs de couchage. » Jerry dessinait des lignes ondulées dans son calepin. « Joey Heatherton, où est-elle à présent ?

— Dans une maison de retraite, sans doute… Mais ça me rendait cinglé, tu vois, de ne pas savoir quel âge j'avais ni qui était mon père. Puis j'ai fait un test ADN qui a établi que j'étais sans l'ombre d'un doute un Quirk. Que mon père était bien mon père. »

Je racontai à Jerry mon enlèvement : ce que j'en avais appris de la bouche d'Ulysse et ce que j'avais pu vérifier par la suite dans un vieil article de journal. Lui expliquai comment on m'avait enlevé à Mary Agnes et « légitimé » – donné une mère différente qu'on avait fait passer pour celle qui m'avait mis au monde.

Jerry regarda les bébés. « Dans ce cas, qui diable sont ces deux-là ? C'est ce que je dois découvrir. » Il pianota sur son portable. Je lui demandai qui il appelait. « Le poste de police. Je vais envoyer deux de mes hommes en patrouille, voir s'ils peuvent mettre la main sur notre pote Ulysse pour que je lui parle.

— Tu vas donc le questionner personnellement ?

— Ouais, j'imagine qu'il sera plus bavard si… Gina ? C'est le capitaine Martineau. Qui est de service cet après-midi ? Tanaka… ? D'accord, dites-lui que je veux qu'il voie s'il peut me trouver quelqu'un. Et mettez Bill Meehan sur le coup aussi, pendant que vous y êtes. Vous savez, ce vieux poivrot qui…

— Attends », l'interrompis-je en lui montrant la porte de derrière. Ulysse était assis sur le perron, la tête dans les mains.

32

Il était très secoué. Très effrayé. « T'es saoul ? » lui demanda Jerry.

Il fit non de la tête. « J'aimerais bien. »

Je préparai du café, et Jerry lui expliqua le plus gentiment possible qu'il avait quelques questions à lui poser.

Ulysse nous regarda plusieurs fois. « Des questions sur quoi ? » Jerry désigna les bébés. « Ah, ouais, d'accord. » Ça ne le dérangeait pas de répondre aux questions de Jerry, mais il aimerait autant que ce ne soit pas dans la même pièce que « ces trucs ».

« Très bien », dit Jerry. Ils passèrent au salon.

Une fois le café prêt, je remplis trois tasses que j'emportai là-bas. « Ça vous dérange si je reste ? » demandai-je. Jerry n'y voyait pas d'inconvénient si Ulysse était d'accord. Ulysse dit qu'il se sentirait mieux si j'étais là.

« Jer, avant que vous commenciez, tu crois qu'il a besoin d'un avocat ? »

Jerry haussa les sourcils. « Tu as un peu trop regardé *New York District.* »

Nous échangeâmes un sourire.

Ulysse raconta que mon père et lui avaient enterré la cantine et coulé un sol en ciment par-dessus en septembre 1953.

« T'en es sûr ? intervint Jerry. Parce que nous avons essayé de reconstituer le puzzle et nous pensons que ç'aurait pu être en 1950. »

Ulysse secoua la tête. Ça s'était passé une semaine environ après sa démobilisation de la marine, le jour de la fête du Travail 53. Grand-père Quirk et Lolly étaient à une vente aux enchères de bétail dans un autre État, se souvenait-il, et ils avaient confié la responsabilité de la traite à mon père. « Ça, plus s'occuper de la vieille dame.

— Mon arrière-grand-mère », précisai-je.

Ulysse hocha la tête. « Elle n'était pas trop toc toc à l'époque, mais on voyait qu'elle en prenait le chemin. Ils devaient l'avoir comme qui dirait à l'œil. Bref, Alden m'a appelé pour me demander si je pouvais l'aider à traire. »

Mon père était démobilisé depuis un certain temps, expliqua Ulysse. « Il lui était arrivé quelque chose là-bas et il avait craqué, je suppose. La marine ne pouvait plus rien faire de lui. Raison médicale, j'imagine. Alden n'a jamais dit quoi. Lolly m'a raconté qu'il était dans un piteux état en rentrant. Il restait le plus clair du temps enfermé dans sa chambre. Il ne mangeait plus, ne dormait plus. À mon retour, il était à peu près rétabli. Il buvait sec, mais à part ça, c'était le même bon vieux Alden qu'avant, pour ce que j'en savais. Sauf que c'était un homme marié. Il s'était marié précipitamment. Après l'arrivée de Caelum.

— Ouais, à propos, où étaient Caelum et sa mère le jour où vous avez enterré cette cantine ? »

Ulysse haussa les épaules. Ils n'étaient pas dans les parages, c'est tout ce qu'il se rappelait.

« On était peut-être à Cape Cod, suggérai-je. À Buzzards Bay. Quand elle et moi rendions visite à sa famille, on restait d'habitude deux ou trois nuits.

— D'accord, dit Jerry. Continue, Ulysse. »

Grand-père Quirk tannait mon père pour qu'il l'aide à construire la cidrerie. Il s'attendait à une récolte exceptionnelle, cette année-là, et il espérait aussi un nombre record de clients. « Il venait juste de casquer pour ce gros pressoir. Il se disait que ça attirerait du monde à la ferme. Des familles avec des gosses, ce genre de chose : il leur montrerait comment faire du cidre et ils en achèteraient un pichet ou deux, un panier de pommes. » Le regard d'Ulysse se posa sur moi. « Il était drôlement astucieux, ton grand-père. Il s'y entendait comme personne pour gagner de l'argent. Mais il n'était pas très content de ton père, car Alden se faisait vraiment tirer l'oreille pour ce projet de construction. Exprès, tu vois ? Il attendait une occasion.

— Quel genre d'occasion ? demanda Jerry.

— Une absence du vieux. Alden avait un truc à faire et il ne voulait pas de témoins. »

C'était la canicule, ce jour-là, se souvenait Ulysse. Après la traite du matin, ils s'étaient mis à picoler. « On avait éclusé une dizaine de canettes quand soudain ton père me dit comme ça : "Allons, U ! Faut que tu m'aides à autre chose." Je le suis donc au grenier. Il faisait encore plus chaud, là-haut. Une vraie fournaise. »

Ils avaient d'abord écarté une grosse commode du mur. Puis mon père avait ôté un panneau dissimulé derrière avec un marteau arrache-clous. « Il y avait un comble perdu, figure-toi. Alden l'avait découvert étant gosse – sa grand-mère avait interdit à sa sœur et à lui de monter au grenier sans elle. Naturellement, connaissant Alden, ça revenait à l'inviter à y aller et à y fureter à la première occasion. C'est ce qu'il avait fait : il avait fouiné et découvert ce passage secret. »

Mon père s'était mis à quatre pattes et avait disparu dans le comble, ajouta Ulysse. Il en était ressorti en traînant une cantine. « Je me souviens de lui avoir lancé : « Qu'est-ce que t'as là-dedans ? Un trésor ? » Il a ri et il m'a répondu qu'il aimerait bien. Sauf qu'il a refusé de me dire ce qu'elle contenait. Il valait mieux pour moi que je le sache pas.

« On a tout remis en place – le panneau, la commode devant. Puis on a descendu la cantine et on l'a transportée jusqu'à l'endroit où le vieux avait prévu de construire le pressoir. »

Ils avaient creusé un trou, mis la cantine au fond et l'avaient recouverte de terre. Puis ils avaient aplani le terrain, installé des planches autour et commencé à mélanger le ciment. « J'ai protesté : "Putain, ça tape ici. Pourquoi ne pas nous arrêter un petit moment ? Attendre que ça se rafraîchisse un peu ?" Non, non, a dit Alden, fallait continuer pour que tout soit fini au retour du vieux. Alors on a passé tout l'après-midi à mélanger et couler le ciment, deux brouettées à la fois. Et puis on a… et puis… »

Il avait regardé au loin en évoquant cette journée lointaine, mais soudain il était de retour dans le salon de la ferme. Il me fixa d'un air surpris. « Je viens juste de me rappeler un truc, dit-il.

— Quoi ? fit Jerry.

— La vieille dame. La grand-mère d'Alden. »

Maintenant que ça lui revenait, il revoyait la scène comme si c'était hier. « On était donc en train de mélanger notre ciment quand elle est sortie de la maison. Elle avait toujours été du genre soigné. Mais lorsqu'elle est arrivée vers nous, elle était pieds nus et pas coiffée. Elle portait une robe d'intérieur, mais elle avait boutonné mardi avec mercredi… Figurez-vous qu'Alden s'était tellement démené pour tout finir qu'il avait oublié son existence. Mais, bon, elle était là. Quand Alden l'a aperçue, il s'est figé. Parce que ce qu'on faisait était censé être top secret, vous voyez ?

« Elle s'approche donc de lui pieds nus – marche en plein dans le ciment frais qui avait débordé de la brouette, et elle attrape Alden par le poignet. Je l'avais vue faire ça assez souvent quand il était gosse : elle l'empoignait et le fouettait parce qu'elle l'avait surpris à faire une bêtise. Mais ce jour-là, elle lui lance à la figure : "Qu'est-ce que tu en as fait ?" Elle voulait parler de la cantine, bien sûr. On ne s'en était pas rendu compte, mais elle avait dû nous voir la descendre du grenier. Je me suis dit : Oh, oh, c'est cuit. Alden s'est encore mis dans de beaux draps. Mais v'la-t'y-pas – et ça, ça m'a surpris – qu'Alden la regarde droit dans les yeux, d'un air plutôt insolent, et lui répond qu'il a fait ce qui aurait dû être fait depuis belle lurette : il l'a mise dans la terre, où est sa place. La vieille dame est restée sans rien dire au début. C'était comme un face-à-face, vous voyez ? Comme une compétition entre eux deux. Puis elle a hoché la tête et elle a dit : "Parfait." Et Alden l'a prise par le bras et l'a emmenée vers le seau d'eau. Il lui a enlevé le ciment qu'elle avait sur les pieds et l'a raccompagnée à la maison… Drôle de truc, la mémoire, hein ? Ça s'est passé y a je ne sais combien d'années, et maintenant que ça m'est revenu je la revois comme si c'était hier. Je l'entends encore prononcer ce seul mot, "Parfait", quand il lui a expliqué qu'il avait enterré la cantine. »

Ulysse claqua sa tasse de café vide sur la table. « Tu en veux un autre ? demandai-je.

— Nan. Mais je ne dirais pas non à un petit verre de quelque chose.

— Pas question, Gaston, fit Jerry. On n'en a pas terminé. Tu n'es pas censé boire, de toute façon. »

Ulysse hocha la tête et se tourna vers moi. « Et les bières que tu buvais hier soir ? Il t'en reste pas ? », mais avant que j'aie pu répondre, Jerry voulut savoir s'il avait d'autres souvenirs de ce jour-là.

Il secoua la tête. « Sauf qu'à son retour, ce soir-là, le vieux était heureux comme un roi. Un peu estomaqué, je suppose. Non seulement la ferme n'était pas partie en fumée, mais le projet de construction avait avancé. » Il ajouta à mon adresse : « Ça n'arrivait pas souvent que ton grand-père soit content de ton père. Mais ce soir-là, il l'était. Il n'en revenait pas qu'on ait coulé la dalle. Bien sûr, il était à cent lieues de soupçonner la raison de ce zèle soudain. »

Ulysse nous dit qu'il devait s'arrêter pour aller pisser. Mais il se dirigea vers la porte de devant au lieu de la salle de bains. « Tu te trompes de chemin, fis-je. C'est juste après la cuisine, tu te souviens ? » Il expliqua qu'il aimerait autant se soulager dehors si je n'y voyais pas d'inconvénient : il préférait ne pas repasser devant « ces deux-là » sauf nécessité.

Pendant qu'il se trouvait dehors, je dis à Jerry qu'Ulysse ne me semblait pas avoir été complice de quoi que ce soit : il s'était contenté d'aider son pote. « Jusque-là, je dirais que tu as raison, répondit Jerry. Mais on n'en a pas encore terminé. » Il dégaina à nouveau son portable. Appela le poste de police et demanda à ce qu'on avertisse la coroner. Il voulait que les dépouilles et le reste du contenu de la cantine soient enlevés et emportés au laboratoire de criminalistique, dans l'après-midi. Il voulait également que les officiers Meehan et Tanaka le rejoignent sur place à trois heures pour jeter un coup d'œil au grenier et installer un périmètre de sécurité autour du trou que nous avions creusé.

Je lui demandai s'il pensait pouvoir tenir les médias à l'écart. Il ne me promettait rien. Il conseillerait fortement à ses hommes d'agir avec un maximum de discrétion, mais si les journalistes de la presse écrite ou de la télé avaient vent de l'enquête, il ne pourrait pas taire la vérité. « Je crois que tu ferais mieux de t'y préparer, Caelum. Certains de mes gars sont très copains avec les reporters. Je n'arriverai pas à contrôler ce que la coroner va dire ou ne pas dire. Regardons les choses en face : des dépouilles cachées, un bébé momifié – c'est une aubaine pour "Live at Five" et "Eyewitness News at Eleven". Je ne serais pas surpris que les médias nationaux viennent renifler par ici. Je me trompe peut-être. J'espère que oui. »

Je le regardai et soupirai.

Je sortis chercher Ulysse et le trouvai appuyé contre le côté de la maison, l'air épuisé et malade. « Ça va ? » demandai-je. Il opina du bonnet. Il n'avait qu'une envie, me dit-il, rentrer chez lui, s'envoyer quelques verres et dormir.

« Rentre donc. Finissons-en avec ce truc et je te reconduis chez toi.

— Ouais, d'accord. T'es pas fâché, alors ? » La réponse à cette question était plutôt complexe, mais je lui dis que non, j'étais fatigué mais pas fâché – pas contre lui, de toute façon. Il était un des rares à m'avoir dit la vérité. Je le poussai à l'intérieur.

« OK, fit Jerry. Si Alden a refusé de te révéler ce qui se trouvait dans la cantine le jour où vous l'avez enterrée, quand est-ce qu'il te l'a dit ? »

Ulysse se tourna vers moi. « En quelle année ce train l'a écrasé ?

— En 1965. Le 22 mai. »

Il hocha la tête. « Ça collerait. C'était le printemps, je me souviens. Il me l'a avoué peut-être une semaine ou deux avant de se faire tuer. Au même endroit, aussi.

— Au même endroit ? Qu'est-ce que tu veux dire ?

— Lui et moi, on pêchait sur le pont de chemin de fer. J'étais au régime sec à l'époque : j'étais resté sobre la plus grande partie de l'année. Le pasteur luthérien et sa femme m'avaient comme qui dirait pris sous leur aile. Mais Alden avait bu comme un trou ce jour-là. Et v'là qu'il se met soudain à vider son sac au sujet de Mary Agnes. C'était plutôt inhabituel, tu vois ? Alden pouvait avoir le vin gai et il pouvait l'avoir méchant, mais c'est la seule fois où je l'ai vu pleurnicher. »

Mon père lui avait dit tout ce qu'il avait sur le cœur : il aurait dû écouter sa grand-mère quand elle l'avait prévenu bien des années auparavant que Mary Agnes était une emmerdeuse comme sa mère et qu'elle le détruirait. « À l'entendre, c'était une maladie qu'il avait attrapée étant gosse et il avait jamais pu en guérir. Alden avait le chic pour s'exprimer, tu sais – une façon de dire les choses qui faisait qu'on les retenait. À l'école primaire, on était dans la même classe – le maître lui flanquait un coup de règle sur les articulations à cause d'une bêtise qu'il avait faite, et l'instant d'après il lui filait un bon point et lui disait de se lever pour lire son devoir à voix haute parce que c'était le meilleur de la classe. »

On m'avait caché ce talent de mon père et j'aurais aimé en savoir plus, mais Jerry intervint : « Revenons-en à la partie de pêche.

— D'accord. Alden m'a raconté qu'il s'était enfin cru guéri d'elle lorsqu'elle était partie à New York ferrer de plus gros poissons. Mais elle était revenue et l'avait "contaminé une fois de plus". Elle était tombée enceinte. Un type qui ne s'était pas bien conduit envers elle. Alden était dans la marine à ce moment-là, mais c'était avant qu'on l'expédie en Corée. Il était venu en permission de Portsmouth et attendait les ordres. Mary est revenue toute penaude avec un polichinelle dans le tiroir. Elle louait une chambre à Jewett City – un de ces endroits où on paie à la journée et où personne ne vous pose de questions. Elle avait retrouvé la trace d'Alden à la taverne Cheery-O et l'avait supplié de l'aider. Elle n'avait pas d'argent, et pas d'avenir non plus si elle se retrouvait coincée avec un moutard à élever. » Ulysse se pencha pour chuchoter : « Figurez-vous que c'était un type de couleur qui l'avait mise en cloque, alors ça compliquait d'autant plus les choses. »

Ulysse ajouta que mon père avait promis de l'aider, mais refusé de l'épouser. « C'est ce qu'elle voulait, vois-tu. Qu'ils se marient au plus vite. Qu'il fasse d'elle une honnête femme ; et s'ils l'expédiaient en Corée et qu'il se fasse tuer, elle serait veuve et aurait droit à certaines prestations. Elle avait toujours eu une sorte de pouvoir sur lui, tout le monde le savait, mais cette fois il a tenu bon. S'il s'était plié à ses volontés, il se serait retrouvé avec un bébé métis. Et à cette époque-là, tu sais… »

Mon père avait offert de l'argent à Mary Agnes pour se faire avorter si c'était ce qu'elle souhaitait ou pour l'aider à s'en sortir après l'accouchement. « Mais elle exigeait la bague au doigt. Elle est devenue folle de rage quand il n'a rien voulu entendre. Elle s'est mise à le frapper, à lui balancer des objets. Elle l'a aussi griffé méchamment à la figure. Alors Alden l'a envoyée paître. Il a emprunté la voiture de Lolly et a disparu quelques jours. À son retour, un télégramme l'attendait sur la table. Son ordre de départ était arrivé. Mais voilà que le téléphone se met à sonner, il décroche, et c'est elle.

— Mary Agnes ?

— Exact. » Elle avait pris un genre de décoction, expliqua Ulysse – une teinture d'il ne savait trop quoi qu'elle avait mélangée à du Coca-Cola et avalée pour mettre un terme à sa grossesse. « Cette fille avait le don de s'attirer des ennuis, elle l'a toujours eu, mais elle a tout collé sur le dos d'Alden. Le bébé serait mort dans quelques heures et elle aussi sans doute, qu'elle lui a dit. Tout ça par sa faute à lui. Plus tard, il pourrait aller cracher sur sa tombe. » Ulysse se tourna vers moi. « Elle faisait ce qu'elle voulait de ton père, vois-tu. C'était une manipulatrice de première. »

Mon père avait sauté au volant de la voiture de Lolly et roulé à tombeau ouvert jusqu'à Jewett City. Le temps d'arriver là-bas, Mary Agnes vomissait et avait des contractions. Le bébé était sur le point de sortir.

« Bien sûr, Alden avait aidé des centaines de fois au vêlage, il connaissait donc les gestes de base. C'est du moins ce qu'il *croyait*. Mais y a eu des complications. Le bébé ne se présentait pas comme il fallait et il a déchiré sa mère. D'après Alden, elle avait perdu tellement de sang qu'il avait eu peur. Il s'est dit qu'elle allait mourir en accouchant, tu vois ? Comme sa mère à lui.

« Le bébé était mort-né. C'était un garçon. Alden ne savait pas quoi en faire, alors il l'a un peu essuyé et il l'a mis dans un tiroir. Il a tout nettoyé de son mieux – le sang et le reste. Il l'a lavée un peu. Puis il est resté auprès d'elle en lui tenant la main. La nuit avait été rudement longue. Mary Agnes était malade comme une bête – elle avait une fièvre de cheval, elle délirait, elle était très agitée. Il n'a pas arrêté de la faire boire, des litres et des litres d'eau, parce qu'il se disait que, quoi qu'elle ait avalé, il valait mieux qu'elle l'évacue au plus vite. Il avait peur de l'emmener à l'hôpital, tu vois ? Parce qu'ils commenceraient à poser des questions. Mais il avait aussi peur de ne pas l'emmener. Au bout d'un moment, il a essayé de la convaincre que c'était la meilleure solution, mais elle lui a fait une telle scène qu'il a renoncé. »

Vers le milieu de la matinée du lendemain, Mary Agnes s'était un peu remise. Elle était toujours faible, mais lucide. Son état s'était suffisamment amélioré pour qu'il puisse la laisser seule quelques heures – et aille rendre la voiture à Lolly et dormir un peu. Avant qu'il parte, elle lui avait demandé ce qu'il avait fait du bébé et il lui avait expliqué. Il lui avait proposé de l'emporter, mais elle lui avait dit non, pas pour le moment, elle aurait peut-être envie de le regarder.

« Puis figurez-vous qu'il rentre à la ferme et trouve le télégramme. Au milieu de tout ce drame, ça lui était complètement sorti de la tête. C'était effectivement son ordre de départ. La marine des États-Unis voulait qu'il se rende à San Diego sous huitaine. Vous savez ce que San Diego signifiait, hein ?

— La Corée, fit Jerry.

— Exact. Mais quand il est retourné auprès de Mary Agnes et lui a annoncé la nouvelle, elle est devenue hystérique. Elle l'a supplié de ne pas obéir aux ordres, de rester à ses côtés. Elle se fichait pas mal qu'il ait des ennuis, qu'on le mette au trou, du moment qu'elle avait ce qu'elle voulait. C'est comme ça qu'elle était. Mais Alden a refusé : il devait descendre à New York prendre le train et se rendre à San Diego. Ça l'a rendue furieuse, m'a raconté Alden. Elle s'en moquait bien, qu'il l'ait veillée toute la nuit, qu'il l'ait accouchée et qu'il lui ait sans doute sauvé la vie. Quand il a voulu l'embrasser pour lui faire ses adieux, elle l'a envoyé aux pelotes et lui a dit d'emporter le bébé. Alden a ouvert le tiroir de la commode, mais le bébé n'y était plus. « Il est là-dedans, qu'elle a déclaré en lui montrant une valise – celle que tu as trouvée dans la cantine, je suppose. Alden m'a dit qu'il ne pouvait pas prendre le risque de sortir avec une valise de dame. Il ne voulait pas attirer l'attention, tu vois ? Pas avec ce qu'il y avait dedans. Il a donc enlevé son imper et l'a posé dessus. Juste avant de partir, il a demandé à Mary Agnes de lui souhaiter bonne chance, de lui dire qu'elle espérait le revoir entier. Mais elle a refusé. Elle l'a même pas regardé. Il s'était pas plié à ses volontés, vois-tu ? Alors en ce qui la concernait, il pouvait aller se faire pendre. »

Mon père n'avait pas eu le temps d'enterrer le bébé – pas avec grand-père et Lolly dans les parages. Il l'avait donc monté en douce au grenier et caché dans le comble perdu. Le lendemain matin, il avait fait son paquetage et dit adieu à son père et à son grand-père, et Lolly l'avait conduit à Grand Central Station. « Je n'ai jamais oublié les paroles d'Alden parce qu'il pleurait comme un veau en les prononçant : il m'a dit qu'au moment où il s'apprêtait à monter dans le train Lolly lui avait fait les adieux qu'il attendait de Mary Agnes – elle l'a serré si fort et si longtemps dans ses bras qu'il a cru qu'il allait le rater, ce train. Et il m'a dit comme ça, il m'a dit : "Tu sais quoi, U ? Ma sœur est la seule personne qui m'ait vraiment aimé." Et c'était un peu triste, tu sais… Parce que c'était vrai, je suppose. »

Mary Agnes s'était rétablie. Elle avait rassemblé une petite somme d'argent et filé en Californie. « Elle y est arrivée une semaine environ avant qu'Alden soit expédié en Corée. Tu en es la preuve, Caelum. Ton père m'a dit que tu avais été conçu là-bas. »

Les choses se sont soudain éclairées : voilà pourquoi il m'appelait parfois son « gosse de Californie ».

« Après son départ, elle est revenue ici. À ta naissance, elle est allée voir ton grand-père pour lui réclamer de l'argent. Mais le vieux n'a rien voulu savoir. Alors Mary Agnes a fait un truc stupide. Tu avais environ un mois et elle t'a confié à une voisine. Juste pour la soirée, c'était censé être, mais elle est partie se cuiter avec un gars et n'est revenue qu'au bout d'une semaine. À son retour, ton grand-père et ton arrière-grand-mère avaient déposé plainte, ils étaient allés voir un juge et avaient obtenu ta garde. Une fois Alden démobilisé et rétabli, ils l'ont convaincu de trouver quelqu'un d'autre – quelqu'un qui soit une bonne mère pour toi. Ton arrière-grand-mère n'aurait pas pu t'élever comme elle avait élevé ton père et Lolly, vois-tu, elle commençait à baisser. Quant à Lolly, ton grand-père avait besoin d'elle à la ferme. Elle travaillait peut-être même déjà à la prison à cette époque-là, je ne me souviens pas. C'est là que Rosemary est entrée en scène. Alden l'avait rencontrée dans un bal, je crois, et ils ont très vite convolé. Mais ça n'a jamais vraiment marché, d'après Alden : il l'avait épousée uniquement pour te donner une mère et pour essayer de se mettre bien avec son père. Seulement Mary Agnes gardait un pouvoir sur lui. Il la rencontrait en douce. Si sa famille avait eu vent de la chose, ils auraient fait un foin pas possible. Tu vois, ils étaient bien intentionnés, les Quirk. Mais d'une façon ou d'une autre, ils n'ont jamais lâché la bride à Alden. »

Pendant environ une minute, personne ne parla. Puis Jerry brisa le silence. « Comment ça va ? » J'avais cru qu'il posait la question à Ulysse, mais je m'aperçus en levant les yeux que c'était à moi qu'il parlait. Je me rendis compte aussi que j'avais les bras serrés autour du torse et que je me balançais sur ma chaise.

« Moi ? Ça va. Je vais bien.

— Ouais ?

— Ouais. Oui. Ou ça ne va pas tarder à aller. »

Jerry se tourna vers Ulysse. « Est-ce que j'ai bien tout compris ? Je récapitule. Elle avorte en 1950. Il cache le bébé dans le grenier, puis part pour la Californie. Elle le suit là-bas, tombe enceinte de Caelum, et il s'embarque pour la Corée. Il est démobilisé pour raison médicale, puis il épouse la femme qu'ils font passer pour la mère de

Caelum. En septembre 1953, tu quittes la marine. Vous sortez à deux la cantine de sa cachette, vous l'emportez dans le champ qui se trouve au fond du verger et vous l'enterrez. »

Ulysse hocha la tête. « C'est à peu près ça.

— Et tu me dis que jusqu'en 1965 tu n'avais pas la moindre idée que c'était le bébé dont elle avait avorté que vous aviez enterré dans cette cantine ? »

Il opina derechef. « C'est bien ça. Je ne l'ai su que le jour où on est allés pêcher sur le pont de chemin de fer.

— D'accord. Un dernier détail : que tu en aies été conscient ou pas à l'époque, vous avez enterré *deux* bébés ce jour-là. Alors, onze ans plus tard, quand ton pote s'est lâché sur le pont, il ne t'aurait pas dit qui était le second par hasard ?

— Eh bien, c'est l'aspect le plus tordu de l'histoire, si vous voulez mon avis, fit Ulysse. Figurez-vous que c'est ce qui lui a donné l'idée de planquer le bébé de Mary Agnes dans le comble perdu. Il a dit que ça l'avait toujours tracassé que l'autre soit tout seul là-haut. Qu'il voulait lui offrir de la compagnie. »

Ulysse expliqua que mon père lui avait révélé un autre secret ce jour-là : il avait découvert les restes du bébé-momie à l'âge de neuf ou dix ans – il était tombé sur le petit coffre en fer caché au fond du comble un après-midi qu'il fouinait dans le grenier où sa grand-mère lui avait interdit d'aller. Il l'avait sorti, ouvert, et il était là. Il avait dit à Ulysse qu'il n'avait encore jamais confié ce secret à âme qui vive. « C'est plutôt curieux, non ? Alden m'a raconté qu'il montait de temps en temps en douce et qu'il le sortait de sa cachette. Il enlevait le couvercle, lui *parlait* même, pour qu'il soit moins seul. Qui était ce bébé, comment il était arrivé là ? Il n'en avait pas la moindre idée. La seule chose dont il était sûr, c'est qu'il était caché là depuis très, très longtemps. »

Jerry ferma son calepin et mit son stylo dans sa poche de poitrine. Il dit à Ulysse qu'il avait fait du bon boulot.

« On en a terminé, alors ? demanda Ulysse.

— Oui. Plus de questions.

— J'en ai encore une pour toi, U, fis-je. Tu aurais pu emporter ce secret dans ta tombe. Pourquoi tu tenais tant à ce que ces deux bébés revoient la lumière du jour ?

— À cause de toi. Ils t'avaient fait tellement de cachotteries et quand t'as commencé à me poser toutes ces questions sur Mary Agnes… Le problème, c'est que j'arrêtais pas de changer d'avis. Parce que c'est pas joli, joli comme histoire. C'est même carrément moche. Elle les montre pas sous un très bon jour. Ni elle ni lui. Mais Alden… ton père… il a beaucoup merdé, je dis pas le contraire. Mais c'était mon ami, tu vois ? Lolly était mon amie. Et tu es mon ami aussi. Alors j'ai pensé : Ulysse, pourquoi ne pas faire preuve de cran pour une fois dans ta vie ? Histoire moche ou pas, pourquoi ne pas avouer la vérité à ce pauvre garçon ?

— Merci », dis-je.

Il hocha la tête.

Jerry quitta la pièce. Nous laissant, Ulysse et moi, à nos larmes.

Je ramenai Ulysse chez lui, le remerciai une fois de plus et refusai de lui donner « un peu d'argent pour picoler ». Je lui déclarai qu'il avait plus besoin de repos que d'alcool.

« Ouais, d'accord. Donne des nouvelles. »

Sur le chemin du retour, je me rendis compte que c'était le jour des visites à la prison. Et en vérifiant ma montre, je m'aperçus aussi qu'il ne restait plus qu'une demi-heure. Parfois il leur fallait ça pour arriver au parloir, mais je décidai de tenter ma chance.

Exceptionnellement, il n'y eut pas les retards habituels. Le temps qu'elle soit assise et qu'on me laisse entrer, nous avions douze minutes à passer ensemble. « Oh mon Dieu, Caelum, ne cessait-elle de répéter. Oh mon Dieu ! » Il lui faudrait du temps pour assimiler, mais elle allait m'aider. M'aider à tirer tout ça au clair.

Quand le surveillant annonça que les visites étaient terminées, je me levai. L'étreignis maladroitement au-dessus de la table. L'embrassai une fois. Puis une seconde. Je ne voulais pas la lâcher.

J'avais déjà parcouru la moitié de la distance qui me séparait de la sortie lorsqu'elle m'appela. Je m'arrêtai et me retournai. « Je t'aime, dit-elle.

— Moi aussi », fis-je.

De retour à la ferme, je découvris plusieurs véhicules garés dans l'allée : des voitures de patrouille, des berlines banalisées et une camionnette du laboratoire de la police scientifique. Quand j'entrai, Jerry fut très professionnel. « Monsieur Quirk, voici l'officier Tanaka. Il a quelques questions à vous poser.

— Quelqu'un d'autre habite ici ? demanda Tanaka.

— Des locataires, au premier. Un couple marié et une jeune femme qui vit avec eux. Elle travaille pour le mari. Ils sont tous absents pour le week-end.

— Parfait. Montons au grenier. Je voudrais que vous me montriez ce comble perdu. »

Quand je redescendis, Jerry me prit à part. « Tu sais quoi ? Tu devrais te tirer d'ici pendant quelques jours. Au moins vingt-quatre heures. Nous allons rester une bonne partie de la soirée et probablement la journée de demain.

— Où veux-tu que j'aille ?

— N'importe où. Fourre quelques affaires dans un sac, prends le volant et roule jusqu'à ce que tu sois fatigué. Tu as beaucoup à réfléchir, Caelum, et si tu es comme moi, c'est au volant qu'on réfléchit le mieux. »

C'est donc ce que j'ai fait. J'ai préparé mon sac, donné une clé à Jerry et je me suis dirigé vers la porte. Puis je me suis arrêté et suis repassé dans ma chambre où j'ai attrapé l'histoire de Lizzy Popper. Je n'avais pas la moindre idée de l'endroit où je crécherais ce soir, mais j'allais l'emporter. Finir de la lire avant de m'endormir.

33

Dans les années qui suivirent la guerre de Sécession, nombre de femmes abolitionnistes adoptèrent la cause de la tempérance et du droit de vote pour les femmes. Lizzy Popper soutint tacitement ces deux mouvements, mais n'y milita pas. Des retrouvailles fortuites avec Maude Morrison, une ex-détenue de la prison de Wethersfield qu'elle avait jadis défendue et qui avait été libérée, réveilla son intérêt pour un système pénitentiaire réservé aux femmes, et c'est à cette cause féministe qu'elle consacrerait les dernières années de sa vie.

Comme beaucoup d'ex-détenues, Maude Morrison aurait très bien pu devenir une paria indigente et inemployable, n'eût été l'intervention d'une femme du monde fortunée avec qui Lizzy Popper la mit en relation. Mme Hannah Braddock dont la belle-famille possédait J. J. Braddock & Company, un grand magasin très couru de New Haven, lui offrit un emploi de modiste dans cet établissement que fréquentait une clientèle huppée. Un an plus tard, Maude Morrison dessinait des chapeaux. Ses élégantes créations ornées de fine dentelle irlandaise se vendaient comme des petits pains et lui vaudraient un certain prestige chez J. J. Braddock et par la suite chez Gimbel's à New York. Sous la houlette de Hannah Braddock, Maude se familiarisa avec les us et coutumes de la bonne société. À l'âge de vingt-sept ans, elle épousa à Newport (Rhode Island) Lucius Woodruff, un financier new-yorkais de vingt ans son aîné. Un an plus tard, celui-ci mourait et Maude devenait une veuve riche.

Elle était l'image même du raffinement quand, en mai 1868, sa calèche croisa Lizzy Popper qui marchait dans une rue encombrée de New Haven. Maude Woodruff reconnut immédiatement la petite dame quaker à qui elle devait sa libération et donna à son cocher l'ordre de s'arrêter. Les deux femmes prirent le thé, et au bout d'une heure décidèrent d'unir leurs forces pour améliorer le sort des femmes « déchues ».

Ayant fait la triste expérience de la prison, Maude Morrison Woodruff consacra une partie de sa fortune à améliorer la condition des détenues. Sa générosité décupla l'ingéniosité d'Elizabeth Popper qui conçut une ferme et une école destinées aux femmes sortant de prison, et financées par Maude. Situés à l'écart des tentations de la ville, dans le village côtier de Noank, dans le Connecticut, le Refuge charitable Lucius Woodruff, doté de douze lits, et la ferme voisine avaient pour but de fournir un abri sûr aux « femmes ayant eu maille à partir avec la justice afin qu'elles puissent se relever et retrouver leur dignité féminine naturelle ». Ouvert en novembre 1869, ce fut en fait le premier centre de réadaptation du Connecticut.

Le refuge Woodruff ne fit pas parler de lui au début. Ses pensionnaires s'assimilèrent discrètement, épousèrent des fermiers et des pêcheurs du cru, et eurent des enfants. Une femme ouvrit un atelier de couture dans le village voisin de Mystic. Une autre, analphabète à son arrivée au refuge, devint secrétaire de l'héritier d'une compagnie de navigation de New London. Mais le refuge connut des temps très difficiles lors de sa quatrième année d'existence. Un groupe de villageois opposé à l'admission de la première pensionnaire noire s'introduisit dans la propriété et mit le feu à des meules de foin et à un poulailler. Un malheur n'arrivant jamais seul, la rouille détruisit la plupart des récoltes cet été-là. Une détraquée versa un soir de la mort aux rats dans le ragoût, tuant une femme et rendant plusieurs autres gravement malades. La presse fit ses choux gras de cette histoire et la directrice démissionna. Lizzy Popper dut la remplacer au pied levé tout en essayant d'endiguer la mauvaise publicité et d'apaiser ceux qui réclamaient la fermeture de l'établissement. Le coup de grâce fut donné lorsque Maude Woodruff apprit que l'associé de son défunt époux l'avait escroquée de plusieurs centaines de milliers de dollars. Ses conseillers financiers lui annoncèrent qu'elle ne pouvait plus fournir les fonds nécessaires à la gestion du refuge et de la ferme. Les pensionnaires furent dispersées et les portes de la propriété condamnées en janvier 1873. Celle-ci fut vendue aux enchères le mois suivant.

Lizzy écrivit à son époux Charles, censé parcourir le Massachusetts pour affaires, une lettre au ton philosophique sur la fermeture du Refuge Woodruff. Détail intéressant, la lettre préfigure sa vie ultérieure à Hartford où elle ferait campagne pour les femmes « déchues ».

Notre noble expérience meurt donc prématurément. La pauvre Maude est désespérée, mais pas moi car je suis convaincue que notre modèle est sain et opérationnel à condition de ne pas dépendre de la seule générosité d'un bienfaiteur ou d'une bienfaitrice. La société doit assumer ses responsabilités, car dans la plupart des cas ce sont ses maux – principalement la pauvreté, la prostitution et le whisky – qui corrompent la femme et font d'elle une criminelle. Le gouvernement doit donc s'impliquer et je dois convaincre les hommes politiques. J'ai fréquenté ce monde, Charlie, et je vois comment il fonctionne. Mes échecs à Shipley Hospital peuvent être mis sur le compte d'un manque de diplomatie. Mme Dix était plus mauvaise « politicienne » que moi – sincère dans sa défense des malades, mais on n'attrape pas les mouches avec du vinaigre. Pour prôner l'amélioration du sort des détenues, je serai tout sucre tout miel. Mieux vaut passer trente minutes fructueuses dans le bureau lambrissé d'un haut fonctionnaire ou d'un président de banque que d'en passer cent avec des sociétés féminines dont les adhérentes sont bien intentionnées mais impuissantes à exiger un changement. Mme Mott et Mme Anthony nous obtiendront peut-être le droit de vote – c'est un but louable —, mais moi, je parlerai politique avec les hommes de marque et, quand je le jugerai utile, je casserai aussi les oreilles de leurs épouses, car elles servent le plus souvent de boussole morale à leurs maris et peuvent les orienter dans le sens de la bienveillance et de la charité chrétienne.

La missive de Lizzy, datée du 13 février 1873, ne parvint jamais à son destinataire. Charles Popper, censé être à Boston, mourut à Manhattan le soir même. Ayant bu une flasque d'eau-de-vie pendant une promenade en traîneau en compagnie de sa maîtresse Vera Daneghy, il se leva, perdit l'équilibre, tomba du traîneau et se rompit le cou. Il devait fêter son soixantième anniversaire trois jours plus tard. Lizzy venait d'avoir soixante-sept ans la semaine précédente. Vera Daneghy en avait trente-huit.

La découverte soudaine par Lizzy Popper que son mari entretenait une maîtresse depuis huit ans et avait une fille – Pansy Rebecca, à présent âgée de quatre ans – aggrava le choc causé par sa mort. Parmi les lettres et les papiers de Lizzy a survécu un classeur peu épais étiqueté « la Daneghy ». À l'intérieur se trouvent six lettres nouées avec de la ficelle : les trois missives que Vera Daneghy écrivit à la femme de son amant décédé et les carbones des réponses de Lizzy.

La première lettre de Vera Daneghy, datée du 23 février, dix jours après le décès de Charles Popper, informe sa veuve de son existence et de celle de Pansy, et de ses attentes suite à la disparition de son amant.

On allait se marier, lui et moi, une fois qu'on aurait été tous les deux libres. Ce jour n'arrivera jamais. Charlie m'a parlé une fois de votre petite fille qui était pas très bien dans sa tête et qui est morte. Quand Pansy est arrivée, Charlie l'a prise dans ses bras et, voyant qu'elle allait bien, il a pleuré. Il arrêtait pas de répéter que, quoi qu'il arrive, il ferait toujours le nécessaire pour que sa fille profite des bonnes choses de la vie et soit privée de rien. À présent, c'est à vous de tenir cette promesse.

La lettre de Vera Daneghy se termine sur des instructions précises : Lizzy doit faire des versements mensuels sur le compte en banque que Charles avait ouvert pour le bien-être de Pansy. Elle suggère une somme de neuf dollars par mois et prévient : « Je peux pas m'en sortir avec moins de huit. Charlie serait furieux si vous étiez radine. »

La réponse de Lizzy fut sèche et directe : « Ceci est pour vous informer que je n'ai ni les moyens, ni l'intention, ni l'obligation morale de vous aider à subvenir aux besoins d'une enfant conçue dans le péché. »

Dans une deuxième lettre datée de mars, Vera Daneghy est exaspérée et s'apitoie sur son sort. Elle informe Lizzy qu'elle a dans un accès de remords avoué à son mari qu'il n'est pas le père de Pansy. À la suite de cette confession, Seamus Daneghy les a toutes deux reniées et chassées de chez lui. Sa famille et celle de son mari l'ont rejetée et elle s'est vue forcée de prendre un emploi subalterne : « éplucher les pommes de terre et pire encore » chez Delmonico's, un excellent restaurant où Charlie l'avait emmenée dîner deux fois. Elle souhaite rappeler à Lizzy que, le soir de l'accident, c'est elle et non Lizzy qui a dû se débattre avec la police, le cadavre au milieu de la chaussée et « ce rapiat de conducteur de traîneau qui exigeait d'être payé, malgré les circonstances, puisse-t-il croupir en enfer ». N'eût été le mari de Lizzy « avec ses grands airs, ses belles promesses et ses livres que pour la plupart je ne lis jamais », sa vie ne serait pas à présent détruite. La femme qui lui loue une chambre et s'occupe de l'« enfant de Charlie » pendant qu'elle est au travail la dépouille de la majeure partie de sa paie et elle n'arrive pas à s'en tirer avec ce qui lui reste. On lui *doit* de l'aide et si Lizzy Popper ne lui en fournit aucune, elle est bien la « femme froide » que Charlie a toujours dit qu'elle était.

Dans une réponse mesurée, Lizzy réitère son manque d'inclination à offrir son assistance et signale à Vera Daneghy que ce n'est pas l'intrusion tardive de son mari dans sa vie, mais plutôt le salaire de son péché qui l'a mise dans sa situation actuelle.

Le ton de la troisième et dernière lettre de Vera Daneghy, écrite quatorze mois après la précédente, en mai 1874, est résigné et apeuré. De désespoir, elle s'est mise à se prostituer pour subvenir à ses besoins et à ceux de sa fille. Elle écrit dans une salle réservée aux indigents du Bellevue Hospital à New York, où elle vient d'apprendre qu'elle souffre d'un « cancer de femme » qui devrait la tuer avant la fin de l'été. Elle s'excuse auprès de Lizzy pour le chagrin qu'elle lui a causé et reconnaît qu'elle n'a aucun droit de solliciter ce qu'elle est obligée de demander : que Lizzy recueille la fille de Charlie, lui donne son nom et l'élève comme si elle était la sienne.

Le dilemme de Vera en était un aussi pour Lizzy Popper. La maîtresse de son mari était devenue une de ces femmes déchues auxquelles elle consacrait les dernières années de sa vie. Si elle ne recueillait pas l'enfant innocente, Pansy serait abandonnée dans un orphelinat de la ville ou connaîtrait un sort encore pire. Sa dernière réponse est une fois de plus sèche et directe.

Je m'arrangerai pour aller chercher l'enfant à une heure et à un endroit qui restent à déterminer. Ma seule stipulation est que vous ne soyez pas présente. Je pense qu'il est préférable que vous et moi ne nous rencontrions pas en personne. Je suis navrée de vos souffrances.

Des nombreux défis que la vie lança à Lizzy Popper, aucun n'est peut-être plus incongru et plus ironique que ce qui arriva ensuite. Le 30 mai 1874, elle revint de New York avec sa protégée, une fillette rousse au visage criblé de taches de rousseur. Une lettre l'attendait. Son auteur était Willie, son fils perdu de vue depuis longtemps.

Chère mère,
J'espère que cette lettre vous trouvera, père et toi, d'humeur enjouée et en bonne santé. Je regrette de n'avoir pas été un correspondant plus fidèle, mais la vie itinérante de comédien ne laisse que peu de temps pour écrire. Cette missive vous parvient de Virginia City, Territoire du Nevada, où j'ai ces dernières semaines joué le rôle de Davy Crockett au Maguire's Theater. Le Maguire's est le plus majestueux établissement où je me sois produit. Le filon de Comstock a fait de la région le pays du lucre, et les rois de l'argent qui possèdent la ville exigent les meilleurs divertissements et ont les moyens de se les offrir. Pourtant je quitte la ville aujourd'hui. Une diligence part dans une heure, et je dois poster ma lettre avant de monter à bord et d'entreprendre mon long voyage vers l'est. Ces pages voyageront dans la même direction que moi et vous parviendront, je l'espère, avant pour des raisons que je vais expliquer. Il y a beaucoup à dire et peu de temps pour le dire.
Ce qui suit va vous surprendre, mère, mais je n'irai pas par quatre chemins : j'avais une épouse et j'ai un enfant. Je me suis

marié, il y a cinq ans, avec Mlle Clara Chapman de Peoria, dans l'Illinois. À l'époque, j'étais en tournée dans l'adaptation théâtrale de La Case de l'oncle Tom de Jay Rial. Dans le rôle du père de la petite Eva, je chantais un cantique mélancolique pendant la scène qui constitue l'apogée de la pièce – la mort et l'apothéose de la petite fille –, et je suis prêt à croire que c'est autant ma façon de chanter que l'ascension au paradis céleste de la malheureuse enfant malade qui, soir après soir, émouvait les spectateurs jusqu'aux larmes. Clara était une artiste itinérante engagée par les Truitts – une violoniste du Diederich String Quartette qui a joué dans Les Sept Pléiades de Nancy Potter. Le spectacle des Pléiades était donné en même temps que le nôtre, cette saison-là. Clara est tombée amoureuse de moi et moi d'elle. Nous nous sommes mariés en Pennsylvanie, à Danville, où nous avons tenu l'affiche deux semaines. Quand j'ai appris que nous allions avoir un enfant, j'ai envoyé Clara à Peoria pour qu'elle puisse accoucher dans un cadre familier. Hélas, le rhumatisme articulaire aigu dont ma frêle épouse souffrait étant enfant lui avait affaibli le cœur et elle est morte en couches. L'enfant se porte cependant à merveille. Mère, vous avez une petite-fille, Lydia Elizabeth. Bien que je ne l'aie vue que deux fois, on me dit qu'elle est devenue une gentille enfant obéissante qui tient physiquement de moi plutôt que de sa mère défunte. Vous la verrez bientôt.

La première étape de mon voyage vers l'est va me mener à Peoria. Mon beau-père m'a écrit que sa femme est malade et qu'ils sont dans l'incapacité de s'occuper de Lydia. Je vais donc la chercher et l'amener à New Haven. Elle a beaucoup plus besoin de la fermeté de grands-parents que des milliers de baisers d'un père qui l'adore, mais que son travail transforme en saltimbanque, et je ferai donc preuve de désintéressement en la confiant à vos soins et à ceux de père.

Mère, ce que je dois vous apprendre à présent vous choquera peut-être. Père n'approuvera pas, je le sais, mais j'ai bon espoir que vous qui avez tant œuvré pour la liberté des moricauds, vous vous réjouirez que votre fils se soit aussi émancipé d'une autre forme de servitude. Avec plusieurs autres membres de notre compagnie, j'ai embrassé les principes de la Ligue américaine de l'amour libre, adoptés par notre guide, le penseur d'avant-garde Stephen Pearl Andrews. Mère, je rejette l'idée qu'un mariage sanctionné par l'Église et l'État soit un lien exclusif et indissoluble. Je souscris à la philosophie que la connaissance physique d'autrui doit se fonder sur des affinités spirituelles, et que ces dernières, de par la nature humaine, fluctuent constamment. Je me suis libéré de l'idée que l'Homme ne devrait connaître qu'une seule épouse ou que la Femme ne devrait connaître qu'un seul époux. Après avoir confié Lydia à vos bons soins, je me rendrai à New York où je m'embarquerai pour l'Europe. Avant le milieu de l'été, je serai installé au palazzo della famiglia Urso sur la côte amalfitaine baignée de soleil. Je serai en compagnie de ceux que j'aime le plus au monde : la harpiste Edwina Mathers (une autre des Sept Pléiades de Mlle Potter), le romancier Gaston Groff et l'amour de ma vie, l'extraordinaire violoniste Camilla Urso. Réjouissez-vous, Mère ! Votre fils est libre de toute entrave et amoureux !

D'après mes calculs, nous devrions arriver dans la semaine du 15 mai. J'espère que Père et moi nous réconcilierons avant mon départ, mais pour qu'il en aille ainsi, il doit être prêt à s'excuser. Je n'ai pas oublié les choses cruelles qu'il m'a dites voici quelques années. Mon bateau appareille le 28 mai. D'ici là, adieu.

Votre fils qui vous aime,
William

Willie Popper était déjà venu et reparti lorsque sa mère apprit la nouvelle choquante qu'à l'âge de soixante-dix ans elle allait avoir la garde non pas d'une, mais de deux petites filles de quatre ans – la première engendrée par un mari infidèle, la seconde par un fils irresponsable. Dans son journal intime, elle décrit de façon poignante ce qui se passa ensuite :

Je tremblais, je voulais me lever et me sauver en courant du salon, mais j'étais incapable de bouger. Sur mes genoux se trouvait la lettre de Willie, avec ses dizaines de « je », de « moi », de « mon » ceci et de « ma » cela. Il avait appris l'humilité dans notre foyer et cela me troublait de lire à quel point il était devenu orgueilleux. L'amour libre ? Peuh ! Un mot bien grand et bien compliqué pour la lubricité !... S'il a un enfant, il ne devrait jouer d'autre rôle que celui du père qui subvient aux besoins de sa famille... Qu'est-ce que je connais aux petites filles ? J'ai élevé des fils, et c'était avec l'aide d'un mari et d'une sœur. À présent, le premier est mort et la seconde, âgée comme moi, passe la moitié de son temps en Floride. Que deviendrait mon travail en faveur des prisonnières et les voyages nécessaires à l'accomplissement de ma tâche... ? Le hasard voulut que ruminant sur tout cela je jette un regard à la fille de la Daneghy. Ses cheveux criards et ses taches de rousseur lui venaient, je suppose, de sa mère, mais ses yeux trahissaient qu'elle était l'enfant de Charlie. Je fus peinée de le voir. Elle était assise sur le canapé et me dévisageait comme si c'était moi et non elle la curiosité. Je me rendis compte alors que j'avais pensé à voix haute. « Qu'est-ce que vous avez donc ? lui lançai-je.

— Rien, m'dame. Je me demande seulement si avec vos jacasseries vous entendez ces coups ? » Je m'aperçus soudain qu'on cognait le marteau de cuivre à la porte de devant.

« Eh bien, mademoiselle, si cette maison doit devenir la vôtre et si nous avons un visiteur, je vous prie d'aller à la porte dire que je n'y suis pour personne. » Confier pareille tâche à une enfant aussi jeune n'était pas approprié, mais si je me levais et allais ouvrir moi-même, je craignais de voir mes jambes se déro-

ber sous moi ou d'éclater en sanglots. Tant ma confusion était grande.

Je suivis du regard la malheureuse enfant qui se hâtait vers la porte. Comment allais-je expliquer cette diablesse irlandaise ? Devais-je l'amener sur la place de New Haven et proclamer : « Voici Pansy, le fruit de l'adultère de mon mari » ?

Puis je les vis tous les quatre dans l'embrasure de la porte. Les deux fillettes se tenaient par la main comme si elles étaient devenues amies le temps de monter les marches. Derrière elles se tenaient Martha, ma sœur et mon pilier, et notre bon à rien de frère, Roswell, avec son bandeau sur l'œil et son sourire malveillant. « Bonjour, sœurette, me voici de retour », s'exclama Ros, comme si c'était une bonne nouvelle et non un horrible fardeau supplémentaire qui me tombait sur les épaules.

Ne pouvant encore me résoudre à regarder la fillette plus petite, en retrait derrière Pansy, je regardai la poupée qu'elle serrait à la main – sa robe en vichy, sa tête de porcelaine et ses cheveux peints en noir. Mes yeux se posèrent à nouveau sur les mains entrelacées des deux petites filles et c'est alors que je sus ce que j'allais faire : je dirais qu'elles étaient sœurs... Pansy : une fleur vulgaire, un prénom vulgaire, une mère vulgaire. Je la prénommerais Lillian. Elles seraient Lydia et Lillian, les filles jumelles de mon fils veuf, Willie, et de sa malheureuse épouse... Quant à Willie : il ne serait pas un comédien ridicule mais plutôt un respectable agent du gouvernement nommé en Italie. Non, pas en Italie : en Angleterre, où les gens n'embrassent pas l'« amour libre » et le culte du pape, mais les bonnes vieilles valeurs protestantes. C'était un mensonge motivé par l'orgueil, et le mensonge et l'orgueil sont des péchés, mais grâce à cette ruse les deux fillettes et moi pourrions sauver la face et surmonter cette épreuve cruelle que le destin nous avait réservée. Elles seraient sœurs et je serais la grand-mère non pas de l'une d'elles, mais des deux... Une fois mon plan manigancé, je pus regarder la fille de Willie dans les yeux. Quand je le fis, je m'abîmai dans *ma contemplation. Ses cheveux noirs, ses yeux clairs et son teint pâle : elle était dénuée de beauté, contrairement à celle dont elle serrait la main. C'était une Hutchinson des pieds à la tête. J'eus les larmes aux yeux et je songeai à mon père bien-aimé, à mes fils. J'aimai tout de suite Lydia, et quand elle esquissa un sourire timide, je lui souris en retour. Je me tournai ensuite vers la fille de la Daneghy. Je savais que même si je la disais mienne et l'appelais Popper, je ne l'aimerais jamais. Elle dut on ne sait comment lire dans mes pensées, car si jusqu'à cet instant elle s'était montrée sage comme une image, ses yeux s'obscurcirent soudain et ses narines frémirent. Elle arracha la poupée des mains de Lydia, et la lança contre le mur du salon. Sa tête de porcelaine se brisa en mille morceaux.*

Cette explosion fut apparemment la première d'une longue série pour Pansy Daneghy, désormais connue sous le nom de Lillian Popper. Dans son journal intime et dans ses lettres, Lizzy qualifie tour à tour sa protégée de « grincheuse », « désagréable », « boudeuse », « menteuse », « voleuse en herbe » et « friponne aux anglaises rousses ». Par contraste, Lydia est « docile », « d'un naturel doux », « une fille timide mais serviable, toujours plongée dans les livres ». Lizzy évoque souvent le fait que Lillian tourmente Lydia : elle lui prend ses babioles et ses friandises, lui abîme ses vêtements et ses souvenirs. Lydia a les genoux « en sang » après que Lillian « l'eut fait tomber sans raison alors qu'elles rentraient toutes les deux de l'école de couture de Mlle Bridges ». Lydia se foule les deux poignets en sautant désespérément d'une balançoire : Lillian la poussait de plus en plus haut et refusait d'arrêter. Une lettre datée de 1880 et adressée à Martha Weeks, en Floride, révèle des détails de la dynamique familiale alors que les deux fillettes étaient âgées de dix ans.

Bien que Lillian ne se lasse jamais de la martyriser, Lydia demeure une sœur dévouée : elle avale chaque insulte, pardonne chaque offense. De ce point de vue, ma petite-fille est un modèle d'indulgence chrétienne et sa grand-mère souffre de la comparaison. Je ne sais plus quoi faire de cette créature perturbée et perturbante qui sème une telle pagaille dans notre maison. Je suppose que je suis en partie responsable, car elle prend pour parole d'évangile ce que je lui ai dit pour la protéger : son père et celui de Lydia ne sont qu'une seule et même personne. Ne serait-il pas pire de révéler la vérité : à savoir qu'elle est la fille de fornicateurs ? Il n'empêche qu'elle souffre quand Lydia reçoit de beaux cadeaux et pas elle. Durant les jours qui ont précédé et suivi son anniversaire, Lil a attendu dans le froid l'arrivée du facteur. Dès qu'elle l'apercevait, elle courait à sa rencontre dans l'allée. « Il y a quelque chose pour moi ? Il y a quelque chose pour moi ? » Quand elle a fini par se faire à l'idée qu'il n'y aurait pas de colis pour elle en provenance d'Italie, elle a entrepris de détruire ceux que sa sœur avait reçus. Elle a taillardé la grande cape de velours rouge que cette Urso avait envoyée à Lydia. Elle a saccagé le livre préféré de Lydia, Alice au pays des merveilles, cadeau de Willie, en griffonnant en travers de chaque page : « Lydia est lède ». Page après page de cette insulte mesquine, et avec une faute d'orthographe en plus. (Lillian est mauvaise en orthographe, Lydia excellente.) La pauvre Lyd a versé toutes les larmes de son corps. Pourtant, quand son oncle Roswell s'est emparé de la baguette de noyer pour punir Lillian de sa méchanceté, qui est intervenu pour défendre la pécheresse ? La victime, pardi ! Elle n'aimait pas cette cape rouge, de toute façon. Elle avait lu Alice au pays des merveilles tant de fois qu'elle en avait assez. Roswell a fouetté Lillian aux jambes et aux fesses, mais il dit qu'il a eu la main plus légère que prévu tant Lydia était bouleversée.

À dire vrai, ma sœur, c'est avec effroi que j'ai accordé à Roswell la permission de s'installer à nouveau sous mon toit. Je *n'oublie pas que Charlie et moi avons dû le mettre à la porte la dernière fois parce qu'il ne faisait que boire et jouer. Toutefois, je lui suis reconnaissante de son aide, car je doute que je m'en serais sortie seule avec Lillian. Quand elle a une crise d'hystérie, c'est « Oncle Ros » qui parvient à la maîtriser, parfois en se contentant de la fusiller du regard ou de placer ses doigts sur son bandeau. Malgré ses grands cris et sa turbulence, elle est terrifiée à l'idée d'être obligée de regarder ce qui se trouve dessous, et c'est une menace qu'il brandit pour la ramener à la raison.*

Dans ta dernière lettre, tu me demandais si Roswell a embrassé la cause de la tempérance. Malheureusement non, il est toujours sous l'emprise de l'alcool. Pourtant, pour l'essentiel, il fait ce que je lui ai demandé et se borne à en consommer dans l'intimité de sa chambre, où il se retire pour la soirée. Avec deux petites filles à élever, ma vie est pleine de compromis et Roswell est l'un d'eux. En sa qualité de maître de maison, il manque peut-être d'industrie et de rectitude morale, mais sans lui je devrais abandonner mon travail. Comment pourrais-je voyager pour défendre mes prisonnières durant les mois où Nathanael et toi êtes en Floride ?

Elizabeth Popper fit de nombreux déplacements pour défendre ses prisonnières. Son journal de voyage révèle qu'elle sillonna le Connecticut en tous sens durant les années où elle eut la garde de Lydia et de Lillian : elle alla voir des maires, des membres influents du clergé et des citoyens éminents pour les gagner à la cause du système pénitentiaire séparé et financé par l'État qu'elle envisageait pour les femmes. Néanmoins, bizarrement, c'est au moment où sa campagne en faveur d'une réforme des prisons prenait de l'ampleur à l'Assemblée générale que Lizzy Popper y mit brusquement un terme. On sait peu de chose de la raison pour laquelle le journal de voyage ne signale aucun déplacement entre avril 1883 et octobre 1885, ni de celle pour laquelle cette chroniqueuse, épistolière et collectionneuse de lettres méticuleuse, n'a conservé aucune correspondance de cette période ni rien consigné dans son journal intime. De cette époque ne survit que le début jauni d'une missive à sa sœur Martha, datée du 6 avril 1883 et apparemment jamais terminée, qui indique que son retrait de la vie politique fut déclenché par une crise familiale impliquant sa protégée Lillian et son frère Roswell.

Sœur,

Tu dois brûler cette lettre immédiatement après l'avoir lue. C'est avec colère et honte que je t'écris au sujet de quelque chose d'ignoble qui s'est produit sous mon toit pendant mes absences. Depuis hier, je ne cesse de repenser à l'époque lointaine où mes fils étaient jeunes et où Charlie m'avait prévenue que j'allais sauver le monde aux dépens de ses enfants. Hélas, c'est bien ce qui s'est passé, même si je remercie le Seigneur qu'il ne s'agisse en l'occurrence que d'une enfant et non de deux. Pour autant que je sache, Lydia a été épargnée. La partie lésée n'est pas mienne mais quelqu'un avec qui je partage un nom et une maison. Le coupable, cela me peine de le dire, est notre frère. Hier, tout à fait par accident, j'ai découvert...

Elizabeth Popper s'est arrêtée au beau milieu d'une phrase puis a barré d'un grand X ce qu'elle venait d'écrire. Détail intéressant, elle n'a pas obéi à la consigne qu'elle donnait à sa sœur et n'a pas brûlé la lettre inachevée. Les corrections infligées par Roswell Hutchinson à Lillian avaient-elles conduit à des violences plus grandes ? Avait-elle été la victime de sévices sexuels ? Le biographe moderne se perd en conjectures sur ce qui s'est réellement passé. Tout ce que l'on sait, c'est qu'en avril 1883 Roswell Hutchinson quitta brusquement le domicile de sa sœur, que Lillian s'enfuit l'année suivante et que Lizzy Popper entra dans une longue période de désengagement politique.

Roswell et Lillian connurent tous deux une fin prématurée. Parmi les papiers de Lizzy figurent deux certificats de décès. Celui de Hutchinson délivré à Baltimore, Maryland, date du 5 juin 1884. La cause du décès : hémorragie cérébrale due à des coups mortels reçus à la tête au cours d'une altercation dans un bar. Lillian Popper mourut en mars 1885 alors qu'elle était incarcérée aux tristement célèbres New York City Tombs. Son certificat de décès indique qu'elle avait gardé le nom de son père après sa fuite, mais repris son prénom de Pansy. Pansy Popper avait été reléguée aux Tombs parce qu'elle s'était « bagarrée pour régler une dispute » et « fréquentait un établissement de chop suey de mauvaise réputation ». Cette dernière accusation laisse supposer que l'enfant de Charlie Popper et de Vera Daneghy s'était prostituée, droguée ou les deux, car les « établissements de chop suey » de cette époque étaient des façades pour des fumeries d'opium et des bordels. Pansy avait quinze ans quand elle mourut de « consomption », ainsi qu'on appelait la tuberculose pulmonaire au XIXe siècle.

L'ironie de ces deux fins tragiques dut certainement être une cause de souffrance pour Lizzy. Comme sa mère biologique, la fillette turbulente dont elle avait à son corps défendant accepté la garde était devenue une des « femmes déchues » qu'elle défendait si loyalement. Le frère qu'elle avait élevé et soutenu était devenu un des « hommes malveillants » dont Lizzy s'évertuait à protéger les détenues. C'était de surcroît pendant ses longues absences pour défendre la cause de ces femmes déchues que sa maison était devenue pour la jeune Lillian une prison dirigée par un « geôlier » qui avait clairement abusé de son pouvoir.

Quelles qu'aient été les affres de Lizzy Popper, elle n'a pas laissé de réflexions personnelles sur le sujet. Il est possible qu'elle les ait brûlées ou qu'elle ait souffert en silence. Peut-être son retrait du monde indique-t-il que sa vieille ennemie, la dépression, s'était une fois de plus abattue sur elle. En l'absence de preuves écrites, on en est réduit à des suppositions.

Ce que l'on sait cependant, c'est qu'en 1886 elle renoua avec le monde et reprit ses activités politiques avec une vigueur qui démentait ses quatre-vingt-deux ans. Sa petite-fille Lydia était désormais pensionnaire dans une école privée du Massachusetts dont les frais étaient payés par la riche *inamorata* de Willie Popper, Camilla Urso. Ayant repris son bâton de pèlerin, Lizzy obtint de nouvelles lettres de soutien à l'idée d'un système pénitentiaire séparé pour les femmes : de la part du spécialiste de la Bible Calvin Stowe et de sa célèbre épouse, Harriet Beecher Stowe ; de l'ex-sénateur des États-Unis, Lafayette Foster ; de Joseph Hawley, héritier du journal *Hartford Courant* ; et de l'illustre Mark Twain par l'intermédiaire de leur ami commun, le révérend Twichell.

En octobre 1886, elle prit le ferry pour se rendre à New York en compagnie de Lydia, à présent âgée de seize ans, afin d'assister à l'inauguration de la statue de la Liberté. Cet événement historique l'amena à faire les réflexions suivantes à sa sœur Martha, à présent grabataire :

Dame Liberté est une déesse qui symbolise bien l'idéal américain, même si en la contemplant je n'ai pu m'empêcher de songer aux milliers de ceux qui, deux décennies plus tôt, ont dû mourir pour expier le péché de l'esclavage. Les larmes me montent aux yeux quand je songe à mon Edmond et mon Levi. Eddie, en parti-

culier, aurait savouré cette cérémonie d'inauguration à laquelle sa maman et sa nièce Lyd ont eu la chance d'assister.

Entre 1886 et 1892, Lizzy vit sa santé décliner et connut des deuils personnels douloureux. Sa sœur Martha bien-aimée décéda d'un arrêt du cœur en 1889. Son autre sœur, Anna Livermore, décéda des mêmes causes, l'année suivante. Lizzy garda l'esprit clair et fertile jusqu'à la fin, mais passa une bonne partie des deux dernières années de sa vie en chaise roulante, car elle ne tenait plus très bien sur ses jambes. En mai 1892, elle tomba et se cassa le col du fémur en essayant de se hisser de son fauteuil dans son lit. La fracture hâta son déclin, elle mourut de complications neuf jours plus tard, le 30 mai 1892.

Lydia Popper qui se trouvait au chevet de sa grand-mère raconta que vers la fin, durant un moment de lucidité, Lizzy lui déclara : « Mes échecs ont été beaucoup trop nombreux, Lyd, et mes succès beaucoup trop rares. Tout ce que je peux dire, c'est que j'ai fait de mon mieux. » Ses dernières paroles, écrivit Lydia par la suite, furent : « Écoute. La fille m'appelle. Viens, ombre, emporte-moi. »

Au cours de sa vie remarquable, Elizabeth Hutchinson Popper n'avait peut-être pas réussi à atteindre son but – la création d'un système pénitentiaire séparé, financé par l'État, administré et dirigé par des femmes –, mais son rêve se réalisa après sa mort, quand la petite-fille qu'elle avait élevée, la sociologue Lydia Popper Quirk, devint en 1903 la première directrice de la Ferme de femmes de Three Rivers. Elle demeura à ce poste jusqu'en 1943 et, durant ces quarante années, prit de nombreuses mesures progressistes qui améliorèrent le sort des détenues. « La prison qui guérit par la douceur », disaient souvent les gens à propos de l'institution qui était la concrétisation du rêve de sa grand-mère. Durant les longues années où Lydia occupa son poste, un panneau de bois énonçant sa philosophie resta accroché au mur derrière son bureau. Il disait avec simplicité et éloquence : « Une femme qui abdique sa liberté n'est pas tenue d'abdiquer sa dignité. »

34

Découverte des restes de deux nourrissons dans une ferme
LE MÉDECIN LÉGISTE VA AUTOPSIER
LES BÉBÉS ENTERRÉS DEPUIS LONGTEMPS

L'état de la femme blessée du brigadier s'améliore
« MON MARI ÉTAIT TOUJOURS EN GUERRE », DÉCLARE
LA VEUVE DU VÉTÉRAN D'IRAK

Les restes momifiés vont être analysés par un archéologue
UN DES NOURRISSONS EXHUMÉS EST MORT
IL Y A CINQUANTE ANS, INDIQUENT LES ANALYSES.
LE PROCUREUR DÉCLARE QUE DES POURSUITES CRIMINELLES
SONT « ENVISAGEABLES »

La famille du vétéran traumatisé dénonce la guerre en Irak
LA VEUVE DÉCLINE LES OBSÈQUES MILITAIRES
ET REFUSE LA MÉDAILLE DÉCERNÉE AUX BLESSÉS
DE GUERRE

Conclusions de l'archéologue :
LE « BÉBÉ-MOMIE » A VÉCU ET EST MORT AU XIXe SIÈCLE

Brigadier Kareem A. Kendricks, 1983-2007 :
UN CORPS MUTILÉ, UN ESPRIT DIMINUÉ,
UN COMBATTANT AMÉRICAIN ABANDONNÉ

**Derrière le glamour, la reine de beauté
menait une vie de douleurs et d'illusions**
LA MALADIE MENTALE ÉTAIT UNE MALÉDICTION FAMILIALE
ET UN TERRIBLE HÉRITAGE POUR LA MÈRE DU BÉBÉ EXHUMÉ

Les semaines suivantes, tandis que les gros titres racoleurs de la presse se disputaient l'attention des lecteurs, je gardai la tête baissée et fis, cahin-caha, mes derniers cours du semestre. J'eus beau opposer un « Pas de commentaire » à toutes les demandes des journalistes, mon nom fut mêlé à chaque nouvel épisode. Des clichés de la ferme, pris depuis Bride Lake Road, étaient rendus publics. Une photo revenait tout le temps : celle de ma mère, rouge à lèvres carmin et gants blancs, parmi les six candidates au titre de Miss Rheingold 1950. Comme je le redoutais, deux ou trois des journalistes qui couvraient l'histoire exhumèrent en même temps que le passé houleux de ma mère une autre histoire qui n'avait aucun lien : celle de ma femme qui avait survécu au massacre de Columbine, tué Morgan Seaberry sous l'emprise de tranquillisants, et été incarcérée pour ce crime.

Mes collègues d'Oceanside ne me parlèrent pas des bébés ni de Kareem Kendricks. Pourtant, chaque fois que j'entrais dans la salle des profs, ma présence en dispersait certains et réduisait les autres au silence, y compris ceux qui adoraient s'écouter parler. Durant ces jours difficiles de révélations, je ne me suis jamais senti aussi vulnérable et aussi seul que lorsque j'étais parmi eux.

Mes étudiants de la quête en littérature furent plus gentils. Daisy Flores me remit une enveloppe à la fin du premier cours qui suivit le suicide de Kareem Kendricks. J'attendis que ma salle soit vide pour l'ouvrir, et bien m'en prit parce que je fondis en larmes. « Avec toute notre compassion pour la perte de votre frère », disait la carte. Ils avaient tous signé. C'était à la fois bizarre et touchant de recevoir des condoléances pour le fœtus d'un demi-frère dont la mort était survenue avant ma naissance, et dont j'ignorais tout jusqu'au matin où je l'avais involontairement exhumé avec son compagnon momifié. La découverte de « Bébé Dank », comme s'étaient mis à l'appeler les journaux, m'avait embrouillé les idées et lancé un défi; et elle avait compliqué mes sentiments envers une mère biologique à laquelle j'avais sans le savoir aspiré pendant la plus grande partie de ma vie. Mais la gentille carte de mes étudiants me fit enfin admettre que j'étais bel et bien en deuil et me permit donc de pleurer. Bébé Dank avait été mon demi-frère aîné. Revendiquer ma parenté avec l'*autre* fils de Mary Agnes signifiait que je n'avais jamais été fils unique comme je l'avais toujours cru.

Pour ce cours, j'avais encouragé mes étudiants à dire ce qu'ils pensaient et ressentaient. Seuls deux prirent la parole, et uniquement pour faire des annonces officielles. Marisol Sosa communiqua l'heure et le lieu du service commémoratif que l'université organisait en l'honneur de Kendricks. Ibrahim Ahmed invita ses camarades à participer à la manifestation hebdomadaire contre la guerre devant le foyer des étudiants. Je remarquai particulièrement le silence boudeur d'Oswaldo Rivera. Il en disait long, j'en étais sûr, sur ses regrets de s'être fichu de Kendricks le jour qui s'était avéré être le dernier de sa vie. Ayant vu les ténèbres en Irak, le brigadier Kendricks s'étonnait que ses contemporains soient aussi « jeunes », Ozzie en particulier. À présent, la vision d'Ozzie s'était assombrie elle aussi. Quoi qu'il eût retiré du cours, il semblait avoir mis de côté son personnage d'homme-enfant trop sûr de lui et être devenu un adulte plus triste mais plus sage.

Mes étudiants de la quête en littérature et moi avions traversé ensemble une rude épreuve et, pour leur dernier examen, je leur donnai donc un devoir où ils ne pouvaient pas se planter.

Pablo Picasso, maître incontesté de l'art moderne, s'est souvent inspiré des mythes anciens. Il paraissait particulièrement fasciné par le Minotaure, personnage sur lequel il est revenu à maintes reprises. Dans une gravure de 1935 intitulée *Minotauromachie*, Picasso fait du monstre la figure dominante d'une scène onirique. Une petite fille qui ne semble pas avoir peur de l'imposant homme-bête l'affronte en serrant un bouquet dans une main et une bougie allumée dans l'autre. Le monstre tend le bras vers la flamme, mais on ne sait pas si c'est un geste d'acceptation ou de rejet. Entre la fille et le Minotaure, une femme matador gît blessée sur un cheval blessé. À gauche de la composition, sur une échelle, un homme en pagne jette un regard par-dessus son épaule. Descend-il dans la scène de chaos ou s'en échappe-t-il ? À sa droite, deux femmes avec des colombes observent avec détachement ce qui se passe sous leur fenêtre. Au loin, un bateau met à la voile et un nuage noir crève au-dessus du Minotaure.

En quoi la *Minotauromachie* de Picasso étudie-t-elle ce que nous avons découvert ce semestre : à savoir, que les mythes anciens imprègnent et illuminent la vie moderne ?

En d'autres termes, que voyez-vous dans cette gravure ? Que vous dit-elle de la condition humaine et du monde que nous habitons et partageons ?

J'allai au service commémoratif, auquel peu assistèrent et où les rares personnes qui prirent la parole eurent du mal à faire le panégyrique d'une victime expiatoire qui avait été héroïque, destructrice et détraquée. Marisol nous conseilla d'être gentils les uns envers les autres « parce qu'on ne sait jamais ». Elle fut suivie d'un aumônier des armées qui nous assura que les desseins de Dieu, s'ils étaient parfois impénétrables, étaient néanmoins justes et miséricordieux. Les croyants qui m'entouraient hochèrent la tête sombrement, et je leur enviai leur croyance en un Père divin qui nous aimait et avait toujours raison.

De retour chez moi, je m'assis à la table de cuisine et m'attaquai aux cahiers d'examens de mes étudiants. La *Minotauromachie* les avait tous inspirés. Leurs devoirs étaient poignants, réfléchis, et quelques-uns semblaient presque profonds. Dans le Minotaure menaçant, ils voyaient Kareem Kendricks, la menace du terrorisme, l'inhumanité de l'homme envers l'homme et la double aptitude des hommes au mal et au bien. La femme matador aux seins nus était une victime de viol, une kamikaze et la femme blessée du brigadier Kendricks. Pour un étudiant, Kendricks était le cheval blessé qui la portait. Beaucoup reconnurent Jésus dans l'homme sur l'échelle, mais ils étaient partagés sur la question de savoir s'il arrivait pour sauver la situation ou s'il évacuait les lieux. La petite fille était la sagesse de la jeunesse par rapport au grand âge, la personnification du courage et le triomphe de la lumière sur les ténèbres. Pendant tout ce long semestre, Devin O'Leary avait été l'étudiant le moins impliqué et celui qui avait le plus tendance à somnoler. Mais pour finir : c'est peut-être lui qui résuma le mieux ce qu'ils avaient appris : « Cette gravure nous montre ce que tous les mythes que nous avons étudiés nous disent, concluait-il. La vie est désordonnée, violente, déroutante et pleine d'espoir. » À la fin, je m'aperçus que la quête en littérature avait été mon meilleur cours – celui où professeur et étudiants s'instruisent mutuellement. Je leur donnai à tous un A et leur dis au revoir en classant électroniquement leur dernière note d'un simple clic de souris. Puis je sortis dans le soleil hivernal et partis voir Maureen à la prison.

Le parloir était moins bondé que d'habitude, ce jour-là, et Maureen et moi pûmes parler sans élever la voix. La semaine précédente, j'avais fait don d'*Elizabeth Hutchinson Popper : autoportrait épistolaire d'une femme remarquable du XIXe siècle* à la bibliothèque de la prison. Mo avait demandé au bibliothécaire, M. Lee, si elle pouvait être la première à l'emprunter et il avait dit oui, bien sûr. Lorsque j'allai la voir, elle avait dévoré l'histoire de Lizzy deux fois de suite.

« Je suppose qu'il est impossible d'en être sûr, dit Mo. Mais est-ce que tu ne crois pas que le bébé-momie aurait pu être celui de Pansy et de ce Roswell qui donne la chair de poule ? »

Je lui répondis que j'avais eu la même intuition. « Peut-être que c'est ce qui a arrêté Lizzy dans son élan pendant une période : elle a dû affronter le fait qu'elle n'avait pas protégé Pansy de son frère.

— Puis il a fallu qu'elle gère la honte et le secret de sa grossesse. Mais le bébé est mort, on a caché le corps plutôt que de l'enterrer. J'ai calculé, Cae. Pansy n'aurait eu que quatorze ans alors. »

Je hochai la tête. « En admettant que nous ayons raison au sujet des parents du bébé, ce qui donne aussi la chair de poule, c'est le fait que quelqu'un a dû sortir le bébé de sa cachette chez Lizzy à New Haven et l'apporter ici à Three Rivers.

— Qui aurait fait ça ? Lydia ?

— Ça ne peut être qu'elle. Ce qui, d'une certaine façon, expliquerait pourquoi, après la mort de Pansy en prison, Lydia s'est mise à adresser les pages de son journal intime à "Chère Lillian". À un moment, elle s'étend longuement sur un poème qu'elle aimait : "Marché des lutins". Je l'ai lu sur Internet, il y a un certain temps. Ça parle d'une fille courageuse qui sauve sa sœur de la tentation et du péché. Ce que Lydia n'a pas fait dans la vraie vie. Pour moi, ça pose la question : où était Lydia pendant qu'Oncle Ross prenait sa "sœur" pour victime ? Est-ce qu'elle savait ce qui se passait ?

— Si elle était au courant, Cae, pourquoi est-ce qu'elle ne serait pas allée voir sa grand-mère ? Et d'ailleurs, pourquoi Pansy elle-même ne l'a pas fait ? »

Je haussai les épaules. « Peut-être qu'Oncle Roswell les a obligées à se taire en les terrorisant. Est-ce que ce n'est pas la façon d'opérer des prédateurs ? Dire à leurs victimes toutes les horreurs qui vont leur arriver si elles vendent la mèche… ? »

Je sentis son souffle sur mon visage, l'entendis murmurer : *Un jour, j'ai tué un chien. Je lui ai passé un nœud coulant autour du cou, j'ai jeté l'autre bout de la corde sur une branche d'arbre et j'ai tiré un bon coup dessus. Tu as un chien, n'est-ce pas, Vilain Garçon ? Peut-être qu'il tâtera de la corde de Stan Zadzilko…*

« En tout cas, quelle qu'ait été la raison pour laquelle elles n'ont rien dit, Lizzy a dû se rendre compte de ce qui se passait quand la grossesse de Pansy a commencé à se voir, dit Mo.

— Elle a dû éprouver une sacrée culpabilité. Le nom de la prison "Tombs" ne suggère pas une partie de plaisir, hein ?

— Lydia a aussi dû se sentir terriblement coupable. »

La culpabilité du survivant, songeai-je. Maureen était bien placée pour savoir combien c'était dur.

« Tu sais, je la revois encore en fauteuil roulant dans la véranda. Tenant cette poupée à la main et disant à tout le monde : "Embrasse ma Lillian. Aime ma Lillian." Ça ressemble tellement à… une supplication. Qui sait ? Si Lydia a gardé toute cette culpabilité et toute cette honte jusqu'à l'âge adulte, c'est peut-être pour ça qu'elle a repris le flambeau. Qu'elle a consacré sa vie à sauver les "femmes déchues". À une seule exception de taille près…

— Ta mère, tu veux dire ? »

J'acquiesçai de la tête. « Mais ça se comprend, je suppose. Lydia a dû aussi voir en Mary Agnes une sorte de prédatrice – ce qu'elle était, d'une certaine façon. Ulysse m'a dit que dès le départ mon père avait été son jouet. Elle faisait de lui ce qu'elle voulait, quand elle voulait. Alors, je peux concevoir que Lydia ait remué ciel et terre pour protéger son petit-fils – sa chair et son sang – de quelqu'un d'aussi… quoi ? Téméraire ? Impitoyable ?

— Oh, mon chéri, tout ça doit être si douloureux ! Comment tu te sens ? »

Ça allait, lui dis-je. Je gérais, je digérais. « C'est un peu plus facile depuis que les squelettes de la famille Quirk ne font plus la une des journaux. Je ne dis pas qu'il ne m'arrive pas encore d'avoir des accès de colère à cause de la façon dont on m'a caché des choses que j'étais en droit de connaître… À un moment, j'ai vraiment eu du mal à avaler que Lolly ne m'ait jamais rien révélé. Mais tu as suggéré qu'elle essayait peut-être encore de me protéger de la vérité, et ça m'a aidé. Je suis aussi allé voir le Dr Patel deux ou trois fois et elle m'a aussi permis d'y voir clair.

— C'est bien, Caelum, c'est super.

— Ouais. Le problème, c'est que je ne peux pas ignorer que Mary Agnes était si instable qu'elle en était dangereuse – qu'il *fallait* probablement me protéger d'elle. Est-ce que tu as déjà entendu parler de personnalité borderline ? »

Mo répondit que oui, mais qu'elle ne savait pas très bien de quoi il s'agissait.

« Le Dr Patel n'exclut pas cette hypothèse pour ma mère. Elle a pris un livre de référence et elle m'a lu la liste des symptômes : témérité, autodestruction, peur de l'abandon. C'est plausible, non ? La façon dont elle a saboté sa carrière de mannequin. La façon dont, chaque fois que mon père s'affranchissait d'elle, elle le faisait mordre à l'appât et le ramenait vers elle. Il y a un autre symptôme appelé "perturbation de l'identité". Ça colle aussi. Elle quitte une petite ville pour aller dans une grande, devient Jinx Dixon.

— Comme le père de Lydia.

— Euh ?

— Willie Popper. Il est allé à New York où il est devenu Fennimore Forrest. »

Je hochai la tête. « Je n'y avais pas pensé. "Perturbation de l'identité" des deux côtés de la famille. Je suis verni, hein ? Peut-être que je vais quitter la ville un moment et revenir sous le nom de, je ne sais pas, moi… Derek Jeter.

— C'est pas un joueur des Yankees ?

— Oh, mon Dieu, si, tu as raison. Où avais-je la tête ? Lolly doit se retourner dans sa tombe. Elle détestait les Yankees presque autant que les Lady Vols. »

Ça fit du bien d'échanger des sourires. « Oh, à propos de Lolly… », dit Mo.

Elle m'expliqua qu'elle était tombée la veille sur Lena LoVecchio, venue à la prison voir une cliente. Elles avaient bavardé quelques minutes. « J'ai dit que j'étais en train de lire la vie de Lizzy, et j'ai ajouté qu'on n'en aurait jamais rien su si tu n'avais pas loué le premier étage à quelqu'un qui se consacrait aux études féminines. Lena a répondu que Janis n'aurait jamais rien découvert si Lolly n'avait pas détourné la documentation.

— Détourné ? Qu'est-ce qu'elle entend par là ?

— C'est la question que je lui ai posée. Tu te souviens quand ils se sont mis à harceler Lolly ? À la persécuter pour qu'elle démissionne ?

— Comment pourrais-je l'avoir oublié ? Elle ne m'a fait grâce d'aucun détail.

— Eh bien, d'après Lena, Lolly a vu que c'était fini pour elle. Elle savait qu'ils voulaient sa peau. Pour on ne sait quelle raison, toutes les archives, les journaux et les lettres de sa grand-mère étaient encore ici, à la prison. Entassés dans un placard. Mais quand Lolly a voulu les récupérer, ils ont dit non. Ça appartenait à l'État. Même la correspondance de Lizzy. Allons, allons : Lizzy avait écrit et reçu ces lettres avant même que cet endroit n'existe. Et ce n'était pas parce que la direction de l'administration pénitentiaire s'intéressait aux archives de Lydia. Ils ont dit ça uniquement pour contrarier Lolly.

— Tout à fait typique, hélas.

— Donc, selon Lena, Lolly s'est dit "rien à foutre" et elle a tout embarqué chez elle. Elle a tout sorti d'ici, carton par carton, à raison d'un chaque soir.

— Sans blague. Je savais qu'elle s'était passée de leur permission pour le panneau de bois, mais j'ignorais qu'elle avait aussi fauché tout le reste. Bon Dieu, il y a une tonne de paperasse là-haut – des classeurs pleins. Elle a dû mettre des semaines. Comment s'est-elle débrouillée pour ne pas se faire prendre ?

— C'est ce que j'ai demandé à Lena. Lolly lui a expliqué que c'était un des avantages de l'équipe de l'après-midi. Quand on quittait la prison à onze heures du soir, on pouvait sortir avec le bureau du directeur sur le dos, personne ne bronchait. »

Je ris, secouai la tête. « C'était une battante, hein ?

— Plus que ça, Cae. C'est peut-être Janis qui a assemblé les pièces du puzzle, mais c'est Lolly qui s'est tout colltiné pour les sortir d'ici. Qui a sauvé l'histoire de ta famille pour toi… Oh, je suis désolée, Cae. Je ne voulais pas te faire pleurer.

— Non, c'est juste que… » J'essuyai mes larmes du revers de la main. « Je l'aimais tant, tu sais… Je ne me rappelle pas le lui avoir jamais dit.

— Mais elle le savait, Cae. J'en suis certaine. »

Je hochai la tête. Reniflai encore un peu. « Bon Dieu, je suis devenu une vraie fontaine dernièrement.

— Je crois que certaines de ces larmes attendaient de couler depuis longtemps. C'est bien qu'elles le fassent maintenant, Cae. C'est sain.

— Ouais, d'accord. Bon, assez parlé de moi et de ma famille tuyau de poêle. Comment vas-tu, toi ? Tout se passe bien au Camp Quirk ? »

Plus ou moins, répondit-elle. Elle avait écrit au directeur adjoint pour se plaindre des femmes qui harcelaient Crystal, et, ô miracle, il avait pris l'affaire au sérieux. Il avait transféré la meneuse à un autre étage, prévenu les autres qu'elles devaient arrêter, et dit aux surveillants d'avoir l'œil et de lui signaler tout nouvel incident. « Jusqu'ici, ça va. Crystal va commencer une formation pour l'hospice. Elle a été acceptée aujourd'hui. Je pense que ce sera bien pour elle, Cae. Je ne sais pas ce qui s'est passé le jour où son bébé est mort, mais la culpabilité l'a paralysée. Réconforter les mourants, c'est un acte compassionnel. Ça l'aidera peut-être à…

— Se pardonner ? »

Maureen secoua la tête. « On ne se pardonne jamais vraiment. En tout cas, moi je n'y suis pas parvenue. Mais si on arrive à trouver des façons d'être utile à autrui, on peut commencer à s'imaginer bien dans sa peau, quoi qu'on ait fait. Les filles qui se donnent la mort ici sont celles qui n'y arrivent pas. Leur culpabilité devient trop lourde à porter. Une fille de Travers Hall s'est tuée avant-hier. Elle s'est pendue à l'aide d'un sac poubelle. Elle n'en pouvait plus. » Maureen me demanda si je me souvenais d'une de ses anciennes codétenues. « Irina ? La Russe ?

— Irina la Terrible. Celle qui toussait tout le temps. C'est elle qui s'est suicidée ? »

Mo secoua de nouveau la tête. « Elle se trouve à l'hospice maintenant. Je m'occupe d'elle. Elle n'en a sans doute plus que pour deux ou trois jours.

— Qu'est-ce qu'elle a ? »

De multiples problèmes, selon Mo. Mais elle ne pouvait pas vraiment entrer dans les détails, secret professionnel oblige.

Sida ? Hépatite ? N'avais-je pas lu quelque temps auparavant un article au sujet d'une épidémie de tuberculose en Russie ? « Dis-moi qu'elle n'est pas contagieuse. »

Mo se contenta de m'assurer qu'étant infirmière elle savait prendre les précautions nécessaires et veillait à ce que les autres bénévoles en fassent autant. « Mais tu sais quoi, Cae ? Maintenant qu'Irina est proche de la fin, son hostilité a disparu. Elle apprécie vachement les petites attentions : que je la peigne ou que je lui donne de la glace pilée lorsqu'elle a la bouche sèche. Parfois, quand elle a peur la nuit, elle me réclame. Les surveillants n'hésitent pas à me réveiller et à me laisser aller à son chevet. Elle aime me raconter des histoires d'enfance, ou quelquefois elle veut juste que je lui tienne la main. Lorsqu'on était toutes les deux coincées ensemble dans une cellule, j'étais à cent lieues de penser qu'on deviendrait amies.

— Elle a de la chance de t'avoir.

— J'ai de la chance aussi, Cae. C'est ce qu'il y a de chouette dans le travail avec les patients de l'hospice : c'est réciproque. »

Kareem Kendricks récitant les sept actes de charité me revint brusquement à l'esprit : *Prodiguer des soins aux prisonniers, enterrer les morts…*

« Tu sais quoi ? Tu es une infirmière super.

— C'est vrai, n'est-ce pas ? Merci, Caelum », fit-elle avec un beau sourire.

Le surveillant annonça que les visites se terminaient dans cinq minutes.

« Oh, avant que j'oublie. Le Dr Patel te salue. Et Velvet aussi.

— À propos de Velvet, ça me rappelle que le père Ralph a obtenu le feu vert du directeur pour une messe familiale. Nous pouvons inviter chacune deux personnes de notre liste de visiteurs. C'est dans un mois, le 20 janvier. Je me suis dit que peut-être Velvet et toi… ?

— Ça pourrait être dangereux pour toi. Le Dieu dans lequel tu crois va probablement se mettre à tonner si les mécréants que nous sommes nous présentons dans un lieu de culte.

— Sérieusement, Cae. Tu viendras ? Tu demanderas à Velvet ? »

Je lui dis qu'elle pouvait compter sur moi, mais qu'amener Vampirella à une messe catho n'allait pas être de la tarte.

« Le père Ralph a même réussi à faire casquer le directeur pour un déjeuner léger après le service religieux. On pourra donc partager un repas et rester ensemble un moment sans être séparés par ces stupides tables. C'est *énorme*, non ? Le père Ralph est génial. »

Je déclarai que je n'en attendais pas moins de la part d'un des Quatre Cavaliers.

« Les Quatre Cavaliers ? Ah oui. Ton équipe de relais, c'est ça ?

— Détentrice du record du Connecticut pendant je ne sais combien d'années.

— Le capitaine Martineau n'en faisait pas aussi partie ? »

J'acquiesçai de la tête. « Qui eût cru, à l'époque où nous étions quatre lycéens maigrichons à nous passer le témoin, que nous deviendrions respectivement flic, prêtre, patron de casino et prof… ? Un déjeuner, hein ? Je vais enfin pouvoir déguster la gastronomie cinq étoiles de la prison dont tu me dis toujours tant de bien.

— Gastronomie cinq étoiles ? » La plaisanterie lui plut énormément.

Ç'avait été une bonne visite – une de nos meilleures. En y repensant sur le chemin du retour, je me surpris à sourire. Je calculai mentalement où elle en était de sa peine : elle avait purgé vingt-neuf mois, il lui en restait trente et un. Le jour de la messe familiale, elle en serait exactement à la moitié.

De : studlysicilian@gmail.com
À : caelumq@aol.corn
Envoyé : lundi 17 décembre 2007
Objet : Je suis de retouuuuuur !

Yo, Quirk. Je suis de retour avec mes vieux à la remorque. C'est une longue

histoire. Mon père est tombé une fois
de plus. Ça n'a pas été simple mais je
les ai mis tous les deux à St. Joe's,
la maison de retraite qui se trouve sur
la RN14. La boulangerie a rouvert. Pour
l'instant en tout cas. Passe dès que tu
peux. G beaucoup a te raconté.

« Une petite amie, Al ? m'exclamai-je. Nous parlons
bien d'une vraie femme, pas du modèle gonflable en
vinyle livré par UPS ?

— Putain, Quirky, me fais pas marrer, j'ai les lèvres
gercées. » Nous prenions un café dans un box près de la
devanture. En le revoyant, je me rendis compte à quel
point il m'avait manqué.

« Qui est l'heureuse élue ? »

La femme qui lui avait vendu la Mustang, dit-il.

« La veuve à la Mustang ? Ah bon ? »

Elle lui avait téléphoné quelques semaines après la
vente. « Son beau-fils débarrassait le garage et il avait
trouvé les bavettes de la Stang. Son mari les avait fait
faire spécialement. Je crois que ce type était encore plus
dingue de Mustang que moi.

— Ouais, mais je suis sûr que tu le battrais dans la
catégorie dingue tout court.

— La ferme, connard. Bref, je suis allé les chercher
à Easterly et elle me dit comme ça : "Voulez-vous rester
dîner ?" J'étais arrivé vers quatre heures, quatre heures
et demie de l'après-midi, et je ne suis pas reparti avant
onze heures du soir. Elle est d'un abord facile. Quand
on est avec elle, on ne voit pas le temps passer. En plus
elle est drôle. Dans le genre sarcastique. Je sais pas, ça a
accroché entre nous.

— Le grand Al a donc des relations amoureuses.
Grâce à des bavettes.

— La bave du crapaud n'atteint pas la blanche colombe. Ça n'a pas commencé comme ça du tout. On était juste deux personnes qui se racontaient leur vie. Sauf que maintenant c'est devenu autre chose. »

Il dit qu'après le dernier pépin qu'avait connu son père – c'était la troisième fois en six mois qu'Al devait se précipiter en Floride – il lui avait fallu prendre des décisions difficiles. Il n'y était pas allé par quatre chemins. Il ne pouvait plus être au four et au moulin, il avait une affaire à diriger. « Le soir, quand maman et moi rentrions de l'hôpital et qu'elle allait se coucher, j'appelais Dee sur mon portable. Juste pour parler à une amie, tu vois ? Et après je me sentais mieux. Plus calme, comme qui dirait. Puis, un soir où je lui téléphonais, elle m'a dit comme ça : "Bon, j'ai fait des recherches pour toi." »

— Des recherches à quel sujet ? m'enquis-je.

— Sur des trucs pour les vieux : soins à domicile, maisons de retraite, assurance maladie. C'est elle qui a trouvé St. Joe's et, crois-moi, Quirky, cet endroit m'a sauvé la vie. Quant à savoir si je vais être capable de sauver la boulangerie, c'est une autre paire de manches. Je ne peux pas continuer à fonctionner avec un découvert tous les mois. Bon sang, si je pensais que ça pouvait booster les ventes, je mettrais mes vendeuses en string, tu sais. Merde, moi-même j'en porterais un.

— Elles peut-être, mais toi ? Laisse tomber. Bonjour les dégâts… Tes parents ont donc accepté d'aller en maison de retraite ?

— Ils ont d'abord renâclé – surtout ma mère. Elle ne voulait pas vivre avec une bande de "vieux". Sans compter le problème de la nourriture : personne ne sait faire la cuisine comme elle. Mais elle commence à s'habituer. Quant à papa, on peut dire qu'il suit le mouvement. Ça tombe bien qu'ils aient une chapelle là-bas, comme ça maman peut aller tous les matins à la messe : c'est juste au bout du couloir. Le curé est italien. Là, j'ai vraiment eu le coup de bol.

— Et que pense la *mamma* de la petite amie ?

— Elle l'aime bien, je crois. La première fois que j'ai amené Dee ici, maman l'a regardée d'un sale œil. Tu sais, ce truc sicilien : tout ce qui n'est pas de la *famiglia* est un peu suspect. Mais Dee est catholique, alors ça aide. Elle a marqué des points quand elle a raconté à maman qu'elle était allée dans une école catho. Son mari qui est mort ? C'était son second mariage. Je me suis gardé de mentionner à maman qu'elle avait divorcé du premier. Et qu'elle n'est plus pratiquante.

— Ce que la vieille *signora* ignore ne peut pas lui faire de mal. Mais abrège, veux-tu ? Est-ce que la veuve et toi, vous êtes, euh… ?

— Quoi ?

— Déjà passés à l'acte ?

— T'écris un bouquin, Quirky ? Supprime ce chapitre.

— Putain, don Juan pique un fard, observai-je. Voilà au moins un mystère résolu. Quand est-ce que tu me présentes ta chérie ?

— Reste dans les parages, elle va passer plus tard. On va se faire un restau chinois puis peut-être un film. Tu veux venir ? »

Je déclinai l'offre. J'irais voir ses parents à St. Joe's dans les prochains jours. Al me dit que si je voulais voir sa mère, je pouvais m'économiser l'argent de l'essence. Elle était dans la cuisine. « Elle a ceint son tablier et mis son moule à *pizzelle* au feu. À croire qu'elle n'a jamais quitté la boulangerie. »

Quand on parle du loup… Du haut de son mètre quarante-sept, Mme Buzzi émergea en brandissant la célèbre statue de la Sainte Vierge dont les yeux, dans les années 70, avaient versé des larmes de sang qui avaient dessiné une carte du Vietnam. « Alfonso ! s'exclamat-elle. Pourquoi tu l'avais camouflée derrière ? Remets-la à sa place dans la devanture.

— Mais, maman…

— Il n'y a pas de maman qui tienne. C'est une boulangerie catholique, ne t'avise pas de l'oublier. » En fils obéissant, Alphonse se leva pour exécuter les ordres. « Quand tu en auras terminé avec ça, va chercher un marteau et des clous et raccroche la photo du Padre Pio. » Je ne savais pas s'il fallait sourire ou faire la grimace. Après la sainte Trinité, la Vierge Marie, son défunt fils Rocco, et les papes Jean XXIII et Jean-Paul II, Padre Pio était l'idole de Mme B. Elle priait tous les jours depuis des lustres le prêtre mystique et faiseur de miracles, et s'était rendue deux fois en pèlerinage sur son lieu de naissance. Si Mme Buzzi s'asseyait un jour et dressait une liste, j'étais quasiment sûr que son fils survivant et son mari souffrant arriveraient loin derrière son bien-aimé Padre Pio.

« Eh, m'man, fit Al. T'as vu qui est ici ? »

Elle remonta ses lunettes sur son front, plissa les yeux puis sourit. « Oh, nom d'un petit bonhomme, je ne t'avais pas reconnu, mon chou ! Viens ici. Tu feras bien un petit bisou à une vieille dame ? » Nous nous sommes approchés l'un de l'autre bras tendus, nous nous sommes étreints et embrassés. « Oh, ça alors, regardemoi comme tu as grisonné, dit-elle en m'ébouriffant les cheveux. Comment va ta femme ?

— Très bien. Vous récitez toujours des rosaires pour elle ?

— Bien sûr, la pauvre. Et je prie aussi pour ces pauvres petits bébés que vous avez trouvés. C'est une terrible tragédie, hein ? Ça montre bien le peu de respect qui existe de nos jours pour la vie humaine. Je ne sais pas ce que ce monde va devenir. » Au lieu de lui signaler que les bébés en question étaient morts un siècle et un demi-siècle plus tôt, je lui demandai comment allait son mari.

Elle haussa les épaules. « Eh, comme les vieux.

— Et vous ? Il me semble que St. Joe's vous réussit plutôt. Vous vous y plaisez ?

— Eh, répéta-t-elle. La nourriture est dégueulasse. Ils mettent pas assez de sel. Et leur sauce marinara sort d'une boîte, bon Dieu. » S'apercevant qu'elle avait juré, elle se dépêcha de se signer. « Mais c'est plus facile pour lui, dit-elle en indiquant Al d'un coup de menton. Alors, je supporte. Qu'est-ce que je peux faire d'autre ? »

Marteau en main, Alphonse tapait sur un clou. « Je sais bien, mais c'est un brave garçon, n'est-ce pas ?

— Oui, c'est vrai. Mais ne lui dis pas. Je ne veux pas qu'il ait la grosse tête. »

Quelques minutes plus tard, Alphonse avait rendu à la boulangerie Mamma Mia le look voulu par sa mère. La Sainte Vierge était réinstallée à la place d'honneur et rebranchée, de sorte que son auréole rayonnait de nouveau. Le visage renfrogné du Padre Pio avait retrouvé sa place dans la galerie de portraits à côté des photos encadrées du Président Kennedy, de Rocco Buzzi, de Mère Teresa, de Sergio Franchi (qui avait une fois dégusté des *biscotti* chez Mamma Mia) et des Red Sox après leur victoire de 2004 qui avait mis fin à une série noire, la seule fantaisie décorative d'Alphonse.

« Eh bien ça m'a fait plaisir de te revoir, mon chou, me dit Mme B. Il faut que je retourne à mes *pizzelle*. » Sur ce, elle se hâta, le dos voûté, vers la cuisine en s'essuyant les mains sur son tablier.

Al et moi avons encore déconné un peu, puis je me suis levé pour partir. J'enfilais mon pardessus quand la clochette de la porte d'entrée a tinté et une femme d'âge mûr souriante est entrée dans la boulangerie. « La voici ! s'est exclamé Alphonse en adressant un sourire radieux à la jolie rousse bien en chair qui s'approchait de lui. « Viens ici, chérie. Je veux te présenter quelqu'un. » Il l'a prise par la main et l'a amenée vers moi.

« Caelum, je te présente Dolores Kitchen. Dee, voici mon meilleur copain, Caelum Quirk. Mais tu peux l'appeler comme moi : Quirky Zarbi. »

Elle a roulé les yeux et lui a donné une tape. « Oh, Alfie, ne sois pas si gamin.

— Ouais, franchement, Alfie. Ravi de faire votre connaissance, Dolores. » Et c'était vrai. Je l'ai tout de suite trouvée sympathique.

Pour la messe à la prison, les invités rassemblés dans le hall d'entrée présentaient leurs papiers d'identité et, une fois que le surveillant avait trouvé leur nom sur la liste « agréée », passaient un portique de sécurité. Mais au lieu de nous arrêter comme d'habitude devant la porte métallique coulissante du parloir, nous fûmes escortés dans le saint des saints par deux gardiens. Franchîmes en groupe une série de portes, un dédale de passages pour atteindre le large couloir gris où se tiendrait le service dominical spécial. Une centaine de chaises en plastique de couleur mastic dont le dossier portait l'inscription « CP Quirk » étaient alignées au cordeau de chaque côté d'une allée centrale. Un programme photocopié et plié en deux reposait sur chaque chaise. Un surveillant à l'air revêche roula un autel portatif à travers une série de portes en plexiglas ouvertes et l'arrêta devant les chaises. Pour cet événement, les règles habituelles étaient inversées : c'étaient les visiteurs qui s'asseyaient et attendaient l'arrivée des détenues.

Assise à côté de moi, Velvet avait le total look de la famille Addams : pull à col roulé, jean et socquettes noirs, baskets rouge sang, longs cheveux aile-de-corbeau et vernis à ongles noir.

« Psst, chuchota-t-elle. D'où vient cette odeur d'oignons ? »

Elle suivit mon regard et aperçut les dizaines de sacs d'oignons de vingt kilos entassés contre les murs du couloir. « Ah, d'accord. Qu'est-ce qu'ils fichent là ? »

Je haussai les épaules. « Je ne sais pas. C'est peut-être pour faire pleurer les gens.

— Ah oui ? » dit-elle sans se rendre compte que je plaisantais. Je lui répétai alors ce que Maureen m'avait expliqué : la messe était célébrée dans l'aile des cuisines.

Une minute plus tard, Velvet me tapa sur l'épaule. « Je ne suis allée à l'église qu'une seule fois, tu sais, murmura-t-elle. Je ne connais rien à toutes ces conneries de levez-vous, asseyez-vous, agenouillez-vous.

— Ne copie pas sur moi. Ça fait une éternité que je n'ai pas mis les pieds dans une église. Contente-toi d'imiter les autres. Pour ce qui est de se mettre à genoux, t'inquiète. Y a pas d'agenouilloir. Ils vont pas nous faire agenouiller par terre. »

Elle hocha la tête d'un air soulagé. « Ma mère a donné dans le satanisme à une époque », fit-elle. J'étais en train de digérer cette information quand elle me tapa à nouveau sur l'épaule. « Regarde. Voici maman »

Maureen était en tête d'une colonne de quarante à cinquante femmes habillées à l'identique d'un tee-shirt bordeaux et d'un jean sans poches. Elle s'approcha de nous, radieuse. « Salut vous deux. Merci d'être venus. Waouh, j'aime tes cheveux, Velvet. » Je me poussai d'une place pour qu'elle puisse s'asseoir entre nous. Elle m'étreignit l'épaule et serra aussi celle de Velvet. « Je suis si heureuse », dit-elle.

Précédé d'une détenue portant une croix de bois d'un mètre de haut, Ralph Brazicki entra dans ses vêtements sacerdotaux. Il avait le visage plus rond et des poches sous les yeux plus grandes que la dernière fois que je l'avais vu. Il s'était aussi un peu dégarni. Bref, comme moi, il ne rajeunissait pas.

Ralph nous accueillit tous chaleureusement : il espérait que ce serait la première de nombreuses messes familiales. Ça ne dépendait que de nous, détenues et visiteurs : plus les choses se passeraient bien, plus le directeur serait enclin à donner son feu vert pour la suivante. Sur ces bonnes paroles, il présenta le Chœur sans répétition.

Onze femmes se levèrent à l'avant et entonnèrent *On Angel's Wings*. Pendant qu'elles chantaient, je songeai à ma belle-mère. L'amour de Rosemary Sullivan Quirk pour Dieu avait été très fervent malgré les nombreuses croix qu'elle avait portées : un mari alcoolique qui ne l'avait jamais vraiment aimée, un père qui sortait d'une pièce dès qu'elle y entrait parce qu'il ne lui pardonnait pas d'avoir épousé un protestant puis divorcé, un beau-fils qui restait raide comme la croix de bois que nous avions devant nous et attendait qu'elle finisse de le câliner. La messe de ce couloir de prison n'avait strictement rien à voir avec les services solennels auxquels nous assistions, elle et moi, à l'imposante cathédrale Saint-Antoine. Mais, en examinant les visages des choristes dont beaucoup étaient ravagés par la drogue, l'alcool, les violences subies et infligées, je fus frappé par leur ressemblance avec les visages torturés des saints et des martyrs qui ornaient les vitraux de l'église de mon enfance.

L'amie et ex-codétenue de Maureen, Camille, s'approcha du lutrin et nous lut un extrait de l'Ancien Testament : Dieu le Père châtiant un pécheur qui l'avait bien mérité. Je voulais être attentif, mais mon esprit se mit à vagabonder et, le temps que je me concentre à nouveau, Camille faisait une génuflexion et regagnait sa place.

Deux Afro-Américaines se levèrent. L'une était grande, androgyne, musclée ; l'autre, une petite boulotte très féminine – une vraie Vénus de Willendorf. D'après le programme, elles se prénommaient Rosalie et Tabitha. Leurs voix s'harmonisaient merveilleusement dans le gospel *Must Jesus Bear This Cross Alone ? Tout le monde a sa croix et j'ai la mienne*, chanta la première, et sa partenaire lui répondit par des paroles qui m'étaient plus familières : *Amaze-amaze-amazing grace, comme elle est douce la voix qui sauva un misérable tel que moi*. C'étaient les premiers mots du cantique favori de mon arrière-grand-mère Lydia – celui que grand-père lui chantait le soir après l'avoir bordée. Le cantique que Lolly, par égard pour la grand-mère qui l'avait élevée, avait demandé qu'on chante à ses propres obsèques, service qui s'était déroulé sans moi, qui avais dû regagner le Colorado en catastrophe sans savoir si Maureen était morte ou vivante. Les voix des chanteuses s'élevèrent en un crescendo enfiévré.

J'ai trouvé en lui un refuge…
Et à présent mon cœur est content.
Je ne suis plus seul !…
Plus seul !…
Plus seul…
Non, plus seul…

À mes yeux, il était clair que le personnage christique de la *Minotauromachie* de Picasso *montait* à l'échelle et laissait en plan ceux qui souffraient, mais le gospel de Rosalie et Tabitha m'ébranla néanmoins. Je regardai sur ma droite et vis que Maureen pleurait. Et que Velvet avait les yeux secs mais l'air éberlué.

Une fois Tabitha et Rosalie de retour à leur place, Maureen se leva soudain et se dirigea vers le lutrin. « Notre deuxième lecture est un extrait des Actes des Apôtres », annonça-t-elle. Elle examina l'assemblée, sourit à tous et à chacun, et d'une voix à la fois calme et assurée, commença à lire :

« Or, comme Hérode allait le faire comparaître, cette nuit-là, Pierre, lié de deux chaînes, dormait entre deux soldats, tandis que des sentinelles, devant la porte, gardaient la prison. Et voici que l'Ange du Seigneur se présenta, et une lumière brilla dans le cachot. Frappant Pierre au côté, il le réveilla en disant : "Debout, vite !" Et les chaînes lui tombèrent des mains. L'Ange lui dit : "Mets ta ceinture et chausse tes sandales" ; ainsi fit-il. Et il lui dit : "Revêts ton manteau et suis-moi." Et Pierre sortit et il le suivait, mais sans savoir que ce qui arrivait par l'Ange était vrai ; il pensait regarder une vision. Ils franchirent un premier poste de garde, puis un second, et ils vinrent à la porte de fer qui donne sur la ville. D'elle-même, celle-ci s'ouvrit devant eux. Ils sortirent et s'avancèrent dans une rue, et aussitôt l'Ange le quitta[1]. »

Le prêche du père Ralph s'appuya sur le passage lu par Maureen. Son message était très audacieux compte tenu du fait que six surveillants à l'air revêche se tenaient prêts à intervenir et nous observaient, omoplates collées au mur de parpaing, l'œil aux aguets. À l'instar de Pierre dans les Actes des Apôtres, nous dit Ralph, les femmes du CP Quirk pouvaient briser leurs chaînes et s'échapper tout en purgeant leur peine. « Nous avons *tous* la capacité de nous libérer de nos propres prisons ou de celles d'autrui, mais pour y parvenir nous devons être

---

1. Traduction d'Emile Osty avec la collaboration de Joseph Trinquet. Bible Osty, Seuil.

prêts à faire le pari crucial que les anges sont une réalité et pas simplement le fruit de vœux pieux, et qu'ils sont partout autour de nous. Nous sommes, mes chers frères, ou nous *pouvons* être des anges les uns pour les autres. Mais nous ne vivons pas dans un monde de fantaisie, nous vivons dans le monde réel. Comme nous l'avons entendu dans le passage que Maureen nous a lu, les anges peuvent nous conduire vers la liberté. Mais ils nous laisseront tracer notre propre chemin vers la vertu. Et il s'agit, mes chers frères, d'un voyage solitaire. Chacun de nous vient au monde seul et chacun de nous sera une fois de plus seul à l'heure de la mort. "Poussière nous sommes et à la poussière nous retournerons." Ce qui importe, c'est la façon dont nous nous traitons les uns les autres dans l'intérim. »

Une grande costaude tatouée jaillit de sa chaise tel un diable de sa boîte. « Je comprends, mon père ! C'est la vérité vraie ce que vous dites !

— Rasseyez-vous, mademoiselle Fellows ! » cria un des surveillants les plus jeunes et les plus intimidants. Il fit un pas dans sa direction. « Un peu de respect, s'il vous plaît, ou je vous fais sortir d'ici.

— C'est l'émotion que je ressens », protesta Mlle Fellows.

Un autre surveillant renfrogné entra en lice. « Alors, ressentez en la bouclant !

— Ne nous emballons pas, dit le père Ralph aux gardiens et aux fidèles. Tout va bien. » Mais Mlle Fellows l'ouvrit à nouveau et fut embarquée par deux officiers. « Un mot de plus et je vous sanctionne », entendis-je l'un d'eux menacer.

Après la communion – Mo y prit part, Velvet et moi nous abstînmes – Ralph nous donna la bénédiction finale, et invita Rosalie et Tabitha à revenir chanter. Elles entonnèrent un cantique jubilatoire et déchaîné qui invitait à taper du pied, intitulé *I'm So Glad Trouble Don't Last Always*. D'un bout à l'autre de la pièce, un par un au début, puis par deux, et enfin par rangées entières, les détenues et les invités se levèrent pour taper dans leurs mains, crier, danser et chanter. Quand Mo se décida, Velvet l'imita. Je me retins au début, puis suspendis mon scepticisme et me joignis à l'extase collective en partie par solidarité avec Mlle Fellows qui avait été exclue, mais aussi pour célébrer l'idée que les ennuis pourraient, comme le disait le cantique, « ne pas durer éternellement ». Je jetai un coup d'œil aux surveillants ébahis. Ils se regardaient nerveusement, ne savaient comment réagir. J'étais persuadé que leur formation paramilitaire ne leur fournissait pas la réponse appropriée aux manifestations de joie spontanée, et je ne leur enviais pas l'imperturbable sérieux qui faisait sans aucun doute partie de leur travail. La majorité d'entre eux était peut-être des gens bien une fois rentrés chez eux et débarrassés de leur uniforme.

Le buffet du déjeuner avait été installé dans le parloir, et Maureen nous présenta Crystal et sa mère, Camille, son mari et sa fille, et LaToya, une autre bénévole de l'hospice. Les larges tables, qui les jours de visite servaient à nous séparer, étaient à présent couvertes de longues nappes blanches et de plats en métal argenté. Des détenues portant des filets à cheveux et des vestes blanches se tenaient prêtes à nous servir. Un type noueux, souriant, coiffé d'une toque de chef, lança d'une voix forte : « Écoutez-moi tous. Nous avons des pâtes à la bolognaise, de la salade, du gâteau et du punch aux fruits. Venez vous servir ! Bon appétit !

— Hip, hip, hip, hourra pour M. Price-Wolinsky ! cria quelqu'un et toutes les détenues l'ovationnèrent.

— Il s'occupe du cours de cuisine, expliqua Mo. Il est super. Tout le monde l'adore. »

Je m'apprêtais à faire la queue au buffet quand on m'attrapa par l'épaule et je me retournai. « Je suis content de te voir, Caelum, dit Ralph. Je dois passer de table en table d'abord, mais j'espère qu'on aura l'occasion de se parler un peu plus tard. On a un tas de choses à se raconter.

— Ce serait chouette. À propos, toutes mes félicitations pour aujourd'hui. »

Il éluda le compliment en se tournant vers Maureen. « Cette fille est un de mes piliers. Est-ce qu'elle ne s'est pas tirée brillamment de sa lecture ? »

Lorsqu'il s'éloigna, Maureen me confia que son commentaire était typique. « Il se tape tout le boulot et il en attribue le mérite aux autres. »

Nous nous joignîmes à la queue, Velvet, Maureen et moi. Maureen prit une assiette en polystyrène, mais la fit tomber. Elle me fit brusquement face et tendit la main vers moi. « Oh ! Oh ! s'exclama-t-elle.

— Qu'est-ce qui se passe ?

— Je ne sais pas, je vois double. »

J'ouvris la bouche pour lui demander si elle voulait s'asseoir une minute, mais elle hurla de douleur. « Oh mon Dieu ! Ma tête ! J'ai mal ! Très mal ! »

Ses yeux se révulsèrent. Ses jambes se dérobèrent et elle tomba à la renverse sur Velvet. « M'man ? s'écria Velvet. M'man ! »

Une surveillante ne cessait de répéter : « Monsieur, je comprends votre situation, mais pour des raisons de sécurité vous allez devoir nous suivre dans votre véhicule. »

J'ai quand même essayé de monter dans l'ambulance, mais deux gardiens m'ont attrapé et retenu. « Lâchez-moi, bordel ! ai-je vociféré en tentant vainement de me libérer. C'est ma femme ! Il faut que je reste avec elle ! » Je me débattais encore quand l'ambulance s'est éloignée à toute allure, sirène hurlante.

Rupture d'anévrisme, conclurait le rapport d'autopsie. Mo mourut sur le chemin de l'hôpital.

35

Où aller ? avais-je demandé à Jerry Martineau le jour où j'avais exhumé les bébés et où il m'avait conseillé de partir. Peu importait où j'atterrirais. Je pourrais réfléchir au volant. Je saurais, une fois sur place. J'avais donc attrapé l'histoire de Lizzy et j'étais parti.

De la RN32, je me suis dirigé vers l'autoroute 84. À Hartford, j'ai pris l'autoroute 91 en direction du nord. J'ai dépassé Springfield et Northampton et je suis arrivé dans les Berkshires. Certains appellent ces collines « montagnes », mais on voit qu'ils n'ont jamais vécu à l'ombre des Rocheuses. À White River Junction, j'ai dû faire un choix. Québec ? Burlington ? Pour éviter le cirque des patrouilles frontalières, j'ai choisi la seconde option et je me suis glissé dans le flot de la circulation de l'autoroute 89. La nuit tombait et je fatiguais quand j'ai vu le panneau Montpelier, j'ai mis mon clignotant et suis sorti de l'autoroute. Je me suis trouvé une chambre, une bouteille de vin rouge capsulée et une pizza. J'ai enlevé mon pantalon, mangé, bu et terminé de lire la vie de mon arrière-arrière-arrière-grand-mère. J'ai appris comment la maîtresse mourante de son mari et Willie, son fils narcissique, avaient laissé chacun leur fille sur les bras de la pauvre vieille Lizzy. Comment, malgré ses multiples occupations et sa fatigue, elle avait accepté de les recueillir. Entre les lignes de ses lettres et de son journal intime, dans son silence troublé, j'ai compris combien elle avait aimé et inspiré Lydia, et échoué avec Lillian. Elizabeth Hutchinson Popper avait été une femme compliquée et difficile, plus digne d'admiration que d'amour. Cette nuit-là, j'ai commencé à relier les pointillés entre ma formidable aïeule et ma belle-mère qui ne l'était pas du tout. Face au gouffre de l'avenir morne et solitaire qui l'attendait, Rosemary Sullivan avait défié son père austère, fait un saut dans l'inconnu, et uni sa destinée à celle d'un homme rencontré dans un bal – un homme tourmenté dont le bambin avait besoin d'une mère. Malgré tous ses défauts et ses échecs, mon père avait au moins ça à son actif : il m'avait cherché et trouvé une mère convenable et consciencieuse… Comme Lizzy, Rosemary était plus animée par le devoir que par l'amour. Elle était donc restée après l'abdication de mon père – avait supporté une belle-famille qui l'avait à son tour supportée pour qu'à défaut de père j'aie un grand-père sur qui je pouvais compter et une tante aimante.

J'ai repensé au récit de mon enlèvement dans le journal – à ce jour lointain où Mary Agnes, avec l'aide de sa dernière victime masculine, s'était une fois de plus rendue coupable de violation de propriété et avait kidnappé le petit garçon de trois ans qu'elle avait mis au monde puis abandonné. Il s'était avéré que Mary Agnes avait seulement voulu m'emprunter pour la journée. Au crépuscule, elle m'avait laissé dans un lieu public et était sortie une fois de plus de ma vie. Au cours des heures qui s'étaient écoulées entre ma disparition et ma réapparition – ces heures où j'avais été le « garçon absent », l'enfant disparu qui aurait très bien pu avoir été blessé ou même tué –, Rosemary avait dû éprouver la même impression terrifiante de chute libre que les familles de Columbine rassemblées à l'école primaire Leawood attendant d'apprendre si leurs enfants avaient été massacrés. Rosemary avait dû prier – supplier – son dieu pour que tout finisse bien. Puis, au crépuscule, elle avait été exaucée. On m'avait retrouvé sain et sauf sur une table de pique-nique du Frosty Ranch, portant la salopette et le polo Hopalong Cassidy dont elle m'avait habillé le matin même. J'étais fasciné par une mante religieuse que quelqu'un – ça ne pouvait être que Mary Agnes, non ? – avait emprisonnée dans un pot de mayonnaise pour moi... Rosemary avait déclaré au journaliste que, jusqu'à l'heureux dénouement, cette journée avait été « la plus effroyable » de sa vie. Est-ce que ça ne révélait pas qu'elle m'aimait et n'était pas seulement animée par le sens du devoir ? Même si cet amour était angoissé et limité, c'était de l'amour. Dans ma chambre terne et banale de ce motel de Montpelier, j'ai fini par admettre que j'avais connu toute ma vie l'amour d'une mère. J'ai donc refermé l'histoire de Lizzy et je l'ai serrée très fort sur mon cœur battant. J'ai étreint ce livre comme si c'était Rosemary en personne. J'étais enfin capable de rendre son câlin à la femme solitaire qui avait accepté de me servir de mère.

Le matin, je me suis douché et habillé, impatient de décamper. Mais où aller ? Rentrer à la maison ? Continuer à la fuir ? Pendant que le réceptionniste du motel imprimait ma note, mon regard est tombé sur une brochure touristique invitant les voyageurs à visiter Barre, sa carrière de granit et Hope Cemetery, le cimetière voisin avec ses sculptures funéraires, œuvres d'artisans du cru. Je me suis souvenu que le grand-père de Velvet avait été l'un d'eux. Je suis monté en voiture et, brochure sur le volant, j'ai suivi les indications. Je me rappelle m'être dit que le « Cimetière de l'Espoir » était une contradiction dans les termes. Qu'y avait-il à espérer une fois mort ?

Un quart d'heure plus tard, je m'aventurais dans le cimetière.

J'ai été ému par la façon étrange et poignante dont les tailleurs de pierre avaient tenté d'immortaliser les défunts. Sur un bas-relief, une femme est matérialisée dans la fumée de cigarette de son veuf qui broie du noir... Deux gisants, un homme et une femme, se tiennent par la main sous une inscription extraite du Cantique des cantiques : « Mettez-moi comme un sceau sur votre cœur parce que l'amour est fort comme la mort »... Un tailleur de pierre doté du sens de l'humour avait sculpté un ange de la mort : il l'avait représenté assis, les jambes croisées, le menton dans le creux de la main, l'air impatienté par l'ignorance crasse des mortels...

Je n'avais aucune idée de l'endroit où se trouvaient les œuvres du grand-père de Velvet, mais alors que je me dirigeais vers la sortie, j'ai aperçu gravé dans la pierre un nom qui m'a paru familier : Colonni. J'ai levé les yeux et ai vu une Pandore de granit gris, grandeur nature, bras levé devant le visage comme pour s'abriter de la jarre dont elle vient d'ôter le couvercle. Derrière elle, en bas-relief, Colonni a sculpté quatre crânes ayant pour nom « douleur », « guerre », « pestilence » et « souffrance » – les maux qu'elle vient de répandre sur l'humanité. Au fond de la jarre, facile à rater par le flâneur de ce jardin des morts, est blotti un bébé au doux visage portant un collier de fleurs. Cet enfant, comme mes étudiants de la quête en littérature s'en seraient peut-être souvenus, incarne la seule chose qui ne se soit pas échappée de la jarre de Pandore : l'espoir. Au-dessus de sa tête sont gravés les mots suivants : « Grâce à lui, nous, les rêveurs, passons sur l'autre rive. »

J'ai quitté Hope Cemetery et repris le chemin de la maison. Sur la route du retour, j'ai repensé à Maureen –

cachée dans les sombres entrailles du placard étroit de la bibliothèque, entendant les supplications et les cris, les sarcasmes et les explosions, récitant tout bas des « Je vous salue Marie ». Gravant dans le bois, en s'imaginant que je le découvrirais un jour son message d'espoir et d'amour.

J'ai choisi une incinération de préférence à un enterrement. Pas de visites de condoléances, pas de cérémonie, pas d'annonce dans la presse. Il y avait des procédures obligatoires à suivre, des services à rétribuer. J'ai donné ma carte de crédit à Victor Gamboa et lui ai dit de me facturer le nécessaire. J'ai signé tous les papiers qu'il m'a présentés.

Durant ces jours pénibles, j'ai flanché. Trop d'alcool. Pas assez de nourriture solide. Je ne me lavais plus, je ne m'habillais plus. Je sortais de la cuisine dès que Moses ou Janis y entrait. Un après-midi, dissimulé derrière un rideau de dentelle, j'ai regardé une Mustang jaune remonter le chemin de terre : c'était Alphonse et sa mère. Au lieu de répondre à leur coup de sonnette, je me suis couché à plat ventre sur mon lit et j'ai attendu qu'ils soient repartis. Plus tard, devant la porte, j'ai trouvé une carte m'annonçant qu'ils faisaient dire une messe à la mémoire de Maureen, une plante en pot, et une des fameuses tartes à la ricotta de Mme Buzzi. J'ai laissé la plante dehors, jeté la carte sur une pile de lettres de condoléances non décachetées, et j'ai mis la tarte à la poubelle.

Velvet souffrait aussi, je le savais, mais j'avais déjà bien du mal à surmonter mon chagrin. Je n'avais pas l'énergie pour m'occuper du sien. Je l'évitais donc au maximum, elle a compris et a fait de même. Jusqu'à ce qu'elle vienne frapper un après-midi à la porte de ma chambre et me demande si elle pouvait m'emprunter des photos de Maureen. J'ai voulu savoir pourquoi. Pour un collage, a-t-elle expliqué. J'ai secoué la tête. Lui ai dit que je ne voulais pas qu'elle découpe les photos de Maureen.

« Je ne vais pas les découper, a-t-elle protesté. Je vais les photocopier chez Staples et je te les rends tout de suite.

— Non », ai-je répété.

Elle est restée plantée là, plus obstinée que jamais. « Pourquoi ?

— Parce que.

— OK, parfait. Mais c'est pas la peine d'être aussi chiant. » J'ai vu qu'elle était au bord des larmes et j'ai refermé ma porte pour m'en protéger.

Le lendemain matin, quand Moze est descendu faire du café, il m'a découvert assoupi à la table de cuisine. J'avais passé la plus grande partie de la nuit debout.

J'ai levé la tête et je l'ai regardé d'un air groggy.

« Bonjour, a-t-il dit.

— Bonjour. »

Quand je me suis levé pour me diriger vers ma chambre, il a interposé sa grande carcasse entre moi et la porte. Je l'ai vu prendre note de mes cheveux sales, de ma barbe de huit jours, avant de me regarder dans les yeux. « Écoute, mec, je sais que c'est dur. Mais faut que tu te secoues.

— Tu sais que c'est dur, Moze ? Comment ça ? Ça t'est arrivé de perdre une femme ?

— Non, mais j'ai perdu un fils. Une maison. Une ville. »

J'ai tenté de soutenir son regard, mais je n'y suis pas parvenu. « N'insiste pas. »

Il a levé les mains en l'air. « Ouais, OK, mec. Je dis ça comme ça. Mais je suppose qu'il faut que tu en passes par là. »

Il est allé vers la machine à café, s'est versé une tasse et a gagné la porte de derrière.

770

« À propos, je voulais te demander : comment ça marche avec le nouveau ? Tu sais, celui dont la famille me poursuit en justice. Le gamin dont la mère a exigé du juge la peine maximum pour Maureen ?

— Ça marche bien », a-t-il lancé par-dessus son épaule.

Ça m'a fait chier qu'il se contente de refermer la porte au lieu de la claquer.

Plus tard, ce jour-là, j'ai regardé le téléphone sonner au lieu d'y répondre. Écouté Ralph Brazicki laisser un message. Ils organisaient un service commémoratif à la prison. Est-ce que je viendrais ? J'ai secoué la tête.

Deux jours après, Ralph a laissé un second message. « Elle avait un tas d'amis ici, Caelum, et ils voudraient lui rendre un dernier hommage. Ça me ferait plaisir que tu me rappelles. » Devant mon silence persistant, il s'est présenté à ma porte.

« Ça ne te dérange pas si j'entre ?

— Si, en fait », ai-je répondu.

Il a hoché la tête, sans bouger. « Ils n'arrêtent pas de me demander si tu vas venir, Caelum. Ils ont vraiment besoin de ta présence. »

Pour me débarrasser de lui, j'ai répondu d'accord.

« Parfait. Bien. Super. Avant que je reparte, est-ce qu'on peut prier ensemble ? »

J'ai éclaté de rire et lui ai fermé la porte au nez.

Durant les quelques minutes qu'avait duré notre échange, il n'avait pas cessé de me dévisager d'un drôle d'air. Par curiosité, je suis allé dans la salle de bains. J'ai regardé dans le miroir de l'armoire à pharmacie, et j'ai eu un mouvement de recul devant l'épave que j'étais devenue. J'ai enfin vu ce que tous les autres avaient toujours vu : ma ressemblance avec Alden Quirk III. Ça m'a fichu une trouille d'enfer.

Ce n'est pas venu d'un seul coup. J'ai repris goût à la vie petit à petit, à pas comptés. Je me suis douché et rasé. J'ai changé mes draps. Nettoyé la litière de Nancy. J'étais en train de classer des papiers du semestre précédent quand je suis tombé sur le dernier devoir que j'avais donné à mes étudiants de la quête en littérature. La *Minotauromachie*, je le voyais avec clarté, était une lutte de pouvoir : le Minotaure qui se précipite face à la petite fille avec sa bougie levée… Dans les signaux que Maureen et moi avions mis au point lorsque nous allions voir le Dr Patel pour sauver notre mariage, une bougie allumée signifiait : *J'ai besoin de toi. Sois avec moi. Aime-moi.* Mo était devenue la femme blessée couchée sur le cheval. La figure du Christ sortait du tableau et les deux femmes à la fenêtre étaient indifférentes comme les morts. Le choix était limité. Je pouvais aimer le monstre ou la courageuse petite fille…

« Tiens, ai-je dit. C'est ce que tu voulais ? »

J'ai observé le ravissement de Velvet lorsqu'elle a regardé les photos de ma femme que j'avais réunies pour elle : Maureen à l'école primaire, Maureen pom-pom girl au lycée, diplômée de l'école d'infirmières… Mo et moi, le jour de notre mariage. Mo enlaçant Lolly et Hennie lors d'un Noël ancien. Courant au bord de la mer avec Sophie et Chet sur la plage de Long Nook. « Merci, mec, a dit Velvet.

— Pas de problème. Désolé d'avoir été aussi con.

— C'est rien. J'ai l'habitude. » Elle a souri. J'ai souri. « Parfois j'oublie qu'elle… Il se passe un truc et je me dis : "Oh, faut que je raconte ça à maman." Puis soudain je réalise. Bizarre, hein ?

— Non, c'est normal… C'est sans doute la première fois que quelqu'un utilise le mot "normal" pour parler de toi, non ? »

Elle m'a fait un doigt d'honneur bon enfant. Avant de proposer : « Tu veux un câlin ? »

Tandis que nous nous raccrochions l'un à l'autre, pleurant Mo, j'ai songé à tout le chemin que Velvet et moi avions parcouru depuis le fameux *Vous voulez que je vous taille une pipe ?*

Je lui ai parlé du service commémoratif organisé à la prison. « Tu veux m'accompagner ? »

Elle a haussé les épaules. Grimacé.

« Bon, d'accord. Je comprends… mais ça me ferait plaisir que tu viennes. Je n'ai pas particulièrement envie d'y aller tout seul.

— Dans ce cas, d'accord. Je viendrai. »

« Oh, mon chou, elle parlait tout le temps de toi, dit Camille à Velvet. Je pense qu'elle voyait en toi la fille qu'elle n'a jamais eue. » Plusieurs autres détenues rassemblées autour d'elle acquiescèrent de la tête.

Velvet sourit. Articula de façon presque audible : « C'était ma maman. »

Le directeur rendit un hommage passe-partout à une femme qu'il ne connaissait de toute évidence pas et se dépêcha de partir. Mais le directeur adjoint resta ainsi que la chef d'unité de Mo et Woody, le psychiatre de la prison. Je fus touché de voir que quelques surveillantes qui n'étaient pas de service étaient venues aussi. « Elle ne nous a jamais donné de fil à retordre, m'assura l'une d'elles. Elle s'est toujours conduite comme il faut. » Ça me rappela Lydia : à son époque, un des buts premiers de la prison était que les détenues se comportent à nouveau comme il fallait.

Loin d'être sombre, la musique fut une célébration. Rosalie et Tabitha reprirent *I'm So Glad Trouble Don't Last Always*. Quand Ralph présenta le Chœur sans répétition, il dit qu'elles avaient fait mentir leur nom en répétant toute la semaine. Leur *Oh Happy Day !* souleva l'assistance.

Ce fut Ralph qui prononça l'éloge funèbre – Mo aurait apprécié. « Ce n'est pas l'endroit où Maureen aurait choisi de finir ses jours, dit-il. Mais elle avait compris que la souffrance peut mener à la rédemption. Maureen Quirk a tiré le meilleur parti d'une situation difficile. Elle s'est fait une nouvelle vie ici, des amies, et a apporté sa pierre. Grâce à son travail à l'hospice, en particulier, elle a fait de cette prison un endroit plus humain et plus miséricordieux. Nous honorerons notre sœur, nous entretiendrons la flamme de sa miséricorde, chaque fois que nous témoignerons de la compassion envers autrui. »

Wanda Fellows, la détenue baraquée et tatouée qui avait « ressenti l'émotion » à la messe familiale et été flanquée à la porte, s'avança pour conclure le service. « Ce cantique a été écrit par M. Sam Cooke, annonça-t-elle. C'était le meilleur et Mlle Maureen aussi. » Elle leva les yeux au ciel et cria : « C'est pour toi, Mo ! » Sur ce, elle se lança dans une interprétation a cappella déchirante de *A Change Is Gonna Come* qui donnait la chair de poule. Les larmes coulèrent à flots. Quand elle eut terminé, je m'approchai d'elle et, bien que ce fût contraire au règlement, je lui tendis les bras. Quelle étreinte ! On ne m'avait pas serré aussi fort depuis l'époque où Zinnia aidait au pressoir.

« Je suis si content d'être venu aujourd'hui, dis-je à Wanda.

— C'est bien. Z'allez revenir ? »

Le père Ralph nous entendit et rit. « Tu pourrais, tu sais. Il y a un poste de prof vacant. »

Avant que j'aie pu répondre, un gardien hurla : « En rangs, mesdames ! Il est temps de regagner vos unités pour l'appel ! » En compagnie d'un autre gardien, il les fit sortir comme s'il avait affaire à du bétail, et non à des femmes qui avaient des pensées et des sentiments.

Ralph nous escorta, Velvet et moi, hors de la prison. « Que diriez-vous si je vous emmenais déjeuner tous les deux ? fit-il.

— Je peux pas, répondit Velvet. Je dois me remettre au travail. » Pour je ne sais quelle raison, ils échangèrent un sourire de conspirateurs.

« Qu'est-ce que tu en dis, toi, Caelum ? C'est moi qui t'invite. »

Nous déposâmes Velvet à la ferme puis prîmes la direction de l'auberge de Three Rivers. « Ah, bonjour, mon père, lança la patronne. Entrez donc. Les autres sont déjà là. »

Quels autres ? Me demandant ce qui se passait, je suivis Ralph qui se dirigea vers une table tout au fond. Jerry Martineau et Dominick Birdsey y étaient installés. « Oyez, oyez, dit Jerry. Je déclare ouverte la réunion des Quatre Cavaliers de l'Apocalypse. »

J'ouvris les messages de sympathie. Plusieurs venaient de mes étudiants, qui les avaient envoyés à Oceanside College où la secrétaire de mon département les avait fait suivre. Patti, ma première épouse, me faisait ses condoléances. De même que le père de Maureen et sa belle-mère. Au bas de leur carte prétentieuse figurait une phrase glaciale écrite de la main d'Evelyn : *Son père et moi espérons qu'elle a enfin trouvé la paix.* À l'intérieur d'une enveloppe matelassée, tout en dessous dans la pile, il y avait une gentille lettre du Dr Patel et un présent enveloppé dans du papier bulle : une petite réplique en stéatite de Ganesh, le dieu à tête d'éléphant qui enlève les obstacles et détruit les chagrins. Je le tins dans la paume de ma main et ne pus m'empêcher de sourire. Je vis alors qu'il me rendait mon sourire et me tendait ses quatre mains humaines.

Quelqu'un du bureau du procureur général m'avait expédié une lettre recommandée pour m'informer que l'enquête officielle sur la mort des deux nourrissons exhumés était close. Ils étaient donc prêts à me remettre les dépouilles.

D'abord je ne sus qu'en faire. Puis je sollicitai et obtins la permission de les enterrer dans l'enceinte de la prison dont Lizzy Popper avait eu l'idée et dont Lydia Quirk avait fait une réalité. Ils rejoindraient les autres bébés oubliés dont les bénévoles du CP Quirk avaient retrouvé les stèles et les noms. Il y eut une modeste cérémonie, une bénédiction de leurs tombes par un pasteur métho-diste et deux femmes quakers. Ainsi donc le petit Dank et le bébé Popper de sexe inconnu reposent à présent dans le petit cimetière avec les enfants mis au monde par les détenues de Bride Lake Farm. Leurs stèles font face au modeste parc dans lequel les prisonnières modèles d'aujourd'hui peuvent aller s'asseoir, méditer et prier. Camille qui a pris Crystal sous son aile m'a écrit qu'elles y vont une ou deux fois par semaine dire une prière pour les enfants et Maureen.

Ulysse mourut à l'aube par une journée grise du mois de mars. J'étais à son chevet – ainsi que Nancy Tucker, roulée en boule sous son bras, qui le veilla toute la nuit. Pour on ne sait quelle raison, les chats sont un réconfort pour les mourants, m'expliqua le directeur de l'hospice. « Tu es comme mon gosse », me murmura Ulysse la veille de sa mort. Les toutes dernières secondes, il eut un spasme, sa peau prit une teinte violette, et ce fut fini.

Nancy se dégagea, se leva et bâilla. Elle lui lécha plusieurs fois le cou puis sauta du lit. Je la regardai sortir tranquillement de la pièce. Je l'ai laissée chez les mourants. On m'a raconté qu'elle se plaît dans sa nouvelle résidence et qu'elle y est traitée en reine.

M. Buzzi mourut un jour après Ulysse, on pourrait donc dire qu'Alphonse et moi avons tous les deux enterré un père, cette semaine-là. Mme Buzzi, ce n'est pas une surprise, se conduisit en Sicilienne stoïque, mais Al réagit mal. Après le repas d'enterrement, assis au bar du restaurant, il porta son troisième ou quatrième toast à son père et lâcha, les yeux rouges : « Au moins, il n'aura pas vu sombrer l'affaire qu'il a créée. » Quand il se rendit en titubant aux W-C, Dolores me confia qu'elle avait, à la demande d'Alphonse, commencé à étudier les avantages et les inconvénients d'une mise en faillite. « Il est allé au casino la semaine dernière et a rempli un formulaire pour travailler au service de restauration, chuchota-t-elle. Ne lui dites pas que je vous en ai parlé. Laissez-le vous l'annoncer lui-même. Et, pour l'amour du ciel, pas un mot à sa mère. »

Mais Vincenzia Marianina DeLia Buzzi était une vieille maligne. Elle savait.

C'est du moins ce que je crois, car, la semaine qui suivit les obsèques de M. Buzzi, la boulangerie Mamma Mia fut le théâtre d'un second « miracle ». La statue de la Sainte Vierge se remit à pleurer. Elle versa des larmes de sang pendant deux jours et les sécha le troisième. Sur les conseils de Mme Buzzi, on l'enleva de la devanture « pour des raisons de sécurité » et on la posa sur le présentoir à beignets, muffins, petits pains et gâteaux italiens d'Alphonse. Le linge blanc qui avait été placé sous la statue en devanture – et qui avait par conséquent absorbé les larmes de sang – fut encadré et accroché au mur de la boulangerie où la clientèle qui grossissait à vue d'œil pouvait l'examiner à loisir. Les opinions variaient, néanmoins la majorité voyait dans la tache de sang rouille une carte non pas du Vietnam cette fois, mais des États-Unis. « L'Amérique de Bush, Cheney, Rove et Rumsfeld ? » s'interrogeait une lettre de lecteur du *Daily Record* – écrite par votre humble serviteur. Le *Daily Record* fut le premier quotidien à couvrir l'événement. Les jours suivants, le *New London Day*, le *Hartford Courant*, le *New Haven Register* et le *Boston Herald* lui emboîtèrent le pas. La deuxième semaine, des journalistes de la télévision avec leurs équipes de cameramen débarquèrent pour enquêter sur l'étrange phénomène : le « Today Show », « Fox News », « Inside Edition » et CNN. Deux lycéens de Long Island enregistrèrent sur leur téléphone portable une visite guidée de la boulangerie Mamma Mia qui, selon Alphonse (il joua les guides), fut regardée par plus de treize mille personnes sur YouTube. Cette même semaine, un visiteur qui n'était autre que Conan O'Brien[1] vint voir la statue de ses propres yeux et resta assez longtemps pour signer des autographes, plaisanter, se taper un beignet au chocolat et la dernière création d'Alphonse : le pet-de-nonne, qui, contrairement aux petits pains briochés de Pâques, se vendait toute l'année. Mme Buzzi n'avait pas la moindre idée de qui était Conan, mais elle fut tout émoustillée. Elle le surnomma « Poil de carotte » et lui décerna le titre d'Italien d'honneur.

Mme B accueillit les médias à bras ouverts et leur distribua des pâtisseries gratuites, mais elle mit le holà quand deux étudiants en chimie de l'université du Connecticut voulurent emprunter le linge taché pour analyser sa com-

---

1. Animateur de télévision, écrivain et comédien.

position à des fins scientifiques. Il se trouva que j'étais présent à la boulangerie lorsqu'ils formulèrent leur demande, et je fus donc témoin de l'affrontement entre la foi et le scepticisme. « Vous ne manquez pas de culot pour vous introduire ici et questionner la volonté de Dieu ! cria-t-elle avec la même véhémence que le jour où Alphonse avait renversé un verre plein d'orangeade sur son carrelage de cuisine qu'elle venait de laver. Foutez-moi le camp d'ici ! Allez ouste, du balai ! Et que je ne vous revoie plus ! »

Après qu'elle eut repoussé les infidèles, je m'approchai de Mme B et lui murmurai : « La dame fait trop de protestations, ce me semble[1].

— Eh, monsieur Je-sais-tout, cause comme tout le monde », dit-elle.

Sur ce, elle me fit un clin d'œil et tourna les talons.

Après trois renvois et de nombreux ajournements, je me rendis à l'évidence. Un, je ne pouvais pas continuer à casquer pour les honoraires de Blanc-Bec. Deux, j'avais peu à peu compris que j'étais enfin prêt à secouer le joug. Mon ancêtre écossais avait acheté Bride Lake grâce au pot-de-vin de son riche beau-père qui voulait débarrasser sa fille d'un époux infidèle. Ayant échoué dans l'agriculture et dans la vie, mon homonyme s'était pendu, laissant sa veuve et son fils riches en terres mais à court d'argent. Même si le fils et le petit-fils d'Adelheid et de Caelum MacQuirk avaient aimé la terre et s'étaient montrés de bons exploitants agricoles, mon père, Alden Quirk III, avait consacré sa vie non pas à l'élevage mais à la picole. Il avait une fois plaisanté pour expliquer

---

1. Shakespeare, *Hamlet*, acte III, scène 2, traduction de F.-V. Hugo, Classiques Garnier.

sa décision de ne pas m'appeler Alden Quirk IV : « Il fallait bien que quelqu'un se décide à briser la malédiction. »

Pour être juste envers eux, les Seaberry ont déclaré qu'ils ne m'expulseraient pas – que je pouvais rester à la ferme aussi longtemps que je le souhaitais. J'ai cependant choisi de faire mes cartons et de partir. C'est alors que j'ai découvert au grenier trois trésors oubliés depuis longtemps : mon roman jamais publié sur l'enlèvement d'un petit garçon ; le panneau de bois accroché jadis derrière le bureau de Lydia Quirk à Bride Lake Prison ; et, ô miracle, enfouis dans une caisse en bois remplie de copeaux, les bustes en marbre de Levi et Edmond, les deux fils de Lizzy Popper qui avaient donné leur vie pour libérer les esclaves et sauver l'Union.

J'aime mon nouvel appartement. Il se trouve au centre-ville dans un immeuble de construction récente et donne sur le confluent de la bouillonnante Sachem et du paresseux Wequonnoc, deux des trois rivières d'où notre ville tire son nom. Ce que je préfère dans mon nouveau logement, à vrai dire, c'est le bruit constant de cette eau qui coule. Je garde une fenêtre entrebâillée par tous les temps, car ça me rappelle une remarque de Janis, le jour où nous étions à Bushnell Park : nos ancêtres nous accompagnent dans des rivières souterraines et des sources trop profondes pour que le chaos puisse les atteindre.

Les bustes d'Edmond et de Levi trônent à présent sur une table dans la salle de séjour. Au mur, derrière eux, j'ai accroché le collage de Velvet « L'étonnante Maureen », les portraits jumeaux de mon père et de ma tante en bacheliers ainsi qu'une gravure encadrée de la *Minotauromachie* de Picasso. Je remanie *Le Garçon absent*, en partie pour saluer mon père qui, d'après

Ulysse, savait tourner ses phrases. Sera-t-il publié ou même publiable un jour ? Je n'en ai pas la moindre idée, mais quoi qu'il arrive je songe à changer le titre qui me semble trop étroit à présent. Ah, j'oubliais : j'ai recollé les deux moitiés du panneau de Lydia avec de la colle à bois. J'ai fait du bon boulot. Il faudrait une loupe pour savoir que je l'ai cassé de colère pendant la période sombre où les secrets de ma famille ont été dévoilés. « Une femme qui abdique sa liberté n'est pas tenue d'abdiquer sa dignité » : je trouve que le message n'a rien perdu de son importance. Je l'ai accroché dans ma salle de classe à la prison. J'ai hésité à enseigner là-bas, mais passer d'Oceanside Community College à l'école du CP Quirk s'est avéré bénéfique. Mes élèves sont de vraies éponges. J'enseigne l'anglais pour le diplôme d'entrée à l'université et j'anime un atelier d'écriture. La plupart des détenues veulent écrire sur elles-mêmes, car ça les aide. Ça leur donne des ailes, leur permet de s'élever au-dessus du labyrinthe de leurs vies, de repérer les comportements à répétition, les impasses du passé et de trouver une issue. C'est ce qu'il y a de drôle dans les labyrinthes : ce qui déconcerte quand on est au niveau du sol commence à avoir un sens dès qu'on prend de la hauteur. On comprend mieux sa vie et on peut mieux s'en sortir.

Janis est en Californie à présent – elle enseigne les études féminines à Redwoods University. Moze a décidé de rester et cherubs&fiends.com marche très bien. Leur divorce a été prononcé il y a deux mois.

Alphonse et Dolores se sont mariés. J'ai été le témoin d'Alphonse, et Mme B, la dame d'honneur de Dee – elle arborait un énorme bouquet à la boutonnière. Nous leur avons dit au revoir en agitant la main lorsqu'ils sont partis en voyage de noces dans la Mustang jaune phénicien. Comme me l'avait un jour fait remarquer le Dr Patel : Parfois, quand on cherche ce qu'on veut, on tombe sur ce dont on a besoin.

Comme Al et Dee, Velvet et Jesse Seaberry ont d'abord été des amis et puis les choses ont changé. J'avais appris à connaître Jesse et m'étais pris d'affection pour lui. Ce n'est pas une flèche, mais il a bon cœur et il est resté clean. C'est en fait lui qui m'a emmené à ma première réunion d'AA et qui est devenu par la suite mon parrain. Ça m'a aidé. J'en suis à la deuxième étape.

Je dors mieux maintenant. La plupart du temps, quand je vais me coucher, je reste allongé dans le noir à écouter l'eau qui coule en contrebas. Ensuite, je parle à Maureen. Je lui raconte les dernières nouvelles. « Velvet est enceinte. Elle est malade comme une bête. L'accouchement est prévu en août. » Ou bien : « Velvet a fait une échographie hier. Ils vont avoir un garçon. » Ou encore : « Mo, tu ne le croiras jamais. Aujourd'hui, je me suis fait tatouer. »

« *Toi* ? s'est étonnée Velvet quand je lui en ai parlé.

— Ouais. C'est vrai. Je suis désormais un homme marqué.

— Merde alors ! Fais voir. » Quand j'ai remonté ma jambe de pantalon et lui ai montré mon mollet, elle a dit : « Cool. Qu'est-ce que c'est ? Une sauterelle ?

— Une mante religieuse. »

« Ça se voit, à présent, ai-je raconté à Maureen l'autre nuit. Je n'arrive pas à croire que Velvet en soit déjà à quatre mois et demi. Je l'emmène en excursion ce week-end. Dimanche, je te parlerai donc probablement depuis l'État aux vertes montagnes. »

Les deux premières heures, Velvet a jacassé non-stop. Grossesse par-ci, grossesse par-là. Mais entre White River Junction et Barre, elle s'est tue. Je me taisais aussi, abîmé dans le souvenir de la dernière fois où j'avais fait le voyage. Au bout d'environ vingt minutes de silence, j'ai allumé la radio. Nous avons eu droit à *Moon Dance* de Van Morrison, à *Graceland* de Paul Simon, et puis à l'omni-présente chanson de Cher, vieille de plusieurs années, « *Do you believe in life after love, after love, after love, after love, after love…* » Après ça, les infos. La guerre, la bataille pour la nomination entre Barack et Hillary ; après, quelque chose au sujet de Columbine. La police du comté de Jefferson venait de rendre publique une série de pièces à conviction : journaux intimes, vidéos. J'ai jeté un coup d'œil à Velvet qui me regardait.

« Pendant toutes ces années, tu ne m'as jamais parlé de ce jour-là », ai-je fait.

Elle a acquiescé sans rien dire.

« Je suis intrigué. Mo et toi, vous n'avez jamais abordé ce sujet ? »

Elle secoua la tête.

Deux kilomètres plus loin, les yeux fixés sur la route, elle a rompu le silence.

« J'étais sous une table, près du mur, quand ils ont commencé à tirer dans le tas. Je n'arrêtais pas de me répé-ter, sans faire de bruit ni rien : "Pourvu qu'ils m'aper-çoivent pas. Pourvu qu'ils m'aperçoivent pas !" Puis l'un des deux s'est dirigé vers l'endroit où j'étais. Le plus petit. Je ne voyais que ses bottes avec son pantalon ren-tré dedans. "Pourvu que, pourvu que…" Il s'est penché et il m'a souri. "Coucou ! Qu'est-ce que t'en dis, putain de monstre ? T'aimerais mourir aujourd'hui ?"… J'ai secoué la tête. J'avais trop la trouille pour parler, mais je voulais pas le fâcher, alors j'ai pas arrêté de faire non avec la tête. Je me rappelle avoir pensé : La tête. Ne me tire pas dans le crâne... Ensuite, il m'a demandé : "Dis-moi, mutante. Est-ce que tu crois en Dieu ?"... Je ne pouvais pas... je ne savais pas quelle réponse l'empêcherait de me tuer. Alors j'ai juste... J'ai rien dit. Je voulais juste qu'il appuie sur la détente et qu'on en finisse. Mais qu'il ne me tire pas dans le crâne. J'ai donc fermé les yeux et j'ai attendu. Il ne s'est rien passé. Quand j'ai rouvert les yeux, j'ai vu que ses bottes étaient devant la table voisine. Après, il y a eu un éclair. Un coup de feu. Il avait tué une autre fille à ma place. Et je ne... j'en ai encore jamais parlé à personne, mais j'y ai réfléchi un million de fois. Enfin, moins maintenant, mais... Ce qui m'étonne toujours, c'est pourquoi il s'est éloigné au lieu de me descendre. Dernièrement, j'ai pensé à une raison possible. C'est peut-être parce que... »

J'ai attendu.

« Parce que quoi ?

— Il fallait peut-être que je reste en vie pour avoir ce bébé. »

J'ai pris sa main gauche dans la mienne. Je l'ai serrée. Une fois. Deux fois. Je ne l'ai lâchée que lorsque nous avons franchi les portes de Hope Cemetery.

Je l'ai d'abord emmenée voir Pandore. Velvet a touché la joue de la statue, ses cheveux. Puis elle s'est agenouillée devant la jarre, a mis la main à l'intérieur et a caressé le minuscule bébé de granit. Ça me surprend moi-même, mais je crois que Velvet fera une mère sensationnelle.

« Ça ne t'embête pas si je me promène toute seule ? a-t-elle demandé.

— Bien sûr que non. Vas-y. » Nous sommes donc partis dans des directions différentes.

Plus tard, je l'ai découverte devant un ange en vol – une autre œuvre de son grand-père, m'a-t-elle dit par la suite. « Hé ! j'ai crié. Tu es prête à partir ? » Lorsqu'elle s'est retournée vers moi, on ne voyait plus que les ailes. L'espace d'une seconde, ce fut comme si Velvet savait voler.

Nous sommes rentrés à Three Rivers peu après minuit, et quand je l'ai déposée à la ferme, elle a hésité avant de descendre de voiture.

« L'autre jour, j'ai regardé ton nom sur Google, a-t-elle dit.

— Quirk ?

— Non, Caelum. C'est un terme d'astronomie – le nom d'une constellation ou un truc comme ça.

— Oui, c'est dans l'hémisphère Sud.

— J'ai toujours aimé ton prénom. Jesse aussi. Qu'est-ce que tu penses de Caelum Morgan Seaberry ?

— J'aime. J'aime énormément.

— Ouais, j'aime aussi. Papy.

— Papy ? Ça veut donc dire que je suis ton père ?

— Ouais. Ça craint pour toi, hein ? Waouh. » Elle a ri et mis la main sur son estomac. « Le bébé donne des coups de pied. Tu veux le sentir ? »

Elle a remonté sa chemise et j'ai placé ma main sur son ventre arrondi. « Ce gosse n'a rien à envier à Bruce Lee », ai-je dit.

Elle m'a remercié pour l'excursion et elle est descendue de voiture. J'ai pleuré tout le long de la route jusqu'à mon immeuble.

La première chose qu'on vous demande à Alcooliques anonymes, c'est de reconnaître votre impuissance et de vous incliner devant une puissance supérieure. À vous de la définir…

Dieu avec un grand ou un petit d ? Bouddha ? Allah ? La sainte Trinité ? Dieu est-il l'ADN que nous transmettons ? Les gènes qui mutent à la frontière du chaos ? Allez savoir. En ce qui me concerne, dieu pourrait n'être rien de plus – ou de moins – que le bruit de l'eau qui coule sous ma fenêtre.

Ce que je sais en revanche, c'est que nous sommes impuissants face à ce dieu, quelle que soit sa définition. Ce fut votre erreur tragique, Eric et Dylan : vous croire investis d'un pouvoir de droit divin. Croire que la vengeance résoudrait quoi que ce soit.

De toute façon, je suis grand-père à présent – que je le veuille ou non, j'ai droit à la réduction senior chez Dunkin' Donuts, alors je suppose qu'il vaut mieux arrêter de résister et vieillir avec grâce. Avec sagesse. Durant mes cinquante et quelques années d'existence, j'ai connu beaucoup de chagrins, mais j'ai aussi reçu de nombreux cadeaux précieux, et eu nombre de sages professeurs parmi lesquels j'aimerais saluer :

Une vieille femme qui avait été témoin des horreurs de la guerre mais qui, rentrée chez elle, était toujours capable de s'émerveiller de voir l'explosion jaune d'un buisson de forsythia au printemps, d'entendre le bouillonnement de la neige fondue dans le ruisseau voisin. « Ce spectacle, ces bruits, la paix de l'instant présent sont des cadeaux de Dieu », écrivait-elle.

Un vieux sage qui m'a un jour déclaré dans un bar du Queens : « La question qu'il faut poser, c'est pas "pourquoi ?" ni "si ?". La question, c'est "comment ?" »

Ma tante aimante qui, alors que je protestais : « Non, j'peux pas » sur une route sombre et solitaire entre Boston et la ferme, avait insisté : « Bien sûr que si. » J'avais fait un dernier effort et, ô miracle, le boulon tenace avait cédé.

Quand j'étais petit, j'ai vu un Bushman hilare exécuter une danse de la faim qui s'est transformée soudain en une danse d'amour. La troisième et dernière fois que je me suis essayé au mariage, j'ai appris avec Maureen à maîtriser les pas de la danse de M. Mpipi… Salut, Mo. C'est encore moi. Je voulais juste te dire que je crois dur comme fer qu'il y a une vie après l'amour, et aussi qu'il y a encore de l'amour après la vie.

Ce soir-là, après avoir déposé Velvet à la ferme, je suis entré dans mon appartement et je me suis dirigé vers ma *Minotauromachie*. Il était clair comme de l'eau de roche que le terrible monstre n'avait pas l'ombre d'une chance face à la formidable petite fille.

J'ai détourné le regard de l'homme-bête impuissant pour le poser sur le buste de Levi Popper, un de mes ancêtres morts au combat. J'ai mis ma paume sur son crâne de marbre froid. Ma main avait gardé le souvenir de ce que j'avais éprouvé une demi-heure plus tôt sur le ventre arrondi de Velvet. J'ai ressenti dans le même instant le pouvoir froid, silencieux du passé mort-mais-vivant et le coup de pied vigoureux de l'avenir : c'est alors que j'ai enfin compris ce qui m'avait jusque-là échappé.

Oui, c'est à ce moment-là et de cette façon-là que ça s'est produit.

Ce fut l'heure où pour la première fois j'ai cru.

Postface

J'ai eu un mal fou à commencer cette histoire. Une année de débuts prometteurs s'est soldée par de faux départs. J'avais des lecteurs qui attendaient, un contrat et une date-butoir… mais pas d'histoire. En panne d'inspiration, j'ai accepté d'animer un atelier d'écriture au Festival Tennessee Williams de La Nouvelle-Orléans. C'était ma première visite dans cette ville et j'ai fui au maximum les contacts humains pour marcher seul dans les rues. Mes déambulations m'ont conduit à la cathédrale St. Louis sur le très fréquenté Jackson Square dans le quartier français. À l'extérieur, il y avait des festivités – musiciens des rues, mimes, ça dansait, ça buvait – mais l'immense nef était vide. Dans l'état de désarroi qui était le mien, j'ai allumé un cierge, je me suis agenouillé et j'ai prié… enfin, je ne sais pas trop qui. Ma muse? Les dieux? Le fantôme de Tennessee Williams? « Qui que vous soyez, ai-je imploré, faites-moi découvrir une histoire. » Peu de temps après ce voyage, je me suis attelé pour de bon à ce roman. *Ma mère a été reconnue coupable d'un crime, maniaco-dépressive, et Miss Rheingold 1950* a été la première phrase que mon protagoniste encore dépourvu de nom et d'identité m'a adressée.

Durant les neuf ans qu'il m'a fallu pour construire ce roman, la terre a tremblé. Tueries dans des établissements scolaires, 11-Septembre, ouragan *Katrina*, guerre

789

qui s'éternise en Irak : tous ces événements nous ont changés collectivement et individuellement. Tentant de comprendre ce qui arrivait à notre nation et à notre monde, je me suis tourné vers les mythes anciens et me suis laissé guider par eux. J'ai placé mon protagoniste fictif dans un labyrinthe non fictif, et l'ai mis au défi de trouver en son centre les monstres qu'il lui faudrait affronter ainsi que les moyens de sauver sa peau et celle d'autrui. En découvrant l'histoire de Caelum Quirk, j'ai moi aussi déambulé dans des couloirs peu familiers, j'ai exploré des sujets tels que le pouvoir invisible de nos ancêtres sur nous, la théorie du chaos et la spiritualité – la mienne et celle de Caelum. Le premier fil conducteur apparaît dans les lettres et les journaux intimes des aïeules de Caelum : Lizzy et Lydia. Les deux autres fils conducteurs sont symbolisés par deux insectes totémiques : le papillon et la mante religieuse.

Mon travail d'enseignant bénévole à York Correctional Institution, une prison de femmes à sécurité maximale, a coïncidé avec la découverte et le récit de cette histoire et en fait partie intégrante. J'ai commencé à y diriger un atelier d'écriture, le mois où je me suis attaqué à ce roman – douze semaines environ après le massacre de Columbine. L'après-midi du 20 avril 1999, ma femme Christine et moi étions à Boston où je devais recevoir une récompense littéraire. J'étais en train de nouer ma cravate devant la glace de la salle de bains de notre chambre d'hôtel quand j'ai entendu un cri de détresse de l'autre côté de la porte : « Oh ! Oh non ! Oh, mon Dieu ! » s'exclamait Christine. Quelques secondes plus tard, je regardais horrifié la couverture en direct des événements sanglants de Columbine sur CNN.

Deux ans et demi après Columbine, c'est de nouveau à la télé que j'ai vu incrédule la fumée s'élever des tours jumelles et du Pentagone, des images d'archives montrant Oussama Ben Laden en train de tirer, genou en terre, dans un camp d'entraînement de terroristes. Sans réfléchir, j'ai éteint le poste et je me suis rendu aux établissements scolaires de mes fils. J'ai tourné en rond sur les parkings en essayant de décider si je devais laisser mes enfants finir leur journée de classe ou entrer les chercher pour les mettre à l'abri. Mais à l'abri de quoi ? De qui ? C'est ma peur qui était aux commandes ce jour-là, et je vois aujourd'hui que je confondais les actes des pirates de l'air terroristes avec ceux d'Eric Harris et de Dylan Klebold deux ans plus tôt.

Dans les mois qui ont suivi le 11-Septembre, la Maison-Blanche nous a assuré que le Président irakien était complice de cette agression et possédait des armes de destruction massive qu'il n'hésiterait pas à utiliser contre nous. « Amenez-vous », a dit notre Président, et nous nous sommes plongés dans « le choc et l'effroi » de la guerre. Un filet puis un flot continu de personnel militaire ont commencé à revenir d'Irak et d'Afghanistan le corps mutilé, le psychisme endommagé ; ou dans un cercueil recouvert d'un drapeau qu'il était interdit de photographier, ont décrété ceux qui nous gouvernent. Au nom du combat contre le terrorisme, le Congrès a passé le Patriot Act, et l'Administration Bush a contourné les conventions de Genève relatives au traitement des prisonniers de guerre. À mesure que la tactique utilisée et les conditions de détention à Abou Ghraïb et Guantanamo se faisaient lentement jour, les textes de mes étudiantes détenues m'éclairaient sur des réalités tout aussi perturbantes : la corrélation entre l'inceste et la criminalité féminine ; un système judiciaire américain de classe et raciste ; l'échec de nos prisons à réinsérer les hommes, femmes et enfants qui leur sont confiés. Oui, j'ai bien dit enfants. Une de mes étudiantes est entrée en prison en 1996, à l'âge de quinze ans, et n'en sortira qu'en 2046, l'année de ses soixante-quatre ans. Elle a fait trois tentatives de suicide depuis son incarcération.

Bien que *Le Chagrin et la Grâce* soit une œuvre de fiction, elle explore et examine les tragédies non fictives que sont la guerre, les incendies catastrophiques, les ouragans et les tueries dans les établissements scolaires en mettant face à face des personnages imaginaires et des personnes existantes ou ayant existé. Pourquoi ai-je choisi d'intégrer l'actualité au lieu d'adopter la méthode plus sûre et plus conventionnelle du romancier, qui consiste à créer des approximations fictives de personnes et d'événements non fictifs ? Pourquoi ai-je jeté mon dévolu sur les événements tragiques qui se sont déroulés le 20 avril 1999 à Littleton, Colorado ? Pour une double raison. Premièrement, j'ai senti qu'il m'incombait de nommer les victimes de Columbine – mortes et vivantes – plutôt que de brouiller leur identité. Nommer certains blessés qui ont survécu, c'est reconnaître à la fois leurs souffrances et leurs efforts courageux pour dépasser cette terrible journée et mener une vie qui ait un sens. Nommer les morts, c'est affronter la signification de leur vie et de leur mort, et reconnaître aussi la force et la souffrance des proches qu'ils ont dû laisser derrière eux. Deuxièmement, ayant passé la moitié de mon existence dans des lycées – quatre ans comme élève et vingt-cinq comme professeur –, j'ai pu me transporter psychiquement, sinon physiquement, à Littleton, Colorado. Aurais-je été capable de me conduire aussi courageusement que Dave Sanders, qui a sacrifié sa vie pour mettre ses élèves en lieu sûr ? Aurais-je eu la force d'assister aux services commémoratifs et aux obsèques auxquels j'envoie mon protagoniste ? Aurais-je pu réconforter les victimes collatérales de Columbine, à l'instar de Caelum qui lutte pour consoler sa femme traumatisée ? La profondeur et l'étendue de la rage de Harris et Klebold, et la logique tordue qui les a convaincus que leur massacre d'innocents était justifié, m'ont à la fois effrayé et stupéfié. J'ai éprouvé la nécessité d'affronter le monstre « à deux têtes » plutôt que de concocter des personnages qui leur ressemblent. Ces deux lycéens issus de la classe moyenne étaient-ils simplement des malades ou l'incarnation du mal ? Qu'est-ce que leurs paroles et leurs actes, leurs dégueulis sur Internet et leurs sarcasmes enregistrés sur vidéo pouvaient nous enseigner sur la façon de prévenir une future tragédie ? Étaient-ils des anomalies ou les signes avant-coureurs d'une violence scolaire à venir ? Cette dernière question a hélas reçu de multiples réponses depuis Columbine : dans des collèges, des lycées et des établissements d'enseignement supérieur en Californie, au Minnesota, au Colorado, en Arkansas, au Mississippi, en Ohio, en Pennsylvanie et en Virginie. Ironie de l'histoire, le jour où j'ai terminé ce manuscrit et l'ai posté à mon éditeur, un étudiant armé est sorti de derrière un rideau dans une salle de conférences de Northern Illinois University et a fait vingt et une victimes, dont cinq morts, avant de se suicider.

Pourquoi toute cette rage ? Pourquoi tous ces morts et ces survivants au cœur brisé ?

En utilisant les noms de personnes réelles dans mon exploration fictive/non fictive du pourquoi des tueries dans les établissements scolaires, j'espère n'avoir en rien ajouté aux souffrances des personnes y ayant été directement mêlées, y compris les familles Harris et Klebold qui sont également endeuillées et n'ont rien fait de mal. Je prie aussi pour qu'à sa modeste façon cette histoire contribue à approfondir notre compréhension afin de mieux prévenir une future tragédie.

L'année où j'ai commencé ce roman, mes deux fils aînés étaient respectivement en première année d'université et première année de lycée. Aujourd'hui, ils sont tous les deux professeurs et travaillent avec les enfants traumatisés par l'ouragan de La Nouvelle-Orléans. Chaque fois que je vais les voir là-bas, je tiens à m'arrêter à la cathédrale St. Louis où je remercie la puissance supérieure qui m'a permis de découvrir et de raconter mon histoire. Après y avoir mis le point final, je la livre à présent à mes lecteurs et les invite à y trouver tout ce qu'ils ont envie ou besoin d'y trouver. J'espère que le livre met en avant la notion que le pouvoir doit être utilisé d'une façon responsable et miséricordieuse, et que nous sommes tous responsables les uns des autres. Je crois, ainsi que l'a dit un jour James Baldwin, que « les gens qui traitent les autres comme des sous-hommes ne doivent pas s'étonner que le pain qu'ils ont jeté sur l'eau leur revienne empoisonné ».

Que les guerres, à cause de leur terrible coût, ne sont jamais gagnées.

Que l'amour est plus fort que la mort.

W.L., 14 avril 2008

REMERCIEMENTS

Je n'aurais pas pu écrire ce roman sans le soutien et l'assistance de ma famille. Christine, mon épouse de ces trente dernières années, m'a comme d'habitude prêté à mes personnages. Armée de Post-it, elle a lu mes innombrables brouillons et m'a offert le cadeau précieux de sa compréhension patiente et de son amour. L'expérience de mon fils Jared qui a enseigné dans le Lower Ninth Ward à La Nouvelle-Orléans m'a amené à créer les réfugiés de *Katrina* : Moses et Janis Mick. Le frère de Jared, Justin, écrivain et poète performeur, m'a fait part de ses réactions à l'œuvre en cours et m'a fait écouter des musiques sensationnelles – classique, r&b, gospel et hip-hop – qui m'ont aidé à raconter mon histoire. Lors de son dernier jour de classe au cours élémentaire, Teddy, notre benjamin, a rapporté à la maison un œuf de mante religieuse – une expérience de sciences naturelles qui avait échoué parce que les insectes n'étaient jamais sortis. Plus tard, cet été-là, l'œuf de Teddy a explosé en des centaines de mantes grandes comme un cil ; elles sont devenues dans le roman un symbole du bien triomphant sur le mal et une invitation à l'espoir. La tante honoraire de notre fils, Ethel Mantzaris, une de mes meilleures amies, a été la principale supportrice du *Chagrin et la Grâce*. Elle m'a si souvent répété et avec une telle assurance que je finirais le roman qu'au bout d'un moment j'ai fini par la croire.

Quelle chance j'ai d'avoir Terry Karten comme éditeur et Kassie Evashevski comme agente littéraire ! Terry qui s'occupe de quelques-uns des meilleurs écrivains du monde a accepté de prendre le monstre imparfait qu'était mon manuscrit et m'a aidé à lui donner plus de sagesse, de profondeur et d'acuité.

Kassie est à la fois bien informée, charmante et d'un grand soutien : je lui sais gré de me guider et je suis fortuné de bénéficier de sa représentation de premier ordre. Je suis également reconnaissant à l'équipe de HarperCollins – pour la sage supervision de Jane Friedman et Michael Morrison, la brillante direction éditoriale de Jonathan Burnham ; pour l'enthousiasme et l'expertise de Kathy Schneider, Tina Andreadis, Beth Silfin, Leslie Cohen, Miranda Ottewell, Leah Carlson-Stanisic, Sandy Hodgman, Christina Bailly et Christine Boyd. Mes remerciements vont tout spécialement au directeur artistique Archie Ferguson pour sa patience, son imagination et son coup d'œil d'artiste. Un grand coup de chapeau à l'équipe de vente de Harper, la meilleure dans ce domaine. Mon éditrice allemande, Dr Doris Janhsen, a eu la bonté et la générosité de lire mon manuscrit à mi-parcours et de m'offrir de précieux aperçus. (« Velvet est peut-être la clé de tout le roman », m'a-t-elle dit, et elle avait raison.) Mon ex-éditrice, Judith Regan, soutient mon œuvre depuis le tout début, et je lui exprime ma profonde gratitude pour avoir cru en moi et mon travail. Je suis également reconnaissant à Oprah Winfrey et son équipe : le fait que mes deux précédents romans ont été choisis par l'Oprah's Book Club m'a donné un lectorat qui dépasse de beaucoup tout ce que j'avais pu imaginer.

Je suis redevable à mes deux assistants, Lynn Castelli et, par la suite, Aaron Bremyer. Les recherches de Lynn aux premiers stades du livre ont été approfondies et irréprochables. Les recherches d'Aaron ont été également précieuses, et j'ai énormément apprécié qu'il accepte d'écouter différentes versions de chapitres en cours et de me donner son opinion. Je suis aussi redevable aux membres passés et présents de mes deux ateliers d'écriture sans l'aide desquels je n'aurais pu écrire ce roman. Ce sont des scribes talentueux et impressionnants. Il s'agit de Doug Anderson, Susan Campbell, Bruce Cohen, Susanne Davis, Leslie Johnson, Terese Karmel, Pam Lewis, Sari Rosenblatt et Ellen Zahl. Merci également à Margaret Hope Bacon dont le livre *Abby Hopper Gibbons : Prison Reformer and Social Activist* m'a inspiré le personnage de Lizzy Popper.

Merci à mes étudiantes et amies de York Correctional Institution. Chacune des écrivaines incarcérées avec lesquelles j'ai travaillé a contribué à me faire comprendre le crime et le châtiment en Amérique, et m'a appris combien il est important d'aider ceux que l'on réduit au silence à trouver et à utiliser leur voix. Les membres suivants du personnel pénitentiaire passé et présent m'ont aussi soutenu dans l'écriture de ce livre : Dale Griffith, Jeri Keltonic, Evva Larson, Joe Lea, Monica Lord, Karen Oien et Leslie Ridgway. J'exprime bien entendu ma profonde gratitude à Susan Cole et Careen Jennings, mes intrépides co-animatrices de l'atelier.

Un certain nombre de professionnels m'ont fait cadeau de leur temps et de leur expertise. Les avocats Steven Ecker et Thomas Murphy m'ont conseillé pour les démêlés juridiques de Maureen Quirk. Le pharmacien Bob Parzych, un de mes plus vieux et meilleurs copains, m'a conseillé sur la dépendance chimique de Maureen. À cet effet, Bob a aussi consulté le Dr Evan Fox de Hartford Hospital. Le Dr Steven Dauer a lu le manuscrit du point de vue d'un psychologue et m'a donné des avis précieux. Nick Buonocore, propriétaire de la défunte et toujours regrettée Boulangerie Sugar Shack, m'a enseigné tout ce que j'avais besoin de savoir sur la fabrication des beignets. L'archiviste Rick Goeren m'a fait partager ses connaissances sur tout ce qui concernait Miss Rheingold. Joline Gnatek, dont le père a été régisseur de la Ferme de femmes du Connecticut, m'a fourni des détails historiques sur la vie à « La Ferme », « à la grande époque ». Les agents littéraires Leigh Feldman, Linda Chester, Laurie Fox et Jennifer Walsh m'ont offert leur amitié et leurs conseils. J'ai bénéficié de l'aide précieuse de Vic Butsch pour la guerre de Sécession. Jonny Marks m'a aidé pour les expressions yiddish qu'emploie Peppy Schissel. Je suis reconnaissant au personnel et aux bénévoles de la maison-musée Mark-Twain à Hartford, Connecticut, et à ses conservateurs passés et présents : John Boyer, Debra Petke et Jeffrey Nichols. Bernice Bennett, propriétaire de la maison dans laquelle se trouve mon bureau, m'a fourni des moments de détente et des munitions (pain d'épice, gâteau, biscuits sué-

797

dois, etc., etc.) tout le temps qu'a duré l'écriture de ce livre. J'ai vraiment apprécié, Bunny ! Merci à Jerry, Deb et Matt Grabarek pour leurs renseignements sur l'industrie laitière, les labyrinthes de maïs et les visions de fantômes. Merci également à feu Matthieu Keijser pour la copie de *Kaos*, le film des frères Taviani inspiré des nouvelles de Luigi Pirandello, qui est sorti en 1984 et a encore un peu plus piqué ma curiosité au sujet de la théorie du chaos. Repose en paix, Matthieu.

Enfin, en ma qualité de titulaire d'une licence de la Norwich Free Academy, d'une maîtrise d'écriture du Vermont College of Fine Arts et d'ex-bénéficiaire de la bourse d'études de la National Endowment of the Arts, je suis à jamais reconnaissant à ces institutions d'avoir donné le coup d'envoi à ma carrière d'écrivain.